Brian P. Herbert, né en 1947, est le seul des enfants de Frank qui ait fait une carrière littéraire. Celui-ci, dans les derniers mois de sa vie, demanda son aide pour terminer *L'homme des deux mondes* (1986). Puis Frank mourut et Brian publia *The notebooks of Frank Herbert's Dune* (1988). À partir de ces notes, il a constitué une image complète de l'univers de Dune, plus herbertienne encore que l'œuvre paternelle.

KEVIN J. ANDERSON

Kevin Anderson, né en 1962, publie des nouvelles de S.-F. depuis 1982 et des romans depuis 1988. Son sens aigu du récit d'action donne un rythme haletant aux textes les plus paisibles et fait de lui, pour de nombreux romanciers, le collaborateur idéal. Ses contributions à des cycles comme celui de *Star Wars* comptent parmi les plus grandes réussites du genre.

LA MAISON DES ATRÉIDES

SCIENCE-FICTION
Collection dirigée par Jacques Goimard

BRIAN HERBERT
et
KEVIN J. ANDERSON

LA MAISON
DES ATRÉIDES

*Traduit de l'américain
par Michel Demuth*

ROBERT LAFFONT

Titre original :
DUNE HOUSE ATREIDES

Le Code de la propriété intellectuelle n'autorisant, aux termes de l'article L. 122-5 (2° et 3° a), d'une part, que les « copies ou reproductions strictement réservées à l'usage privé du copiste et non destinées à une utilisation collective » et, d'autre part, que les analyses et les courtes citations dans un but d'exemple et d'illustration, « toute représentation ou reproduction intégrale ou partielle faite sans le consentement de l'auteur ou de ses ayants droit ou ayants cause est illicite » (art. L. 122-4).
Cette représentation ou reproduction, par quelque procédé que ce soit, constituerait donc une contrefaçon sanctionnée par les articles L. 335-2 et suivants du Code de la propriété intellectuelle.

© 1999, Herbert Limited Partnership.
© 2000, Éditions Robert Laffont.
ISBN 2-266-15017-0

Ce livre est dédié à notre mentor, Frank Herbert, qui était tout aussi fascinant et complexe que le merveilleux univers de Dune qu'il a créé.

ARRAKIS - RÉGION POLAIRE NORD

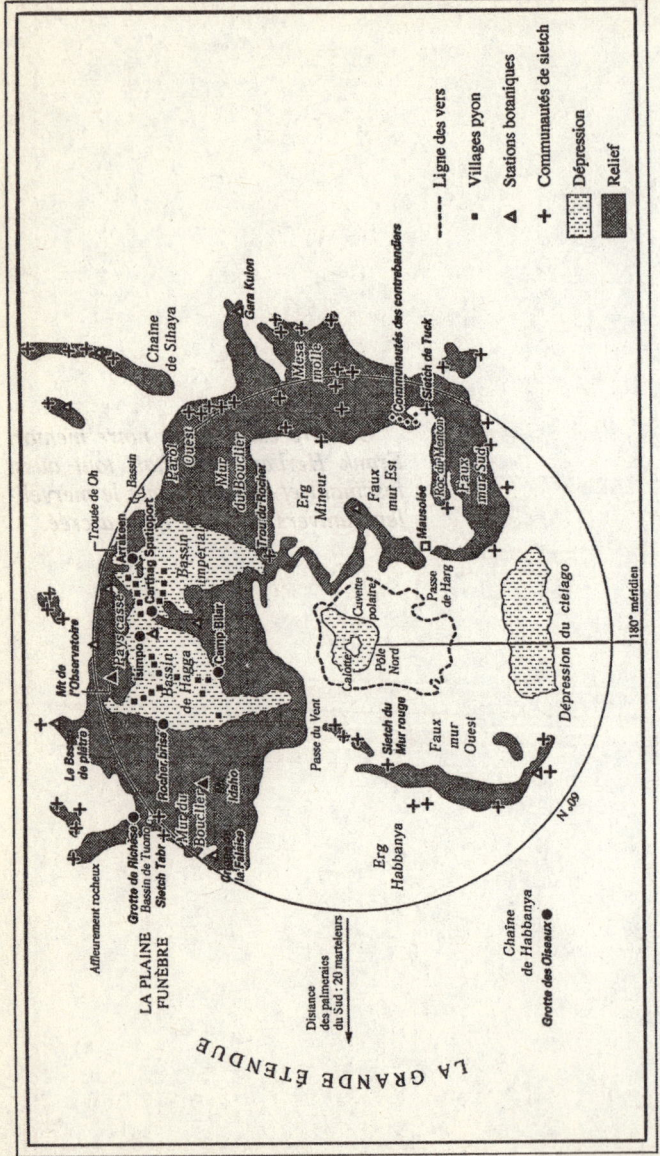

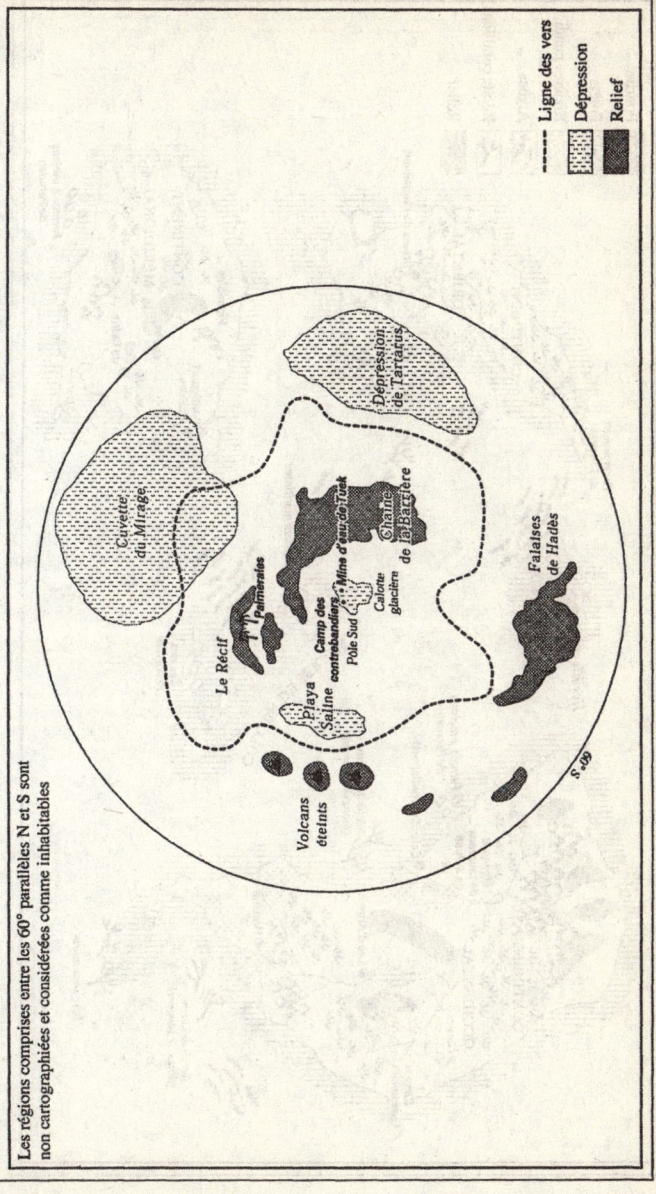

CALADAN

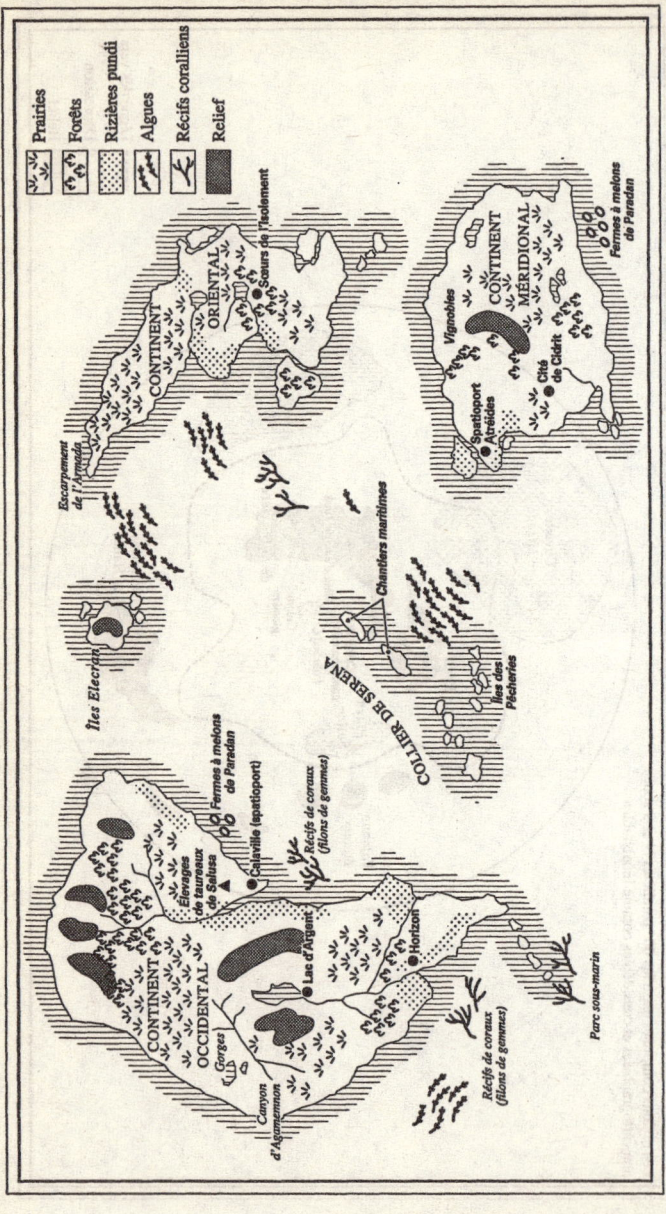

GIEDI PRIME

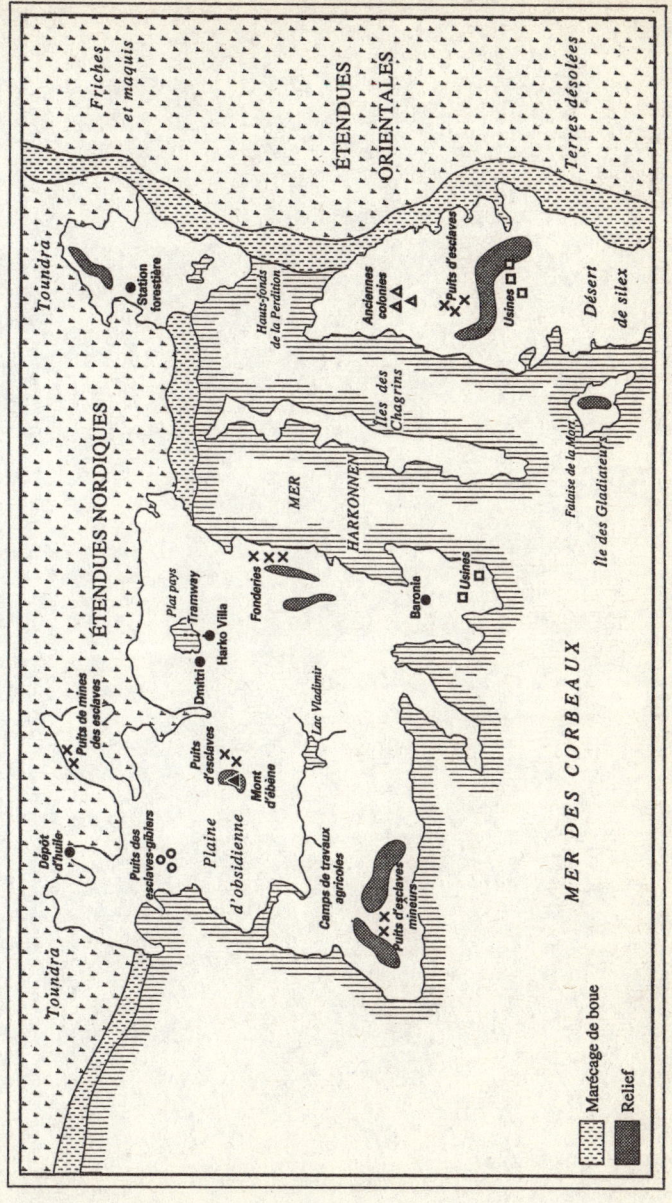

Message transmis par la Guilde Spatiale au conglomérat galactique de commerce CHOM, « Combinat des Honnêtes Ober Marchands ».

Notre rôle spécifique dans cette mission officieuse a été de rechercher des mondes inhabités susceptibles de fournir des sources nouvelles de Mélange, l'épice précieuse dont l'Imperium dépend en grande partie. Nous avons documenté à ce titre de nombreux Navigateurs et Timoniers qui sont allés en reconnaissance vers des centaines de planètes. Mais sans succès à ce jour. Le monde désertique d'Arrakis demeure l'unique source de Mélange de l'Univers Connu. La Guilde de même que la CHOM et tous ceux qui en dépendent resteront asservis au monopole des Harkonnens.

Néanmoins, l'exploration des espaces extérieurs afin d'y découvrir des systèmes inconnus et des ressources nouvelles s'est révélée fructueuse. Les rapports détaillés et les cartes orbitales des feuillets de cristal ridulien ci-joints seront sans nul doute utiles au négoce de la CHOM.

Ayant ainsi honoré notre contrat selon les spécifications sur lesquelles nous nous sommes accordés, nous requérons que la CHOM verse le paiement requis au quartier général de la Banque officielle de la Guilde sur Jonction.

À Son Altesse Royale, l'Empereur Padishah Elrood IX, Souverain de l'Univers Connu :

De la part de Son Fidèle Sujet le Baron Siridar Vladimir Harkonnen, Gouverneur Planétaire d'Arrakis, chef titulaire de la Maison Harkonnen et Suzerain de Giedi Prime, Lankiveil et autres planètes alliées.

Sire, permettez-moi d'affirmer ici encore ma volonté de vous servir fidèlement sur la planète-désert Arrakis. Durant les sept années qui ont suivi la mort de mon père, je dois l'avouer avec honte, mon demi-frère incompétent, Abulurd, a laissé décroître la production d'épice. Il y a eu d'énormes pertes en matériel tandis que les exportations chutaient à des niveaux abyssaux. Étant donné la dépendance de l'Imperium vis-à-vis du Mélange, ce goulet d'étranglement aurait pu avoir des conséquences désastreuses. Soyez assuré que ma famille a pris des mesures afin de redresser cette situation navrante : Abulurd a été relevé de ses responsabilités et relégué sur la planète Lankiveil. Il a été déchu de son titre de noblesse mais pourra cependant un jour retrouver un poste de gouverneur.

À présent que je suis seul responsable d'Arrakis, je puis vous garantir personnellement que je vais user de tous les moyens nécessaires – avec la volonté, l'argent et une main de fer – pour m'assurer que la production de Mélange remonte au niveau requis et même bien au-delà.

Ainsi que vous l'aviez si justement ordonné : que l'épice coule à flots !

> *Le Mélange est le nœud des activités de la CHOM.*
> *Sans l'épice, les Révérendes Mères du Bene Gesserit*
> *ne pourraient pas se livrer à leurs prouesses*
> *d'observation et de contrôle des humains, les*
> *Navigateurs de la Guilde ne pourraient pas déceler*
> *les pistes sûres au sein de l'espace, et des milliards*
> *de citoyens impériaux mourraient de sevrage.*
> *Le premier venu sait que la dépendance à une unique*
> *denrée conduit à l'abus. Nous sommes*
> *tous en danger.*
>
> Analyse Économique des Schémas de Flux
> Matériel de la CHOM

Le Baron Harkonnen se pencha en avant, à côté du pilote. L'ornithoptère blindé volait très haut. Mince et musculeux, il observait de ses yeux noirs d'araignée les déferlantes figées du sable à travers le cristoplass corrodé. Les dunes rutilantes sous le soleil blanc d'Arrakis lui brûlaient presque la rétine. Ici, tout était délavé, le ciel et le paysage n'avaient plus la moindre trace de couleur, et rien n'apaisait l'œil humain. Il recevait de plein fouet la senteur torride de sable et de grès.

Un véritable enfer.

Le Baron aurait voulu retrouver le confort industrialisé et la culture sophistiquée de Giedi Prime, la planète-mère de la Maison Harkonnen. Même cloué ici, il avait mieux à faire au quartier général de la famille, dans la cité de Carthag : il connaissait certains amusements qui convenaient mieux à ses appétits exigeants.

Mais la récolte de l'épice devait passer avant tout. *Toujours.* Et plus encore lorsque se déclenchait une grève aussi importante que celle que lui avait signalée l'un de ses agents.

Les ailes mécaniques de l'orni battaient au rythme rapide d'une guêpe. Le Baron s'étira langoureusement dans l'habitacle étroit, ignorant les tourbillons d'air et les rafales. Le cuir sombre de son plastron était parfaitement ajusté sur ses pectoraux parfaits. Il avait dépassé la quarantaine, avec une beauté arrogante. Ses cheveux blond roux étaient coupés et coiffés avec précision afin de mettre en valeur son bec d'oiseau. Sa peau était lisse, ses pommettes marquées. Les muscles noueux de son cou et de son maxillaire dessinaient fugacement un froncement sévère ou un sourire sur son visage.

Il se tourna vers le pilote, qui montrait des signes de nervosité.

– Nous sommes encore loin ?

– Le site se trouve dans le désert profond, Mon Seigneur. Tous les relevés indiquent que ce serait l'une des plus riches veines d'épice dégagées à ce jour.

Au moment où ils survolaient une éminence de roche volcanique noire, l'appareil frémit dans les courants ascendants et le pilote se concentra sur les commandes, la gorge nouée.

Le Baron, lui, se relaxa dans son siège en refoulant son impatience. Il était heureux que ce nouveau magot fût à l'écart des regards avides, loin des fonctionnaires de l'Imperium ou de la CHOM, qui pouvaient instruire des dossiers gênants. Elrood IX, le Vieil Empereur gâteux, n'avait pas besoin de savoir quoi que ce soit sur l'exploitation de l'épice par les Harkonnens sur Arrakis. En jouant de rapports habilement rédigés, de comptes rendus falsifiés, sans parler de la corruption, le Baron racontait aux inspecteurs hors-monde uniquement ce qu'il désirait qu'ils sachent.

D'un geste ferme, il essuya la fine pellicule de sueur au-dessus de ses lèvres avant de régler les commandes d'environnement de l'orni pour rafraîchir l'intérieur du cockpit et humidifier l'air.

Le pilote était mal à l'aise d'avoir à son bord un personnage aussi important que changeant. Il augmenta le régime des moteurs pour prendre de la vitesse, vérifia une fois encore la projection cartographique et se pencha vers l'étendue de sable qui se perdait à l'infini.

En déchiffrant les projections cartographiques, le Baron s'était irrité du manque de détails. Comment pouvait-on espérer trouver sa route sur ce monde pelé et galeux ? Pourquoi les plans d'une planète aussi essentielle à l'équilibre économique de l'Imperium étaient-ils aussi grossiers ? Une autre preuve de l'incompétence de son demi-frère, cette loque d'Abulurd.

Mais Abulurd avait été écarté et il était désormais seul maître. *Maintenant qu'Arrakis est à moi, je vais remettre de l'ordre dans tout ça.* Dès qu'il serait de retour à Carthag, il demanderait à ses gens de dessiner de nouvelles cartes, d'autres itinéraires.

Si d'ici là les maudits Fremen n'avaient pas tué d'autres explorateurs et ravagé les repères topographiques.

Depuis quarante années, ce monde aride avait été le quasi-fief de la Maison Harkonnen, désignée politiquement par l'Empereur avec la bénédiction de la puissante compagnie CHOM – le Combinat des Honnêtes Ober Marchands. Arrakis était un monde hostile et sinistre, mais aussi l'un des plus brillants joyaux de la Couronne Impériale à cause de la précieuse substance qu'il recelait.

Il n'empêche : depuis la mort du père du Baron, Dmitri Harkonnen, le Vieil Empereur, victime de sa faiblesse mentale, avait accordé le pouvoir au lamentable Abulurd qui avait réussi à faire chuter la production d'épice en moins de sept ans. Les bénéfices avaient sombré en même temps qu'il perdait tout contrôle sur les contrebandiers et les saboteurs. Frappé de disgrâce, ce pauvre idiot avait été chassé de son poste et exilé sans le moindre titre officiel sur Lankiveil, où même lui n'avait que peu de chances de déséquilibrer le commerce de la fourrure de baleine.

Sitôt nommé gouverneur, le Baron Vladimir avait décidé de changer Arrakis, de lui imprimer sa marque et d'effacer toute trace des fautes et des erreurs de jugement héritées de son demi-frère.

Il aurait pu considérer que recevoir Arrakis en héritage était une punition. Mais ce monde calciné était l'unique source du Mélange, une épice plus précieuse que n'importe quel métal connu, et ici plus encore que l'eau.

Sans le Mélange, les voyages dans l'espace deviendraient impossibles... et l'Empire s'écroulerait. Le Mélange accroissait la vie, protégeait la santé et donnait de la sève à l'existence. Le Baron, même s'il en consommait modérément, en appréciait l'effet. Car la dépendance était terrible, ce qui maintenait son prix élevé...

L'orni survolait une chaîne de montagnes brûlées qui évoquaient une mâchoire brisée avec des dents cariées. Loin devant, le Baron découvrit un nuage de poussière qui se dressait comme une enclume en travers du ciel.

– L'usine-moissonneuse, Mon Seigneur.

Des ornithoptères d'attaque surgirent des taches noirâtres et fondirent sur eux dans le ciel monochrome. Le communicateur tinta et le pilote émit en réponse le signal d'identification. Les pilotes de protection – des mercenaires payés pour écarter les observateurs importuns – lancèrent leurs ornis en spirale pour se placer en formation d'escorte.

Aussi longtemps que la Maison Harkonnen maintiendrait l'illusion de progrès et de profit, la Guilde Spatiale n'aurait pas à avoir vent des nouveaux filons. Pas plus que l'Empereur ou le Combinat des Honnêtes Ober Marchands. Tous ces stocks d'épice, le Baron comptait bien les détourner pour lui afin de grossir un peu plus son énorme trésor de guerre.

Après toutes les bévues d'Abulurd, s'il parvenait seulement à la moitié de la production qu'il pouvait assurer, la CHOM et l'Imperium considéreraient cela comme un progrès immense. Et s'il leur donnait satisfaction, ils ne remarqueraient pas la part généreuse qu'il se réservait, pas plus qu'ils ne soupçonneraient l'existence de ses caches secrètes. Un stratagème dangereux s'il venait à être découvert... mais le Baron avait sa manière propre d'échapper aux regards trop fureteurs.

Ils approchaient du panache sombre, il prit ses jumelles et régla les lentilles à huile. Ce fut comme s'il plongeait vers la moissonneuse. Le monstre mécanique lancé à plein régime, avec ses chenilles de titan et sa cale énorme, coûtait un prix fantastique – mais il valait bien chaque solari dépensé. Ses pelleteuses écopaient la poussière brun cannelle, le sable gris et les éclats de silex pour tamiser l'épice aromatique.

Des unités mobiles patrouillaient alentour, plantant des sondes pour prélever des échantillons et dresser un relevé de la veine. Des appareils lourds tournaient en cercle, portés par des ornithoptères jumbos. À la périphérie, une unité de surveillance plongeait de dune en dune : les guetteurs sur le qui-vive épiaient le sable en quête des rides mouvantes qui annonceraient l'approche d'un ver géant. Certains léviathans étaient capables de gober d'un coup une chenille avec toute son équipe.

– Mon Seigneur, annonça le pilote en lui tendant la tige du communicateur, le commandant du site souhaite vous parler.

Le Baron effleura d'un geste son oreille.

– Ici votre Baron. Donnez-moi un compte rendu. Vous avez estimé la quantité ?

Le Commandant répondit d'un ton bourru, peu impressionné par l'importance de son interlocuteur.

– Ce gisement dépasse tout ce que j'ai jamais pu voir. Ça représente dix années de récolte. Le problème, c'est sa profondeur. Normalement, vous le savez, avec l'effet du vent l'épice est à ciel ouvert. Ici, il est concentré dans une couche dense, mais...

Le Baron ménagea une pause avant de demander :

— Oui, qu'y a-t-il ?

— Il se passe quelque chose d'étrange ici, Monsieur. Je veux dire au niveau chimique. Nous avons détecté des émissions de dioxyde de carbone en profondeur, comme s'il y avait une sorte de bulle sous le désert. En creusant dans les couches supérieures de sable pour atteindre la veine, nous avons aussi trouvé de la vapeur d'eau.

— De la vapeur d'eau ?

On n'avait jamais entendu parler de vapeur d'eau sur Arrakis : le taux d'humidité de l'air y était à peine mesurable, même dans la meilleure saison.

— Il se pourrait que nous soyons tombés sur une ancienne nappe aquifère, Monsieur. Sans doute obturée par un couvercle granitique.

Le Baron n'avait jamais imaginé que l'on puisse découvrir de l'eau vive sous la surface d'Arrakis. Il évalua rapidement la possibilité de la revendre à la populace. Les marchands d'eau n'apprécieraient guère, mais ils étaient déjà bien trop gonflés de leur importance.

Il grommela de sa voix de basse :

— Est-ce que vous croyez que ça peut contaminer l'épice ?

— Je ne saurais le dire. L'épice est un élément bizarre, Monsieur, mais je n'ai jamais rencontré un pareil filon. Ça ne me paraît pas... normal, d'une certaine façon.

Il se tourna vers le pilote.

— Contactez les guetteurs. Voyez s'ils ont repéré un ver.

— Aucun, Mon Seigneur, annonça le pilote dès qu'il eut la réponse.

Il avait le front luisant de sueur, remarqua le Baron.

— Depuis combien de temps cette moissonneuse est-elle sur le site ?

— Environ deux heures standard.

Le Baron fronça les sourcils. Un ver aurait déjà dû se manifester.

Par inadvertance, le pilote avait laissé le communicateur ouvert et le Commandant confirma d'un ton rauque :

— On n'a jamais attendu aussi longtemps, Monsieur. Le ver arrive toujours. Toujours. Mais il se passe quelque chose là-

19

dessous. La pression des gaz augmente. Vous devez le sentir dans l'air.

Le Baron inspira profondément et perçut la senteur musquée de cannelle du Mélange brut qui montait du fond. L'orni plafonnait à présent à quelques centaines de mètres au-dessus de la moissonneuse.

– Nous détectons également des vibrations en profondeur, une espèce de résonance. Je n'aime pas ça, Monsieur.

– Vous n'êtes pas payé pour aimer, répliqua le Baron. Est-ce qu'il pourrait y avoir un ver en profondeur ?

– Je ne le pense pas.

Le Baron, confondu, lut les estimations transmises par la moissonneuse.

– Ce que nous récoltons sur ce site représente un mois de production pour l'ensemble de la planète.

Il se mit à pianoter en rythme sur sa cuisse droite.

– Néanmoins, Monsieur, je suggère que nous nous préparions à abandonner le site. Nous pourrions perdre...

– Certainement pas, Commandant. Il n'y a aucun signe de la présence d'un ver et vous avez pratiquement rempli la soute. Nous pouvons faire descendre une aile portante et vous fournir aussi une autre moissonneuse. Je ne vais pas laisser ici toute une fortune en épice simplement parce que vous êtes nerveux... parce que vous avez un mauvais *pressentiment*. C'est ridicule !

Le Commandant parut sur le point d'insister, et le Baron l'interrompit.

– Commandant, si vous vous comportez comme un lâche, vous n'êtes pas digne de votre poste et vous ne servez pas la bonne Maison. Exécutez les ordres.

Il coupa la communication en se promettant de suspendre le Commandant dès que possible.

Les ailes portantes tournaient au-dessus de la moissonneuse, parées à l'enlever avec toute l'équipe si le ver surgissait. Mais pourquoi tardait-il autant ? Les vers géants d'Arrakis avaient de tout temps protégé l'épice.

L'épice. Le mot avait une saveur dont il se délectait, autant sur ses lèvres que dans son esprit.

Une substance enveloppée d'un voile de superstition, qui existait sur la planète en quantité inconnue. Une poudre de corne de licorne moderne. Et Arrakis était tellement inhospitalière que nul n'avait encore réussi à découvrir l'origine du Mélange. Dans l'immense réseau de l'Imperium, aucun explorateur, aucun prospecteur n'avait jamais trouvé la moindre trace d'épice sur un autre monde, personne n'était jamais parvenu à la synthétiser ou à lui trouver un substitut après des siècles de recherches. Et le Baron ne le souhaitait pas, depuis que la Maison Harkonnen avait reçu en quasi-fief Arrakis et disposait du contrôle absolu de la production d'épice.

Les équipes du désert détectaient l'épice, et l'Imperium l'utilisait : les détails ultérieurs ne concernaient pas le Baron. Les moissonneurs des dunes risquaient constamment leur vie car les vers géants attaquaient toujours trop vite, les ailes portantes tombaient en panne, parfois, et les chenilles n'étaient pas évacuées à temps. Il y avait aussi les tempêtes qui soufflaient à des vitesses stupéfiantes. Le taux de perte en vies humaines et en matériel de la Maison Harkonnen était effrayant... mais le Mélange remboursait le sang et l'argent perdus.

Dans le brassement régulier des ailes de l'orni qui tournait au-dessus du site, le Baron se pencha et observa. Le soleil luisait sur la coque poussiéreuse de la chenille. Les engins de sondage continuaient à arracher des échantillons dans le sous-sol sous la protection des patrouilleurs aériens.

La machine continuait d'engranger l'épice. Toujours aucun signe d'un ver. Chaque instant était précieux. Les travailleurs auraient droit à une prime – à l'exception du commandant – et la Maison Harkonnen serait encore un peu plus riche. Il s'occuperait plus tard de falsifier les comptes rendus.

Il se tourna vers le pilote.

– Appelez la base la plus proche. Demandez une aile portante supplémentaire et une autre moissonneuse. Ce filon me paraît inépuisable. (Il baissa la voix d'un ton.) Aucun ver ne s'est montré encore, et nous pourrions avoir le temps...

Le Baron avait coupé son récepteur, mais le commandant l'appela soudain sur la fréquence générale.

– Monsieur, nos sondes indiquent une élévation de la température loin en profondeur : une pointe critique ! Il se passe quelque chose, sans doute une réaction chimique. Et l'une de nos équipes au sol vient de tomber sur tout un essaim de truites des sables !

Le Baron gronda, furieux que l'autre l'ait appelé sur un canal non crypté. Et si les espions de la CHOM étaient à l'écoute ? Et puis, qui se souciait des truites des sables ? Pour le Baron, ces créatures gélatineuses enfouies dans le sable n'étaient guère plus que des mouches volant autour d'un cadavre.

Il se promit que ce pleutre ne serait pas seulement suspendu et privé de sa prime. *C'est probablement Abulurd qui a recruté ce sale froussard !*

Il surprit les traces des chenillettes qui refluaient vers la moissonneuse dans les vapeurs acides comme des fourmis affolées. Un homme venait de bondir de son patrouilleur encroûté de sable et se ruait vers la porte béante de la chenille mécanique.

— Que font ces hommes ? Ils abandonnent leurs postes ? Descendez, que je voie ça de près !

L'orni plongea vers les patrouilleurs. Les hommes toussaient et vomissaient en se démenant pour ajuster leurs masques respiratoires. Deux d'entre eux roulèrent dans le sable tandis que les autres se précipitaient à l'intérieur de la chenille.

— L'aile ! Envoyez l'aile ! cria quelqu'un.

Les guetteurs répondirent :

— Pas de ver à l'horizon.

— Toujours rien.

— Tout est calme.

— Mais pourquoi se replient-ils donc ? demanda le Baron comme si le pilote pouvait avoir la réponse.

— Il se passe quelque chose ! hurla le Commandant. Où est cette aile portante ? Nous en avons besoin tout de suite !

Un secousse souleva le désert. Quatre hommes trébuchèrent et tombèrent sur le sable avant d'avoir atteint la rampe d'accès.

— Mon Seigneur, regardez ! lança le pilote d'un ton effrayé en pointant le doigt.

Le sol vibrait tout autour du site comme un immense tambour.

La moissonneuse s'inclina sur le flanc. Une crevasse se dessina entre les dunes et le sable se gonfla en soulevant tout le site comme une bulle de gaz dans un cloaque salusien bouillonnant.

— Sortez-nous d'ici ! cria le Baron.

Le pilote n'hésita qu'une fraction de seconde mais la main gauche du Baron claqua sur sa joue avec la violence d'une lanière de fouet.

— Vite !

L'orni prit brusquement de l'altitude dans le battement furieux de ses ailes articulées.

La bulle atteignit son apex et explosa, balayant de la surface la moissonneuse, les équipes mobiles et tout le reste. Un geyser de sable, de rocs et d'épice volatile jaillit en une colonne orange. La chenille-mammouth fut broyée dans l'instant, réduite en morceaux qui se dispersèrent en lambeaux de métal dans une tempête de Coriolis.

– Que diable s'est-il passé ?

Incrédule, le Baron écarquillait les yeux. C'était un désastre absolu. Son trésor, toute sa précieuse récolte d'épice avait été engouffrée en un instant. Tout le matériel était détruit. Et il devrait payer le prix pour remplacer ces hommes surentraînés qui avaient trouvé la mort.

– Cramponnez-vous, Mon Seigneur ! lança le pilote, crispé sur les commandes, les phalanges blanches.

Le vent s'abattit sur eux comme un marteau-pilon. L'orni déséquilibré tournoya et roula dans la plainte des moteurs. Le sable mitraillait en rafales le cristoplass du cockpit. Enrayés par la poussière qui s'agglomérait, les moteurs hésitèrent, se mirent à tousser. L'orni perdit de l'altitude et glissa vers la gueule écumante du désert.

Le pilote hurla des mots incompréhensibles. Le Baron, agrippé à son harnais de sécurité, vit les dunes monter à leur rencontre. Son esprit inversa la vision : il était un insecte et un talon gigantesque allait l'écraser.

Il était le chef de la Maison Harkonnen et avait toujours cru qu'il mourrait de la main d'un traître assassin... pas dans un désastre naturel. C'était presque drôle.

Il vit le sable s'ouvrir comme une plaie purulente. La poussière et l'épice brute étaient aspirées vers les profondeurs par les courants de convection et les réactions chimiques. L'opulente veine de Mélange qui lui avait appartenu le moment d'avant s'était changée en une tumeur putride qui allait les avaler.

Mais le pilote, qui lui avait paru si fragile et inquiet jusque-là, était maintenant roidi par la détermination et totalement concentré. Ses doigts pianotaient sur les commandes de gouverne et de poussée de l'orni, il jouait sur les courants, lançant alternativement les moteurs pour chasser la poussière qui étouffait les évents.

L'orni se redressa peu à peu et reprit son assiette. Ils volaient à présent au ras des dunes et le pilote laissa échapper un soupir de soulagement.

À l'emplacement de la déchirure, le Baron discernait à présent des formes translucides et scintillantes, des asticots sur une carcasse : les truites des sables se précipitaient vers le lieu de l'explosion. Et les vers géants ne tarderaient plus à suivre. Les monstres ne pouvaient résister à ça.

Il aurait tant voulu comprendre ce qui se passait autour de l'épice. Mais non. C'est en vain qu'il essayait.

L'orni reprit de l'altitude, en direction des guetteurs et des ailes portantes qui avaient été épargnés. Ils n'avaient pas pu dégager la moissonneuse et sa précieuse cargaison avant l'explosion, mais il ne pouvait le leur reprocher : il ne devait s'en prendre qu'à lui-même. Il avait donné des ordres implicites pour qu'ils restent hors d'atteinte.

— Pilote, vous venez de me sauver la vie. Comment vous appelez-vous ?

— Kryubi, Monsieur.

— Eh bien, Kryubi : vous avez déjà vu une chose pareille ? Qu'est-ce qui a bien pu se passer ? Et qu'est-ce qui a provoqué cette explosion ?

Le pilote inspira profondément avant de répondre.

— J'ai entendu les Fremen appeler ça... un *coup d'épice*. (Il ressemblait à une statue soudain, comme si la terreur l'avait rendu plus fort.) Ça se passe parfois dans le désert profond, et bien peu de gens peuvent le voir.

— Qui se soucie de ce que racontent les Fremen ? (Le Baron plissa les lèvres en pensant aux nomades indigents et crasseux du grand désert.) Nous avons tous entendu parler de ces coups d'épice, mais personne n'en a jamais vu. Ce ne sont que des superstitions folles.

— Oui, mais les superstitions sont généralement plus ou moins fondées. Les Fremen voient beaucoup de choses dans le désert.

Le Baron ressentit de l'admiration pour le franc-parler de Kryubi. L'homme devait pourtant connaître son tempérament vindicatif et colérique. Il serait peut-être avisé de lui accorder de la promotion...

— À ce que disent les Fremen, un coup d'épice serait une explosion chimique, poursuivit Kryubi, probablement provoquée par une masse de proto-épice en profondeur.

Le Baron réfléchit. Il ne pouvait nier ce qu'il avait vu de ses propres yeux. Un jour, quelqu'un arriverait bien à comprendre la véritable nature du Mélange et on pourrait empêcher des désastres comme celui-là. En attendant, parce que l'épice semblait inépuisable pour ceux qui l'exploitaient, personne n'avait pris la peine de faire une analyse détaillée. Pourquoi gaspiller du temps dans des tests, alors que la fortune était là ? Le monopole du Baron sur Arrakis était fondé sur l'ignorance.

En grinçant des dents, il se dit que dès qu'il serait de retour à Carthag, il serait obligé de relâcher la pression et de s'accorder un peu d'« amusement ». Un amusement sans doute plus vigoureux qu'il ne l'avait prévu. Il devrait pour ça trouver un candidat spécial – pas un de ses amants réguliers, non : quelqu'un qu'il n'aurait pas à utiliser ensuite. Ainsi, il ne serait plus bridé dans ses plaisirs.

En balayant le désert du regard, il se dit : *Inutile désormais de dissimuler l'existence de ce site à l'Empereur.* Ils allaient dûment l'enregistrer et le classer comme nouveau filon tout en faisant un compte rendu de la perte de matériel et de vies humaines. Plus besoin de truquer les archives. Ça ne plairait sûrement pas au vieil Elrood et la Maison Harkonnen devrait éponger les pertes.

Les équipes au sol transmirent leurs rapports. Des morts, des équipements détruits, toute une récolte d'épice perdue. Le Baron sentit la fureur monter en lui.

Maudite planète ! songea-t-il. *Au diable le Mélange qui fait de nous des esclaves !*

> *Nous sommes des généralistes. Vous ne pouvez pas tracer des lignes nettes autour de problèmes planétaires. La planétologie est une science exacte et précise.*
>
> Pardot Kynes,
> *Traité sur la Récupération Environnementale post-holocauste de Salusa Secundus*

Sur la planète impériale Kaitain, des immeubles immenses allaient à la rencontre du ciel. Des sculptures et des étages de fontaines opulentes s'érigeaient de part et d'autre des boulevards pavés de cristal, composant une vision de rêve qui pouvait fasciner n'importe qui durant des heures.

Tandis que les gardes royaux l'entraînaient au pas militaire dans le Palais, Pardot Kynes réussit à entrevoir le panorama de la cité. Les gardes se souciaient peu de la curiosité d'un simple planétologiste, encore moins de son intérêt pour les splendeurs de Kaitain. Ils étaient chargés de l'escorter jusqu'à la salle du trône sans retard. L'Empereur de l'Univers Connu ne saurait attendre un visiteur, aussi émerveillé fût-il.

Les gardes royaux étaient en uniforme noir et gris impeccable, décoré de soutaches et de médailles, de boutons et de fanfreluches soigneusement polis, de rubans parfaitement repassés et ordonnés. Quinze Sardaukar choisis dans la garde personnelle de l'Empereur, aussi efficaces qu'une armée.

La splendeur de la capitale subjuguait Kynes. Se tournant vers le garde le plus proche, il dit :

– Je passe ma vie sur des mondes pelés, à patauger dans des marais où personne d'autre n'irait ficher le pied.

Jamais encore, sur toutes les planètes perdues qu'il avait étudiées, il n'avait contemplé pareille vision.

Le garde dévisagea ce hors-monde dégingandé sans répondre. Les Sardaukar étaient entraînés comme machines de combat, pas pour faire la conversation.

– On m'a étrillé et nettoyé jusqu'à l'os et on m'a habillé comme un noble.

Kynes tira sur les mailles épaisses de sa veste bleu foncé tout en humant l'odeur de savon et de parfum de sa peau. Il avait le front haut, avec des cheveux rares, d'un blond sableux, peignés en arrière.

L'escorte dévala une cascade apparemment sans fin de degrés de pierre polie, rehaussée de filigranes d'or et de gemmes soo, à l'éclat velouté.

Kynes interrogea le Sardaukar de gauche.

– C'est mon premier voyage sur Kaitain. Je suis sûr que vous ne faites même plus attention au paysage, si vous travaillez ici tout le temps ?

Il avait accompagné ces mots d'un sourire pensif, mais une fois encore l'autre parut sourd.

Kynes était un écologiste, géologue et météorologiste respecté, avec des connaissances dans le domaine de la botanique et de la micro-biologie. Il se passionnait pour son métier et était avide de découvrir tous les mystères des mondes. Mais les gens, pour lui, restaient l'ultime énigme – comme ces Sardaukar.

– La vie ici est plus douce que... sur Salusa Secundus, continua-t-il. C'est là-bas que j'ai grandi. J'ai été aussi sur Bela Tegeuse, mais c'est presque aussi déplaisant, très sombre, très froid, avec ces soleils nains...

Finalement, il regarda droit devant lui et acheva :

– L'Empereur Padishah m'a fait traverser la moitié de cette galaxie pour me voir. J'aimerais bien savoir pour quelle raison.

Aucun des Sardaukar ne prit la peine de lui donner un début d'explication.

Ils passèrent sous une arche de lave cramoisie et grêlée qui témoignait de siècles innombrables de pression. D'un seul regard d'expert, Kynes reconnut ce fragment de ruine : il venait d'un monde ravagé qu'il ne connaissait que trop : Salusa Secundus.

Que faisait en ces lieux cette relique du monde austère où il avait passé tant d'années, cette planète-prison isolée à l'écosystème ravagé ? Puis il se souvint et se sentit idiot : Salusa avait été jadis la planète-capitale impériale, il y avait des millénaires de cela... bien avant que le désastre change tout. La Maison de Corrino avait ramené cette arche comme symbole du passé, ou comme un trophée qui témoignait de la victoire planétaire de la famille impériale.

27

Les pas des gardes réveillèrent des échos dans la splendeur du Palais où ils venaient de pénétrer, et une fanfare de cuivres inconnus de Kynes retentit. Même dans son enfance, il n'avait guère étudié la musique ou les arts. Comment l'aurait-il pu, avec tout ce que la science lui donnait à comprendre ?

À l'instant où ils s'avançaient sous le toit serti de joyaux de l'immense palais, Kynes dressa la tête pour apercevoir encore une fois le ciel bleu limpide.

Pendant le voyage, dans une des sections isolées du Long-courrier de la Guilde, Kynes avait eu le temps de beaucoup apprendre sur le monde-capitale, bien qu'il n'eût jamais appliqué ses connaissances de planétologiste aux mondes civilisés. Kaitain avait été dessinée et construite avec un goût exquis : l'architecture était splendide, avec des boulevards bordés d'arbres, des jardins bien arrosés, des barrières de fleurs... et tant d'autres choses encore.

À en croire les rapports officiels, la température y était perpétuellement douce, le climat résolument tempéré. Les tempêtes y étaient inconnues. Et les nuages rares dans le ciel. Il s'était dit tout d'abord que ça n'était que de la propagande à l'usage des touristes, mais dès que le vaisseau d'apparat de la Guilde était descendu vers la planète, il avait découvert la flottille de satellites météo qui maintenaient avec une rigueur toute technologique un temps paisible et serein sur Kaitain.

Les ingénieurs climatologues pouvaient maintenir sans problème le temps idéal que quelqu'un avait choisi inconsidérément – mais c'était au péril de leurs vies qu'ils avaient créé cet environnement qui conduisait à terme au malaise du corps et de l'esprit. Jamais la famille impériale ne comprendrait cela. Elle profitait d'une villégiature permanente sous le ciel ensoleillé et la douceur humide et verdoyante des arboretums, en fermant les yeux sur la catastrophe qui pouvait survenir à tout instant. Séjourner sur ce monde pour étudier les effets climatologiques serait un réel défi : mais Kynes doutait que l'Empereur Elrood IX l'ait convoqué pour ça...

Ils avançaient dans le cœur du Palais, entre les statues et les tableaux classiques. La vaste salle d'audience aurait pu être dans des temps anciens une arène de gladiateurs. Le sol se déployait comme une plaine polie de dalles multicolores. Toutes venaient de différentes planètes de l'Imperium, et l'on avait ajouté des ailes et des alcôves au fur et à mesure que l'Empire croissait.

Des fonctionnaires de cour en habits surtissés de fils de métaux précieux et panaches scintillants se hâtaient de toutes parts, lancés dans des tâches inexplicables, des colloques fébriles, s'arrêtant pour chuchoter entre eux comme s'ils comprenaient leur vraie fonction.

Dans ce monde politique, Kynes se sentait un parfait étranger et regrettait la brousse. Si tout ce décorum le fascinait, il ne souhaitait qu'une chose : retrouver la solitude, les paysages inexplorés et les mystères de la faune et de la flore. Il savait qu'avant peu la frénésie des lieux lui donnerait mal à la tête.

Les Sardaukar l'entraînèrent sur une longue promenade dominée par des lampes prismatiques. Leurs pas résonnèrent plus fort, en cadence, comme des détonations. La seule dissonance était la démarche hésitante de Kynes.

Le Trône du Lion d'Or, taillé dans la masse d'un quartz géant d'Hagal, était installé sur un dais de cristal bleu-vert. Et sur ce siège flamboyant était assis le vieil homme en personne – Elrood Corrino IX, Souverain impérial de l'Univers Connu.

Kynes levait les yeux vers lui. Elrood était un homme d'une maigreur inquiétante, presque squelettique, avec une tête trop volumineuse pour son cou décharné. Au milieu du luxe, de toutes les richesses qui l'entouraient, il semblait presque insignifiant. Mais en levant son index noueux, l'Empereur pouvait condamner des planètes à l'annihilation, tuer des milliards de gens. Il était monté sur le Trône du Lion d'Or depuis près d'un siècle et demi. Combien de planètes l'Imperium comptait-il ? Combien en régissait-il ? Kynes se demanda comment un être, quel qu'il fût, pouvait traiter une masse d'informations aussi effrayante.

Arrivé au dais, Kynes leva un sourire incertain vers Elrood. Puis sa gorge se noua, il évita son regard et s'inclina profondément. Nul ne lui avait expliqué quel était le protocole à suivre et il ne s'y connaissait guère en manières et rites sociaux. Une chope de bière d'épice était posée sur une petite table, à portée de main d'Elrood, et Kynes décela le parfum de cannelle.

Un page s'avança, inclina la tête à l'intention du chef du détachement de Sardaukar, se retourna et annonça d'une voix claironnante en Galach :

– Le planétologiste Pardot Kynes !

Kynes rentra les épaules et tenta de se tenir bien droit tout en se demandant pourquoi le page l'annonçait aussi fort alors que l'Empereur devait savoir à l'évidence qui il était – sinon, pourquoi l'aurait-il convoqué ?

Il songea un instant à dire bonjour, mais il préférait attendre et se laisser guider par les usages de la Cour.

La voix de l'Empereur avait un accent éraillé, aigu, dû sans doute à tous les ordres péremptoires qu'il avait lancés.

– Kynes, vous m'avez été hautement recommandé. Nos conseillers ont étudié les dossiers de nombreux candidats, et c'est vous qu'ils ont choisi parmi tous les autres. Qu'en dites-vous ?

L'Empereur se penchait vers lui en haussant les sourcils, et des plis se dessinaient sur ses tempes.

Kynes balbutia qu'il était très honoré et heureux, puis s'éclaircit la gorge et posa la vraie question.

– Mais, Sire, pour *quoi* ai-je donc été choisi exactement ?

Elrood gloussa de rire en se rencognant dans son trône.

– C'est tellement rafraîchissant de rencontrer quelqu'un qui se soucie plus de satisfaire sa curiosité que de dire ce qui est convenable ou de flatter ces parasites et ces bouffons. (Elrood souriait et son visage se changea en un parchemin ancien, mou, grisâtre.) Le rapport dit que vous avez grandi sur Salusa Secundus et que vous avez rédigé des rapports complexes qui font autorité sur l'écologie de cette planète.

– Oui, Sire... Je veux dire, Votre Majesté. Mes parents étaient des bureaucrates, assignés par vous à la prison impériale. Je n'étais alors qu'un enfant et j'ai dû les suivre.

En vérité, Kynes avait entendu des rumeurs selon lesquelles son père et sa mère auraient déplu à Elrood, qui les avait déportés vers la planète pénitentiaire. Mais le jeune Pardot Kynes avait été fasciné par les étendues irradiées. Dès que ses tuteurs lui avaient rendu son indépendance, il avait passé ses journées à explorer le territoire atomisé : il prenait des notes, étudiait les insectes, les herbes et les rares animaux qui avaient survécu à l'holocauste.

– Oui, oui, je comprends, déclara Elrood. Ensuite, vos parents ont été transférés sur un autre monde.

Kynes acquiesça.

– Oui, Sire. Sur Harmonthep.

L'Empereur leva la main pour réfuter cette réponse.

– Mais plus tard, vous avez regagné Salusa de votre plein gré, non ?

— Eh bien, euh... j'avais encore tant à y apprendre.

Kynes réprima un haussement d'épaules embarrassé.

Il avait passé des années dans le désert à reformer le puzzle du climat et des écosystèmes. Son existence avait été rude, difficile. Il avait même survécu aux tigres Laza. Plus tard, il avait publié un lourd traité sur toutes ces années de Salusa, qui ouvrait des perspectives nouvelles sur cette planète autrefois agréable, capitale de l'Empire.

— C'est la désolation de cet endroit qui a aiguillonné mon intérêt d'écologiste. C'est tellement plus intéressant d'étudier un monde... ravagé. Pour moi, il est plus difficile d'apprendre quelque chose d'un milieu trop civilisé...

Elrood rit à ce commentaire en s'assurant que tous ses courtisans faisaient de même.

— Vous voulez dire : comme Kaitain ?

— Certes, mais je suis convaincu qu'il doit exister des lieux intéressants ici aussi, Sire.

Il espérait ne pas avoir fait un *faux pas* inexcusable.

— Voilà qui est bien dit ! tonna Elrood. Vous avez été judicieusement choisi par mes conseillers, Pardot Kynes.

Hésitant, le planétologiste se décida pour une révérence maladroite.

Des années après Selusa Secondus, il s'était perdu dans les enchevêtrements marécageux de l'obscure Bela Tegeuse, puis sur d'autres mondes qui l'intéressaient. Il n'avait que peu de besoins et pouvait survivre dans tous les milieux. Ce qui importait, c'était la connaissance scientifique, ce qu'il pouvait découvrir sous les rochers : les secrets des processus naturels.

Pourtant, sa curiosité était piquée au vif : comment pouvait-il mériter pareille attention ?

— Votre Majesté, si je puis vous poser à nouveau la question... quel projet avez-vous pour moi ? (Il ajouta très vite :) Bien sûr, je serai heureux de servir l'Empereur dans la mesure de mes capacités.

— Kynes, vous avez été reconnu comme un vrai déchiffreur de mondes, capable d'analyser les écosystèmes complexes afin de les plier aux besoins de l'Imperium. Nous vous avons choisi pour vous envoyer sur la planète déserte Arrakis pour que votre magie y opère.

— Arrakis ! (Kynes ne pouvait dissimuler son étonnement —

et aussi son plaisir.) Je crois que les Fremen, ses habitants nomades, la nomment Dune.

— Quel que soit son nom, fit Elrood d'un ton quelque peu acerbe, c'est l'un des mondes les plus déplaisants de l'Imperium. Bien sûr, vous le savez, Arrakis est la source unique du Mélange.

Kynes acquiesça.

— Je me suis toujours demandé pourquoi aucun chercheur n'avait jamais découvert d'épice sur un autre monde. Et pour quelle raison nul n'avait jamais compris comment l'épice se crée et s'accumule ?

— C'est à *vous* qu'il revient de le comprendre pour nous, dit l'Empereur. Et il en est grand temps également.

Kynes prit soudain conscience qu'il avait dû dépasser les limites assignées et recula quelque peu. Il était dans la plus gigantesque salle de trône entre tous les millions de mondes, et conversait avec l'Empereur Padishah Elrood IX. Les autres membres de la Cour le toisaient avec quelque mépris, certains avec horreur, d'autres avec un plaisir mauvais, s'attendant certainement à ce qu'il soit sévèrement châtié dans l'instant.

Mais très vite ses pensées se portèrent vers l'infini du paysage de sables blanchis, de dunes majestueuses, habité de vers titanesques – des visions qu'il n'avait eues qu'à travers les livres-films. Oubliant alors sa faute infime de protocole, il reprit son souffle en guettant la réponse de l'Empereur.

— Pour l'avenir de l'Imperium, il est essentiel que nous puissions percer le secret du Mélange. Jusqu'à ce jour, nul n'y est parvenu. Tous considèrent Arrakis comme une source de profits inépuisable sans se soucier de définir le mécanisme de la production d'épice. Quelle pauvreté d'esprit ! (L'Empereur ménagea une pause avant de continuer :) Telle est votre mission, Pardot Kynes. Nous vous nommons Planétologiste Impérial d'Arrakis.

Ce disant, Elrood se pencha sur cet homme d'âge moyen mais usé par les épreuves et l'évalua. Il vit aussitôt que Kynes n'était pas un être dissimulé : ses émotions, ses affinités se lisaient clairement sur son visage. Les conseillers de la Cour avaient indiqué à leur Empereur que ce personnage était dépourvu d'ambitions politiques, qu'il n'avait aucun attachement particulier. Son intérêt unique résidait dans son travail, dans sa compréhension de l'ordre universel. Il se passionnait comme un enfant pour les lieux étrangers et les environnements difficiles. Il s'acquitterait de sa mission avec un enthousiasme absolu et lui apporterait des réponses honnêtes.

Elrood avait passé une trop grande part de sa vie avec des courtisans visqueux, des sycophantes au cerveau vide. Mais l'homme fruste et asocial qu'il avait en cet instant devant son trône n'avait rien de commun avec ces êtres serviles.

Il était désormais impératif qu'il sache ce qui se passait derrière l'épice pour améliorer l'efficacité de l'exploitation, c'était même vital. Après les sept années du gouvernement inepte d'Abulurd Harkonnen et les accidents et les fautes de l'ambitieux Baron Vladimir, l'Empereur s'inquiétait du goulet d'étranglement de la production d'épice. Le Mélange devait couler, encore et toujours.

La Guilde Spatiale avait besoin de quantités énormes de Mélange pour alimenter les Navigateurs mutants dans leurs chambres closes. Et lui-même ainsi que tous les citoyens impériaux de haut rang en absorbaient des doses quotidiennes de plus en plus importantes, parce qu'ils devaient maintenir leur vitalité, prolonger la durée de leur existence. Les Sœurs du Bene Gesserit en dépendaient pour créer toujours plus de Révérendes Mères. Et le Mélange était le fondement de la concentration des Mentats.

Même s'il désapprouvait de nombreuses mesures récentes du Baron Harkonnen, Elrood ne pouvait pas s'emparer d'Arrakis. Après des décennies de manipulations politiques et l'éviction de la Maison de Richèse, les Harkonnens lui avaient succédé au terme de quelques décennies de manipulations politiques.

Depuis mille ans à présent, Arrakis était une faveur impériale accordée à une famille précise désignée pour exploiter les ressources du désert durant un bail qui ne devait pas excéder un siècle. À chaque fois que le fief devait être octroyé, le Palais était assailli de plaintes et de requêtes. Le soutien du Landsraad n'allait pas sans condition, et Elrood avait quelquefois le sentiment d'être pris à la gorge.

Certes, il était Empereur, mais son pouvoir reposait sur l'équilibre précaire de forces nombreuses, parmi lesquelles les Maisons Majeures et Mineures du Landsraad, la Guilde Spatiale et les combinats commerciaux géants tels que la CHOM. Plus d'autres forces avec lesquelles il était encore plus difficile de traiter et qui préféraient demeurer à l'écart de la scène.

Il faut que je déséquilibre l'ensemble, songea Elrood. *Cette affaire d'Arrakis dure depuis trop longtemps.*

En se penchant vers Kynes, il mesura son enthousiasme et son bonheur. L'homme était rayonnant. Il avait *vraiment envie* de se retrouver sur ce monde désertique : tant mieux !

— Planétologiste, lui dit-il, trouvez tout ce que vous pourrez sur Arrakis et adressez-moi des rapports réguliers. La Maison Harkonnen va recevoir des instructions afin de vous apporter tout le soutien et la coopération qui vous seront nécessaires.

Mais ils ne vont sûrement pas apprécier d'avoir un observateur impérial qui vienne renifler dans le coin.

Pourtant, au titre de gouverneur planétaire, le Baron Harkonnen devait lui obéir au doigt et à l'œil.

— Nous vous fournirons le matériel nécessaire pour ce voyage. Dressez vos listes et envoyez-les à mon Chambellan.

— Je n'ai que peu de besoins. J'ai mes yeux et mon esprit.

— Certes, mais arrangez-vous pour que le Baron vous accorde d'autres aménités, fit Elrood en souriant avant de lui donner congé.

Il remarqua que Kynes sortait de la chambre d'audience d'un pas plus allègre.

Tu ne feras point de machine à l'esprit de l'homme semblable.

Commandement principal du Jihad Butlérien figurant dans la *Bible Catholique Orange*

« La souffrance est le grand enseignant des hommes ! » lança le chœur des vieux acteurs, parfaitement à l'unisson. Même si ces acteurs étaient de simples villageois de la bourgade située au pied de Castel Caladan, ils avaient joué avec talent pour ce Spectacle annuel de la Maison. Leurs costumes étaient colorés, sinon authentiques, et les décors – la façade du palais d'Agamemnon, la cour dallée – étaient d'un réalisme qui devait tout à leur enthousiasme, plus quelques extraits de vieux films sur la Grèce antique.

La pièce d'Eschyle durait déjà depuis un bon moment, il faisait chaud et il n'y avait pas d'air. Des brilleurs éclairaient l'estrade et les rangs des spectateurs, mais les torches et les brûle-parfums fumaient tout autour.

Même avec le bruit ambiant, les acteurs ne tarderaient guère à entendre les ronflements sonores du Vieux Duc Paulus.

– Père, réveillez-vous ! chuchota Leto Atréides en lui donnant un léger coup de coude dans les côtes. On n'est même pas à la moitié de la pièce.

Paulus sursauta dans son fauteuil et chassa des miettes imaginaires de son torse impressionnant. Les ombres jouaient sur son visage anguleux et plissé et dans son opulente barbe poivre et sel. Il portait l'uniforme noir des Atréides avec la crête de faucon rouge brodée sur l'épaule gauche.

– Ils ne font que parler et prendre des attitudes, mon garçon. (Le Duc cligna des yeux en observant les vieux acteurs qui n'avaient guère bougé jusque-là.) Et on voit ça tous les ans.

— Il ne s'agit point de cela, mon cher Paulus, fit la mère de Leto, Dame Helena. (Elle était assise à son côté dans sa robe magnifique et, dans son visage à la peau brune, son regard intense était concentré sur le chœur grec.) Pensez au contexte. Il s'agit de l'histoire de *votre* famille, après tout, pas de la mienne.

Leto observa tour à tour ses deux parents. Il savait que la Maison de Richèse à laquelle appartenait sa mère avait connu grandeur et infortune comme celle des Atréides. Elle avait connu son « âge d'or » avant de sombrer dans les difficultés économiques.

La Maison des Atréides proclamait que ses origines remontaient à plus de douze mille années, aux anciens fils d'Atreus, sur la Vieille Terre. La famille honorait désormais sa longue histoire, en dépit des nombreux incidents déshonorants et des tragédies qu'elle comptait. Les ducs avaient perpétué la tradition annuelle de jouer *Agamemnon*, la tragédie classique, l'histoire du célèbre fils d'Atreus, l'un des généraux qui avaient conquis Troie.

Avec ses cheveux noirs et son nez aquilin, Leto ressemblait beaucoup à sa mère. Vêtu d'atours inconfortables, il regardait la scène, comprenant vaguement que l'histoire avait pour cadre un autre monde. L'auteur de la pièce avait compté que son public comprendrait les références ésotériques. Le général Agamemnon avait été un grand chef militaire dans des guerres légendaires de l'histoire humaine, bien avant la création des machines pensantes qui avaient asservi l'humanité, bien avant que le Jihad Butlérien ne la délivre.

Pour la première fois depuis qu'il avait atteint ses quatorze ans, Leto sentait le poids des légendes sur ses épaules. C'était comme s'il avait un lien avec les visages et les personnalités du passé infortuné de sa famille. Un jour, il succéderait à son père et entrerait lui aussi dans l'histoire des Atréides. Les événements, jour après jour, grignotaient ce qui restait de son enfance, le transformaient en homme. Il le voyait clairement.

Les vieux acteurs entonnèrent :

« La fortune que l'on n'envie pas est la meilleure. Mieux vaut cela que mettre à sac les cités et obéir aux commandements des autres. »

Avant de faire voile vers Troie, Agamemnon avait sacrifié sa propre fille pour s'assurer que les dieux lui accorderaient des vents favorables. Dans sa détresse, son épouse Clytemnestre avait forgé sa vengeance durant ses dix années d'absence. Après la dernière victoire de la guerre de Troie, un cordon de brasiers avait été allumé au long de la côte pour annoncer la nouvelle au pays.

Paulus, qui n'avait jamais beaucoup lu ni pratiqué la critique littéraire, marmonna :

– Toute l'action se déroule hors scène.

Il vivait pour l'instant présent et appréciait jusqu'au bout les expériences comme les réussites. Il préférait passer son temps avec son fils ou ses soldats.

– Tout le monde reste là, près de la rampe, à attendre l'arrivée d'Agamemnon.

Paulus avait horreur de l'inaction et répétait constamment à son fils qu'il valait mieux prendre une décision erronée qu'aucune. Leto se disait que le Vieux Duc devait avoir de la sympathie pour le grand général, un personnage qui lui allait droit au cœur.

Dans le ronronnement du chœur des vieux, Clytemnestre sortit du palais pour prononcer un discours. Un héraut, qui déclara débarquer d'un vaisseau, s'avança, embrassa le sol natal et débita un long soliloque.

« Agamemnon, roi glorieux ! Tu as bien mérité cet accueil joyeux, car tu as annihilé Troie et tout le pays troyen. Les autels de l'ennemi ont été abattus dans les ruines, ses terres sont stériles désormais et il ne pourra plus adorer leurs dieux. »

La guerre et la violence – Leto pensait aux années de jeunesse de son père, lorsqu'il s'était lancé dans les batailles de l'Empire, écrasant une rébellion sanglante sur Ecaz, faisant campagne avec son ami Dominic, qui était devenu le Comte de la Maison Vernius, qui régnait sur Ix. Dans ses moments de loisir, quand il se retrouvait avec son fils, le Vieux Duc lui parlait souvent de ces temps révolus avec une grande fierté.

Dans la pénombre de la loge, Paulus, incapable de dissimuler son ennui, fit entendre un soupir sonore. Dame Helena lui lança un regard fulgurant avant de revenir au spectacle avec un sourire serein, au cas où quiconque l'aurait observée. Leto regarda son père avec un petit sourire complice, et Paulus lui fit un clin d'œil.

Agamemnon victorieux fit enfin son entrée sur scène, accompagné par sa prise de guerre, Cassandre, la prophétesse à demi folle. Dans le même temps, Clytemnestre s'apprêtait à accueillir l'époux abominé, feignant l'amour et le dévouement.

Le vieux Paulus leva la main pour ouvrir un peu plus le col de son uniforme, mais Helena l'en empêcha sans perdre son sourire.

En observant ce rituel dont ses parents étaient coutumiers, Leto sourit en lui-même. Sa mère luttait constamment pour maintenir ce qu'elle appelait « le sens du décorum », alors que son époux se comportait de façon bien plus relâchée. Leto avait appris de son père l'exercice du pouvoir et la politique, et de sa mère le protocole et la religion.

Dame Helena Atréides était née Richèse, une Maison Majeure qui avait perdu son prestige et son influence à coups d'échec économique et d'intrigue de palais. Après son éviction d'Arrakis, la famille d'Helena avait réussi à maintenir une part de sa respectabilité grâce à l'alliance matrimoniale avec les Atréides, et plusieurs sœurs d'Helena avaient épousé les chefs d'autres Maisons.

En dépit de leurs différences flagrantes, le Duc Paulos avait profondément aimé Helena durant les premières années de leur union. Il s'en était ouvert à Leto. Mais, avec le temps, ce sentiment s'était usé et le Duc avait eu bien des maîtresses, sans doute aussi des enfants illégitimes, encore que Leto fût son unique héritier officiel. Au fil des années, une sorte d'animosité s'était installée entre les deux époux, créant une grave fêlure. Et leur foyer était désormais strictement politique.

– Mon garçon, avait dit le Duc à Leto, je me suis avant tout marié pour des motifs politiques. Sinon, je n'aurais même pas tenté de le faire. Dans notre position, le mariage est un outil. Il ne faut pas risquer de tout gâcher en essayant de mêler l'amour à cette association.

Leto se demandait parfois si Helena elle-même avait jamais eu de l'amour pour son père, ou si elle n'avait visé que le titre et la fonction. Depuis quelque temps, elle se comportait comme l'assistante royale de Paulus, constamment empressée à surveiller sa tenue, à le rendre présentable. Sa réputation personnelle en dépendait.

Sur scène, Clytemnestre accueillait son mari, déployant des tapisseries violettes sous ses pas afin qu'il ne foule pas la poussière. En grande pompe, Agamemnon pénétra dans son palais, tandis que Cassandre, muette de terreur, refusait de le suivre.

Elle avait prédit sa propre mort et l'assassinat du général, mais, bien sûr, sans être entendue.

La mère de Leto gardait des contacts avec les Maisons les plus influentes par des voies politiques soigneusement entretenues. Alors que le Duc Paulus, lui, s'entendait avant tout avec les gens du peuple de Caladan. Les Atréides conservaient le pouvoir sur leurs sujets en ne leur payant que la part qui leur revenait légalement sur les entreprises de la famille. La prospérité de la famille ne pouvait se maintenir au détriment des citoyens.

Sur scène, alors que le général s'apprêtait à prendre son bain, son épouse traîtresse le prit au piège de robes mauves enchevêtrées et le poignarda à mort ainsi que sa maîtresse.

– Par les dieux ! Je tombe d'un coup mortel ! geignit Agamemnon, invisible.

Le vieux Paulus se pencha vers son fils avec un rictus.

– J'ai tué bien des hommes sur le champ de bataille, mais je n'en ai jamais entendu *un seul* dire ça !

Helena porta un doigt à ses lèvres.

– Mes dieux, protégez-moi ! Un autre coup ! cria encore Agamemnon.

Le public était fasciné par la tragédie, mais Leto se prit à réfléchir aux rapports entre cette situation et sa propre vie. C'était censé être un héritage de famille, après tout.

Clytemnestre proclama qu'elle avait assassiné son époux pour venger le sacrifice sanglant de leur fille, sa débauche dans Troie et pour lui faire payer le prix d'avoir impudemment ramené sa maîtresse Cassandre sous leur toit.

« Ô, Roi glorieux, entonna le chœur, notre affection n'a point de limites, nos larmes ne se tariront pas. L'araignée vous a capturé dans sa toile spectrale. »

Leto en eut le ventre noué. Dans le lointain passé, la Maison des Atréides avait commis des crimes atroces. Mais la famille avait changé, sans doute hantée par les fantômes de l'histoire. Le Vieux Duc était un homme honorable, révéré par ses gens et respecté par le Landsraad. Leto espérait qu'il ferait aussi bien lorsque viendrait son tour de diriger la Maison.

Après les dernières répliques, la troupe d'acteurs s'avança jusqu'à la rampe et salua son élégant public de chefs d'entreprise et autres leaders politiques.

– Eh bien, je suis ravi que ce soit terminé, soupira Paulus alors que les brilleurs se rallumaient dans la salle.

Il se leva et effleura la main de son épouse d'un baiser avant de quitter la loge royale.

– À présent, très chère, retirez-vous. Je dois m'entretenir avec Leto. Attendez-nous dans le hall.

Dame Helena ne lança qu'un bref regard à son fils avant d'enfiler l'antique corridor de bois et de pierre. Elle savait exactement ce que Paulus avait l'intention de dire à Leto, mais elle se pliait à cette tradition archaïque qui voulait que les femmes ne soient pas présentes lorsque les hommes traitaient de « questions importantes ».

Les marchands, les hommes d'affaires et autres notables commençaient à envahir le corridor. On buvait du vin de Caladan en grignotant des canapés.

– Par ici, mon garçon, fit le Duc en empruntant un passage vers les coulisses.

Deux gardes atréides les saluèrent. Ils prirent un tube ascenseur et, quatre étages plus haut, sortirent dans une loge ornée de dorures. Des brilleurs de cristal de Balut flottaient dans la pièce en répandant une douce clarté orangée. Cette pièce qui avait été autrefois la loge d'un acteur caladanien légendaire était maintenant exclusivement réservée aux entretiens privés des Atréides et de leurs conseillers.

Leto se demandait pour quelle raison son père l'avait amené ici.

Dès qu'il eut refermé la porte, Paulus s'installa dans un fauteuil-suspenseur noir et vert en faisant signe à son fils de prendre place en face de lui. Leto régla les contrôles de son fauteuil pour l'élever un peu : ainsi, son regard était au niveau de celui du Duc. Il n'agissait ainsi qu'en privé, pas même en présence de sa mère qui aurait considéré cela comme irrespectueux et inconvenant. À l'opposé, le Vieux Duc trouvait que ce comportement effronté et hardi était le reflet amusant du jeune homme qu'il avait été.

Paulus prit une pipe en bois gravé dans le compartiment du bras de son fauteuil et entama sans perdre un instant.

– Leto, tu as atteint l'âge où il faut agrandir le cercle de ses connaissances, aussi je vais t'envoyer étudier sur Ix.

Il guetta la réaction de son fils : Leto avait les cheveux noirs de sa mère, mais le teint de sa peau était un peu plus clair, il avait un visage étroit aux traits marqués, et le regard de ses yeux gris était profond.

Ix ! songea Leto dont le pouls s'était accéléré. *La planète des machines. Ce monde étrange et différent.* Dans l'Imperium, personne n'ignorait les innovations technologiques incroyables de la mystérieuse planète, mais bien peu l'avaient visitée. Leto était désorienté, comme s'il se trouvait brusquement sur le pont d'un navire pris dans la tempête. Son père aimait lui réserver ce genre de surprise, pour éprouver ses réactions face à l'inattendu.

Les Ixiens maintenaient un voile de secret sur leurs industries. Les rumeurs rapportaient qu'ils étaient à la limite de la légalité, qu'ils fabriquaient des appareils en violation des lois d'interdit du Jihad sur les machines pensantes. *Pour quelle raison mon père m'envoie-t-il là-bas ? Comment cela a été arrangé ? Et pourquoi personne ne m'a demandé ce que j'en pensais ?*

Une robotable sortit du sol avec un verre de jus de cidrille glacé. Les gens de la famille connaissaient son goût pour ce breuvage piquant. Il en but une gorgée et plissa les lèvres.

— Tu y suivras des cours durant un an, reprit Paulus. Selon la tradition de l'alliance des Grandes Maisons. Ta vie sur Ix sera en contraste absolu avec le monde bucolique qu'est Caladan. Tu devrais y apprendre beaucoup de choses.

Il baissa les yeux sur sa pipe. Elle était d'un brun foncé, taillée dans du bois de jacaranda d'Ecar, incrustée de spirales qui scintillaient sous les brilleurs.

Leto sourit en retrouvant un souvenir.

— Vous avez déjà été sur Ix, Monsieur mon Père. Pour rendre visite à votre camarade Dominic Vernius, c'est ça ?

Paulus effleura la touche de combustion de sa pipe et tira une longue bouffée. Le tabac qu'il fumait était une algue dorée riche en nicotine.

— En plusieurs occasions. Les Ixiens constituent une société insulaire et ils ne font pas confiance aux étrangers. Tu vas passer par toutes sortes de filtrages de sécurité, on va t'interroger, te sonder. Ils savent que ce serait fatal pour eux de relâcher leur garde, ne serait-ce qu'un bref instant. Toutes les Maisons Mineures et Majeures convoitent ce qu'Ix possède.

— La Maison de Richèse entre autres, risqua Leto.

— Ne dis pas cela à ta mère. Richèse n'est plus que l'ombre de ce qu'elle a été depuis qu'Ix l'a écrasée dans une guerre économique acharnée. Les Ixiens sont passés maîtres dans l'art du sabotage et de l'appropriation des brevets. De nos jours, les Richésiens ne savent plus que faire de mauvaises copies sans aucune innovation.

Leto réfléchit à ces commentaires qui étaient nouveaux pour lui. Son père tirait sur sa pipe, les joues gonflées, la barbe hérissée.

— Par respect pour ta mère, mon garçon, nous avons filtré ce que l'on t'enseignait. La chute de la Maison de Richèse a été une perte *immensément* tragique. Ton grand-père, le Comte Ilban Richèse, avait une grande famille et consacrait plus de temps à ses enfants qu'à ses intérêts. Tandis qu'ils étaient choyés, sa fortune dépérissait.

Leto acquiesça, attentif comme toujours au discours de son père. Mais il en savait déjà plus que ce qu'imaginait Paulus : il avait regardé en secret des enregistrements holos et des livres-films que son précepteur avait laissés à sa portée. Il s'était dit qu'il l'avait peut-être fait à dessein, que cela faisait partie d'un plan destiné à lui révéler l'histoire de la famille de sa mère comme une fleur, pétale après pétale.

S'il était curieux des intérêts familiaux des Richèses, Ix l'intriguait tout autant. La Maison Vernius d'Ix, jadis concurrente industrielle de celle de Richèse, avait survécu en tant que puissance technologique. Elle était maintenant l'une des plus prospères de l'Imperium – et c'était sur ce monde qu'il allait étudier.

Son père interrompit le cours de ses réflexions.

— Ton partenaire sera le Prince Rhombur, héritier du titre. J'espère que vous vous entendrez. Vous avez à peu près le même âge.

Le Prince d'Ix. Leto espérait que le jeune Vernius ne se montrerait pas aussi enfant gâté que la plupart des héritiers des grandes familles du Landsraad. Pourquoi n'avait-il pas droit à une princesse, aussi jolie que la fille du banquier de la Guilde qu'il avait rencontrée le mois d'avant au Bal de la Marée de Solstice ?

— Eh bien... comment est-il, ce Prince Rhombur ?

Paulus partit d'un grand rire qui laissait supposer toute une vie d'histoires paillardes et truculentes.

— Ma foi, je ne pense pas le savoir. Cela fait bien longtemps que je n'ai pas rendu visite à Dominic et à son épouse Shando. (Il sourit comme s'il se souvenait d'une vieille plaisanterie.) Ah,

Shando... elle a été une concubine de l'Empereur, autrefois, mais Dominic l'a piquée comme ça, sous le nez d'Elrood. (Il eut un rire impertinent.) Et aujourd'hui, ils ont un fils... et aussi une fille, Kailea.

Avec un sourire énigmatique, il continua :

— Tu as beaucoup à apprendre, mon garçon. Dans un an, vous reviendrez étudier tous deux sur Caladan, en échange. Avec Rhombur, tu iras dans les exploitations de riz pundi, dans les marais des terres basses, sur le continent sud. Vous vivrez dans des cabanes et vous irez travailler dans les rizières. Vous plongerez sous la mer dans une chambre de Nells pour pêcher les gemmes de corail. (Il tapota l'épaule de Leto.) Il y a des choses qu'on ne saurait apprendre dans les livres-films, ni même en classe.

— Oui, Père.

La pipe du Duc dégageait un parfum doux et iodé. Leto fronça les sourcils en espérant que la fumée voilait un peu son expression. Ce changement de vie radical et inattendu ne le séduisait guère, mais il respectait son père : le Vieux Duc savait très bien de quoi il parlait et il avait par-dessus tout envie que son fils suive ses traces.

Paulus se laissa aller en arrière et son fauteuil se balança légèrement.

— Mon garçon, je sais que ça n'est pas vraiment de ton goût, mais cette expérience sera essentielle, aussi bien pour toi que pour le fils de Dominic. Ici, sur Caladan, vous apprendrez tous deux notre grand secret : comment nous nous sommes attaché la loyauté de nos sujets, pourquoi nous faisons implicitement confiance à notre peuple, contrairement aux Ixiens.

Paulus était maintenant grave, et toute trace d'amusement avait disparu de son regard.

— Mon fils, ceci est plus essentiel que tout ce que tu apprendras sur un monde industrialisé : les gens sont plus importants que les machines.

C'était un adage que Leto avait souvent entendu, une phrase qui faisait intimement partie de lui, aussi vitale que le fait de respirer.

— C'est pour cela que nos soldats se battent si bien.

Paulus l'observa dans une volute de fumée.

— Un jour tu seras Duc, patriarche de la Maison des Atréides, un représentant respecté auprès du Landsraad. Ta voix sera entendue au même titre que celles de tous les souverains des Grandes Maisons. C'est une immense responsabilité.

— J'en serai digne.

— J'en suis convaincu, Leto... mais détends-toi un peu. Les gens savent quand nous ne sommes pas heureux – et quand leur Duc n'est pas heureux, ils ne le sont pas non plus. Laisse passer la pression à travers toi. Ainsi, tu n'en souffriras pas. Amuse-toi un peu plus.

M'amuser. Leto pensait à la fille du banquier de la Guilde, à ses hanches, à ses seins, au baiser doux et humide qu'elle lui avait donné, à son regard attirant.

Il n'était peut-être pas aussi sérieux que le croyait son père, après tout.

Il but une gorgée de jus de cidrille, savourant sa fraîcheur acidulée.

— Monsieur mon Père, connaissant votre loyauté, et puisque les Atréides sont des alliés connus des Ixiens, pourquoi toutes ces procédures d'interrogation ? Pensez-vous qu'un Atréides, même avec tout ce qu'on lui a instillé, pourrait devenir un traître ? Comme... les Harkonnens ?

Le Vieux Duc plissa le front.

— Il fut un temps, nous n'étions guère différents d'eux, mais je fais allusion à des récits passés que tu n'es pas encore prêt à entendre. Rappelle-toi cette pièce que tu viens de voir. (Il leva le doigt.) Les choses changent dans l'Imperium. Les alliances se nouent et se défont au gré des caprices.

— Pas les *nôtres*.

Paulus affronta brièvement les yeux gris de son fils avant de se perdre dans la contemplation du nuage de fumée qui se lovait autour des tentures épaisses.

Leto soupira. Il y avait tant de choses qu'il aurait voulu savoir, et très vite. Mais on ne les lui accordait que par petits fragments, comme les canapés dans les réceptions mondaines de sa mère.

Au-dehors, on faisait le ménage, on préparait la salle pour une nouvelle représentation d'*Agamemnon*. Les acteurs se détendaient et changeaient de costume.

En cet instant, seul avec son père dans la loge, Leto avait le sentiment d'être encore plus un homme. La prochaine fois, il fumerait peut-être la pipe. Et il aurait droit à un breuvage plus fort que le jus de cidrille. Paulus l'observait avec fierté.

Leto lui sourit en réponse et tenta d'imaginer comment ce

serait quand il deviendrait le Duc Atréides. Et puis, un sentiment de honte l'envahit : son père devrait mourir avant qu'on ne passe l'anneau ducal à son doigt. Et il ne le voulait pas, il espérait que ce ne serait que dans très longtemps. Trop loin dans l'avenir pour qu'il y pense déjà.

> Guilde Spatiale : *l'une des composantes du tripode qui soutient la Grande Convention. La Guilde a été la seconde école de formation physico-mentale (voir Bene Gesserit) après le Jihad Butlérien. Le monopole de la Guilde sur les voyages et transports spatiaux et le système bancaire a déterminé la datation du Calendrier Impérial.*
>
> Terminologie de l'Imperium

Du haut du Trône du Lion d'Or, l'Empereur Elrood IX toisait d'un air sombre le personnage aux épaules larges, à l'allure trop assurée, qui se tenait devant le dais royal, l'une de ses bottes, sans doute souillée, posée sur la première marche. Bien qu'il fût aussi chauve qu'une boule de marbre, le Comte Dominic Vernius se comportait encore en héros décoré et populaire comme aux jours lointains de sa gloire téméraire. Mais Elrood doutait que quiconque en ait gardé le souvenir.

Aken Hesban, le Chambellan Impérial, se porta rapidement au côté du visiteur et lui ordonna d'un ton rude de retirer cette botte offensante. Dans les reflets dorés de l'après-midi de Kaitain qui filtraient par les prismes des fenêtres étroites, Hesban avait le teint jaunâtre. Sa bouche était encadrée d'une longue moustache tombante.

Le Comte ôta son pied ainsi qu'on venait de le lui intimer mais son regard ne perdit rien de sa cordialité. Le col de sa tunique était orné de l'écusson ixien, une hélice violette et cuivrée. Même si la Maison de Corrino était bien plus puissante que la famille régnante d'Ix, Dominic avait l'habitude irritante de traiter l'Empereur en égal, comme si son passé – brillant ou non – l'autorisait à se dispenser des formalités de protocole, ce que le Chambellan Hesban n'appréciait pas du tout.

Il y avait de longues années de cela, durant les féroces guerres civiles, Dominic Vernius avait conduit les légions des troupes impériales, et depuis il ne respectait pas vraiment l'Empereur. Elrood s'était mis dans une situation politique trouble après avoir épousé sa quatrième femme, Habla. Plusieurs leaders du Landsraad avaient été obligés de jouer de leur puissance militaire pour rétablir l'équilibre. La Maison Vernius d'Ix avait été de ses alliés, de même que les Atréides.

Dominic Vernius souriait sous sa moustache extravagante en observant Elrood de ses yeux de jade. Le vieux vautour n'avait pas gagné son trône par ses hauts faits ou sa bonté. Gaylord, le grand-oncle de Dominic, lui avait dit une fois : « Si tu es né avec le pouvoir, c'est par la qualité de ton travail que tu dois prouver que tu l'as mérité – sinon, tu dois abandonner. Ce serait agir avec inconscience que de faire moins. »

Campé sur l'échiquier de dalles de pierre censées provenir de tous les mondes de l'Imperium, le comte Dominic attendait qu'Elrood prenne la parole. *Un million de mondes ?* songea-t-il. *Il n'y a pas autant de dalles ici, quoique je ne tienne pas à avoir la corvée de les dénombrer.*

Hesban l'observait d'un regard aigre. Le comte se dit qu'il devait se nourrir uniquement de lait tourné, mais il savait jouer lui aussi et était bien décidé à ne pas s'impatienter, à ne pas s'enquérir de ce qui lui valait cette convocation. Aussi demeurait-il imperturbable et souriant. Son expression et l'éclat de son regard révélaient qu'il connaissait bien des secrets embarrassants concernant le Vieil Empereur, que sa femme Shando lui avait révélés – et, pour Elrood, le soupçon était comme une épine d'elacca plantée dans son flanc.

Dominic surprit un mouvement sur sa droite et découvrit sous le cintre d'une porte une femme en robe noire, une sorcière Bene Gesserit. Il ne parvenait pas à discerner son visage, en partie dissimulé sous un capuchon. Thésauriseuses de secrets, les Bene Gesserit étaient toujours proches du pouvoir, constamment elles épiaient, surveillaient, manipulaient...

– Je ne vous demande pas si c'est vrai, Vernius, dit enfin l'Empereur. Mes sources sont infaillibles, et je sais que vous avez commis cet acte terrible. La technologie ixienne... Peuh !

Ce fut comme un crachat entre ses lèvres parcheminées, mais Dominic se garda de rouler les yeux : Elrood surestimait toujours ses effets mélodramatiques. Et il afficha un sourire radieux.

– Je n'ai pas conscience d'avoir commis un « acte terrible », Sire. Demandez à votre Diseuse de Vérité, si vous ne me croyez pas.

Il risqua un regard vers la Bene Gesserit.

— Ça n'est que de la sémantique, Dominic. Ne jouez pas à l'idiot.

Mais le Comte attendait que son Empereur l'accuse de façon explicite.

Elrood souffla d'un air irrité en même temps que son Chambellan.

— Mais, bon sang ! La conception de votre nouveau Long-courrier va permettre à la Guilde, avec son maudit monopole du transport spatial, d'augmenter le fret de *seize pour cent* à chaque voyage !

Domininc s'inclina en gardant un léger sourire.

— À vrai dire, Mon Seigneur, nous sommes parvenus à une augmentation de dix-huit pour cent. C'est une amélioration appréciable par rapport au modèle initial, avec non seulement une nouvelle coque mais également une technologie de bouclier moins volumineuse et pesante. Donc, gain d'efficacité. L'exemple même de l'innovation ixienne qui a fait la réputation de la Maison Vernius depuis des siècles.

— Cette modification réduit le nombre de voyages que la Guilde doit faire pour le même tonnage.

— Bien sûr, Sire. (Le Comte Dominic détailla Elrood comme s'il était incroyablement stupide.) Si l'on accroît la capacité de chaque Long-courrier, on réduit ainsi le nombre de vols requis pour la même cargaison. Simple calcul mathématique.

— Cette nouvelle conception va porter préjudice à la Maison Impériale, Comte Vernius ! déclara Aken Hesban en serrant sa chaîne de Chambellan comme un mouchoir. Il avait l'air d'un morse avec ses défenses-moustaches, pensa Dominic, amusé.

— Ma foi, je suppose que je puis comprendre votre inquiétude élémentaire, *Sire*, fit le Comte sans accorder un regard au Chambellan.

L'impôt impérial était calculé sur le nombre de vols et non sur le tonnage de la cargaison, et le nouveau dessin du Long-courrier allait amener une réduction sensible des rentrées pour la Maison de Corrino.

Il écarta ses grandes mains marquées de cicatrices, l'air éminemment docte.

— Mais comment pourriez-vous exiger de nous que nous refoulions tout progrès de manière aussi flagrante ? Ix n'a pas contrevenu aux restrictions imposées par la Grande Révolte. Nous avons le soutien absolu de la Guilde et du Landsraad.

— Et vous avez agi en sachant pleinement que cela susciterait ma colère ?

Elrood se pencha encore. Il ressemblait un peu plus à un vautour.

— Allons, Sire ! (Dominic se gaussait de l'inquiétude visible de l'Empereur.) Les sentiments personnels n'ont pas à entraver la marche du progrès.

Elrood se dressa dans le froissement de sa toge qui pendait sur son corps squelettique.

— Dominic, je ne peux pas renégocier avec la Guilde un impôt sur le tonnage métrique, et vous le savez !

— Et moi, je ne saurais modifier les lois du commerce et de l'économie. C'est vous que ça concerne, Elrood.

Devant la familiarité et la désinvolture que le Comte affichait vis-à-vis de l'Empereur, les fonctionnaires de la Couronne eurent une exclamation étouffée.

— Prenez garde, le prévint le Chambellan.

Mais Dominic l'ignora et poursuivit.

— Cette modification de conception concerne beaucoup de gens, surtout positivement. Nous n'avons à cœur que le progrès et nous faisons de notre mieux pour satisfaire la Guilde Spatiale, qui est notre client. Le prix d'un nouveau Long-courrier excède les revenus d'une année standard pour bien des systèmes planétaires.

— Il est peut-être temps que mes administrateurs et mes concesseurs inspectent vos ateliers. (Il y avait une note menaçante dans sa voix.) Selon certains rapports, les chercheurs ixiens auraient secrètement mis au point des machines pensantes, en violation de la loi du Jihad. Et j'ai également entendu des plaintes concernant les répressions que vous auriez exercées contre la classe ouvrière suboïde. N'est-il pas vrai, Aken ?

Le Chambellan acquiesça d'un air glacial.

— Oui, Votre Altesse.

— Ces rumeurs n'existent pas, fit Dominic avec un rire quelque peu hésitant. En tout cas, il n'y a pas de preuve.

— Oui, hélas, il s'agit de rapports anonymes et aucun enregistrement n'en a été fait. (L'Empereur joua avec ses ongles pointus en souriant ouvertement.) Je pense que le mieux serait une visite surprise – avant que vous ne les préveniez pour qu'ils dissimulent ce que nous pourrions découvrir.

— Selon le pacte défini il y a longtemps par l'Imperium et le

Landsraad, le fonctionnement interne d'Ix ne relève pas de votre juridiction.

Le Comte s'énervait, à présent, mais il s'efforçait de garder la même attitude.

– Je n'ai rien signé de ce genre, fit Elrood en examinant minutieusement ses ongles. Et il y a très, très longtemps que je suis Empereur.

– C'est votre ancêtre qui l'a fait, et vous devez le respecter.

– J'ai tout pouvoir pour sceller ou briser des accords. Vous ne semblez pas réaliser que je suis l'Empereur Padishah, et que je puis faire ce qui me convient.

– Le Landsraad devra donner son avis sur ce point, *Roody*.

Aussitôt, Dominic regretta d'avoir utilisé le surnom d'Elrood. Il était trop tard pour reculer.

Le visage empourpré, l'Empereur bondit sur ses pieds en tendant un doigt accusateur.

– Comment osez-vous ?

Les Sardaukar de sa garde se mirent en position, la main sur leur arme.

– Si vous insistez pour une inspection impériale, fit le Comte avec un geste méprisant, je m'y opposerai et déposerai plainte devant la Cour du Landsraad. Vous n'avez aucune charge contre moi et vous le savez. (Il s'inclina en reculant.) J'ai beaucoup à faire, Sire. Si vous voulez bien m'excuser, je dois me retirer.

Elrood le fixait avec rage, outragé de s'être entendu appeler par son surnom. *Roody*. Ils savaient l'un comme l'autre que c'était son ex-concubine, la belle Shando, qui l'avait trouvé... Et qu'elle était désormais Dame Vernius.

Après la Rébellion d'Ecaz, Elrood avait décoré le jeune Dominic et lui avait accordé l'extension de son fief à d'autres mondes du système d'Alkaurops. Invité à la Cour, le comte Vernius y avait séjourné longtemps : c'était un héros de la guerre qu'on aimait voir avec toutes ses décorations dans les réceptions d'État et les banquets impériaux. Le valeureux Dominic était devenu très en vogue, brillant par sa prestance et son humour.

C'était alors qu'il avait rencontré Shando, l'une des concubines de l'Empereur. À cette époque, Elrood n'en avait épousé aucune. Sa quatrième et dernière femme, Habla, était morte cinq ans auparavant et il avait déjà deux héritiers mâles (mais l'aîné, Fafnir, devait mourir empoisonné à la fin de l'année). L'Empereur continuait à s'entourer de jolies femmes, quoique ce fût surtout pour maintenir les apparences, car Shando comme les autres ne partageaient plus que rarement sa couche.

Dominic et Shando avaient succombé à une passion dangereuse tout en réussissant à garder leur liaison secrète durant plusieurs mois. Il était clair qu'Elrood s'était désintéressé de Shando au bout de cinq années, et quand elle lui demanda sa liberté et l'autorisation de quitter la Cour Impériale, Elrood – néanmoins perplexe – les lui accorda. Il l'appréciait mais n'avait pas de motif spécial pour lui refuser cette simple requête.

Les autres concubines avaient trouvé que Shando se comportait de façon déraisonnable en abandonnant le luxe et la richesse, mais elle en avait assez de cette vie somptueuse et désirait devenir une vraie épouse, avec des enfants. Et, bien sûr, elle ne pouvait espérer cela d'Elrood.

Dès qu'elle n'avait plus été attachée à la Cour Impériale, Dominic Vernius l'avait épousée. Leur union avait été sans pompes, sans cérémonial, mais absolument légitime.

En apprenant que quelqu'un d'autre désirait Shando, Elrood, poussé par son orgueil de mâle, avait changé d'idée – mais trop tard. Depuis, il avait gardé de la rancune envers Dominic, il s'était considéré comme trompé et s'était perdu dans des suppositions paranoïdes sur les secrets que Shando avait pu révéler à son nouveau mari sur l'oreiller.

Roody.

La sorcière Bene Gesserit qui rôdait près du trône se perdit un peu plus dans l'ombre, derrière une colonne corrodée de granit Canidar. Le Comte ne pouvait savoir si les événements l'irritaient ou la séduisaient.

Sans hésiter ni presser le pas, Dominic passa entre deux Sardaukar et sortit dans le grand couloir. Il aurait suffi d'un geste d'Elrood pour qu'ils l'exécutent sur-le-champ.

Il marcha un peu plus vite.

Les Corrinos avaient la violence facile. En plus d'une occasion, ils avaient dû payer réparation pour leurs réactions précipitées et malencontreuses en puisant dans l'énorme fortune familiale. Elrood pouvait fort bien faire assassiner le chef de la Maison Vernius durant une audience – mais la Guilde était impliquée. Elle avait de plus en plus favorisé Ix et augmenté ses bénéfices. Et elle venait d'adopter le nouveau Long-courrier : même l'Empereur et ses cruels Sardaukar ne pouvaient s'y opposer.

C'était là une circonstance ironique si l'on tenait compte de la puissance militaire de la Maison de Corrino. Car la Guilde Spatiale ne disposait d'aucune force de combat ni d'armements propres. Mais sans elle, sans ses Navigateurs qui savaient déchiffrer les itinéraires dans les plissements de l'espace, tout voyage eût été impossible, les banques interplanétaires n'auraient pas existé, et Elrood n'aurait plus aucun Empire sur lequel régner. Il suffisait que la Guilde décide brusquement de lui retirer ses faveurs pour bloquer des armées entières, mettant un terme à toutes les campagnes. À quoi serviraient les Sardaukar s'ils étaient cantonnés sur Kaitain ?

Le Comte atteignit enfin la porte principale, franchit l'arche de lave salusane et attendit pendant que trois gardes de la sécurité le sondaient.

Malheureusement, la protection de la Guilde ne pouvait lui éviter ça.

Dominic n'avait que peu de respect pour l'Empereur vieillissant. À vrai dire, il avait tenté de dissimuler le mépris qu'il éprouvait pour l'homme qui gouvernait un million de mondes, mais il avait commis une erreur terrible en le considérant justement comme un homme, comme l'ex-amant de sa femme. Elrood, mortifié, était capable d'anéantir une planète sous le coup de la colère. Il avait le caractère vindicatif de tous les Corrinos.

J'ai mes contacts, se dit Elrood en regardant sortir son adversaire. *Je peux soudoyer les ouvriers qui travaillent sur les composants de ces nouveaux Longs-courriers – mais ce serait difficile vu que les suboïdes ont la réputation d'être dépourvus d'intelligence. Mais, Dominic, je peux aussi retrouver ceux que tu as écartés à la légère. Ton erreur est de les avoir effacés de ta mémoire.*

Il retrouva l'image de l'adorable Shando et se souvint de leurs moments d'intimité, des décennies auparavant. Quand ils se livraient l'un à l'autre dans les draps de soie merh violets, entourés de brûle-parfums et de brilleurs à miroirs. Il était l'Empereur, il pouvait avoir toutes les femmes qu'il voulait – et il avait choisi Shando.

Durant deux années, elle avait été sa favorite, même quand sa femme Habla vivait encore. Menue et fine, elle évoquait une poupée en porcelaine, une image qu'elle avait cultivée depuis qu'elle était arrivée à Kaitain. Mais Elrood savait aussi qu'elle était douée d'un solide bon sens et qu'elle avait du ressort. Ils aimaient jouer aux puzzles multilingues. La première fois qu'il l'avait invitée dans la chambre impériale, elle avait murmuré « Roody » à son oreille et il avait su la faire crier de plaisir au summum de la passion.

Il entendait à nouveau sa voix : *Roody... Roody... Roody...*

Mais Shando était une roturière et il ne pouvait l'épouser. Ça n'était même pas une question de choix. Les chefs des Maisons Royales épousaient rarement leurs concubines, et un Empereur ne le faisait *jamais*. Le fringant Dominic Servius, avec tout son charme et ses manœuvres de séduction, avait persuadé Shando de réclamer sa liberté, de duper Elrood avant de l'emmener avec lui sur Ix pour l'épouser en secret. Plus tard, le Landsraad s'en était offusqué, mais en dépit du scandale, Dominic et Shando étaient restés unis.

Et le Landsraad avait refusé de prendre des mesures à leur encontre, même lorsque Elrood avait adressé une pétition. Après tout, Dominic avait épousé cette fille alors que l'Empereur n'en avait jamais eu l'intention. Tout était conforme à la loi. Même s'il était jaloux, Elrood, avec sa mesquinerie coutumière, ne pouvait accuser Shando d'adultère.

Mais le Comte Vernius connaissait son surnom intime. Qu'avait-elle pu lui révéler encore ? Cette question le rongeait comme un ulcère de Poritrin.

Sur le moniteur qu'il avait au poignet, il vit Dominic sur le seuil de la porte principale, baigné par les pâles rayons du scanner : encore une machine ixienne sophistiquée.

Il pouvait lancer un signal et le comte aurait l'esprit oblitéré, il ne serait plus qu'un légume. *Une surcharge de puissance imprévue... Un terrible accident...* Ce serait tellement ironique qu'un appareil ixien grille l'esprit du Comte d'Ix.

Oh, il en avait tellement envie ! Mais ce n'était pas le moment. On poserait des questions embarrassantes, on ferait sans doute une enquête. Pareille vengeance exigeait de la subtilité et de la préparation. La surprise et l'ultime victoire n'en seraient que plus satisfaisantes.

Elrood éteignit le moniteur.

Aken Hesban, son Chambellan, immobile au pied du trône, ne se risqua pas à demander pourquoi son Empereur souriait.

> *La plus haute fonction de l'écologie est la*
> *compréhension des conséquences.*
>
> Pardot Kynes,
> *Rapport initial à l'Imperium*

Les couleurs pastel de l'aube dessinaient la découpe de l'horizon sur le ciel chatoyant. L'instant d'après, le soleil blanc affleura les dunes sans éclat précurseur et le paysage aride et ridé d'Arrakis étincela dans la chaleur.

Pardot Kynes inspira profondément et ajusta son masque facial pour ne rien perdre de l'humidité précieuse. Une brise légère souleva ses cheveux filasse. Il n'était arrivé sur Arrakis que depuis quatre jours, et déjà il savait que ce monde dénudé recelait plus de mystères qu'il ne pourrait en résoudre dans le cours de sa vie.

Il aurait préféré se risquer dans le Grand Bled avec ses propres instruments et ses carnets pour étudier la nature de la lave et des strates de dunes.

Mais lorsque Glossu Rabban, le neveu de l'Empereur, héritier de la Maison Arrakeen, avait annoncé son intention de partir dans le désert à la chasse d'un des légendaires vers des sables, Kynes n'avait pu laisser passer cette occasion inespérée.

En tant que Planétologiste et savant, il se sentait déplacé dans cet entourage guerrier. Les soldats Harkonnens avaient apporté des armes et des explosifs pris à l'armurerie centrale et tous avaient embarqué sur un transport piloté par un nommé Thekar. Il prétendait avoir vécu autrefois dans un village du désert profond, bien qu'il fût simple marchand d'eau à Carthag. Il y avait en lui plus de traits Fremen qu'il ne voulait l'avouer, mais les Harkonnens ne paraissaient pas l'avoir remarqué.

Rabban n'avait aucun plan particulier pour traquer les grandes bêtes sinueuses. Il refusait de conduire la chasse jusqu'à un site de récolte de l'épice, car l'irruption de l'équipage risquait de déranger les moissonneurs. Il voulait lever un ver géant et l'abattre seul. Il avait emporté toutes les armes disponibles et ne se fiait qu'à son talent instinctif de prédateur...

C'était à bord d'une navette diplomatique que Kynes avait débarqué sur Arrakis. Elle l'avait déposé devant la cité nouvelle et poussiéreuse. Pressé de se mettre au travail, il avait présenté ses lettres d'accréditation au Baron lui-même, un personnage élancé et rouquin qui avait lu les documents avec soin avant de vérifier le sceau impérial. Puis il avait plissé les lèvres et lui avait déclaré avec une certaine réticence qu'il était prêt à collaborer avec Kynes, en ajoutant toutefois :

– Dans la mesure où vous comprenez bien qu'il vous faut ne pas entraver notre vrai travail ici.

Kynes s'était incliné.

– Je préfère rester seul et ne pas gêner quiconque, Mon Seigneur Baron.

Il avait passé ses deux premières journées à acheter du matériel et à s'entretenir avec les gens des villages alentour pour grappiller quelques légendes du désert, des mises en garde, des détails sur les coutumes, sur les mystères qu'il allait explorer. Il avait compris très vite toute l'importance de ces choses et dépensé une somme substantielle pour acquérir le meilleur distille disponible pour le désert, de même qu'un paracompas, des distillateurs et des blocs-enregistreurs fiables.

On disait que les énigmatiques Fremen comptaient de nombreuses tribus dans les régions inviolées. Kynes voulait entrer en contact avec eux, leur parler pour comprendre comment ils survivaient dans un environnement aussi hostile. Mais les Fremen qu'il rencontrait dans Carthag semblaient réticents et se dérobaient dès qu'il leur adressait la parole...

La cité ne l'intéressait guère. La Maison Harkonnen avait construit son nouveau quartier général d'un coup quarante ans auparavant, quand Arrakis lui était revenue en quasi-fief à la suite des manœuvres de la Guilde.

Carthag avait été édifiée à la hâte par des ouvriers infatigables, sans le moindre souci d'élégance : les bâtiments massifs en matériaux bas de gamme n'existaient que pour leur fonctionnalité.

Carthag ne semblait pas appartenir à ce monde et Kynes était choqué autant par le choix de son emplacement que par son architecture. Il avait le sens inné des rapports à l'intérieur d'un écosystème, de l'ajustement des divers éléments dans le monde naturel. Mais ce centre urbain avait été raté, il évoquait une pustule sur la peau rude de cette planète.

Arrakeen, l'avant-poste édifié au sud-ouest, était une cité plus primitive. Elle avait grandi lentement, naturellement, blottie contre une barrière montagneuse appelée le Bouclier. Kynes se disait qu'il aurait peut-être dû se rendre d'abord là-bas. Mais il avait dû obéir aux contraintes politiques et s'installer chez les souverains de la planète.

Au moins, ils lui avaient donné cette chance de partir en chasse d'un ver des sables.

Le grand ornithoptère décolla avec l'équipe de Rabban et Kynes ne tarda pas à découvrir le vrai désert derrière le cristoplass. Les dunes défilaient et, avec son expérience d'autres déserts, il sut lire les rides du sable, les formes et les traces sinueuses qui révélaient les sens du vent selon les saisons, les courants prédominents et la violence des tempêtes. C'était comme s'il déchiffrait les empreintes météorologiques de ce monde. Il ne levait pas le front de la verrière alors que les autres ne s'intéressaient absolument pas au paysage.

Les soldats Harkonnens s'agitaient dans leurs armures et leurs lourds uniformes bleus. Leurs armes claquaient et grinçaient sur les plaques de métal. Ils semblaient mal à l'aise sans leurs boucliers personnels, mais un champ Holtzman risquait de rendre fous furieux tous les vers géants de la région. Et aujourd'hui, Rabban voulait tuer la bête lui-même.

Glossu Rabban avait vingt et un ans. Il était le fils de l'ex-gouverneur de la planète, Abulurd, qui avait brillé par sa fadeur. Assis près du pilote, il guettait d'éventuelles traces sur le sable. Les cheveux bruns et courts, les épaules larges, la voix grave, d'un caractère vif, il avait le visage profondément hâlé. Ses yeux bleu de glace étaient rivés sur le désert. Rien en lui ne rappelait son père.

— Est-ce qu'on peut voir la trace d'un ver à cette hauteur ? demanda-t-il au pilote.

Kynes écoutait intensément, enregistrant chaque parole. Il avait l'intention de tout noter sur son carnet de bord, jusqu'au moindre détail, mais il devrait attendre.

— Alors comment allons-nous le trouver ? J'ai entendu dire qu'il y en avait partout.

— Ce n'est pas aussi simple, Mon Seigneur Rabban, répondit Thekar. Les grands vers ont leur domaine à eux, et certains s'étendent sur des centaines de kilomètres carrés. Ils attaquent et tuent tous les intrus qui s'y risquent.

Rabban, impatient, pivota dans son siège et sa peau parut encore s'assombrir.

— Comment trouver le domaine d'un ver ?

Thekar eut un sourire lointain.

— Tout le désert appartient à Shai-Hulud.

— *Qui* ? Cesse d'éluder mes questions.

Kynes se dit que Rabban n'allait pas tarder à gifler l'homme du désert.

— Mon Seigneur Rabban, depuis le temps que vous êtes dans le désert, vous l'ignorez encore ? Les Fremen considèrent les vers des sables comme des dieux. Leur nom collectif est Shai-Hulud.

— Donc, aujourd'hui, nous allons tuer un dieu, conclut Rabban, salué par des rires. (Il revint à leur guide :) Je pars pour Giedi Prime dans deux jours et je dois ramener un trophée. Il *faut* que cette chasse soit fructueuse.

Giedi Prime, songea Kynes. *Le monde ancestral des Harkonnens. Au moins, je serai débarrassé de sa présence.*

— Vous aurez votre trophée, Mon Seigneur.

— Je n'en doute pas, rétorqua Rabban d'un ton menaçant.

Kynes, assis maintenant au fond de l'appareil, recroquevillé dans son harnachement, se sentait mal à l'aise en pareille compagnie. Les ambitions de gloire du neveu du Baron ne l'intéressaient pas... mais si cette expédition lui donnait l'occasion de voir l'un des monstres du désert, il y gagnerait des mois d'efforts.

Rabban plissait les yeux dans la lumière. Ses orbites étaient marquées de plis épais. Il guettait le désert comme s'il s'apprêtait à se régaler d'un mets délicat. Il ne voyait rien de la beauté du paysage, se dit Kynes.

— J'ai un plan et nous allons l'appliquer.

Rabban se tourna vers sa troupe et ouvrit le système de communication avec les ornis des guetteurs qui volaient en formation autour du transport.

Il lut les coordonnées et pointa le doigt.

– Nous allons établir notre camp de base sur ce rocher, là-bas. À trois cents mètres environ, nous larguerons Thekar dans le sable avec un appareil qu'ils appellent un *marteleur*. Puis nous nous réfugierons sur ce rocher, où le ver ne pourra nous atteindre.

L'homme du désert se redressa, soudain inquiet.

– Vous allez me laisser là ? Mais Mon Seigneur, je ne suis pas...

– C'est *toi* qui m'as donné cette idée. (Rabban se tourna de nouveau vers ses hommes.) Thekar m'a dit qu'il s'agit d'un truc que les Fremen utilisent pour attirer le ver des sables. Nous allons en planter un avec une charge d'explosif assez puissante pour le faire sauter quand il attaquera. Thekar, nous allons te laisser sur place. Quand tu auras placé la charge et déclenché le marteleur, tu n'auras qu'à nous rejoindre en courant avant que le ver n'arrive, d'accord ?

Rabban afficha un sourire ravi.

– Je..., bredouilla Thekar. Apparemment, je n'ai pas le choix.

– Même si tu n'y arrives pas, le ver s'en prendra d'abord au marteleur. Et il sautera avant de pouvoir s'occuper de toi.

– Ça me soutiendra, Mon Seigneur.

Intrigué, Kynes se dit qu'il devrait se procurer un de ces marteleurs Fremen. Il aurait aimé assister de près à la sortie de l'homme du désert, voir comment il progressait sur le sable et ce qu'il faisait pour échapper au « Vieil Homme du Désert », attiré par les ondes sonores. Mais il savait qu'il valait mieux rester discret et ne pas se faire remarquer par le bouillant Harkonnen qui risquait bien de le désigner, *lui*, pour seconder Thekar.

À l'arrière de l'orni, le Bator de la petite troupe, aidé par ses subordonnés, distribuait les lasers. Ils relièrent ensuite un détonateur télécommandé à l'espèce de pieu mécanique qu'était le *marteleur*.

Curieux, Kynes vit qu'il ne s'agissait en fait que d'un ressort muni d'un dispositif d'horlogerie capable d'émettre une vibration intense, sur un rythme régulier. Planté en profondeur, le marteleur attirait le « Shai-Hulud » comme un appeau.

– Dès que nous nous serons posés, il faudra faire vite, dit Rabban à Thekar. Les moteurs de ces ornis vont déjà attirer la bête, même sans l'aide de votre petit jouet Fremen.

– Je ne le sais que trop, Mon Seigneur, répliqua Thekar.

Sous l'effet de la terreur, sa peau huileuse avait un reflet grisâtre.

Les patins de l'appareil touchèrent le sable dans une salve de poussière. Le sas s'ouvrit et Thekar – à présent déterminé – bondit vers le sol avec le marteleur. Il atterrit les jambes écartées et lança un long regard vers l'orni à l'instant où le pilote décollait, l'abandonnant dans la fournaise, puis il se tourna vers la sécurité douteuse qu'offrait la ligne de rochers, distante de trois cents mètres.

Le Bator tendit le paquet d'explosifs à l'homme du désert tandis que Rabban leur faisait signe de se hâter.

– J'espère que vous ne servirez pas de festin au ver, dit-il avec un ricanement.

Avant même que les portes se soient refermées, le pilote avait décollé, abandonnant Thekar à son sort.

Kynes et les soldats Harkonnens se précipitèrent vers la droite de l'appareil, pressant le visage contre le cristoplass pour suivre la progression de Thekar. Il était redevenu un homme différent, un être sauvage.

– Excusez-moi, demanda Kynes, mais quelle charge d'explosif faut-il pour tuer un ver des sables ?

– Thekar en aura plus qu'assez, Planétologiste, répondit le Bator. Nous lui en avons donné de quoi raser toute une cité.

Kynes reporta son attention sur la scène du drame. Thekar se démenait avec frénésie. Il entassa les charges avant de les relier avec de la shigavrille. Kynes vit les lumières témoins clignoter. Thekar enfonça alors le marteleur dans le sable, tel un pieu symbolique planté dans le cœur du désert.

L'ornithoptère se porta droit vers le rempart rocheux. Là, le grand Rabban et sa cohorte attendraient à l'abri.

Thekar déclencha le marteleur et partit en courant.

Les soldats lançaient déjà des paris.

L'appareil se posa au sommet du récif noir et grêlé dressé au-dessus des lames douces du désert. Le pilote coupa les moteurs et les portes coulissèrent. Rabban écarta ses hommes pour être le premier à débarquer. Les autres le suivirent en se bousculant. Kynes, lui, attendit son tour et sortit par l'arrière.

Les gardes se mirent en position et ajustèrent les lentilles à huile de leurs jumelles sur la silhouette mouvante. Rabban lui-même braqua son laser à haute puissance, encore que Kynes ne pouvait imaginer sur quoi il voulait tirer. Pour l'instant, il tentait de voir au travers des tourbillons de chaleur. Il s'arrêta enfin sur le monticule d'explosif et le marteleur.

L'un des ornis de surveillance signala l'approche d'un ver des sables à deux kilomètres au sud.

Thekar courait, à bout de souffle, soulevant des gerbes de sable à chaque foulée, droit vers le refuge du rocher. Mais il ne l'atteindrait pas avant plusieurs minutes.

Kynes étudia la façon bizarre dont il courait. Il paraissait sautiller et bondir à la fois, au hasard, comme un insecte pris de spasmes. Il se demanda si ces foulées arythmiques n'étaient pas destinées à tromper le ver qui approchait. Les hommes du désert apprenaient-ils tous cette technique ? Dans ce cas, qui pouvait la lui enseigner ? Il devait tout savoir sur ce monde et ceux qui l'habitaient, sur les vers des sables, les dunes, l'épice. Non seulement il obéirait ainsi aux directives de l'Empereur, mais sa curiosité serait satisfaite. Dès qu'il était impliqué dans un projet, il détestait les questions sans réponse.

Le groupe de chasseurs attendait et le temps s'écoulait lentement. Les soldats bavardaient et là-bas Thekar poursuivait sa course déconcertante en se rapprochant imperceptiblement à chaque bond. Kynes sentait la sueur ruisseler sous les microcouches absorbantes de son distille.

Il s'agenouilla pour examiner le rocher. De la lave basaltique, avec des bulles de gaz érodées, et une autre roche, plus tendre, usée par les tempêtes Coriolis propres à Arrakis.

Il prit une poignée de sable et le laissa couler entre ses doigts. Les grains de quartz scintillaient dans l'éclat du soleil, mêlés à des particules plus sombres : de la magnétite.

En divers autres endroits, il avait découvert des veines aux tons de rouille, des stries ocre, orange et corail dues à des oxydes variés. Certaines traces colorées avaient sans doute été laissées par des veines d'épice, mais Kynes n'avait pas vu de filon vierge. *Pas encore.*

Les ornis confirmèrent tous l'approche d'un ver. Gigantesque et rapide.

Les gardes se levèrent d'un bond. Dans l'air surchauffé, Kynes distingua une onde sur le sable, comme si un doigt monstrueux courait sous la surface. Sa taille le stupéfia.

— Ver en approche latérale ! lança le Bator.
— Il fonce droit sur Thekar ! cria Rabban avec une exultation

cruelle. Il est juste entre le marteleur et le ver. Ah, quelle malchance !

Sur son visage, il y avait maintenant une expression d'attente avide.

Même à cette distance, Kynes vit que Thekar essayait de courir plus vite. Il avait abandonné sa foulée titubante en voyant la dune mouvante qui venait sur lui, de plus en plus rapide. Il imagina son expression de désespoir et d'horreur.

Et puis, avec une résolution sombre, brusquement, Thekar s'arrêta et s'étendit sur le sable, immobile, les yeux au ciel. Peut-être priait-il Shai-Hulud avec ferveur.

Aussitôt, le rythme du marteleur parut gagner en force. Il claquait comme la batterie d'un orchestre impérial. *Boum, boum, boum.* Le ver s'arrêta – puis dévia sa course, se ruant droit vers la cache d'explosif.

Rabban eut un bref haussement d'épaules, comme s'il regrettait avec nonchalance ce qu'il avait attendu.

Dans le sifflement du sable, le léviathan approchait, comme attiré par un aimant. À proximité du marteleur, il plongea plus profondément et se mit à tourner en cercle avant de ressurgir enfin pour engouffrer ce qui l'avait attiré, ce qui l'avait irrité, poussé par la réaction instinctive de tous les monstres aveugles du grand désert.

À son apparition, tous virent sa gueule assez vaste pour avaler un vaisseau spatial. Il se dressa de plus en plus haut et ses mâchoires flexibles se dilatèrent comme deux pétales vivants. En un instant, il goba le minuscule marteleur et l'explosif. Ses milliers de dents de cristal brillaient en spirales gigantesques dans sa gorge qui semblait sans fond.

À trois cents mètres de là, Kynes discernait parfaitement les plis de sa peau ancienne par-dessus les plaques de l'armure qui protégeaient la créature lorsqu'elle forait son passage dans les profondeurs du sable. Après avoir ingurgité sa proie piégée, le ver s'enfouissait de nouveau entre les dunes.

Rabban, avec un sourire démoniaque, leva le boîtier de télécommande. Soulevés par la brise torride, des grains de sable crissèrent entre ses dents à la seconde où il pressait la détente.

Ce fut comme le tonnerre sous le désert. Des avalanches sépia glissèrent sur les ongles aigus des dunes. La bombe déchira les entrailles du ver qui jaillirent dans les airs avec des shrapnels de son armure.

Quand la poussière se fut dissipée, Kynes découvrit le monstre à l'agonie : il tressautait au creux du sable comme une baleine à fourrure drossée au rivage.

— Cette chose fait plus de deux cents mètres de long ! hurla Rabban.

Les soldats lancèrent des vivats et Rabban, en se retournant, tapa sur l'épaule de Kynes comme s'il voulait la disloquer.

— Planétologiste, voilà un trophée ! Je vais l'emmener avec moi sur Giedi Prime.

Presque inaperçu, Thekar arriva enfin, pantelant, luisant de sueur, et se hissa jusqu'au refuge du rocher. Il regarda derrière lui et des émotions contraires jouèrent sur son visage.

Rabban attendit le dernier soubresaut de la créature pour déclencher la ruée. Les gardes se précipitèrent à grands cris dans le sable. Kynes, tremblant d'impatience, les suivit en trébuchant.

Quelques minutes après, haletant, brûlant, il se retrouva devant la masse prostrée du vieux monstre des sables. Sa peau écailleuse semblait incrustée de gravier, renforcée par des callosités de protection anti-abrasive. Pourtant, entre les segments éventrés par l'explosion, il vit une chair rose et tendre. La gueule du ver évoquait un puits de mine tapissé de dagues de gemmes.

— C'est la créature la plus effrayante de cette planète abominable ! coassa Rabban. Et c'est moi qui l'ai abattue !

Les soldats Harkonnens étaient immobiles. Ils n'avaient pas eu le courage de s'approcher à moins de plusieurs mètres. Kynes se demandait comment le neveu du Baron comptait ramener son trophée. Mais la famille avait un penchant pour les extravagances et il était certain que Rabban trouverait.

Il s'aperçut enfin que Thekar les avait suivis. Il y avait un éclat argenté dans son regard, comme si un feu interne brûlait en lui. Il se pouvait que sa vision du monde ait été changée par l'approche de la mort et la vision du dieu du désert massacré par le piège explosif des mortels.

— Shaï-Hulud, souffla-t-il. (Puis il se tourna vers Kynes, comme s'il décelait une âme sœur.) C'est un ancien. L'un des plus anciens parmi tous les vers.

Kynes s'avança un peu plus vers la croûte de la bête, vers ses segments entrecoupés de rose et s'interrogea : est-ce qu'il pouvait disséquer et analyser ce spécimen ? Rabban n'y verrait certainement aucun inconvénient. Si nécessaire, Kynes lui rappellerait le mandat officiel qu'il tenait de l'Empereur.

Mais à l'instant où il tendait la main pour toucher les écailles de la peau, il vit qu'elle chatoyait et changeait. La bête n'était plus vivante – ses réactions nerveuses avaient cessé – mais, pourtant, les couches extérieures de son enveloppe semblaient trembler... et fondre.

Sous son regard stupéfait, des lamelles cellulaires translucides tombèrent en pluie comme des écailles et disparurent dans le sable calciné.

– Que se passe-t-il ? cria Rabban, le visage empourpré.

Sous leurs yeux, le ver géant commençait à s'évaporer. Son cuir se détachait en minuscules paillettes pareilles à des amibes. Elles se tortillaient au dernier instant avant de s'enfouir dans le désert. À la fin, il ne resta que les côtes cartilagineuses et les spirales opalescentes des dents. Et puis cet ultime squelette s'abîma à son tour dans le sable, lentement, et finit par se dissoudre en monticules de gélatine.

Les soldats reculèrent.

Kynes venait d'assister à un millier d'années de décomposition en quelques secondes. Une accélération de l'entropie. Le désert avide avait avalé jusqu'à la dernière trace de preuve afin de cacher qu'un humain avait pu vaincre un ver des sables.

Il n'était pas déçu d'avoir perdu toute chance d'examiner ce spécimen, et plus il réfléchissait, à la fois troublé et stupéfait, plus il se demandait quel était l'étrange cycle de vie de ces bêtes prodigieuses.

Il avait tant à apprendre sur Arrakis...

Rabban bouillonnait de fureur, les tendons de sa nuque noués comme des câbles de fer.

– Mon trophée !

Il pivota, les poings serrés, et cogna Thekar en plein visage, l'abattant net sur le sable. Un moment, Kynes pensa que le neveu du Baron allait tuer l'homme du désert. Mais Rabban retourna sa colère contre le tas de gelée tremblotante que le sable achevait de boire.

Il lança une bordée de jurons. Puis, son regard se fit froid et menaçant. Son visage bronzé était maintenant cuivré.

– Quand je serai de retour sur Giedi Prime, je partirai en chasse d'un gibier plus satisfaisant.

Puis, comme s'il se désintéressait brusquement du ver des sables, il s'éloigna.

> *On observe les survivants, c'est d'eux que l'on apprend.*
> Précepte Bene Gesserit

Parmi le million de mondes fabuleux de l'Imperium, le jeune Duncan Idaho n'en connaissait qu'un, Giedi Prime, une planète industrielle gonflée de pétrole, couverte de constructions artificielles métalliques, aux angles durs, enfumée. C'était ainsi que les Harkonnens concevaient leur monde. À huit ans, Duncan Odaho n'en avait jamais connu d'autre.

Mais en cet instant, c'est avec plaisir qu'il aurait retrouvé les ruelles sales et sombres de son quartier. Après des mois d'emprisonnement avec sa famille, il se demandait s'il s'échapperait un jour de la gigantesque cité des esclaves. Ou même s'il vivrait assez longtemps pour fêter son neuvième anniversaire, qui ne devait plus tarder. Il passa la main dans ses cheveux noirs bouclés et trempés de sueur.

Il courait toujours. Les chasseurs se rapprochaient.

Il était maintenant sous la prison et ses poursuivants ne le lâchaient pas. Il se courba pour se glisser dans les étroites canalisations de maintenance. Il était comme ce rongeur épineux que sa mère lui avait offert pour ses cinq ans. Il rentra un peu plus la tête pour pénétrer dans des passages plus étranglés, des puits d'aération puants et des tubes d'alimentation énergétique. Les adultes avec leurs armures rembourrées ne risquaient pas de le suivre ici. Il s'écorcha le coude et poursuivit sa progression dans ce dédale où nul autre n'aurait pu s'aventurer.

Il ne se laisserait pas prendre par les Harkonnens – du moins pas aujourd'hui. Il haïssait leurs jeux, il refusait d'être leur animal préféré ou leur proie. Il se laissait guider dans les ténèbres par son odorat et son instinct et sentit bientôt une brise fétide sur son visage. Il alla dans la direction du souffle d'air.

Ses oreilles lui révélèrent de nouveaux échos : ceux des autres enfants prisonniers, qui fuyaient aussi désespérément que lui. Ses compagnons supposés, mais Duncan avait appris par les échecs passés à ne pas se fier à ceux qui n'avaient pas ses dons d'animal sauvage.

Il savait que même s'il échappait cette fois encore aux chasseurs, il ne serait pas vraiment libre. Dans cet environnement contrôlé, les équipes de recherche le retrouveraient et lui feraient reprendre le même parcours, encore et encore. Pour eux, c'était un « entraînement ». Mais à *quoi* l'entraînaient-ils au juste ?

Le dernier épisode lui avait laissé tout le côté droit endolori. Ses tourmenteurs l'avaient traité comme un animal de concours et avaient soigné ses blessures avec une machine à recoudre la peau et un réparateur cellulaire. Ses côtes n'étaient plus comme avant, mais son état s'était amélioré. Jusqu'à cet instant.

Il ne pouvait s'échapper réellement de la mégapole des esclaves avec le localisateur implanté dans son épaule. Baronia était une structure mégalithique de plastacier et d'armoplass, haute de neuf cent cinquante étages, longue de quarante-cinq kilomètres, sans aucune issue en surface. Duncan trouvait toujours des cachettes pendant les parties de chasse des Harkonnens, mais jamais la liberté.

Les Harkonnens avaient de nombreux prisonniers et employaient des méthodes sadiques pour les amener à coopérer. Si Duncan gagnait cette partie de chasse, s'il échappait suffisamment longtemps à ses poursuivants, ils avaient promis que lui et ses parents reprendraient leur vie comme avant. On avait fait la même promesse à tous les enfants. Pour se battre, les élèves des Harkonnens avaient besoin d'un but, d'une récompense.

Il se laissait guider par son instinct dans les passages secrets en essayant d'étouffer le bruit de ses pas. À proximité, un paralyseur grésilla, un enfant poussa un cri de douleur aigu, puis un autre fut traîné sur le sol et Duncan l'entendit claquer des dents dans ses spasmes de souffrance.

Quand les chasseurs vous capturaient, ils vous faisaient souffrir – ça pouvait être très grave ou pire encore, cela dépendait de l'importance de la colonie d'« élèves ». Ici, on ne jouait pas à cache-cache. Du moins, pas les victimes.

À son âge, Duncan savait déjà que la vie et la mort avaient un prix. Peu importait aux Harkonnens que quelques candidats aient à souffrir durant leur formation. C'était leur conception du *jeu*. Il comprenait ces amusements cruels. Il avait vu certains autres s'y livrer, et plus particulièrement les enfants prisonniers comme lui : ils aimaient arracher les ailes des insectes ou jeter les petits rongeurs nouveau-nés dans le feu. Les Harkonnens et leurs sbires étaient pareils à des enfants adultes, avec seulement plus de ressources, plus d'imagination, plus de méchanceté.

Silencieux, il trouva dans l'ombre une échelle dont il escalada précipitamment les barreaux rouillés. Il devait agir de façon imprévisible, se cacher là où ils auraient du mal à le retrouver. Les barbules de métal corrodé par les âges lui écorchaient les mains.

Ce secteur de l'ancienne Baronia fonctionnait encore : les lignes électriques et les tubes de suspension traversaient la structure principale comme des trous de ver – parfois droits, courbes ou en fourches obliques. C'était un obstacle immense et difficile à franchir car les Harkonnens pouvaient tirer sur leurs proies sans risquer de détériorer les réseaux essentiels.

Au-dessus de lui, dans un des couloirs principaux, des bottes claquaient, des voix résonnaient dans les communicateurs des casques. Un cri et un tintement lui apprirent que les gardes venaient de repérer le signal de son localisateur.

Un faisceau de laser blanc taillada les plaques de métal qui se mirent à fondre. Duncan lâcha prise et se laissa tomber en chute libre. Un garde arrachait la plaque encore rougie et braquait son arme sur lui. D'autres ouvrirent le feu et découpèrent les barreaux. L'échelle s'écroula derrière Duncan.

À l'instant où il touchait le sol, il la reçut sur le dos mais il retint un cri de douleur. Ça ne ferait qu'attirer ses poursuivants... même s'il n'avait guère espoir de leur échapper maintenant qu'ils avaient capté le signal de son implant. Comment les Harkonnens pouvaient-ils perdre à ce jeu ?

Il se remit à courir avec une soif nouvelle de liberté, nouvelle et forcenée. Désemparé, il vit que le petit tunnel débouchait sur un passage plus large. Ce n'était pas bon. Les autres pourraient le suivre.

D'autres cris résonnaient derrière lui, des pas pressés, des détonations, un cri qui s'acheva en un gargouillement. Les chasseurs étaient censés utiliser des paralyseurs, mais Duncan savait qu'on approchait de la fin de la chasse, que la plupart des enfants avaient été capturés – et que les enjeux étaient plus sérieux : les chasseurs n'aimaient pas être frustrés.

Lui, il voulait survivre. Il devait se montrer le meilleur. S'il mourait, il ne reverrait pas sa mère. Mais s'il survivait, s'il battait ces ordures, alors sa famille retrouverait la liberté... du moins, la liberté que les travailleurs civils pouvaient avoir sur Giedi Prime.

Il avait déjà connu des élèves qui avaient réussi à échapper aux chasseurs. Ils avaient disparu peu après. S'il en croyait les déclarations des gardes, les gagnants et leurs familles avaient été relâchés de l'enfer de Baronia. Duncan n'en avait aucune preuve, pourtant, il avait surtout des raisons de ne pas croire ce que racontaient les Harkonnens. Mais il *voulait* croire, il ne voulait pas abandonner tout espoir.

Il ne comprenait pas pourquoi ses parents avaient été jetés en prison. Quel crime pouvaient donc avoir commis de simples employés de bureau pour qu'on leur inflige pareil châtiment ? Leur vie de tous les jours avait été normale, relativement douce... et puis, d'un coup, ils s'étaient tous retrouvés ici, en esclavage. Et presque chaque jour, le jeune Duncan était forcé de courir pour survivre, de se battre pour l'avenir de sa famille. Et chaque jour il devenait meilleur.

Il se souvenait du dernier après-midi normal, sur la pelouse bien peignée d'une des hautes terrasses d'Harko Villa, l'un des quelques parcs très rares que les Harkonnens concédaient à leurs sujets. Les jardins et les haies étaient cultivés et entretenus avec soin, car les plantes trouvaient difficilement un terreau dans le sol imprégné de déchets de leur planète usée.

Les parents de Duncan jouaient à des jeux frivoles avec d'autres membres de la famille, ils lançaient des boules à auto-impulsion sur des cibles disposées sur le gazon. Mues par des micro-instruments à haute entropie, les boules ricochaient au hasard. Il avait souvent remarqué à quel point les jeux des adultes étaient secs, structurés, comparés aux ébats insouciants qu'il partageait avec ses camarades.

Une jeune femme, à côté de lui, observait la partie. Elle avait des cheveux brun-roux, la peau sombre, des pommettes hautes, mais son expression pincée et la dureté de son regard faisaient oublier sa beauté remarquable. Il ignorait qui elle était et n'avait compris que son nom, Janess Milam. Elle travaillait plus ou moins avec ses parents.

Duncan regarda encore un instant les adultes, écouta leurs rires, avant de se tourner vers elle en souriant.

– Ils s'entraînent à devenir vieux, dit-il.

Il était évident que Janess ne s'intéressait pas plus à lui qu'à son opinion car elle lui intima de se taire d'un mot sec.

Il avait continué à suivre le jeu dans la clarté brumeuse du soleil, de plus en plus curieux. Il sentait la tension de l'étrangère. Elle ne participait pas à la partie et regardait fréquemment derrière elle, comme si elle guettait quelque chose.

L'instant d'après, les soldats Harkonnens avaient surgi. Ils avaient arrêté Duncan et ses parents, et aussi son oncle et deux cousins. Il savait intuitivement que c'était Janess qui en était la cause, pour une raison qu'il ignorait. Jamais il ne l'avait revue, et il y avait maintenant une année et demie que lui et sa famille étaient en prison.

Derrière lui, une trappe s'ouvrit au plafond en sifflant. Deux poursuivants en uniforme bleu se laissèrent tomber au sol et le désignèrent avec un rire triomphant. Duncan partit en zigzaguant. Un faisceau laser ricocha sur les plaques murales, laissant une balafre fumante.

Une odeur piquante d'ozone se répandit dans le couloir. Un seul tir, et il était mort. Les chasseurs ricanaient : pour eux, il n'était qu'un jouet.

Deux autres surgirent d'un passage latéral, à un mètre devant lui, mais il était lancé et ils ne réagirent pas assez vite. Il donna un coup de pied dans le genou du premier, plus courtaud que l'autre, et continua à toutes jambes.

Le chasseur se redressa en trébuchant et un tir de laser brasilla sur son armure.

– Arrête de tirer, crétin ! Tu vas nous descendre !

Duncan ne ralentissait pas. Il savait que ses jambes d'enfant ne pouvaient le sauver de ces adultes conditionnés pour le combat. Mais c'était inscrit dans son sang : il ne pouvait pas renoncer.

Loin devant, le couloir atteignait une intersection où brillaient des lumières. En approchant, il s'arrêta en dérapant : il n'y avait pas de tunnel perpendiculaire, mais un tube à suspension, un puits cylindrique avec un champ Holtzman au centre. Des trains-torpilles circulaient en apesanteur entre les deux secteurs opposés de la gigantesque ville-prison.

Il n'y avait pas de portes, aucun passage ouvert. Il ne pouvait aller plus loin. Les chasseurs se rapprochaient en levant leurs pistolets. Est-ce qu'ils l'abattraient s'il se rendait ? *Probablement*, se dit-il. *Je les ai gonflés d'adrénaline.*

Le champ suspenseur scintillait au centre du puits horizontal. Il savait vaguement comment il fonctionnait. C'était la seule issue, et il n'était pas certain de ce qui allait se passer – mais il savait que si les gardes le capturaient, ils le puniraient ou l'exécuteraient.

Il se retourna vers le tube lumineux, inspira à fond, lança les bras en arrière et plongea.

Ses cheveux bouclés flottèrent soudain dans la brise d'apesanteur. Il laissa échapper une plainte qui était comme un cri de triomphe. S'il mourait ici, au moins, il serait libre !

Le champ Holtzman l'emporta dans une poussée violente. Il lui sembla que son ventre remontait dans sa poitrine. Il était prisonnier d'un filet invisible, il flottait sans tomber, suspendu au cœur du champ. S'il pouvait emporter les trains-torpilles à travers l'immense Baronia, il l'emporterait lui aussi.

Là-bas, les gardes poussaient des cris de rage. Deux d'entre eux levèrent leurs armes.

Duncan agita les bras. Il voulait nager, faire n'importe quoi pour leur échapper.

Mais un troisième garde écarta ceux qui s'apprêtaient à tirer avec un cri : Duncan avait entendu parler des effets cauchemardesques que provoquait un faisceau laser en traversant un champ Holtzman. Le potentiel de destruction suscité par l'interaction équivalait à celui des armes atomiques interdites.

Ils tirèrent sur lui à coups de paralyseur.

Duncan se tortilla. Il n'avait pas de point d'appui, mais, au moins, il n'était plus une cible statique et les tirs paralysants l'effleurèrent en s'incurvant.

Même s'il était captif du champ de sustentation, il sentait la pression de l'air changer autour de lui, il percevait le mouvement. Il se retourna tout en flottant – et vit alors les phares du train-torpille qui approchait.

Et il était au centre du champ !

Il se débattait avec frénésie et dérivait vers le bord opposé de la zone de lévitation, il s'éloignait des chasseurs. Et le changement de pression d'air déviait de plus en plus leur tir. C'est en vain qu'ils réglaient leurs viseurs.

Sous lui, Duncan voyait d'autres issues, des rampes et des plates-formes qui accédaient aux entrailles de Baronia. S'il parvenait à en atteindre une... à s'évader du champ Holtzman.

Une nouvelle décharge l'atteignit à l'épaule et il lui sembla que des milliers d'insectes lui piquaient la peau et tétanisaient ses muscles.

Il réussit enfin à s'arracher au flux et tomba, la tête en avant. Il aperçut la plate-forme juste à temps. De son bras valide, il s'accrocha à une rambarde. Le train-torpille passa dans un sifflement d'air déchiré, le frôlant de quelques centimètres.

Puis la porte extérieure se rabattit et il se retrouva emprisonné dans une boîte blindée. Pris au piège. C'était fini pour lui.

Un long moment plus tard, les gardes déverrouillèrent l'écoutille du fond. Ils pointèrent leurs armes sur lui avec un regard où se mêlaient la colère et l'admiration. Résigné, il attendit qu'ils le tuent.

Mais le Capitaine lui sourit sans humour et dit :
— Félicitations, mon garçon. Tu as réussi.

Épuisé, de retour dans sa cellule, il retrouva son père et sa mère. Ils mangèrent ensemble le repas quotidien de céréales fades, de cakes durs et de chips de protéines, aux saveurs ignobles ou inexistantes. Tout ce que savait Duncan, c'est qu'il avait « réussi ». Ce qui devait signifier qu'ils étaient libres. Mais il devait se contenter de ce pauvre espoir.

Leur cellule était immonde. Même si ses parents faisaient tout ce qu'ils pouvaient pour la tenir proprement, ils n'avaient pas droit à des balais, des serpillières et encore moins à du savon. Le peu d'eau dont ils disposaient ne pouvait être gaspillé pour l'hygiène.

Durant tous ces mois d'emprisonnement, Duncan avait enduré régulièrement les séances d'« entraînement », violentes, vigoureuses, tandis que les siens attendaient dans l'inactivité et la peur. On leur avait attribué des numéros, une adresse de cellule. Ils ne travaillaient pas, ils n'avaient aucune distraction : ils attendaient que la peine soit commuée... tout en redoutant tout changement de leur punition.

Excité, heureux et fier, Duncan raconta ses tribulations à sa mère, comment il avait échappé à ses poursuivants, les meilleurs chasseurs Harkonnens. Il était convaincu qu'il avait fait ce qui était nécessaire pour racheter leur liberté.

D'un instant à l'autre, on allait les relâcher. Il tenta d'imaginer sa famille reconstituée, libre, à l'extérieur, par une nuit étoilée.

L'éclairage tremblota, et la porte opaque de la cellule devint transparente et s'ouvrit. Un groupe de gardes bleus entra avec le Capitaine du groupe de chasseurs. Le cœur de Duncan fit un bond. *Ils vont nous libérer ?*

Mais il n'aimait guère le sourire du Capitaine.

Les soldats s'écartèrent pour laisser entrer un personnage à la stature imposante, musculeux, avec des lèvres épaisses dans un visage tanné et rouge. Duncan se dit qu'il avait dû vivre longtemps loin du monde crépusculaire qu'était Giedi Prime.

Le père de Duncan se dressa avant de s'incliner maladroitement.

– Mon Seigneur Rabban !

Mais les yeux de Rabban étaient rivés sur Duncan.

– Le Capitaine du groupe de chasse m'a dit que tu t'étais montré le meilleur, dit-il en s'avançant avec un sourire.

– Vous auriez dû le voir aujourd'hui, Mon Seigneur, dit le Capitaine. Je n'en ai jamais connu d'aussi futé.

Rabban hocha la tête.

– Numéro 11368, j'ai lu tes notes et regardé les holos. Comment vont tes blessures ? Pas trop graves ? Tu es jeune, et tu vas guérir très vite. (Son regard se fit plus dur.) Tu as encore de quoi nous distraire. Voyons comment tu vas t'en tirer avec moi. Viens, nous allons repartir à la chasse. Tout de suite.

– Je m'appelle Duncan Idaho, fit Duncan sur un ton de défi. Je ne suis pas un numéro.

S'il avait la voix haut perchée et ténue, son insolence n'en choquait pas moins ses parents. Surpris, les gardes le dévisageaient. Il avait espéré un soutien de sa mère, mais elle lui faisait signe de se taire.

Froidement, Rabban prit le pistolet laser du garde le plus proche de lui et, sans même une pause, il tira à bout portant sur le père de Duncan qui s'effondra contre le mur. Avant que son corps n'ait touché le sol, Rabban carbonisa la tête de la mère de Duncan.

Il hurla devant les cadavres fumants de ses parents.

— À présent, 11368, tu n'as plus de nom, fit Rabban. Suis-moi.

Les gardes l'empoignèrent alors même qu'il tentait de s'agenouiller. Ils ne lui donnèrent pas le temps de pleurer.

— Ces hommes vont te préparer avant que nous ne passions à un autre amusement. J'ai besoin d'une bonne partie de chasse pour me changer les idées.

Ils entraînèrent Duncan qui pleurait et se débattait. Il se sentait mort au fond de lui – il ne gardait plus qu'une flamme glacée de haine au creux de sa poitrine, qui dévorait les derniers vestiges de son enfance.

> *Le peuple doit considérer son souverain comme un homme qui lui est supérieur, sinon pourquoi le suivrait-il ? Avant tout, un chef doit être un homme de spectacle qui donne à ses gens le pain et les jeux qu'ils demandent.*
>
> Duc Paulus Atréides

Pour Leto, les semaines de préparation précédant son séjour sur Ix passèrent dans une sorte de brume. Il se gavait d'une année complète de souvenirs, essayant de fixer dans son esprit autant d'images de la demeure ancestrale qu'il le pouvait. Il savait que l'air humide et salin, les matins de brouillard allaient lui manquer, de même que la musique des orages de l'après-midi. Que pouvait-il attendre d'une planète de machines sans formes ni couleurs, comparée à Caladan ?

Entre tous les palais et les demeures de villégiature, Castel Caladan, siège du gouvernement, perché sur une falaise qui dominait la mer, était sa maison. Un jour, quand il passerait à son doigt l'anneau ducal, il deviendrait le vingt-sixième Duc Atréides.

Sa mère, Helena, remuait beaucoup d'air depuis quelque temps. Elle lisait des présages dans toutes sortes de choses et lui citait des passages de la *Bible Catholique Orange* qu'elle considérait comme essentiels à son éducation. Elle était désemparée à l'idée de ne plus voir son fils pendant un an, mais elle ne voulait pas s'opposer aux ordres du Vieux Duc – du moins quand on risquait de l'entendre. Elle semblait perturbée, et Leto comprit qu'elle était surtout inquiète parce que son père avait choisi de l'envoyer étudier sur Ix.

— C'est un antre de putréfaction, un charnier de vile technologie, lui déclara-t-elle, certaine que Paulus n'était pas à portée d'oreille.

— Êtes-vous certaine que vous ne réagissez pas ainsi parce

qu'Ix est le principal rival de la Maison de Richèse, Mère ? demanda-t-il.

— Je ne pense pas. La Maison de Richèse est fondée sur une technologie ancienne et éprouvée, des instruments qui obéissent aux prescriptions. Nul n'a jamais mis en question le respect des Richésiens pour les commandements du Jihad.

Elle le fixa un instant avant d'éclater en sanglots en lui caressant l'épaule. Il avait presque sa taille, maintenant.

— Leto, Leto, je ne veux pas que tu perdes ton innocence là-bas, ou ton âme. L'enjeu est si important.

Plus tard, dans la salle à manger, pendant le dîner de ragoût de poisson et de biscuits, Helena avait encore une fois supplié son époux d'envoyer Leto ailleurs. Mais Paulus avait ri de son inquiétude. D'abord, il avait doucement mais fermement refusé, avant de se mettre en colère.

— Dominic est mon ami — et Dieu m'est témoin que mon fils ne saurait être en d'aussi bonnes mains !

Leto essayait de se concentrer sur son bol, mais devant les accusations de sa mère, il avait soutenu le Duc.

— Je veux y aller, Mère, avait-il dit en posant sa cuiller avant de répéter ce qu'elle lui disait souvent : C'est pour mon bien.

Durant l'éducation de Leto, Helena s'était bien des fois trouvée en désaccord avec les options de son époux : il avait envoyé leur fils travailler avec les villageois, il lui avait fait rencontrer les citoyens face à face, il l'avait autorisé à avoir des amis dans le peuple et l'avait incité à se salir les mains à la tâche. Leto comprenait la sagesse de son père : un jour, il serait lui-même Duc, mais Helena avait des objections diverses et n'hésitait pas à citer la *Bible Catholique Orange* pour les justifier.

C'était une femme peu patiente et elle n'avait guère d'indulgence pour son fils unique, tout en gardant une attitude parfaitement digne à chacune de leurs sorties en public. Très préoccupée par son apparence, elle répétait fréquemment qu'elle n'aurait pas d'autre enfant. Élever son fils tout en dirigeant la maison ducale lui prenait le plus clair de son temps et elle aurait préféré continuer à étudier la *Bible Catholique Orange* et autres textes religieux. Il était évident qu'elle avait mis un fils au monde par devoir envers la Maison des Atréides plus que par désir naturel.

On ne pouvait s'étonner que le Duc recherche la compagnie d'autres femmes moins irritables.

La nuit, parfois, derrière les lourdes portes d'Ecaz, Leto entendait les échos des disputes de ses parents. Dame Helena pouvait dire ce qu'elle voulait parce que l'on envoyait son fils sur Ix, mais le Vieux Duc *personnifiait* la Maison des Atréides. Sa parole faisait loi, dans le château et sur tout Caladan, quoi que pût dire sa femme angoissée pour lui faire changer d'avis.

C'est pour mon bien.

Leto savait que le mariage de son père et de sa mère avait été arrangé, que les Maisons du Landsraad avaient conclu un marché afin de satisfaire les familles importantes. Une ultime tentative de la Maison de Richèse au bord de l'effondrement. Et la Maison des Atréides pouvait toujours espérer que les Richèses retrouveraient un jour la grandeur de l'époque technologique. En attendant, le Vieux Duc avait reçu des primes et des concessions substantielles pour avoir épousé l'une des nombreuses filles de la Maison de Richèse.

Dame Helena avait une fois déclaré à son fils, en lui expliquant la politique du mariage :

– Dans une famille noble, il y a peu de place pour les états d'âme romantiques et les pâmoisons qui sont le lot des gens de basse classe dominés par leurs hormones.

Il savait que c'était le sort qui l'attendait. Même son père était d'accord avec Helena à ce sujet, et il se montrait encore plus dur.

– Quelle est la première règle pour une Maison, ne cessait-il de faire répéter à son fils. Ne jamais se marier par amour, sinon ce sera la chute.

À quatorze ans, Leto n'avait encore jamais été amoureux, bien qu'il eût éprouvé les premiers feux du désir. Son père l'encourageait à courir après les filles du village, à jouer avec celles qu'il trouvait attirantes – mais sans jamais rien promettre. Il doutait, en tant qu'héritier Atréides, qu'il aurait quelque chance de connaître un jour l'amour, et surtout pas pour une femme qu'il épouserait...

Un matin, une semaine avant son départ, son père le prit par l'épaule pour l'entraîner avec lui dans sa ronde habituelle des serviteurs et des gens du peuple. La garde d'honneur les accompagna jusqu'au petit port, en bas du château. Là, de boutique en échoppe, le Duc rencontrait ses sujets et se montrait à tous. Leto adorait ces moments-là.

Le Duc était d'une nature chaleureuse et on l'entendait souvent rire tandis qu'ils déambulaient dans le bazar sous le ciel bleu pâle, entre les étals de légumes et de poissons, les tapisseries superbes tissées de fibres ponji et de fil de feu. Les gens souriaient sur leur passage. Le Duc achetait souvent des babioles et des colifichets pour son épouse, surtout quand ils s'étaient querellés, mais le Duc ne semblait pas vraiment connaître les goûts d'Helena.

Ils étaient devant un marchand d'huîtres quand Paulus s'arrêta net et observa le ciel nuageux comme si une idée lui était venue soudain. Il se tourna vers son fils avec un sourire radieux.

— Mon garçon, je pense que tu as droit à un spectacle approprié pour ton départ. Il faut que ce soit un événement mémorable pour tout Caladan.

Leto réprima une grimace. Il était habitué aux idées extravagantes de son père et savait bien qu'il irait jusqu'au bout, sans se soucier du sens commun.

— Qu'avez-vous en tête, Monsieur ? Que me faudra-t-il faire ?

— Rien, rien. Je vais annoncer que nous allons donner une fête en l'honneur de mon fils et héritier.

Il prit la main de Leto, la leva en un geste de triomphe, et sa voix tonna.

— Nous allons organiser une course de taureaux, une journée de liesse populaire comme autrefois, sur tout Caladan, avec des holoprojections qui seront retransmises partout.

— Avec des taureaux de Salusa ? demanda Leto.

Il gardait à l'esprit l'image des bêtes monstrueuses à l'échine hérissée d'aiguillons, avec leur tête noire aux cornes multiples et leurs yeux à facettes. Il n'était encore qu'un petit garçon lorsqu'il les avait vues dans leurs étables. Le Maître taurin Yresk, l'un des vieux domestiques de la Maison de Richèse, s'occupait des taureaux qui participaient aux corridas occasionnelles du Duc.

— Naturellement. Et, comme toujours, je vais descendre dans l'arène. (Il fit mine de déployer une cape.) Mes vieux os sont encore capables de me porter et d'esquiver ces gros monstres. Je vais demander à Yresk d'en préparer un – à moins que tu ne souhaites le choisir toi-même, mon garçon ?

– Je pensais que vous ne le feriez plus, risqua Leto. Il y a presque une année que...

– Où es-tu allé pêcher cette idée ?

– Auprès de vos conseillers, Monsieur. N'est-ce pas pour cette raison que d'autres ont combattu les taureaux à votre place ?

Le vieil homme partit d'un grand rire.

– Quelle stupidité ! Je n'ai quitté l'arène que pour une seule raison : les taureaux ont décliné pendant quelque temps, à cause d'une sorte de déséquilibre génétique. Mais la situation a changé et la dernière génération est plus solide que jamais. Yresk dit qu'ils sont prêts à combattre, et moi aussi. (Il passa un bras autour des épaules étroites de Leto.) Quelle meilleure occasion pour une *corrida de toros* que le départ de mon fils ? Ce sera la première fois que tu y assisteras. Ta mère ne pourra plus dire que tu es trop jeune.

Leto hocha la tête d'un air réticent. Inutile de songer à faire revenir son père sur sa décision. Au moins, il avait beaucoup pratiqué et porterait un bouclier.

C'est avec un bouclier personnel que Leto avait déjà affronté des adversaires humains, et il en connaissait les avantages et les limites. Un bouclier arrêtait les projectiles des armes à feu et les coups violents, mais n'importe quelle lame pouvait vous blesser si le coup était ralenti juste au-dessous du seuil de vitesse. Un taureau salusan, avec ses cornes aiguës, était capable de charger assez lentement pour percer les défenses du bouclier le mieux réglé.

Il avait la gorge nouée : les vieux taureaux que le Maître Yresk lui avait montrés lui avaient paru dangereux, ils avaient tué trois matadors déjà. Leto n'avait pas oublié.

Mais le Duc était lancé dans son idée et il fit une annonce publique dans le bazar. La foule lança des vivats. Les gens avaient les yeux brillants d'impatience – et aussi de plaisir, car ce serait une journée de fête et de repos.

Leto savait que cela ne plairait guère à sa mère, mais ses objections ne feraient que renforcer l'entêtement du Duc.

Les gradins de la Plaza de Toros étaient bondés. De loin, les loges formaient une vaste grille coloriée. Le Duc ne faisait jamais payer : il était trop fier de ses exploits.

D'immenses bannières noir et vert claquaient dans la brise

tandis que la fanfare résonnait. Les piliers portaient la crête de faucon du blason Atréides et les emblèmes scintillants avaient été repeints pour la circonstance. On avait disposé des milliers de bouquets cueillis dans les champs et les terres basses autour de l'arène – une invite assez marquée du Duc, qui adorait que le peuple lui lance des fleurs à chaque fois qu'il terrassait un taureau.

Paulus se préparait dans une loge et Leto l'attendait près de la barrière en écoutant la rumeur de la foule impatiente.

– Père, je m'inquiète du risque que vous prenez. Vous ne devriez pas le faire... surtout pas pour moi.

Paulus rejeta d'un geste ses paroles.

– Leto, mon garçon, tu dois comprendre qu'il ne suffit pas de signer des papiers, de collecter les impôts ou de participer aux sessions du Landsraad pour gouverner son peuple et acquérir sa loyauté. (Il ajusta sa cape magenta devant un miroir.) Je dépends de tous ces gens pour que Caladan fournisse le meilleur de ce qu'elle peut donner. Ils doivent le faire de leur plein gré, durement – et pas seulement pour leur profit personnel, mais pour l'honneur et la gloire. Si jamais la Maison des Atréides devait repartir en guerre, ils verseraient leur sang pour moi. Ils sont prêts à donner leur vie sous notre bannière. (Il se débattait avec son armure et demanda :) Tu veux bien serrer ça ?

Leto tira sur les lacets de la plaque de cuir dorsale et assura soigneusement les nœuds. Il ne dit pas un mot mais acquiesça.

– Je suis leur Duc, et je dois leur offrir quelque chose en retour pour prouver que je suis digne d'eux. Ce n'est pas seulement pour les distraire, mais pour inscrire dans leurs esprits que je suis un grand personnage, de dimension héroïque... quelqu'un que Dieu Lui-même a choisi afin de les diriger. Je dois le leur prouver. Un chef ne saurait avoir un rôle passif.

Il vérifia la ceinture de son bouclier et ajouta en souriant dans sa barbe :

– On n'est jamais trop vieux pour apprendre. C'est dans *Agamemnon*. Je dis ça pour que tu saches bien que je ne dors pas à chaque représentation, même si j'en ai l'air.

Thufir Hawat, le sévère Maître d'armes, se plaça à côté du Duc. C'était un Mentat loyal et il ne pouvait critiquer les décisions de son seigneur. Il se contenta du meilleur conseil et lui chuchota à l'oreille ce qu'il avait appris du nouveau contingent de taureaux mutants.

Leto savait que sa mère serait dans la loge ducale, vêtue d'une robe et de voiles de tulle multicolores. Elle jouerait son rôle et saluerait l'assistance du geste. La nuit d'avant, elle et le Duc avaient eu une nouvelle dispute. Paulus l'avait fait taire d'un ton impératif et elle avait battu en retraite dans sa chambre.

Le Duc mit sa casquette festonnée de vert avant de choisir les poignards et sa longue *vara* à la pointe empoisonnée, décorée de plumes. Thufir Hawat avait suggéré que le Maître taurin pourrait injecter un tranquillisant au taureau mais le Duc aimait les défis. Pas question de drogue pour cette corrida !

Paulus fixa le bloc d'activation du bouclier à sa ceinture et activa le champ. Ce n'était qu'un demi-champ, destiné à le protéger de flanc. Sur l'autre, il avait sa cape flamboyante, la *muleta*.

Il fit une courte révérence à son fils, puis à son Mentat, et ensuite à ses entraîneurs qui attendaient sur le seuil de l'arène.

– Il est temps que le spectacle commence.

Il pivota, pareil à un oiseau dans sa parade de séduction, et s'avança sur la Plaza sous les clameurs du public.

Leto gagna sa place derrière la barrière, ébloui par le soleil. Il sourit en regardant son père faire le tour de l'arène, lentement, dans des remous de cape, s'inclinant régulièrement devant son peuple déchaîné. Il s'était juré de ne manquer aucun des triomphes du Duc. Un jour, ce serait à lui de s'attacher le respect et l'amour de son peuple. Aujourd'hui, ce serait un nouveau triomphe dans la longue liste de son père, il en était certain. Mais il ne pouvait s'empêcher d'être inquiet. Il suffisait d'une défaillance du bouclier, de l'éclair d'une corne acérée, du marteau d'un sabot.

Les cuivres sonnèrent et l'annonceur proclama les préliminaires de la corrida. Levant haut sa main gantée scintillante de sequins, Paulus désigna la lourde poterne du toril, de l'autre côté de l'arène.

Leto se déplaça vers une autre voûte pour mieux voir. Il savait que l'affrontement n'était pas truqué et que son père allait risquer sa vie face au *toro*.

Les palefreniers avaient étrillé les brutes et Yresk avait lui-même choisi le taureau qu'il allait affronter aujourd'hui. Le Vieux Duc avait inspecté la bête et s'était déclaré satisfait, persuadé que le public apprécierait son allure brutale. Il lui tardait d'en découdre.

Les gonds de la poterne grincèrent et le taureau salusan entra au galop. Ses cornes scintillaient sur sa tête massive, il y avait une haine absolue et bestiale dans ses yeux à facettes. Les écailles de sa nuque lançaient des reflets diaprés sur le cuir noir de son corps.

En sifflant, le Duc fit tourbillonner sa cape.

– Par ici, abruti !

Les rires montèrent des gradins.

Leto remarqua que son père n'avait pas encore activé son bouclier. Au contraire, il agitait sa cape en claquant des doigts pour dévier sur lui la fureur du taureau. La bête racla le sable de ses sabots en grondant, puis chargea droit sur lui. Leto voulut crier. Se pouvait-il que son père ait vraiment oublié de déclencher le champ de protection ? Comment pouvait-il espérer combattre sans lui ?

Mais le taureau passa au large, Paulus lança la *muleta* d'un geste élégant et les cornes crochetées lacérèrent le bas du tissu. Le Duc se détourna avec assurance, exposant son dos sans défense. Il s'inclina d'un air moqueur devant le public avant de se redresser. Calmement, il déclencha son bouclier.

Le taureau attaqua de nouveau et le Duc leva son poignard et porta plusieurs coups dans le cuir écailleux avant de le blesser au flanc. L'image du matador multicolore se reflétait, multipliée, dans les yeux à facettes.

La bête revint à la charge.

Il va trop vite pour pénétrer le bouclier, calcula Leto. *Mais s'il se fatigue et ralentit, il deviendra dangereux...*

Son père se donnait tout entier au spectacle, le public était amusé et fasciné. Le Duc aurait pu abattre le taureau sans attendre, mais il raffinait chaque passe, savourait chaque instant.

En observant l'assistance, Leto songea que tous ces gens parleraient de la corrida des années durant. Au cœur de la vie rude de ces fermiers des rizières, de ces pêcheurs, l'image héroïque de son père subsisterait à jamais. Vous vous rappelez du Vieux Duc, diraient-ils. Vous avez vu ce qu'il a fait à son âge ?

Peu à peu, la bête s'épuisait, les yeux injectés de sang, le souffle lourd. Elle crachait sa vie en gouttelettes visqueuses sur le sable et la cendre de l'arène. Le Duc décida de mettre un terme à cette lutte qui se prolongeait depuis près d'une heure. Ruisselant de sueur, il n'avait rien perdu de sa fière attitude et ne montrait pas la moindre fatigue, son habit parfaitement ajusté.

Dans la loge, Dame Helena continuait d'agiter ses fanions avec un sourire fixe.

Le taureau était désormais une machine enragée, blindée d'écailles mais au galop hésitant. À la seconde où les longues cornes dardaient vers lui comme des lances, le Duc Paulus feinta sur la gauche pour se retourner quand le taureau le frôla.

Il fit un pas de côté, lança sa cape sur le sable et serra sa *vara* des deux mains. Il frappa de toutes ses forces et perça le flanc du taureau d'un coup impeccable, superbement exécuté. Le fer de la *vara* pénétra entre deux écailles jusqu'à l'articulation de l'échine et du crâne et empala les deux cerveaux de la brute : c'était la manière la plus sophistiquée, la plus difficile d'abattre un taureau salusan.

La bête s'était écroulée. Elle souffla, mugit, puis s'immobilisa, morte, pareille à la carcasse d'un vaisseau spatial qui se serait écrasé dans l'arène.

Le Duc posa alors un pied sur la tête cornue, arracha sa lance, puis la lança au loin. Ensuite, il sortit son épée du fourreau et la fit tournoyer d'un geste triomphant.

Dans les gradins, tous se dressèrent comme un seul homme en criant et en applaudissant. Les fanions claquaient tandis que pleuvaient les fleurs cueillies dans les bouquets. Le nom de Paulus résonnait en litanie sous le soleil.

Transfiguré par cette adoration, le patriarche Atréides souriait en se tournant aux quatre horizons, montrant à chacun son habit mouillé de sueur, souillé de sang. Il était le héros et il n'avait plus à plastronner.

Lorsque les vivats retombèrent, bien plus tard, le Duc leva une fois encore son épée et l'abattit plusieurs fois jusqu'à ce qu'il ait tranché la tête du taureau. Il planta la lame ensanglantée dans le sol et, des deux mains, prit les cornes de la bête et brandit très haut la tête.

C'est alors qu'il lança par-dessus son épaule, d'une voix tonnante :

– Leto, mon fils, viens ici !

Leto hésita brièvement dans l'ombre de l'arcade, puis s'avança fièrement jusqu'à son père, déchaînant de nouveaux cris d'enthousiasme.

Le Vieux Duc se retourna sans lâcher la tête sanglante et montra son fils en proclamant :

– Je vous donne Leto Atréides ! Votre futur Duc !

Les hourras semblaient ne pas devoir cesser. Leto saisit une corne de la bête. Son père et lui se tenaient l'un près de l'autre tandis que le sang tombait en gouttes épaisses dans le sable.

En entendant le peuple répéter son nom, Leto sentit s'éveiller en lui des émotions profondes et il se demanda pour la première fois si c'était le sentiment qu'éprouvait un chef.

> *N'kee : poison lent produit par la glande médullosurrénale, l'une des toxines les plus sournoises autorisées par les accords de la Guilde de la Paix et les restrictions de la Grande Convention. (Voir : Guerre des assassins.)*
>
> Le Manuel des Assassins

— Mmm, l'Empereur ne mourra jamais, tu le sais, Shaddam. Du moins tant que tu seras assez jeune pour profiter du trône.

Hasimir Fenring, un petit homme aux immenses yeux noirs, aux traits de fouine, était assis en face du Prince Royal. Shaddam guettait d'un regard vif la boule noire à bouclier de sa console. Elle venait de s'immobiliser sur un numéro et il n'était pas fier de son faible score. Fenring et lui étaient amis depuis presque toujours et Fenring savait comment le distraire à l'instant voulu.

Depuis la salle de jeux du somptueux appartement de Fenring, Shaddam voyait les colliers de lumières du Palais, à un kilomètre de là, au flanc de la colline. Il y avait bien des années, avec l'aide de Fenring, il s'était débarrassé de son frère aîné, Fafnir, mais le Trône du Lion d'Or était toujours hors de portée.

Il sortit sur le balcon et inspira l'air vif.

Il avait dépassé trente ans, les traits marqués, un menton ferme et un nez aquilin. Ses cheveux rouquins étaient coupés court, calamistrés, coiffés en un casque parfait. Assez curieusement, il ressemblait tout à fait aux bustes de son père qui remontaient à un siècle, au début du règne d'Elrood.

Le soir venait et deux des quatre lunes de Kaitain s'étaient levées derrière le Palais. Des planeurs illuminés glissaient dans le ciel tranquille du crépuscule, poursuivis par des nuées d'oiseaux chanteurs. Parfois, Shaddam éprouvait le besoin de s'éloigner du Palais.

— Cent trente-six années de règne sur le Trône de l'Empereur Padishah, reprit Fenring de sa voix nasale. Le père d'Elrood lui-même avait déjà régné durant plus d'un siècle. Réfléchis... mmm ? Il est monté sur le trône alors qu'il n'avait que dix-neuf ans, et tu en as déjà presque le double. Ça ne t'inquiète pas ?

Ses grands yeux étaient rivés sur son ami.

Shaddam ne répondit pas, le regard perdu à l'horizon. Il se dit qu'il aurait dû revenir à la partie... mais lui et Fenring avaient d'autres jeux plus sérieux en perspective.

Après toutes ces années de complicité, Fenring savait que l'héritier de l'Empire ne pouvait venir à bout des problèmes complexes s'il se laissait distraire par d'autres amusements. *Très bien, donc, finissons-en avec cette petite distraction.*

— À mon tour, dit-il.

Il prit une tige sur l'autre hémisphère miroitant du globe et l'enfonça dans le bouclier pour enclencher la rotation d'un disque intérieur. Ce qui provoqua la lévitation d'une boule noire au centre du globe. Avec un synchronisme d'expert, il retira la tige et la balle tomba dans un réceptacle ovale qui affichait le score maximal.

— Au diable, Hasimir, c'est encore toi qui gagnes ! s'emporta Shaddam en regagnant le balcon. Mais quand je serai Empereur, est-ce que tu auras la sagesse de me laisser gagner ?

Le regard de Fenring était perçant et cruel. C'était un eunuque génétique, incapable d'avoir des enfants à cause de ses difformités congénitales, ce qui ne l'empêchait pas d'être un des plus redoutables combattants de l'Imperium, d'une férocité tellement absolue que même les Sardaukar le craignaient.

— *Quand* tu seras Empereur ? (Ils avaient partagé tant de secrets redoutables qu'ils ne pouvaient imaginer se cacher quoi que ce fût.) Shaddam, tu as bien écouté ce que je t'ai dit, oui ? Tu as trente-quatre ans et tu es là à attendre que ta vie commence – parce que tu as ton droit d'aînesse. Elrood pourrait encore vivre trente ans au moins. C'est un vieux Burseg coriace, et à la façon dont il engloutit sa bière, je me dis qu'il pourrait bien nous enterrer l'un et l'autre.

— Alors pourquoi donc en parler ? (Shaddam jouait avec les commandes de la console : à l'évidence, il voulait faire une autre partie.) J'ai ce qu'il me faut ici.

— Tu préfères t'amuser jusqu'à tes vieux jours ? Je pensais que tu avais autre chose en tête, non ? Ton destin de Corrino.

— Oui, bien sûr, fit Shaddam d'un ton amer. Et si je n'accomplis pas mon *destin*, ça te laisse quoi ?

— Je saurai m'en sortir, merci.

La mère de Fenring lui avait donné une éducation Bene Gesserit avant d'entrer dans la Maison Impériale au titre de dame d'honneur de la quatrième épouse d'Elrood. Elle avait préparé son fils à un grand destin.

Mais Hasimir Fenring était découragé par l'attitude de son ami. Autrefois, à l'approche de ses vingt ans, Shaddam s'était montré plus ambitieux, il avait incité Fenring à empoisonner le fils aîné de l'Empereur, Fafnir, qui avait alors quarante-six ans et convoitait ardemment la couronne.

Fafnir était mort depuis quinze ans et le vieux vautour ne semblait pas avoir l'intention de disparaître. Elrood aurait pu au moins abdiquer de bonne grâce. Mais Shaddam avait perdu toute énergie et se réfugiait dans ses jeux. L'existence d'un Prince Royal était plutôt douce, mais Fenring visait plus – pour son ami d'enfance autant que pour lui-même.

Shaddam lui décocha un regard de reproche. Sa mère, Habla, l'avait rejeté alors qu'il était un infant – le fils unique qu'elle avait eu d'Elrood – et Chaola Fenring, sa dame d'honneur, avait été sa nourrice. Depuis leur enfance, Shaddam et Hasimir avaient parlé de ce qu'ils feraient quand Shaddam monterait sur le Trône du Lion d'Or et deviendrait *l'Empereur Padishah Shaddam IV*.

Mais pour lui, ces conversations avaient perdu leur magie. Il subissait depuis trop longtemps la réalité, il avait trop attendu en vain. Pourquoi ne pas passer des journées entières à jouer à la boule-bouclier, après tout ?

— Tu n'es qu'un salaud, dit-il enfin. Allez : une autre partie.

Fenring fit la sourde oreille et éteignit la console.

— Il est possible que je sois un salaud, dit-il, mais l'Imperium affronte trop de problèmes critiques qui appellent toute son attention, et tu sais aussi bien que moi que ton père est en train de cafouiller. Si une compagnie menait ses affaires comme il mène l'Empire, elle ferait faillite. Pense au scandale de la CHOM, pour ne citer qu'elle, quand elle a fait main basse sur les gemmes soo.

— Ça, oui. Je ne peux pas le contester, Hasimir, fit Shaddam avec un lourd soupir.

— Des usurpateurs – un faux Duc, une fausse Duchesse... toute cette satanée famille de faux nobles de la Couronne qui a fait son coup sous le nez de ton père. Qui les en a empêchés ?

85

Et maintenant, ils se sont évanouis sur une planète hors la loi. Ça, ça n'aurait jamais dû arriver, nooooon ? Imagine ce qu'ont perdu Buzzell et tous les systèmes du secteur ! Mais où Elrood avait-il donc la tête ?

Shaddam détourna le regard. Il n'aimait pas être impliqué dans les problèmes de l'Imperium. Ça lui donnait des maux de tête. Ces détails lointains le concernaient moins que l'indestructible vigueur de son père. Mais Fenring insista.

— À ce qu'il me semble, tu n'as pas la moindre chance de faire mieux. Il est toujours en parfaite santé. Fondil III, avant lui, a vécu jusqu'à cent soixante-quinze ans. Tu pourrais me citer un Empereur Corrino qui ait atteint cet âge ?

Shaddam posa un regard languissant sur la console de jeux.

— Tu sais bien que je ne me passionne pas pour ce genre de chose, même quand mon précepteur se fâche.

Fenring pointa le doigt.

— Elrood ira jusqu'à deux cents ans, crois-moi. Mon ami, tu as un sérieux problème... à moins que tu ne m'écoutes.

Il haussa ses sourcils minces.

— Ah, oui, encore des idées puisées dans *Le Manuel des Assassins*, je suppose. Surtout qu'on ne te surprenne pas à le lire : tu sais ce qu'il en coûte de détenir un livre interdit.

— Les gens timorés n'auront jamais droit qu'à des tâches timorées. Mais toi et moi, Shaddam, nous avons bien plus devant nous. Pense seulement à toutes les chances qui s'ouvriront à toi, simple hypothèse. Et puis, qu'est-ce que tu as contre le poison ? C'est efficace, élégant et ça n'affecte que la personne visée, ainsi que le stipule la Grande Convention. Pas de morts collatéraux, pas de déficit financier ni de destruction de biens en héritage. C'est propre et net.

— Le poison est réservé aux assassinats entre Maisons, ce qui n'est pas conforme à ce que tu envisages.

— Tu ne t'es pas plaint lorsque je t'ai débarrassé de Fafnir, mmm ? Il aurait la soixantaine aujourd'hui et il attendrait encore son tour de goûter aux plaisirs du trône. Tu souhaites vraiment attendre aussi longtemps ?

— Arrête ! N'y songe même plus : ça n'est pas bien.

— Mais renier ton droit d'aînesse, tu trouves ça bien ? Quel règne t'attend si tu ne dois exercer le pouvoir que quand tu seras sénile ? Comme ton père. Regarde ce qui s'est passé sur Arrakis. Quand nous avons enfin décidé de remplacer Abulurd Harkonnen, la production d'épice était déjà touchée. Abulurd ne savait pas se servir du fouet et les moissonneurs du désert ne l'ont pas respecté. À présent, le Baron y va trop fort et le moral est en chute, d'où les risques de défection et de sabotage. Mais on ne peut vraiment en vouloir aux Harkonnens. Tout cela remonte à ton père, c'est lui l'Empereur Padishah, et il a pris les mauvaises décisions. Pour la stabilité de l'Imperium, tu dois te décider.

Shaddam jeta un bref regard au plafond comme s'il redoutait d'y découvrir des yeux espions, des dispositifs d'écoute. Mais il savait bien que Fenring avait minutieusement protégé son appartement et le faisait sonder régulièrement.

— Et tu envisages quelle sorte de poison ? Simple hypothèse, bien sûr.

— Une substance lente, nooon ? De façon qu'Elrood paraisse vieillir normalement. Ainsi, nul ne s'inquiétera étant donné son âge. Laisse-moi m'occuper de tout. En tant que futur Empereur, tu n'as pas à te préoccuper de pareils détails : j'ai toujours été ton exécuteur, ne l'oublie pas.

Shaddam se mordait la lèvre. Nul dans l'Imperium n'en savait autant que lui sur cet homme. Mais devait-il redouter que son ami ne se retourne contre lui ? C'était toujours possible... mais Fenring savait très bien que le chemin du pouvoir passait par Shaddam. Le vrai défi était : comment maîtriser l'ambition de son ami en le précédant toujours d'un pas ?

L'Empereur Elrood connaissait bien les talents de tueur d'Hasimir, et il avait souvent fait appel à lui pour des opérations clandestines qui toutes avaient réussi. Elrood le soupçonnait même d'avoir joué un rôle dans la mort du Prince Héritier Fafnir, mais considérait que cela faisait partie de la politique de l'Imperium. Au fil des années, Fenring avait assassiné au moins cinquante hommes et une dizaine de femmes, au nombre desquels il avait eu des amants et des maîtresses. Il tirait une sorte d'orgueil de frapper sa victime de face ou dans le dos, indifféremment.

Shaddam se surprenait parfois à regretter qu'ils aient été amis d'enfance. Il n'aurait pas eu à affronter comme en cet instant des choix difficiles auxquels il se refusait à penser. Il aurait dû abandonner son compagnon de crèche dès qu'il avait commencé à marcher.

— Mon Prince, votre cognac préféré.

Arraché à ses pensées, Shaddam vit que Fenring lui présentait un grand verre de cognac de kirana ambré.

Il le prit et fit tourner l'alcool entre ses doigts avec un regard soupçonneux. Est-ce qu'il ne discernait pas une autre couleur dans l'alcool, qui ne s'était pas vraiment mélangée à l'autre ? Il huma l'arôme comme un goûteur, guettant la trace subtile d'un produit étranger. Le cognac semblait normal, mais Fenring ne se serait pas fait prendre en défaut : il était trop subtil et retors.

– Je peux t'amener le goûte-poison, si tu veux, mais ne crains surtout pas que je t'empoisonne, Shaddam, dit-il avec un sourire irritant. Je ne me charge que de ton père.

– Ah, oui. Tu as parlé d'un poison lent ? Je suppose que tu as déjà une idée précise de la substance que tu vas employer. Combien de temps vivra mon père après l'avoir absorbée ? À supposer que nous fassions une pareille chose.

– Deux, trois ans. Assez longtemps pour que son déclin paraisse naturel.

Shaddam leva le menton pour essayer de prendre une attitude royale.

– Comprends-moi bien : je ne tolère une pareille traîtrise que pour le bien de l'Imperium – afin d'en finir avec les calamités dont mon père est coutumier.

Un sourire entendu joua sur le visage de fouine de son ami.
– Bien entendu.

– Deux ou trois ans..., réfléchit Shaddam. Le temps pour moi de me préparer aux lourdes responsabilités du pouvoir, je suppose... tandis que tu te chargeras de devoirs moins plaisants.

– Tu ne vas pas boire ton verre, Shaddam ?

Le Prince affronta le regard de ses grands yeux noirs et un frisson de peur courut sur son échine. Il était désormais trop engagé pour ne pas se fier à Fenring. Avec un soupir trémulant, il prit une gorgée de l'alcool flamboyant.

Trois jours après, Fenring se glissa tel un fantôme entre les boucliers et les goûte-poison du Palais et se pencha sur l'Empereur endormi, attentif à ses ronflements réguliers.

Il n'a pas le moindre souci, celui-là.

Nul autre n'aurait pu pénétrer ainsi dans la chambre du Vieil Empereur. Mais Fenring savait comment s'y prendre. Il manipulait, soudoyait, instillait une maladie à une concubine, distrayait un garde, expédiait le Chambellan vers quelque mission urgente. Il avait procédé ainsi bien des fois, il s'était entraîné à l'inéluctable. Dans le Palais, on avait l'habitude de ses passages furtifs et on ne posait jamais de question. S'il se fiait à son estimation précise – dont même un Mentat eût été fier – il disposait de trois minutes. Quatre avec un peu de chance.

Ce qui était suffisant pour changer le cours de l'Histoire.

Avec la même précision qu'il avait montrée en jouant avec Shaddam, en répétant avec des mannequins et deux malheureuses servantes de cuisine, Fenring prit la mesure du souffle de sa victime, comme un tigre Laza sur le point de bondir sur sa proie. Il tenait entre deux doigts secs une longue micro-aiguille tout en serrant un tube-à-brume dans son autre main. Le Vieil Empereur dormait sur le dos comme une momie, dans la position requise, sa peau parcheminée tendue sur son crâne.

Fenring pointa le tube d'un geste sûr et commença à compter...

Entre deux inspirations d'Elrood, il pressa un levier sur le tube et pulvérisa le puissant anesthésiant.

Fenring ne discerna aucune réaction, mais il savait que l'effet neuroleptique avait été instantané. Il pouvait frapper. La micro-aiguille autoguidée s'infiltra dans le nez d'Elrood, remonta jusqu'au sinus, jusqu'au lobe frontal. Il ne lui fallut qu'une fraction de temps pour instiller la capsule chimique à retardement et se retirer. Ce fut bref. Indolore, invisible. La machinerie interne venait de se déclencher. Indétectable, le minuscule catalyseur allait se développer et commencer ses ravages sur plusieurs niveaux, comme un ver dans une pomme.

Chaque fois que l'Empereur consommerait son breuvage favori, la bière d'épice, son cerveau libérerait des doses infinitésimales de poison catalytique dans son flux sanguin. Et un composant anodin de son régime serait chimiquement transformé en chaumurky. Son esprit allait pourrir graduellement... et la métamorphose serait délicieuse à observer.

Fenring se complaisait dans la subtilité.

Kwisatz Haderach : « Le court chemin ». Nom employé par les Bene Gesserit pour cet inconnu dont elles cherchaient la solution génétique : un mâle Bene Gesserit dont les pouvoirs mentaux relieraient l'espace et le temps.
Terminologie de l'Imperium

C'était encore un matin froid. Laoujin, le petit soleil blanc-bleu, venait d'apparaître au-dessus des tuiles d'argile, dissipant la pluie.

Sous la bise humide qui soufflait du sud et fouettait ses cheveux brun cuivré coupés court, la Révérende Mère Anirul Shadow Tonkin serrait le col de sa robe noire. Sur les cailloutis luisants, elle se hâtait vers l'arcade du bâtiment administratif du Bene Gesserit.

Elle était en retard et la contrariété empourprait son visage comme si elle était une petite écolière, ce qui pouvait paraître incongru pour une femme de son rang. La Mère Supérieure et le Conseil restreint devaient l'attendre dans la chambre du chapitre – ils ne sauraient commencer sans elle. Anirul était la seule au sein de la Communauté à détenir dans son esprit les projections de sélection génétique et la connaissance absolue de l'Autre Mémoire.

C'est à partir de l'immense complexe de l'École Mère, sur Wallach IX, que le Bene Gesserit lançait ses opérations dans tout l'Imperium. Le premier sanctuaire historique de la Communauté avait été édifié ici même. Il datait de l'époque postbutlérienne et du début des grandes écoles spirituelles humaines.

Certains des bâtiments de l'enclave pédagogique remontaient à des milliers d'années, ils résonnaient encore des échos de souvenirs et de fantômes du passé. Les autres, plus récents, avaient été scrupuleusement calqués sur l'architecture originale. L'allure pastorale de l'École obéissait à l'un des préceptes initiaux de la

Congrégation : minimum en apparence, maximum en contenance. Ainsi Anirul avait-elle le visage mince et délicat d'une poupée mais une sagesse millénaire dans ses grands yeux.

Les structures mixtes de bois et de stuc, combinaison de styles architecturaux classiques, étaient recouvertes de tuiles de terra cota moussues, et les fenêtres biseautées accentuaient la lumière et le peu de chaleur qu'irradiait le minuscule soleil. Les rues et les allées au tracé simple, alliées à l'impression bizarrement archaïque de l'ensemble, masquaient les subtiles complexités et le poids de l'Histoire que l'on enseignait ici. Les visiteurs hautains n'étaient pas impressionnés, ce qui était le dernier souci de la Communauté.

Si le Bene Gesserit maintenait un profil bas dans tout l'Imperium, on trouvait toujours les Sœurs dans les secteurs essentiels : elles pesaient sur l'équilibre politique dans les situations cruciales, elles observaient et donnaient des coups de pouce par-ci, par-là pour atteindre leurs buts. Mieux valait qu'on les sousestime : ainsi, elles rencontraient moins d'obstacles.

Avec tous ses inconvénients et ses désagréments, Wallach IX demeurait le lieu idéal pour développer la musculature psychique vitale pour les Révérendes Mères. La ruche complexe, avec ses structures et ses ouvrières, était trop précieuse, trop ancrée dans l'Histoire et la tradition pour être remplacée. Certes, il existait des mondes plus accueillants, avec des climats plus doux, mais une acolyte incapable de supporter les conditions de celui-ci n'avait pas sa place parmi les vraies Bene Gesserit qui affrontaient leur lot de souffrances, d'environnements âpres et de décisions douloureuses.

Maîtrisant son souffle rapide, la Révérende Mère Anirul monta l'escalier avant de se retourner et d'observer la Plaza. Elle se redressa mais sentit en même temps l'Histoire et les souvenirs qui pesaient sur ces lieux. Une Bene Gesserit faisait à peine la différence. Les voix des générations passées se répondaient dans l'Autre Mémoire, une cacophonie d'expériences, de sagesses et d'opinions, toutes accessibles aux Révérendes Mères, plus vives encore dans l'esprit d'Anirul.

Sur ces lieux mêmes, la première Mère Supérieure, Raquella Berto-Anirul – dont elle avait hérité le nom – avait prononcé ses légendaires oraisons à la Communauté Bene Gesserit encore embryonnaire. Raquella avait créé une école nouvelle issue d'un groupe d'acolytes désespérées et dociles encore marquées par des siècles passés sous le joug des machines pensantes.

Est-ce que vous aviez conscience de ce que vous entrepreniez il y a si longtemps ? se demanda Anirul. *Tous ces plans, ces complots... échafaudés à partir d'un unique et secret espoir.* Parfois, Raquella lui répondait, du fond d'elle. Mais pas aujourd'hui.

Anirul savait par la multitude des mémoires enfouies dans sa psyché sur quelle marche s'était tenue son illustre ancêtre, de même qu'elle pouvait entendre ses paroles précises à travers le temps. Un frisson de givre la cloua sur place. Si elle était encore jeune, avec la peau douce d'une enfant, elle portait la Vieillesse, ainsi que toutes les Révérendes Mères. Mais à l'intérieur d'elle, les voix s'exprimaient plus fort. Et leurs conseils étaient réconfortants dans les instants de doute. Ils lui interdisaient des erreurs stupides.

Mais si elle n'avait pas participé à cette réunion, elle aurait été accusée de légèreté, de négligence. Certaines avançaient qu'elle était bien trop jeune pour être la Mère Kwisatz, mais l'Autre Mémoire lui avait révélé bien des choses ignorées des autres Sœurs. Elle déchiffrait mieux que toute autre Révérende Mère la quête génétique du Kwisatz Haderach que le Bene Gesserit avait entamée des siècles auparavant : les vies passées lui avaient *tout* ouvert, avec des détails qu'elle était seule à connaître.

Bien avant la victoire du Jihad, durant des milliers et des milliers d'années, les Sœurs avaient conçu un rêve durant leurs ténébreuses assemblées souterraines : celui d'un Kwisatz Haderach. Elles étaient engagées dans de multiples programmes de sélection pour accentuer des caractères précis, mais elles ne les comprenaient pas tous. Les grandes lignes génétiques du projet messianique constituaient néanmoins le secret le plus farouchement gardé de toute l'histoire de l'Imperium, un secret dont même les voix de l'Autre Mémoire refusaient de divulguer les détails.

Mais elles l'avaient livré à Anirul qui en comprenait toutes les implications. Elle avait été choisie pour être la Mère Kwisatz de cette génération.

Elle ouvrit la lourde porte gravée de hiéroglyphes dont seules les Révérendes Mères se rappelaient l'origine et traversa le hall sans caractère où une dizaine de Sœurs bavardaient dans un murmure sourd, toutes vêtues comme elle de l'aba noire à capuche. *On peut cacher des trésors sous une coquille terne et modeste,* disait une maxime populaire du Bene Gesserit.

Anirul fendit les rangs des Sœurs comme une eau tranquille. Elle était grande et robuste, mais elle parvenait à imprégner de grâce chacun de ses mouvements... ce qui ne lui était pas facile. Elle pénétra dans la chambre hexagonale et les autres la suivirent en murmurant. Les lames antiques du plancher grincèrent sous ses pas en même temps que la porte qui se refermait. Des bancs en elacca blanc étaient disposés tout autour de la pièce. La Mère Supérieure Harishka était assise comme une simple acolyte. Âgée, voûtée. Ses yeux étaient deux amandes sombres sous sa capuche noire. On lisait sur son visage différents métissages.

Les Sœurs prirent place sur les bancs de part et d'autre dans un dernier bruissement de voiles et se turent. Au-dehors, la bruine tombait en rideaux silencieux, estompant la pâle lumière bleutée du soleil.

– Anirul, j'attends votre rapport, dit Harishka avec une trace d'impatience. (Elle dirigeait la Communauté mais Anirul était investie du pouvoir décisionnel pour le *projet*.) Vous nous avez promis un résumé génétique ainsi que des projections.

Anirul s'installa au centre de la chambre. Au-dessus de l'assemblée silencieuse, le plafond voûté se déployait comme les pétales d'une fleur jusqu'aux vitraux de cristoplass qui représentaient les armoiries familiales des grands leaders historiques de l'ordre.

Elle inspira profondément, oppressée par la multitude des voix, car nombreuses étaient les Bene Gesserit qui n'aimeraient pas ce qu'elle s'apprêtait à dire. Les vies disparues pouvaient certes lui apporter soutien et réconfort, mais elle devait parler de son plein gré, avec une honnêteté absolue, car la Mère Supérieure était capable de déceler la plus infime dissimulation. Son regard était vigilant et encore teinté d'impatience.

Anirul commença. La main sur la bouche, elle s'exprimait en un chuchotement dirigé que seules les Sœurs pouvaient percevoir dans la pièce close. Rien ne pouvait filtrer à l'extérieur, rien ne pouvait être capté par appareil d'écoute. Toutes les Bene Gesserit connaissaient son travail mais elle n'en fournit pas moins tous les détails préliminaires, ajoutant ainsi à l'importance de sa déclaration.

– Des milliers d'années de sélection perspicace nous ont rapprochées de notre but. Depuis quatre-vingt-dix générations, bien avant que les guerriers butlériens ne nous libèrent des machines pensantes, notre Communauté a élaboré un plan afin de se doter d'une arme qui lui soit propre. Un être supérieur dont l'esprit sera une passerelle entre l'espace et le temps.

Les Sœurs ne bougeaient pas, même si ce résumé banal du projet les ennuyait appparemment. *Très bien, je vais leur donner de quoi réveiller leurs espoirs.*

– J'ai lu dans la danse de l'ADN que nous sommes tout au plus à trois générations du succès. (Son pouls s'accélérait.) Bientôt, nous aurons notre Kwisatz Haderach.

– Soyez mesurée quand vous parlez du secret d'entre tous les secrets, dit la Mère Supérieure, mais sa sévérité cachait mal son ravissement.

– Je me montre mesurée pour chaque phase de notre programme, Mère Supérieure, rétorqua Anirul d'un ton trop hautain.

Elle se reprit sans qu'une expression précise puisse se lire sur son visage fin, mais les autres avaient surpris sa faute. On ne tarderait pas à murmurer à propos de son insolence, de sa jeunesse, de sa capacité à jouer le rôle important qui était le sien.

– C'est pour cela que je suis certaine de ce que nous devons faire. Les échantillons de gènes ont été analysés et nous avons la projection de toutes les possibilités. Le chemin est plus nettement tracé que jamais.

Tant de Sœurs avaient travaillé pour atteindre ce but prodigieux, et c'était désormais à elle qu'il revenait de prendre les dernières décisions et de superviser la naissance de la fille qui, selon toute probabilité, serait la grande-mère du Kwisatz Haderach.

– J'ai les derniers noms des croisements génétiques. Notre index indique qu'ils ont les plus hautes probabilités de réussite.

Elle ménagea une pause, savourant l'attention fascinée des autres.

– Nous avons besoin d'une lignée issue d'une ancienne Maison. Nous obtiendrons ainsi une fille – l'équivalent de la mère de la Vierge Marie – qui devra prendre le mari que nous aurons choisi. Ils seront les grands-parents, et leur progéniture, une fille, sera éduquée ici, sur Wallach IX. Cette femme Bene

Gesserit sera la mère de notre Kwisatz Haderach, un garçon que nous éduquerons et contrôlerons complètement.

Anirul laissa échapper un soupir et réfléchit au sens vertigineux de ce qu'elle venait de dire.

Quelques décennies encore et l'enfant naîtrait – avant la fin des jours d'Anirul, potentiellement. À travers les tunnels de l'Autre Mémoire, la trame du Temps, elle réalisait la chance qu'elle avait de vivre cette période. Les Sœurs qui l'avaient précédée l'observaient, l'écoutaient et veillaient comme une garde spectrale.

Lorsque l'arbre énorme du programme de sélection aurait donné son fruit unique, le Bene Gesserit cesserait d'être une force insidieuse et manipulatrice au sein de la politique impériale. Tout lui appartiendrait et le système galactique, féodal et archaïque s'effondrerait.

Elle n'avait pas entendu le moindre mot, mais elle devinait le doute, une esquisse d'inquiétude dans les yeux effarés des Sœurs.

– Et quel est ce lignage ? demanda enfin la Mère Supérieure.

Anirul se redressa encore et répondit sans hésiter :

– Nous devons avoir une fille... du Baron Vladimir Harkonnen.

Elle lut la surprise sur tous les visages. Les Harkonnens ? Certes, ils faisaient partie du programme global de sélection, comme toutes les Maisons du Landsraad, mais nul ne pouvait imaginer que le sauveur du Bene Gesserit puisse naître d'un être pareil. N'était-ce pas de mauvais augure pour le Kwisatz Haderach ? Comment le Bene Gesserit pourrait-il espérer contrôler un surhomme Harkonnen ?

– Ainsi que vous le savez toutes, reprit Anirul, le Baron Harkonnen est un homme dangereusement rusé et comploteur. Bien que nous soyons certaines qu'il est au fait des nombreux programmes Bene Gesserit, nous ne pouvons lui révéler notre plan. Donc, il nous faut trouver un moyen pour qu'il ensemence une Sœur de notre choix sans lui dire pourquoi.

Les lèvres ridées de la Mère Supérieure n'étaient plus qu'un trait mince.

– L'appétit sexuel du Baron le porte exclusivement vers les hommes et les jeunes garçons. Il ne s'intéressera pas à une maîtresse femelle – surtout si elle est envoyée par nous.

Anirul acquiesça et lança un regard de défi aux Révérendes Mères.

– Plus que jamais, nous devrons puiser dans nos capacités de séduction. Mais je ne doute pas qu'avec toutes les ressources du Bene Gesserit nous puissions trouver un moyen de contrainte.

> *En réaction au tabou butlérien rigide à l'égard des machines capables de fonctions mentales, un grand nombre d'écoles développèrent des êtres humains améliorés afin d'assumer la plupart des fonctions autrefois assurées par les ordinateurs. Parmi les plus essentielles issues du Jihad, on comptait le Bene Gesserit, avec son éducation physique et psychique intense, la Guilde Spatiale, avec sa faculté de prescience pour trouver les chemins sûrs au travers des plis de l'espace-temps, et les Mentats, dont l'esprit proche d'un ordinateur était doué d'un extraordinaire potentiel de raisonnement.*
>
> Ekban, *Traité sur l'Esprit*, volume I

Leto s'apprêtait à quitter les siens une année durant et s'efforçait de ne pas perdre confiance. Il comprenait pourquoi son père avait choisi Ix, mais Caladan ne lui en manquerait pas moins terriblement.

Ce ne serait pas son premier voyage vers un autre système stellaire. Avec le Duc, il avait découvert les mondes multiples de Gaar, et Pilargo, la planète du brouillard, dont on disait qu'elle était le berceau des Caladaniens. Mais il en gardait le souvenir de simples croisières, d'excursions touristiques. L'idée de partir aussi loin pour aussi longtemps était plus dérangeante qu'il ne l'aurait cru. Bien sûr, il ne le montrait pas. *Un jour, je serai Duc.*

En tenue d'apparat Atréides, sur le spatioport municipal de Calaville, il attendait à côté du Vieux Duc la navette qui l'emporterait vers le Long-courrier de la Guilde. Ses deux valises à suspenseur flottaient près de lui.

Sa mère avait proposé qu'il se fasse accompagner de domestiques, qu'il prenne des malles de vêtements, de jeux, ainsi que des victuailles de Caladan. Ce qui avait bien fait rire le Duc : il avait expliqué à Leto qu'à son âge il avait survécu durant des mois sur les champs de bataille avec un simple sac à dos. Néanmoins, il avait insisté pour que Leto emporte un couteau de pêche traditionnel de Caladan dans son étui.

Leto avait abondé dans le sens de son père et voyageait léger.

Et puis, Ix était une opulente planète industrielle, pas un monde sauvage, et il ne risquait pas de manquer de quoi que ce soit.

Sachant que tous guettaient sa réaction, Dame Helena s'était inclinée de bonne grâce. Elle les avait accompagnés, habillée pour la circonstance de robes de tissus fins et d'une cape diaprée.

Leto régla les lentilles à huile des lunettes de son père et scruta les couleurs pastel de l'aurore sous le dernier voile du ciel nocturne. Un point lumineux se déplaçait entre les étoiles. Il augmenta la focale et discerna le Long-courrier en orbite basse, au centre du halo lumineux de son système de bouclier.

— Tu le vois ? demanda Paulus, penché sur son épaule.

— Oui, très bien. Tous les écrans sont au maximum. Est-ce qu'ils craignent une intervention militaire ? Ici ?

Connaissant les conséquences économiques et politiques d'une agression contre la Guilde, Leto ne voyait pas comment quiconque oserait s'attaquer à un de ses vaisseaux. La Guilde n'avait pas besoin de puissance militaire pour ruiner n'importe quel système : il lui suffisait de le frapper d'embargo en lui refusant tout transport. De plus, avec ses moyens de surveillance sophistiqués, la Guilde était en mesure de repérer n'importe quel agresseur étranger. Un simple message à l'Empereur et il enverrait ses Sardaukar en vertu du traité d'assistance mutuelle.

— Mon garçon, ne sous-estime jamais la stratégie du désespoir, répondit Paulus, sans aller plus avant.

De temps en temps, il parlait à son fils de certaines accusations forgées de toutes pièces contre certaines personnes, dans le seul but d'anéantir certains ennemis de l'Empereur ou de la Guilde.

Paulus ajouta :

— L'Empire se situe au-delà des simples lois. Toute la force de son fondement est dans le réseau d'alliances, de faveurs et de propagande religieuse. Les croyances sont plus puissantes que les faits.

Leto ne quittait pas du regard le grand vaisseau, intrigué : souvent, il était difficile de séparer la vérité de la fiction...

Un point orange venait de se détacher du Long-courrier. La navette descendait vers eux en laissant un sillage brillant. Elle devint très vite une fusée blanche qui plafonna au-dessus du spatioport et quatre mouettes s'envolèrent en piaillant vers les falaises et la mer.

Les bannières claquaient dans la brise salée du matin. Leto et ses parents attendaient à l'écart de la garde d'honneur. La foule alentour lançait des vivats et des encouragements.

Dès que la navette fut amarrée à la plate-forme, une porte coulissa sur le fuselage.

Sans une parole, Dame Helena embrassa son fils. Elle avait menacé de rester à Castel Caladan pour le regarder partir depuis l'une des tours, mais elle avait cédé devant l'insistance de son époux. Elle et le Duc, main dans la main, répondirent d'un geste à l'assistance.

— Fils, rappelle-toi ce que je t'ai dit, fit Paulus. Tu dois apprendre d'Ix, tu dois apprendre de *tout*, et de toutes parts.

— Mais sers-toi de ta tête pour savoir ce qui est vrai, ajouta sa mère.

— Je ne l'oublierai pas. Vous allez me manquer, mais vous serez fiers de moi.

— Nous le sommes déjà, mon garçon.

Le Duc recula pour rejoindre la garde d'honneur et fit le salut des Atréides — la main droite ouverte contre la tempe — imité par ses soldats. Puis il revint vers son fils et le serra très fort...

Le moment d'après, la navette-robot survolait brièvement les falaises noires cernées par le ressac avant de s'élever loin au-dessus des grands pâturages de Caladan, dans la trame grise des nuages. Installé dans un fauteuil dans la cabine d'observation, Leto vit approcher la vague indigo sombre de l'espace, puis l'île de métal du Long-courrier miroitant dans le soleil.

Un trou béant s'ouvrit. Il retint son souffle à l'instant où le bâtiment avalait la fusée. Il lui revint une image qu'il avait vue dans une bobine-shigavrille sur la planète Arrakis : un ver des sables gobant une moissonneuse d'épice. Curieusement, la métaphore le troubla.

La navette pénétra dans la caverne de la cale et s'inséra en douceur dans le sabord d'amarrage d'un paquebot Wayku. Leto monta à bord avec ses valises flottantes, bien décidé à suivre les recommandations de son père.

Apprends de tout. La curiosité eut raison de sa crainte. Sur le pont principal, il trouva une place près d'un hublot. Ses voisins étaient deux marchands de gemmes soo qui discutaient d'un ton vif dans leur jargon. Le Vieux Duc souhaitait que Leto vole de ses propres ailes et, pour affirmer son expérience, il avait décidé que Leto voyagerait seul comme un passager ordinaire, sans avantages particuliers, sans cérémonial. Rien ne devait révéler qu'il était le fils d'un Duc.

Sa mère avait été épouvantée.

Des vendeurs Wayku circulaient entre les bancs. Ils portaient des lunettes noires et des casques à oreillettes et proposaient aux passagers des friandises et des boissons parfumées à des prix exorbitants. Leto en repoussa un, particulièrement insistant, mais le potage épicé et les brochettes de viande sentaient bien bon. Il entendit faiblement la musique qui filtrait du casque. Comme tous les Wayku, celui-ci s'isolait dans sa cacophonie, sa tête et ses pieds suivant discrètement le rythme. Les Wayku préféraient leur univers intérieur à la réalité.

Le transporteur lourd, affrété par les Wayku sous contrat de la Guilde, promenait ses passagers de système en système. Les Wayku, issus d'une Maison Majeure dont toutes les planètes avaient été détruites pendant la Troisième Guerre du Sac à Charbon, étaient désormais des gitans des étoiles, des nomades qui vivaient à bord des Longs-courriers. Les clauses de leur ancienne reddition leur interdisaient de poser le pied sur les mondes de l'Imperium, mais la Guilde, pour des raisons inconnues, leur avait accordé asile. Depuis des générations, jamais les Wayku n'avaient manifesté la moindre intention de demander à l'Empereur une amnistie ou une révocation des contraintes sévères qui pesaient sur eux.

Par le hublot, Leto ne voyait que la cale faiblement éclairée, un hangar sous vide si vaste que le paquebot Wayku n'y était qu'un grain de riz pundi dans le ventre d'un poisson. Il parvenait à discerner la voûte, mais les parois étaient à des kilomètres de distance. Tous les types de vaisseaux se côtoyaient : des frégates, des cargos-remorqueurs, des navettes, des chalands et de longs monitors blindés, bardés de boucliers. Des « bennes », destinées à déverser leur chargement en orbite basse, étaient empilées près des écoutilles.

La réglementation de la Guilde, gravée sur une plaque de cristal ridulien, interdisait aux voyageurs de quitter le bord. À travers d'autres hublots, Leto entrevit les passagers des vaisseaux voisins : un échantillonnage de races disparates venues de tous les coins de l'Imperium.

Les vendeurs Wayku se retirèrent et l'attente commença vraiment. Le trajet dans l'espace plissé ne durait qu'une heure, mais les préparatifs de départ prenaient parfois des jours.

Soudain, sans le moindre signe avertisseur, Leto perçut un faible ronronnement qui semblait venir de très loin. Il le sentit dans chaque fibre de ses muscles.

– Nous devons être en train de partir, dit-il aux deux marchands de gemmes qui ne parurent pas impressionnés.

Et à la façon dont ils le dévisagèrent, il se dit qu'ils devaient le considérer comme un rustre.

Dans sa chambre isolée, tout en haut du vaisseau, un Navigateur de la Guilde flottait dans un réservoir de gaz saturé de Mélange. Son esprit définissait un chemin sûr à travers le tissu de l'espace plissé pour emporter le Long-courrier et sa cargaison sur de formidables distances.

Pendant le dîner, dans la salle à manger du château, la mère de Leto s'était interrogée à haute voix : les Navigateurs ne violaient-ils pas d'une certaine manière l'interaction homme-machine prohibée par le Jihad Butlérien ? Elle avait avancé cela apparemment en toute innocence, tandis qu'ils grignotaient un poisson grillé au citron, alors que son fils partait le lendemain pour Ix. Elle avait souvent ce ton posé quand elle souhaitait provoquer. Jeter un pavé dans la mare.

– Absurde, Helena ! s'était emporté Paulus en s'essuyant la barbe avec une serviette. Comment ferions-nous sans les Navigateurs ?

– Ce n'est pas parce que l'on est habitué à une chose qu'elle est juste, Paulus. La *Bible Catholique Orange* ne dit pas que la morale doive être définie par convenance personnelle.

Leto était intervenu avant que son père ne réplique.

– Je croyais que les Navigateurs ne faisaient que discerner le chemin, le passage. Ce sont les générateurs Holtzman qui font avancer le vaisseau. (Il se risqua à citer la *Bible Catholique Orange* :) « Le Maître absolu du monde matériel est l'esprit humain, et les bêtes du champ et les machines de la cité doivent être ses éternelles subordonnées. »

– Bien sûr, mon fils, avait dit Dame Helena, abandonnant le sujet.

Leto n'éprouva aucune sensation particulière quand ils passèrent dans les plis de l'espace-temps. L'instant d'après, le Long-courrier était aux abords d'un autre système : Harmonthep, s'il en croyait l'itinéraire.

Ils attendirent cinq heures dans la ronde des cargos et des navettes. Des transporteurs et même une super-frégate vinrent s'amarrer dans la cale avant que le Long-courrier ne reparte pour un deuxième système, Kirana Aleph, où les manœuvres se répétèrent.

Leto fit une sieste dans un compartiment dormeurs. En se réveillant, il s'offrit deux brochettes de viande grésillante et une tasse généreuse de stee.

Finalement, à la troisième escale, une fille d'équipage Wayku lui ordonna de descendre trois ponts plus bas où une navette l'attendait. Elle était sévère dans son uniforme chamarré et ne semblait pas d'humeur à bavarder. Son casque à oreillettes bourdonnait comme les autres.

— C'est Ix ? demanda Leto en se levant, suivi de ses bagages.
— Nous sommes dans le système d'Alkaurops, dit la fille. (Son regard était inscrutable derrière ses lunettes noires.) Ix est la neuvième planète. C'est ici que vous descendez. Nous avons déjà éjecté les bennes.

Leto obéit, tout en songeant qu'il aurait aimé un peu plus d'informations. Il supposait que le Comte Vernius l'attendrait ou qu'il lui aurait au moins envoyé un comité d'accueil.

La navette plongea vers une planète parsemée de nuages, des montagnes et de glaciers clairs. Leto était l'unique passager à destination d'Ix : le monde des machines n'accueillait que de rares visiteurs.

En se penchant vers le hublot, pourtant, il eut le sentiment pénible qu'il se passait quelque chose d'anormal. La navette Wayku approchait d'un haut plateau montagneux, creusé de vallées à la végétation alpestre. Pas le moindre bâtiment, aucune trace des gigantesques usines et des mégastructures qu'il attendait. Pas de villes, pas de fumée, pas de civilisation.

Impossible que ce fût le monde hyper-industrialisé d'Ix. Il regarda autour de lui, soudain tendu, prêt à se défendre. Était-ce une trahison ? On l'avait attiré jusqu'ici pour le perdre sur ce monde inconnu ?

La navette se posa dans une plaine dénudée. Leto ne vit que des blocs de granit et des touffes malingres de fleurs blanches.

— C'est ici que vous descendez, monsieur, annonça le robot-pilote.
— Mais où sommes-nous ? Je suis censé débarquer dans la capitale d'Ix.
— C'est ici que je vous laisse.
— Réponds-moi ! (Leto avait haussé le ton, ainsi que l'aurait

fait son père pour exiger une réponse de cette stupide machine.) Ça ne peut pas être la capitale ! Regarde seulement !

— Monsieur, vous avez dix secondes pour quitter cet appareil, ou vous serez éjecté. Les horaires de la Guilde sont stricts. Le Long-courrier se prépare déjà à repartir pour un autre système.

En jurant sourdement, Leto agrippa ses bagages et mit pied sur le gravier. Dans la seconde, la fusée s'élança pour n'être plus qu'un trait scintillant qui s'évanouit très vite.

Dans le vent froid et vif qui lui ébouriffait les cheveux, Leto cria :

— Hello ! Il y a quelqu'un ?

Il eut un frisson en contemplant les pics des montagnes couverts de neige et de glace. Sur Caladan, où l'océan occupait la plus grande partie de la planète, il était exceptionnel de voir des montagnes aussi hautes. Mais il n'était pas venu pour faire de l'escalade.

— Hello ! Je suis Leto Atréides, de Caladan ! Il y a quelqu'un qui m'entend ?

Le malaise montait en lui. Il était sur un monde inconnu, sans aucun moyen de savoir dans quelle région de l'univers il pouvait être. La plaine était d'un calme sinistre, oppressant.

Il avait toujours été bercé par la mélodie de l'océan, les criaillements des mouettes, le rythme heureux des villageois. Ici, il n'y avait rien, personne n'était venu l'accueillir, il n'y avait pas une seule habitation en vue. C'était un lieu inviolé...*vide*.

Qui pourra me retrouver ici ?

Les nuages s'accumulaient dans le ciel mais, dans une échancrure, il découvrit un lointain soleil bleuté. Où aller ? S'il devait un jour devenir Duc, il fallait qu'il apprenne à décider.

Une bruine de grésil répondit à ses pensées.

> *Le pinceau de l'Histoire a mis des touches très sombres sur le portrait d'Abulurd Harkonnen. Selon les critères de son jeune demi-frère, le Baron Vladimir, et ses propres fils, Glossu Rabban et Feyd-Rautha Rabban, Abulurd était un homme entièrement différent. Cependant, il convient de réexaminer à la lumière de l'échec ultime des Harkonnens la faiblesse de caractère, l'incompétence et les décisions hasardeuses qui lui ont souvent été reprochées. Bien qu'exilé sur Lankiveil et privé de tout pouvoir, Abulurd réussit ce que nul autre dans sa nombreuse famille n'avait su faire : **il apprit à apprécier sa vie**.*
>
> Encyclopédie Landsraad des Grandes Maisons,
> édition post-Jihad

Si les Harkonnens étaient de formidables adversaires dans l'arène des manipulations, des subterfuges et de la désinformation, les Sœurs du Bene Gesserit en étaient les *maîtresses* incontestées.

Elles avaient besoin d'un moyen de pression afin que le Baron se plie à leur volonté.

Il ne leur fallut pas longtemps pour découvrir le point faible de la Maison Harkonnen.

Sur Lankiveil, un monde froid et tempétueux, la jeune Sœur Margot Rashino-Zea infiltra la maisonnée d'Abulurd Harkonnen, demi-frère du Baron, en se présentant comme une nouvelle servante. Elle était belle et la Mère Kwisatz Anirul l'avait personnellement choisie. Elle avait été formée dans l'art d'espionner et d'arracher des bribes d'information, des fragments de données qui composaient des tableaux révélateurs. Sœur Margot connaissait également soixante-trois méthodes pour tuer un être humain avec ses seuls doigts. Les Sœurs s'efforçaient de maintenir leur image d'intellectuelles ténébreuses, mais elles disposaient aussi de commandos. Et Sœur Margot était un des meilleurs éléments.

La demeure d'Abulurd Harkonnen était érigée sur une langue de terre aride qui s'avançait sur les eaux du Fjord Tula. Le manoir en bois dominait un village de pêcheurs. Des fermes s'étageaient dans les étroites vallées rocailleuses, mais la principale ressource alimentaire de Lankiveil était la mer glacée et son économie reposait sur l'industrie florissante de la fourrure de baleine.

Le domaine d'Abulurd et le village au pied des lames d'acier des montagnes cernées de brumes constituaient ce qu'il y avait de plus proche d'une capitale sur ce monde frontalier.

Les étrangers y étaient rares, aussi Margot prit ses précautions pour ne pas être remarquée. Elle était plus grande et plus élancée que les Lankiveiliens moyens, des gens musculeux et trapus. Elle se voûta légèrement, teignit ses cheveux blond miel en brun et choisit une coiffure dense et hirsute, très en faveur chez les villageois. Un traitement chimique et sa peau douce et pâle devint tannée et plus mate. En se fondant dans les ruelles, elle ne rencontra aucun regard curieux. Elle avait été éduquée par la Communauté et il ne lui était pas difficile de simuler.

Margot n'était qu'une espionne parmi bien d'autres Bene Gesserit qui infiltraient les places fortes des Harkonnens pour fouiller subrepticement dans les archives. Pour l'heure, le Baron n'avait aucun motif de soupçonner l'intérêt que lui portait le Bene Gesserit. Il n'avait eu que quelques rapports avec les Sœurs. Mais si l'une des espionnes se faisait prendre, avec sa cruauté bien connue il n'hésiterait pas à employer la torture. Heureusement, songeait Margot, toute Sœur convenablement entraînée savait arrêter son cœur avant que la douleur devienne trop intense et l'oblige à révéler des secrets.

Par tradition, les Harkonnens étaient adeptes des manipulations et de la dissimulation, mais Margot était certaine de trouver les preuves nécessaires pour les acculer. Il s'était trouvé d'autres Sœurs pour exiger qu'on cherche plus au cœur des intérêts Harkonnens, mais Margot avait défendu son point de vue : il leur fallait une dupe et Abulurd était idéal pour ce rôle. Le jeune Harkonnen, après tout, avait géré les récoltes d'Arrakis durant sept ans. Si quelqu'un devait détenir les informations qu'elles cherchaient, c'était bien *lui*. Et si le Baron Vladimir devait dissimuler quoi que ce soit, ça devait être là, sous le nez d'Abulurd.

Quand le Bene Gesserit aurait mis en lumière quelques-unes des erreurs des Harkonnens et prouvé les malversations financières du Baron, il disposerait de l'instrument de chantage nécessaire à la poursuite du programme génétique.

Vêtue de fourrure et de lainages teints comme une simple

villageoise, Margot se glissa dans la vaste demeure rustique par les docks. Le manoir était une structure imposante de bois massif et sombre. Dans chaque pièce, des cheminées flambaient dans une fumée résineuse, et des falots à suspenseur répandaient une vague clarté orange, copie crépusculaire du soleil.

Elle faisait maintenant le ménage, astiquait, balayait et aidait aux cuisines... tout en cherchant les archives de la trésorerie. Tous les deux jours, Abulurd Harkonnen la recevait avec un sourire. Il n'avait rien remarqué de suspect. D'un naturel confiant, il ne semblait pas se préoccuper de sa sécurité et acceptait volontiers que les villageois et autres étrangers rôdent dans la maison et s'approchent de sa personne. Ses longs cheveux blond-gris lui arrivaient aux épaules et il affichait un perpétuel sourire désarmant sur son visage rougeaud et plissé. On racontait qu'il avait été le favori de son père Dmitri qui l'avait poussé à gérer les possessions des Harkonnens... Mais Abulurd avait fait trop de mauvais choix et pris trop de décisions en se fondant sur les gens plutôt que sur les impératifs économiques. Ce qui avait entraîné sa chute.

Margot baissait toujours ses yeux gris-vert qui, avec des lentilles, étaient maintenant bruns. Elle aurait pu se présenter comme une beauté aux cheveux d'or et, à dire vrai, elle avait été tentée de séduire tout simplement Abulurd pour obtenir les informations qu'elle voulait, mais elle y avait renoncé. Abulurd semblait indéfectiblement fidèle à son épouse trapue et rurale, Emmi, la mère de Glossu Rabban. Il était tombé amoureux d'elle il y avait bien longtemps sur Lankiveil et il l'avait épousée au grand désarroi de son père. Abulurd avait emmené Emmi de monde en monde tout au long de sa carrière chaotique. Il semblait incapable de succomber aux charmes d'une autre.

Margot avait donc décidé d'utiliser sa séduction toute simple et son innocence sereine pour approcher des archives, des chambres d'inventaire et des grands livres poussiéreux. Nul ne lui posait de question.

Au bout d'un certain temps, en profitant de la moindre occasion de fouiller sans être vue, elle découvrit ce qu'elle cherchait. Grâce aux techniques de mémorisation-éclair qu'elle avait apprises sur Wallach IX, elle absorba des colonnes de chiffres gravés sur les plaques de cristal ridulien : manifestes de cargaison, listes d'équipements mis en service ou retirés, pertes suspectes, dommages dus aux tempêtes.

Non loin, dans les autres salles, des femmes écaillaient et vidaient les poissons, hachaient des herbes, pelaient des tubercules et des fruits acides destinés aux grands chaudrons où frémissait le ragoût de mer qu'Abulurd et sa femme servaient dans toute la maisonnée, insistant pour manger à la même table que les serviteurs. Margot eut fini son incursion bien avant que l'appel du repas ne résonne dans tous les couloirs du manoir...

Plus tard, seule, elle écouta la rumeur de la tempête tout en repassant dans son esprit les données qu'elle avait dérobées. Elle étudia les chiffres de production d'épice pendant la gestion d'Abulurd et les derniers rapports que le Baron avait adressés à la CHOM. Et les compara aux quantités détournées d'Arrakis par diverses organisations de contrebande.

Normalement, elle aurait dû ranger tout cela au fond de son esprit en attendant l'analyse des Sœurs. Mais elle voulait découvrir elle-même la réponse. Elle simula le sommeil et, les paupières closes, se laissa dériver en transe profonde et s'immergea dans le problème.

Les chiffres avaient été magistralement maquillés, mais très vite, derrière les écrans et les masques, elle trouva. Cependant, elle était une Bene Gesserit et elle doutait que les conseillers financiers de l'Empereur ou même les comptables de la CHOM puissent détecter la fraude.

À moins qu'on ne la leur désigne.

Tout indiquait une grave sous-estimation de la production d'épice. Ou bien les Harkonnens revendaient illégalement une part du Mélange — ce qui était peu probable car ce genre de manœuvre était aisément repérable — ou alors ils la stockaient.

Intéressant, songea Margot en ouvrant les yeux. Elle alla jusqu'au renfoncement de la fenêtre et observa la mer de métal liquide, les crêtes des vagues piégées dans les fjords étroits, les nuages noirs qui roulaient sur les remparts raboteux des récifs. Elle devina très loin le chant bizarre et désolé des baleines à fourrure.

Le lendemain, elle réserva une place sur le prochain Longcourrier de la Guilde, se défit de son déguisement et embarqua dans un transporteur chargé de fourrures de baleine. Elle doutait que quiconque sur Lankiveil se fût aperçu de sa présence, encore moins de sa disparition.

> *Quatre choses ne peuvent être dissimulées :*
> *l'amour, la fumée, un pilier de feu et un homme*
> *marchant seul dans le bled*
>
> Sagesse Fremen

Seul dans le désert vide, paisible – exactement ce qu'il fallait. Pardot Kynes avait découvert qu'il ne travaillait jamais aussi bien que lorsqu'il était seul avec ses pensées et du temps devant lui. Les autres apportaient trop de distractions et bien peu étaient ceux qui avaient le même objectif, la même obsession que lui.

En tant que Planétologiste d'Arrakis, il se devait d'absorber tout l'immense paysage par chaque pore. Quand son esprit aurait atteint le niveau souhaité, alors il pourrait *sentir* pulser ce monde. En cet instant précis, du haut d'une surrection dénudée de roc noir et rouge, il parcourait l'horizon du regard, le visage cuit par le soleil. Le désert. Le désert à perte de vue.

Sur l'écran de sa carte, il y avait le nom de cette chaîne montagneuse : la Bordure Ouest. Et son altimètre annonçait que certains pics culminaient à plus de six mille mètres... Pourtant, il ne voyait pas trace de neige, de givre ou de glaciers, ni de précipitations. Même les montagnes chaotiques de Salusa Secundus, déchirées par les explosions nucléaires, étaient couvertes de neige. Mais ici, l'air était si désespérément sec que l'eau libre ne pouvait exister en surface.

Il se tourna vers le sud-ouest, vers le grand erg qui ceignait Arrakis : la Plaine Funèbre. Des géographes auraient sans doute trouvé assez de différences de caractère dans ce paysage pour inventer d'autres noms, mais bien peu d'humains s'étaient aventurés dans cette région du désert, et encore moins en étaient revenus. C'était le domaine des vers géants et les cartes y étaient inutiles.

Il lui revenait le souvenir troublant d'antiques cartes maritimes de la Vieille Terre. On y montrait des pays inexplorés et mystérieux avec une simple mention : « Ici Monstres ». Il se rappelait la partie de chasse avec Rabban. *Oui, il y a vraiment des monstres ici.*

Il ôta les sondes nasales de son distille et effleura le point d'irritation où le filtre frottait sur l'arête de son nez. Puis, il écarta le masque de sa bouche et prit une bouffée rapide d'air torride et sec. Il avait appris en se préparant au désert qu'il ne devait pas s'exposer sans raison à une telle déperdition d'humidité, mais il avait besoin des essences et des vibrations de ce monde, il voulait sentir le cœur d'Arrakis.

La poussière brûlante, la fragrance subtilement saline des rochers, l'odeur différente du sable, de la lave érodée, du basalte noir poli.

Dans l'air d'Arrakis, il n'y avait aucun soupçon de vie végétale, de moisissure, de décomposition. Rien qui pût révéler le cycle de l'existence, de la mort.

Pourtant, si l'on y regardait de plus près, le désert cachait la vie : des plantes particulières, des insectes et des animaux adaptés à des niches écologiques hostiles. Kynes s'agenouilla pour examiner de minuscules poches d'ombre dans la roche, des creux où pouvaient subsister des gouttes de rosée de la nuit, des lichens rivés aux minéraux.

Ici, des crottes durcies marquaient le passage d'un petit rongeur, peut-être un rat-kangourou. Là, dans l'herbe rare fouettée par les vents, les ajoncs solitaires, des insectes pouvaient survivre. En altitude, les falaises abritaient des chauves-souris qui sortaient au crépuscule en chasse des moucherons et des phalènes. Parfois, dans le bleu laqué du ciel, il détectait un point noir : un faucon ou un charognard guettant le sable. Pour ces animaux de plus grande taille, la survie devait être particulièrement difficile.

Alors, comment font les Fremen ?

Il avait rencontré ceux du désert dans les rues du village, sous leurs distilles poussiéreux. Mais ils demeuraient fermés, ils faisaient ce pour quoi ils étaient venus et disparaissaient aussi vite. Kynes avait remarqué que les villageois « civilisés » les traitaient différemment, mais il n'avait su décider entre le respect et le dédain. *L'éducation vient des cités, la sagesse du désert,* disait une de leurs maximes.

S'il en croyait les quelques notations archéologiques qu'il avait trouvées sur les Fremen, ils étaient les survivants d'un ancien peuple nomade, les Zensunni, des esclaves traînés d'un monde à l'autre. Quand ils avaient été libérés ou étaient parvenus à se libérer, ils avaient tenté de trouver un monde à eux durant des siècles, mais on les avait persécutés de toutes parts. Finalement, ils avaient abouti sur Arrakis où ils s'étaient acclimatés.

Kynes avait essayé une fois d'engager la conversation avec une femme Fremen et il avait affronté le regard de ses yeux surprenants, totalement bleu indigo, saturés par l'épice. Sous le choc, il avait oublié ses questions et, avant qu'il se reprenne, la Fremen s'était éloignée en hâte en drapant l'étoffe brune effilochée de sa cape jubba sur son distille.

La rumeur disait que les foyers de population Fremen étaient cachés dans les bassins et les forteresses de rochers du Bouclier. Ils vivaient à l'écart de la terre, une terre qui, déjà, portait si peu de vie... Comment ?

Il avait encore tant à apprendre sur Arrakis et pensait qu'il pouvait attendre beaucoup des Fremen. S'il parvenait un jour à les trouver.

À Carthag, les Harkonnens s'étaient montrés très réticents devant ce Planétologiste importun qui leur demandait un équipement extravagant. Le maître intendant avait jeté un coup d'œil irrité sur sa lettre de réquisition au sceau de l'Empereur Padishah et l'avait autorisé à prendre des vêtements, une tente-distille, un nécessaire de survie, quatre jolitres d'eau, des conserves et un ornithoptère monoplace fatigué avec une ration supplémentaire de carburant. Mais tout cela semblait suffisant à Kynes, qui ne connaissait rien du luxe. Peu lui importaient les harnachements élégants et les enjolivements inutiles. Son unique obsession était de comprendre Arrakis.

Après avoir vérifié les vents dominants et les zones de tempête prévues, il avait décollé en direction du nord-est pour pénétrer plus avant dans le secteur montagneux qui entourait le pôle. Les foyers d'habitation étaient groupés dans les terres hautes, loin des étendues brûlantes de latitude moyenne.

Kynes savourait sa nouvelle solitude, le ronronnement des moteurs du vieil orni de surplus, le bruissement de ses ailes mobiles. Tout seul. Il était tout seul, porté dans les airs, au-dessus du désert. La vision était superbe, une tapisserie géologique de maculatures sombres et de motifs coloriés, des camaïeux de rocs hérissés et de canyons d'encre.

Des gorges et des rigoles desséchées, des éventails d'arroyos, les branches mortes d'anciens affluents marquées par les rides des crues du passé. Des canyons montraient les traces de l'érosion de torrents perdus, déployés comme des shigavrilles mordant les strates. Il surprit une fois, très loin, comme perdues, les ondes d'un mirage et crut y deviner une playa étincelante de sel qui pouvait très bien être le fond d'une mer. Mais, quand il vola dans cette direction, il ne put la découvrir.

Il était désormais convaincu qu'il y avait eu de l'eau sur ce monde. Beaucoup d'eau. C'était évident à l'œil de n'importe quel Planétologiste. Mais où était-elle passée ?

La quantité de glace des calottes polaires était insignifiante : elles avaient été minées par les marchands d'eau et remorquées en blocs jusque dans les cités d'Arrakis où elles étaient vendues comme un trésor. Et puis, les calottes n'étaient pas assez importantes pour expliquer la disparition des océans et des fleuves. Etait-il possible que l'eau de la planète ait été volée... ou bien était-elle cachée ?

Il volait et cherchait jour après jour, vigilant, patient, il tenait son livre de bord et prenait des notes sur la moindre chose qui éveillait son intérêt. Il repérait tout mais il lui faudrait des années avant de présenter un compte rendu dûment fondé. Pourtant, au cours du dernier mois, il avait transmis deux rapports à l'Empereur, ne serait-ce que pour lui prouver qu'il faisait son travail. Il les avait confiés à un Courrier Impérial ainsi qu'à un représentant de la Guilde, l'un à Arrakeen, l'autre à Carthag. Mais il ne pouvait savoir si Elrood ou l'un de ses conseillers en avait pris connaissance.

Il perdait la notion du temps. Ses cartes et ses diagrammes étaient déplorablement incomplets ou faux. Ce qui l'intriguait. Si Arrakis était l'unique source du Mélange – ce qui faisait d'elle la planète la plus essentielle de l'Imperium – alors pourquoi était-elle si mal cartographiée ? Pour résoudre le problème, il aurait suffi à la Guilde Spatiale de mettre en orbite quelques satellites à haute résolution. Nul ne semblait connaître la réponse à sa question.

Mais un Planétologiste ne s'inquiétait guère d'être perdu. Après tout, c'était un explorateur, qui devait voyager sans plan ni destination. Il continuait, même si son ornithoptère commençait à pétarader. Le moteur ionique était puissant et le vieil engin se laissait plutôt bien piloter, même dans les rafales de vent et les courants ascendants. Et il avait assez de carburant pour tenir des semaines.

Il ne se souvenait que trop bien des années passées sur Salusa, à tenter de comprendre la catastrophe qui avait ravagé ce monde des siècles auparavant. Il avait vu d'anciennes photos et savait que la capitale avait été une splendeur. Mais, pour lui, Salusa resterait à jamais l'enfer qu'elle était devenue.

Ici, sur Arrakis, il s'était aussi produit un désastre historique, mais il ne restait pas de témoin. Ce n'avait pu être un holocauste atomique, une solution qu'on avançait facilement car les guerres antérieures ou contemporaines du Jihad Butlérien avaient transformé des systèmes solaires entiers en scories et en poussière.

Non, ce qui était arrivé sur Arrakis était bien différent...

D'autres jours, d'autres errances...

Sur une autre chaîne de montagnes, à mi-chemin autour du monde, Kynes escalada un autre pic. Il avait posé son orni sur un épaulement couvert de rocaille avant de s'engager sur la pente, en se halant, son harnachement brinquebalant sur son dos.

Les premiers cartographes, dans leur style banal, avaient baptisé Faux Mur Ouest cet isthme de rochers qui constituait une barrière entre l'Erg Habbanya, à l'est, et le grand bassin de la Dépression du Cielago. Kynes avait décidé que ce serait un excellent avant-poste pour ses relevés.

Il était épuisé, les cuisses engourdies, et savait au cliquetis insistant de son distille qu'il transpirait abondamment. Même ainsi, le vêtement du désert absorbait et recyclait son humidité corporelle et il fonctionnait parfaitement. Quand il ne put plus y tenir, il prit une gorgée d'eau tiède dans le tube recycle placé sur sa gorge et continua son escalade. L'homme qui lui avait vendu son équipement lui avait dit, faisant référence à la sagesse Fremen : *Le meilleur endroit pour conserver ton eau c'est ton propre corps*. Il s'était habitué au distille. Maintenant, c'était sa seconde peau.

Sur l'éperon, à mille deux cents mètres d'altitude, il trouva un abri naturel sous une saillie. Il installa sa station météo. L'appareil enregistrerait la direction et la force des vents, la température et la pression barométrique ainsi que les fluctuations d'humidité relative.

Des siècles avant que l'on ait découvert les propriétés particulières du Mélange, des stations biologiques avaient été implantées sur Arrakis. Ce n'était alors qu'une planète aride ordinaire, sans aucune ressource particulière, qui ne pouvait intéresser que les colons les plus désespérés. La plupart des stations n'avaient jamais été entretenues et certaines étaient depuis longtemps oubliées.

Kynes doutait qu'on pût y trouver des informations fiables. Il ne comptait que sur ses propres relevés. Un petit ventilateur se mit en marche avec un léger ronronnement, capta un échantillon d'atmosphère et l'écran afficha le résultat : 23 % d'oxygène, 75,4 % d'azote, 0,023 % de dioxyde de carbone, traces d'autres gaz.

Ces chiffres étaient très singuliers. L'atmosphère était parfaitement respirable, ce qui n'était guère inattendu pour une planète normale avec un écosystème en pleine évolution. Mais avec les températures élevées, ces pressions marquées posaient de sérieuses questions. Sans mers ni pluies, sans masse planctonique ni couverture végétale... d'où venait tout cet oxygène ? Cela n'avait absolument aucun sens.

La seule forme de vie indigène importante qu'il connaissait était le ver des sables. Ces bêtes pouvaient-elles donc être assez nombreuses pour que leur métabolisme ait un effet mesurable sur la composition de l'atmosphère ? Ou bien y avait-il une espèce de plancton étrange dans le sable ? On savait qu'il existait un composant organique dans les dépôts de Mélange, mais Kynes en ignorait la source. *Est-ce qu'il pouvait exister un lien entre les vers et l'épice ?*

Sur Arrakis, chaque énigme écologique en amenait une autre.

Quand il eut installé son matériel, il chercha le point idéal pour l'ancrer. Et réalisa brutalement qu'en partie cette alcôve naturelle au faîte du pic isolé avait été conçue *intentionnellement*.

Il se pencha, stupéfait, et promena ses doigts sur des encoches grossières. *On avait taillé des marches dans le roc !* Des mains humaines avaient fait cela il n'y avait pas si longtemps pour faciliter l'accès à cet endroit. Un avant-poste ? Un point d'observation ? Une station de guet ?

Il eut un frisson, ce qui déclencha une soudaine sudation que le distille absorba. Il se sentait soudain excité, car les Fremen eux-mêmes pouvaient devenir des alliés. C'était un peuple endurci qui avait les mêmes buts que lui, le même besoin de comprendre et d'améliorer...

Il se redressa avec le sentiment d'être vu. Et cria : « Hello ? »

Seul le chuintement du vent lui répondit.

Quel est le rapport entre toutes ces choses ? Et qu'en savent les Fremen ?

> *Qui peut savoir si Ix est allée trop loin ? Ils cachent leurs usines, ils maintiennent leurs ouvriers en esclavage et revendiquent le droit au secret. Dans de telles circonstances, comment ne seraient-ils pas tentés de transgresser les restrictions du Jihad Butlérien ?*
>
> Comte Ilban Richèse,
> Troisième appel devant le Landsraad

« Sers-toi de tes ressources et de ton intelligence », lui avait toujours dit son père. Il devait y puiser sans mesure, songea Leto, contemplant ce paysage hostile et sauvage où il se retrouvait seul et désemparé. Ce pouvait être Ix ou n'importe quel autre monde. On l'avait abandonné ici par accident, ou bien avait-on trahi les Atréides ? Quelle était la pire hypothèse ? La Guilde avait bien enregistré les coordonnées de ce lieu où on l'avait déposé sans égard. Quand il ne se présenterait pas, son père s'alarmerait et dépêcherait des troupes. Mais combien de temps cela prendrait-il ? Et combien de temps survivrait-il ici ? Si Vernius était à l'origine de cette traîtrise, rapporterait-il sa disparition ?

Il s'efforça à l'optimisme, mais il savait qu'il faudrait du temps avant qu'on le retrouve. Bien trop longtemps. Il n'avait rien à manger, aucun vêtement chaud, pas même un abri portable. C'était à lui de résoudre son problème.

Il envisagea un instant de partir en quête d'un repère ou d'une habitation, mais décida finalement de rester sur place. Il fit l'inventaire de ce qu'il avait dans ses bagages pour essayer de trouver le moyen d'émettre un message.

C'est alors qu'un bruissement monta d'un bosquet d'épineux gris-bleu. Surpris, il recula, puis regarda plus attentivement. Des assassins ? Un groupe venu le capturer ? La rançon d'un héritier ducal pouvait rapporter une montagne de solaris... Plus la fureur de Paulus Atréides.

Il sortit son couteau de pêche de son étui, prêt à se défendre, le cœur battant. S'il devait verser le sang, il le ferait sans hésiter, en digne Atréides.

Les branches bougeaient, s'écartaient, et révélèrent enfin une plaque ronde de cristoplass. Dans un bourdonnement mécanique, un tube transparent surgit, absolument incongru au milieu de ce paysage dénudé.

Un jeune homme vigoureux se tenait debout dans le tube avec un sourire de bienvenue. Ses cheveux blonds semblaient en désordre même s'ils étaient peignés. Il portait un pantalon militaire ample et une chemise de camouflage caméléon. Son visage pâle et doux avait quelque chose de poupin. Il tenait un paquet à la main et en avait un second sur l'épaule gauche. Leto se dit qu'il devait avoir à peu près son âge.

Le tube s'arrêta et une porte arrondie pivota. Leto sentit une bouffée d'air tiède. Il s'accroupit, prêt à engager le combat, mais il avait quelque mal à voir un tueur dans ce jeune étranger à l'expression innocente.

– Vous êtes Leto Atréides, non ? (Le jeune garçon s'exprimait en Galach.) Et si on commençait par une journée de balade ?

Les yeux gris de Leto étaient fixés sur l'hélice violette et cuivrée qui décorait le col du garçon. Il dissimula son soulagement intense et réussit même à conserver une expression dure et soupçonneuse. Mais il baissa son couteau, que l'autre faisait semblant de ne pas avoir remarqué.

– Je suis Rhombur Vernius. Je... je pense que vous avez envie de vous détendre un peu avant que nous redescendions. On m'a dit que vous aimiez vivre au grand air, quoique j'aime mieux le sous-sol pour ma part. Quand vous aurez passé un peu de temps avec nous, vous vous sentirez peut-être à l'aise dans nos villes-cavernes. On est vraiment bien sur Ix, vous savez. (Levant la tête vers les nuages chargés de bruine, il ajouta :) Mais pourquoi il pleut ? Par tous les enfers vermillon, je déteste les environnements imprévisibles. J'avais dit au contrôle météo de nous donner une journée douce et ensoleillée. Mes excuses, Prince Leto, mais je trouve ça vraiment trop lugubre. Et si nous descendions tout de suite jusqu'au Grand Palais ?

Rhombur posa ses deux sacs de randonnée dans le tube-ascenseur et poussa les bagages de Leto à la suite.

– Je suis content de vous voir enfin. Mon père ne cesse de parler des Atréides à propos de ceci et de cela. Et depuis longtemps. On va étudier ensemble certainement pendant quelque temps les arbres généalogiques des familles et la politique du Landsraad. Je suis le vingt-septième dans la lignée du Trône du Lion d'Or, mais je suppose que vous devez vous situer encore plus haut.

Le Trône du Lion d'Or... Les Grandes Maisons étaient classées selon la hiérarchie complexe du système CHOM-Landsraad, et à l'intérieur de chacune il existait une sous-hiérarchie fondée sur le droit d'aînesse. Le rang de Leto était certes plus élevé que celui du prince ixien. De par sa mère Helena, il était en fait un arrière-petit-fils d'Elrood IX, elle-même descendante d'une des trois filles qu'il avait eues avec sa seconde épouse, Yvette. Mais la différence était insignifiante, car l'Empereur avait de nombreux arrière-petits-fils. Aucun d'eux ne serait jamais Empereur. Et devenir Duc Atréides, se dit Leto, était un destin suffisamment important.

Ils échangèrent le salut de l'Imperium en nouant leurs doigts. Leto ne sentit aucune callosité sur la main du Prince, mais il vit qu'il portait un anneau d'opaflamme.

— J'ai pensé qu'on ne m'avait pas déposé au bon endroit, dit-il, laissant enfin percer son trouble. Je me disais que c'était un bout de rocher inhabité. Mais... nous sommes vraiment sur Ix ? La planète des machines ?

Il désignait les pics enneigés, les rochers, les forêts obscures.

Il se souvint de ce que son père lui avait dit à propos de la sécurité et des Ixiens en notant l'infime hésitation de Rhombur.

— Oh, je... vous allez voir. Nous essayons de ne pas trop nous montrer.

Il leva la main et le tube se referma. Ils filèrent vers les profondeurs à travers un kilomètre de rocher tandis que Rhombur reprenait.

— À cause de la nature même de ses techniques, Ix a d'innombrables secrets à cacher et de nombreux ennemis qui aimeraient nous détruire. Nous faisons de notre mieux pour dissimuler nos ressources et nos activités.

Ils traversèrent une ruche artificielle aux alvéoles luminescentes avant d'arriver dans une grotte-univers, un pays féerique enfoui loin sous la croûte planétaire.

Des poutrelles gracieuses étaient reliées à un treillage de colonnes de diamant si hautes que leur base se perdait dans la brume de pastel et de fusain des tréfonds. Leur capsule descendait toujours, flottant sur un champ de suspension. Le fond transparent donnait à Leto l'illusion vertigineuse qu'ils tombaient en chute libre vers le centre du monde. En levant la tête, il entrevit les nuages dans le ciel et le faible petit soleil bleuté. Il comprit que des projecteurs placés en surface retransmettaient les images de l'extérieur sur les moniteurs à haute résolution qui couvraient la voûte.

Le ventre d'un Long-courrier était presque exigu comparé à ce monde souterrain. Des immeubles inversés étaient suspendus dans le vide comme autant de stalactites cristallines reliées par des ponts et des tubes. Des engins sillonnaient le ciel comme des gouttes de pluie électriques, papillonnaient entre les pylones et les viaducs. Des planeurs chargés de passagers filaient en gerbes dans des éclairs multicolores.

Tout en bas, très loin, Leto devina un lac et des rivières sur le sol de la mégapole-caverne. Il était dans un monde effervescent à l'abri des regards étrangers.

— Vernii, dit Rhombur. Notre capitale.

La capsule descendait toujours entre les immeubles stalactites et Leto vit des voitures, des bus, et un système complexe de tubes de transport. Tout crépitait et scintillait : il était au centre d'un prodigieux flocon de neige.

— Ces immeubles sont d'une incroyable beauté, fit-il, émerveillé, buvant le moindre détail. J'ai toujours cru qu'Ix était un monde industriel bruyant.

— C'est... c'est exactement l'impression que nous souhaitons donner aux étrangers. Nous avons découvert des matériaux qui sont non seulement agréables esthétiquement mais extrêmement légers et résistants. Ici, nous sommes à la fois cachés et à l'abri.

— Et vous gardez la surface de votre monde dans son état originel, ajouta Leto.

Apparemment, Rhombur était peu sensible à cet autre avantage.

— Les nobles et les administrateurs habitent le haut des stalactites, poursuivit-il. Et les ouvriers, les contremaîtres et les suboïdes vivent dans les garennes. Tous travaillent à la prospérité d'Ix.

— Parce qu'il y a d'autres niveaux en sous-sol ? Des gens vivent sous la cité ?

— Ce ne sont pas *vraiment* des gens mais des *suboïdes*. Nous les avons créés spécifiquement pour accomplir les tâches rebutantes sans se plaindre. C'est une réussite de la génétique. Je ne sais pas comment nous ferions sans eux.

Ils approchaient d'une stalactite-palais – une énorme structure pareille à une cathédrale archaïque.

– Je suppose que c'est là que vos Inquisiteurs m'attendent ? fit Leto en levant le menton d'un air assuré. Je n'ai encore jamais subi de sondage mental profond.

Rhombur se mit à rire.

– Eh bien, si vous tenez à ce genre d'épreuve, je peux toujours vous trouver une sonde psy... (Il étudia Leto d'un air soudain plus curieux.) Leto, si nous n'avions pas eu confiance en vous, nous ne vous aurions pas accepté sur Ix. Les mesures de sécurité ont... disons quelque peu changé depuis le séjour de votre père. N'écoutez plus ces histoires sinistres qu'on raconte à notre propos. C'est nous qui les répandons afin d'éloigner les curieux.

La capsule venait de se poser sur un grand balcon, entre les tuiles du toit, et elle se déplaça latéralement vers un autre immeuble de métaglass.

Leto essaya de dissimuler son soulagement.

– C'est d'accord. Je m'en remets à votre jugement.

– Ce que je ferai moi-même quand je viendrai sur votre planète. Les mers, les poissons, le ciel ouvert. Ah, Caladan me paraît... *merveilleuse*.

Mais il pensait tout le contraire, songea Leto.

Des domestiques hommes et femmes en livrée noir et blanc surgirent de l'immeuble et se tinrent au garde-à-vous.

– Nous sommes au Grand Palais, dit Rhombur, et nos gens sont là pour répondre à vos moindres désirs. À vrai dire, vous êtes l'hôte unique du moment et ils vont vous choyer.

– Parce que... ces gens sont à mon service ?

Leto se souvenait soudain des jours où il avait dû lever les filets des poissons qu'il avait pris s'il voulait manger.

– Leto, vous êtes un dignitaire important. Le fils d'un Duc, l'ami de notre famille qui est l'alliée du Landsraad. Vous ne pouviez vous attendre à moins !

– À vrai dire, je viens d'une Maison peu fortunée, une planète peuplée de pêcheurs, de paysans qui récoltent des melons flottants paradan et du riz pundi.

Rhombur partit d'un grand rire heureux.

– Oh, et modeste avec ça !

Dans le hall, Leto reconnut des lustres de cristal ixien, les plus beaux de tout l'Imperium. Des vases et des coupes étaient disposés sur des tables de marbroplass et, de part et d'autre du grand bureau de réception en obriplass, deux statues de lapijade grandeur nature accueillaient les visiteurs : le Comte Dominic Vernius et son épouse, Dame Shando. Leto avait déjà vu des photos tridi du couple royal.

Les serviteurs en livrée prirent les postes qui leur avaient été assignés et attendirent les instructions de leurs supérieurs. La double porte s'ouvrit et le Comte Vernius en personne fit son entrée, comme un *djinn* aux épaules larges sorti par magie d'une amphore. Il portait une tunique argent et or sans manches, festonnée de blanc au col.

– Ah, mais voici notre jeune visiteur ! s'exclama-t-il d'une voix tonitruante.

Ses pattes d'oie devinrent des plis rieurs au coin de ses yeux bruns. Son visage rappelait celui de son fils, si l'on oubliait les rides et les bourrelets de son menton ainsi que la moustache noire et fournie qui mettait en valeur ses dents blanches. Le Comte avait aussi quelques centimètres de plus que Rhombur. Il n'avait pas les traits marqués et durs des Atréides ou des Corrinos : il provenait d'une lignée qui était déjà ancienne du temps de la Bataille de Corrin.

Son épouse, Shando, ex-concubine de l'Empereur, le suivait en robe de cérémonie. Elle était d'une beauté frappante et délicate, avec un petit nez ravissant et une peau de perle.

À son côté, Kailea, sa fille, semblait vouloir rivaliser avec elle dans une robe de brocart lavande qui faisait ressortir l'éclat de ses cheveux sombres, cuivrés. Elle était un peu plus jeune que Leto mais s'avançait avec une démarche altière et gracieuse, concentrée. Ses yeux émeraude étaient fascinants sous ses sourcils à la courbure délicieuse et ses lèvres pleines et douces au-dessus de son menton fin. Avec un sourire subtil, elle fit une révérence exagérée mais parfaite.

Leto inclina la tête pendant les présentations, essayant avec peine de détourner son regard de la jeune fille. Répétant chaque geste que lui avait appris sa mère, il brisa le sceau d'un de ses bagages et en sortit un lourd coffret à bijoux, un des trésors de famille Atréides. Il se redressa.

– Pour vous, Seigneur Vernius. Ce coffret contient des pièces uniques de notre planète. J'ai également un présent pour Dame Vernius.

— Excellent ! Excellent ! fit le Comte comme s'il était impatient d'en finir avec ce cérémonial.

Il fit signe à un domestique, qui vint prendre le coffret.

— J'en apprécierai le contenu ce soir, quand nous aurons plus de temps. (Il se frotta les mains et Leto songea que le Comte devait être plus à son aise dans un atelier de forgeron ou sur le champ de bataille.) Alors, Leto, avez-vous fait un bon voyage ?

— Sans histoire, monsieur.

— C'est ainsi que j'aime les voyages, fit le Comte avec un rire sincère.

Leto sourit en se demandant comment faire bonne impression sur cet homme. Il s'éclaircit la voix.

— Certes, monsieur, si ce n'est que j'ai pensé qu'on m'avait abandonné quand la Guilde m'a débarqué sur une planète sauvage.

— Ah ! J'avais demandé à votre père de ne rien vous dire : c'est une petite plaisanterie entre nous. Je lui ai joué le même tour lors de sa première visite. Vous avez dû imaginer que vous étiez perdu. (Il était rayonnant.) Jeune homme, vous ne me paraissez pas fatigué. À votre âge, le mal de l'espace n'est pas à prendre en compte. Vous avez quitté Caladan il y a... deux jours, non ?

— Moins que cela.

— Ces Longs-courriers sont stupéfiants. Positivement incroyables. Et nous sommes en train d'en améliorer le concept pour augmenter leur capacité. Le deuxième modèle devrait être prêt à la fin de la journée. Une nouvelle victoire pour nous. Nous allons vous montrer les modifications que nous avons apportées, cela débutera votre apprentissage parmi nous.

Leto sourit, mais il avait déjà l'impression qu'il allait exploser. Il ne savait pas ce qu'il pouvait encore assimiler. Avant la fin de l'année, il serait devenu quelqu'un d'autre.

> *Il y a des armes qu'on ne peut tenir entre ses mains.*
> *On ne peut les garder que dans son esprit.*
>
> Enseignement Bene Gesserit

La navette Bene Gesserit descendit vers la face obscure de Giedi Prime et se posa dans le port d'Harko Villa peu avant minuit, heure locale.

Le Baron aperçut ses feux et la vit arriver depuis le balcon à bouclier du Donjon Harkonnen. Il était à peine de retour d'Arrakis, ce trou désertique, et se demanda ce que ces satanées sorcières pouvaient bien lui vouloir.

Tout autour de lui, les tours monolithiques de blackplass et d'acier scintillaient de lumières crues dans l'obscurité enfumée. Les routes et les passages étaient protégés de la pluie acide et des résidus industriels par des clôtures à filtres et des bannes ondulées. Avec un peu d'imagination et de talent architectural, Harko Villa aurait pu être une cité surprenante mais, telle quelle, elle était consternante.

– Mon Seigneur le Baron, j'ai les données que vous désirez, dit une voix derrière lui, nasale mais tranchante comme celle d'un assassin.

Surpris, le Baron se retourna en croisant les bras, le front plissé. Il découvrit sur le seuil la longue silhouette en robe sombre de son Mentat personnel, Piter de Vries.

– Ne te glisse pas comme ça près de moi, Piter. Tu ressembles à un ver.

Ce qui lui rappela l'expédition de chasse de son neveu Rabban et son bilan embarrassant.

– Les Harkonnens tuent les vers, sais-tu bien.

– Je l'ai entendu dire, répliqua sèchement de Vries. Mais,

parfois, c'est en se déplaçant en silence que l'on obtient des informations.

Un sourire torve se dessina sur ses lèvres rougies par le jus de sapho que les Mentats buvaient afin d'accroître leurs pouvoirs. Toujours en quête de plaisirs physiques et curieux d'enrichir sa palette de drogues, le Baron avait voulu essayer le sapho, mais la substance lui avait semblé amère et vulgaire.

– C'est une Révérende Mère avec son escorte, ajouta de Vries en montrant le vaisseau du menton. Quinze Sœurs et acolytes, plus quatre gardes mâles. Je n'ai détecté aucune arme.

De Vries était un Mentat formé par le Bene Tleilax, les magiciens génétiques qui concevaient les meilleurs ordinateurs humains de l'Imperium. Mais le Baron ne se contentait pas d'un simple cerveau à fonction informatique, il voulait un homme rusé et habile, quelqu'un qui fût à même d'appréhender et de déterminer les conséquences des plans Harkonnens, tout en sachant utiliser son imagination corrompue pour aider le Baron à atteindre ses buts. Piter de Vries était une création toute particulière, l'un des infâmes « Mentats tordus » tleilaxu.

– Mais que veulent-elles ? marmonna le Baron, revenant au vaisseau. Ces sorcières m'ont l'air bien assurées.

Ses soldats en uniforme bleu venaient de se ruer vers la navette comme une horde de loups.

– Nous pourrions les éliminer d'un geste, avec nos défenses ordinaires.

– Les Bene Gesserit ne manquent pas d'armes, Mon Seigneur. Certains prétendent qu'elles sont elles-mêmes des armes. (De Vries leva l'index.) Il n'est jamais raisonnable de provoquer la colère des Sœurs.

– Je le sais, idiot ! Quel est le nom de cette Révérende Mère et que veut-elle ?

– Gaius Helen Mohiam. Quant à ce qu'elle veut... la Communauté a refusé de le dire.

– Maudites soient-elles, elles et leurs secrets !

Le Baron se dirigea vers le couloir pour aller accueillir ses visiteurs.

Piter de Vries sourit.

– Quand une Bene Gesserit s'exprime, c'est souvent par énigmes et insinuations, mais ses paroles portent toujours une large part de vérité. Il faut savoir la mettre au jour.

Le Baron grommela sans ralentir le pas. Le Mentat le suivait avec une intense curiosité.

En chemin, il repassa ce qu'il savait des sorcières noires. Le Bene Gesserit se vouait à de nombreux plans de sélection génétique, comme si les Sœurs élevaient les humains pour leurs obscurs desseins. Elles contrôlaient également le plus important stock de données de l'Imperium et se servaient de leurs bibliothèques complexes pour étudier les mouvements de masse des populations aussi bien que les effets des actions d'un individu en particulier sur la politique interplanétaire.

En tant que Mentat, de Vries aurait aimé faire main basse sur ce trésor. Il serait alors en mesure de faire des calculs et des projections de tout premier ordre – au point de pouvoir écraser les Sœurs elles-mêmes.

Mais le Bene Gesserit interdisait l'accès de ses archives aux étrangers, même à l'Empereur. Et un Mentat n'avait guère de quoi alimenter ses calculs. De Vries ne pouvait que tenter de deviner les intentions des sorcières qui venaient d'arriver.

La Révérende Mère Gaius Helen Mohiam savait très exactement comment faire une entrée spectaculaire. Dans le bruissement de ses robes, flanquée de deux gardes mâles en uniforme impeccable et suivie de sa troupe d'acolytes, elle s'avança d'un pas décidé dans le hall de réception du Donjon ancestral des Harkonnens.

Le Baron l'attendait, installé derrière un bureau d'obsiplass en compagnie de son Mentat tordu et de quelques gardes triés sur le volet. Afin de marquer son mépris et son manque d'intérêt, il portait une toge ordinaire et n'avait prévu aucun rafraîchissement, aucune fanfare ni cérémonial.

Très bien, songea Mohiam. *Peut-être vaut-il mieux que cette entrevue garde un caractère privé.*

D'une voix sonore, elle se présenta, puis fit un pas en avant, laissant son escorte en retrait. Son visage était neutre, exprimant plus de force que de délicatesse – il n'était pas laid, mais pas attirant non plus. De profil, à l'évidence, elle avait le nez trop long.

– Baron Vladimir Harkonnen, mes Sœurs ont à vous entretenir d'une affaire.

– Je ne commerce pas avec des sorcières.

Le Baron avait posé le menton entre ses mains nouées. Ses

yeux d'araignée évaluaient et appréciaient les gardes mâles de la Révérende Mère. Mais il pianotait nerveusement sur sa cuisse.

— Néanmoins, vous allez écouter ce que j'ai à vous dire, fit Mohiam d'une voix d'acier.

Piter perçut la fureur du Baron et s'avança.

— Puis-je vous rappeler où vous vous trouvez, Révérende Mère ? Vous n'êtes pas ici sur notre invitation.

— C'est peut-être à *moi* de vous rappeler que nous sommes capables de fournir une analyse détaillée de toutes les activités des Harkonnens concernant la production de l'épice sur Arrakis – le matériel utilisé, le personnel employé –, comparée au rapport *officiellement* adressé à la CHOM, en contradiction avec nos projections les plus exactes. Toute anomalie serait tout à fait... révélatrice. (Elle haussa les sourcils.) Nous nous sommes déjà livrées à une étude préliminaire fondée sur des rapports de première main en provenance de... (elle sourit) nos sources propres.

— Vous voulez dire *vos espions* ! proféra le Baron.

Elle constata qu'il regrettait ses paroles dans la même seconde.

Il se leva mais, avant qu'il ait pu parler, de Vries intervint.

— Peut-être serait-il préférable que ce soit un entretien privé entre la Révérende Mère et le Baron ? Inutile de transformer une simple conversation en un spectacle... qui pourrait donner matière à un enregistrement.

— Je suis d'accord, dit vivement Mohiam avec un regard approbateur. Pourquoi ne pas nous rendre dans vos appartements, Baron ?

Il fit la moue.

— Et pour quelle raison devrais-je admettre une Bene Gesserit dans mes quartiers privés ?

— Parce que vous n'avez pas le choix.

Stupéfait, le Baron mesura son audace avant de partir d'un grand rire.

— Oui, pourquoi pas ? On ne saurait imaginer moins ostentatoire !

De Vries les observait, les yeux plissés. Il réfléchissait à sa suggestion, repassait ses informations en revue dans son cerveau de Mentat, essayant de déterminer diverses possibilités. La sorcière avait sauté trop vite sur sa proposition. *Elle voulait être*

125

seule avec le Baron. Mais pourquoi ? Que pouvait-elle faire en privé ?

— Laissez-moi vous accompagner, Mon Seigneur, dit-il en se dirigeant vers la porte qui donnait accès au couloir, et de là, aux tubes à suspenseur qui montaient vers la suite personnelle du Baron.

— Cette affaire ne concerne strictement que le Baron et moi-même, dit Mohiam.

Vladimir Harkonnen se roidit.

— Vous n'avez pas à donner des ordres à mes gens, sorcière, fit-il d'un ton menaçant.

— Et quelles sont vos instructions, en ce cas ?

Devant son ton insolent, il hésita, puis répondit :

— J'accepte votre *requête* en audience privée.

Elle inclina à peine la tête avant de jeter un regard à sa suite. De Vries surprit le bref mouvement de ses doigts : un signal de sorcière.

Elle riva son regard d'oiseau prédateur sur lui et il se surprit en train de reculer tandis qu'elle déclarait :

— Il y a une chose que vous pouvez faire, Mentat : ayez la bonté de recevoir mes compagnes et compagnons et de leur permettre de se restaurer étant donné que nous n'aurons pas le temps de nous attarder puisque nous devrons regagner Wallach IX en toute hâte.

— Fais ce qu'elle demande, dit le Baron.

Mohiam toisa de Vries comme s'il était le dernier des domestiques avant de suivre le Baron...

En pénétrant dans ses appartements, le Baron fut satisfait de constater qu'il avait laissé ses vêtements sales empilés, que les meubles n'étaient pas à leur place et que certaines taches rouges sur les murs n'avaient pas été suffisamment nettoyées. Il tenait à faire comprendre à cette sorcière qu'elle ne méritait ni égard ni accueil particulier.

Les mains sur ses hanches étroites, il se redressa en levant son menton dur.

— Très bien, Révérende Mère, dites-moi ce que vous voulez. Je n'ai pas le temps de jouer avec les mots.

Elle eut un sourire furtif.

— Jouer avec les mots ?

Elle savait que tous les membres de la Maison Harkonnen

comprenaient les nuances de la politique... à l'exception du sentimental Abulurd.

— D'accord, Baron. Les Sœurs veulent utiliser votre lignage génétique.

Elle apprécia l'expression choquée quelle lisait sur le visage arrogant du Baron. Avant qu'il ait réagi, elle expliqua consciencieusement les épisodes dûment choisis du scénario. Elle n'en connaissait pas elle-même les détails ni les raisons, mais elle savait obéir.

— Vous savez sans doute que depuis bien des années le Bene Gesserit a incorporé d'importants lignages dans la Communauté. Nous représentons l'ensemble du spectre de l'humanité noble, nous portons en nous les traits les plus précieux des Maisons Majeures et Mineures du Landsraad. Nous avons même depuis de nombreuses générations des représentants de la Maison Harkonnen.

— Et vous souhaitez améliorer encore la race Harkonnen ? risqua le Baron d'un ton méfiant. C'est bien cela ?

— Vous avez parfaitement compris. Vous devez concevoir un enfant, Vladimir Harkonnen. Une fille.

Le Baron recula, puis partit d'un rire tonitruant.

— En ce cas, il va falloir que vous cherchiez ailleurs. Je n'ai pas d'enfant, et je n'en aurai probablement jamais. La procréation suppose l'usage d'une femme, ce qui me dégoûte.

Mohiam connaissait les penchants sexuels du Baron et elle ne réagit pas. À la différence de la plupart des autres nobles, il n'avait pas de descendant, même issu du peuple.

— Malgré tout, nous voulons une fille Harkonnen, Baron. Pas une héritière, pas même une prétendante, aussi vous n'avez pas à vous inquiéter pour vos... ambitions dynastiques. Nous avons étudié avec soin les caractères chromosomiques et l'appariement requis est très spécifique. C'est *vous* qui devez me féconder, *moi*.

Le Baron haussa un peu plus les sourcils.

— Mais comment pourrais-je vouloir ça, par toutes les lunes de l'Imperium ?

Il la toisa, la disséqua du regard. Il vit une femme plutôt ordinaire, avec un visage allongé, des cheveux bruns et fins. Elle était plus âgée que lui et devait approcher de la ménopause.

Il ajouta :

— Et tout particulièrement avec vous.

– Le Bene Gesserit détermine ces choses grâce à ses projections génétiques, et non pas par rapport à l'attirance physique, qu'elle soit mutuelle ou non.

– Eh bien, je refuse. (Le Baron se détourna en croisant les bras.) Allez-vous-en. Récupérez vos petites esclaves et fichez le camp de Giedi Prime.

Mohiam le regarda encore un long instant tout en étudiant la chambre en détail. En se servant des techniques d'analyse Bene Gesserit, elle apprit bien des choses sur le Baron et sa personnalité dans cette tanière malodorante, mal entretenue, sans aucune décoration, qui n'était pas destinée à recevoir des hôtes de marque. À son insu, il lui livrait des informations précieuses sur son intimité.

– Comme vous voudrez, Baron. Ma prochaine escale devrait être Kaitain. Je dois avoir un entretien avec l'Empereur. Il y a dans ma bibliothèque personnelle, à bord de la navette, une copie de tous les enregistrements qui prouvent que vous avez détourné une part de l'épice sur Arrakis et toute la documentation sur les rapports falsifiés adressés à la CHOM et à la Maison de Corrino. Notre seule analyse *préliminaire* contient de quoi justifier un audit complet de la banque de la Guilde sur vos activités, ce qui conduirait à votre révocation du poste d'administrateur temporaire que vous a octroyé la CHOM.

Le Baron soutint son regard. C'était l'impasse, ils n'avaient ni l'un ni l'autre d'autres arguments. Mais il lut dans ses yeux qu'elle ne mentait pas. Il ne doutait pas que ces sorcières aient usé de leurs méthodes intuitives pour déterminer exactement ce qu'il avait fait, comment il avait dissimulé son secret à Elrood IX. Et il savait tout aussi bien que la Révérende Mère n'hésiterait pas à mettre sa menace à exécution.

La copie de tous les enregistrements... Détruire la navette ne résoudrait rien. Ces satanées Sœurs avaient certainement d'autres copies ailleurs.

Elles disposaient à coup sûr d'autant d'éléments de chantage pour la Maison de Corrino, et même de documents compromettants concernant la Guilde et le puissant Combinat des Honnêtes Ober Marchands. Le Bene Gesserit excellait dans l'art de tout connaître des faiblesses de ses ennemis potentiels.

Mohiam ne lui laissait pas d'alternative et il n'y avait rien qu'il pût faire. D'un mot, cette sorcière pouvait le détruire et l'obliger à terme à lui donner ce lignage qu'elle réclamait.

— Afin de vous rendre la chose plus facile, je peux contrôler mes fonctions organiques, dit Mohiam d'un ton raisonnable. Je peux ovuler à volonté et je vous garantis que vous n'aurez pas à répéter cette corvée. Il suffira de ce seul accouplement pour que je donne naissance à une fille. Ensuite, vous n'aurez plus à vous soucier de nous.

Les Sœurs dressaient constamment des plans compliqués et rien de ce qui semblait clair ne l'était jamais vraiment avec elles. L'air sombre, le Baron réfléchit aux issues possibles. Même en dépit de leurs dénégations, ces sorcières avaient peut-être l'intention de faire de cette fille qu'elles désiraient tant une héritière illégitime qui revendiquerait la Maison Harkonnen dès la génération suivante. Absurde. Il avait d'ores et déjà préparé Rabban à sa succession et nul ne la remettrait en question.

— Je... Il me faut un instant pour réfléchir. Je dois en discuter avec mes conseillers.

Mohiam se contenta de rouler les yeux et lui fit signe de prendre son temps. Elle alla jusqu'au divan, repoussa une serviette souillée et s'installa confortablement.

Vladimir Harkonnen était certes un personnage méprisable, mais il était séduisant, bien bâti, avec un beau visage, des cheveux roux en bec d'oiseau, des lèvres pleines. Mais les Sœurs du Bene Gesserit considéraient les rapports sexuels comme un simple outil de manipulation des hommes, le moyen d'ajouter des progénitures au schéma génétique de la Communauté. Que ce soit ou non sur ordre, Mohiam n'avait pas l'intention de prendre du plaisir à l'acte. Mais elle se régalait de tenir le Baron à sa merci, de le forcer à se soumettre.

Elle ferma les yeux et se concentra sur son flux hormonal, le travail intérieur de ses organes... Elle se préparait.

Elle connaissait déjà la réponse du Baron.

— Piter ! Où est donc mon Mentat ? lança le Baron en enfilant le couloir.

De Vries surgit d'une des cachettes qu'il s'était fait aménager dans les appartements privés du Baron.

— Me voici. (Il leva une petite fiole, but une gorgée et le Baron vit le feu du sapho dans ses yeux à l'instant où la drogue accélérait ses processus mentaux.) Que veut la sorcière ? Qu'est-ce qu'elle concocte ?

Le Baron fit volte-face et laissa éclater sa rage.

— Elle veut que je l'ensemence ! Cette *truie* !

L'ensemencer ? songea de Vries.

Il assimila ce nouveau facteur et révisa le problème en un éclair.

— Elle veut porter ma fille ! Est-ce que tu peux croire ça ?

De Vries était soudain en mode Mentat. *Fait : le Baron n'aurait jamais d'enfant de toute autre manière. Il abomine les femmes. De plus, politiquement, il est bien trop prudent pour disperser sa semence sans discrimination.*

Fait : le Bene Gesserit dispose d'archives gigantesques sur Wallach IX, des plans génétiques multiples dont le résultat est ouvert à toutes les interprétations. En obtenant un enfant du Baron – une fille plutôt qu'un fils ? – qu'espèrent donc les sorcières ?

Y a-t-il un défaut – ou une qualité – dans les gènes Harkonnens qu'elles veulent exploiter ? Ou bien considèrent-elles que c'est le châtiment le plus humiliant qu'on puisse infliger au Baron ? Dans ce cas, en quoi le Baron a-t-il personnellement offensé la Communauté ?

— Cette seule pensée me dégoûte ! Copuler avec cette jument ! Mais je dois dire que je crève de curiosité. Que peut bien vouloir le Bene Gesserit ?

— Je suis dans l'incapacité de faire une projection, Baron. Données insuffisantes.

Un instant, le Mentat crut que le Baron allait le frapper, mais il ajouta :

— Je ne suis pas un étalon des sorcières !

De Vries déclara posément :

— Baron, si elles disposent vraiment d'informations sur vos détournements d'épice, vous ne pouvez pas prendre le risque qu'elles les révèlent. Même si elles bluffent, votre réaction leur a appris ce qu'elles voulaient savoir. Si elles fournissent des preuves à Kaitain, l'Empereur enverra ses Sardaukar exterminer la Maison Harkonnen pour installer une autre Grande Famille ainsi qu'il l'a fait pour Richèse. Ça ne déplairait pas à Elrood, j'en suis certain. Lui et la CHOM pourraient annuler leurs contrats à n'importe quel moment. Ils pourraient même aller jusqu'à offrir Arrakis et la production d'épice à... disons la Maison des Atréides... rien que pour vous contrarier.

— Les Atréides ! (Le Baron cracha le nom.) Jamais je ne permettrai que mes biens tombent entre leurs mains.

De Vries sut qu'il avait touché le point sensible. La rivalité entre les deux Maisons remontait à des générations, aux tragiques événements liés à la Bataille de Corrin.

— Vous devez faire ce que la sorcière vous demande. Le Bene Gesserit gagne cette première manche. Priorité : protéger la fortune de votre Maison, vos parts sur l'épice et vos stocks illicites. (Le Mentat sourit.) Vous aurez votre revanche plus tard.

Le Baron semblait avoir le teint grisâtre, la peau cloquée.

— Piter, dès maintenant, je veux que tu fasses disparaître toute preuve d'existence de ces stocks et que tu les disperses en divers endroits où personne ne songera à les chercher.

— Sur les planètes de nos alliés aussi ? Je suis contre, Baron. Cela suppose trop de difficultés. Et puis les alliances changent.

— Très bien. En ce cas, accumule la plus grande partie sur Lankiveil, sous le nez de mon stupide demi-frère. Jamais ils ne soupçonneront une quelconque collusion d'Abulurd dans cette affaire.

— Oui, Mon Seigneur. C'est une très bonne idée.

— Bien sûr que oui ! (Le Baron fronça les sourcils en tournant la tête. En parlant de son demi-frère, il venait de penser à son adorable neveu.) Où est Rabban ? Peut-être que la sorcière pourrait prendre sa semence plutôt que la mienne ?

— J'en doute, Baron. Les calculs génétiques des Sœurs sont toujours très précis.

— Mais où est-il ? Rabban ! Je ne l'ai pas vu depuis hier.

Le Baron arpentait le couloir.

— Il a encore organisé une de ses stupides parties de chasse à la Station Forestière. (De Vries réprima un sourire.) Vous êtes seul ici, Baron, et je pense que vous feriez mieux de regagner votre chambre. Vous avez un devoir à accomplir.

> *La règle de base est : ne jamais soutenir la faiblesse,*
> *toujours soutenir la force.*
> Le Livre Azhar du Bene Gesserit,
> **Compilation des Grands Secrets**

Le croiseur léger montait dans la nuit au-dessus des terres sauvages de Giedi Prime. Les feux de la cité et ses fumées avaient disparu. Isolé dans une cellule à fond de cale, Duncan Idaho regardait s'éloigner la prison du Baron. Elle était comme un énorme bubon à la surface du monde, gonflé du pus humain qu'étaient les prisonniers que l'on y torturait.

Au moins ses parents n'étaient plus là. Si Rabban avait voulu ainsi augmenter sa haine et son ardeur au combat, il avait réussi. Après quelques jours seulement de préparation, Duncan bouillonnait.

Les parois nues de sa geôle étaient couvertes d'une moisissure de gel. Il était engourdi, le cœur lourd, enfermé dans le silence. Il ne sentait que la vibration des moteurs à travers la coque. Parfois, des ponts supérieurs, lui parvenaient les éclats de voix et les rires des chasseurs qui revêtaient leurs armures rembourrées. Ils étaient armés de fusils à viseur de poursuite.

Rabban devait être avec eux.

Pour donner à Duncan ce qu'ils appelaient « une chance sportive honorable », on lui avait octroyé un couteau à la lame émoussée (ils ne voulaient pas qu'il se blesse), une lampe et un bout de corde : en somme, tout ce dont avait besoin un enfant de huit ans pour échapper à un escadron de professionnels Harkonnens sur leur propre terrain de chasse...

Rabban, confortablement installé dans un fauteuil, souriait en pensant à l'enfant terrifié et haineux qui attendait dans la cale. Si ce Duncan Idaho avait été plus grand et plus fort, il aurait été une proie plus dangereuse que n'importe quel animal. Mais il devait reconnaître que ce gamin était quand même dur pour sa taille.

Le croiseur était maintenant loin de la prison, des zones industrielles noires de cambouis. Dans ces régions montagneuses, on trouvait des escarpements de grès couverts de pins, des torrents, des grottes. La réserve naturelle soigneusement préservée abritait même quelques formes de vie sauvage génétiquement améliorées, des prédateurs féroces qui appréciaient autant que les chasseurs la chair tendre des jeunes proies.

Le vaisseau se posa au milieu d'une prairie parsemée de blocs de rocher et Rabban attendit que les stabilisateurs compensent la gîte avant d'appuyer sur un bouton de sa ceinture de contrôle.

La porte hydraulique de la cellule s'ouvrit avec un sifflement et Duncan sortit dans la nuit glacée. Il pensa d'abord qu'il n'avait qu'à courir jusqu'à l'abri des arbres, et là il s'enfouirait sous le tapis d'aiguilles pour dormir.

Mais Rabban voulait qu'il courre et se cache, il savait que le garçon ne pourrait aller très loin. Dans l'immédiat, il devait tempérer son instinct et ruser. Le moment n'était pas encore venu de se lancer dans des actions inattendues et audacieuses.

Duncan attendrait à bord que les chasseurs viennent lui expliquer les règles de la chasse, même s'il savait ce qu'on attendait de lui. L'arène était seulement plus vaste, la poursuite serait plus longue et l'enjeu plus important... mais essentiellement, ce serait le même jeu que dans la cité-prison.

L'écoutille coulissa et il vit deux silhouettes dans un halo lumineux : le Commandant du groupe de chasse de Baronia et l'homme aux épaules larges qui avait tué son père et sa mère. *Rabban.*

Duncan détourna les yeux vers la prairie et discerna bientôt la forêt sous le ciel étoilé. Il éprouvait encore dans ses côtes la douleur des épreuves d'entraînement, mais il s'efforça de l'oublier.

– La Station Forestière, lui dit le Commandant. Des vacances à la campagne. Profites-en ! C'est un jeu, mon garçon – on te laisse un peu d'avance, et ensuite on se met en chasse. Mais ne commets pas d'erreur. C'est différent de tes séances d'entraînement à Baronia. Si tu perds, on te tue, et ta tête empaillée ira rejoindre les autres trophées du Seigneur Rabban.

Un large sourire retroussa les lèvres grasses de Rabban. Il était rouge d'excitation et ses mains tremblaient.

– Et si je m'échappe ? demanda Duncan d'une voix flûtée.

– Tu ne t'échapperas pas, fit Rabban.

Duncan n'insista pas. L'autre pouvait lui mentir, et s'il réussissait à échapper aux chasseurs, il se débrouillerait avec ses propres règles.

Ils l'abandonnèrent dans l'herbe givrée. Ses vêtements étaient trop légers et ses chaussures usées, et la nuit l'écrasa comme un marteau de glace.

– Reste en vie aussi longtemps que possible, mon garçon ! lança Rabban depuis le seuil. (Le régime des moteurs augmenta et il recula.) Amuse-moi. Ma dernière partie de chasse m'a beaucoup déçu.

Duncan ne bougea pas tandis que le vaisseau s'éloignait vers le poste de garde où les chasseurs allaient prendre quelques verres avant de se lancer sur sa piste.

Il courut vers les arbres, laissant la trace de ses foulées dans la dentelle de givre. Il s'enfonça dans les branches épineuses et attaqua la pente abrupte.

Dans le faisceau de sa lampe, la buée de son souffle dansait au rythme violent de son cœur. La rocaille cédait sous ses pas : ici, au moins, il ne laisserait pas de traces, même si des ourlets de neige apparaissaient çà et là, comme des dunes cristallines sur la lisière des surplombs.

Des éperons se dressaient de part et d'autre comme des sentinelles pétrifiées veillant sur la forêt. Le vent et la pluie avaient creusé des entailles et des poches dans la roche. Certaines pouvaient abriter des rongeurs, mais d'autres étaient assez grandes pour un homme. Poussé par la peur et la haine, Duncan reprit frénétiquement son escalade jusqu'à en perdre le souffle.

Il parvint à un creux entre deux blocs opposés et sa lampe lui révéla des tons d'ocre et de rouille tandis qu'il s'accroupissait, en alerte, certain que les chasseurs étaient déjà sur ses traces.

Très loin, des animaux hurlaient et il éteignit sa lampe. La douleur revenait dans son dos et ses côtes et une brûlure pulsait dans son bras, là où était implanté le localisateur.

Il se tourna vers les rochers érigés sertis d'ombres et d'arêtes, vers les pins noueux et noirs. Il était si loin de la ville et du port spatial.

La Station Forestière. Sa mère lui avait souvent parlé de la réserve que le neveu du Baron Vladimir appréciait tant : « Si Rabban est aussi cruel, c'est parce qu'il a besoin de prouver qu'il n'est pas comme son père », lui avait-elle dit une fois.

Duncan avait passé la plupart de ses huit ans de vie dans les immeubles cyclopéens de la cité, à respirer l'air chargé d'odeurs de lubrifiants, de solvants, de milliers d'émanations chimiques. Il ne découvrait qu'à présent que c'était en vérité un monde froid, avec des nuits de gel... sous les diamants des étoiles.

Car le ciel noir était empli de points de lumière, comme une tempête de miettes de cristoplass figée. Et il savait que là-haut, là-bas, les Navigateurs de la Guilde se servaient de leur esprit pour piloter des Longs-courriers vastes comme des villes entre les soleils de la galaxie.

Il n'avait encore jamais vu un vaisseau de la Guilde, il n'avait jamais décollé de Giedi Prime – et il doutait qu'il puisse le faire un jour. Il venait d'une mégapole industrielle et ne connaissait rien de la disposition des étoiles. Et puis, même avec un compas et la carte des constellations, il n'aurait su où aller...

Il releva les genoux et serra sa poitrine pour tenter de garder un peu de chaleur sous la morsure du froid et observa en frissonnant le monde qui l'entourait.

Tout en bas, la Station dominait un vallon boisé. Il surprit une procession de brilleurs : les chasseurs, réchauffés, rassasiés et bien armés, étaient lancés sur ses traces. Un moment de jouissance intense pour eux.

Il les épiait, gelé, avec un sentiment de solitude absolue. Il devait décider s'il voulait vivre ou non. Que faire ? Où aller ? Qui pouvait lui venir en aide ?

Il revit le visage de sa mère, mais elle n'était plus là, Rabban ne lui avait pas même laissé un visage. Jamais plus elle ne lui sourirait en disant « mon gentil Duncan ».

Les chasseurs Harkonnens qui venaient sur lui avaient des traceurs richésiens, des armures chauffantes et des armes puissantes. Alors qu'il n'avait qu'un couteau émoussé, une lampe et une corde.

Il pouvait rester ici à les attendre. Ils arriveraient tôt ou tard, guidés par son implant, mais il se rendrait, il ne leur donnerait pas l'occasion de se distraire. En leur montrant son mépris, il aurait au moins une petite victoire, la dernière.

Mais il avait une autre option : se défendre, tenter de blesser quelques chasseurs. Ses parents n'avaient pas eu la moindre chance de résister, mais Rabban lui en avait donné une.

Le neveu du Baron le considérait comme un garçon sans défense. Et ses compagnons de chasse espéraient bien se distraire un peu en abattant un enfant.

Il se redressa et brossa ses vêtements en cessant de frissonner. *Non, je ne me laisserai pas abattre comme ça*, décida-t-il. *Rien que pour leur montrer, pour qu'ils ne se moquent pas de moi.*

Il ne pensait pas que les chasseurs se soient munis de boucliers. Toutes les chances étaient avec eux et ils n'avaient pas besoin d'une protection aussi encombrante.

Il porta la main au couteau qu'on lui avait donné. Il ne pourrait rien contre une armure mais, avec la lame, il pouvait faire autre chose. Une chose douloureuse mais nécessaire. Oui, il allait se battre.

Il gravit la pente, passant d'un rocher à un arbre abattu, luttant pour garder l'équilibre dans les éboulis. Dans une paroi de grès bosselée, il avait repéré une étroite anfractuosité. Il progressait lentement dans la boue rougeâtre, évitant les plaques de neige où il aurait laissé des marques...

L'implant qu'on avait greffé dans son épaule les attirerait sur lui quoi qu'il fasse.

Au-dessus de la grotte, un surplomb dans le rocher vertical pouvait lui donner une autre chance : des blocs de grès empilés, couverts de lichen. Il pourrait peut-être arriver à les déplacer.

Il se glissa dans l'anfractuosité où il faisait malheureusement aussi froid qu'au-dehors. L'endroit était obscur, à peine assez haut pour qu'un adulte s'y glisse en rampant, et il n'y avait pas d'autre issue. Il n'y serait pas vraiment à l'abri et il devait faire vite.

Accroupi, il alluma sa lampe, ôta sa chemise souillée et prit le couteau. Il palpa le haut de son bras gauche et sentit la forme du localisateur dans le triceps.

Sa peau était déjà presque insensibilisée par le froid, ses pensées devenaient floues. Mais, quand il planta le couteau dans le muscle, ses nerfs s'embrasèrent. Il ferma les yeux et enfonça un peu plus la lame, entaillant la chair en profondeur. Des ombres dansaient comme des squelettes sur la paroi tandis qu'il s'acharnait, extirpant le minuscule appareil avec des gestes mécaniques, repoussant la souffrance dans un recoin de sa conscience.

Le micro-localisateur sanglant roula dans la poussière. Une

merveille technologique de Richèse. Les dents serrées, Duncan prit un caillou dans l'intention de l'écraser, mais il se ravisa, le reposa et lança la barrette de métal dans le fond ténébreux de son refuge.

Il valait mieux le laisser là comme appât...

Il rampa jusqu'au dehors, prit une poignée de neige et la pressa sur le sang qui coulait de sa blessure. Au contact du froid, la douleur s'apaisa. Il continua d'appuyer tandis que les cristaux de neige se teintaient de rose. Il prit une autre poignée, la serra entre ses doigts, indifférent désormais aux traces qu'il pouvait laisser : les Harkonnens ne tarderaient guère.

Pour l'instant, il avait réussi à endiguer l'hémorragie.

Il s'éloigna de son refuge, prenant garde à ne pas laisser de traces. Dans la vallée, les lumières s'éparpillaient : les chasseurs avaient choisi leurs parcours et s'écartaient les uns des autres pour attaquer l'escarpement. Dans le ciel charbonneux, un ornithoptère bourdonnait, à peine distinct.

Duncan pressa le pas. Il arracha des fragments de sa chemise pour les mettre sur la plaie et ne conserva que quelques lambeaux qui le laissaient à demi nu dans le froid. Il se dit que les animaux prédateurs de la forêt allaient sans doute sentir l'odeur du sang frais et se jeter sur lui pour le dévorer sans la moindre préoccupation sportive.

Il contourna la grotte. Son instinct lui soufflait de continuer aveuglément, aussi loin que possible. Mais il y avait mieux à faire. Il s'accroupit dans les rochers et les mousses et en souleva quelques-uns afin de mesurer sa force. Puis, il attendit.

Avant peu, le premier chasseur se montra sur la pente. En armure à champ de suspension, il se déplaçait très vite, droit sur la grotte, un pistolet laser au poing. Il consulta son détecteur réglé sur l'émission du localisateur richésien.

Duncan retint son souffle, parfaitement immobile. Un filet de sang coulait sur son bras. Il en perçut vaguement la tiédeur.

Le chasseur s'arrêta devant l'anfractuosité et découvrit les taches de sang et les empreintes des pas dans la neige. Sur son détecteur, un point lumineux pulsait régulièrement. Duncan ne pouvait distinguer son visage mais il imaginait très bien son rictus triomphant.

L'autre s'accroupit avec raideur, son arme pointée vers le trou, et rampa sur quelques centimètres.

– Je t'ai trouvé, gamin !

Duncan rassembla toute la force de ses muscles et fit basculer un rocher couvert de mousse. D'un coup de pied, très vite, il en expédia un deuxième.

Il entendit l'impact, le craquement affreux. Le halètement gargouillant de l'homme.

La première pierre avait roulé sur la pente abrupte et il la vit disparaître dans un jaillissement de graviers. Mais l'autre avait percuté le dos du chasseur. L'échine broyée, il avait été collé au sol comme un insecte.

Duncan descendit, le souffle court. L'homme vivait encore, les jambes agitées de spasmes, griffant le givre. Il n'y avait plus rien à redouter de lui.

Il braqua sa lampe sur les yeux vitreux et étonnés du chasseur. Ce n'était plus un jeu. Duncan savait ce que les Harkonnens allaient faire de lui, il avait vu Rabban à l'œuvre.

Il devait jouer selon leurs règles.

Le chasseur marmonna des sons inintelligibles mais Duncan n'hésita pas. Il se pencha vers lui et introduisit la lame du couteau sous sa gorge. L'homme commença à se débattre en redressant pourtant le menton comme s'il se résignait. Et le fer émoussé mordit sa peau, s'enfonça, le sang jaillit à gros bouillons noirs, éclaboussa le sol, devint une mare visqueuse.

Duncan ne pouvait attendre. Il fouilla la ceinture du mort et y trouva un medpack et une barre alimentaire. Puis il arracha le pistolet laser et, en se servant de la crosse, détruisit définitivement le localisateur : il n'avait plus besoin d'appât désormais. Ses poursuivants devraient se servir de leur instinct.

Quand la colère retomberait, qui sait, ils apprécieraient peut-être le défi.

Il ressortit en traînant l'arme qui avait presque sa taille. Il vit que les brilleurs des chasseurs s'étaient dangereusement rapprochés.

Mais maintenant il était armé. Fort de ce premier succès, il s'enfonça en courant dans la nuit.

> *De nombreux éléments de l'Imperium croient
> posséder la puissance absolue : la Guilde Spatiale
> avec le voyage interstellaire, la CHOM, avec son
> emprise économique, le Bene Gesserit, avec ses
> secrets, les Mentats, avec leur contrôle des
> processus psychiques, la Maison de Corrino avec le
> Trône Impérial, les Maisons Majeures et Mineures
> du Landsraad, avec leurs possessions toujours
> croissantes. Craignons le jour où l'une de ces
> factions décidera de le prouver.*
>
> Comte Hasimir Fenring,
> Dépêches d'Arrakis

Leto ne disposa que d'une heure pour se reposer et se rafraîchir dans les quartiers qui lui avaient été assignés dans le Grand Palais.

— Désolé de vous précipiter, lui avait dit Rhombur à l'instant où ils franchissaient la porte, mais vous ne voudrez pas manquer cela. Il faut de longs mois pour construire un Long-courrier. Faites-moi signe dès que vous serez prêt à vous rendre sur le pont panoramique.

Leto profita de ce moment d'isolement pour défaire ses bagages et se promener un peu dans la chambre. Ses affaires avaient été emballées méticuleusement et il y avait tout ce dont il pouvait avoir besoin, y compris des bibelots et toute une liasse de lettres de sa mère avec une édition imprimée de la *Bible Catholique Orange*. Il lui avait promis d'en lire quelques versets chaque soir.

Il laissa tout en place : il avait bien assez de temps devant lui. *Toute une année loin de Caladan, toute une année sur Ix.*

Il avait à peine eu le temps d'essayer le matelas et l'oreiller que Rhombur frappait à la porte.

— Allez, vite ! Le transport nous attend !

Ils embarquèrent dans un tube-fusée qui fila entre les immeubles-stalactites jusqu'aux limites de la cité. Une capsule les emporta vers le bas, jusqu'au deuxième niveau. Les immeubles étaient tous surmontés de dômes d'observation. Dès qu'ils se furent posés, Rhombur plongea dans la foule agglutinée près des balcons et des baies splendides. Il saisit Leto par le bras pour franchir le cordon de gardes. Il avait le visage rouge d'excitation et demanda à la ronde :

– Quelle heure est-il ? C'est déjà fini ?
– Non, pas encore. Dans dix minutes.
– Le Navigateur arrive. L'escorte a pris son caisson en charge et il franchit actuellement le champ !

Rhombur marmonna un remerciement et entraîna son compagnon déconcerté jusqu'à une baie de métalglass.

À l'autre extrémité de la salle, une nouvelle porte venait de s'ouvrir et la foule s'écarta pour laisser passer deux jeunes hommes bruns : des jumeaux parfaits. Ils accompagnaient d'une démarche altière Kailea, toujours aussi ravissante, qui avait laissé ses falbalas pour une tenue plus classique. Les jumeaux semblaient subjugués et elle en avait visiblement conscience. Souriante, elle les précéda vers la baie voisine.

Rhombur, bien plus intéressé par l'événement qui se préparait que par l'assistance, conduirait Leto à leurs côtés. Mais Leto, quant à lui, promena les yeux autour d'eux et vit de nombreux hauts fonctionnaires d'Ix. Puis il fit comme Rhombur et regarda vers le bas, toujours dans l'ignorance de l'événement que tous attendaient.

Tout au fond de la grotte, là où le plafond rejoignait l'horizon, il vit un Long-courrier, un vaisseau grand comme un astéroïde, pareil à celui qui l'avait amené sur Ix.

– C'est la plus grande... disons la plus vaste installation d'Ix, commenta Rhombur. Dans tout l'Imperium, il n'existe qu'un hangar où puisse tenir un Long-courrier. Partout ailleurs, on se sert de pontons spatiaux. Mais chez nous, dans cet environnement souterrain, la sécurité et l'efficacité, même pour des constructions à grande échelle, rendent la chose bien plus économique.

Un éventail d'arêtes décoratives brillait à l'avant du vaisseau. Plus loin sur le fuselage, Leto vit l'hélice violette et cuivrée d'Ix à côté du grand analemme blanc de la Guilde Spatiale, le symbole de l'univers, l'infini, serti dans un cartouche en relief.

Le Long-courrier reposait sur un mécanisme élévateur qui permettait aux véhicules au sol de circuler sous la coque. Des ouvriers suboïdes en combinaison blanc et argent sondaient le fuselage pour l'ultime inspection, cernés par les ondes lumineuses des barrières de défense.

Les grues et les engins suspenseurs grouillaient comme des parasites attirés par le mastodonte, mais les machines les plus grosses avaient été regroupées contre les parois du hangar-canyon... *Pour le lancement ?* s'interrogea Leto, incrédule. Pourtant, les milliers d'ouvriers qui s'agitaient en essaims mouvants semblaient annoncer le départ imminent du vaisseau. De même que les conversations fébriles dans la salle. Fasciné, il demanda en hésitant :

– Mais... comment vont-ils faire ? Un vaisseau aussi gigantesque ? Avec la voûte rocheuse ?

L'un des jumeaux lui adressa un sourire confiant.

– Attendez, vous allez voir...

Les deux jeunes gens avaient le même visage carré, les mêmes sourcils broussailleux. Et sans doute quelques années de plus que lui. Leur teint pâle attestait leur vie souterraine.

Kailea toussota.

– Rhombur ? (Elle montra les jumeaux et Leto.) Tu oublies tes obligations.

Rhombur réagit avec empressement.

– Oh, oui ! Je vous présente Leto, héritier de la Maison des Atréides de Caladan. Et voici C'tair et D'murr Pilru. Leur père est ambassadeur d'Ix sur Kaitain et leur mère appartient à la banque de la Guilde. Ils résident dans une aile du Grand Palais et vous serez amenés à vous rencontrer.

Les jumeaux s'inclinèrent en même temps.

– Nous préparons l'examen de la Guilde dans les mois qui viennent, déclara C'tair. Nous espérons pouvoir piloter un vaisseau comme celui-ci un jour.

Il désignait le Long-courrier et une ombre d'inquiétude apparut dans les jolis yeux verts de Kailea, comme si elle se rebellait à l'idée qu'ils puissent devenir des Navigateurs.

Leto était troublé par l'attitude enthousiaste et déterminée de C'tair. Son frère paraissait moins sociable et semblait hypnotisé par les préparatifs de départ.

– Voilà le caisson du Navigateur, dit-il.

La masse noire d'une citerne venait d'apparaître, portée par des suspenseurs industriels. Traditionnellement, les Navigateurs se dissimulaient derrière d'épais nuages de gaz d'épice. L'opinion générale était que les Navigateurs, au terme de leur transformation, devenaient différents des humains, génétiquement évolués, et la Guilde n'avait jamais nié ni confirmé ces rumeurs.

— On ne voit rien à l'intérieur, dit C'tair.

— Oui, mais le Navigateur est bien là. Je le sens.

D'murr se penchait avec une curiosité tellement avide qu'on aurait pu penser qu'il allait s'envoler à travers la baie de métaglass. Kailea en profita pour poser ses yeux d'émeraude sur Leto.

Rhombur intervint.

— Mon père est très excité par ce nouveau modèle à grande capacité. Je ne sais pas si vous avez étudié votre histoire, Leto, mais les Longs-courriers, à l'origine, étaient fabriqués par la Maison de Richèse. Ix et Richèse sont entrées en concurrence pour les contrats de la Guilde et, peu à peu, nous avons fini par l'emporter en amenant toute notre société à collaborer, à coups de subsides, de conscriptions, d'impôts.... tout était bon. Sur Ix, nous ne faisons pas les choses à moitié.

— J'ai aussi entendu dire que vous étiez passés maîtres dans l'art du sabotage industriel et du non-respect des brevets, rétorqua Leto en se souvenant de ce que lui avait raconté sa mère.

Rhombur secoua la tête.

— Des mensonges colportés par des Maisons jalouses. Mais par tous les enfers vermillon, nous ne volons ni les idées ni les brevets ! Nous avons seulement mené une guerre technologique contre Richèse, et nous l'avons gagnée sans violence. Mais ils ont été aussi gravement atteints que si nous avions fait usage des atomiques. C'était eux ou nous. Une génération auparavant, ils avaient déjà perdu l'intendance d'Arrakis presque en même temps que leur leadership en technologie. Mauvaise gestion familiale, je suppose.

— Ma mère est de la Maison de Richèse, dit Leto, crispé.

Rhombur s'empourpra.

— Oh, je suis navré. J'avais oublié.

Il passa la main dans ses cheveux bouclés d'un air embarrassé.

— Il n'y a pas de mal. Nous ne portons pas des œillères. Je sais ce dont vous parlez. Richèse existe toujours, mais sur une échelle infiniment moins grande. Trop de bureaucratie, pas assez d'innovations. Ma mère n'a jamais accepté de m'emmener visiter sa planète, même pour rencontrer sa famille. Je suppose qu'elle en a des souvenirs douloureux, même si elle espérait retrouver la fortune pour Richèse en épousant mon père.

On introduisait l'énigmatique caisson du Navigateur dans une soute, à la proue du Long-courrier. Peu à peu, il disparut dans le ventre du léviathan comme un insecte dans la gueule d'un poisson.

Kailea était plus jeune que son frère mais, quand elle s'exprima, ce fut d'un ton plus détaché.

– Ce nouveau programme de construction sera sans doute le plus profitable que nous ayons eu depuis longtemps. La Maison Vernius va recevoir vingt-cinq pour cent des solaris que la Guilde va économiser durant la première décennie.

Dépassé, Leto songea aux petites activités de Caladan : les moissons de riz pundi, les docks où les bateaux livraient le produit de leur pêche... Et il entendit l'écho des vivats de la foule après la corrida de son vieux père.

L'éclat des sirènes déchira le hangar-canyon et, tout en bas, les suboïdes évacuèrent le site. Des phares clignotaient sur toutes les tours stalactites et, sous les dômes, Leto discerna des milliers de silhouettes qui se pressaient.

L'assistance devint silencieuse et Rhombur se pencha vers Leto.

– Que va-t-il se passer maintenant ? demanda Leto.
– Le Navigateur va faire décoller le vaisseau, intervint C'tair.
– Et il va l'emmener au large de la planète pour entamer le voyage, ajouta D'murr.

Leto ne pouvait détacher les yeux de l'impénétrable voûte de pierre qui les séparait de la croûte planétaire. Il devina un bourdonnement à peine audible.

– Conduire un vaisseau comme celui-ci jusqu'à l'espace n'est pas très difficile – pour *eux* du moins. (Rhombur croisa les bras.) En tout cas, c'est plus facile que de le ramener dans un espace confiné comme la grotte. Seul un Timonier de haut niveau peut y arriver.

Leto retenait son souffle, comme tous les spectateurs. Et sous ses yeux, le Long-courrier se mit à scintilller, devint flou, puis disparut.

Une déflagration profonde retentit dans le canyon quand le vide s'emplit brusquement. La vibration se propagea dans tout le bâtiment et Leto la sentit vriller ses oreilles.

Il n'y avait plus trace du Long-courrier. Il ne restait que des traces décolorées sur les parois et la voûte, du matériel abandonné.

— Rappelez-vous comment les Navigateurs pilotent les vaisseaux, fit D'murr en remarquant le trouble de Leto.

— Ils plissent l'espace, continua C'tair. Ce Long-courrier n'est pas exactement passé *à travers* la couche de cristal d'Ix. Le Navigateur est simplement allé d'ici... à sa destination.

Il y eut quelques applaudissements. Rhombur montra le hangar vide d'un air ravi.

— Et voilà, nous avons de nouveau la place pour en construire un autre !

— De l'économie élémentaire, conclut Kailea en jetant un très bref regard à Leto. Nous ne perdons jamais de temps.

> *Les concubines esclaves permises à mon père selon*
> *l'accord entre la Guilde et le Bene Gesserit ne*
> *pouvaient, bien sûr, porter un héritier royal, mais*
> *les intrigues étaient aussi constantes et oppressantes*
> *dans leur similitude. Ma mère, mes sœurs et moi*
> *nous devînmes ainsi expertes dans l'art d'éviter les*
> *instruments de mort.*
>
> Princesse Irulan, *Dans la Maison de Mon Père*

Les salles de cours du Prince Shaddam, dans le Palais Impérial, auraient pu contenir tout un village sur certains autres mondes. Indifférent, l'héritier de la Maison Corrino était penché sur sa machine à enseigner sous l'œil scrutateur de Fenring.

– Mon père continue d'exiger que j'apprenne comme un enfant. Je devrais déjà être marié. Je devrais même avoir un héritier impérial.

Fenring partit d'un grand rire.

– Pourquoi donc ? Pour sauter une génération et que le trône lui revienne directement à sa majorité, mmm ?

Apparemment, Shaddam devrait attendre de régner toute sa vie. Chaque fois que le Vieil Empereur buvait de la bière d'épice, il activait un peu plus encore le poison que lui avait instillé Fenring – mais le *n'kee* faisait son effet depuis des mois déjà, avec pour seul résultat apparent de rendre le comportement d'Elrood de plus en plus irrationnel.

Le matin même, il avait tancé Shaddam en lui reprochant de ne pas être attentif à ses études.

– Regarde et apprends ! répétait-il toujours. Fais aussi bien que Fenring, pour une fois.

Depuis leur enfance, Hasimir Fenring avait été éduqué avec le Prince Héritier. Il se montrait bon compagnon tout en glanant des informations et en s'infiltrant dans la politique et les intrigues de la Cour. Sa mère, Chaola, une dame d'honneur de la Cour au caractère introverti, s'était retirée dans une paisible demeure et vivait de sa pension impériale depuis le décès d'Habla, quatrième épouse d'Elrood IX. En décidant d'éduquer ensemble les deux jeunes gens alors qu'elle était attachée à l'Impératrice, Chaola avait donné à son fils Fenring la chance d'accomplir le destin qu'elle avait visé pour lui.

Bien que formée par le Bene Gesserit, Chaola affectait de ne pas comprendre ce que son fils faisait à la Cour. Mais Fenring était assez malin pour comprendre que sa mère en savait plus qu'elle ne le prétendait et qu'il ignorait bien des plans et des stratagèmes génétiques.

Avec un geignement pitoyable, Shaddam se détourna de la machine.

– Pourquoi cette vieille chose ne veut-elle pas mourir pour me faciliter la tâche ?

Il porta la main à ses lèvres, affectant d'être choqué par ce qu'il venait de dire.

Fenring arpentait la pièce, les yeux levés vers les fanions du Landsraad. Le Prince était censé connaître les couleurs et les armoiries de toutes les Maisons, mais Shaddam avait déjà du mal à se rappeler les noms de ses proches.

– Sois patient, mon ami. Chaque chose en son temps. (Fenring s'arrêta devant une tige d'encens et inspira longuement la fumée au parfum vanillé.) Entre-temps, apprends donc tout ce qui te sera utile durant ton règne. Tu en auras bientôt besoin, le sais-tu bien, mmm ?

– Cesse de ronronner comme ça, Hasimir. C'est irritant.

– Hmm ?

– Déjà ça m'agaçait quand nous étions enfants, et ça n'a pas changé. Arrête, te dis-je !

Shaddam entendit rire son précepteur dans la pièce voisine, derrière les écrans qui étaient censés les isoler. Il surprit des froissements d'étoffe, de draps, des caresses. Son précepteur passait ses après-midi avec une fille d'une beauté déchirante, au long corps souple, qui avait reçu une éducation d'Experte Sexuelle. C'était Shaddam lui-même qui lui avait donné ses ordres afin que lui et Fenring puissent discuter en privé, loin des yeux et des oreilles du précepteur. Celui-ci ignorait d'ailleurs que la fille avait été offerte à Elrood et faisait partie de son harem. Ce petit stratagème lui donnait un moyen de pression sur son sinistre précepteur. Car si l'Empereur venait à être au courant...

« Apprendre à manipuler les gens est une part essentielle de l'exercice du pouvoir », lui répétait fréquemment Fenring. Shaddam avait au moins assimilé cet enseignement. Et Fenring songeait de son côté : *Aussi longtemps que le Prince Héritier écoutera mes conseils, il pourra faire un monarque valable, après tout.*

Sur les écrans, de mornes statistiques commerciales défilaient avec les images holos de multiples produits des planètes majeures : de la plus somptueuse des fourrures de baleine jusqu'aux tapisseries mélodiques d'Ix en passant par le vinencre, les shigavrilles, les fabuleux objets d'art d'Ecaz, le riz pundi de Caladan, le crottin d'âne. La machine à enseigner crachait tout cela en un flot incohérent, comme si Shaddam était supposé tout savoir en détail. *Mais les conseillers sont là pour ça*, songea-t-il.

Fenring se pencha sur le moniteur.

— Dans tout ce que produit l'Imperium, Shaddam, qu'est-ce qui est le plus important à tes yeux ?

— C'est toi mon précepteur, maintenant, Hasimir ?

— Je l'ai toujours été. Si tu deviens un Empereur prestigieux, la population y gagnera d'autant... et moi aussi.

Dans la chambre voisine, le lit gémissait en cadence.

— La paix et la tranquillité, grogna Shaddam.

Fenring tapa sur une touche et la machine cliqueta et fredonna. Un panorama apparut. Celui d'une planète désertique : *Arrakis*. Fenring s'assit à côté de Shaddam.

— Le Mélange. C'est ça qui est le plus important. Sans lui, l'Empire s'effondrerait.

Ses doigts voletaient sur le clavier et d'autres images apparurent : un paysage de dunes à l'infini, des usines-moissonneuses. Et un ver formidable en train de détruire un site de récolte dans les profondeurs du bled.

— Arrakis est l'unique source d'épice de l'univers connu. (Fenring cogna du poing la table de marbroplass.) Mais *pourquoi ?* Avec tous ces explorateurs, tous ces prospecteurs et les copieuses récompenses qu'a proposées la Maison de Corrino depuis des générations, jamais personne n'a trouvé d'épice *ailleurs* ! Mais pourtant, il y a un milliard de planètes dans l'Imperium et il doit bien exister du Mélange quelque part !

— Un milliard de planètes ! Hasimir, tu sais très bien que ce n'est qu'une hyperbole destinée à la populace. Moi, je n'irai pas au-delà du million.

– Un million, un milliard, quelle différence ça fait, hmm ? Ce que je veux te dire, c'est que l'épice est une substance que l'on devrait forcément trouver ailleurs dans l'univers. Tu as entendu parler de ce Planétologiste que ton père a envoyé sur Arrakis ?

– Bien sûr, Pardot Kynes. Nous attendons un autre rapport d'un moment à l'autre. Il y a quelques semaines que nous n'en avons pas reçu. (Shaddam redressa fièrement la tête.) Je me suis fait un devoir de les lire dès qu'ils nous parviennent.

Fenring revint à l'écran.

– Sois attentif, Shaddam. L'épice est vitale, mais pourtant sa récolte dépend d'une seule Maison sur un monde unique. La menace d'un goulet d'étranglement est inévitable, même sous le contrôle de l'Imperium et avec la pression de la CHOM. Pour la stabilité de l'Imperium, nous avons besoin d'une autre source. Nous devrions pouvoir synthétiser le Mélange. Il nous faut une alternative. Et c'est *nous* qui devons la contrôler.

Shaddam préférait de loin ce genre de discussion à la routine des séances d'enseignement.

– Oui ! Une alternative qui modifierait l'équilibre du pouvoir au sein de l'Imperium, c'est bien cela ?

– Exactement ! Dans la situation actuelle, la Guilde, le Bene Gesserit, les Mentats, le Landsraad et même la Maison de Corrino se battent pour la production et la distribution de cette épice, et ce autour d'une seule et unique planète. Mais si nous trouvions une autre source, qui appartienne à la Maison Impériale, vous seriez de *vrais* Empereurs, et non pas de simples marionnettes manipulées par les forces politiques.

– Nous ne sommes pas des marionnettes ! Même mon gâteux de père !

Shaddam lança un regard inquiet vers le plafond, comme s'il venait de découvrir un œil-espion. Mais Fenring avait déjà tout sondé. Il ajouta pourtant :

– Euh... puisse-t-il vivre longtemps encore !

– Comme vous voudrez, mon Prince, répliqua Fenring sans céder un pouce. Mais si nous démarrons maintenant, vous en récolterez les bénéfices dès que vous monterez sur le trône. (Il pianota à nouveau sur le clavier.) Regarde, et apprends ! fit-il en imitant la voix de fausset d'Elrood.

Shaddam ne put s'empêcher de rire.

L'écran montrait les images des réussites industrielles de la Maison Vernius sur Ix, ses inventions, ses innovations.

— Pourquoi crois-tu que les Ixiens ne peuvent utiliser leur technologie pour trouver un substitut à l'épice ? On leur a demandé avec insistance de l'analyser afin de le produire sous une autre forme, mais ils s'entêtent avec leurs machines à naviguer et leurs ridicules horloges. Qui a besoin de connaître l'heure exacte sur n'importe quelle planète de l'Imperium ? Pourquoi est-ce plus important que l'épice ? En ce qui te concerne, tu ne peux compter sur la Maison Vernius.

— Cette machine est ixienne. Ce nouveau Long-courrier qui nous crée des soucis a été dessiné par eux. De même que ton engin sol-sol à haute performance et...

— Là n'est pas la question. Je ne pense pas que la Maison Vernius soit prête à investir ses ressources technologiques dans des recherches sur le Mélange. Pour elle, ça n'est pas prioritaire.

— Dans ce cas, mon père devrait se montrer plus ferme. (Shaddam croisa les mains dans son dos et prit une attitude impériale en se rembrunissant, simulant l'indignation.) Quand je serai Empereur, je veillerai à ce que certaines gens comprennent où se situent les priorités. Oui, je déciderai personnellement de ce qui est le plus important pour l'Imperium et la Maison de Corrino.

Fenring fit le tour de la machine, souple comme un tigre Laza. Il cueillit une datte dans une petite coupe à fruits.

— Le Vieil Elrood a pris des décisions similaires il y a bien longtemps, mais il ne s'en est tenu à aucune à ce jour. Oh, tout au début, il a bien demandé aux Ixiens de se pencher sur le problème. Il a également offert une prime généreuse à tout explorateur qui découvrirait la moindre trace de Mélange sur des mondes non encore répertoriés. Nous n'avons toujours rien vu.

— Alors il devrait augmenter la prime. Il ne fait pas suffisamment d'efforts.

Fenring étudia un instant ses ongles parfaitement taillés et revint à Shaddam.

— À moins que ton père, Elrood IX, ne souhaite pas *vraiment* envisager toutes les alternatives...

— Il est incompétent mais pas stupide. Pourquoi ferait-il ça ?

— Supposons que quelqu'un lui suggère de se servir... du Bene Tleilax, par exemple, comme unique solution possible ?...

Il s'appuya contre une colonnade pour guetter la réaction de Shaddam.

Le Prince avait une expression de dégoût.

— Ces ignobles Tleilaxu ! Pour quelle raison quiconque souhaiterait travailler avec eux ?

— Parce qu'ils pourraient bien nous apporter la réponse.

— Tu plaisantes. Et puis, comment se fier à ce que disent les Tleilaxu ?

Shaddam repoussa la répugnante image des êtres grisâtres, de ces nabots aux cheveux huileux, avec leurs petits yeux, leur nez pointu et ces drôles de dents acérées. Ils vivaient à l'écart de tous, barraient l'accès de leurs planètes centrales, et avaient creusé un fossé social entre le reste de l'Empire et eux.

Mais ils étaient cependant de véritables magiciens de la génétique, prêts à se servir de méthodes peu orthodoxes. Ils poursuivaient des recherches biologiques immondes sur les morts et les vivants. Dans leurs cuves axolotl fabuleuses et mystérieuses, ils élevaient des clones à partir de cellules vivantes, créaient des gholas avec les cellules mortes. Ils s'abritaient derrière une aura aussi floue que changeante. *Qui pouvait les prendre au sérieux ?*

— Réfléchis, Shaddam. Les Tleilaxu ne sont-ils pas les maîtres de la chimie organique et des mécanismes cellulaires, mmm ? Mes propres espions m'ont appris que les Tleilaxu, même si nous éprouvons du dégoût quand nous les rencontrons, ont mis au point une nouvelle technique. J'ai... moi-même certains talents en ce domaine, tu ne l'ignores pas, et je crois que cette technique pourrait être appliquée à la production d'un Mélange synthétique... que nous pourrions gérer nous-mêmes. (Son regard d'oiseau prédateur ne quittait pas Shaddam.) À moins que tu ne veuilles pas envisager d'autre solution et que tu ne laisses ton père diriger seul ?

Shaddam s'agita, mal à l'aise, hésitant à répondre. Il aurait de loin préféré une autre partie de boule-bouclier. La seule pensée des gnomes du Bene Tleilax lui donnait la nausée. La rumeur voulait que nul n'ait jamais rencontré une femme tleilaxu. *Jamais.* Il se disait parfois que si elles existaient, elles devaient être terriblement belles... ou incroyablement repoussantes.

Voyant que le Prince Héritier haussait les épaules, Fenring pointa un doigt sévère sur lui.

– Shaddam, ne tombe pas dans le même piège que ton père. En tant que conseiller et ami, je dois envisager des possibilités encore inconnues, nooon, mmm ? Laisse de côté tes sentiments personnels et pense à la victoire que nous pourrions remporter si cela marchait – sur le Landsraad, la Guilde, la CHOM et ces fourbes d'Harkonnens. Ça ne serait pas amusant si tous les stratagèmes qu'ils ont montés pour s'emparer d'Arrakis après la chute des Richèses étaient réduits à néant ? (Il prit un ton bien plus doux, infiniment raisonnable.) Quelle différence cela fait-il que nous devions traiter avec le Bene Tleilax ? Du moment que la Maison de Corrino brise le monopole de l'épice et se trouve une source indépendante ?

– Tu en es certain ?

– Non, je n'en suis pas *certain* ! Personne ne peut l'être avant de l'avoir fait. Mais nous devons au moins tenir compte de cette idée, la mettre à l'épreuve. Si nous ne le faisons pas, quelqu'un d'autre le fera... à terme. Peut-être les Tleilaxu eux-mêmes. Notre survie en dépend.

– Que se passera-t-il si cela arrive aux oreilles de mon père ? Ça ne va guère lui plaire.

Mais le Vieil Elrood n'avait plus tous ses esprits : le chaumurky avait déjà commencé à lui fossiliser le cerveau. L'Empereur avait toujours été un pion dont jouaient les forces politiques. Le vieux rapace sénile avait peut-être même conclu un accord avec la Maison Harkonnen pour qu'elle conserve le monopole de l'épice. Shaddam ne serait pas surpris d'apprendre que le jeune et puissant Baron avait le Vieil Elrood à sa botte. La Maison Harkonnen était fabuleusement riche et disposait d'innombrables moyens de pression.

Quel plaisir ce serait de les mettre à genoux !

– Je peux y arriver, Shaddam. J'ai les contacts. Je peux faire venir un représentant du Bene Tleilax à l'insu de tous. Nous pourrons défendre notre cause devant la Cour Impériale – et si ton père s'y oppose, nous saurons facilement trouver qui contrôle le trône... car la piste sera encore fraîche. Hmm, dois-je m'y mettre ?

Shaddam regarda la machine inutile qui continuait de proposer des flots de sujets à un élève absent.

– Oui, oui, bien sûr, fit-il nerveusement, soudain déterminé. Ne perdons plus de temps. Et je t'ai déjà dit de ne plus faire ce bruit écœurant...

— Il va me falloir du temps pour réunir les divers éléments, mais cet investissement sera payant.

Un cri d'extase leur parvint de la pièce voisine, de plus en plus fort jusqu'à faire trembler la paroi.

— Notre précepteur a appris à satisfaire sa petite amie, commenta Shaddam. Ou alors elle a un malaise.

Fenring rit en secouant la tête.

— Ce n'était pas elle, mon ami. Mais *lui*.

— J'aimerais bien savoir ce qu'elle a pu lui faire.

— Ne t'inquiète pas. Tout est enregistré pour que tu t'amuses plus tard. Du moment que notre cher précepteur collabore, et ne nous crée pas d'ennuis, nous pouvons en profiter. Mais pour peu qu'il nous gêne, dès que l'Empereur aura pris la fille pour son propre usage privé... nous lui offrirons quelques belles images.

— Et nous aurons ce que nous voulons néanmoins.

— Exactement, mon Prince.

> *Le Planétologiste au travail a accès à de nombreuses ressources : données, projections. Cependant, ses outils les plus importants sont les êtres humains. Ce n'est qu'en répandant les connaissances écologiques dans la population qu'il peut espérer sauver toute une planète.*
>
> Pardot Kynes,
> *Le Cas de Bela Tegeuse*

En rassemblant ses notes pour son rapport à l'Empereur, Pardot Kynes trouva de plus en plus de preuves de manipulations écologiques subtiles et soupçonna les Fremen. Qui d'autre pouvait avoir de telles activités dans les immensités arides de la planète ?

Il devint clair pour lui que le peuple du désert était bien plus important que ne le soupçonnaient les Harkonnens – et qu'il nourrissait un rêve particulier... Mais, en tant que Planétologiste, il s'interrogeait : avaient-ils vraiment un *plan* ?

En étudiant les énigmes géologiques et écologiques d'Arrakis, il lui vint le sentiment qu'il aurait sous peu le pouvoir d'insuffler la vie dans l'erg desséché. Arrakis n'était pas vraiment la planète morte qu'elle semblait être en surface. C'était en fait une *graine* qu'il pouvait faire germer, cultiver jusqu'à la luxuriance... à condition d'intervenir judicieusement sur le milieu.

Les Harkonnens n'en feraient certainement pas l'effort. Même s'ils étaient gouverneurs d'Arrakis depuis des décennies, le Baron et ses séides se comportaient comme des invités grossiers qui ne s'investissaient pas à long terme pour cette planète. Aux yeux du Planétologiste, c'était évident : les Harkonnens pillaient Arrakis, récoltant autant de Mélange qu'ils le pouvaient en un minimum de temps, indifférents à son avenir.

Les machinations politiques et les aléas du pouvoir pouvaient changer facilement et rapidement les alliances. Dans quelques dizaines d'années, très certainement, l'Empereur confierait la récolte de l'épice à une autre Grande Maison et les Harkonnens n'avaient aucun intérêt à se projeter dans l'avenir.

Et puis, la plupart des autres habitants étaient indigents. Quant aux contrebandiers, marchands d'eau et autres trafiquants, ils pouvaient s'envoler n'importe quand vers d'autres régions de la galaxie, d'autres colonies. Arrakis, une fois dépouillée, vidée, serait abandonnée.

Mais Kynes se disait que la vision des Fremen devait être différente. On rapportait qu'à leur façon les hommes du désert étaient brutaux. Durant leur longue histoire, ils avaient erré de monde en monde, on les avait persécutés et réduits en esclavage avant qu'ils ne s'installent sur Arrakis – qu'ils appelaient Dune depuis des temps immémoriaux. Pour eux, les enjeux étaient importants. Et ils souffriraient des conséquences de l'exploitation sans vergogne de leur planète.

Si les mystérieux Fremen étaient aussi nombreux que le prétendaient certains, et s'il parvenait à les rallier, tout pourrait changer à une échelle globale. Avec suffisamment de données sur les schémas météorologiques, la composition de l'atmosphère et les fluctuations des saisons, il pourrait mettre au point un plan réaliste qui devrait transformer Arrakis en un monde verdoyant. *Oui, c'était faisable !*

Depuis une semaine, il avait resserré ses activités sur le Bouclier, une énorme muraille montagneuse qui cernait les régions polaires du Nord. Si les hommes du désert s'installaient dans les régions rocailleuses, il supposait que c'était parce que les vers des sables ne pouvaient s'y risquer.

Pour être au contact du désert, Kynes avait choisi de voyager lentement avec un monoplace. Il circulait en vrombissant autour du Bouclier, dressait des relevés, collectait des échantillons, et mesurait l'angle des strates afin de déterminer les surrections qui étaient à l'origine de cette colossale barrière.

Avec du temps et de la sagacité, il pouvait aussi trouver des couches fossilisées, du calcaire riche en coquillages ou en squelettes de créatures marines depuis longtemps disparues. Il suffisait de savoir regarder pour comprendre à l'évidence que cette planète avait eu de l'eau dans ses premiers âges. Toute trace de vie cryptozoïque constituerait la clé de voûte de son étude, la preuve indéniable de ses intuitions...

Tôt un matin, il pénétra sur un sol gréseux de gravier alluvionnaire. Les villages alentour, du bourg moyen aux hameaux quasi fantomatiques, étaient tous portés sur les cartes, sans doute pour faciliter l'exploitation des Harkonnens et le prélèvement de l'impôt. Mais il appréciait d'avoir des relevés précis.

Il se retrouva près d'un lieu appelé Sac-à-Vent. Il y avait là un poste de garde et des baraquements militaires. Les Harkonnens avaient des rapports méfiants avec les habitants du désert. Kynes poursuivit sa route, bercé par le ronflement de son moteur, perdu dans ses pensées.

Au sommet d'une éminence, il contourna un éperon et s'arrêta. Six soldats vigoureux en uniforme Harkonnen, protégés par des boucliers, menaçaient de leurs lames de parade trois jeunes Fremen qu'ils venaient d'acculer.

Kynes se souvint d'avoir vu un jour sur Salusa Secundus un tigre Laza bien nourri s'amuser avec un pauvre rat famélique.

Par contraste, les trois jeunes Fremen se défendaient mieux que le rat avec leurs couteaux et leurs distilles, sans armure ni bouclier. Mais ils n'avaient aucune chance face aux soldats surentraînés et redoutablement armés.

Pourtant, ils ne se rendaient pas. Ils lançaient même des pierres avec une précision redoutable, mais les projectiles rebondissaient sur le champ Holtzman à la plus grande joie des Harkonnens.

Hors de vue, Kynes descendit de son monoplace, fasciné par la scène. Il réajusta son distille pour avoir plus de liberté de mouvement et s'assura que son masque facial n'était pas fermé hermétiquement. Il ne savait pas encore s'il allait se contenter d'observer comme il l'avait fait pour le tigre... ou s'il devait aider les jeunes Fremen.

Il risquait fort d'être lui-même blessé face aux soldats. Ce qui pouvait créer un incident, car un Planétologiste Impérial en mission n'était pas censé s'immiscer dans des événements locaux.

Il leva la main vers l'arme qu'il portait à la ceinture. Il était prêt, mais espérait bien que cette affaire se terminerait par des salves d'insultes, des bravades, des menaces et tout au plus quelques égratignures.

Mais, l'instant d'après, l'affrontement s'aggrava. Et il réalisa sa stupidité. Ce n'était pas un simple jeu de méchants, mais une agression : les Harkonnens avaient l'intention de tuer.

Les jeunes Fremen cédaient pas à pas devant l'assaut des six soldats. Dans les secondes qui suivirent, l'un d'eux s'effondra, le sang jaillissant de sa carotide sectionnée.

Kynes allait crier, mais une brume rouge de fureur occulta son regard. Seul dans le grand erg, il avait esquissé des plans grandioses pour obtenir l'aide des gens du désert qui devaient partager ses idées. Ils pouvaient devenir ses alliés de plein gré, et des assistants passionnés. Et voilà que ces brutes Harkonnens, sans motif apparent, étaient sur le point de massacrer ses aides, les outils de la transformation de ce monde ! Il ne pouvait les laisser faire.

Les deux Fremen survivants, armés de leurs bizarres couteaux bleu pâle, contre-attaquaient avec une bravoure farouche qui bouleversa Kynes.

Et ils crièrent d'une seule voix : « Taqwa ! »

Deux Harkonnens roulèrent au sol, et leurs camarades hésitèrent à leur porter secours. Ils se rabattirent lentement sur les jeunes Fremen.

Indigné, Kynes réagit impulsivement, silencieusement, très vite. Déclenchant son bouclier personnel, il dégaina son épée courte antibouclier à la pointe enduite de poison.

Durant ses années d'épreuves sur Salusa Secundus, il avait appris à s'en servir, à tuer. Ses parents avaient travaillé dans l'une des plus abominables prisons de l'Imperium, et il avait souvent été obligé de se défendre contre de terribles prédateurs.

Sans pousser un cri qui aurait compromis l'effet de surprise, il attaqua, la garde basse. Animé d'une force nouvelle, il transperça lentement le bouclier du Harkonnen le plus proche et poussa la pointe de son épée vers le haut, droit dans la cage thoracique, tranchant dans la chair, le cartilage et l'os jusqu'aux reins, avant de couper la moelle épinière.

En retirant sa lame, il pivota d'un demi-tour sur sa gauche et frappa un autre soldat qui venait de lui faire face. Le bouclier ralentit l'épée durant une fraction de seconde, mais dès que le Harkonnen se débattit, Kynes rectifia son coup et creva les tissus tendres de l'abdomen.

Deux Harkonnens mortellement touchés s'agitaient dans des spasmes d'agonie. Deux autres avaient déjà succombé aux coups des Fremen. Et les deux sbires survivants contemplèrent brièvement la scène, effarés, avant de se porter en hurlant vers leur nouvel adversaire à la taille imposante. Ils échangèrent des signes de combat avant de se séparer pour affronter Kynes plutôt que les Fremen, toujours campés dans une attitude féroce, prêts à se battre avec les ongles si nécessaire. Les Fremen se lancèrent dans une nouvelle attaque en répétant le même cri : « Taqwa ! »

L'un des soldats pointa son épée sur Kynes, qui para d'une feinte rapide, les bras gluants du sang de ses victimes, avant de négocier un *entretisse*, sciant proprement la gorge de son adversaire. Le soldat lâcha son arme et serra son cou dans une tentative futile pour endiguer le flot bouillonnant de sa vie.

Tandis que les Fremen se ruaient sur le dernier survivant, Kynes s'agenouilla auprès de leur camarade blessé et lui dit :

– Reste calme. Je vais t'aider.

Il sortit une trousse médicale de sa ceinture. Le sang du Fremen aspergeait le gravier. Kynes colla un pansement cicatrisant sur la plaie du cou avant de passer aux injections de plasma et de stimulants qui allaient sauver le blessé. L'instant d'après, son pouls était redevenu régulier.

Kynes s'en étonna. La plaie était profonde et pourtant le Fremen n'avait pas perdu trop de sang. Sans son intervention, bien sûr, il serait mort. Mais sa résistance était néanmoins stupéfiante. *Les Fremen ont un taux de coagulation élevé*. Autre facteur qu'il devait prendre en compte : la réduction du taux d'humidité pour la survie dans le désert !

– Aaahh !
– Noon !

Kynes leva la tête. Les Fremen venaient d'arracher les yeux du dernier Harkonnen. Ensuite, ils l'écorchèrent lentement et remplirent les poches de leur distille de lambeaux de peau rosâtre.

Kynes restait là, haletant. Devant leur sauvagerie, il se demandait s'il avait bien fait d'intervenir. Ces Fremen se comportaient comme des animaux. Est-ce qu'ils n'allaient pas le tuer *lui*, maintenant, même après ce qu'il avait fait pour eux ? Il n'était qu'un étranger.

Il attendit qu'ils en aient fini avec leur cérémonial affreux, affronta leurs regards et dit en Galach Impérial :

– Je m'appelle Pardot Kynes, je suis le Planétologiste Impérial assigné sur Arrakis. (Il renonça à leur tendre sa main ensanglantée, craignant qu'ils interprètent mal son geste.) Je suis très honoré. J'ai toujours voulu rencontrer les Fremen.

*Il est plus facile d'être terrifié par l'ennemi
que l'on admire.*

Thufir Hawat, Mentat et Commandant de la Sécurité
de la Maison des Atréides

Dissimulé dans les pins, Duncan Idaho s'agenouilla dans le tapis d'aiguilles pour y chercher un peu de chaleur. La nuit glacée étouffait le parfum résineux des arbres mais là, au moins, il était à l'abri de la morsure du vent. Il s'était maintenant suffisamment éloigné de la grotte et il avait besoin de souffler un moment, rien qu'un moment.

Il savait que les chasseurs Harkonnens, eux, ne prenaient pas de repos. Depuis qu'il en avait tué un. *Ça va ajouter du piment à leur partie de chasse*, se dit-il. *Rabban doit particulièrement apprécier.*

Il ouvrit son medpak et y trouva une petite capsule de régénérateur dermique dont il enduisit sa blessure. Très vite, le baume devint un nouveau tissu. Puis il dévora la barre nutritive et bourra les enveloppes dans une de ses poches.

Dans le faisceau discret de sa lampe, il examina le laser du Harkonnen. Il ne s'était jamais servi d'une telle arme mais il avait vu faire les chasseurs. Il la serra au creux de son coude et fit jouer les contrôles. Il leva le canon, perplexe : il fallait absolument qu'il apprenne à s'en servir avant le combat.

Un trait blanc aveuglant d'énergie jaillit vers la cime des pins, des branches s'embrasèrent en craquant et des aiguilles calcinées plurent sur lui en une averse de neige rouge. Avec un cri, il jeta l'arme et roula sur le côté. Il la récupéra aussitôt : il devait mémoriser les boutons sur lesquels il avait appuyé.

Les pins, au-dessus de lui, continuaient à brûler dans une spirale de fumée. Il aurait pu aussi bien allumer une balise pour attirer la chasse. Il n'avait plus rien à perdre et fit feu à nouveau. L'arme était encombrante et certainement pas faite pour un enfant, surtout avec ses côtes endolories et la douleur de son épaule. Mais il comptait bien s'en servir.

Il repartit, certain que les Harkonnens se rabattaient sur l'incendie. Il montait vers le haut de la forêt, en quête d'une autre cachette, et discerna bientôt les brilleurs, depuis la ligne de crête. Il ne devait pas les perdre de vue. Il savait exactement à quelle distance étaient ses poursuivants.

Mais comment peuvent-ils être aussi stupides ? Ils s'avancent à découvert ! Ils étaient trop sûrs d'eux... Si c'était leur point faible, il pouvait lui être utile. Ils devaient s'imaginer qu'il allait jouer leur jeu, qu'il se laisserait traquer et abattre comme ça. Ils risquaient d'être déçus.

Cette fois, nous allons jouer à ma façon.

Il courait en zigzaguant entre les plaques de neige et les fourrés : ses ennemis étaient les traces et le bruit. Concentré sur ses poursuivants, il avait oublié le vrai danger. Il entendit un craquement de branches cassées, un bruissement, puis un halètement. Des griffes crissèrent sur le rocher.

Ce n'était pas un Harkonnen, mais un prédateur attiré par l'odeur de son sang.

Il s'arrêta net et chercha les yeux du fauve dans l'ombre. Mais ce ne fut qu'en entendant un grognement qu'il leva la tête vers l'éperon qui le dominait. Sous la clarté des étoiles, il discerna la forme musculeuse d'un grand chien sauvage, le pelage hérissé, les babines retroussées sur des crocs aigus. Ses grands yeux laiteux étaient rivés sur sa proie.

Duncan recula en braquant son arme, et pressa la détente. Le trait de laser passa au large et désintégra un rocher dans un geyser de poussière. Le prédateur, effrayé, recula en grondant. Duncan tira une deuxième fois et lui grilla la hanche droite. Avec un grondement de douleur, la bête battit en retraite dans l'obscurité.

Les éclairs de laser et les cris du chien sauvage avaient remis les chasseurs sur sa piste. Et Duncan reprit sa course éperdue.

Les mains sur les hanches, Rabban contemplait le cadavre de son chasseur, bouillonnant de rage mêlée d'une satisfaction cruelle. Ainsi ce gamin sournois avait réussi à attirer l'autre dans un guet-apens. Très malin. L'armure du chasseur ne l'avait pas protégé du rocher que leur proie avait fait tomber sur lui avant de l'égorger. Le *coup de grâce*.

Rabban réfléchit. Il y avait une nouvelle donne dans le jeu. Même au cœur de cette nuit glacée, il sentait le relent de la mort. *Un défi. C'était bien ce qu'il voulait, non ?*

Un chasseur se risqua dans la grotte et braqua le faisceau de sa lampe de tous côtés. Il découvrit les taches de sang et le localisateur fracassé.

— Voici l'explication, Mon Seigneur. Ce petit renard s'est débarrassé de son traceur. (Il se tut, hésitant.) Il est rusé, ce garçon. Un bon gibier.

Rabban sourit enfin, puis pouffa de rire.

— Un enfant de huit ans avec seulement son imagination et quelques tours vient de l'emporter sur un de mes hommes !

Il sortit sans cesser de rire. Au-dehors, les chasseurs attendaient, l'air déconfit.

— Ce garçon est taillé pour la chasse, dit Rabban en touchant le cadavre du bout de sa botte. Et cette loque n'était pas digne de se joindre à nous. Qu'on laisse pourrir son corps ici. Les charognards s'en chargeront.

Deux des guetteurs venaient de repérer les arbres embrasés et Rabban pointa le doigt.

— Il est là-bas ! Notre renardeau essaie de réchauffer ses petites pattes ! (Ses hommes firent écho à son rire.) Cette nuit promet d'être excitante.

Duncan avait le regard fixé sur l'horizon. Un feu clignotait régulièrement toutes les quinze secondes. Quelqu'un qui n'appartenait pas au groupe de chasseurs émettait un signal d'un point très éloigné de la Station Forestière et des proches agglomérations.

Qui ? Qui d'autre que lui se trouvait isolé dans la forêt ?

La Station était un domaine réservé aux seuls Harkonnens. Tout intrus était abattu sur place, quand il n'était pas capturé pour servir de gibier.

Qui émettrait un signal d'ici ?

Il ne savait où aller. Il avait échappé jusque-là aux chasseurs... mais cela ne durerait pas. Des renforts Harkonnens arriveraient avant peu, des ornithoptères, des hommes avec des détecteurs et peut-être des animaux de chasse qui flaireraient le sang de sa blessure. Comme le chien sauvage.

Il décida de se diriger vers le mystérieux signal, même si son espoir était ténu. Il ne pouvait imaginer que quelqu'un l'aide, mais il pourrait peut-être trouver un moyen de s'enfuir, d'embarquer comme passager clandestin.

Mais auparavant, il devait tendre un autre guet-apens. Il lui était venu une idée simple, mais qui avait des chances de surprendre les chasseurs. Et s'il arrivait à en tuer d'autres, ce serait à son avantage. Il étudia les plaques de neige, les rochers et les arbres proches. Et choisit un endroit précis. Il braqua prudemment sa lampe au ras du sol pour ne pas être repéré. La chasse se rapprochait. Les brilleurs dansaient entre les pins et, de temps en temps, il surprenait un cri étouffé.

Il avait l'intention de leur faire savoir où il était... mais ils ne pouvaient un instant imaginer son nouveau piège. Il enfonça sa lampe dans la couche tendre de neige aussi profondément que possible, puis retira sa main qui s'engourdissait déjà.

La lumière diffusée et amplifiée par les cristaux de neige était une balise phosphorescente au creux des ténèbres de la clairière.

Il regagna l'abri des arbres, prêt à tirer, s'allongea sur les aiguilles et posa le canon du laser sur un rocher.

Il attendait.

Les chasseurs ne tardèrent pas à se montrer. Cette fois, les rôles étaient inversés. Duncan leva son arme, le doigt sur la détente. Le groupe s'avançait dans la clairière, à découvert. En découvrant la flaque lumineuse, ils se dispersèrent, inquiets.

Deux d'entre eux s'étaient tournés vers la forêt pour parer à une attaque. Deux autres se dessinaient parfaitement sur le halo spectral : des cibles idéales.

En retrait, un homme aux larges épaules suivait les hommes, le geste impérieux : *Rabban !* Il revit ses parents, retrouva l'atroce puanteur de chair grillée... Il ouvrit le feu.

Mais, dans la même seconde, l'un des éclaireurs s'avança vers Rabban pour faire son rapport. Le faisceau l'atteignit de plein fouet, traversant son armure jusqu'à la chair grésillante. Il leva les bras avec un cri de souffrance démentiel.

Pour un homme aussi massif, Rabban réagit en un éclair et se jeta sur le côté. Duncan abattit un deuxième chasseur avant que les autres commencent à riposter frénétiquement.

Duncan visa alors les brilleurs et les fit éclater l'un après l'autre, transformant la clairière en un théâtre d'ombres et de flammèches. Il abattit deux autres chasseurs avant qu'ils aient pu se mettre à couvert.

Puis il battit en retraite vers la crête : la réserve d'énergie du laser était presque épuisée et il courut dans la direction du signal clignotant. Son unique et vague espoir.

Les Harkonnens ne seraient désorientés que pour quelques secondes et seraient désormais bien plus méfiants. Duncan filait à contre-vent, droit vers le bas de la colline, trébuchant parfois sur les rochers, sans se soucier des égratignures. Il n'avait plus le temps de brouiller ses traces.

Loin derrière, des grondements rauques se mêlèrent soudain aux cris des chasseurs. Une horde de chiens sauvages, attirée par le sang, venait d'attaquer. Duncan réprima un sourire et reprit sa course.

Il approchait d'une clairière en cuvette et découvrit dans la lumière clignotante un voltigeur, un ornithoptère ultra-rapide et silencieux capable de contenir plusieurs passagers. Le phare continuait à tourner sur la carlingue mais il n'y avait personne à proximité.

Il attendit quelques secondes avant de quitter le couvert pour s'avancer prudemment. L'orni était-il abandonné ? Ou bien était-ce un piège monté par les Harkonnens ? Mais pourquoi ? Ils étaient sur ses traces.

À moins qu'il n'ait affaire à un mystérieux sauveur ?...

Il était à la limite de ses forces, presque terrassé par des émotions diverses. Tant de choses venaient de changer dans sa vie. Mais il n'avait que huit ans et savait qu'il était incapable de piloter cet appareil, même si sa vie en dépendait. Mais, à bord, il devait y avoir des vivres, peut-être une arme de rechange...

Silencieux, il s'appuya contre la carlingue. L'écoutille ouverte était une invite, mais l'intérieur était plongé dans l'ombre et il n'avait plus de lampe. Il avança lentement, l'arme braquée.

Avant qu'il ait pu réagir, on lui arracha le laser. Les doigts lacérés, il tituba en arrière avec un cri sourd.

Son agresseur jeta son arme à l'intérieur de l'orni et lui bloqua les bras. Des doigts serrèrent avec violence la plaie de son épaule et il haleta sous la douleur.

Il se débattit, lança des coups de pied en aveugle, puis leva les yeux et reconnut la femme au visage dur, aux cheveux bruns et à la peau sombre qu'il avait une fois rencontrée : *Janess Milam*. Elle avait été présente, sur la pelouse d'Harko Villa, lorsque les Harkonnens avaient surgi et les avaient capturés, lui et toute sa famille, pour les jeter dans la prison de Baronia.

Janess Milam les avait vendus aux Harkonnens.

Elle lui écrasa les lèvres pour étouffer ses cris et lui saisit la tête en une prise de fer.

– Je te tiens ! fit-elle dans un souffle rauque.

Une fois encore, elle l'avait piégé.

*Nous considérons les mondes comme autant de
pools génétiques, autant de sources d'enseignements
et d'enseignants, autant de sources du possible.*

Analyse Bene Gesserit,
Archives de Wallach IX

Le Baron Vladimir Harkonnen était accoutumé aux actes les plus méprisables. Pourtant, cette union forcée le perturbait plus encore que les situations les plus viles. Elle le déséquilibrait complètement.

Et pourquoi cette maudite Révérende Mère gardait-elle ce calme hautain ?

Embarrassé, il congédia les fonctionnaires comme les gardes, chassant toutes les oreilles indiscrètes de la citadelle silencieuse.

Où est Rabban ? J'ai besoin de lui et il est en train de chasser ! Morne, il regagna ses appartements privés, l'estomac soulevé, la sueur au front.

Il passa sous l'arcade ornementée et déclencha la fermeture des rideaux. Peut-être devait-il éteindre aussi les brilleurs et faire semblant d'être occupé à autre chose...

En entrant, il fut soulagé de constater que la sorcière ne s'était pas dévêtue et ne l'attendait pas dans une posture aguicheuse sur les draps froissés. Elle avait gardé sa robe de Sœur mais un sourire irritant se dessinait sur ses lèvres.

Le Baron aurait tellement aimé lui tailladerle visage. Il reprit son souffle, consterné par son désarroi face à la sorcière.

– Le mieux que je puisse vous offrir, c'est une fiole de mon sperme, dit-il d'un ton bourru, s'efforçant de maîtriser sa voix. Votre Bene Gesserit s'en contentera.

– Mais ce n'est pas acceptable, Baron, répliqua la Révérende Mère en se redressant un peu plus. Vous connaissez les règles. Nous ne sommes pas des Tleilaxu, nous n'élevons pas nos progénitures dans des cuves. Les Bene Gesserit doivent procréer de manière naturelle, pour des raisons que vous n'êtes pas à même de comprendre.

– Je comprends bien des choses.

– Pas celles-ci.

Il n'avait pas pensé un instant que son gambit pourrait marcher.

– Vous avez besoin du sang d'un Harkonnen : alors pourquoi ne pas prendre mon neveu Glossu Rabban ? Ou mieux encore, son père Abulurd. Allez sur Lankiveil et vous lui soutirerez autant d'enfants que vous le voudrez. Et avec moins d'efforts.

– Inacceptable, trancha Mohiam. Je vous ai dit clairement ce qui arrivera si vous refusez. Décidez-vous. Nous vous aurons de toute façon.

La chambre, pour le Baron, était devenue un lieu étranger et menaçant. Il redressa les épaules et fit jouer ses biceps. Il était mince, avec des muscles noueux et des réflexes vifs, et sa seule chance était de donner une correction à cette femme jusqu'à ce qu'elle se soumette. Mais il connaissait les talents de combat des Bene Gesserit, plus particulièrement les arcanes de leur *art étrange*... Et il n'était pas certain de l'emporter.

Elle se leva et se déplaça à petits pas glissants pour aller s'asseoir au bord du lit souillé.

– Si cela peut vous apporter quelque consolation, je n'aurai pas plus de plaisir que vous dans cet acte.

Elle l'observait : avec son ventre plat et ses traits altiers, il avait de la prestance et de la noblesse. En d'autres circonstances, il aurait pu faire un amant acceptable, comme les mâles que le Bene Gesserit lui avait fait connaître depuis qu'elle était en âge de porter des enfants.

Elle avait déjà donné huit filles à l'école des Sœurs, toutes éduquées loin d'elle, sur Wallach IX et d'autres planètes de la Communauté. Mohiam n'avait jamais cherché à connaître leur évolution car ça n'était pas dans les usages des Sœurs. Il en serait de même pour la fille qu'elle allait avoir du Baron Harkonnen.

Comme toutes les Bene Gesserit, elle était capable de manipuler ses fonctions organiques les plus précises. Afin de devenir Révérende Mère, elle avait déjà dû modifier sa biochimie en absorbant un poison d'illumination. En transmutant la substance mortelle, elle était parvenue à passer à *l'intérieur* des lignées les plus longues, à converser en écho avec ses ancêtres femelles, à entendre la clameur des vies innombrables de l'Autre Mémoire.

Elle allait préparer sa matrice, ovuler à l'instant voulu, et choisir le sexe de l'enfant qui naîtrait de l'ovule et du spermatozoïde. Les Bene Gesserit attendaient une fille et c'était bien une fille Harkonnen qu'elle aurait.

Mohiam n'avait que des connaissances limitées sur les nombreux programmes de sélection et elle ne comprenait pas pourquoi le Bene Gesserit avait besoin de cette combinaison précise de gènes, pourquoi c'était elle qui avait été désignée ni pourquoi aucun autre Harkonnen que le Baron ne pouvait donner une progéniture acceptable. Elle ne faisait qu'obéir. Et le Baron, pour elle, n'était qu'un outil, un donneur de semence.

Elle remonta sa jupe noire et s'étendit sans le quitter du regard.

– Allez, venez, Baron, ne perdons pas plus de temps. Après tout, c'est si peu de chose.

Elle fixa des yeux son entrejambe.

Il s'empourpra de colère et elle ajouta d'un ton très doux :

– Je peux aviver votre plaisir, ou bien l'éteindre. Le résultat sera le même. (Elle sourit de ses lèvres minces.) Pensez seulement à vos réserves secrètes d'épice qui échappent au regard de l'Empereur. (Sa voix se fit plus dure.) D'un autre côté, imaginez la réaction d'Elrood s'il venait à apprendre que la Maison Harkonnen n'a cessé de le duper.

L'air sombre, le Baron entrouvrit sa robe et se pencha sur le lit. Mohiam ferma les yeux en murmurant une prière d'apaisement pour se concentrer sur son métabolisme.

Le Baron était plus près de la nausée que de l'érection. Il supportait difficilement la vue du corps nu de Mohiam. Heureusement, tout comme lui, elle avait choisi de ne pas se dévêtir complètement. Elle s'occupa d'abord de lui avec des doigts habiles jusqu'à ce qu'il soit disposé. Il gardait les yeux fermés et passa mécaniquement à l'acte. Il n'avait d'autre choix que de revoir les images de ses anciennes conquêtes, les moments délicieux et sublimes de souffrance, de domination... tout ce qui pouvait empêcher son esprit d'affronter cette copulation révoltante et dégoûtante avec une femelle.

Ça n'était pas de l'amour, mais un simple rituel de lassitude entre deux corps afin d'échanger des éléments génétiques. Pour l'un et l'autre, ça n'était même pas sexuel.

Mais Mohiam obtint ce qu'elle était venue chercher.

Piter de Vries avait gagné subrepticement sa fenêtre d'observation secrète. Comme tout Mentat, il se déplaçait comme une ombre et savait comment ne pas être vu. Une ancienne loi de physique prouvait que le seul fait d'observer changeait les paramètres. Mais tout bon Mentat savait comment épier un événement majeur tout en restant invisible, inconnu.

C'était ainsi qu'il avait souvent assisté aux ébats sexuels du Baron. Parfois, il avait été dégoûté, ou fasciné... Mais très rarement inspiré.

En cet instant, il s'amusait beaucoup de voir son maître copuler avec la sorcière Bene Gesserit. Il se régalait de sa déconfiture. Jamais encore il n'avait vu le Baron aussi dérouté. Il aurait tellement aimé pouvoir se servir de son enregistreur pour se repasser ces images encore et encore.

Dès que la sorcière avait présenté sa requête, de Vries avait su quel serait le dénouement inéluctable. Le Baron était le pion parfait, totalement bloqué sur l'échiquier, sans alternative.

Mais pourquoi ?

Même avec tous ses talents de Mentat, de Vries ne parvenait pas à déterminer ce que les Sœurs pouvaient attendre de la Maison Harkonnen ou de cette progéniture. La génétique n'avait pu faire autant de progrès.

Mais, pour l'instant, il ne pouvait que profiter du spectacle.

> *De nombreuses inventions ont amélioré sélectivement les capacités et les talents en augmentant tel ou tel aspect. Mais aucune n'est jamais parvenue à accroître la complexité ou l'adaptabilité de l'esprit humain.*
>
> Ikban, *Traité sur l'Esprit*, volume II

Haletant, Leto se tenait à côté de Zhaz, le Capitaine de la garde, sur un côté de la cour d'exercice du Grand Palais d'Ix, dallée de simili-pierre. L'instructeur de combat était un homme au visage anguleux, aux cheveux bruns raides, avec des sourcils touffus et une barbe taillée au carré. Comme ses élèves, Zhaz était torse nu au-dessus de son short beige. La ventilation de la salle ne parvenait pas à chasser le relent de sueur et de métal chauffé. Comme tous les matins, il se contentait de surveiller les exercices : les machines de combat faisaient le travail pour lui.

Leto appréciait ces exercices physiques après les premières heures d'études. Il s'était désormais accoutumé à son éducation ixienne, passant de la haute technologie à la formation psychique entre deux visites d'usine et des cours de philosophie commerciale. L'enthousiasme de Rhombur le soutenait, même s'il devait souvent expliquer certains concepts difficiles au Prince ixien. Non pas que Rhombur eût l'esprit lent, mais il avait tendance à considérer les disciplines pratiques avec une certaine distance.

Un matin sur trois, ils devaient s'entraîner au combat rapproché avec les machines. Leto appréciait cette montée d'adrénaline, à la différence de Rhombur et même de leur instructeur qui semblaient considérer qu'il s'agissait là d'un enseignement dépassé qui avait été ajouté aux cours uniquement à cause du flamboyant passé guerrier du Comte Dominic.

Sous les yeux de l'instructeur et de Leto, le Prince Rhombur attaquait une machine avec une lance dorée. Zhaz considérait que si lui et ses gardes faisaient bien leur travail, aucun membre de la Maison Vernius n'aurait jamais recours à ces techniques barbares de combat.

Au repos, la machine de combat, la *makung*, avait la taille d'un homme et la forme d'un ovoïde grisâtre sans bras ni jambes. Dès que le combat était entamé, elle développait des protrusions et changeait de forme suivant le feed-back de son scanner avec comme unique programme la victoire sur l'adversaire. Une makung pouvait se battre avec des poings d'acier, des couteaux, des fouets de flexium et autres armes déconcertantes. Son visage de robot pouvait aussi prendre diverses expressions, tantôt mornes, tantôt féroces avec des yeux rouges ou un sourire de mauvais augure. La makung était une machine autodidacte qui interprétait et réagissait à chaque passe.

— Rappelle-toi : pas de répétition tactique ! cria Zhaz à l'adresse de Rhombur. Ne la laisse pas te deviner !

Rhombur esquiva deux fléchettes mais se laissa surprendre par un couteau traître qui laissa une estafilade sur son épaule. Il feinta et contre-attaqua sous le regard admiratif de son ami.

Souvent, Rhombur avait demandé des conseils et des commentaires à Leto sur son style, et il lui avait répondu en toute honnêteté : il n'était pas un instructeur lui-même – et ne tenait pas à trop révéler les techniques de combat des Atréides. Rhombur pourrait toujours les apprendre avec Thufir Hawat, le Maître d'armes de son père.

Le jeune Prince d'Ix se fendit et perça la défense de la makung noire qui bascula, « morte ».

— Bien, Rhombur ! lança Leto.

Zhaz approuva.

— Oui, bien mieux.

Leto avait affronté la makung par deux fois le jour même, sur des modes de combat plus difficiles que ceux de Rhombur. Zhaz lui avait demandé d'où il tenait ce talent et Leto était resté discret, ne souhaitant pas se mettre en avant. Mais il savait maintenant que les techniques d'escrime des Atréides étaient supérieures à celles des Vernius, même face à la semi-intelligence impressionnante des machines makungs. On lui avait appris à se servir des épées, des dagues, des lancettes, des boucliers personnels et des paralyseurs à charge lente : Thufir Hawat était un instructeur autrement plus imprévisible et dangereux que tous les automates.

À l'instant où il saisissait son arme et se préparait au premier round, les portes s'ouvrirent et Kailea fit son entrée, scintillante de gemmes dans une combinaison de métal soyeuse, souple et somptueuse. Elle brandit un stylus et un bloc enregistreur riduliens et feignit la surprise en découvrant son frère et Leto.

– Oh, excusez-moi ! Je venais étudier le dessin de cette makung.

Kailea poursuivait des études intellectuelles et culturelles pour la carrière qu'elle envisageait dans le commerce et les arts. Leto avait quelque difficulté à la quitter des yeux. Parfois, elle semblait presque l'aguicher, mais la plupart du temps elle l'ignorait avec une telle ostentation qu'il la soupçonnait d'être attirée par lui autant qu'il était fasciné par elle.

Bien des fois, dans la salle à manger, dans la bibliothèque ou sur les balcons du Grand Palais, ils s'étaient croisés et n'avaient échangé que des phrases maladroites. Même si les grands yeux verts de Kailea étaient comme un aimant, Leto n'avait jamais surpris la moindre invite de sa part.

Ce n'est qu'une jouvencelle qui joue à la Dame, se dit-il.

Mais son imagination n'en était pas convaincue. Kailea semblait persuadée qu'elle était destinée à un avenir grandiose, loin de la mégapole souterraine d'Ix. Son père était un héros de la guerre et régissait l'une des plus fortunées d'entre les Grandes Maisons. Et puis, la beauté de sa mère lui avait valu d'être la concubine de l'Empereur. Quant à elle, elle semblait douée pour les affaires. Toutes les possibilités lui étaient offertes.

Elle observait la machine de combat immobile.

– J'ai convaincu Père d'envisager la commercialisation de nos makungs néo-phasées. (Elle lança un regard furtif vers Leto, appréciant son profil noble et l'arête régalienne de son nez.) Nos machines de combat sont meilleures que toutes les autres – adaptables, versatiles et autodidactes. Elles constituent le meilleur adversaire d'un humain qui ait été conçu depuis le Jihad.

Leto eut un frisson intérieur en se souvenant de ce que sa mère lui avait dit à propos d'Ix. Il la voyait déjà pointant un doigt accusateur avec un sourire satisfait.

Il se tourna vers la machine inerte et demanda :

– Vous voulez dire que cette chose possède un cerveau ?

– Par tous les saints et les pêcheurs ! s'exclama le Capitaine

Zhaz, saisi, ce serait en violation des restrictions qui ont suivi la Grande Révolte : « Tu ne feras point de machine à l'esprit de l'homme semblable » !

— Nous... nous sommes très... prudents à ce propos, balbutia Rhombur tout en essuyant la sueur de son front avec une serviette mauve. Il n'y a pas d'inquiétude à avoir.

Leto insista.

— Eh bien, si une makung peut sonder les gens, si elle *lit* en eux, comment traite-t-elle l'information ? Si ce n'est pas un ordinateur, comment fait-elle ? Ce n'est pas une simple machine réactionnelle. Elle apprend et adapte ses attaques.

Kailea jeta des notes sur son bloc à cristaux et rajusta l'un des peignes qui maintenaient ses cheveux sombres.

— Leto, il existe encore des créneaux mal définis, et si nous nous y prenons habilement, la Maison Vernius devrait faire des bénéfices fantastiques. (Elle effleura ses lèvres du bout de l'index.) Néanmoins, il vaudrait mieux avoir un premier échantillon en proposant d'abord quelques modèles sans marque sur le marché noir.

— Ne vous inquiétez pas, Leto, fit Rhombur, essayant de changer de sujet. Notre Maison dispose d'équipes de Mentats et de conseillers juridiques qui vérifient à la lettre le respect des lois.

Il quêta le regard de sa sœur, qui acquiesça d'un air absent.

Leto avait tout appris sur les conflits interplanétaires, les brevets, les détails techniques mineurs, les échappatoires subtiles. Se pouvait-il que les Ixiens aient trouvé un moyen différent d'utiliser des unités mécaniques pour traiter les données, un moyen qui ne ferait pas réapparaître le spectre des machines pensantes, comme celles qui avaient réduit l'humanité en esclavage durant tant de siècles ? Il ne voyait pas comment la Maison Vernius pouvait avoir créé un appareil de combat réactionnel et capable d'apprentissage comme les makungs sans avoir transgressé aucun interdit du Jihad.

Si sa mère venait à l'apprendre, elle l'arracherait à ce monde envers et contre l'avis du Duc.

— Voyons la qualité du produit, fit-il en se détournant.

Il sentit le regard pesant de Kailea tandis que Zhaz s'écartait d'un air désinvolte.

Leto balança sa lance entre ses mains avant de donner l'assaut en clamant : « Sept deux quatre ! » C'était huit degrés au-dessus de l'exercice précédent.

La makung resta inerte.

— Trop haut ! intervint Zhaz. J'ai bridé les niveaux trop dangereux.

Leto fronça les sourcils. Ainsi leur instructeur refusait de risquer la vie de ses élèves, ou même de les voir blessés. Thufir Hawat aurait bien ri.

— Essayez-vous d'impressionner cette jeune dame, Maître Atréides ? Vous pourriez bien vous faire tuer.

Il se tourna vers Kailea. Elle l'observait avec une expression à la fois troublée et taquine. Puis elle griffonna quelques signes sur son bloc. Leto était rouge de confusion. Zhaz lui lança une serviette.

— L'exercice est fini. Ce genre de distraction n'est pas bon pour votre éducation et vous courez des risques. (Il se tourna vers la princesse.) Dame Kailea, je vous demanderai d'éviter ce genre de visite lorsque Leto Atréides s'entraîne avec nos makungs. À cause des perturbations hormonales. Votre présence ici est plus redoutable que celle de n'importe quel ennemi, je dois dire.

> *Ce que nous devons faire sur Arrakis n'a jamais été fait pour une planète tout entière. Nous devons utiliser l'homme en tant que force écologique constructrice – insérer une vie terraformée adaptée : une plante par-ci, un animal par-là, un homme. Ceci afin de transformer le cycle de l'eau et de construire un paysage.*
>
> Rapport du Planétologiste Impérial Pardot Kynes
> à l'Empereur Padishah Elrood IX (non expédié)

Lorsque les jeunes Fremen englués de sang et de sable avaient demandé à Pardot Kynes de les accompagner, il ignorait s'il était leur hôte ou leur prisonnier. Mais cette perspective l'intriguait, et enfin il allait avoir une chance unique de découvrir leur mystérieuse société.

Un des deux jeunes gens encore valides emporta rapidement son compagnon blessé jusqu'au monoplace de Kynes. L'autre fouilla dans le coffre arrière et jeta autour de lui tous les échantillons minéraux que Kynes avait eu tant de peine à ramasser. Il était trop subjugué pour s'y opposer. Il avait tellement envie d'en apprendre plus sur eux.

En quelques instants, les Fremen eurent empilé les cadavres des soldats Harkonnens dans le compartiment de stockage. Pour des raisons qui leur étaient propres, se dit Kynes. *Peut-être un rituel de profanation de leurs ennemis.*

Il doutait qu'ils aient l'intention d'enterrer les morts. *Ou bien les cachent-ils de crainte des représailles ?* Mais non, cette hypothèse ne tenait pas non plus. *À moins qu'ils ne soutirent leur essence de vie ? Qu'ils récupèrent l'eau de leurs cellules ?*

Sans une question, sans un geste ni le moindre commentaire, le premier des jeunes Fremen, le plus austère, s'installa dans le monoplace avec le blessé et les cadavres, et démarra dans un jaillissement de sable. Kynes le regarda s'éloigner. Il emportait son nécessaire de survie, ses cartes, et tous ses relevés personnels.

Il se retrouvait seul avec le troisième Fremen – un garde ou un ami ? Si les hommes du désert avaient l'intention de l'abandonner sans ressource, il ne tarderait pas à mourir. À moins qu'il ne retrouve ses repères et parvienne à regagner le hameau de Sac-à-Vent, mais il ne s'était guère préoccupé de la situation précise des sites d'habitation dans ses récents périples. *Une fin peu honorable pour un Planétologiste Impérial,* songea-t-il.

Mais il se pouvait aussi que les jeunes Fremen aient attendu autre chose de lui. Il était évident qu'ils constituaient un secret précieux qui avait échappé à l'Empereur. Quand il leur ferait part de ses rêves, de ses idées, ils seraient certainement enthousiastes.

Le Fremen qui était resté avec lui sortit une trousse et répara une entaille au bas de son distille en silence, avant de déclarer :

— Viens avec moi. (Il se tourna vers une falaise de pierre.) Sinon, tu vas mourir ici. Ou bien penses-tu que les Harkonnens tarderont à venger leurs morts ?

Il y avait une lueur moqueuse dans ses yeux indigo et un sourire malicieux effleura ses lèvres.

— Attendez ! Vous ne m'avez même pas dit votre nom !

Le Fremen eut un regard étrange. Sa peau tannée et burinée le faisait paraître plus vieux qu'il ne l'était sans doute.

— Échanger nos noms ? Cela vaut-il la peine ? Les Fremen savent déjà qui tu es.

— Mais je viens de vous sauver, toi et tes compagnons. Est-ce que ça ne compte pas chez les vôtres ? Comme dans toutes les sociétés ?

L'autre parut d'abord surpris, puis résigné.

— Tu as raison. Tu as noué un lien d'eau entre nous. Je m'appelle Turok. Maintenant, il faut que nous partions.

Un lien d'eau ? Kynes décida de se taire et le suivit.

Dans son distille râpé, Turok marchait vers la falaise. Kynes marchait entre les éboulis, glissant parfois sur des talus de gravier. En approchant, il découvrit une discontinuité dans les strates, une fissure qui courait depuis le haut de la falaise, camouflée par la poussière et la mosaïque de couleurs estompées de la roche.

Le Fremen s'insinua dans l'ombre, vif comme un lézard des sables. Curieux mais craignant aussi qu'il l'abandonne, Kynes le suivit sans hésiter. Il n'avait qu'un espoir : Turok le conduisait jusqu'aux Fremen et il allait bientôt en savoir plus sur eux. Pas une seconde il ne soupçonna un piège.

Turok s'était arrêté dans l'ombre fraîche pour lui laisser le temps de le rejoindre. Il désigna divers points dans la muraille.
– Là, là, et là...
Sans attendre, il se lança dans l'escalade en utilisant les prises qu'il venait d'indiquer. Kynes l'imita de son mieux avec l'impression que le jeune Fremen jouait à une sorte de jeu pour mesurer ses capacités.
Mais il parvint à le surprendre. Il n'avait rien d'un fonctionnaire gonflé d'eau et ce genre de performance ne lui était pas étranger. Il avait connu d'autres épreuves sur certains mondes hostiles de l'Imperium et il était en bonne forme physique.
Turok venait de s'accroupir sur un surplomb étroit et il le rejoignit en se retenant de haleter.
– Respire avec ton nez et pas ta bouche, dit Turok. Comme ça, tes filtres sont plus efficaces. (Il hocha la tête, discrètement admiratif.) Je pense que tu tiendras jusqu'au sietch.
– C'est quoi un sietch ?
Kynes reconnaissait vaguement l'ancien langage Chakobsa, mais il n'avait pas étudié l'archéologie, encore moins la phonétique qu'il avait considérées comme étant sans rapport avec son domaine.
– Un refuge secret – c'est là que vivent les miens.
– Vous voulez dire que c'est votre maison ?
– C'est le désert notre maison.
– J'ai très envie de parler à votre peuple, fit Kynes, incapable de contenir son enthousiasme. Je me suis fait une opinion à propos de ce monde et j'ai échafaudé un plan qui pourrait vous intéresser, ainsi que tous les habitants d'Arrakis.
– *Dune*. Seuls les Impériaux et les Harkonnens l'appellent Arrakis. *Dune !*
– Bien, acquiesça Kynes. D'accord pour Dune.

Au plus profond des rochers, encore loin, les attendait un vieux Fremen parcheminé. Il était borgne et, à la place de son œil gauche, il n'y avait plus qu'une boule de vieux cils ratatinés. Heinar, Naib du sietch, avait également perdu deux doigts dans un duel au krys dans sa jeunesse. Il avait survécu. Pas les autres.
Heinar s'était révélé un chef sévère mais compétent. Au fil des ans, le sietch avait prospéré, sa population n'avait pas diminué et les réserves d'eau devenaient plus importantes à chaque cycle des lunes.

Dans la grotte-infirmerie, deux vieilles femmes soignaient Stilgar, le jeune Fremen qui avait été ramené plus tôt. Elles avaient examiné le premier pansement de l'étranger et y avaient ajouté leur médication à elles. Elles conférèrent un instant avant d'incliner la tête à l'adresse du Naib.

– Stilgar vivra, Heinar. Cette plaie aurait pu être mortelle si elle n'avait pas été traitée immédiatement. L'étranger l'a sauvé.

– L'étranger a sauvé un stupide garçon imprudent, déclara le Naib en observant le jeune Fremen.

Depuis des semaines déjà, il avait entendu des rapports sur cet étranger curieux. Et voilà qu'il était parmi eux, qu'il avait rallié le sietch à travers la montagne. Son comportement était déroutant : un serviteur impérial qui tuait des Harkonnens ?

Ommun, celui qui s'était emparé du véhicule des sables pour ramener Stilgar, attendait sur le seuil, inquiet. Heinar le fixa de son œil unique.

– Comment se fait-il que Turok ait conduit un étranger jusqu'à notre sietch ?

– Que devions-nous faire, Heinar ? J'avais besoin de son engin pour ramener Stilgar.

– Tu aurais pu le prendre ainsi que tous ses biens, et donner son eau à notre tribu, rétorqua le Naib d'un ton grave.

– C'est encore possible ! glapit l'une des vieilles. Dès qu'il arrivera ici avec Turok.

– Mais l'étranger s'est battu avec nous et a massacré les Harkonnens ! Nous serions morts tous trois s'il n'avait pas été là ! insista Ommun. Ne dit-on pas que l'ennemi de mon ennemi est un ami ?

– Je ne peux me fier à la loyauté de celui-là, ni la comprendre, fit Heinar en croisant ses bras noueux sur son torse. Bien sûr, nous savons qui il est. Il vient de l'Imperium – c'est un Planétologiste, à ce que l'on dit. Il est présent sur notre monde parce que les Harkonnens ont été contraints de le laisser faire son travail. Mais ce Kynes ne reçoit d'ordres que de l'Empereur en personne... Et il soulève bien des questions sans réponse.

Avec des mouvements las, le Naib s'assit sur un banc de pierre devant la tenture de fibres multicolores qui isolait la grotte. Les habitants du sietch apprenaient très tôt que la vie privée était dans l'esprit et non dans l'environnement.

– Je parlerai à ce Kynes pour savoir ce qu'il attend de nous, et pourquoi il a défendu trois jeunes aussi stupides qu'inconscients contre un ennemi qui n'était pas le sien. Ensuite, nous porterons cette question devant le Conseil des Aînés qui décidera ce qui vaut mieux pour le sietch.

Ommun avait la gorge nouée en se rappelant avec quelle vaillance Kynes avait lutté contre les brutes Harkonnens. Mais du bout des doigts, il toucha dans sa poche ses précieux anneaux d'eau – les jetons de métal qui correspondaient à ses économies.

Si les aînés décidaient de tuer le Planétologiste, après tout, Turok, Stilgar et lui se partageraient son eau en même temps que la prime qui leur revenait sur les six Harkonnens.

Quand Turok le précéda entre les gardes et qu'ils franchirent la porte étanche du sietch, Kynes découvrit une caverne emplie de merveilles infinies. Les arômes étaient denses, riches, humains : les relents de la vie d'une population confinée... les odeurs de l'artisanat, de la cuisine, des lieux d'hygiène soigneusement dissimulés... et du traitement chimique des morts : la distillation des corps. Il accepta avec détachement cette confirmation de ses soupçons : les jeunes Fremen n'avaient pas récupéré les cadavres pour quelque mutilation religieuse mais pour l'eau de leurs cellules. *Sinon, quel gaspillage !*

Il avait toujours supposé que les refuges cachés des Fremen étaient primitifs, inconfortables, pitoyables. Et il découvrait une vaste garenne avec cette caverne, ses caves, ses boyaux de lave et ses tunnels. Ici, les gens du désert semblaient vivre une existence austère mais confortable. L'élégance des lieux aurait pu rendre jaloux les fonctionnaires Harkonnens de la cité de Carthag. Et elle était tellement plus naturelle.

Chaque image, chaque scène captait son regard extasié. De somptueux tapis étaient disposés sur le sol de pierre. Dans des alcôves, il vit des coussins doux empilés autour de tables basses harmonieuses, en métal ou en pierre polie. Quelques meubles rares en bois précieux venus d'autres mondes, apparemment antiques. Un ver des sables sculpté et un échiquier bizarre et inconnu, avec des pièces incrustées en ivoire ou en os.

Des machines hors d'âge recyclaient l'air du sietch, interdisant la fuite de la moindre trace d'humidité. Le parfum de cannelle de l'épice était lourd comme de l'encens, mais il masquait à peine l'aigreur des odeurs corporelles.

Il entendit des voix de femmes et d'enfants, les pleurs d'un bébé. Mais tout cela était étouffé, comme les paroles qu'échangeaient les Fremen sur son passage en le dévisageant avec méfiance. Les plus vieux lui décochaient des regards mauvais qui l'inquiétaient quelque peu. Leur peau avait un aspect tanné, rude, desséché. Et tous avaient les mêmes yeux bleus, totalement bleus : l'iris comme la cornée.

Enfin, Turok leva la main, la paume ouverte, indiquant à Kynes de s'arrêter. Ils se trouvaient dans une grande salle, un caveau naturel au cœur de la montagne qui pouvait contenir des centaines de personnes. Des bancs et des balcons s'étageaient en zigzag sur les parois. *Ils sont combien à vivre ici ?* s'interrogea-t-il en levant les yeux vers une chaire taillée haut dans la roche.

Un vieil homme à la stature orgueilleuse fit son apparition et toisa Kynes avec dédain. Il était borgne et Kynes se dit que ce devait être un chef.

— C'est Heinar, lui souffla Turok au creux de l'oreille, le Naib de notre sietch.

Kynes décida de lever la main en déclarant :

— Je suis heureux de rencontrer le chef de cette merveilleuse cité Fremen.

— Que voulez-vous de nous, homme de l'Empire ? fit Heinar d'un ton brusque et impérieux.

Kynes prit son souffle. Il attendait cette occasion depuis des jours. Pourquoi perdre du temps ? Plus longtemps persistaient les rêves, plus il était difficile de les traduire en une réalité.

— Je m'appelle Perdot Kynes. Je suis Planétologiste au service de l'Empereur. Il m'est venu une vision, monsieur – un rêve à propos de vous et de votre peuple. Un rêve que je désire partager avec tous, si seulement vous consentez à m'écouter.

— Mieux vaut écouter le vent dans un buisson de mesquite que de gaspiller son temps avec les paroles d'un idiot, rétorqua le Naib d'un ton mesuré, comme s'il citait une maxime ancienne de son peuple.

Kynes le dévisagea brièvement avant de riposter par une autre platitude.

— Et celui qui refuse d'écouter des paroles de vérité et d'espoir n'est-il pas le plus idiot ?

Le jeune Turok étouffa une exclamation. Kynes surprit les regards effarés des Fremen dans les allées.

Heinar s'assombrit plus encore. Il lui vint l'image de cet

étranger insolent gisant sur le sol de la salle, et il porta la main à son krys.

— Mettez-vous en doute mon rang ?

Il leva sa lame courbe, foudroyant Kynes du regard.

Mais le Planétologiste ne cilla pas.

— Non, monsieur : j'en appelle à votre *imagination*. Êtes-vous suffisamment brave pour affronter ce devoir, ou trop effrayé pour écouter ce que j'ai à vous dire ?

Le Naib gardait une attitude tendue, la main crispée sur son arme étrange à la lame laiteuse. Et Kynes eut un sourire ouvert et tranquille avant d'ajouter :

— Il est difficile de vous parler à cette distance.

Heinar eut un rire apaisé en regardant son couteau.

— Un krys, une fois sorti de son fourreau, doit goûter le sang.

Il passa la lame sur son avant-bras, presque furtivement, traçant une fine ligne rouge. Le sang se coagula en quelques secondes.

Dans la lueur des brilleurs, les yeux de Kynes avaient maintenant un éclat excité.

— Très bien, Planétologiste : vous pouvez parler jusqu'à en perdre le souffle. Nous n'avons pas décidé de votre destin, et vous demeurerez ici, dans le sietch, jusqu'à ce que le Conseil des Aînés ait délibéré.

— Mais vous allez d'abord m'écouter, fit Kynes avec une confiance absolue.

Heinar s'éloigna de la chaire de pierre.

— Vous êtes un être bien étrange, Pardot Kynes. Serviteur de l'Empire et hôte des Harkonnens – par définition, vous êtes notre ennemi. Mais vous avez également *tué* des Harkonnens. Vous nous posez un problème embarrassant.

Avec des gestes vifs, le Naib ordonna qu'on prépare une chambre petite mais confortable pour ce visiteur aussi curieux que grand qui serait tout autant leur prisonnier que leur hôte.

En s'éloignant, le Fremen pensa :

Tout homme qui parle d'espoir aux Fremen après que nous avons vécu des générations d'errance et de souffrance est troublé dans son esprit... ou bien très brave assurément.

> *Mon Père n'avait qu'un véritable ami, je pense.*
> *C'était le Comte Fenring, l'eunuque génétique, l'un*
> *des combattants les plus mortellement redoutables*
> *de l'Imperium.*
>
> Princesse Irulan, *Dans la Maison de Mon Père*

Même au plus haut de l'observatoire impérial, l'éclat pastel de la capitale noyait celui des étoiles dans le ciel de Kaitain. Construit bien des siècles auparavant par l'Empereur Padishah Raphael Corrino, l'observatoire n'avait guère servi sous le règne de ses derniers descendants... du moins pour étudier les mystères de l'univers.

Shaddam arpentait nerveusement le sol de métal poli tandis que Fenring manipulait les commandes d'un télescope à haute performance. L'eunuque fredonnait en émettant parfois des sons rauques agaçants.

— Est-ce que tu voudrais bien arrêter ? fit Shaddam. Contente-toi de régler ces maudits objectifs.

Fenring baissa à peine d'un ton.

— L'équilibre de l'huile des objectifs doit être précis, mmm ? Il nous faut un télescope stellaire parfait, quitte à attendre un peu.

Shaddam grogna.

— Tu ne m'as pas demandé mon avis.

— J'ai tranché pour toi. (Fenring recula et fit une révérence exagérée.) Mon Prince, je vous présente une image prise sur orbite. Voyez par vous-même.

Shaddam cligna la paupière, rivé à l'oculaire jusqu'à ce qu'une forme se matérialise avec une netteté surprenante. Le vaisseau semblait descendre en silence, et son image fluctuait entre le flou de la mise au point hésitante et les ondes de turbulence atmosphérique.

Le Long-courrier titanesque avait la taille d'un astéroïde. Il était à la verticale de Kaitain et se portait à la rencontre d'une flottille de petits vaisseaux qui montaient de la surface. Un infime mouvement, et Shaddam repéra le scintillement doré des moteurs : des frégates quittaient Kaitain, emportant des émissaires et des diplomates. Des cargos les suivaient, chargés d'artefacts en provenance de la capitale de l'Imperium. Mais tous ces vaisseaux n'étaient que des insectes sous le ventre formidable du Long-courrier.

Dans le même temps, des unités quittaient le bâtiment géant pour plonger vers la capitale, et Shaddam commenta :

– Les délégations. Elles apportent des tributs à mon père.

– Des impôts, en fait, non pas des tributs, rectifia Fenring. C'est la même chose exprimée en terme ancien, certes. Elrood est encore leur Empereur, que je sache. Mmm ?

Le Prince lui renvoya un regard sombre.

– Pour combien de temps encore ? Est-ce que ton maudit chaumurky va mettre des dizaines d'années à faire son effet ?

Shaddam avait du mal à parler à voix basse, mais les générateurs de bruit blanc subsoniques étaient censés les protéger de tout mouchard.

– Tu ne pourrais pas essayer un autre poison ? Plus rapide ? Cette attente est insupportable ! Il me semble qu'il y a plus d'un an que je n'ai pas eu une nuit de sommeil paisible.

– Tu veux dire que nous aurions dû nous montrer moins discrets ? Ce n'est pas conseillé.

Fenring retourna au télescope et régla la poursuite automatique sur le Long-courrier en orbite.

– Patience, Prince. Jusqu'à ce que je t'aie suggéré ce plan, tu as bien attendu plusieurs dizaines d'années, non ? Quelle différence peuvent donc faire une ou deux de plus comparées à la durée de ton règne, hmm ?

Shaddam l'écarta pour le regarder en face.

– Maintenant que tout est en route, il me tarde de voir mourir mon père. Ne me donne pas le temps de ruminer à ce propos jusqu'à regretter ma décision. Tant que je ne serai pas monté sur le Trône du Lion d'Or, je ne respirerai pas. Hasimir, mon destin était d'être un chef, mais certains murmuraient que je n'en aurais jamais l'occasion. Et j'ai donc peur de me marier et d'engendrer un enfant.

Il s'était attendu à une riposte de Fenring, aussi le silence de l'autre le déçut-il.

Fenring attendit encore avant de répondre.

— Le n'kee a été conçu comme un poison lent. Nous avons travaillé longtemps et durement à ce plan, et ton impatience ne pourrait être que nuisible et dangereuse. Un acte plus précipité éveillerait très certainement des soupçons dans le Landsraad. Ils ne manqueront pas cette occasion de créer un scandale et d'affaiblir ta position.

— Mais je suis l'héritier de la Maison de Corrino ! Comment pourraient-ils mettre en question mes droits légitimes ?

— Tu vas monter sur le trône avec toutes les charges que ça comporte, toutes les obligations, les antagonismes et les préjudices anciens. Ne te trompe pas, mon ami : l'Empereur n'est qu'une force importante entre bien d'autres qui forment la trame délicate de l'Imperium. Si toutes les Maisons venaient à s'unir contre nous, même les puissantes légions des Sardaukar de ton père ne tiendraient pas face à elles. Nul n'oserait prendre un tel risque.

— J'ai l'intention d'avoir des crocs pour mordre quand je serai Empereur, fit Shaddam.

Fenring secoua la tête avec une tristesse exagérée.

— Je suis prêt à parier une cargaison de fourrure de baleine que tes prédécesseurs ont juré la même chose à leurs conseillers depuis la Grande Révolte. Même si le n'kee agit comme prévu, tu dois encore attendre une année... aussi calme-toi. Les symptômes de sénilité que nous avons constatés chez ton père devraient te satisfaire. Encourage-le à boire encore plus de bière d'épice.

Vexé, Shaddam observa à nouveau le vaisseau de la Guilde. Il portait la marque des chantiers d'Ix ainsi que le cartouche de la Guilde. Sa cale était encombrée de flottes de frégates venues de Maisons diverses, de cargaisons de la CHOM et d'enregistrements précieux destinés aux archives de la bibliothèque de Wallach IX.

— À ce propos, il y a quelqu'un qui nous intéresse à bord de ce Long-courrier, dit Fenring.

— Ah oui ?

— Un personnage qui *semble* un simple vendeur de riz pundi et de racine de chikarba à destination d'une station tleilaxu. Il emporte votre message aux Maîtres tleilaxu dans lequel vous proposez de les rencontrer afin de discuter d'un financement impérial secret pour un projet d'envergure destiné à la production d'un substitut du Mélange.

— *Ma* proposition ? Mais je n'ai rien fait de tel !

Shaddam eut une brève grimace de répulsion.

— Mmm, mais si, mon Prince. Avec leurs méthodes peu orthodoxes, les Tleilaxu pourraient fabriquer une épice synthétique ? Quelle excellente idée ! Tu vas montrer ainsi à ton père que tu es malin.

— Hasimir, ce n'est pas moi le responsable. L'idée est de toi.

— Tu en refuses la paternité ?

— Pas du tout.

Fenring haussa les sourcils.

— Tu veux *vraiment* faire sauter le goulet d'étranglement d'Arrakis en dotant la Maison Impériale d'une source privée de Mélange ? Nous sommes bien d'accord ?

Shaddam répondit, rayonnant :

— Bien sûr !

— Alors, un Maître tleilaxu va venir secrètement présenter sa proposition à l'Empereur. Nous allons bien voir jusqu'où le vieil Elrood veut aller.

> *La cécité peut revêtir bien des formes au-delà de l'incapacité de voir. Les fanatiques sont souvent aveugles dans leurs pensées. Et les leaders le sont souvent dans leur cœur.*
>
> Bible Catholique Orange

Après quelques mois, Leto s'était habitué à la splendeur étrange de Vernii. Ce qui avait été surprenant était devenu sa vie, et il avait acquis une sûreté tout ixienne, allant parfois jusqu'à l'imprudence.

Le Prince Rhombur était un lève-tard impénitent, à l'opposé de Leto qui avait grandi au rythme de vie des pêcheurs de Caladan. Le matin, l'héritier des Atréides se promenait seul dans les immeubles-stalactites, allant d'un panorama à un autre, explorant les ateliers de conception, les unités de fabrication, apprenant à utiliser les systèmes de transit de la capitale ixienne. Il avait découvert que la carte bioxpress que lui avait donnée le Comte Vernius lui ouvrait de nombreuses portes.

Ses errances et sa curiosité vorace lui apprenaient plus que toutes les heures de cours avec ses précepteurs. Il n'avait pas oublié le mot d'ordre de son père et il allait partout pour apprendre de tout. Il se laissait emporter par les tubes ascensionnels, s'aventurait dans le labyrinthe des passerelles, sautait sur les bandes de transport et escaladait les échelles qui reliaient les divers niveaux de la cité.

Un matin, aussi décidé et impatient qu'à l'accoutumée, il se rendit dans un des atriums supérieurs et se retrouva sur un balcon panoramique. Les cavernes d'Ix étaient en sous-sol et closes, mais elles avaient leurs vents et leurs courants propres, même si cela ne rappelait en rien les tours de Caladan et les falaises battues par les tempêtes océanes. Il inspira à fond, mais il y avait toujours dans l'air de Vernii une trace de silex. À moins que ce ne fût son imagination.

Il écarta les bras et contempla la caverne prodigieuse qui avait abrité le Long-courrier de la Guilde. Déjà, au milieu des machines et des étayages, il discernait le squelette d'une autre coque géante sous les étincelles des suboïdes-soudeurs.

Une plate-forme passa sous le balcon, en route vers le chantier. Cramponné à la balustrade, Leto vit qu'elle était chargée de minerais arrachés à la croûte de la planète.

Sans réfléchir, il franchit la balustrade et, prenant son souffle, se laissa tomber de deux mètres. Il atterrit au sommet d'une pile de poutrelles et de plaques. Il pensait qu'il pourrait regagner les immeubles avec sa carte bioxpress, et Vernii lui était déjà presque familière. Le pilote de la plate-forme ne semblait pas avoir remarqué ce passager inattendu.

Les cheveux ébouriffés dans le vent frais, Leto songea à la bise de mer. Là, sous l'immense voûte de la cité souterraine, il retrouvait la liberté qu'il avait connue sur le littoral de Caladan et la nostalgie l'effleura au souvenir du ressac, de la houle verte, des bruits du petit marché de pêcheurs, du rire tonitruant de son père et de la tendre inquiétude de sa mère.

Lui et Rhombur passaient trop de temps confinés dans la cité et Leto avait une furieuse envie de retrouver l'air libre et froid de l'extérieur. Il se disait qu'il allait demander à son camarade de l'accompagner jusqu'à la surface de la planète. Là, ils pourraient se balader dans les landes et les rochers, retrouver l'infini du ciel. Là, il pourrait détendre vraiment ses muscles et goûter au vrai soleil, échapper pour un temps à la lumière permanente des fibres optiques.

Si le Prince Héritier d'Ix n'était pas à la hauteur de Leto dans les arts du combat, il n'avait rien de l'enfant gâté d'une Grande Maison. Il avait de nombreux sujets d'intérêt et, entre autres, il collectionnait les minéraux. Et puis, s'il se montrait généreux, optimiste, agréable, il n'en avait pas moins une détermination absolue et le goût de la performance dans tous les domaines.

Dans la caverne du chantier où la carcasse du prochain Long-courrier était en cours de construction entre les bras suspenseurs et les rails de manœuvre, Leto découvrit les machines au travail, sous les holos bleus qui flottaient dans l'air. Même avec les prodigieux moyens d'Ix, la construction d'un Long-courrier prenait près d'une année standard et représentait le produit économique brut de plusieurs systèmes stellaires. Seules la CHOM et la Guilde pouvaient financer de tels projets. Et la Maison Vernius engrangeait des bénéfices incroyables.

La classe ouvrière dépassait de loin en nombre celles des administrateurs et des nobles. Sur le sol de la grotte, des arcades basses creusées dans la roche s'ouvraient sur les tanières d'habitation des suboïdes. Leto s'était inquiété de leurs conditions de vie en apprenant qu'ils travaillaient sans arrêt sur chaque chantier en se relayant par équipes. Mais Rhombur l'avait assuré que la Maison Vernius avait le souci du mieux-être de sa classe ouvrière.

À l'instant où la plate-forme touchait le sol de la caverne, des manœuvres s'approchèrent et Leto sauta. Il tomba à quatre pattes, se redressa aussitôt et s'épousseta. Les suboïdes le regardèrent sans un mot de leurs yeux tristes et doux. Ils avaient la peau pâle, tachetée de roux. Ils détournèrent très vite le regard et commencèrent à décharger le minerai.

À la façon dont Rhombur et Kailea lui en avaient parlé, Leto s'était imaginé les suboïdes comme des moins-qu'humains, des troglodytes musclés sans cerveau, qui travaillaient comme des machines en suant comme des hommes. Mais ceux qu'il voyait autour de lui auraient pu passer pour des êtres normaux, même s'ils n'étaient ni savants ni diplomates.

Il se faufila discrètement dans le chantier. Une odeur piquante de soudure et d'alliage fondu imprégnait l'air.

Les suboïdes suivaient un maître-plan, phase par phase, comme s'ils dépendaient d'un organisme-ruche. Ils ne bavardaient pas, ne chantaient pas, ne chahutaient pas... Un comportement que Leto avait rarement observé chez les pêcheurs, les fermiers ou les ouvriers de Caladan. Mais les blêmes suboïdes étaient totalement concentrés sur leur tâche.

Il crut déceler du ressentiment, une colère qui couvait derrière ces visages impassibles, pourtant il ne se sentait pas en danger ici. Le Duc Paulus avait toujours encouragé son fils à jouer avec les enfants des villageois, à monter dans les bateaux de pêche, à se mêler aux marchands et aux tisserands du marché. Il l'avait même envoyé travailler durant un mois dans les rizières de pundi. « Pour apprendre à diriger le peuple, tu dois d'abord le comprendre. »

Sa mère voyait cela d'un très mauvais œil, bien sûr, et elle refusait que le fils d'un Duc se salisse les mains dans la boue et pue l'écaille de poisson. « Mais quel est l'intérêt que *notre* fils apprenne à vider les poissons ? Il est appelé à diriger une Grande Maison. » Mais Paulus Atréides restait ferme et sa volonté faisait loi.

Malgré ses muscles et son dos endoloris, les coups de soleil, Leto devait reconnaître qu'il avait alors vécu des moments meilleurs que dans les grands banquets et les réceptions de Castel Caladan. Et puis, il comprenait les gens du commun, il avait partagé la dureté de leur travail et connaissait leurs sentiments. Le Vieux Duc était fier de lui.

Il aurait aimé comprendre les suboïdes de la même façon, maintenant qu'il était parmi eux.

Personne ne l'avait encore arrêté ni ne s'était inquiété de sa présence, et il décida de pénétrer dans l'un des tunnels bas, de profiter de cette première chance de connaître un peu plus la société des suboïdes. Il pouvait apprendre ici des choses que Rhombur lui-même ignorait sur son propre monde.

Une équipe d'ouvriers en combinaison surgit sous une arcade et il se glissa à l'intérieur. Très vite, le tunnel descendit en spirale. De part et d'autre, des alcôves désertes évoquaient les alvéoles d'une ruche mais, de temps en temps, il découvrait des détails plus humains : des tapisseries et des tentures aux couleurs vives, des dessins, quelques fresques sur les murs de pierre. Il sentait des odeurs de cuisine, il entendait des conversations étouffées, mais aucun rire, pas la moindre note de musique.

Il pensa à ses journées dans les stalactites de chrome et de cristoplass, à ses vêtements élégants, aux mets délicats qu'on lui servait à chaque repas, à son lit douillet.

Sur Caladan, les citoyens avaient le droit de présenter des pétitions quand bon leur semblait. Ils pouvaient interpeller le Duc et même son fils lorsqu'ils déambulaient sur les marchés et bavardaient avec les artisans et les vendeurs.

Il ne pensait pas que Dominic Vernius ait jamais eu conscience de la différence entre lui et son vieux camarade Paulus. Le Comte était un homme chaleureux, attentif et bon avec les siens autant qu'avec ses proches collaborateurs, travaillant d'arrache-pied pour le bon fonctionnement de l'industrie et du commerce d'Ix, pour l'afflux d'argent. Mais pour lui, les suboïdes étaient une simple main-d'œuvre. Il veillait sur eux comme il veillait sur ses coûteuses machines. Leto se demandait si le Comte et sa famille traitaient vraiment les suboïdes comme des *gens*.

Plus loin dans les niveaux inférieurs, il respira un air vicié. Les tunnels étaient plus sombres, souvent déserts. Les couloirs débouchaient sur des pièces ouvertes, des salles communes où il devina le bruissement des corps, des murmures. Il était sur le point de rebrousser chemin : il avait devant lui une journée de cours et de conférences sur les procédés mécaniques et les opérations industrielles. Et Rhombur n'avait peut-être même pas encore pris son petit déjeuner.

Curieux, il s'arrêta sous une arcade : plusieurs suboïdes étaient rassemblés dans une salle nue, sans siège ni banc. Ils écoutaient un des leurs qui s'exprimait sans passion, sur un ton monocorde. Il était petit, noueux, mais il y avait comme un feu intérieur dans son regard, dans sa voix. Il dégageait une émotion que Leto n'avait pas ressentie chez les autres suboïdes jusqu'à présent : pour la plupart, ils étaient mornes, indifférents.

– C'est *nous* qui construisons les Longs-courriers, les appareils, les machines, les produits technologiques qui enrichissent Ix, mais aucune décision ne nous revient. Nous faisons ce qu'on nous ordonne, même quand nous savons que ces plans sont faux !

Les suboïdes se mirent à marmonner.

– Certaines des technologies nouvelles transgressent les interdits de la Grande Révolte. Nous sommes en train de créer des *machines pensantes*. Nous n'avons pas besoin de lire les diagrammes et les schémas : nous savons ce qu'ils s'apprêtent à faire !

Hésitant, il se retira dans la pénombre. Il avait trop souvent fréquenté les gens du peuple pour les craindre, mais il se passait ici quelque chose d'inaccoutumé. Il aurait voulu s'éloigner en courant, mais il ne pouvait s'empêcher d'écouter...

– En tant que suboïdes, nous ne sommes pas intéressés aux profits de la technologie ixienne. Notre vie est humble et nous n'avons guère d'ambition – mais nous avons notre religion. Tous, nous avons lu la *Bible Catholique Orange* et dans nos cœurs, nous savons ce qui est juste. (Le suboïde leva un poing massif et noueux.) Et nous savons qu'un grand nombre de choses construites ici même sur Ix *ne sont pas légales* !

Le public était houleux, au seuil de la colère. Rhombur avait expliqué à Leto que ces gens n'avaient pas de but dans la vie, mais en cet instant il avait un tout autre sentiment.

Le ton de l'orateur se fit menaçant.

– Qu'allons-nous faire ? Adresser une pétition à nos maîtres pour exiger des réponses ? Quoi d'autre ?

Soudain, alors qu'il promenait le regard sur l'assemblée, il vit Leto et ses yeux devinrent deux fléchettes ardentes.

– Qui es-tu ?

Leto recula, les mains levées.

– Excusez-moi. Je me suis perdu.

En temps normal, il aurait su se faire accepter, mais il était tout à coup fébrile, inquiet.

Les suboïdes s'étaient retournés et mesuraient soudain ce qu'il avait pu entendre, tout comme eux.

– Je suis désolé, je ne voulais pas être indiscret, ajouta Leto, le cœur battant, la sueur au front, à présent conscient du danger.

Quelques ouvriers se dirigeaient sur lui d'une démarche d'automate.

Leto esquissa son habituel sourire engageant.

– Si vous voulez, je peux parler au Comte Vernius, lui faire état de vos plaintes...

Il détala en courant et enfila au hasard plusieurs couloirs. Derrière lui, les suboïdes se rapprochaient en criant, se séparaient aux intersections, et Leto essayait en vain de se rappeler le chemin qu'il avait suivi depuis le chantier...

Il était perdu. Et ce fut ce qui le sauva. Ses poursuivants essayaient de lui bloquer la retraite, de l'intercepter dans chacun des couloirs qui aboutissaient à la surface, mais il ignorait où il allait, il tournait sans cesse, s'arrêtait parfois pour souffler dans des alcôves vides. C'est ainsi qu'il atteignit une porte de maintenance qui crachait un air poussiéreux dans la clarté des brilleurs industriels.

Il entendit la rumeur derrière lui tout en se précipitant vers un tube ascensionnel. Il brandit sa carte devant le lecteur et fut aspiré vers les niveaux supérieurs.

Le flux d'adrénaline retombait à peine et il se demanda ce que les suboïdes lui auraient fait s'ils l'avaient attrapé. Il ne pensait pas qu'ils auraient osé tuer le fils du Duc Atréides, l'hôte de la Maison Vernius. Et puis, il leur avait proposé son aide.

Mais il avait senti leur violence, cette part d'obscurité effrayante qu'ils avaient su cacher à ceux qui les dominaient.

Sa peur grandit encore : il y avait peut-être d'autres enclaves de dissidents sous la cité, d'autres groupes avec des meneurs charismatiques qui pouvaient tirer parti de l'insatisfaction des travailleurs.

En surgissant sur un palier, il baissa les yeux et vit les ouvriers suboïdes tout en bas : des insectes mécaniques, frénétiques mais colériques au fond de la cité-caverne. Et il sut alors qu'il devrait raconter ce qu'il avait entendu. Mais qui le croirait ?

Avec un creux douloureux au ventre, il réalisa qu'il en apprenait bien plus sur Ix que ce qu'on avait eu l'intention de lui enseigner.

> *L'espoir peut être l'arme principale d'un peuple*
> *opprimé, et le plus grand ennemi de ceux qui sont*
> *sur le point de faillir à leur devoir. Nous devons*
> *nous méfier de ses avantages comme*
> *de ses limitations.*
>
> Journal intime de Dame Helena Atréides

Après des jours interminables, le cargo fut largué du Long-courrier en orbite et plongea dans une atmosphère de grandes spirales nuageuses. Pour Duncan Idaho, la fin d'une longue épreuve semblait proche.

Il s'extirpa à grand-peine de sa cachette en déplaçant un coffre. Les coins métalliques grincèrent sur les plaques du pont mais il parvint enfin à relever le volet d'un hublot étroit. L'œil collé au cristoplass, il découvrit un monde vert océanique : Caladan. Sa nouvelle patrie.

Il commençait à y croire.

Par opposition à la sombre et malsaine Giedi Prime, Caladan, fief du légendaire Duc Atréides, l'ennemi mortel des Harkonnens, était comme un saphir étincelant dans le dernier quart de son soleil.

Après tout ce qu'il avait enduré, Duncan ne parvenait pas à croire que Janess Milam, cette femme aussi hargneuse que traîtresse, ait pu tenir sa parole. Si elle l'avait sauvé, c'était pour des raisons peu honorables, afin d'accomplir sa vengeance, mais cela ne lui importait guère : il se retrouvait *ici*.

Ç'avait été comme un cauchemar qu'il avait eu tout le temps de revivre durant ses longues journées d'isolement, tandis que le Long-courrier sautait d'escale en escale, en route vers le système de Delta Pavonis.

Dès qu'elle l'avait capturé, en dépit de sa défense frénétique, Janess Milam, avec une force surprenante, l'avait hissé à l'intérieur avant de refermer l'écoutille. Duncan, avec des cris d'animal sauvage, se démenait, essayant à la fois de la frapper et de la griffer. Quand elle l'avait lâché, il s'était mis à cogner sur la paroi : il voulait s'enfuir, retourner dans la nuit où les chasseurs le traquaient.

Mais l'écoutille du voltigeur était restée close. Le souffle court, Janess l'avait lâché.

— Idaho, si tu n'arrêtes pas tout de suite, je te rebalance dans les pattes des chasseurs.

Puis, elle s'était détournée avec dédain et avait lancé les moteurs. Dans un bourdonnement menaçant, toute la cabine de l'orni voltigeur s'était mise à vibrer et Duncan s'était recroquevillé contre la paroi.

— Vous m'avez déjà trahi ! Vous avez vendu mes parents aux Harkonnens ! Vous les avez assassinés ! C'est à cause de vous que j'ai été dressé comme ça et qu'ils me pourchassent. Je le sais !

— Eh bien... les choses ont changé. (Elle leva la main en un geste vague.) Je ne suis plus au service des Harkonnens, plus après ce qu'ils m'ont fait.

Révolté, il serrait les poings, sa chemise lacérée gluante de sang.

— Et qu'est-ce qu'ils ont pu vous faire à vous ?

Il ne pouvait imaginer qu'elle ait pu endurer plus de tourments que lui et les siens.

— Tu ne comprendrais pas. Tu n'es qu'un gamin, un de leurs jouets. (Elle sourit à l'instant où le voltigeur décollait.) Mais par ton entremise, je peux frapper.

Il eut un sourire de mépris.

— Je ne suis peut-être qu'un gamin, mais toute cette nuit, j'ai battu les Harkonnens à leur propre jeu. Rabban a tué mon père et ma mère sous mes yeux. Qu'est-ce qu'ils ont pu faire de mes oncles, de mes tantes, de mes cousins ?...

— Je crains qu'il n'y ait plus personne du nom d'Idaho sur Giedi Prime — surtout après ta démonstration de cette nuit.

— S'ils ont fait ça, ils se sont donné du mal pour rien. Je ne connaissais pas ma famille.

Le voltigeur s'éloignait de la forêt de conifères et de la réserve de chasse.

— Pour l'instant, je t'aide à leur échapper, alors tais-toi et sois heureux. Tu n'as pas le choix.

La cabine était obscure, ils volaient sans phares dans le ronronnement étouffé des moteurs. Mais Duncan doutait qu'ils puissent échapper aux regards des Harkonnens. Il avait tué plusieurs de leurs chasseurs et, plus grave encore, il s'était joué de Rabban, il l'avait humilié.

Avec un léger sourire, il se laissa tomber dans le siège à côté de Janess.

— Pourquoi je devrais vous faire confiance ?
— Je t'ai demandé ça ? Profite de cette situation, c'est tout.
Elle lui décocha un regard incisif.
— Vous n'allez rien me dire ?

Elle resta silencieuse un instant, concentrée sur les commandes. L'orni frôlait la cime des arbres.

— C'est vrai, j'ai dénoncé tes parents aux Harkonnens. Des rumeurs m'étaient revenues : ils avaient mis en colère certains fonctionnaires, et les Harkonnens n'aiment pas ça. Je n'ai fait qu'agir à mon avantage. J'espérais une prime. Et puis, c'étaient tes parents qui avaient créé des problèmes. Je voulais seulement me faire un peu d'argent. Je n'avais rien contre eux, tu comprends. N'importe qui aurait agi comme moi.

Il aurait aimé avoir le courage de la poignarder. Mais non : le voltigeur allait s'écraser. Elle était sa seule chance de s'échapper. Pour l'instant.

— Et qu'est-ce que m'ont donné les Harkonnens ? Une récompense ? Une promotion ? Non, rien. Même pas merci. (Une expression troublée et fugace passa sur le visage de Janess comme un nuage dans la tempête.) Ce n'est pas facile de faire un truc pareil, tu sais. Tu crois que j'en ai tiré du plaisir ? Sur Giedi Prime, on n'a pas souvent d'occasion pareille et j'en avais trop laissé passer. Normalement, les choses auraient dû changer pour moi, mais je n'ai pas eu droit à un semblant de considération. Ils m'ont sacquée et m'ont dit de ne plus jamais me montrer. On ne fait pas un coup comme ça à Janess Milam sans risquer gros.

— Alors vous n'avez pas fait ça pour moi ? Vous ne vous sentez pas coupable d'avoir fait autant de mal à mes parents ? Vous n'en voulez qu'aux Harkonnens.

— Hé là, mon petit, tu ne vas pas me tomber dessus quand même ? Faut pas te tromper de cible.

Il fouilla dans un compartiment et trouva deux barres de riz et une bulle de jus de fruits. Le riz avait un léger goût de cannelle, un ersatz de Mélange.

— Fais comme chez toi, fit Janess, sarcastique.

Il mâchouillait bruyamment et ne répondit pas.

Toute la nuit, le voltigeur survola les terres basses de la planète, cap sur la cité de Baronia. Un moment, Duncan se dit que Janess allait le faire rejeter en prison, et que tout allait recommencer. Du bout du doigt, il toucha la lame émoussée de son couteau. Mais ils passèrent au-delà de la prison et continuèrent vers le sud, filant au-dessus d'une dizaine de bourgs et de villages.

Ils se posèrent près d'un relais en fin d'après-midi pour refaire le plein de vivres et de carburant. Janess lui donna une combinaison bleue, nettoya sa plaie du mieux possible et lui fit avaler des médicaments. Elle ne se montrait pas particulièrement douce, elle voulait seulement qu'il n'attire pas l'attention.

Ils repartirent dans le crépuscule en direction d'un spatioport indépendant, loin dans les terres du Sud. Duncan ignorait le nom des villages où ils se posaient parfois, et ne le demandait pas. Personne ne lui avait enseigné la géographie de Giedi Prime et, les rares fois où il hasarda une question, Janess le rabroua ou l'ignora.

Le complexe commercial du spatioport ne rappelait en rien la lourdeur du style Harkonnen. Ici, tout était fonctionnel, efficace, et la Guilde avait mis sa touche mercantile sur le luxe et l'attrait. Les salles et les couloirs géants avaient été conçus pour les caissons des Navigateurs.

Janess gara le voltigeur avant d'activer les systèmes de sécurité.

— Suis-moi, dit-elle.

Ils s'enfoncèrent dans l'agitation et le tumulte.

— J'ai pris toutes les dispositions nécessaires. Mais si tu te perds ici, je ne partirai pas à ta recherche.

— Pourquoi je ne m'enfuirais pas ? Je n'ai pas confiance en vous.

— Je te conduis à un vaisseau qui va t'emmener loin de Giedi Prime et des Harkonnens. À toi de choisir : je ne tiens pas à ce que tu me crées d'autres ennuis.

Il la suivit les dents serrées.

Ils s'approchaient d'un cargo. Une nuée de manœuvres du spatioport s'activait autour de la soute. Des plateaux à suspenseurs enlevaient des palettes qui semblaient être entassées dans un désordre absolu.

– Le lieutenant du bord est un vieil ami, dit Janess. Il me doit un service.

Duncan ne lui demanda pas quel genre d'ami elle pouvait avoir... ni ce qu'elle avait fait pour s'attirer ses faveurs.

– Ton voyage ne va pas me coûter un solari, Duncan Idaho – dans ma conscience, j'ai déjà assez payé pour ta famille, j'ai ruiné à jamais ma réputation auprès des Harkonnens et je n'en ai rien tiré. Mais mon ami Renno m'a dit que tu pourrais voyager dans la cale, à condition de te contenter de rations standard.

Tout en observant la foule avec curiosité, Duncan songea qu'il n'avait pas la moindre idée de ce que pouvait être la vie sur d'autres mondes. Le cargo avait l'air vieux, fatigué – mais il allait partir loin de Giedi Prime. À ses yeux, c'était comme un oiseau doré descendu du paradis.

Janess agrippa brutalement son bras blessé et il grimaça.

– Ils ont un chargement de matériaux recyclables et diverses denrées de récupération qui doivent être traités sur Caladan. C'est le fief des Atréides... les ennemis héréditaires des Harkonnens. Tu sais pourquoi ils sont ennemis ?

Duncan secoua la tête et Janess rit.

– Bien sûr que non. Qu'est-ce qu'un sale petit rongeur comme toi pourrait connaître du Landsraad et des Grandes Maisons ?

Elle arrêta un ouvrier.

– Où est Renno ? Dis-lui que Janess Milam veut le voir tout de suite ! (Elle jeta un regard à Duncan qui venait de se redresser dans une attitude digne.) Et aussi que j'ai amené le colis comme annoncé.

Le manœuvre marmonna dans le communicateur accroché à son col et, sans un mot, reprit son travail.

Un personnage crasseux fit son apparition, maculé de sueur, de cambouis et huiles diverses.

– Renno ! Tu es drôlement en retard !

Il la serra contre lui et ils échangèrent un long baiser mouillé. Janess s'écarta et désigna Duncan.

– Le voilà. Il va sur Caladan. (Elle sourit.) Je n'ai pas imaginé mieux comme vengeance que d'envoyer ce garçon là où ils ne risquent pas de le retrouver – et où ils ne voudraient surtout pas qu'il soit.

— Tu joues à des jeux dangereux, Janess, fit Renno.
— J'aime bien ça. (Elle lui donna une claque sur l'épaule.) Mais ne dis rien à personne.

Il haussa les sourcils.

— À quoi ça me servirait de me repointer dans ce port dégueulasse si tu ne m'y attends pas ? Qui d'autre que toi pourrait partager ma couchette, hein ? Non, je n'ai pas intérêt à te mouiller. Mais tu as encore une petite dette.

Avant de repartir, Janess regarda Duncan droit dans les yeux, et ce fut pour lui comme un geste de tendresse.

— Ecoute, gamin. Voilà ce que je veux que tu fasses. Quand tu seras arrivé sur Caladan, demande à voir le Duc Paulus Atréides en personne. *Le Duc Paulus*. Dis-lui que tu viens de chez les Harkonnens et demande-lui de te prendre à son service.

Renno, abasourdi, grommela quelques paroles inintelligibles.

Janess avait une expression déterminée, sincère. Elle jouait un dernier tour cruel à ce jeune garçon qu'elle avait déjà trahi. Elle savait que ce gosse des rues de Baronia n'avait pas la moindre chance de mettre le pied dans le Grand Hall de Castel Caladan – mais ça ne l'empêcherait pas d'essayer, d'insister des années durant, peut-être.

Elle avait déjà remporté une victoire en soustrayant Duncan à la chasse de Rabban. Désormais, elle voulait ignorer quel destin l'attendait, mais elle s'amusait à imaginer toutes ses tribulations. Un jour, elle le savait, il renoncerait.

— Allez, viens, fit Renno d'un ton bourru en poussant Duncan. Je vais te trouver un petit coin dans la cale. Tu pourras dormir.

Duncan ne répondit pas au regard de Janess. Il se demandait si elle avait espéré de lui un adieu, un remerciement. Elle ne l'avait aidé que dans son propre intérêt, elle n'avait pas de remords. C'était une femme étrange, décida-t-il.

Il franchit la coupée sur les pas de Renno, sans oser penser à ce qu'il ferait plus tard...

La cachette que Renno lui avait assignée n'avait rien de confortable, il n'était guère nourri mais, au moins, on lui laissait la paix. Il avait besoin de cela avant tout : se reposer, remettre de l'ordre dans son esprit et apprendre à vivre avec les souvenirs qu'il ne pourrait oublier.

Au milieu des fagots de métaux et des tonneaux de produits

recyclables, il dormait d'un sommeil lourd, la tête sur un oreiller glacé, dans les relents de rouille et d'huile. Il ne se rappelait pas avoir connu une telle tranquillité depuis longtemps.

Et quand le vaisseau glissa vers Caladan, il était prêt à tout. Il était décidé, il se sentait fort : rien ne pouvait l'écarter de son but.

Il devait trouver le Duc Paulus Atréides.

*L'Histoire nous permet de voir ce qui est évident
— mais, malheureusement, quand il est trop tard.*

L'Empereur Raphael Corrino

En retrouvant un Leto échevelé, les vêtements tachés, le visage ruisselant de sueur, Rhombur ne put s'empêcher de rire. L'histoire que Leto lui avait racontée était incroyable, mais il ne voulait pas le vexer.

— Par tous les enfers vermillon ! Est-ce que vous ne pensez pas que... vous vous enflammez un peu vite, Leto ?

Rhombur s'approcha d'une des baies de son appartement. Les alcôves alentour étaient remplies de cristaux, de gemmes et de fossiles bizarres qu'il avait ramassés lui-même dans les tunnels et les grottes. Ils étaient sa fierté et le rendaient plus heureux que tous les plaisirs qu'on prodiguait au Prince Héritier de la Maison Vernius.

Mais Leto se disait qu'il était resté aveugle au désarroi des travailleurs suboïdes – de même que tous les siens. Il comprenait maintenant pourquoi son père avait insisté pour qu'il connaisse ses sujets et soit attentif au moral de la population.

« Si l'on va au fond des choses, mon garçon, nous savons que nous régnons parce qu'ils le tolèrent, mais heureusement ils n'en ont pas conscience pour la plupart. Si tu diriges bien ton peuple, il ne viendra à l'esprit de personne de remettre ton pouvoir en question. »

Rhombur semblait déconcerté par le désordre de la tenue de Leto autant que par son récit dramatique et porta son regard vers le bas de la caverne, où grouillaient les suboïdes. Rien n'était venu troubler la routine.

— Leto, Leto... Ils ne savent même pas décider de ce qu'ils

vont manger au dîner, et ils sont encore moins capables de s'unir et de fomenter une rébellion. Cela suppose trop... trop d'initiative.

Leto, encore haletant, secoua la tête. Il était maintenant en sécurité, mais encore plus ébranlé que pendant sa fuite éperdue. Il essayait de retrouver le calme, affalé dans un douillet fauteuil automoulant. En échappant aux suboïdes, il avait obéi à son instinct, mais là, dans la chambre paisible de son ami, il sentait son pouls battre follement. Il but une longue gorgée de cidrite.

— Rhombur, je ne fais que rapporter ce que j'ai vu et entendu. Ces menaces ne sont pas *imaginaires*. J'en ai trop souvent entendu et je sais faire la différence. (Ses yeux gris étaient presque noirs d'inquiétude.) Je vous le dis, quelque chose se prépare. Les suboïdes projetaient de renverser la Maison Vernius, de détruire tout ce que vous avez édifié, de s'emparer d'Ix. Ils sont prêts à user de la violence.

Rhombur hésita, comme s'il s'attendait encore à ce que ce ne soit qu'une plaisanterie, puis dit enfin :

— Je vais en parler à mon père. Vous pouvez lui donner votre version des événements et je... je suis persuadé qu'il enquêtera à ce sujet.

Et si le Comte Vernius ignorait le problème jusqu'à ce qu'il soit trop tard ? se demanda Leto, effondré.

Rhombur rectifia le pli de sa tunique mauve et sourit, perplexe. Il semblait rassembler tout son courage pour revenir à la discussion.

— Mais, Leto, si vous avez été là en bas, vous avez pu constater que nous traitons particulièrement bien nos suboïdes. Ils sont bien nourris, bien logés, ils ont leur famille, leur travail. C'est sûr que nous prenons la part du lion au niveau des bénéfices... mais c'est comme ça. C'est notre société. Mais nous n'exploitons pas nos ouvriers, alors de quels abus pourraient-ils se plaindre ?

— Ils voient peut-être tout cela différemment. L'oppression physique n'est pas le seul genre d'abus qui existe.

Rhombur s'illumina et lui tendit la main en se levant.

— Venez, mon ami. Cela pourrait donner un tour intéressant à notre cours de politique aujourd'hui. Une hypothèse de travail.

Leto le suivit, attristé. Il craignait justement que les Ixiens ne considèrent cet incident que comme un intéressant sujet de dissertation politique.

L'homme qui régnait sur l'empire industriel le mieux caché aux regards de l'univers, le Comte Dominic Vernius, arpentait le sol transparent de son bureau de l'Orbe, une sphère de cristal merveilleuse suspendue à la voûte de la caverne, au-dessus de la plus haute spire du Grand Palais.

Le sol et les parois de l'Orbe étaient faits de dalles courbes de verre ixien parfaitement jointes. Ainsi, le Comte paraissait marcher dans le vide, flottant au-dessus de son domaine. Parfois, il avait le sentiment d'être une sorte de déité aérienne contemplant l'univers. Il passa une main calleuse sur son crâne récemment rasé que Shando avait frictionné avec une lotion tonifiante. Kailea, installée dans un fauteuil à suspenseur, l'observait. Il approuvait d'ordinaire l'intérêt qu'elle montrait pour les affaires d'Ix, mais aujourd'hui il était trop préoccupé pour discuter avec sa fille. Il se frotta les bras d'un geste impatient et refit encore une fois le tour de son bureau à l'éclat de mercure.

Kailea ne lui avait encore donné aucun conseil, bien qu'elle eût conscience du problème qu'ils affrontaient.

Dominic ne s'attendait pas à ce que le vieux « Roody » se laisse faire et accepte docilement la chute de bénéfice causée par les nouveaux Longs-courriers. Non, il allait bien trouver un moyen de transformer un coup commercial en affront personnel. Mais Dominic ne savait pas quel tour prendraient ses représailles, ni quand il frapperait. Elrood avait toujours été imprévisible.

– Tu n'as qu'à toujours le précéder, lui dit Kailea. Tu es très fort pour ça.

Elle pensait à la façon astucieuse dont il avait enlevé la concubine de l'Empereur sous son nez... et à la rancune indéfectible d'Elrood. Il y avait eu dans sa remarque une infime trace de ressentiment. Elle aurait tellement préféré grandir sur la prestigieuse Kaitain que dans ce monde souterrain.

– Je ne peux pas le précéder aussi longtemps que j'ignore où il va.

Kailea rajusta sa robe de dentelle et se pencha pour examiner à nouveau les relevés de fret et les manifestes des vaisseaux. Elle espérait améliorer le réseau de distribution de la technologie d'Ix. Dominic ne s'attendait pas à ce qu'elle fasse mieux que ses experts, mais ça la distrayait. Son idée d'envoyer quelques makungs de combat autoprogrammables à des trafiquants du marché noir était un trait de génie.

Il s'arrêta un instant avec un sourire pensif et sa longue moustache suivit les plis de sa bouche. Sa fille était d'une beauté rare, elle était comme une œuvre d'art, elle aurait pu être une merveille ornementale dans la demeure de n'importe quel grand seigneur... mais elle était aussi intelligente. Certes, elle avait des facettes bien différentes et étranges : elle était fascinée par les jeux de la Cour, les modes, les styles, tout ce qui avait trait à Kaitain, mais elle s'acharnait dans le même temps à percer les arcanes de la Maison Vernius. Elle était encore jeune mais comprenait déjà que c'était dans le dédale caché des complexités commerciales qu'une femme pouvait trouver la clé du pouvoir dans l'Imperium – à moins de rejoindre le Bene Gesserit.

Dominic savait qu'elle ne comprenait pas pourquoi Shando avait décidé un jour de quitter la Cour Impériale pour le suivre sur Ix. Comment la maîtresse de l'homme le plus puissant de l'univers aurait-elle pu vouloir abandonner tant de splendeurs pour épouser un héros fatigué qui habitait une ville troglodyte ? Quelquefois, il se posait lui-même la question, mais son amour pour Shando transcendait tout et elle lui avait tant de fois répété qu'elle ne regrettait pas sa décision.

Kailea, si l'on exceptait sa beauté, était en contraste absolu avec sa mère. Il était impossible qu'elle se sente à l'aise dans ses tenues aussi élégantes qu'extravagantes, pourtant elle les portait tous les jours, comme si elle redoutait de manquer une seule occasion d'être admirée. Elle regrettait peut-être les chances qui lui avaient été refusées, et cherchait un homme qui pourrait lui ouvrir les portes du Palais Impérial. Le Comte avait remarqué qu'elle acceptait volontiers les attentions des jumeaux de l'Ambassadeur Pilru. En épousant l'un ou l'autre, elle aurait un lien avec l'ambassade de Kaitain. Mais C'tair et D'murr Pilru visaient l'un et l'autre un poste au sein de la Guilde, et s'ils réussissaient leur examen, dans une semaine ils quitteraient Ix. Dominic, cependant, était convaincu qu'il saurait trouver un meilleur parti pour son unique fille.

Peut-être Leto Atréides...

Le clignotement jaune du communicateur interrompit le cours de ses pensées. Un message important, la confirmation des rumeurs de troubles qui s'étaient répandues comme du poison dans une citerne.

– Oui ?

Kailea se précipita à son côté et elle lut en même temps que lui le rapport qui se matérialisait sur la surface de vif-argent du bureau. Avec un sourire paternel, Dominic appréciait son parfum discret et l'éclat des peignes dans ses cheveux brun cuivré. Elle était jeune mais c'était une *dame*. Et une femme d'affaires.

– Chérie, tu tiens vraiment à t'inquiéter de ça ? demanda-t-il.

Les nouvelles étaient sombres. Les rapports du monde du travail étaient tellement plus complexes que les innovations technologiques. Mais Kailea le regarda avec une note de reproche dans ses jolis yeux.

Il n'arrivait pas à comprendre vraiment ce que Leto Atréides avait vu et entendu dans les tréfonds de la cité. Un conflit couvait dans les usines, les suboïdes commençaient à se plaindre : une situation sans précédent.

Kailea réfléchissait intensément.

– Si les suboïdes ont de tels griefs, pourquoi ne choisissent-ils pas un porte-parole ? Pourquoi n'ont-ils pas formulé des revendications ?

– Oh, ils ne font que râler. Ils prétendent qu'on les force à assembler des machines qui seraient en violation avec le Jihad Butlérien, et ils ne veulent plus d'un « travail blasphématoire ».

Le message disparut et Kailea, les mains sur les hanches, demanda dans un froissement de jupons :

– Où sont-ils allés pêcher cette idée ridicule ? Comment pourraient-ils même commencer à comprendre les nuances et les subtilités de ce que nous faisons ? Ils ont été élevés et éduqués dans nos usines – qui a pu leur fourrer de pareilles idées dans la tête ?

Dominic réalisa que sa fille venait de poser une très bonne question.

– Tu as raison. Les suboïdes n'ont pas pu parvenir seuls à de telles extrapolations.

Mais Kailea était lancée.

– Ils n'ont donc pas conscience de tout ce que nous leur avons donné ? Et combien ça nous coûte ? J'ai étudié les bénéfices et les prix de revient. Les suboïdes sont mieux traités que les travailleurs de tous les autres mondes. Ils devraient aller faire un tour sur Giedi Prime – ou sur Arrakis. Comme ça, ils ne se plaindraient plus !

Dominic ne perdait pas le fil.

— Les suboïdes ont une intelligence limitée, suffisante pour leur travail... et ils ne sont pas censés se plaindre. Ça ne fait pas partie de leur schéma mental.

Comme sa fille, il plongea le regard vers le fond de la caverne où les suboïdes minuscules s'agitaient autour de la carcasse du Long-courrier.

— Nos bio-designers auraient-ils pu manquer un élément essentiel ? Les suboïdes peuvent-ils avoir une opinion ? La définition machine-esprit est large mais il pourrait exister des zones floues...

Kailea secoua la tête en tapotant sur son bloc de cristal.

— Nos Mentats et nos conseillers juridiques sont très méticuleux à propos des restrictions strictes du Jihad et nos méthodes de contrôle sont efficaces. Nous sommes sur un terrain ferme et nous pouvons prouver tout ce que nous affirmons.

— Il n'est pas possible que les suboïdes disposent de motifs d'accusation, puisqu'il n'y a pas eu de violation. Du moins, nous n'avons jamais *consciemment* transgressé les interdits.

Kailea jeta un bref regard à son père.

— Peut-être devrais-tu envoyer le Capitaine Zhaz avec une équipe d'inspecteurs dans nos usines et nos ateliers. Ils devront fouiller partout et prouver aux suboïdes que leurs plaintes sont sans fondement.

— Bien sûr, je ne veux pas me montrer trop dur avec les ouvriers. Pas de répression, et encore moins de révoltes. Il faut traiter les suboïdes aussi bien que nous l'avons toujours fait.

Il croisa le regard de Kailea et se dit encore une fois qu'elle était vraiment adulte.

— Oui, fit-elle d'une voix plus dure. Comme ça, ils travaillent mieux.

> *Pareil à la connaissance que l'on a de son être, le sietch constitue une base ferme à partir de laquelle on se déplace dans le monde et dans l'univers.*
>
> Enseignement Fremen

Pardot Kynes était à tel point fasciné par les Fremen, leur société, leur religion et leur vie quotidienne qu'il n'avait absolument pas conscience des discussions qui faisaient rage dans le sietch, autour de lui. Heinar lui avait dit qu'il pouvait s'adresser à son peuple et expliquer ses idées – il profitait donc de la moindre occasion de leur parler.

Un cycle de lunes s'écoula : les Fremen chuchotaient dans les grottes et les alcôves de pierre, ou bien s'invectivaient lors des réunions avec les anciens. Certains s'étaient ouverts aux propositions de ce hors-monde bizarre.

Pour l'heure, on n'avait pas décidé de son destin, ce qui ne l'avait en rien ralenti. Des guides lui faisaient visiter le sietch, lui montraient toutes les choses qui pouvaient l'intéresser, mais Kynes s'arrêtait aussi fréquemment pour interroger les femmes qui travaillaient dans les ateliers de distilles, les vieux qui avaient la responsabilité de l'eau et les grands-mères momifiées qui veillaient sur les fours solaires ou limaient le métal grossier.

Cette activité frénétique l'étonnait : ici, on faisait fermenter l'épice, là on foulait le moût de l'épice pour en extraire du carburant. Dans les tissanderies, on fabriquait des étoffes avec des cheveux, de la fourrure de rat mutant à long poil, des touffes de coton des sables et même des lanières de peau d'animaux sauvages. Et dans les écoles, bien sûr, on enseignait aux jeunes Fremen la survie dans le désert et les techniques de combat.

Kynes venait de se réveiller, parfaitement reposé après une nuit sur une natte posée à même le sol nu. Durant la plus grande partie de sa vie, il avait dormi à la belle étoile. Il était capable d'être à l'aise dans toutes les conditions. Il déjeuna de quelques gâteaux et fruits secs. Un chaume blond comme le sable couvrait maintenant son menton et ses joues.

Une jeune femme du nom de Frieth lui servit du café d'épice dans un pot ornementé. Pendant le rituel, comme chaque matin, elle garda ses yeux bleus baissés. Il n'avait guère prêté attention à ses gestes prévenants et calmes avant qu'on lui murmure à l'oreille : « C'est la sœur de Stilgar dont tu as sauvé la vie face aux chiens Harkonnens. Elle n'est pas mariée. »

Frieth avait un joli visage, à la peau hâlée et lisse. Si elle avait enlevé ses anneaux d'eau, songea Kynes, ses longs cheveux lui seraient tombés jusqu'aux hanches. Elle était discrète, mais semblait tout savoir, comme tous les Fremen. Elle allait au-devant de ses moindres désirs et il se dit qu'il aurait dû remarquer sa joliesse bien avant, mais tant d'autres choses le captivaient dans cette nouvelle vie.

Après avoir dégusté son café parfumé de cardamome jusqu'à la dernière goutte, il jeta quelques notes sur son bloc électronique. Un bruit léger lui fit dresser la tête et il découvrit la silhouette noueuse du jeune Turok sur le seuil.

— Je suis prêt à te conduire où tu le veux, Planétologiste, pour autant que tu ne quittes pas le sietch.

Kynes acquiesça en souriant : peu lui importait d'être captif ici. Il ne souffrait pas de cette contrainte et il avait tacitement accepté de ne pas quitter le sietch avant que les Fremen ne l'aient admis dans leur communauté et lui fassent confiance. Quand ce serait fait, ils n'auraient plus de secrets. D'un autre côté, s'ils décidaient finalement de l'exécuter, ils n'avaient pas à cacher leurs secrets à un mort en sursis.

Kynes avait déjà visité les tunnels, les entrepôts, les citernes gardées nuit et jour, et même les *Huani*, les distillateurs des morts. Fasciné, il avait vu ces rudes hommes du désert, dont certains avaient plusieurs épouses, prier Shai-Hulud. Dans son esprit, le schéma mental des liens familiaux, culturels et sociaux du sietch commençait à s'esquisser. Mais il savait qu'il lui faudrait des années pour comprendre les subtilités de leurs rapports, toutes les obligations léguées par les générations précédentes.

— J'aimerais grimper jusqu'au sommet de la falaise, dit-il en se souvenant des devoirs d'un Planétologiste Impérial. Si nous parvenons à récupérer quelques pièces de mon véhicule — je suppose que vous l'avez mis en sûreté ? – je voudrais construire une station météo. Il est essentiel de collecter des données climatiques – variations de température, humidité atmosphérique, régime des vents – et je vais avoir besoin d'un grand nombre de points isolés.

Turok le fixait, surpris et incrédule. Il haussa enfin les épaules.

– Comme tu voudras, Planétologiste.

Turok connaissait bien le caractère conservateur des anciens du sietch, et il était pessimiste quant à l'avenir de cet homme plus enthousiaste que brillant. C'était tellement futile de poursuivre sa tâche avec une pareille énergie. Mais, au moins, ses derniers jours auraient été heureux...

– Viens. Mets ton distille.

– Oh, mais nous ne sortirons que quelques minutes.

Le regard de Turok se fit plus sévère, plus adulte.

– Un seul souffle est un gaspillage d'eau. Nous ne sommes pas assez riches pour nous le permettre.

Kynes enfila docilement son distille froissé et referma maladroitement mais soigneusement toutes les brides d'étanchéité. Turok vint à son aide en soupirant et lui expliqua comment mieux l'ajuster.

– C'est un bon distille, remarqua-t-il. Il est de fabrication Fremen. Là, au moins, tu as fait le bon choix.

Kynes le suivit jusqu'à l'entrepôt où l'on avait rangé son monoplace. Les Fremen l'avaient dépouillé de ses accessoires et le matériel de Kynes était réparti dans des boîtes. Tout avait été inspecté et catalogué. À l'évidence, les habitants du sietch avaient cherché à trouver un usage pour chaque pièce.

Ils envisagent encore de me tuer. Ils n'ont donc rien compris de ce que je leur ai dit ? Bizarrement, cette perspective ne le déprimait pas plus qu'elle ne l'effrayait. C'était comme un défi. Il devait absolument se faire comprendre.

Il récupéra ses instruments de mesure dans le fouillis et les prit sous son bras sans commentaire. Il savait que les Fremen avaient une mentalité communautaire : tout ce qui appartenait à un individu appartenait à tous les autres. Lui qui avait passé seul la plus grande partie de sa vie en ne dépendant que de lui-même et de ses capacités avait du mal à assimiler cet état d'esprit.

Turok ne se proposa pas pour porter le matériel, mais le précéda sur les marches abruptes taillées dans la roche. Kynes ne tarda pas à haleter sans se plaindre. Ils passaient des barrières, des portes scellées, des chicanes d'humidité. Turok regardait fréquemment par-dessus son épaule pour s'assurer qu'il le suivait bien avant de repartir en pressant le pas.

Ils émergèrent enfin d'une faille au sommet des pics encombrés de moellons. Le jeune Fremen resta dans l'ombre pour préserver un peu de fraîcheur tandis que Kynes s'avançait en plein soleil. Tout autour de lui, il vit que la pierre portait les traces de cuivre de lichens décolorés. *Un bon signe*, se dit-il. Les premières empreintes de systèmes biologiques.

Il promena son regard sur le Grand Bassin, les dunes ocre et gris de sable décomposé, et les franges jaunes de sable oxydé plus ancien.

Les vers géants tout autant que le plancton qui proliférait dans les couches les plus riches témoignaient que Dune possédait déjà la base d'un écosystème complexe. Il était certain qu'il suffirait de quelques coups de pouce précis dans la bonne direction pour que ce monde encore endormi s'épanouisse.

Les Fremen pouvaient y arriver.

Turok fit un pas vers lui et demanda :

– Homme de l'Empire, que peux-tu voir quand tu regardes ainsi le désert ?

Kynes ne se retourna pas.

– Je vois des possibilités illimitées.

Dans une salle étanche, au plus profond du sietch, le vieux Heinar présidait le Conseil des Aînés, assis au bout de la table de pierre, son œil unique brillant et attentif. Les autres s'invectivaient, mais lui, le Naib, attendait.

– Nous savons à qui va la loyauté de cet homme, dit le vieux Jerath. Il travaille pour l'Imperium. Vous avez vu son dossier. Il est l'hôte des Harkonnens sur Dune.

Jerath avait un anneau d'argent à l'oreille gauche, souvenir d'un contrebandier qu'il avait tué en duel.

– Ça ne veut rien dire, rétorqua Aliid. Nous, les Fremen, est-ce que nous ne portons pas les vêtements des autres, les masques des autres comme s'ils nous appartenaient ? C'est un moyen de survie qu'exigent les circonstances. Toi plus que tout autre, tu devrais savoir qu'on ne juge pas quelqu'un uniquement sur les apparences.

Garnah, un ancien aux longs cheveux, à l'air fatigué, posa son menton entre ses mains jointes.

— Je suis très courroucé à l'égard de ces trois jeunes idiots pour la façon dont ils se sont comportés après que le Planétologiste les eut aidés à décimer la racaille Harkonnen. N'importe quel adulte de bon sens l'aurait envoyé rejoindre les six autres vermines sur le sable... Avec quelque regret, bien sûr, mais il aurait dû en être ainsi. Ils n'ont pas d'expérience et ont été mal éduqués. Jamais on n'aurait dû leur permettre d'aller seuls dans le désert.

Heinar se redressa.

— Tu ne peux critiquer leur jugement, Garnah. Ils avaient une obligation morale : Pardot Kynes leur avait sauvé la vie. Même ces jeunes écervelés ont compris qu'ils devraient porter le fardeau de l'eau.

— Mais que fais-tu de leurs obligations vis-à-vis du sietch et de notre peuple ? Une dette envers un simple serviteur de l'Empereur serait-elle plus importante que la loyauté qu'ils nous doivent ?

— Nous ne sommes pas là pour discuter de ces garçons, l'interrompit Aliid. Ommun, Turok et Stilgar ont fait ce qu'ils pensaient être bien. Il nous faut décider du sort de ce Planétologiste.

— C'est un fou, fit Jerath. Vous l'avez entendu ? Il veut des arbres, de l'eau libre, une irrigation, des cultures... Il envisage de créer une planète verdoyante à partir du désert. Oui, il est fou, je vous le dis.

Il effleura l'anneau d'argent à son oreille.

Aliid avait pris un air sceptique.

— Après les milliers d'années d'errance que notre peuple a vécues et qui nous ont amenés ici et ont fait de nous ce que nous sommes, comment peux-tu mépriser le rêve paradisiaque d'un homme ?

Jerath se renfrogna mais ne riposta pas.

— Kynes est peut-être fou, intervint Garnah, mais juste assez pour être saint. Assez pour entendre les paroles de Dieu alors que nous ne le pouvons pas.

— Ça, c'est une question dont nous ne pouvons débattre entre nous, trancha Heinar sur le ton impérieux du Naib afin qu'ils reviennent tous au sujet du jour. Nous n'avons pas à discuter de la parole de Dieu mais de la survie de notre sietch. Pardot

Kynes nous a vus vivre, il a vécu dans notre refuge caché. Selon les instructions impériales, il doit envoyer des rapports à Kaitain dès qu'il découvre une cité. Considérez le risque que nous courons.

— Mais tout son discours à propos du paradis sur Dune ? risqua Aliid, essayant toujours de défendre l'étranger. De l'eau en surface, de l'herbe pour maintenir les dunes, des palmeraies avec de grands dattiers, des qanats coulant dans le bled.

— Délire de fou, rien de plus ! grommela Jerath. Cet homme en sait trop – sur nous, sur les Fremen, sur Dune. On ne peut lui permettre de détenir pareils secrets.

Aliid insista.

— Mais il a tué des Harkonnens. Est-ce que notre sietch n'a pas une dette d'eau envers lui ? Il a sauvé trois membres de notre tribu.

— Depuis quand devrions-nous quoi que ce soit à l'Empire ?

— N'importe qui peut tuer des Harkonnens, ajouta Garnah avec un haussement d'épaules. Je l'ai fait.

Heinar se pencha vers les conseillers.

— D'accord, Aliid – qu'as-tu à dire de cette histoire d'épanouissement d'Arrakis ? Où est l'eau nécessaire ? Est-il possible que ce Planétologiste puisse accomplir ce qu'il dit ?

— Mais tu ne l'as pas entendu ? ricana Garnah. Il dit que l'eau est ici, qu'il y en a bien plus que nos réserves misérables.

Jerath grinça.

— Ah oui ? Cet homme est sur notre monde depuis un ou deux mois standard et il sait déjà où trouver le trésor qu'aucun Fremen n'a découvert depuis des générations ? Il connaît peut-être une oasis à l'équateur, qui sait ?...

— Il a sauvé trois des nôtres, s'entêta Aliid.

— Trois idiots qui se sont jetés dans la gueule des Harkonnens, grommela Garnah. Je ne me sens aucune obligation envers lui pour les avoir sauvés. Et songez-y : il a vu leurs *krys*. Vous connaissez notre loi : qui voit le couteau doit être purifié ou sacrifié...

— Il en est ainsi que tu le dis.

— Kynes est bien connu pour voyager seul dans des régions inhospitalières, fit Heinar. S'il disparaît, il disparaît. Les Harkonnens ou les fonctionnaires impériaux ne sont pas assez malins pour y regarder de plus près.

— Oui, ce sera sans doute interprété comme un accident, fit Garnah. Notre monde n'est pas accueillant.

Jerath sourit.

— Si ce que l'on dit est vrai, les Harkonnens seront ravis d'être débarrassés de ce gêneur. Nous ne courrons aucun risque.

Le silence régna un moment dans l'air poussiéreux, puis Heinar se leva.

— Ce qui doit être doit être. Nous le savons tous. Il n'existe pas d'autre réponse, nous ne pouvons dévier. Il nous faut avant tout protéger le sietch, à tout prix, quel que soit le fardeau qui doit peser en nos cœurs. (Il croisa les bras.) C'est décidé. Kynes doit mourir.

> *Deux cent trente-huit planètes ont été reconnues, pour la plupart difficilement habitables. (Voir cartes stellaires dans dossier séparé.) Les reconnaissances dénombrent leurs ressources en matériaux bruts. De nombreuses planètes méritent une deuxième visite, que ce soit en vue d'une exploitation minière ou d'une possible colonisation. Mais, comme dans les précédents rapports, aucune trace de présence de l'épice n'a été mentionnée.*
>
> Éclaireur de reconnaissance indépendant,
> troisième expédition, rapport adressé à l'Empereur
> Raphael Corrino

Hasimir Fenring avait soudoyé les vieux gardes et serviteurs d'Elrood afin d'organiser ce qu'il appelait « une rencontre surprise secrète avec un représentant important autant qu'inattendu ». L'homme au visage de fouine s'était servi de sa langue de velours et de sa volonté de fer pour que l'Empereur lui accorde cette entrevue. Après trente années dans l'enceinte du Palais, et vu son amitié avec le Prince Héritier, Fenring était un personnage influent et il arrivait toujours à convaincre en usant de méthodes diverses.

Le Vieil Elrood ne soupçonnait rien.

Fenring s'était arrangé pour que Shaddam et lui soient présents dans la chambre d'audience à l'heure où le délégué du Bene Tleilax devait se présenter. Ils étaient après tout deux étudiants bureaucrates studieux destinés à des responsabilités impériales, et Elrood, qui se plaisait à encourager ses protégés, ne pouvait se douter qu'ils riaient dans son dos.

Fenring se pencha vers Shaddam et chuchota :

– Ça va être très divertissant, nooon ?

– Regarde et apprends, fit le Prince d'un air hautain.

Les portes géantes, étincelantes de gemmes soo et de cristaux de pluie, embossées de métal ghlavan, s'ouvrirent sur les Sardaukar en uniforme gris et noir roidis dans un garde-à-vous impeccable.

– Le spectacle commence, souffla Fenring.

Des pages du Palais entrèrent, précédant le visiteur dans une ondulation d'harmoniques électroniques pompeuses.

211

– Seigneur Empereur, Altesse des Millions de Mondes, voici le Maître Hidar Fen Ajidica, plénipotentiaire du Bene Tleilax, se présentant à votre requête pour un entretien privé.

Un gnome grisâtre s'avança dans le hall, flanqué de gardes blêmes, suivi d'un cortège de domestiques. Ses babouches bruissaient sur les dalles de pierre lisse, éveillant des échos chuchotés.

Un murmure de dégoût et de surprise courut dans l'assistance. Le Chambellan Hesban, la moustache indignée, se dressa en foudroyant du regard les conseillers de l'Empereur comme s'il les soupçonnait de quelque stratagème.

Elrood IX se pencha et demanda à consulter son calendrier.

Ainsi pris à l'improviste, le vieux vaurien sera sans doute suffisamment surpris pour écouter, se dit Fenring. Avec une simultanéité troublante, le regard d'aigle du Chambellan le transperça, mais Fenring lui renvoya une mimique de curiosité.

Ajidica le Tleilaxu attendait patiemment dans les murmures et les chuchotements. Il avait un visage long, un long nez et une barbe longue pointue au bout de son menton osseux. Ses toges marron lui conféraient une allure plus ou moins altière et sa peau semblait usée, blême, parsemée de cloques décolorées, plus particulièrement sur ses mains, comme si la manipulation fréquente de substances chimiques altérait sa mélanine. Malgré sa petite taille, le Maître tleilaxu s'avançait comme s'il était un hôte légitime ici, dans la salle du trône de Kaitain.

Shaddam l'observait à la dérobée, le nez plissé, comme s'il redoutait une odeur nauséabonde.

Mais bien sûr, se dit Fenring, *c'est exactement ce à quoi s'attend notre Prince Héritier après toutes ces histoires dégoûtantes qu'il a entendues sur les pratiques du Bene Tleilax.*

– Que le seul vrai Dieu fasse pleuvoir sur vous la lumière de toutes les étoiles de l'Imperium, Mon Seigneur Empereur, psalmodia Fen Ajidica en citant la *Bible Catholique Orange*, et en s'inclinant, les mains jointes. Il s'immobilisa devant le trône de quartz massif de Hagal.

Elrood se redressa avec une expression sévère. Les Tleilaxu avaient la réputation de prélever les cellules des morts pour leurs recherches, mais il fallait reconnaître qu'ils étaient des généticiens brillants. L'une de leurs premières créations avait été une nouvelle espèce de viande de consommation, le lochon, un croisement de limace géante et de porc de l'ancienne Terre, « la viande la plus succulente de ce côté du Paradis ». Mais la population continuait à considérer le lochon comme un produit des cuves génétiques : les lochons étaient particulièrement ignobles à voir avec leurs groins multiples qui fouillaient constamment les amas de détritus dont ils se nourrissaient, et ils excrétaient une bave puante. C'est dans ce contexte que la plupart considéraient le Bene Tleilax, même si les médaillons de lochon en civet au vin de Caladan étaient très appréciés.

— Qu'est-ce que... qu'est-ce que *ça* fait ici ? Qui a laissé entrer cette personne ? (Le Vieil Empereur balaya la salle d'un regard furibond.) Jamais un Maître tleilaxu ne s'est présenté en audience privée à la Cour. Comment puis-je savoir s'il n'est pas un Danseur-Visage ? (Elrood interrogea du regard son Secrétaire personnel, puis son Chambellan.) Étant donné qu'il ne figure pas dans mon agenda, comment savoir si *vous-même* n'êtes pas un Danseur-Visage ? C'est une offense !

Le Secrétaire recula, effrayé. Ajidica leva les yeux vers l'Empereur, refusant de se laisser aller à la colère devant cet affront.

— Mon Seigneur Elrood, nous pouvons vous prouver par des tests qu'aucun de nos change-forme n'a accaparé l'identité d'un membre quelconque de cette Cour. Et, je vous l'assure, je ne suis pas un Danseur-Visage. Pas plus qu'un assassin ou un Mentat.

— Pourquoi êtes-vous ici ?

— Ma présence a été requise au titre de représentant de l'élite scientifique du Bene Tleilax. J'ai échafaudé un plan ambitieux qui pourrait être d'un grand bénéfice pour la famille impériale autant que pour mon peuple.

— Je ne suis pas intéressé, répliqua Elrood.

Il jeta un regard à ses Sardaukar, prêt à leur faire signe d'évacuer cet importun par la force. Les dignitaires de la Cour étaient attentifs, amusés.

Hasimir Fenring s'avança alors d'un pas vif, sachant qu'il n'avait qu'un bref instant pour intervenir.

— Empereur Elrood, puis-je parler ? (Il n'attendit pas d'y être autorisé, mais s'efforça de paraître innocent et intéressé.) L'audace de la visite de ce Tleilaxu m'intrigue. Je me demande ce qu'il peut avoir à nous dire.

Il épia le visage neutre de Hidar Fen Ajidica. Le Maître paraissait imperméable aux affronts et rien dans son attitude ne trahissait les contacts qu'il avait eus avec Fenring. L'idée de fabriquer une épice synthétique était de Fenring, mais elle avait été aussitôt approuvée par les chercheurs tleilaxu.

Le Prince Shaddam leva vers son père un regard franc, avec une expression d'espoir.

— Père, vous m'avez enseigné à apprendre autant que je le puis de l'exemple que vous pouvez me donner. Ce serait très enrichissant pour moi de voir comment vous traitez cette situation, d'une main ferme et avec l'esprit ouvert.

Elrood leva un doigt chargé de bagues et agité de tremblements légers autant qu'irrépressibles.

— Très bien, nous allons entendre brièvement ce que ce Tleilaxu veut nous dire. *Brièvement*, au risque d'un châtiment sévère si nous considérons qu'il nous a fait gaspiller notre temps précieux. Écoute, et apprends. (Le regard d'Elrood s'attarda encore sur son fils, puis il avala une gorgée de bière d'épice). Ça ne prendra guère de temps.

Comme c'est vrai, Père. Je n'ai que peu de temps moi-même, pensa Shaddam avec un sourire innocent.

— Je ne peux parler qu'en privé, Mon Seigneur Empereur, déclara Ajidica, et dans la plus absolue discrétion.

— C'est à moi d'en décider. Exposez votre plan.

Le Tleilaxu enveloppa ses mains dans les vastes manches de sa toge.

— Les rumeurs se répandent comme les épidémies, Sire. Quand elles sont lancées, elles vont d'une personne à l'autre, souvent avec des effets mortels. Mieux vaut prendre de simples précautions initiales que d'être contraint à des mesures d'éradication plus tard.

Le Maître tleilaxu se tut, rigide, attendant que la chambre d'audience soit évacuée.

D'un geste impatient, l'Empereur congédia tous les fonctionnaires, pages, ambassadeurs, bouffons et gardes. Les Sardaukar prirent position sur le seuil des portes afin de protéger le trône. Des écrans isolants se déployèrent en bourdonnant.

Seuls Shaddam et Fenring demeurèrent à proximité du trône. L'Empereur esquissa un geste pour leur indiquer qu'ils pouvaient assister à l'entretien en tant qu'étudiants.

L'un et l'autre attendaient, attentifs, en parfaits élèves de trente ans.

Le Tleilaxu ne fit pas d'objection.

Il n'avait pas quitté Elrood des yeux. L'Empereur daigna revenir à lui avec une feinte expression d'ennui. Et Hidar Fen Ajidica se décida enfin à parler.

– Le Bene Tleilax poursuit des expériences dans tous les domaines de la génétique, de la chimie organique et des mutations. Dans nos manufactures, nous avons récemment développé des techniques hautement déviantes pour synthétiser, disons des susbstances *insolites*. Nos premiers résultats indiquent que nous pourrions obtenir un produit de synthèse qui, par l'importance de ses propriétés chimiques, serait similaire au Mélange.

– L'épice ? (Le Tleilaxu savait qu'il venait de capter l'attention d'Elrood. Et Shaddam remarqua à cet instant un tic léger sur la joue droite de son père, immédiatement sous l'œil.) Recréer l'épice en laboratoire ? Impossible !

– Non, Mon Seigneur, ce n'est pas impossible. Si nous disposons du temps et des conditions nécessaires, cette épice artificielle pourrait devenir exploitable, inépuisable, produite en masse à faible coût – et elle serait réservée exclusivement à la Maison de Corrino, si vous le souhaitez.

Penché vers le gnome tleilaxu, Elrood était comme un charognard momifié.

– Jamais encore cela n'a été possible.

– Nos analyses révèlent que l'épice est une substance organique. Si nous procédons avec minutie dans les expérimentations et le développement, nous pensons être en mesure de modifier nos cuves axolotl pour produire le Mélange.

– Ainsi que vous le faites pour vos gholas en partant des cellules des morts ? Et vos clones ?

L'Empereur affichait une expression de profond dégoût.

Intrigué et surpris, Shaddam se tourna vers Fenring. *Des cuves axolotl ?*

Mais Ajidica ne quittait pas Elrood du regard.

– Oui... en effet, Mon Seigneur.

– Pourquoi venir me voir ? J'aurais eu tendance à croire que les diaboliques Tleilaxu allaient créer un substitut de l'épice pour leur seul bénéfice et que l'Imperium tomberait ainsi à leur merci.

– Le Bene Tleilax n'est pas puissant, Sire. Si nous découvrons comment produire notre propre Mélange et gardons le secret, nous savons bien que nous nous attirerons le courroux de l'Imperium. Vous-même enverrez vos Sardaukar, vous nous arracherez notre secret et nous détruirez. La Guilde Spatiale et les Honnêtes Ober Marchands ne seront que trop heureux de vous aider – de même que les Harkonnens, qui voudront défendre leur monopole à tout prix.

Ajidica affichait maintenant un mince sourire sans joie.

– Il est plaisant de constater que vous admettez votre position de subordonnés. Même la plus riche des Grandes Maisons n'a jamais réussi à rassembler une force militaire capable de s'opposer à mes Sardaukar.

– C'est donc pour cette raison que nous avons décidé de nous mettre en grâce auprès de la Maison Impériale, qui représente le pouvoir absolu de cette galaxie. Ainsi, nous pourrons récolter des bénéfices appréciables pour nos nouvelles recherches.

Elrood effleura ses lèvres parcheminées d'un long doigt osseux. Ces Tleilaxu étaient habiles, et s'ils pouvaient fabriquer cette substance exclusivement pour la Maison de Corrino, *et à prix coûtant*, l'Empereur disposerait alors d'un atout absolu pour négocier.

La différence économique pourrait être énorme. La Maison Harkonnen serait acculée, ruinée. Le monde désertique d'Arrakis n'aurait plus qu'une valeur ridicule, car le coût de l'extraction de l'épice était presque prohibitif.

Si ce gnome était capable de réaliser ce qu'il annonçait, le Landsraad, la CHOM, la Guilde, les Mentats et le Bene Gesserit seraient contraints de s'attacher les faveurs de l'Empereur pour ne pas se couper de la source de Mélange. La plupart des héritiers des familles nobles étaient déjà intoxiqués et Elrood en personne deviendrait leur fournisseur. L'excitation montait en lui.

Ajidica interrompit le cours de son enthousiasme.

– Sire, laissez-moi insister sur le fait que ce ne sera pas une tâche aisée. La structure chimique précise du Mélange est extraordinairement difficile à analyser et nous devons séparer les composants nécessaires de ceux qui ne jouent aucun rôle dans les effets du Mélange. Pour cela, les Tleilaxu vont avoir besoin de ressources gigantesques, de liberté et de temps afin d'explorer toutes les voies envisageables.

Fenring intervint en se rapprochant un peu plus.

– Mon Seigneur, je comprends maintenant que le Maître Ajidica s'est montré avisé en demandant une audience privée. Cette entreprise doit demeurer secrète si la Maison de Corrino a l'exclusivité de cette nouvelle source. Certaines... certains lobbies de l'Imperium feraient n'importe quoi pour vous empêcher de créer une structure de production indépendante et économique, nooon ?

Fenring devinait que le Vieil Empereur comprenait les prodigieux avantages économiques et politiques qu'Ajidica pouvait lui apporter – même s'il devait lutter comme chacun contre son aversion. Il venait d'amener Elrood à ses vues. *Oui, il avait su manipuler la vieille chose.*

Elrood mesurait le nombre des pouvoirs en jeu. Les Harkonnens étaient aussi ambitieux qu'imprévisibles et il aurait préféré que le fief d'Arrakis échût à une autre Grande Maison, mais le Baron resterait au pouvoir durant des dizaines d'années encore. Pour des raisons politiques, l'Empereur avait été obligé de céder ce quasi-fief aux Harkonnens après avoir banni les Richèse, mais il savait qu'ils s'étaient incrustés. Beaucoup trop. Même après la déposition d'Abulurd, qui avait été nommé gouverneur à la requête de son père Dmitri, il avait obtenu le contraire du résultat souhaité. Et le Baron, en fait, avait réussi à manœuvrer pour se hisser définitivement au pouvoir.

Mais que ferons-nous d'Arrakis après ? se demanda Elrood. *Je veux contrôler ce monde. Sans le monopole de l'épice, il ne vaudra plus guère. Au juste prix, il pourrait se révéler utile pour autre chose... Ça ferait un formidable terrain de manœuvre militaire, très dur.*

— Vous avez été avisé de porter vos idées à notre attention, Hidar Fen Ajidica. (Elrood croisa les mains dans un cliquetis d'anneaux d'or sans se préoccuper de s'excuser de sa grossièreté de l'instant d'avant.) Vous voudrez bien nous fournir un résumé détaillé de vos besoins.

— Oui, Mon Seigneur, fit Ajidica en s'inclinant. Avant tout, les miens auront besoin d'équipement et de ressources... D'un lieu où poursuivre les recherches. Je serai moi-même responsable de ce programme, mais le Bene Tleilax requiert un site technologique approprié et des installations industrielles. Elles devraient être déjà fonctionnelles et bien défendues.

Elrood réfléchit. Parmi tous les mondes de l'Imperium, il pouvait certainement en trouver un doté d'une haute technologie avec des installations industrielles...

Les pièces du puzzle se mirent tout à coup en place, et il sut : il tenait un moyen d'oblitérer sa vieille rivale, la Maison Vernius

– de se venger de l'insolence du Comte Dominic qui lui avait soustrait Shando et avait lancé le nouveau modèle des Longs-courriers qui risquait d'amputer les marges de bénéfice de l'Empire. *Oh, oui, ce serait splendide !*

Assis sur les marches de cristal du piédestal, Hasimir Fenring ne comprit pas le sourire satisfait de l'Empereur. Le silence persista un long moment. Fenring se demanda s'il devait voir là les effets lents mais ravageurs du chaumurky. Le vieil homme allait devenir de plus en plus irrationnel et paranoïde. Ensuite, il mourrait. *De façon horrible, j'espère.*

Mais auparavant, les rouages auraient été lancés.

– Oui, Hidar Fen Ajidica, nous avons l'endroit qui vous conviendra, je crois, dit enfin Elrood. L'endroit parfait.

Dominic ne doit rien savoir avant qu'il soit trop tard, se dit l'Empereur. *Après, il devra comprendre d'où cela vient. Juste avant de mourir.*

Comme toujours dans l'Imperium, le processus devrait être précis.

> *La Guilde Spatiale a travaillé des siècles durant afin d'entourer l'élite de nos Navigateurs d'une aura mystique. On les révère, du simple Pilote au Timonier le plus talentueux. Ils vivent dans des caissons saturés de gaz d'épice, ils trouvent les chemins de l'espace et du temps, guident les vaisseaux jusqu'aux confins de l'Imperium. Mais on ignore le prix qu'il faut payer pour devenir un Navigateur. C'est un secret que nous gardons, car s'ils savaient la vérité, les humains auraient pitié de nous.*
>
> *Manuel de Formation de la Guilde Spatiale destiné aux Timoniers* (confidentiel)

L'immeuble austère de l'Ambassade de la Guilde était en contraste absolu avec la splendeur des stalactites de la capitale d'Ix. Il était dépouillé, utilitaire, morne et gris dans les cascades étincelantes des tours de la cité-caverne. La Guilde avait d'autres préoccupations que le décorum et le stylisme.

Aujourd'hui, C'tair et D'murr Pilru allaient passer les épreuves dans l'espoir de devenir Navigateurs. C'tair ne savait pas s'il devait être excité ou terrifié.

Un instant, tandis qu'ils s'avançaient sur la passerelle de cristal du Grand Palais, il avait bien failli faire demi-tour devant la laideur de l'immeuble. Il était difficile d'imaginer la richesse de la Guilde sans se sentir mal à l'aise face à cette médiocrité architecturale.

Son frère avait peut-être pensé la même chose pour aboutir à une conclusion différente, car il regarda C'tair et déclara :

— Alors que toutes les merveilles de l'espace s'ouvrent au Navigateur, qu'a-t-il donc à faire d'une décoration superflue ? Comment une construction humaine pourrait-elle rivaliser avec ce qu'il peut voir en un seul voyage à travers l'espace plissé ? Tout l'univers, mon frère !

C'tair acquiesça.

— D'accord, nous nous servirons de critères différents à partir de maintenant. « Pensez hors de la boîte »... C'est ce que nous répétait constamment le vieux Davee Rogo. Les choses vont tellement... changer.

S'il était admis, songea-t-il, il devrait aller jusqu'au bout du défi. Même s'il n'avait vraiment pas envie de quitter la merveilleuse caverne de Vernii. Leur mère, S'tina, était une banquière de haut rang dans la Guilde et son père un ambassadeur respecté – avec l'aide du Comte Vernius, ils étaient parvenus à donner cette chance suprême aux jumeaux. S'il réussissait, se disait C'tair, Ix serait fière d'eux. Son frère et lui auraient peut-être droit à une statue, ou bien une grotte à leur nom.

Ils avaient souvent accompagné leur mère dans les locaux de la Guilde mais, cette fois, c'était pour l'ultime examen.

L'avenir de C'tair serait scellé dans les heures qui allaient suivre. Les banquiers, les commerçants, les commissaires de la Guilde étaient des bureaucrates humains. Mais les *Navigateurs* étaient bien plus encore.

Même s'il s'accrochait à une certaine confiance, C'tair doutait qu'il parvienne à passer l'épreuve de torsion psychique. Comment pouvait-il avoir le front d'appartenir à l'élite de la Guilde ? Leurs parents, même s'ils étaient de haut rang, ne leur avaient donné que *l'occasion* d'être pris en considération, sans garantie.

« Si vous vous en sortez bien, vous deviendrez des représentants importants de la Guilde Spatiale », leur avait promis leur mère avec un sourire fier mais froid.

C'tair en avait eu la gorge nouée alors que D'murr s'était senti soudain grandi.

Kailea leur avait souhaité bonne chance. C'tair la soupçonnait de les mener par le bout du nez, mais ils adoraient flirter avec elle. Et même, lorsqu'elle faisait référence en passant à Leto, l'héritier des Atréides, ils faisaient semblant d'être jaloux. Elle se plaisait à les dresser l'un contre l'autre et ils l'acceptaient de bon gré, tout en doutant que cela les mène quelque part : leurs familles n'accepteraient jamais pareille union.

Si C'tair entrait dans la Guilde, ses devoirs le conduiraient bien loin d'Ix et de la cité qu'il aimait tant.

Ils se présentèrent dans la salle de réception avec une demi-heure d'avance. D'murr semblait prêt et plus décidé encore qu'à l'accoutumée. C'tair essayait de l'imiter, d'échapper pour une fois à ses doutes, à ses espoirs.

Et il répétait comme un mantra les mots qu'ils s'étaient récités le matin même : *Je veux être un Navigateur. Je veux entrer dans la Guilde. Je veux quitter Ix pour voler vers les étoiles, fondre mon esprit dans l'univers.*

À dix-sept ans, ils se sentaient encore bien jeunes pour affronter les impitoyables rites de sélection qui détermineraient toute leur existence, quoi qu'ils puissent décider plus tard. Mais il fallait à la Guilde des esprits malléables et résistants à la fois dans des corps suffisamment matures. Les Navigateurs formés dans leur jeune âge se révélaient souvent les meilleures recrues, certains devenaient parfois des Timoniers. Mais ceux qui se présentaient *trop tôt* pouvaient évoluer vers des formes épouvantables qui les destinaient uniquement à de basses tâches. Au pis, ils étaient euthanasiés.

– Tu es prêt, frère ? demanda D'murr, et C'tair absorba un peu de son enthousiasme.

– Absolument. Demain, nous serons Navigateurs, toi et moi.

Ils franchirent ensemble le portail qui accédait au labyrinthe de l'Ambassade. Sans escorte, sans ami ou proche pour les accompagner jusqu'au bout, ils éprouvaient un sentiment de solitude. Leur père était parti pour une réunion du sous-comité du Landsraad sur Kaitain, et la Guilde s'était strictement opposée à ce que S'tina, leur mère, les accompagne. L'épreuve de sélection d'un Navigateur était une affaire privée, confidentielle. À partir de cet instant, les jumeaux étaient livrés à eux-mêmes et leur destin dépendait de leurs dons.

Lorsqu'ils avaient quitté leur mère, C'tair avait surpris son expression de désespoir et d'horreur. Avait-elle pu leur cacher durant tous ces jours qu'elle ne *voulait pas qu'ils réussissent* ?

Tant de légendes entouraient les Navigateurs et la Guilde excellait à entretenir les mystères et les superstitions sur les abominables déformations physiques, le ravage causé par l'épice. Nul n'avait jamais contemplé un Navigateur face à face, alors comment certains pouvaient-ils prétendre qu'au-delà de la formidable mutation de l'esprit, l'apparence physique était atteinte et le corps irréversiblement transformé ?

Les deux frères s'étaient moqués de ces spéculations extravagantes.

Mais sont-elles aussi extravagantes que cela ? Que redoute notre mère ?

– C'tair, concentre-toi, souffla D'murr. Tu me parais inquiet.

– Inquiet ? Bien sûr. Je me demande pourquoi ! Nous sommes sur le point de passer le test le plus important de notre vie et nous n'avons rien étudié. Je crains que nous ne soyons pas prêts.

Son frère lui agrippa le bras.

— C'est ta nervosité qui risque de te faire échouer. Ça n'est pas en *étudiant* qu'on devient Navigateur. C'est une capacité naturelle, un potentiel qui existe dans l'esprit. Nous devons traverser le vide sans dommage. C'est ton tour de te rappeler ce que disait le vieux Davee Rogo : Tu ne peux réussir que si tu laisses ton esprit aller au-delà des limites que les autres se sont tracées. Ouvre ton imagination et franchis-les avec moi.

Davee Rogo. Jusqu'à ce matin, il n'avait jamais repensé au vieil inventeur infirme, le plus grand innovateur d'Ix. Il était parvenu à la célébrité quand ils n'avaient encore que dix ans. Leur père avait pris des *solidos*, des images holos de ses fils en compagnie de Rogo pour enrichir le livre d'or de l'Ambassade, et ils avaient été invités à son laboratoire. Jusqu'à sa mort, il avait été leur mentor, leur guide sur les sentiers aventureux du non-conformisme. Ils gardaient le souvenir de ses conseils. Davee Rogo avait toujours été persuadé qu'ils réussiraient.

S'il me voyait douter en ce moment, il me tancerait.

— Réfléchis, petit frère. Comment veux-tu étudier un métier qui consiste à faire passer des vaisseaux énormes d'une étoile à l'autre ? (D'murr lui fit un clin d'œil rassurant.) Tu vas réussir. On va *tous les deux* réussir. Prépare-toi à prendre un bon bain d'épice.

Ils s'identifièrent et attendirent devant le comptoir en marbroplass en silence, comme si cette semi-transe pouvait augmenter leurs chances. *Je dois garder l'esprit complètement ouvert, prêt à n'importe quoi.*

L'examinatrice était une femme svelte en combinaison grise. À l'exception de l'insigne de la Guilde, le symbole de l'infini, brodé sur son revers, elle ne portait aucun bijou.

— Bienvenue, fit-elle sans se présenter. La Guilde est en quête des talents les plus exceptionnels car notre travail est le plus exceptionnel qui soit. Sans nous, pas de voyage spatial, sans nous, le tissu de l'Imperium s'effilocherait. Songez-y, et vous comprendrez notre exigence.

Elle ne savait pas sourire. Elle avait des cheveux brun-roux taillés court. C'tair se dit qu'il l'aurait trouvée séduisante en d'autres circonstances. Elle vérifia leur identité et les précéda vers deux chambres séparées.

— L'épreuve est individuelle. Vous ne pouvez tricher ni vous aider mutuellement.

Ils n'échangèrent pas un mot, se regardèrent simplement en se souhaitant toute la chance de l'univers.

D'murr sursauta quand la porte se referma. Dans la même seconde, la différence de pression de l'air ambiant lui vrilla les oreilles. Jamais il n'avait été aussi seul. C'était l'instant du défi.
La confiance est la moitié de la victoire.

Les murs étaient blindés, et il n'y avait aucune ventilation. Le gaz arrivait en sifflant par une buse étroite, dans un coin du plafond. Les bouffées rougeâtres se succédaient, de plus en plus denses, et la senteur exotique lui brûlait les narines. Du poison ? Des drogues ? Mais non, la Guilde l'immergeait dans le *Mélange* !

Oui... Il ferma les yeux et savoura le parfum de cannelle de l'épice. La chambre en était saturée et il l'inspirait à pleins poumons. C'était rare, c'était précieux, il savait combien coûtait l'épice d'Arrakis. La Guilde ne soumettait pas n'importe qui à l'épreuve.

Et elle contrôlait cette richesse, elle régnait sur les transports, l'exploration de la galaxie, les finances. Elle était partout et concernait chacun. Il voulait en faire partie. Autour de lui, les faisceaux de possibilités se déployaient comme une carte holographique, avec des ondulations, des intersections, des locus de points, des tracés qui transperçaient le vide. Il ouvrit totalement son esprit et se laissa emporter par l'épice n'importe où. C'était pour lui la chose la plus naturelle à faire.

Les murs de la chambre avaient disparu, le Mélange pénétrait dans son corps par tous ses pores. La sensation était sublime ! Il se voyait déjà Navigateur, projeté jusqu'aux rives les plus lointaines de l'Imperium, il embrassait l'ensemble des mondes, il était révéré...

Déjà il était très loin, même s'il n'avait pas quitté la chambre. Il le croyait, du moins.

Le test était pire que tout ce que C'tair avait pu imaginer.
Personne ne lui avait dit à quoi il devait s'attendre.
Très vite, il étouffa et fut pris de vertige. Il lutta pour retrouver ses facultés. L'overdose de Mélange l'avait stupéfié, il avait oublié qui il était, où il était. Il se battait faiblement pour se concentrer, mais c'était en vain. Il se perdit.

Quand enfin il reprit conscience, il découvrit qu'on l'avait lavé et shampouiné, que ses vêtements avaient été nettoyés. La Guilde tenait peut-être à récupérer jusqu'à la dernière particule de Mélange ?... La fille rousse le contemplait avec un sourire triste, séduisant, en secouant la tête.

— Vous avez bloqué votre esprit, vous avez refusé le gaz d'épice, et donc vous avez réémergé dans le monde normal. (Et elle ajouta comme une sentence de mort :) La Guilde ne saurait vous employer.

Il s'assit en toussotant. Il avait encore les narines brûlantes.

— Excusez-moi... Personne ne m'a expliqué ce que je devais...

Elle avait visiblement hâte de le voir quitter l'ambassade et l'aida à se lever.

Son cœur était une masse de plomb fondu et la fille n'eut pas besoin de lui répondre. Il fouilla du regard la pièce déserte. Et comprit alors que son échec n'était pas le plus dur à supporter.

Dans un sursaut d'espoir, il demanda :

— Où est D'murr ? Il a réussi ?

L'examinatrice hocha la tête.

— Admirablement.

Elle lui montrait la sortie, mais il la contourna. Il se retourna vers le couloir. Il devait féliciter D'murr, même si la victoire était douce-amère. Au moins, l'un des deux allait être Navigateur.

— Vous ne reverrez plus jamais votre frère, dit la fille d'un ton froid en lui barrant le chemin. D'murr Pilru nous appartient, désormais.

Il lui échappa et courut vers la chambre, tambourina contre le battant. En vain. Dans la minute suivante, des gardes l'encerclèrent sans égard et l'entraînèrent.

L'esprit encore flou, il ne comprenait pas où ils le conduisaient. Désorienté, il se retrouva sur la passerelle de cristal, loin au-dessus de la cité, des viaducs, des rues encombrées, entre les flèches inversées des immeubles.

Plus seul que jamais.

La fille se tenait sur le seuil, lui interdisant tout retour. Même si le bureau de sa mère se trouvait quelque part dans les étages, il savait que jamais plus il ne serait autorisé à pénétrer dans l'ambassade.

— Réjouissez-vous pour votre frère ! lança-t-elle d'une voix enfin plus vive. Il vient de pénétrer dans un autre monde. Il va voyager vers des lieux que vous ne sauriez imaginer.

— Je ne le reverrai jamais plus ? Je ne pourrai plus lui parler ?

— J'en doute. (Elle croisa les bras avec une lueur de compassion dans les yeux.) À moins qu'il ne souffre d'une... inversion. Pour cette première fois, votre frère s'est si complètement immergé dans le gaz d'épice qu'il a... entamé le processus. La Guilde ne peut douter de son talent. Pour lui, le changement a déjà commencé.

Les larmes aux yeux, il demanda pitoyablement :

— Ramenez-le. Rien que pour un moment.

Peut-être sa mère pourrait-elle se servir de ses contacts au sein de la Guilde ? Et son père avait des privilèges auprès de l'ambassade...

Mais il savait que c'était sans espoir. Des gardes apparurent aux côtés de la fille.

— Dans la majorité des cas, dit-elle d'un ton définitif, le processus est irréversible. Faites-moi confiance. Vous ne voulez pas qu'il revienne.

> *Le corps humain est une machinerie, un système d'agents chimiques organiques, de conduits de fluides, d'impulsions électriques ; de même qu'un gouvernement est une machinerie de sociétés interactives, de lois, de cultures, de récompenses et de châtiments, de schémas de comportement. À terme, l'univers lui-même est une machinerie, avec des planètes autour des soleils, des étoiles regroupées en amas, de galaxies formées d'amas et d'autres soleils... Notre travail est de faire fonctionner la machinerie.*
>
> Doctrine Première de l'École Intérieure Suk

L'air méfiant, le Prince Shaddam et le Chambellan Aken Hesban regardaient approcher un petit personnage noueux qui n'en avait pas moins la démarche d'un géant mutellien. Après des années de formation et de conditionnement, tous les docteurs Suk se croyaient obligés de se prendre très au sérieux.

— Cet Elas Yungar m'a plus l'air d'un saltimbanque que d'un professionnel respecté de la médecine, fit Shaddam en détaillant d'un œil critique les yeux noirs du docteur, ses sourcils en accent circonflexe et ses cheveux gris coiffés en queue-de-cheval. J'espère qu'il sait ce qu'il fait. Je veux les meilleurs soins pour mon pauvre père souffrant.

Hesban tira sur sa longue moustache sans répondre. Il portait une toge bleue à liseré d'or. Depuis des années, Shaddam haïssait cet homme pompeux qui ne quittait pas son père et il avait décidé de se passer de lui comme Chambellan lorsqu'il accéderait au trône. Ce qui ne saurait tarder, puisque le docteur Suk n'avait su expliquer l'aggravation du mal dont souffrait Elrood.

Hasimir Fenring l'avait rassuré : toutes les ressources de la prestigieuse École Intérieure Suk ne pourraient interrompre ce qu'ils avaient déclenché. Le catalyseur implanté dans le cerveau du vieillard ne risquait pas d'être repéré par un détecteur de poison, puisqu'il n'était pas exactement un poison mais un agent qui transformait la bière d'épice en une substance toxique. Et plus il se sentait mal, plus Elrood buvait.

Le docteur Suk ne mesurait guère plus d'un mètre, mais la peau de son visage aurait pu être celle d'un jeune homme alors que dans ses yeux anciens, on pouvait deviner des siècles de connaissance médicale. Un diamant noir était tatoué au milieu de son front ridé. Quant à ses cheveux gris, maintenus par l'anneau d'argent Suk, ils balayaient presque le sol.

Elas Yungar ne perdit pas de temps en cérémonial et demanda :

— Vous avez nos émoluments ? (Il regarda tour à tour le Chambellan et le Prince Héritier.) Il nous faut de nouveaux versements avant que nous n'entamions le traitement. Étant donné l'âge de l'Empereur, les soins pourraient se prolonger... et à terme se révéler vains. Mais il doit régler ses factures comme tout bon citoyen. Roi, mineur de fond, vannier – cela ne fait pas de différence pour nous. Tous les êtres humains veulent la santé, et nous ne pouvons tous les soigner. Nous ne considérons que ceux qui veulent et *peuvent* payer.

Shaddam posa la main sur le bras du Chambellan.

— Oui, ne regardons pas à la dépense pour la santé de mon père, Aken. Les dispositions ont été déjà prises.

Ils attendaient à l'intérieur de la grande arcade de la salle d'audience impériale, sous les fresques épiques du plafond qui décrivaient les grands moments de l'histoire des Corrinos : le sang du Jihad, la défense héroïque du Pont de Hrethgir, la destruction des machines pensantes. Shaddam avait toujours trouvé ça pesant et ennuyeux, et surtout sans rapport avec ses visées personnelles. Des siècles et des siècles : il espérait bien qu'il ne lui faudrait pas tout ce temps pour changer la vie du Palais.

Là-bas, dans le hall empli d'échos, le trône de l'Empereur Padishah déserté était une invite. Les fonctionnaires, les courtisans et quelques Bene Gesserit passaient furtivement dans les alcôves et les passages. Deux Sardaukar lourdement armés veillaient au bas du podium. Shaddam se demanda s'ils lui obéiraient dès maintenant, sachant son père malade, mais il était trop tôt encore pour essayer.

— Nous savons tous ce qu'est une promesse, dit le docteur Yungar. Je voudrais d'abord voir le règlement.

Il affichait un air têtu et son regard ne quittait pas Shaddam, même si le Prince n'avait guère parlé jusqu'à présent. Yungar jouait à un jeu bizarre avec le pouvoir, mais bientôt, songea Shaddam, il ne serait plus dans la partie.

— Vous exigez vos honoraires avant même d'avoir vu le

patient ? s'indigna le Chambellan. Mais vous oubliez votre éthique ?

Yungar daigna enfin revenir à Hesban.

— Vous avez eu affaire à nous, Chambellan, et vous savez ce que coûte l'éducation d'un docteur de l'École Suk, pleinement formé et conditionné.

En tant que Prince Héritier, Shaddam était familiarisé avec le Conditionnement Impérial Suk qui garantissait une absolue loyauté au patient. Durant des siècles d'histoire médicale, jamais personne n'était parvenu à subvertir un diplômé de l'École Intérieure.

Certains membres de la Cour avaient du mal à comprendre comment la légendaire École Suk pouvait ainsi concilier loyauté et rapacité. Les docteurs refusaient toute *promesse* de règlement — même pour la santé de l'Empereur. Ils ne faisaient pas crédit et exigeaient des règlements immédiats en valeurs tangibles.

Yungar répliqua d'un ton geignard et exaspérant :

— Nous ne sommes peut-être pas aussi éminents que les Mentats ou les Sœurs du Bene Gesserit, mais l'École Suk reste la plus importante de l'Imperium. Mon matériel à lui seul coûte le prix de plusieurs planètes. (Il désigna la capsule à suspenseur dont il était flanqué.) Mais je ne perçois pas d'émoluments personnels. Je prends seulement vos crédits en dépôt. Les fonds reversés à l'École Suk bénéficient à l'humanité tout entière.

Hesban le toisa avec une franche répulsion, le visage rouge, la moustache en vrille.

— Ou du moins, à cette fraction de l'humanité qui peut s'offrir vos services.

— Exact, Chambellan.

Shaddam haussa les épaules devant l'attitude bornée et suffisante de Yungar. Tout en se demandant s'il pourrait remettre ces Suk à leur place quand il serait au pouvoir... Il calma le cours de ses pensées. *Chaque chose en son temps.*

Puis, il soupira. Son père avait lâché la bride sur bien des points. Fenring ne s'y était pas trompé. Même si Shaddam n'avait pas envie de se salir les doigts, il était devenu nécessaire d'évincer le Vieil Empereur.

— Si le prix du traitement est votre principal souci, reprit le docteur sur un ton aussi calme que sarcastique, vous pouvez parfaitement louer les services d'un praticien moins coûteux pour l'Empereur de l'Univers Connu.

— Assez chicané, docteur, dit Shaddam. Venez avec moi.

Yungar acquiesça et tourna le dos au Chambellan comme s'il l'oubliait définitivement.

— Je sais maintenant pourquoi les vôtres ont ce diamant tatoué sur le front, grinça Hesban en leur emboîtant le pas. Vous ne pensez qu'au trésor que vous accumulez.

Ils traversèrent les ondulations luminescentes d'un rideau électronique pour pénétrer dans la crypte centrale. Sur une table dorée avaient été disposés des pendentifs d'opaflamme, des bourses pleines de gemmes soo, des jattes de Mélange.

— Ce sera suffisant, dit Yungar. À moins que le traitement soit plus intense que prévu. (Il se retira avec sa capsule comme un animal domestique.) Je sais où se trouve la chambre de l'Empereur.

Il franchit un seuil et s'engagea dans le grand escalier qui accédait aux appartements privés d'Elrood, suivi de Hasban et Shaddam, tandis que les Sardaukar reprenaient position devant la crypte du trésor. Fenring devait déjà se trouver au chevet de l'agonisant, vigilant : il n'y avait aucun risque qu'un traitement aboutisse.

C'était sur un grand lit à pilastres, sous un dais des plus fines soies merh brodées à la façon terrienne antique que reposait l'Empereur flétri. Les tables de chevet étaient en bois d'ucca gravé, une essence dure à croissance rapide d'elacca. Dans les alcôves, des fontaines composaient une apaisante musique d'eau, en filets tintinnabulants. Des brilleurs parfumés flottaient au ras du sol, aux quatre angles de la chambre.

Shaddam et Fenring s'étaient immobilisés près du seuil et observaient le docteur Suk qui venait de congédier un serviteur d'un geste impérieux et se penchait à présent sur le lit. Trois concubines veillaient près de leur impérial maître, comme dans l'espoir de stimuler ses forces crépusculaires. L'air de la pièce était nauséabond en dépit de la ventilation et des encens.

Le malade était revêtu d'oripeaux de satin et un bonnet de nuit ancien couvrait son crâne tacheté de son. On avait rejeté les draps et les coussins car il s'était plaint de la chaleur. Il avait les yeux ouverts, l'air hagard.

Shaddam se félicita de constater que la faible santé de son père avait décliné depuis la visite de l'Ambassadeur du Bene

Tleilax. Mais Elrood avait toujours eu cette irritante habitude de se revigorer d'un jour à l'autre.

Les serviteurs avaient disposé une chope de bière fraîche à portée de sa main squelettique. Sur le dais, Shaddam remarqua le goûte-poison, accroché comme un insecte griffu.

Tu dois avoir soif, père, songea-t-il, impatient. *Encore un peu de bière, non ?*

Yungar ouvrit sa capsule, révélant des instruments scintillants, des sondeurs et des fioles aux couleurs variées. Il en sortit un petit appareil blanc qu'il leva au-dessus d'Elrood.

Il explora le crâne d'Elrood en lui soulevant la tête, et l'Empereur grommela vaguement.

Shaddam se demanda dans quel état il serait après un règne glorieux de cent cinquante années avec un sourire intérieur. Fenring demeurait impassible. Seul le Chambellan semblait inquiet.

Yungar écarta le sondeur et lut l'itinéraire pathologique de son patient avant de se prononcer.

— Même le Mélange ne pourrait vous maintenir longtemps en vie, Sire. À votre âge, naturellement, la santé décline. Rapidement parfois.

Shaddam eut un soupir rentré.

Péniblement, Elrood se redressa et ses concubines s'empressèrent de le soutenir avec des oreillers. Son visage de momie se convulsa.

— Mais, il y a quelques mois à peine, je me sentais bien mieux.

— La courbe de vieillissement n'est jamais parfaitement déclinante. Il y a des pics et des creux, des périodes de mieux, des rechutes.

Le docteur Suk assumait un ton didactique comme si Elrood n'était plus en mesure de comprendre de tels concepts.

— Le corps humain est une soupe chimique et bioélectrique, et les changements sont souvent provoqués par des événements apparemment anodins. Avez-vous été récemment stressé ?

— Je suis l'Empereur ! J'ai de nombreuses responsabilités. Bien sûr que ça peut provoquer le stress.

— Alors déléguez-en un peu plus au Prince Héritier et à vos conseillers, Fenring par exemple. Vous n'êtes pas éternel, savez-vous. Pensez à l'avenir. (D'un air suffisant, Yungar referma sa capsule. Shaddam aurait voulu l'embrasser.) Je vais vous laisser une ordonnance ainsi que divers appareils pour que vous vous sentiez mieux.

— Tout ce que je veux prendre, c'est encore plus de bière, fit Elrood.

Et il lampa une longue gorgée gargouillante.

— Comme vous voudrez. (Yungar posa un sachet sur une table basse.) Il y a là-dedans quelques appareils de massage musculaire. Le mode d'emploi est à l'intérieur. Avec ça, vos concubines vont pouvoir apaiser vos douleurs.

— D'accord, d'accord. À présent, laissez-moi. J'ai du travail.

Le docteur Suk s'inclina et s'écarta du lit.

— Sire, avec votre permission...

L'Empereur le congédia d'un geste irrité et les concubines se rapprochèrent en roulant des yeux et en murmurant. Deux d'entre elles prirent les appareils laissés par Yungar et manipulèrent les contrôles.

Shaddam demanda discrètement à un serviteur d'accompagner le docteur jusqu'au Chambellan, chargé de le payer. À l'évidence, Hesban souhaitait demeurer dans la chambre et discuter de certains traités, documents et autres urgences d'État avec le vieil homme, mais Shaddam entendait bien s'en charger seul.

Dès que le docteur fut parti, le Vieil Elrood déclara à son fils :

— Il a peut-être raison, Shaddam. Je veux discuter d'un problème avec toi et Hasimir. Une politique et un projet que j'entends poursuivre malgré ma santé. T'ai-je parlé des plans concernant Ix et de la prise de pouvoir des Tleilaxu ?

Shaddam roula des yeux en pensant : *Mais oui, vieux fou ! Fenring et moi, nous avons déjà fait tout le travail. C'était notre idée d'envoyer des Danseurs-Visages sur Ix pour infiltrer les classes laborieuses.*

— Oui, Père. Nous connaissons ces plans.

Elrood leur fit signe d'approcher, l'air grave. Du coin de l'œil, Shaddam vit Fenring chasser les concubines.

— Ce matin, j'ai reçu un message crypté de nos agents sur Ix. Vous connaissez l'inimitié qui existe entre moi et le Comte Dominic Vernius ?

— Oui, Père. Un ancien affront, une femme qu'on vous a volée...

Les yeux chassieux d'Elrood brillaient soudain.

231

— Il semble que notre fringant Dominic ait joué avec le feu, qu'il enseigne le combat à ses hommes avec des machines appelées des *makungs*. Elles seraient capables de sonder leur adversaire et de traiter les données, probablement grâce à un ordinateur. Il aurait aussssi vendu quelques-unes de ces « machines intelligentes » sur le marché noir.

— Sacrilège, Sire ! marmonna Fenring. Cela va tout à fait à l'encontre des interdits de la Grande Convention.

— Absolument, mais ce n'est pas la seule infraction relevée. La Maison Vernius aurait également travaillé sur l'amélioration de cyborgs sophistiqués. Des prothèses mécaniques. Nous pouvons utiliser tout cela à notre avantage.

Shaddam se pencha vers son père et sentit son haleine aigre.

— Des cyborgs ? Mais il s'agit d'esprit *humains* montés sur des corps de robots, et il n'y a donc pas violation du Jihad.

Un sourire rusé plissa les lèvres crevassées du Vieil Empereur.

— Mais nous croyons savoir qu'il y a eu certains... compromis. Que ce soit vrai ou pas, nos imposteurs n'ont pas besoin de cette excuse pour achever leur tâche – il faut agir dès maintenant. La Maison Vernius est au bord de l'anéantissement et il va nous suffire d'une simple petite poussée pour qu'elle s'écroule.

— Hmm, très intéressant, ronronna Fenring. Les Tleilaxu pourront ainsi bénéficier des équipements hautement technologiques d'Ix pour leurs recherches.

— C'est d'une grande importance et vous verrez comment je sais tirer partie de la situation. Regardez, et apprenez. D'ores et déjà, mon plan est en application. Les ouvriers suboïdes d'Ix sont, disons, *troublés* par ces développements récents et nous... (l'Empereur finit sa chope, claqua des lèvres et acheva :) nous *encourageons* leur mécontentement grâce à nos représentants.

En reposant sa chope vide, l'Empereur parut soudain frappé de léthargie. Il tapota ses oreillers, s'allongea et sombra fort opportunément dans le sommeil.

Shaddam adressa un regard entendu à Fenring et réfléchit à l'imbrication des conspirations – au rôle secret que lui et Hasimir avaient joué dans les événements qui se déroulaient sur Ix, avant tout en mettant en relation le Maître tleilaxu et Elrood. À présent, les change-forme créés par les généticiens excitaient le fanatisme religieux et le mécontentement dans les classes inférieures de la planète Ix. Pour les adeptes du Tleilax, la moindre allusion à une machine pensante ainsi qu'aux Ixiens qui avaient pu la concevoir équivalait à invoquer Satan.

Ils quittèrent la chambre et Fenring sourit.

– Regarde, et apprends.

Elrood, vieux salopard condescendant, tu as encore beaucoup à apprendre, toi – et si peu de temps.

> *Les leaders du Jihad Butlérien n'ont pas
> suffisamment défini l'intelligence artificielle, car ils
> étaient incapables d'entrevoir les possibilités d'une
> société imaginative. Par conséquent, nous devons
> manœuvrer dans d'importantes zones floues.*
>
> Avis Juridique Confidentiel ixien

L'explosion avait été lointaine, mais le souffle ébranla la table où Leto et Rhombur étudiaient. Des fragments de plassbéton tombèrent des frises du plafond où une lézarde venait d'apparaître. Au-delà des baies, un éclair zigzagua.

– Par tous les enfers vermillon, c'était quoi ? lança Rhombur.

Leto s'était levé d'un bond, repoussant les lourds volumes de statistiques, et essayait de détecter la source de l'explosion. Tout au fond de la caverne, des immeubles s'étaient effondrés. Il se tourna vers Rhombur.

– Préparez-vous !

– À quoi ?

Leto ne le savait pas. Depuis qu'il avait rapporté son aventure dans les tunnels des suboïdes, il n'avait entendu aucun écho. Sans doute le Vieux Duc espérait-il que le problème allait se résoudre de lui-même.

Ils étaient dans une des salles de cours du Grand Palais. Aujourd'hui, ils avaient abordé la Philosophie du Calcul Infinitésimal, les fondements de l'Effet Holtzman, et les systèmes ixiens de fabrication et de distribution. Les murs de la salle étaient décorés de tableaux d'anciens peintres de la Vieille Terre, tels Claude Monet et Gauguin : les tableaux interactifs avaient été revus par les meilleurs artistes ixiens.

La deuxième secousse fut plus violente. L'explosion avait été aussi plus proche. Le Prince Rhombur s'accrocha à la table pour l'empêcher de basculer tandis que Leto se ruait vers la baie fracassée.

— Rhombur, regardez !

Un cri retentit quelque part entre les passerelles. À gauche, une capsule de transport tombait dans l'abîme entre les stalactites de lumière, dans une pluie de cristal et de corps mutilés.

La porte de la salle s'ouvrit à grand bruit et le Capitaine Zhaz surgit, armé d'un des nouveaux lasers d'assaut à pulsion. Quatre gardes le suivaient, en uniforme blanc et argent. Nul sur Ix, pas même le Comte Vernius, n'avait jamais pensé que Rhombur et Leto aient besoin d'une garde personnelle.

— Suivez-nous, jeunes Maîtres ! lança Zhaz le souffle court.

Il s'assombrit encore en découvrant la lézarde du plafond et la baie brisée. À l'évidence, il était surpris, désorienté : jamais rien de tel ne s'était passé dans la paisible cité souterraine.

— Qu'y a-t-il, Capitaine ? demanda Rhombur tandis qu'on les entraînait au-dehors.

Sa voix d'abord trémulante devint plus ferme, ainsi qu'il convenait à l'héritier du Duc :

— Dites-moi : ma famille est-elle en sécurité ?

Des gardes et des courtisans se précipitaient de tous côtés avec des cris perçants. Ils entendirent le bruit houleux de la foule paniquée peu avant la troisième explosion. Puis, des crépitements de lasers. Avant même que le Capitaine ne réponde, Leto sut ce qui se passait.

— Nous avons des ennuis avec les suboïdes, Mes Seigneurs ! Mais ne vous inquiétez pas : nous aurons très vite la situation en main.

Il effleura un bouton de son ceinturon et une porte invisible s'ouvrit dans le marbre-miroir. Lui et ses gardes s'étaient entraînés depuis des années à une attaque de l'extérieur, mais ils paraissaient désemparés face à cette révolte urbaine.

— Par là. Je suis sûr que les vôtres vous attendent.

La porte se referma et, dans la lumière jaunâtre des brilleurs de secours, Leto et Rhombur coururent vers le rail magnétique tandis que Zhaz lançait des ordres pressants dans son communicateur. Leto entendit la réponse métallique : « Les secours sont en route ! »

Quelques secondes plus tard, un électrocar s'arrêta en sifflant. Zhaz embarqua en même temps que les deux jeunes princes et deux gardes, laissant les autres en couverture. Leto s'installa à l'arrière et boucla sa ceinture. L'électrocar démarra aussitôt.

— Les suboïdes ont fait sauter deux des colonnes de diamant,

235

fit le Capitaine en consultant l'écran lavande de son communicateur. Une partie de la voûte s'est effondrée. (Son visage était gris de désarroi.) Mais c'est impossible !

Leto, qui avait deviné les signes annonciateurs de la tempête, se dit que la situation, avant peu, serait bien plus grave que ne l'imaginait le Capitaine-instructeur. Les meutes ne seraient pas jugulées en une heure.

Une voix crépita sur un ton désespéré.

— Les suboïdes attaquent depuis les niveaux inférieurs ! Comment – où ont-ils appris à s'organiser ?

Rhombur poussa un juron et Leto le regarda d'un air entendu. Il avait tenté d'alerter les Ixiens, mais la Maison Vernius n'avait pas voulu croire à la gravité de la situation.

Le véhicule montait vers le sommet et pénétra dans les cavernes les plus secrètes de la voûte. Le Capitaine Zhaz pianotait frénétiquement sur son clavier. Rhombur, assis près de lui, était prêt à prendre le commandement.

— Dans cet électrocar il ne peut rien vous arriver, dit un garde à Leto. Du moins pour le moment. Les suboïdes ne seront pas capables de percer les défenses des niveaux supérieurs quand on les aura déclenchées.

— Et mes parents ? s'inquiéta Rhombur. Et Kailea ?

— Nous avons un plan d'urgence. Vous devez tous vous retrouver à un point de rendez-vous précis. Mais, par tous les saints, j'espère que mes hommes se souviennent bien de ce qu'il faut faire. Pour la première fois, ce n'est pas un exercice.

Plusieurs fois, l'électrocar cliqueta sur des aiguillages, puis accéléra en entamant une ascension vertigineuse. Ils se perdirent un moment dans l'obscurité et, dans un bourdonnement, ils revinrent à l'horizontale et retrouvèrent la lumière en franchissant une baie de blindoplass polarisé. Ils entrevirent des émeutes au fond de la cité, des guirlandes d'incendies. Une autre déflagration et une passerelle éclata en myriades de fragments et d'échardes. Des corps désarticulés tombaient dans le vide comme des pantins.

— Arrêtez, Capitaine ! cria Rhombur. Il faut que je voie ce qui se passe.

— Ne restez que quelques secondes. Les rebelles risquent de démolir cette paroi avant peu.

Leto avait du mal à comprendre. Des rebelles ? Des explosions ? Des dispositifs d'évacuation d'urgence ? Ici, dans Vernii, une cité tellement séduisante, sophistiquée, tellement... à l'écart des discordes de l'univers. Même s'ils étaient mécontents de leur sort, comment les suboïdes avaient-ils pu monter un assaut aussi organisé et cohérent ? D'où tenaient-ils leurs ressources ?

Il vit des unités militaires de la Maison Vernius aux prises avec des essaims tumultueux d'adversaires à la peau blême. Les suboïdes jetaient des bombes artisanales, des grenades incendiaires et les Ixiens répliquaient avec des traits mauves de lasers.

— Le haut commandement m'apprend que les suboïdes ont déclenché la rébellion à tous les niveaux de la cité, annonça Zhaz d'un ton incrédule. Leur cri de bataille est « Jihad ».

— Par tous les enfers vermillon ! clama Rhombur. Qu'est-ce que le Jihad vient faire là-dedans ? En quoi ça nous concerne ?

— Il faut nous éloigner, dit Zhaz en le tirant par la manche. Nous devons rallier le point de rendez-vous sans tarder.

Rhombur bondit soudain en arrière : une rue dallée venait de s'effondrer non loin de la baie et des vagues de suboïdes surgissaient des tunnels.

L'électrocar aborda une courbe sur la gauche, dans le noir, puis s'engagea sur une autre pente escarpée.

Rhombur hocha la tête, perdu dans de noires pensées.

— Nous disposons de postes de commandement secrets dans les niveaux supérieurs. Nous avons pris des précautions pour ce genre de chose, et à l'heure qu'il est, nos unités militaires ont dû encercler les principaux ateliers. Il ne faudra pas longtemps pour mater tout ça.

Mais il était évident qu'il voulait se convaincre lui-même.

Zhaz, penché sur le communicateur, lança tout à coup :

— Attention – danger droit devant !

Il s'agrippa aux commandes et le véhicule fit une embardée avant de dévier vers une piste latérale. Les deux gardes braquaient leurs armes, le doigt sur la détente.

— L'Unité Quatre a été investie par les suboïdes. Ils sont arrivés à travers les parois. Je vais essayer la Trois !

— *Investie ?* répéta Rhombur avec une expression apeurée. Mais comment diable les suboïdes ont-ils pu faire ça ?

— Le haut commandement prétend que les Tleilaxu sont derrière ce coup de force – avec leurs Danseurs-Visages. Et tous les suboïdes sont lourdement armés ! (Hagard, Zhaz lut les messages qui affluaient.) Que Dieu nous vienne en aide !

Une avalanche de questions déferlait dans l'esprit de Leto.

Les Tleilaxu ? Quelle raison avaient-ils d'attaquer Ix ? Le Jihad ? Ix est la planète des machines... et les Tleilaxu sont des fanatiques religieux. Est-ce qu'ils redoutent la technologie ixienne au point d'utiliser leurs change-forme pour infiltrer la masse ouvrière des suboïdes ? Ce qui expliquerait la coordination de la révolte. Mais quel est vraiment leur intérêt ?

Dans le sifflement du moteur, Zhaz éclata.

— Par tous les saints et les pécheurs ! Les ingénieurs tleilaxu ont fait sauter les conduits d'alimentation thermique implantés dans le noyau planétaire !

— Mais c'est toute notre énergie qui en dépend ! cria Rhombur.

— Ils ont aussi détruit les réseaux de recyclage des déchets industriels, et des produits chimiques toxiques se déversent dans le manteau. Ils attaquent le cœur d'Ix – et nous allons être paralysés.

Leto finit d'assembler le puzzle avec les derniers éléments qu'il avait réunis depuis des mois d'enseignement.

— Réfléchissez, tout cela peut être réparé. Ils savaient exactement où frapper afin de neutraliser Ix sans causer de dommages irréversibles. (Il hocha la tête d'un air grave car tout était clair pour lui.) Les Tleilaxu veulent ce monde intact, avec toutes ses installations. Ils veulent s'y installer.

— Ne soyez pas ridicule, Leto ! protesta Rhombur. Jamais nous ne laisserons notre planète tomber aux mains de ces ignobles Tleilaxu.

Mais il semblait plus perplexe que fâché.

— Monsieur, il se pourrait que... nous n'ayons pas le choix, fit Zhaz.

Rhombur lança un ordre sec et les gardes sortirent du coffre deux pistolets à fléchettes et des boucliers de ceinture qu'ils tendirent aux deux jeunes princes.

Ils filaient dans un long tunnel obscur. Loin devant, Leto discerna un point scintillant qui se précisa rapidement. Il se souvint de ce que son père lui avait dit à propos des Tleilaxu : *Ils détruisent tout ce qui ressemble à une machine pensante.* Ix, bien évidemment, était une cible privilégiée pour eux.

Brusquement, ils furent noyés dans une lumière éblouissante.

La religion et la loi ne doivent faire qu'un pour les masses populaires. Un acte de désobéissance doit être un péché frappé de sanctions religieuses. En accroissant l'obéissance et le courage, nous obtiendrons un double bénéfice. Nous ne devons pas tant dépendre du courage individuel que de celui de la population tout entière.

Pardot Kynes : allocution devant les représentants
des grands sietch

Inconscient du destin qui avait été scellé pour lui, Pardot Kynes, accompagné de ses désormais fidèles compagnons Ommun et Turok, se dirigeait vers la chambre familiale où Stilgar se remettait de ses blessures.

Quand son visiteur entra, Stilgar s'assit et lui dit :

— Je te dois l'eau de ma vie, Planétologiste.

Avec dignité, il cracha sur le sol.

Kynes, un instant surpris, comprit très vite. Il savait l'importance que ce peuple attachait à l'eau, et tout particulièrement à celle que tout corps recelait. En sacrifiant un filet de salive, Stilgar venait de lui faire un grand honneur.

— Je... j'apprécie votre eau, Stilgar, fit Kynes avec un sourire contraint. Mais vous devriez garder le reste désormais. Je souhaite que vous vous remettiez.

Frieth, la discrète sœur de Stilgar, était toujours à son chevet, efficace et attentionnée. Ses grands yeux bleus semblaient chercher quelque autre tâche, puis elle dévisagea longuement Kynes, comme si elle prenait la mesure de cet étranger. Mais son expression était indéchiffrable. Elle glissa hors de la chambre pour aller chercher d'autres onguents.

Plus tard, dans les couloirs, des gens pleins de curiosité se pressèrent autour de Kynes pour écouter son discours. L'étranger barbu était encore nouveau et intrigant pour eux. Ses paroles de visionnaire pouvaient sembler folles et ses rêves extravagants, mais les enfants eux-mêmes ne quittaient pas ses talons.

Fascinés et bavards, ils accompagnaient le Planétologiste en buvant ses paroles. Et lui ne se taisait jamais, gesticulait en levant le regard vers le plafond comme s'il pouvait y voir le ciel ouvert. Même avec de grands efforts, les Fremen ne parvenaient pas à imaginer des nuages de pluie au-dessus du désert. *Des gouttes d'humidité tombant de là-haut ? Absurde !*

Certains enfants riaient à la seule idée de Dune sous la pluie. Mais Kynes leur expliquait chaque phase de son projet pour récolter les traces de vapeur les plus ténues, la moindre étincelle de rosée au creux des ombres, pour refaçonner Arrakis et ouvrir la voie à une écologie nouvelle, une nature verdoyante.

— Il faut penser à ce monde en termes mécaniques, clamait-il d'un ton professoral. (Il se réjouissait de capter leur attention, même s'il n'était pas certain qu'ils le comprenaient vraiment.) Cette planète, prise dans son entièreté, est simplement un produit de l'énergie, une machine alimentée par son soleil. (Il baissa d'un ton et fixa du regard une petite fille aux yeux rêveurs.) Elle demande à être remodelée pour correspondre à nos besoins. Nous sommes en mesure de le faire sur... Dune. Mais sommes-nous assez déterminés et disciplinés ? C'est à *nous* de le savoir.

Ommun et Turok avaient tous deux déjà écouté les conférences de Kynes et, même s'ils l'avaient raillé au début, ses paroles les avaient peu à peu pénétrés. Jour après jour, devant son enthousiasme, sa sincérité rayonnante, ils s'étaient mis à le *croire*. Pourquoi ne pas rêver ? S'ils regardaient autour d'eux, ils lisaient dans certains regards qu'ils n'étaient pas les seuls du sietch à envisager que le rêve pourrait se réaliser.

Les anciens les jugeaient optimistes et même crédules. Et Kynes, lui, impassible, continuait à propager ses idées extravagantes.

Avec une expression sinistre, le Naib Heinar cligna de son œil unique et présenta le krys rituel dans son étui au guerrier musclé qui se tenait face à lui, les mains tendues pour recevoir le don.

Le Naib prononça la formule liturgique :

— Uliet, Uliet l'ancien, tu as été choisi pour accomplir cet acte, et ce pour le bien de notre sietch. Tu as fait bien des fois tes preuves en te battant contre les Harkonnens. Tu es un chevaucheur accompli du ver et l'un des plus vaillants de nos braves.

Uliet s'inclina en réponse, sans cesser de tendre les mains. Son visage buriné était impassible. C'était un homme profondément religieux, mais il savait maîtriser ses émotions.

— Prends ce krys consacré, Uliet.

Heinar serra le manche gravé et sortit la lame d'un blanc laiteux de son étui. Le krys était une relique sacrée, un couteau taillé dans la dent de cristal d'un ver des sables. Celui-ci était *fixé*, et se désintégrerait à la mort de celui qui l'avait en garde.

— Ta lame a été trempée dans l'Eau de Vie et bénie par le Shai-Hulud. Selon notre tradition, elle ne doit pas retrouver son étui jusqu'à ce qu'elle ait goûté le sang !

Uliet accepta le couteau, investi soudain de l'importance de son rôle. C'était un homme d'une grande superstition qui avait plusieurs fois chevauché les grands vers. Les prodigieuses créatures du désert lui restaient cependant étrangères car il ne pouvait oublier qu'elles étaient autant d'incarnations du grand créateur de l'univers.

— Je ne faillirai point à la volonté de Shai-Hulud, dit-il en tenant le krys bien droit devant lui.

— Tu seras accompagné de deux mesureurs, reprit Heinar. Ils prendront l'eau du Planétologiste pour le bien de notre sietch.

— Nous pourrions peut-être en prélever une part et planter un buisson pour l'honorer, avança Aliid, mais il ne se trouva personne pour appuyer sa proposition.

Uliet quitta la chambre de pierre avec orgueil. Il était un guerrier et ne redoutait pas le Planétologiste, même si cet étranger bouillonnait de ferveur, de projets insensés et impossibles. Comme guidé par une sainte vision intérieure. Il était l'assassin désigné. Et pourtant, un frisson courut sur son échine.

Il chassa ses pensées troubles en s'enfonçant dans l'ombre des couloirs. Les deux mesureurs le suivaient avec des jolitres vides qui recueilleraient avant peu le sang de Kynes, et des torchons pour éponger les gouttes qui pourraient être répandues.

Ils trouvèrent facilement le Planétologiste au milieu d'une assemblée. Il allait de long en large sous les regards curieux, moqueurs ou émerveillés, et discourait en agitant les bras, répondant parfois aux rares questions.

Uliet s'approcha, le krys au poing, avec une expression sans équivoque, à l'instant où Kynes proférait :

— La question humaine n'est pas de savoir combien peuvent survivre à l'intérieur du système, mais quel genre d'existence sera possible pour ceux qui survivront.

Uliet se fraya un chemin, impassible. Les Fremen virent son couteau et comprirent ce qu'il allait faire en s'écartant avec des expressions mêlées de déception ou de peur. Le silence tomba. Les Fremen étaient ainsi.

Mais Kynes ne s'était aperçu de rien. D'un doigt, il dessina un cercle imaginaire.

— L'eau à ciel ouvert peut exister ici, à condition d'un changement mineur mais viable. *Nous y parviendrons si vous m'aidez.* Pensez-y : vous pourrez vous aventurer à la surface sans distille. (Il désigna les deux enfants les plus proches, qui reculèrent, effarouchés.) Imaginez qu'il y ait assez d'humidité dans l'air pour que vous n'ayez plus besoin de distille !

— Vous voulez dire qu'on aurait même de l'eau dans une mare, qu'on pourrait y boire et s'y baigner quand on le voudrait ? demanda un auditeur sarcastique.

— Certainement. J'ai vu cela sur bien des mondes, et il n'y a aucune raison pour que ça ne soit pas possible sur Dune. Avec des pièges à vent, c'est l'air qui nous donnera de l'eau, et nous nous en servirons pour faire pousser de l'herbe, des plantes, des buissons, tout ce qui peut enfermer l'eau dans des cellules et des racines pour la conserver, à vrai dire. En fait, autour de ces mares, on pourra avoir des vergers, des fruits juteux et sucrés.

Uliet s'avança, porté par sa transe religieuse. Les mesureurs s'étaient arrêtés : ils n'accompliraient leur tâche qu'après l'exécution.

— Quel genre de fruit ? demanda une fille.

— Oh, de toutes sortes, tous ceux qu'on peut aimer. Il faudra pour ça préparer le terrain, et avoir de l'humidité. De la vigne, peut-être, sur les pentes rocailleuses. Je me demande quelle saveur pourrait avoir un vin de Dune... (Il sourit.) Et aussi ces fruits ronds qu'on appelle des portyguls. Je les aime beaucoup ! Mes parents, sur Salusa Secundus, avaient un arbre à portyguls. Leur peau est comme du cuir mais, quand on la pèle, à l'intérieur on trouve des quartiers pleins de jus, d'un orange vif comme vous ne pouvez l'imaginer.

Uliet, lui, ne voyait plus qu'une brume rouge. Et les ordres du Naib résonnaient dans son crâne. Il pénétra à l'intérieur du cercle et s'efforça de ne plus entendre le Planétologiste, de rejeter les rêves et les visions qu'il invoquait. À l'évidence, cet étranger était un démon qui avait été envoyé pour semer le trouble dans les esprits de ceux qui l'écoutaient...

Kynes décrivait avec de grands gestes les prairies, les canaux, les forêts. Des paysages se déroulaient dans les imaginations, et le Planétologiste semblait déjà goûter le vin de Dune.

Uliet s'immobilisa devant lui et leva le krys empoisonné.

Au milieu d'une phrase, Kynes le vit enfin. Comme s'il était simplement dérangé, il dit :

— Ne restez pas là.

Il s'avança et contourna Uliet en reprenant son évocation.

— Oui, des forêts ! Des forêts à perte de vue, de la verdure sur les collines, dans les vallées, les marécages, partout ! Depuis des éternités, le sable submerge les plantes, mais dans l'avenir, les vents de Dune emporteront les graines sur toute la surface, et les arbres se multiplieront et les prairies s'étendront. Tout se multipliera, comme nous le faisons pour nos enfants.

Uliet était paralysé, déconcerté d'avoir été écarté avec une pareille désinvolture, lui l'assassin. *Ne restez pas là,* avait dit l'étranger. Il était transfixié par la gravité de l'acte qu'il devait accomplir. S'il tuait cet homme, dans les légendes Fremen à venir il serait Uliet le Destructeur des Rêves.

— Bon, d'abord, il faudra installer des pièges à vent dans les rochers, poursuivait Kynes, en s'époumonant. Ce sont des dispositifs simples, faciles à monter. Ils capteront l'humidité et la canaliseront. Il faudra prévoir des bassins de captage souterrains avant de restituer l'eau en surface. Oui, je dis bien *restituer*, car il y avait de l'eau sur Dune jadis. J'en ai vu les traces.

Uliet fixait son couteau dans le plus grand désarroi. Cet homme ne le craignait pas. Il avait vu la mort devant lui et avait dit : *Ne restez pas là.* Cet homme était *guidé par Dieu.*

Il ne pouvait le frapper.

Il était sous une protection sacrée. Ses visions captivaient déjà les Fremen. Avec leur vie rude et leurs ennemis qui les avaient pourchassés de monde en monde, les Fremen avaient *besoin* d'un rêve.

Quelqu'un leur avait peut-être dépêché un prophète. Et Uliet savait maintenant que son âme serait à jamais damnée s'il osait assassiner le messager de Dieu qu'ils attendaient depuis si longtemps !

Mais il avait accepté sa mission du Naib du sietch, et savait que le krys devait connaître le sang. Une simple entaille ne le débarrasserait pas de ce dilemme, car la lame avait été trempée dans l'Eau de Vie de Shai-Hulud et une simple égratignure était mortelle.

Rien de tout cela n'était conciliable. Les mains d'Uliet tremblaient.

Sans remarquer le silence qui s'était installé, Kynes continuait à décrire ses pièges à vent. Mais tous les regards des Fremen étaient fixés sur le guerrier.

Uliet avait l'eau à la bouche. Emporté dans un songe, il venait de mordre dans la pulpe sucrée d'un portygul qu'il avait cueilli comme ça, sur une branche... Le jus ruisselait dans sa gorge comme l'eau pure et douce d'une cascade. De l'eau, il y en avait partout, pour tous.

Il fit un pas en arrière, puis un autre, le couteau levé pour le sacrifice. Au troisième pas, il entendit Kynes évoquer des plaines couvertes de blé et de seigle, les pluies douces qui venaient avec le printemps.

L'assassin se détourna, saisi d'un étourdissement, et retrouva le vrai sens de ce que lui avait dit l'étranger : « Ne restez pas là ! »

Il regarda le couteau. Puis il trébucha, hésita, et bascula encore, avec toute la force de sa volonté. Et tomba sur son krys. À la seconde où la pointe de cristal pénétra dans son sternum, puis déchira son cœur, il ne ploya pas les genoux, n'esquissa aucun geste pour échapper à son destin. Il demeura face en avant, les mains étendues, le corps frémissant, et mourut en un bref instant en ne répandant qu'un peu de sang.

Devant ce présage, l'assistance hurla et s'écarta. Sous les regards chargés d'une adoration religieuse, Kynes balbutia et se tut enfin. En se retournant, il comprit le sacrifice du Fremen.

— Que s'est-il passé ? Qui était cet homme ?

Dans un bruissement de robes, de torchons et de couvertures, les mesureurs se précipitèrent pour enlever le corps d'Uliet et l'emportèrent vers les distilles de mort, les *Huani*.

— Regardez ! s'exclama une femme. Dieu nous a montré ce que nous devons faire ! C'est lui qui a guidé les pas d'Uliet. Il a parlé à Pardot Kynes.

— L'*Umma*, dit une autre. Notre *prophète*. Kynes.

Un homme promena autour de lui un regard ardent.

— Nous serions fous de ne pas l'écouter.

Des Fremen quittèrent le cercle pour se disperser dans le sietch. Kynes, qui ne comprenait pas leur religion, resta intrigué.

Mais il se dit que, désormais, il n'aurait plus de mal à se faire entendre.

> *Aucun étranger n'a jamais vu de femme tleilaxu et vécu assez longtemps pour le dire. Si l'on considère le penchant du Bene Tleilax pour les manipulations génétiques – voir, par exemple, les mémos sur les clones et les gholas –, cette seule observation soulève un vaste faisceau de questions subséquentes.*
>
> Analyse Bene Gesserit

Une Messagère d'Ix hors d'haleine débarqua à Kaitain, avec des lettres de crédit et un important communiqué destiné à l'Empereur. Elle pénétra d'un pas décidé dans le Palais et ne répondit à aucune question. Cammar Pilru lui-même, Ambassadeur officiel d'Ix, n'avait pas encore appris la terrible nouvelle de la révolte des suboïdes.

La communication instantanée étant impossible entre les mondes par le biais de l'espace plissé, des Messagers qualifiés et asservis empruntaient les Longs-courriers pour aller délivrer des textes mémorisés au destinataire. Ils constituaient un réseau humain plus efficace et rapide que n'importe quel signal électronique.

Encadrée par deux gardes de la Guilde, la Messagère Yuta Brey demanda à voir immédiatement Elrood. Elle refusa de révéler quoi que ce soit à son Ambassadeur qui, inquiet, s'était précipité à sa rencontre dans la chambre d'audience. Le Trône du Lion d'Or était vide car l'Empereur s'était encore une fois retiré, malade et fatigué.

– Ceci est secret-confidentiel, destiné uniquement à l'Empereur, déclara Brey à l'Ambassadeur Pilru. Il s'agit d'une requête personnelle du Comte Dominic Vernius.

Elle le fixa d'un regard dur comme le diamant. La Guilde et la CHOM utilisaient diverses techniques d'endoctrinement pour les Messagers officiels, toutes aussi dures. Elles étaient la garantie de leur loyauté et de l'exactitude de la transmission.

– Néanmoins, Ambassadeur, je vous demanderai de ne pas

vous éloigner. J'apporte aussi des informations capitales concernant la chute éventuelle d'Ix. Il convient que vous les entendiez.

Bouleversé, l'Ambassadeur tenta de lui arracher quelques mots, mais Brey demeura sourde et s'éloigna de son escorte pour présenter ses lettres de crédit aux Sardaukar de garde qui la précédèrent jusqu'à l'antichambre voisine des appartements d'Elrood.

Elle découvrit dans un fauteuil, les pieds posés sur un coussin ottoman, un Empereur sénile, voûté, usé. Il portait une toge simple, marquée du blason impérial. Derrière lui, l'air arrogant derrière sa moustache, elle reconnut le Chambellan Aken Hesban.

Brey était déconcertée : elle s'était attendue à rencontrer l'Empereur sur son trône et non pas dans cette attitude ordinaire. Elle lut la maladie dans ses yeux pâles et remarqua qu'il avait de la peine à maintenir sa tête droite sur son cou ridé. À vrai dire, il semblait à l'agonie.

Elle fit une courte révérence.

– Je suis la Messagère Yuta Brey d'Ix, Sire. Je porte une requête importante de Mon Seigneur le Comte Dominic Vernius.

L'Empereur fronça les sourcils au seul énoncé du nom de son ex-rival, mais ne dit rien. Il toussa, puis cracha dans un mouchoir de dentelle.

– Je vous écoute, Messagère.

– Ceci est secret-confidentiel et destiné aux seules oreilles de l'Empereur, fit-elle avec un regard insolent à l'adresse d'Hesban.

– Comment ? fit Elrood avec un sourire furtif. Je n'entends plus aussi bien et ce gentilhomme est mes oreilles. Le pluriel est-il admissible dans une telle situation ?

Hesban lui chuchota quelques mots.

– Il *est* mes oreilles, il me le confirme.

– Comme vous voudrez, fit Brey.

Et elle récita les paroles qu'elle avait mémorisées avec les inflexions de voix de Dominic Vernius.

– Nous subissons une attaque du Bene Tleilax sous forme d'émeutes urbaines. En infiltrant des Danseurs-Visages dans la classe ouvrière, les Tleilaxu ont fomenté une insurrection. Et par ce stratagème perfide, les rebelles ont eu l'avantage de la surprise. De nombreuses bases de défense ont été détruites ou sont assiégées au cri de «Jihad ! Jihad ! ».

— La guerre sainte ? fit Hesban. Dans quel but ? Qu'a donc pu encore faire Ix ?

— Nous n'en avons aucune idée, Monsieur le Chambellan. Les Tleilaxu sont des fanatiques religieux. Nos suboïdes ont été éduqués pour l'obéissance et sont donc facilement manipulables. (Yuta Brey hésita, les lèvres tremblantes.) Le Comte Dominic Vernius demande respectueusement l'intervention immédiate des Sardaukar de l'Empereur face à cette action illégale.

Elle récita ensuite les chiffres concernant la situation militaire des positions tleilaxu et ixiennes, l'évaluation des forces insurectionnelles, les dégâts commis et le nombre des victimes. Parmi elles, il y avait l'épouse de l'Ambassadeur, S'tina, qui avait été tuée dans une explosion à l'intérieur du bâtiment de l'Ambassade de la Guilde.

— Ils sont allés trop loin !

Indigné, Hesban semblait sur le point de donner l'ordre de défendre Ix. La requête de la Maison Vernius était éminemment raisonnable et, en regardant l'Empereur, il déclara :

— Sire, si les Tleilaxu souhaitent accuser Ix de violer les prescriptions de la Grande Convention, ils doivent le faire devant une cour du Landsraad.

Même dans les parfums d'encens et la senteur aromatique des hors-d'œuvre disposés dans des coquilles de nacre, Brey percevait l'odeur de maladie qui imprégnait toute l'antichambre. Elrood plissa ses yeux chassieux tout en se grattant sous ses robes.

— Nous acceptons votre requête sous réserve de conseil, Messagère. Je pense que j'ai maintenant besoin de me reposer un peu. Ordre des docteurs, vous comprenez... Nous rediscuterons de tout cela demain. Prenez quelques rafraîchissements en attendant et gagnez la chambre qui vous a été assignée dans le quartier des dignitaires en visite. Par ailleurs, vous voudrez certainement rencontrer l'Ambassadeur d'Ix.

La Messagère semblait soudain plus inquiète.

— Cette information remonte à plusieurs heures, Sire. La situation est désespérée. J'ai reçu pour instruction de vous déclarer que le Comte Vernius considère que tout retard serait fatal.

Hesban, déconcerté par l'attitude de l'Empereur, lui répliqua cependant :

— Ma jeune dame, nul ne doit *dicter* ce qu'il doit faire à l'Empereur. On ne lui présente que des *requêtes*, rien de plus.

— Mes plus vives excuses, Sire. Pardonnez mon trouble, mais ce jour, j'ai vu le monde qui est le mien mortellement frappé. Quelle réponse puis-je rapporter au Comte Vernius ?

— Soyez patiente. Je reviendrai sur ce chapitre le moment convenu et après avoir formulé ma décision.

Brey était livide.

— Puis-je vous demander *quand* ?

— Certes pas ! tonna Elrood. L'audience est terminée.

Il lui lança un regard furibond.

Le Chambellan s'avança alors, posa une main sur l'épaule de la Messagère tout en détournant la tête vers Elrood avec une expression curieuse.

— Comme vous le souhaitez, fit Brey en s'inclinant.

Elle sortit, encadrée par la garde d'élite impériale.

L'expression de colère et de désespoir de la Messagère lorsqu'elle avait réalisé que sa mission venait d'échouer n'avait pas échappé à Elrood. Des larmes brillaient dans ses yeux. Elle s'était montrée tellement prévisible, exaspérante.

Mais tout avait fonctionné à merveille.

Dès que la Messagère et le Chambellan se furent retirés, le Prince Shaddam et Fenring ressurgirent. Il savait qu'ils avaient tout entendu.

— Ça c'est de l'enseignement, non ? fit Elrood. Écoutez et apprenez.

— Oui, Père, vous avez magistralement contrôlé la situation. Les événements se déroulent ainsi que vous l'aviez prévu.

Mais moi et Fenring y sommes pour beaucoup.

L'Empereur rayonna brièvement, avant d'être cassé par une quinte de toux.

— Mes Sardaukar auraient été plus efficaces que les Tleilaxu, mais je ne pouvais courir le risque de me montrer prématurément. Une plainte légale d'Ix devant le Landsraad pourrait semer le trouble. Il faut nous débarrasser de la Maison Vernius et mettre les Tleilaxu en place avec le soutien ultérieur de nos Sardaukar pour leur serrer la vis et renforcer le nouveau pouvoir.

— Hmm... Hum..., fit Fenring, sans doute l'expression « assurer une transition calme dans la discipline » serait-elle préférable.

Un sourire fugace joua sur les lèvres craquelées d'Elrood.

— Je vois, Hasimir, que vous devenez un vrai politicien — et ce malgré vos méthodes plutôt directes.

Hesban surgit, très agité, ce qui ne lui ressemblait pas.

— Sire, si vous voulez me pardonner ?... En raccompagnant la Messagère jusqu'à son escorte de la Guilde, je l'ai entendue leur dire que vous refusiez d'appliquer les règles impériales. Elle a maintenant rejoint l'Ambassadeur Pilru en exigeant une audience immédiate auprès des membres du Conseil du Landsraad.

— Sire, elle agit dans votre dos, nooon ?... ronronna Fenring.

— C'est absurde ! (Elrood tendit la main vers sa chope.) Que peut connaître une Messagère des règles de l'Empire ?

— Les Messagers Qualifiés, bien qu'ils ne soient pas des Mentats, ont néanmoins une mémoire parfaite, Sire.

Fenring se pencha vers l'Empereur, imitant Hesban.

— Elle ne peut traiter les concepts, mais toutes les prescriptions et les résolutions lui sont accessibles. Elle en a cité un certain nombre en ma présence.

— Certes, mais comment peut-elle contester la décision de l'Empereur alors qu'il ne l'a pas prise ? demanda Shaddam.

Hesban tira sur sa moustache avec un regard sévère à l'adresse du Prince Héritier, mais il se retint à temps de lui reprocher son ignorance des lois impériales.

— Au terme de l'accord mutuel entre le Conseil Fédéral du Landsraad et la Maison de Corrino, l'Empereur est tenu de porter assistance immédiate au plaignant ou de convoquer le Conseil de Sécurité en session d'urgence. Si votre père ne réagit pas dans l'heure qui suit, l'Ambassadeur d'Ix a le droit d'user de ses prérogatives pour convoquer cette session.

— Le Conseil de Sécurité ? s'exclama Elrood avant de dévisager Hesban puis Fenring. Mais à quelle prescription cette infernale femelle peut-elle faire référence ?

— La Grande Convention, volume trente, section six, point trois.

— Qui dit ?...

Hesban prit son souffle avant de répondre.

— Cette prescription concerne les cas de conflit entre Maisons dans lesquels l'une des parties engagées fait appel à l'Empereur. Elle a été conçue afin que l'Empereur en titre ne soutienne aucune des parties en particulier. En pareil cas, il doit agir en arbitre neutre. Neutre, certes, mais il doit agir. Sire, je ne comprends pas pourquoi vous atermoyez. Il est certain que vous n'êtes pas du côté... des *Tleilaxu* ?

— Aken, il y a bien des choses que vous ne comprenez pas. Contentez-vous d'obéir à ma volonté.

Le Chambellan se roidit.

— Mmm, fit Fenring en prenant un fruit confit sur un plateau. Techniquement, la Messagère a raison, Sire. Vous ne pouvez attendre un jour ou deux. La prescription dit aussi que si le Conseil de Sécurité du Landsraad est saisi, la session doit avoir lieu sans attendre de décision du pouvoir. (Il se concentra, un doigt sur les lèvres.) Les parties en conflit ont le droit de se faire entendre. En ce qui concerne les Ixiens, ils pourraient se faire représenter par la Guilde ou par l'Ambassadeur Pilru – qui, je dois ajouter, a un fils menacé en ce moment même par la rébellion d'Ix, et un autre engagé depuis peu dans la Guilde.

— Rappelez-vous aussi que l'épouse de l'Ambassadeur a été tuée durant ces événements, dit Hesban, et que des gens meurent.

— Compte tenu du plan que nous avons échafaudé pour laisser la jouissance des installations ixiennes aux Tleilaxu, mieux vaudrait garder la Guilde en dehors de cette affaire, remarqua Shaddam.

— Quel plan ?

Le Chambellan était stupéfait d'avoir été tenu à l'écart d'une question d'État.

— Plus tard, Aken, plus tard, fit l'Empereur, assombri. (Il s'agita nerveusement et drapa sa toge sur sa poitrine chétive.) Maudite soit cette femme !

— Les gens de la Guilde l'attendent dans le couloir, le pressa Hesban. L'Ambassadeur Pilru demande audience. Dans quelques instants, d'autres Maisons auront vent de ce qui se passe et elles insisteront pour que vous interveniez – surtout celles qui sont actionnaires de la CHOM. Les troubles d'Ix vont avoir des conséquences économiques terribles, du moins dans l'avenir immédiat.

— Qu'on m'amène la charte des prescriptions et deux Mentats pour des analyses séparées. Il faut que quelqu'un nous sorte de là : trouvez-le ! (L'Empereur se réveillait, stimulé par cette crise inattendue.) La Maison de Corrino ne doit pas intervenir dans la mainmise des Tleilaxu sur Ix. Notre avenir en dépend.

— Comme vous voudrez, Sire.

Hesban s'inclina et sortit dans un froissement d'étoffe, encore perplexe.

Un moment après, un serviteur entra avec un projecteur solido et un écran ovale d'obsiplass qu'il disposa sur une table. Fenring le régla afin qu'Elrood puisse voir parfaitement.

Hesban revint en compagnie de deux Mentats aux lèvres rougies par le sapho. Sur le seuil, les Sardaukar de la garde d'élite s'opposaient à plusieurs représentants qui exigeaient d'entrer. La voix haut perchée de Pilru dominait toutes les autres.

Fenring lança les bobines de shigavrille tandis qu'Hesban faisait un résumé des événements et des problèmes aux deux Mentats. Des caractères noirs dansèrent au-dessus de la table : des mots en Galach. Shaddam, au côté de Fenring, se perdit dans la lecture, comme s'il était à même de repérer une éventuelle subtilité.

Les Mentats, rigides, lointains, étaient déjà perdus dans leurs analyses de la loi et de ses codes subsidiaires.

— Nous devons commencer par six, point trois, dit le premier.

Le texte défila dans un flou rapide, s'arrêta sur une page. Un chapitre était marqué en rouge. Une copie holographique de la page flottait à quelques centimètres. Elle dériva et s'arrêta devant l'Empereur.

— Non, ça ne marchera pas, déclara le second Mentat. Passons au renvoi soixante-dix-huit, point trois, volume douze.

Elrood lut la prescription et enfonça son poing dans l'image d'un geste rageur.

— Ces pourris de la Guilde ! Nous allons les mettre à genoux dès que nous...

Fenring l'interrompit en toussotant.

Le projecteur solido explora d'autres pages tandis que les Mentats réfléchissaient en silence sous le regard inquiet du Chambellan.

— Au diable ces prescriptions et toutes ces règles ! s'exclama Elrood. J'aimerais faire sauter tout ça avec des atomiques ! C'est moi qui dirige l'Imperium, non ? On ne froisse pas le Landsraad, on ne marche pas sur les pieds de la Guilde... Mais un Empereur n'a pas à s'incliner devant les autres !

— C'est tout à fait juste, susurra Hesban. Mais nous sommes pris dans la trame des traités et des alliances.

— Ah, nous tenons peut-être quelque chose ! s'exclama Fenring. Appendice au Jihad dix-neuf, point zéro zéro quatre. En ce qui concerne le Jihad Butlérien et les limitations établies ultérieurement, l'Empereur dispose d'une latitude additionnelle pour prendre toute décision quant au châtiment de ceux qui auront violé l'interdit sur les machines pensantes.

— Oh, mais oui ! gloussa l'Empereur, l'œil nettement plus vif. Et comme on a évoqué de possibles violations ixiennes, nous pourrons légalement agir avec « toute précaution ». Surtout depuis que ces rapports inquiétants sur des machines évoluées nous sont parvenus.

— Des rapports ? fit le Chambellan en écho.

— Bien sûr. Souvenez-vous de ces makungs qu'on vend au marché noir ? Il faudrait voir cela de plus près.

Shaddam et Fenring échangèrent un regard de connivence. Ils savaient tous deux qu'Elrood avait seulement besoin de retarder toute action. Avant deux jours, les Tleilaxu auraient investi Ix et, sans soutien extérieur, la Maison Vernius n'avait pas la moindre chance.

Après avoir étudié longuement le texte, Hesban ajouta :

— Selon cet appendice, l'Empereur Padishah est le « Gardien Sacré du Jihad », chargé de le protéger de même que tous ses symboles.

— Oui, bien sûr, fit Shaddam. Dans ce cas, nous pourrions demander à l'Ambassadeur tleilaxu de produire une preuve alléguée et accorder ensuite un temps de réponse à Pilru. Et, à la fin de la journée, l'Empereur pourrait exiger une trêve.

— Il sera alors trop tard, remarqua Hesban.

— Exact. Ix tombera, et nous ne pourrons rien y faire.

> *Comme la plupart des délices culinaires, la*
> *vengeance est un plat qui se déguste lentement,*
> *après une longue et délicate préparation.*
>
> L'Empereur Elrood IX, *Réflexions d'agonisant*

Une demi-heure plus tard, Shaddam vit les deux Ambassadeurs entrer dans l'antichambre impériale pour une audience privée qui devrait « résoudre la question ». À la suggestion de Fenring, il avait opté pour une tenue d'apparat subtilement militaire. À côté de son père grabataire, décrépit, il avait l'allure d'un vrai chef.

L'Ambassadeur ixien, Pilru, avait un visage lourd et gras et des joues roses, des cheveux gris et fins. Il s'était visiblement coiffé à la hâte et semblait froissé dans son costume une pièce à col pelucheux avec des revers extravagants. Il s'était fait accompagner de la Messagère Yuta Brey à titre de témoin.

L'unique représentant du Bene Tleilax que l'on avait réussi à trouver dans l'enceinte du Palais, Mofra Tooy, était un petit personnage à la peau grisâtre et aux cheveux orange. Il paraissait bouillonner de rage et ses yeux noirs dardaient comme des vrilles vers son opppposant ixien. On lui avait expliqué les termes précis de sa déclaration.

L'Ambassadeur était encore sous le choc et commençait seulement à prendre conscience de la mort de son épouse. Pour lui, c'était un cauchemar flou. Il dansait d'un pied sur l'autre, au bord du malaise, et pensait à sa planète, à son poste et à son fils C'tair. Il promena brièvement les yeux autour de lui, espérant un quelconque soutien des conseillers de l'Empereur, mais ne rencontra que leurs regards glacés.

Deux agents de la Guilde, au fond de la pièce, observaient la scène, impassibles. L'un avait un visage rouge couvert de cicatrices et le crâne de l'autre était difforme, avec une grosse excroissance à la nuque. Shaddam avait déjà rencontré de tels individus : candidats Navigateurs, ils n'avaient pas résisté aux tests de sélection.

— Nous entendrons d'abord Mofra Tooy, fit l'Empereur d'une voix rauque. Je voudrais qu'il s'explique sur les soupçons à l'encontre des siens.

— Et aussi qu'il nous dise pourquoi ils se sont livrés à des actes d'une violence sans précédent ! jeta Pilru dans l'indifférence générale.

— Nous avons découvert qu'on se livrait sur Ix à des activités illicites, commença le Tleilaxu d'une voix d'enfant. Le Bene Tleilax a considéré qu'il était impératif d'endiguer ce fléau avant que d'autres machines intelligentes pénètrent insidieusement dans l'Imperium. Si nous avions tardé, la race humaine aurait pu retomber en esclavage pour des millénaires. Nous n'avions pas d'autre choix.

— Menteur ! gronda Pilru. Qui vous a conféré le droit d'appliquer les règles sans passer par la loi ? Vous n'avez pas de preuve parce que nous ne nous sommes jamais livrés à des activités interdites ! Nous n'avons jamais transgressé les limites du Jihad.

Avec un calme remarquable pour un Tleilaxu, Tooy continuait à regarder tous ceux qui étaient présents dans la pièce, comme si Pilru était au-delà du mépris.

— Nos forces sont passées à l'action avant que les preuves soient détruites. N'avons-nous pas tout appris de la Grande Révolte ? Dès qu'elle est activée, une machine intelligente peut devenir vindicative *et* développer la capacité de se reproduire, de se propager comme le feu. Ix est la source de toutes les intelligences mécaniques. Les Tleilaxu poursuivent la guerre sainte pour le seul bien de l'univers libre. (Sans tenir compte de la taille de Pilru, qui le dépassait de deux têtes, Tooy hurla :) Jihad ! Jihad !

L'Ambassadeur d'Ix recula.

— Monsieur, ce comportement est tout à fait inconvenant !

— « Tu ne feras point de machine à l'esprit de l'homme semblable » ! clama le Tleilaxu. Vous et la Maison Vernius serez damnés pour vos péchés !

Elrood réprima artistement un sourire et leva la main.

— Calmez-vous !

Pilru et la Messagère conversaient à voix basse, l'air tendu. L'Ambassadeur dit enfin :

— Je demande à l'Empereur d'exiger la preuve de telles violations. Le Bene Tleilax s'est comporté en agresseur et a détruit notre potentiel commercial sans même soumettre ses accusations au Landsraad. (Il ajouta aussitôt :) Ou à l'Empereur.

— Nous rassemblons actuellement des pièces à conviction, répliqua Tooy. Et nous ferons apparaître le véritable motif des actes criminels que vous, les Ixiens, avez perpétrés. Vos marges de bénéfice étaient en train de chuter et vos parts de la CHOM étaient menacées.

Ah, songea Shaddam avec bonheur en regardant Hasimir Fenring. *Ces rapports ont été falsifiés avec un tel talent !* Fenring était un maître dans cet art.

— Ce qui est d'une fausseté criante ! protesta Pilru. Notre commerce est plus florissant que jamais avec le nouveau design de nos Longs-courriers. Interrogez seulement la Guilde. Vous et les vôtres n'aviez pas le droit d'user de violence...

— Nous avions tous les droits, et avant tout le *droit moral* de protéger l'Imperium contre une nouvelle domination des machines. Nous avons su percer à jour vos manigances. Vous vouliez fabriquer des intelligences mécaniques. Votre cupidité importe donc plus que le bien de l'humanité ? Vous avez vendu vos âmes !

Pilru perdit son calme.

— Espèce de sale petit menteur, vous avez inventé ça de toutes pièces ! (Il se tourna vers Elrood.) Sire, je vous demande d'envoyer des Sardaukar pour intervenir sur Ix et protéger notre peuple de l'invasion des forces du Bene Tleilax. Nous n'avons transgressé aucune loi.

— Violer les limitations du Jihad Butlérien est un délit très grave, fit l'Empereur, pensif, intérieurement amusé. Non, une telle accusation ne doit pas être prise à la légère. Songez aux conséquences...

Elrood s'exprimait délibérément avec lenteur, ce qui réjouissait Shaddam. Il ne pouvait s'empêcher parfois d'admirer *certaines* facettes de son vieux père condamné. Mais il était temps qu'une génération nouvelle arrive. Et il était cette génération nouvelle.

— Empereur Elrood, dit la Messagère, les Tleilaxu ne cherchent qu'à gagner du temps alors que la bataille fait rage sur

Ix. Usez de la force de vos Sardaukar pour faire cesser les hostilités, et ensuite chacune des parties défendra sa cause devant la cour preuves en main.

Il la toisa, les sourcils froncés.

— Vous n'êtes qu'une simple Messagère et nullement qualifiée pour me soumettre des arguments.

Elle insista d'un ton âpre.

— Pardonnez-moi, Sire, mais je suis la plus au fait de la crise actuelle sur Ix, et le Seigneur Vernius m'a donné pour instruction d'accomplir les démarches nécessaires. Nous demandons que le Bene Tleilax fournisse sur-le-champ la preuve de ce qu'il avance ou retire ses forces. Ceci n'est qu'une tactique d'atermoiement !

— Et quand donc pourrez-vous me fournir cette preuve ? demanda l'Empereur en risquant un regard vers Tooy.

— Une preuve *certifiée*, insista Pilru.

— Dans trois jours impériaux, Sire.

Les Ixiens étouffèrent un cri d'indignation.

— Mais, Sire, durant ce laps de temps, ils pourront consolider leur conquête – et fabriquer n'importe quelle preuve. Ils ont déjà tué ma femme, ravagé notre cité... Mon fils est porté disparu. Je vous en prie : ne les laissez pas s'enfoncer dans cette folie meurtrière pendant *trois jours* !

L'Empereur affecta de réfléchir devant l'assistance silencieuse.

— Je suis convaincu que vous exagérez ces désagréments afin de me forcer à prendre une décision inconsidérée. Considérant la gravité des accusations, je serais porté à attendre une preuve, ou à en constater l'absence. (Il consulta son Chambellan.) Qu'en dites-vous, Aken ? Est-ce que je ne suis pas à la lettre la Loi Impériale dans une telle circonstance ?

Hesban marmonna son acquiescement et Elrood revint à Pilru comme s'il lui faisait une faveur aussi personnelle qu'exceptionnelle.

— Je considère néanmoins que cette preuve doit nous être fournie sous deux jours et non trois. Pourrez-vous agir de la sorte, Ambassadeur Tooy ?

— Ce sera difficile, Sire, mais... c'est comme vous voudrez.

Hébété, Pilru laissa de nouveau éclater sa colère.

— Sire... Comment pouvez-vous prendre le parti de... de ces *immondes Tleilaxu* ?

– Ambassadeur, je n'ai pas à entendre l'expression de vos préjugés ici, dans l'antichambre impériale. J'ai le plus grand respect pour votre Comte... et, bien sûr, pour Dame Shando.

Shaddam observait les agents de la Guilde. Ils discutaient discrètement dans un langage secret. Puis, ils hochèrent la tête. Pour eux, toute violation du Jihad Butlérien était une question de la plus haute gravité.

– Mais dans deux jours, ma planète sera anéantie !

Pilru esquissa un geste à l'adresse des deux représentants de la Guilde, mais ils évitèrent son regard.

– Vous ne pouvez pas faire ça ! lança Yuta Brey. C'est condamner notre peuple !

– Messagère, vous êtes aussi impertinente que Dominic Vernius. N'abusez pas de ma patience. (Elrood se tourna vers le Tleilaxu.) Ambassadeur Tooy, nous disons deux jours pour que vous m'apportiez cette preuve. Sinon, vous retirerez sur l'heure vos forces militaires de la planète Ix.

Mofra Tooy s'inclina avec un sourire furtif qui échappa aux deux représentants de la Guilde.

– Très bien, déclara Pilru, encore tremblant de colère. J'exige la réunion immédiate du Conseil de Sécurité du Landsraad.

– Et vous aurez satisfaction, en parfaite application de la loi, fit Elrood. Je crois avoir déjà agi dans l'intérêt de l'Imperium. J'attends les éléments de Mofra Tooy et vous devrez faire de même. Si vous souhaitez regagner votre planète entre-temps, je peux réquisitionner un Long-courrier express à votre usage. Mais entendez-moi bien : si ces accusations sont fondées, monsieur l'Ambassadeur, la Maison Vernius aura beaucoup à expier.

Le front luisant de sueur, Dominic Vernius étudiait l'expression de son Ambassadeur sur Kaitain. Le rapport de Pilru avait été un choc, autant pour lui que pour son épouse. L'Ambassadeur était revenu sur Ix moins d'une heure auparavant et il était visiblement impatient de partir à la recherche de son fils dans le chaos des combats. Ils se trouvaient dans un centre de commandement souterrain, loin sous la croûte planétaire. Le Bureau Sphérique du Grand Palais était trop exposé. Tout autour de la caverne, dans les catacombes, les tubes de transport sifflaient au passage des troupes et des chargements de matériel.

La défense avait cédé des points d'appui. À coups de sabotages et de manœuvres d'étranglement soigneusement préparés, les Tleilaxu contrôlaient désormais la majeure partie de la cité-caverne et les Ixiens étaient acculés dans des poches aussi réduites qu'espacées. Les rebelles surpassaient largement en nombre les défenseurs ixiens et les Danseurs-Visages de l'envahisseur manipulaient désormais totalement le prolétariat suboïde.

— Elrood nous a trahis, mon amour, dit le Comte en serrant sa femme contre lui.

Leurs vêtements étaient sales et il ne leur restait que le peu qu'ils avaient réussi à sauver. Mais pourtant, dans son esprit, tout s'éclairait maintenant.

— Je savais qu'il me haïssait, mais jamais je n'aurais pensé qu'il pouvait se montrer aussi ignoble. Si seulement je pouvais prouver qu'il est derrière tout ça.

Plus pâle et fragile que jamais, Dame Shando avait cependant un regard d'acier. Les ans n'avaient dessiné que de fines traces autour de ses yeux adorables et de sa bouche, mais Dominic Vernius l'aimait chaque jour un peu plus. Elle le prit par le bras.

— Peut-être devrais-je aller le voir et lui demander merci ? Nous avons encore des souvenirs communs et il pourrait se montrer raisonnable...

— Je ne te laisserai pas faire ça. Il me hait parce que je t'ai épousée. Roody ne connaît pas la clémence. (Les poings serrés, il observa Pilru, mais ne lut dans ses traits aucune raison d'espérer.) Tel que je le connais, il a dû monter des intrigues tellement complexes qu'il ne pourrait pas faire machine arrière même s'il le voulait.

« Nous ne recevrons pas de réparations, même si nous sommes victorieux. Les biens de ma famille seront confisqués et je serai déchu de mon pouvoir. (Dominic baissa la voix pour ne pas laisser transparaître son désespoir.) Et tout cela parce que je lui ai pris sa femme il y a longtemps, bien longtemps.

— Je ferai ce que tu voudras, Dominic, dit-elle doucement. Tu as fait de moi ta femme et non ta concubine. Je t'ai toujours dit que...

Sa phrase resta en suspens.

— Je sais, mon amour. Moi aussi je ferai tout pour toi. Ça en valait la peine... et même à présent.

— J'attends vos instructions, Mon Seigneur, dit Pilru, très agité.

Il ne pensait qu'à son fils, perdu quelque part, mort peut-être.

Dominic hésita.

– À l'évidence, ils veulent abattre la Maison Vernius, et nous n'avons pas le choix. Toutes ces accusations n'ont aucun sens. L'Empereur n'a qu'un but : nous détruire, et nous ne pouvons combattre la Maison de Corrino, surtout après pareille traîtrise. Nul doute que le Landsraad les soutienne et profite des spoliations. (Il se redressa de toute sa taille, le regard brûlant.) Nous allons prendre nos boucliers et nos atomiques familiaux et fuir hors d'atteinte de l'Imperium.

– Vous allez devenir un... *renégat*, Mon Seigneur ? Mais nous autres ?...

– Malheureusement, Cammar, c'est l'unique solution si nous voulons sauver nos vies. Je veux que vous contactiez la Guilde pour un transport d'urgence. Appuyez-vous sur les faveurs qu'ils nous doivent. Leurs envoyés ont assisté à votre entrevue avec l'Empereur, et ils connaissent la situation. Dites-leur que nous serons accompagnés de notre force militaire – ce qu'il en reste, tout au moins. (Dominic secoua tristement la tête.) Jamais je n'aurais imaginé que nous pourrions en arriver là... chassés de notre Palais, de nos cités...

L'Ambassadeur acquiesça avec raideur et franchit précipitamment le bouclier de la porte.

Quatre projections différentes des batailles en cours illuminèrent la paroi : des scènes en couleurs transmises par des yeux-relais. Les pertes ixiennes augmentaient dramatiquement.

– À présent, déclara Dominic, nous devons nous entretenir avec nos amis proches et nos gens pour les informer des dangers qu'ils courent en nous accompagnant. Ce sera plus difficile et périlleux de nous suivre que d'être sous la domination tleilaxu. Nous n'y obligerons personne. En tant que Maison renégate, tous les membres de notre famille et ceux qui les soutiennent seront pourchassés par les chercheurs de gloire.

– Des chasseurs de primes, oui, fit Shando d'un ton où se mêlaient la colère et le chagrin. Dominic, il va falloir nous séparer – pour les égarer et accroître nos chances.

Deux images disparurent de l'écran : les yeux-volants des transmetteurs venaient d'être détruits par les Tleilaxu.

– Plus tard, fit Dominic d'une voix infiniment douce, quand nous aurons retrouvé notre Maison et notre planète, nous nous souviendrons de ce que nous avons fait et de ce qui a été dit.

C'est l'Histoire. Un drame immense. Laisse-moi te raconter une petite anecdote, un cas similaire.

— J'adore tes petites histoires, dit Shando avec un sourire tendre, et ses yeux noisette étincelèrent. Très bien, alors que dirons-nous à nos petits-enfants ?

Un instant, son regard se fixa sur une nouvelle crevasse du plafond et un filet d'eau qui ruisselait.

— Salusa Secundus était autrefois le monde-capitale de l'Empire. Sais-tu pourquoi ils sont partis pour Kaitain ?

— À cause des atomiques. Salusa avait été dévastée.

— Selon la version impériale, c'était un malheureux accident. Mais la Maison de Corrino ne voulait pas donner des idées aux autres. La vérité est qu'une autre famille renégate, une Grande Maison dont le nom a été supprimé des annales, est parvenue à débarquer sur Salusa avec ses atomiques. Au cours d'un raid suicide, ils ont bombardé la capitale et déclenché une catastrophe écologique irréversible.

— Ils ont attaqué avec des *atomiques* ? Je l'ignorais.

— Ensuite, les survivants ont transféré le trône sur Kaitain, dans un système stellaire plus sûr, et le jeune Empereur Hassik III a reconstitué le gouvernement. (En lisant le doute sur le visage de son épouse, il la serra un peu plus contre lui.) Nous n'échouerons pas, mon amour.

La paroi tout entière devint obscure au même instant.

> *Il existe dans l'Imperium un « principe de l'individu », noble mais rarement utilisé, qui stipule que toute personne qui viole une loi écrite en situation de péril ou de besoin extrême peut requérir une session spéciale de la cour de juridiction afin d'expliquer et de défendre la nécessité des actes par elle commis. Un grand nombre de procédures juridiques dérivent de ce principe, parmi lesquelles le Jury du Nid d'Écureuil, le Tribunal Aveugle et le Jugement par Forfaiture.*
>
> La Loi de l'Imperium, Commentaires

Les pertes avaient été désastreuses, mais il restait encore des refuges secrets sur Ix. Des siècles auparavant, pendant la période paranoïde qui avait suivi la prise de pouvoir de la Maison Vernius sur le monde des machines, des ingénieurs avaient aménagé une ruche clandestine protégée par des boucliers, avec des postes de transmission, des chambres d'algues et des tanières abritées des regards étrangers avec tout le génie ixien. Il faudrait des siècles pour qu'un ennemi quelconque débusque ceux qui s'y cachaient et, à vrai dire, la Maison Vernius elle-même en avait oublié la moitié.

Le Capitaine Zhaz et ses gardes avaient conduit Leto et Rhombur jusqu'à un refuge tapissé d'algues auquel on accédait par un puits foré dans la croûte planétaire. Les sondes ennemies ne détecteraient que le signal vital des algues car la chambre était isolée par de massives parois absorbantes.

— Nous ne demeurerons ici que quelques jours, annonça Rhombur en essayant de retrouver son optimisme habituel. Ensuite, les Sardaukar et les forces du Landsraad viendront à notre secours et la Maison Vernius pourra reconstruire Ix. Nous nous en sortirons.

Les yeux plissés, Leto gardait le silence. Si ses soupçons étaient fondés, ils devraient attendre bien plus longtemps.

— Maître Rhombur, dit Zhaz, cette chambre n'est qu'un point de rendez-vous. Nous devons attendre le Comte pour qu'il nous donne ses instructions.

— Oui, mon père saura ce qu'il convient de faire. Il a déjà

affronté des situations militaires difficiles. (Il sourit en regardant Leto.) Et quelquefois même avec votre père.

Leto lui tapota chaleureusement l'épaule : le Prince était devenu son ami. Mais il n'était pas certain que Dominic Vernius se fût jamais trouvé dans une situation défensive aussi précaire. Il croyait se souvenir que le brillant passé militaire du Comte avait surtout consisté à commander des charges formidables contre des groupes de rebelles éparpillés.

Leto n'avait pas oublié l'enseignement de son père : *Dans toute circonstance difficile, tu dois connaître ton environnement*, et il inspecta longuement leur refuge, cherchant les issues possibles, les points vulnérables. La chambre d'algues avait été taillée dans la roche cristalline avec une enveloppe végétale extérieure dense qui imprégnait l'air d'un parfum aigre, organique. Il y avait quatre appartements, une cuisine équipée avec une cambuse pleine, plus un véhicule de secours capable de voler sur orbite basse.

Au centre, des bacs non entropiques silencieux gardaient les aliments et les boissons au frais. Dans les coffres, il y avait des vêtements de rechange, des armes, des bobines solido et des jeux. L'ennui était le principal ennemi de ceux qui devaient attendre ici l'occasion de s'enfuir. Mais les Ixiens avaient pensé à tout.

Selon les chronoscopes, c'était déjà le début de la soirée. Zhaz mit en place ses gardes dans les couloirs extérieurs et à proximité de l'écoutille camouflée. Rhombur ne cessait de l'assaillir de questions mais le Capitaine ignorait la plupart des réponses. Que se passait-il à l'extérieur ? Les loyalistes ixiens allaient-ils venir à leur secours ou bien tomberaient-ils aux mains des Tleilaxu qui les jetteraient en prison pour l'éternité... ou pire ? Est-ce qu'il allait apprendre la mort de ses parents ? Pourquoi personne n'était venu les rejoindre ? Y avait-il encore une résistance à Vernii ? Est-ce que la cité était complètement détruite.

Une alarme l'interrompit : quelqu'un tentait de pénétrer dans le refuge.

Le Capitaine Zhaz leva un moniteur et, sur l'écran, Leto vit trois visages familiers penchés sur l'œil du communicateur : Dominic Vernius et sa fille Kailea, échevelée, la robe déchirée. Ils soutenaient Dame Shando, à peine consciente, enveloppée de bandages.

La voix de Dominic était ténue et crépitante.

— Requiers permission d'entrer. Ouvrez, Zhaz ! Rhombur ! Shando a besoin de soins urgents.

Rhombur voulut se précipiter vers les contrôles, mais Zhaz l'arrêta d'un geste ferme.

— Par tous les saints et les pécheurs, jeune maître, vous oubliez les Danseurs-Visages ?

Leto comprit soudain : les change-forme tleilaxu pouvaient acquérir un aspect familier et pénétrer dans les zones de sécurité si l'on ne se méfiait pas. Leto retint son ami tandis que Zhaz procédait à une contre-vérification biométrique. Le scanner annonça enfin : *Identité confirmée : Comte Dominic Vernius.*

— Permission accordée ! lança Rhombur. Entrez... Mère, que s'est-il passé ?

Kailea était sous le choc. Tous ses plans d'avenir étaient tombés dans les entrailles de la planète en même temps que les grandes stalactites de lumière et de cristal et elle ne pouvait y croire.

Leto les dévisageait : ils avaient apporté avec eux un relent de fumée, de sueur, de peur.

— Ta sœur a voulu sermonner les suboïdes et les renvoyer au travail, fit Shando avec une trace d'humour. Ça n'était pas très avisé de sa part.

— Mais certains étaient sur le point d'obéir..., protesta Kailea.

Sur ses joues balafrées de suie, la colère posait maintenant un peu de rose.

— Jusqu'à l'instant où l'un d'eux a tiré avec son pistolet maula. (Shando effleura son bras et ses côtes avec une grimace de douleur.). Encore une chance qu'il n'ait pas bien visé.

Dominic ouvrit une trousse médicale et s'occupa d'elle.

— Ce n'est pas très grave, mon amour. Je pourrai bientôt poser un baiser sur tes petites cicatrices. Mais tu n'aurais pas dû prendre un tel risque.

Leto comprit en cet instant ce qui avait pu amener une jeune concubine à quitter un empereur, et un héros de la guerre à risquer le courroux d'Elrood en l'épousant.

Les soldats avaient repris leurs postes dans le couloir et l'écoutille avait été à nouveau sécurisée. Sur le moniteur extérieur, Leto vit des troupes de choc en train de monter des batteries laser, des systèmes de défense sonique et des capteurs autour du puits d'accès.

Rhombur, entre les bras de ses parents, répétait : « Tout va aller bien maintenant. Très bien... »

En dépit de ses blessures, Dame Shando avait une attitude fière et courageuse, même si les larmes avaient laissé des traces sur son joli visage. Kailea jeta un bref regard à Leto avant de baisser ses yeux d'émeraude. Elle n'était plus du tout distante, seulement fragile, bouleversée. Il aurait tant voulu la consoler, mais ils étaient encore en danger, le réel avait basculé, et il n'osait pas.

— Mes enfants, nous n'avons guère de temps, dit Dominic. Et nous avons des mesures extrêmes à prendre.

Il avait des taches de sang sur son crâne lisse. Ennemi ou ami ? s'interrogea Leto. L'insigne des Vernius avait été à demi arraché de son col.

— Ce n'est donc pas le moment de nous appeler *enfants*, protesta Kailea avec une véhémence surprenante. Nous nous battons avec vous.

Rhombur lui aussi se redressa en une attitude qui seyait à un Prince Héritier.

— Nous sommes prêts à reconquérir Ix. Vernii est *notre* capitale et nous allons la reprendre.

— Non, vous trois, vous allez rester ici. (Dominic leva une main impérative devant l'expression de Rhombur.) Mesure prioritaire : mettre les héritiers à l'abri. Et je ne veux entendre aucune protestation. Chaque parole de trop est un instant perdu loin de mon peuple, et il a désespérément besoin de son chef.

— Vous êtes encore trop jeunes pour vous battre, ajouta Shando, l'air décidé. Vous êtes l'avenir de nos Maisons, l'un et l'autre.

Dominic s'avança et regarda Leto droit dans les yeux. Pour la première fois, il semblait considérer l'héritier des Atréides comme un homme.

— Leto, votre père ne me pardonnerait jamais s'il arrivait quoi que ce soit à son fils. Nous lui avons déjà envoyé un message pour le mettre au courant de notre situation. Dans sa réponse, il nous a promis une assistance limitée et il envoie une mission de secours qui vous prendra en charge tous les trois, avec Rhombur et Kailea, et vous conduira sur Caladan. Vous serez sous sa protection. C'est tout ce qu'il peut faire pour l'heure.

— C'est ridicule, fit Leto. Vous aussi vous devriez vous réfugier sur Caladan, Mon Seigneur. Mon père ne vous refusera jamais l'asile.

Dominic eut un pâle sourire.

— Je ne doute pas que Paulus agisse exactement ainsi – mais je ne peux pas, car ce serait condamner mes enfants.

Rhombur et sa sœur échangèrent un regard inquiet, mais Shando appuya les paroles de son époux.

— Rhombur, si toi et Kailea êtes exilés sur Caladan, vous serez en sécurité, personne ne se souciera de vous. Je soupçonne que cette révolte sanglante a été montée avec le soutien de l'Empereur, et toutes les pièces du puzzle sont en place.

Rhombur et sa sœur, atterrés, se tournèrent vers Leto.

— Le soutien de *l'Empereur* ?

— J'ignore pourquoi l'Empereur veut s'emparer de notre planète, dit Dominic, mais il a de la rancune envers moi et votre mère. Si je me réfugiais auprès de la Maison des Atréides, les chasseurs nous suivraient. Ils trouveraient un prétexte pour attaquer Caladan. Non, votre mère et moi devons trouver un moyen de vous écarter de ce conflit.

— Nous pourrions encore tenir ici, Père ! fit Rhombur, indigné. Je ne veux pas vous laisser.

— Nous avons déjà conclu l'accord, fils. Seuls les Atréides nous ont tendu la main – les Sardaukar ne viendront pas en renfort, aucune armée du Landsraad ne s'opposera aux Tleilaxu. Les suboïdes sont leurs pions. Nous avons lancé des appels à toutes les Maisons Majeures mais aucune ne réagira assez vite. Nous avons été manœuvrés...

— Mais vous, qu'allez-vous devenir ? demanda Leto en voyant que Rhombur et Kailea n'avaient pas le courage de poser la question.

— La Maison Vernius va devenir... renégate, dit Shando.

Le silence ne dura que le temps d'un battement de cœur.

— Par tous les enfers vermillon ! souffla Rhombur tandis que Kailea étouffait un cri.

Shando les embrassa.

— Nous allons emporter ce que nous pourrons sauver, puis Dominic et moi gagnerons des repaires séparés. Pour des années peut-être. Quelques serviteurs loyaux vont nous accompagner, certains fuiront, d'autres resteront ici, pour le meilleur ou le pire. Nous allons vivre une vie nouvelle en attendant que la fortune revienne.

Dominic donna à Leto une poignée de main maladroite qui rappelait plus les usages de la Vieille Terre que ceux de l'Imperium – mais l'Empereur et les Maisons Majeures avaient abandonné la Maison Vernius et, en tant que renégats, le Comte et son épouse ne faisaient plus partie de l'Imperium.

Kailea pleurait doucement dans les bras de sa mère tandis que Dominic serrait son fils contre lui. Quelques instants après, ils repartirent vers le puits d'accès, accompagnés par des gardes. Rhombur et sa sœur les regardèrent partir sur le moniteur.

Au matin, les trois réfugiés prirent un petit déjeuner de barres vitaminées et de jus d'ixap. Et ils attendirent.

Kailea parlait peu et c'est vainement que son frère essayait de la réconforter. Elle semblait écrasée par la situation. Ils étaient coupés du reste de la planète, ils ne savaient pas si des renforts étaient en route, si Vernii avait été totalement ravagée...

Après avoir fait un brin de toilette, elle se mit vaillamment à réparer sa jupe et ses dentelles déchirées. Elle assumait son infortune avec une certaine grâce altière.

– Cette semaine, j'étais invitée à un bal, déclara-t-elle d'une voix lavée de toute émotion. Le bal du Solstice de Dur, l'une des plus grandes réceptions de Kaitain. Ma mère m'a dit que je pourrais m'y présenter quand j'en aurais l'âge. (Elle regarda Leto avec un rire sans joie.) Étant donné que l'on devait me présenter un fiancé désigné cette année, je dois être assez grande pour une danse. Vous ne pensez pas ?

Elle chiffonnait sa manche de dentelle et Leto ne sut quoi dire. Il essaya de se souvenir de ce que sa mère lui avait dit à propos de la fille des Vernius.

– Lorsque nous serons sur Caladan, je dirai à ma mère d'organiser un grand bal en votre honneur. Cela vous plairait, Kailea ?

Il savait que Dame Helena n'appréciait guère les enfants Vernius pour des raisons religieuses, mais il pensait qu'elle se radoucirait dans ces circonstances. Et puis, nul ne l'avait jamais vue commettre un *faux pas* dans l'étiquette.

Kailea lui lança un regard venimeux.

– Comment ? Avec des pêcheurs qui feront des gigues en braillant des chansons paillardes et des ramasseurs de riz qui nous régaleront d'un petit spectacle sur le rituel de la fertilité ?

À ces paroles blessantes, Leto se dit que sa planète et son héritage n'étaient pas dignes d'une fille comme elle.

Mais elle retrouva son calme et lui posa la main sur le bras.

— Veuillez m'excuser, Leto. Je suis navrée. C'est seulement que je voulais tellement aller sur Kaitain, découvrir le Palais Impérial, les merveilles de la Cour...

Rhombur était maussade.

— Elrood ne l'aurait pas permis, ne serait-ce qu'à cause de la rancune qu'il voue à Mère.

Kailea arpenta leur refuge.

— Pourquoi l'a-t-elle quitté ? Elle aurait pu rester au Palais, vivre dans le luxe – mais elle est venue ici, dans cette... *caverne*. Une caverne qui est maintenant rongée par la vermine. Si Père l'aimait autant que cela, devait-il vraiment lui demander un tel sacrifice ? Ça n'a pas de sens.

— Ne croyez-vous pas en l'amour, Kailea ? demanda Leto. J'ai observé la façon dont ils se regardent.

— Bien sûr que j'y crois, Leto. Mais je crois aussi au sens commun, et il faut faire la part des choses.

Elle se détourna et farfouilla dans les réserves pour essayer d'y trouver un moyen de se distraire. Leto décida de ne pas insister et proposa à Rhombur :

— Nous devrions employer ce temps à apprendre à piloter le spatioptère. Au cas où.

— Inutile. Je sais le piloter.

Ils reprirent un peu de jus d'ixap.

— Mais si vous êtes blessé ? Ou pire... Que ferons-nous ?

— Mais il va très bien, fit Kailea d'un ton las. Mais montre-lui donc, Rhombur.

— Eh bien... vous savez comment fonctionne un ornithoptère ? Ou une navette ?

— J'ai appris à piloter un orni quand j'avais dix ans. Mais les seules navettes que je connaisse sont robotisées.

— Des machines sans cerveau, comme les servoks, qui répètent constamment les mêmes fonctions. Je déteste ces choses... même si c'est nous qui les construisons. Enfin, du moins jusqu'à maintenant.

Il leva la main droite et frotta brièvement l'opaflamme de son anneau princier.

Une dalle descendit lentement du plafond et se posa sur le sol. En levant les yeux, Leto aperçut une longue forme argentée.

— Suivez-moi, dit Rhombur en posant les pieds sur la dalle avec Kailea. On va vérifier les systèmes.

La dalle repartit vers le haut, traversa le plafond et, plus haut encore, les déposa sur une plate-forme, bien au-dessus de l'engin fuselé.

Avec sa carlingue effilée et sa rangée de hublots, le spatioptère était comme une version miniaturisée d'un chaland interstellaire. Il était à la fois ornithoptère et vaisseau orbiteur. Les spatioptères, totalement illégaux par rapport au monopole de la Guilde, constituaient l'un des secrets les mieux gardés de la planète Ix et on ne les utilisait qu'en ultime recours.

Une écoutille coulissa et Leto entendit le bourdonnement grave des machines et des circuits. Rhombur pénétra le premier dans le centre de contrôle miniature où il n'y avait que deux sièges et deux panneaux de pilotage séparés. Ils s'y installèrent. Les sièges se moulèrent sur leurs formes tandis que des voyants vert pâle s'illuminaient. Kailea resta debout derrière son frère, cramponnée à son siège.

— Votre clavier est en mode instruction, dit Rhombur. C'est le vaisseau qui va vous apprendre à le piloter.

Les voyants de Leto étaient passés au jaune. Étonné, il se demanda comment le spatioptère pouvait penser par lui-même. Il retrouvait ses doutes sur les tabous du Jihad Butlérien. Sa mère l'avait mis en garde à propos de tant de choses, mais surtout les machines d'Ix, qu'il ne devait pas juger sur les apparences.

Au-dehors, il y avait toujours les parois grises de la chambre d'algues.

— Alors il *pense* vraiment ? Comme ces makungs que vous m'avez montrées ?

Rhombur hésita.

— Je... je sais ce qui vous vient à l'esprit, Leto, mais cette machine n'imite pas l'esprit humain. Les suboïdes ne comprennent pas. Elle n'est vraiment rien de plus que les makungs d'entraînement qui sondent l'adversaire et adaptent leurs tactiques de combat. Elle ne fait que *réagir*. À la vitesse de la lumière. Elle lit vos gestes, anticipe et produit une réponse.

— Pour moi, ça ressemble à la pensée humaine.

Kailea soupira, irritée.

— Le Jihad Butlérien gouverne depuis des milliers d'années, mais les humains continuent à se comporter comme des rats terrorisés qui se cacheraient dans l'ombre. Dans tout l'Imperium, Ix est mal considérée parce que nous construisons des *machines*. Les gens ne comprennent pas ce que nous faisons, et c'est ainsi que les soupçons se développent.

Leto hocha la tête.

— Alors, aidez-moi à comprendre. Allons-y.

— Mettez vos doigts au-dessus des plaques d'identification. Ne touchez pas au panneau.

Une pâle clarté jaune monta lentement du panneau, entoura Leto, et il sentit un picotement.

— La machine absorbe les composantes d'identification de votre corps : la forme de votre visage, vos cicatrices les plus infimes, vos follicules, vos empreintes rétiniennes. Toutes les données que je lui ai demandé de charger. (La clarté s'estompa et Rhombur ajouta :) Voilà, vous êtes autorisé. Activez l'instruction en passant votre pouce droit au-dessus de la deuxième rangée de voyants.

Leto s'exécuta, et une boîte de synthèse visuelle apparut à hauteur de ses yeux. Il découvrit un paysage aérien de montagnes dentelées et de gorges profondes – celui-là même qu'il avait observé des mois auparavant quand il avait évacué sans cérémonie à bord d'une navette.

Brutalement, un tourbillon d'étincelles éclata en grondant. Des explosions et des crépitements de statique envahirent la cabine. Le paysage synthétique vacilla, revint le temps d'un éclair, puis s'effaça. Leto avait encore les oreilles sifflantes.

— Restez assis ! lança Rhombur. Ce n'est pas une simulation !

— Ils nous ont déjà retrouvés !

Kailea se recroquevilla derrière une cloison de protection derrière le siège de Leto et un champ de sécurité l'enveloppa instantanément. Tout comme Leto, tandis que Rhombur se harnachait frénétiquement.

Sur l'écran de surveillance, Rhombur vit les soldats tleilaxu qui surgissaient dans leur refuge, tirant au hasard pour faire sauter les portes. Ils avaient déjà franchi la deuxième barrière. Le Capitaine Zhaz et ses gardes gisaient immobiles dans la fumée.

— Vos parents ont dû réussir à leur échapper, fit Leto.

Rhombur lança la procédure de décollage immédiat et Leto se redressa, prêt à le remplacer aux commandes.

Un éclair bleu, une explosion, et le spatioptère roula bord sur bord. Leto entendit le grognement de douleur de Rhombur : il venait de basculer en avant et un filet de sang ruisselait sur son visage.

– Par tous les enfers ! Rhombur ?

– C'est pour de vrai, Leto ! hurla Kailea. Faites-nous décoller !

Mais Rhombur n'avait pas eu le temps d'achever la routine de préparation et une deuxième explosion pulvérisa dans la chambre des fragments de roche et des lambeaux d'algues. Au même instant, des silhouettes menaçantes se matérialisèrent dans la salle du bas. Des suboïdes désignèrent les trois survivants et une vague de feu-laser balaya la carlingue du spatioptère. Leto lança la séquence d'autodécollage. En cette seconde, il espérait avec ferveur que l'esprit de l'ordinateur allait comprendre et réagir efficacement, même en transgressant tous les interdits.

Le spatioptère jaillit le long d'un tunnel, puis franchit une sorte de roche et traversa une couche de neige. Il émergea enfin dans un ciel parsemé de nuages éblouissants. Leto retrouvait d'instinct les touches et pilotait habilement. Il esquiva de peu une volée de traits de laser et plissa les yeux dans la lumière. Les Tleilaxu les avaient repérés.

Il décrivit une longue boucle dans la stratosphère, prêt à d'autres attaques venues de l'espace, et repéra alors la forme massive d'un Long-courrier sur orbite basse. Deux traces ardentes jaillirent du géant et s'écartèrent en V. Le signal était familier : *Vaisseaux Atréides.*

Il répondit par son code d'identification dans le langage de bataille crypté que son père et ses professeurs lui avaient enseigné. Les deux vaisseaux se placèrent en position d'escorte. Dans le même temps, le vaisseau de tribord pulvérisa d'une rafale mauve un nuage, loin en bas, où un groupe d'appareils ennemis s'était dissimulé.

– Rhombur, ça va ? s'inquiéta Kailea.

Il bougea faiblement, porta la main à sa tête en geignant. Un boîtier électronique l'avait blessé avant de se fracasser sur le sol.

– Oh, par tous les enfers vermillon ! Je n'ai pas activé le champ assez vite !

Il essuya le sang de ses paupières.

Ils suivaient à présent les deux vaisseaux d'escorte en direction du Long-courrier qui abritait deux grandes frégates de combat atréides. À l'instant où le spatioptère s'enfonçait dans la cale, Leto entendit un message en Galach. Mais l'accent traînant était bel et bien celui de Caladan.

— C'est une bonne chose que nous ayons fait attendre le Long-courrier une heure de plus. Bienvenue à bord, Prince Leto. Vos compagnons et vous-même allez bien ? Combien y a-t-il de survivants ?

— Nous sommes trois, en plus ou moins bon état. Emmenez-nous loin d'ici.

Le spatioptère fut amarré auprès des unités atréides. Leto, en se penchant vers un hublot, découvrit des soldats en uniforme noir et vert frappé de la tête de faucon familière et il eut un soupir de soulagement.

Il se tourna vers Rhombur. Sa sœur lui nettoyait le visage et, regardant Leto, il lui dit :

— Bon, on oublie les simulations, ami. Mieux vaut toujours apprendre par soi-même.

Sur ce, il s'évanouit.

> *Même les Maisons pauvres peuvent se montrer riches de loyauté. L'allégeance qui s'achète, qui se paie, est vaine et vide et peut se rompre au pire moment. Mais celle qui vient du cœur est plus dure que l'adamante, plus précieuse que le Mélange le plus pur.*
>
> Duc Paulus Atréides

Loin, de l'autre côté de la galaxie, dans la cale d'un autre Long-courrier, une vedette sans marque était amarrée à l'écart des autres vaisseaux bondés de passagers. Elle avait emprunté bien des itinéraires, changeant à chaque fois de destination.

À son bord, Dominic et Shando Vernius n'étaient que de simples passagers parmi les survivants harassés de leur force armée. La plupart des gardes de la famille avaient été tués et les autres n'avaient pas réussi à rallier la vedette à temps. Et puis, quelques-uns avaient décidé de jouer leur chance sur Ix, après la fin de la révolution. On ne parlait guère à bord.

Omer, le serviteur personnel de Dame Shando, s'agita nerveusement. Ses cheveux noirs avaient été coupés bien droit au-dessus de ses épaules maigres, mais il avait maintenant l'air négligé. Omer était le seul domestique qui avait choisi d'accompagner la famille Vernius dans l'exil. C'était un homme timide qui avait été horrifié à la seule perspective de refaire sa vie sous le joug des Tleilaxu.

Les brefs rapports de l'Ambassadeur Pilru leur avaient fait comprendre qu'ils ne pouvaient espérer aucune assistance du Landsraad. Désormais renégats, ils s'étaient coupés de tous les liens et de toutes les obligations de la Loi Impériale.

Les sièges, les coffres et les compartiments à bagages étaient bourrés d'objets de valeur et de pierres précieuses, de tout ce qui pouvait être vendu. Car leur fuite risquait d'être longue, très longue.

Dominic prit la main délicate de son épouse, l'air inquiet :

— Elrood va sans doute lancer des traqueurs sur nos traces, comme on chasse le gibier.

— Mais pourquoi ne nous laisserait-il pas tranquilles à présent ? marmonna Omer. Nous avons déjà tout perdu.

— Ce n'est pas assez pour Roody, fit Shando en se tournant avec dignité vers son serviteur. Il ne me pardonnera pas de l'avoir convaincu de me laisser partir. Je ne lui ai jamais menti, mais il est persuadé que je l'ai dupé. Son regard se porta vers le hublot serti de ser-chrome. Leur petit vaisseau semblait perdu dans les abysses de la cale. Il n'était destiné qu'à remorquer des cargaisons et emporter des émigrants de dernière classe comme eux. À son tour, Shando serra la main de Dominic en essayant de ne pas penser à leur terrible infortune.

Elle se souvenait du jour lointain où elle avait quitté la Cour, baignée, parfumée, couverte des fleurs fraîches qu'Elrood avait fait cueillir pour elle dans les serres impériales. Les autres concubines lui avaient offert des joyaux, des broches, des écharpes fluides et colorées que la chaleur de son corps rendait lumineuses. Elle était encore jeune, excitée par la vie qui l'attendait, le cœur empli de souvenirs et d'expériences, vibrante à l'idée de retrouver cet homme dont elle était follement amoureuse.

Elle avait gardé secrète sa liaison avec Dominic, et laissé Elrood sur l'impression qu'ils étaient de bons amis, qu'elle prenait congé de lui avec son assentiment. Elle avait fait l'amour une dernière fois avec lui et ils avaient évoqué avec fierté les moments qu'ils avaient vécus ensemble. Il ne semblait pas comprendre pour quelle raison elle quittait Kaitain mais, après tout, il avait tant d'autres concubines. Shando n'était qu'une perte infime... jusqu'à ce qu'il apprenne qu'elle l'avait quitté pour un autre.

Mais elle avait quitté Ix dans des circonstances bien différentes, et elle soupira avec amertume.

— Après un siècle et demi de règne, Roody tient enfin sa revanche.

Dominic avait oublié les dernières égratignures de la jalousie, et il rit en entendant le petit nom de l'Empereur.

— Maintenant, nous faisons à jeu égal. Il va falloir nous montrer patients et retrouver la fortune de nos Maisons. Ne serait-ce que pour nos enfants.

— Paulus Atréides est un homme de cœur. Avec lui, ils seront en sûreté.

— Mais nous, nous ne pouvons nous fier à personne, dit Dominic. L'épreuve va être dure.

Bientôt, ils devraient se séparer, prendre de fausses identités et se réfugier l'un et l'autre sur des planètes isolées avec l'espoir de se retrouver un jour. Dominic avait fait verser une somme colossale à la Guilde afin qu'aucune trace ne subsiste de leurs destinations respectives dans les espaces inconnus.

C'tair Pilru se terrait dans une minuscule chambre de transmission protégée par des boucliers avec l'espoir que les suboïdes qui patrouillaient dans les décombres d'Ix ne le retrouveraient pas ici.

Sa mère lui avait fait connaître ce refuge, caché derrière une muraille du Grand Palais, sous la croûte planétaire. C'tair et D'murr, en tant que fils de l'Ambassadeur d'Ix sur Kaitain, relevaient de la Cour de Vernius et ils avaient un abri secret en cas d'urgence. S'tina Pilru avait toujours appliqué à leur vie de famille ses méthodes efficaces de banquière de la Guilde. C'tair n'avait pas oublié et il avait rapidement su retrouver le chemin du refuge au milieu du chaos d'explosions et de rafales.

Il était longtemps resté prostré, effrayé, affamé, avant que le choc ne l'atteigne réellement. Il réalisa avec violence ce qui était arrivé à sa cité, à toute la planète. Les gravats, la fumée et le sang étaient tout ce qui subsistait de tant de grandeur et de magnificence.

Il songea à son frère : la Guilde le lui avait pris, mais au moins il avait échappé à la révolution. En avait-il seulement eu connaissance ? Les Tleilaxu contrôlaient sans doute les informations.

Il avait tenté d'entrer en contact avec son père, mais il n'avait pu joindre Kaitain au plus fort des combats.

Et leur mère était morte.

Trois jours plus tôt, il avait vu les révoltés donner l'assaut à une aile de l'immeuble de la Guilde, où se trouvait la banque, et ils l'avaient ravagée.

Il savait que S'tina avait dû se barricader dans les coffres des archives. Jusqu'au dernier moment, elle n'avait pas osé croire que les suboïdes rebelles pourraient s'en prendre à la Guilde. Mais, apparemment, les subtilités de la politique et du pouvoir leur échappaient. Elle avait envoyé à son fils un dernier message pour lui dire de gagner au plus vite le refuge et d'y demeurer jusqu'à ce que la violence s'apaise.

Il n'avait pas allumé les brilleurs et, dans l'obscurité, il guettait les rumeurs lointaines. Mais son souffle et les battements de son cœur couvraient tout et il se disait qu'il était *vivant*.

Il dormit en position fœtale un moment, et s'éveilla avec une vague détermination due à sa colère et à son chagrin. Il découvrit les aliments stockés dans les chambres non entropiques ainsi que des armes démodées. À la différence des chambres d'algues, ici, il ne disposait pas d'un spatioptère.

Prostré, il attendait, sans même savoir s'il pourrait s'échapper un jour, ni même envoyer un message. Il ne croyait pas que des forces militaires allaient intervenir en faveur d'Ix – sinon, elles se seraient déjà manifestées. Et son père avait bel et bien disparu. Des rumeurs disaient que la Maison Vernius avait pris la fuite, qu'elle était devenue renégate. Le Grand Palais abandonné avait été mis à sac et il était sans doute déjà le quartier général des nouveaux maîtres de la planète.

Kailea Vernius avait-elle fui avec sa famille ? Elle aurait été une proie bien tendre et facile pour les révolutionnaires. Elle était faite pour les fastes de la Cour, les toilettes raffinées et les intrigues de palais, et ne savait certainement pas se battre bec et ongles pour sa survie.

Il revoyait les passerelles de cristal irisé, les stalactites de feu des immeubles, le chantier géant des Longs-courriers, ces vaisseaux fabuleux que les Navigateurs de la Guilde avaient le pouvoir d'escamoter magiquement dans les interstices de l'univers. Combien de fois avaient-ils exploré les tunnels de la cité-caverne, lui et son frère ? Et vu le bonheur se répandre dans toutes les grottes avec la prospérité d'Ix ? Les suboïdes avaient tout dévasté, mais sans savoir pourquoi.

Si seulement il pouvait regagner la surface, trouver un vaisseau, payer son passage avec des crédits qu'il aurait dérobés, fuir loin d'Ix jusqu'à Kaitain, retrouver son père. Était-il seulement encore Ambassadeur ? D'un gouvernement en exil ?...

Mais non, il ne pouvait abandonner sa planète à son sort. Il était né ici, sur Ix, et c'était ici qu'il devait survivre, n'importe comment. Il retournerait dans les décombres, s'habillerait en pauvre et se mêlerait à tous les Ixiens qui collaboraient avec les nouveaux maîtres.

275

Il avait bien l'intention de poursuivre le combat.

Quelques semaines après, il parvint à se glisser hors de son repaire. Tard dans la nuit de Vernii, muni d'un traceur vital afin d'éviter les Tleilaxu et les patrouilles, il retrouva sa cité ravagée.

Le Grand Palais était désormais occupé par des gnomes ignobles et furtifs, des usurpateurs à la peau grisâtre qui avaient volé une planète entière sous l'œil complice de l'Imperium. Leurs escouades en toge patrouillaient la cité, traquant les derniers nobles qui pouvaient s'y cacher. L'élite des Danseurs-Visages se révélait plus efficace que les rebelles.

Dans le tréfonds de la mégapole-caverne, les suboïdes se déchaînaient encore dans les rues mais leur fureur s'épuisait. Ils devenaient peu à peu incertains, ils finissaient par s'ennuyer et reprenaient automatiquement leurs tâches. Privés de Danseurs-Visages pour leur dicter ce qu'ils devaient faire, ils ne se réunissaient plus, ne savaient plus comment prendre des décisions. Le cours de leur vie avait repris mais avec des maîtres différents et des quotas plus serrés encore. C'tair comprit que les nouveaux suzerains tleilaxu devaient dégager d'énormes marges de bénéfice pour régler la note de cette conquête.

Il se mêla à la population démoralisée, celle des contremaîtres et des chefs d'équipe qui avaient survécu aux purges mais ne savaient plus où aller. Anonyme, comme invisible, vêtu d'habits râpés, il prit des passages détériorés vers le haut de la cité, redescendit par les tubes ascensionnels jusqu'aux ruines des usines, entre les monceaux de décombres. Si nul ne l'avait encore remarqué, il savait qu'il ne pourrait se cacher éternellement.

Il refusait de croire que la bataille avait été perdue aussi vite. Le Bene Tleilax avait peu d'alliances dans le Landsraad et ses forces ne tiendraient pas longtemps face à une résistance organisée. Pourtant, jusqu'à présent, aucune ne s'était manifestée sur Ix.

Perdu dans la foule des piétons encapuchonnés qui se pressaient sur un trottoir dallé, il vit tout à coup passer des soldats blonds, aux traits burinés. Leur uniforme noir et gris n'était pas celui des suboïdes, des Ixiens et encore moins des Tleilaxu. Rigides, méprisants, coiffés de casques anti-émeute, armés de paralyseurs, ils étaient là pour faire respecter l'ordre. L'ordre nouveau ! songea C'tair. *Des Sardaukar de l'Empereur !*

La conspiration avait sa source au sommet ! La colère déferla en lui, mais il baissa la tête. Autour de lui, les Ixiens marmonnaient leur mécontentement : même avec le soutien des Sardaukar, ils n'appréciaient pas ce nouveau régime. Le Comte Vernius avait été un homme de nature chaleureuse, même s'il se montrait souvent préoccupé. Par opposition, les Tleilaxu étaient des fanatiques religieux aux règles brutales. Et les Ixiens avaient conscience que les libertés avec lesquelles ils avaient toujours vécu ne tarderaient pas à être piétinées par le Bene Tleilax.

En son for intérieur, C'tair prit une décision : il combattrait les envahisseurs félons aussi longtemps qu'il le faudrait et les chasserait.

Quand il levait les yeux, il ne voyait que des immeubles noircis et crevassés. Toute la ville haute avait été éventrée. Deux des piliers de diamant avaient sauté, provoquant des avalanches de rochers qui s'étaient abattues sur les bas quartiers des suboïdes.

La majeure partie des œuvres d'art publiques avait été ravagée. Y compris le Long-courrier stylisé qui avait orné le Dôme de la Plaza. Même le ciel de fibre optique avait été endommagé et les taches de lumière des étoiles étaient à présent floues et erratiques.

Kailea s'intéressait à la peinture et aux sculptures mobiles. Elle et C'tair avaient souvent discuté des styles qui étaient à la mode sur Kaitain et Kailea se jetait sur tous les souvenirs artistiques que son père rapportait de ses missions.

Mais à présent il était seul. Il n'y avait plus de Kailea, et ils ne discuteraient peut-être jamais plus de peinture.

Il se glissa sans être remarqué dans les ruines d'un immeuble et se retrouva dans ce qui avait été autrefois un jardin botanique. Il s'arrêta soudain en plissant les yeux.

Il discernait l'image imprécise d'un vieil homme qu'il avait connu jadis, à quelques pas de là, dans la fumée des incendies. Il hésita : était-ce son imagination ? Un hologramme détérioré... ou quoi ? Il n'avait pas mangé depuis le matin et il était à la fois tendu et épuisé, au bord du malaise. Mais l'image persistait.

Il reconnut enfin Davee Rogo, le vieil inventeur infirme qui leur avait appris tant de choses nouvelles, à son frère et à lui. Il restait paralysé, et le vieil homme se mit alors à chuchoter, d'une voix ténue, coassante. Était-ce un spectre ? Une hallucination ? Ce vieil excentrique semblait vouloir lui dire ce qu'il devait faire, il lui récitait une liste de composants technologiques qu'il devait se procurer, et il lui indiqua comment les assembler.

– Vous êtes réel ? murmura C'tair en se rapprochant de l'image. Qu'est-ce que vous essayez de me dire ?

L'image floue de Davee Rogo ne répondit pas. Mais C'tair continua de l'écouter. À ses pieds, il y avait les débris d'une machine détruite par des explosifs. Des câbles et des pièces métalliques. *Des composants dont j'ai besoin !*

Il scruta les environs, prudemment, puis ramassa les pièces que le vieux Rogo avait citées : des fragments de métal, des bouts de cristoplass, des cellules électroniques. Le vieil homme lui avait soufflé une sorte d'inspiration.

Il en remplit ses poches, en glissa sous ses vêtements. Sous la main de fer cruelle des Tleilaxu, Ix allait connaître des changements affreux et les restes de la civilisation deviendraient très précieux alors. Les gnomes risquaient de tout confisquer...

Dans les jours qui suivirent, il ne revit pas l'image du vieil homme. Il ne comprenait pas vraiment quelle rencontre il avait pu faire, mais il poursuivit sans relâche sa récolte et sa collection technologique prit de l'importance. Il était plus assuré, désormais... Il continuerait, seul s'il le devait.

Ainsi, chaque nuit, passait-il sous le nez de l'ennemi qui s'installait peu à peu et prospectait la cité dévastée de haut en bas. Les équipes de reconstruction ne tarderaient plus à intervenir pour nettoyer les ultimes traces du passé.

Et, se souvenant de la vision que Davee Rogo lui avait soufflée, il se mit à construire... *quelque chose*.

Le Vieux Duc Paulus n'avait pas prévu de cérémonie pour le retour des vaisseaux atréides sur Caladan. Les circonstances étaient trop sombres pour l'habituel protocole de réjouissances, les oriflammes et les fanfares. Les serviteurs et les soldats étaient au strict garde-à-vous et le Duc attendait simplement sur le spatioport municipal de Cala en compagnie de son épouse. Sa cape en fourrure de baleine le protégeait de la bise froide, même si Dame Helena ne la jugeait pas en harmonie avec sa tunique de brocart. Mais aujourd'hui, peu lui importait sa tenue, ni même l'impression qu'il pouvait donner. Il était heureux de retrouver son fils sain et sauf.

Dans les jeux du soleil entre les nuages, il cligna des yeux en regardant la frégate se poser.

Dame Helena, rigide, austère dans sa robe et sa cape, regarda son époux avec une expression qu'il déchiffra aisément : « Je l'avais bien dit. » Puis, aussitôt, elle retrouva son sourire digne. Personne ne pouvait se douter des disputes qu'ils avaient eues depuis que le Long-courrier avait récupéré leur fils au large d'Ix.

— Je ne comprends pas pourquoi vous accordez l'asile aux deux autres, dit-elle d'une voix paisible et froide sans cesser de sourire. Les Ixiens ont transgressé les lois du Jihad, et à présent ils en paient le prix. Il est dangereux d'aller contre les châtiments de Dieu.

— Les deux enfants Vernius sont innocents et seront les hôtes de la Maison des Atréides aussi longtemps que nécessaire. Pourquoi donc vous en prendre à moi constamment ? J'ai pris ma décision.

— Il faudrait graver vos décisions dans la pierre. Si vous m'écoutiez, ce voile tomberait de vos yeux et vous verriez le danger que nous courons du fait de leur présence parmi nous. Je m'inquiète pour nous et pour notre fils.

La frégate venait de déployer son train et se stabilisa.

Exaspéré, Paulus se tourna vers son épouse en dépit des regards du public.

— Helena, je suis beaucoup plus redevable au Comte Vernius que vous ne le croyez — et je n'ai pas l'intention de me soustraire à mes obligations. Même sans la dette de sang que nous avons entre nous depuis Ecaz, je lui aurais offert de protéger ses enfants. Je le fais par devoir mais aussi du fond du cœur. Et à ce propos, radoucissez le vôtre, très chère. Pensez à ce que ces deux enfants ont vécu.

Le vent décoiffa ses cheveux auburn, mais elle ne changea pas d'attitude et, ironiquement, elle fut la première à lever la main quand le sas de la frégate s'ouvrit. Elle murmura du coin des lèvres :

— Paulus, vous mettez votre tête sur le billot du bourreau et vous en riez ! Nous paierons gravement votre inconséquence. Je ne veux que le bien de chacun.

Les gardes faisaient de leur mieux pour ignorer leur altercation.

— Suis-je donc le seul à penser à l'*honneur familial* plutôt qu'à la politique ? grommela Paulus.

— Chut !

— Si je n'avais vécu qu'à coups d'alliance avantageuse et de décision raisonnable, je ne serais pas un homme, et certainement pas digne de mon titre.

La garde se plaça en double file à l'instant où Leto apparaissait. Un instant ébloui par la brume ensoleillée, il inspira une grande bouffée d'air salé. Il avait revêtu des habits neufs, mais il était fatigué, le teint pâle, les cheveux en désordre et on devinait l'ombre de souvenirs douloureux dans ses yeux perçants.

Il rencontra le regard de son père et y lut toute l'indignation et la colère que le Vieux Duc éprouvait.

Rhombur et Kailea sortirent à leur tour. Kailea promena ses yeux verts sur ce nouveau monde, sur le ciel déployé, et Leto eut envie une seconde de la consoler. Mais il se retint en voyant sa mère.

Rhombur fit un effort visible pour se redresser tout en passant la main dans ses boucles blondes. Il avait conscience que sa sœur et lui étaient les seuls représentants de la Maison Vernius maintenant que leur père était devenu un renégat clandestin. Le combat ne faisait que commencer, se dit-il en éprouvant le contact rassurant de la main de Leto sur son épaule.

Leto et Paulus s'avancèrent en même temps. Et ce fut comme si Leto plongeait son visage tendu sous la barbe poivre et sel du Vieux Duc. Ils n'échangèrent pas un mot. Puis Paulus s'écarta et tint son fils à distance, ses grosses mains calleuses serrées sur ses épaules, en le regardant longuement.

Dame Helena eut un sourire forcé mais chaleureux. Elle observa d'abord Rhombur et Kailea avant de revenir à Leto. Il savait qu'elle recevrait les deux exilés de la Maison Vernius avec tout le cérémonial dû à des dignitaires, mais il remarqua qu'elle ne portait aucun des bijoux de la Maison de Richèse et trouva perfide cette allusion à la rivalité entre Richèse et Ix.

Mais le Duc, lui, semblait ne s'être aperçu de rien.

Il venait de se tourner vers Rhombur.

— Bienvenue, bienvenue, mon garçon. Ainsi que je l'ai promis à votre père, vous et votre sœur pourrez demeurer avec nous, sous la protection de notre Maison, jusqu'à la fin de cette épreuve.

Kailea contemplait encore les nuages amoncelés sur l'océan, comme si jamais encore elle n'avait vu le ciel ouvert. D'un air éperdu, elle demanda :

— Et si elle ne s'achève pas ?

Helena la prit par le bras.

– Venez, mon enfant. Nous allons vous aider à vous installer, au cas où vous devriez séjourner ici un moment.

Rhombur serra la main du Duc avec une rectitude tout impériale.

– Monsieur, je ne saurais vous exprimer notre reconnaissance. Kailea et moi savons le risque que vous courez.

Leto évita le regard de sa mère tandis que Paulus désignait Castel Caladan, au-dessus des falaises.

– La Maison des Atréides respecte l'honneur et la loyauté bien plus que les joutes politiques. (Il lança un regard pénétrant à son fils et répéta :) L'honneur et la loyauté. Il en sera toujours ainsi.

Leto reçut la leçon comme une botte d'escrime.

Seul Dieu peut concevoir des créatures vivantes
et intelligentes.
Bible Catholique Orange

Dans la Première Chambre de Maternité du complexe de Wallach IX, une petite fille venait de naître et pleurait sur la table de soins. Dans le froissement des blouses, une odeur de désinfectant flottait dans l'air. Les murs nus et les portes de métal reflétaient la lueur crue des brilleurs. Bien des Sœurs étaient nées ici.

Plus passionnées que pour une naissance habituelle, les Révérendes Mères en robes sombres sondaient la petite fille avec leurs instruments, marmonnant des commentaires inquiets. L'une d'elles préleva un échantillon de sang tandis qu'une autre faisait un frottis de peau. Elles chuchotèrent un instant plus tard : *Étrange pigmentation, biochimie faible, poids inférieur à...*

Gaius Helen Mohiam était allongée non loin de là, lasse, luisante de sueur, luttant pour recouvrer le contrôle de ses tissus tuméfiés. Même si elle faisait moins que son âge, elle n'était quand même plus assez jeune pour donner le jour à des enfants. Cet accouchement avait été difficile, plus difficile que les huit autres qui l'avaient précédé. Elle se sentait usée.

Deux acolytes poussèrent son lit jusqu'à l'arcade du seuil, on posa un chiffon rafraîchi sur son front, un autre sur ses lèvres desséchées. Mohiam avait rempli son rôle et, maintenant, la Communauté s'occuperait de l'enfant. La petite fille de lignage Harkonnen survivrait.

Sans perdre un instant, alors que sa toilette n'était pas encore finie, les Sœurs la passèrent sur le sondeur lisse. Elle gémit plusieurs fois puis, peu à peu, sa voix faiblit.

Les spécialistes du déchiffrage des données bio levèrent les yeux vers le grand moniteur de la chambre et comparèrent les résultats avec les nombres optimaux du tableau témoin.

– La disparité est évidente, dit calmement Anirul.

On lisait la déception dans les yeux de biche de la jeune Mère Kwisatz. C'était pour elle comme un poids brutal sur ses épaules.

– Et très inattendue, ajouta la Mère Supérieure Harishka.

Ses yeux d'oiseau brillaient dans son visage ridé. Les tabous interdisaient au Bene Gesserit d'user de moyens de fertilisation artificiels pour leurs programmes génétiques mais aussi d'examiner les fœtus *in utero*. Elle secoua la tête avec irritation et lança un bref regard à Mohiam.

– Le codage génétique est correct, mais cette enfant ne convient pas. Nous avons commis une erreur.

Anirul se pencha sur la petite fille. Elle était d'une pâleur maladive et l'ossature de son visage était difforme, de même que l'articulation d'une épaule. Elles constateraient sans doute plus tard d'autres déficiences chroniques.

Et elle est censée être la grand-mère du Kwisatz Haderach ? La faiblesse ne saurait pourtant engendrer la force.

Anirul cherchait fiévreusement dans son esprit ce qui avait pu mal tourner. Les autres Sœurs clameraient encore une fois qu'elle était trop jeune et impétueuse. Mais les projections des croisements de sélection avaient été si précises et les informations que l'Autre Mémoire lui avait livrées tellement affirmées. Même si elle avait été engendrée par Vladimir Harkonnen, cette enfant n'était pas ce que le Bene Gesserit attendait. Il ne restait que deux générations avant l'aboutissement de leur Quête du Graal, la culmination de leur programme de sélection, et cette malheureuse progéniture ne pouvait être l'avant-dernier échelon.

– Est-il possible qu'il y ait une faute dans l'index d'appariement ? demanda la Mère Supérieure. Ou est-ce une aberration ?

– Il n'existe pas de certitude en génétique, Mère Supérieure.

Anirul s'éloigna de la table. Sa confiance était ébranlée mais elle ne se sentait pas prête à faire des excuses. Nerveusement, elle se passa la main dans les cheveux.

« Non, les projections sont correctes. Je crains que le schéma chromosomique n'ait pas suivi... pour une fois.

La Mère Supérieure regarda autour d'elle. Les moindres commentaires, les moindres gestes étaient enregistrés et stockés dans les archives de la Communauté – et dans l'Autre Mémoire, pour servir plus tard aux autres générations.

– Suggérez-vous que nous devions recommencer avec le Baron lui-même ? Il ne s'est pas montré très coopératif.

Un sourire effleura les lèvres d'Anirul. *Bel euphémisme !*

– Nos projections définissent la probabilité la plus élevée. Il faut que ce soit le Baron Harkonnen et Mohiam qui engendrent l'enfant. Des milliers d'années de sélection ont défini ce point précis. Nous avons d'autres options, mais aucune de cette qualité... Donc, nous devons recommencer. Nous avons déjà commis des erreurs, Mère Supérieure – nous ne pouvons permettre qu'un échec menace le programme tout entier.

– Certes non, fit Harishka d'un ton cassant. Nous allons contacter à nouveau le Baron. Et lui envoyer notre représentante la plus persuasive pendant que Mohiam se rétablit.

Anirul regarda l'enfant qui s'était tu et agitait ses petites mains en donnant des coups de pied. Il était si faible qu'il ne pouvait pleurer longtemps. *À peine viable.*

Mohiam venait de se redresser sur son lit. En voyant le nouveau-né, elle nota aussitôt les difformités, la faiblesse et, avec une plainte, retomba sur les draps.

Harishka s'approcha d'elle.

– Ma Sœur, nous avons besoin de votre force, pas de votre désespoir. Nous allons prendre nos dispositions afin que vous ayez une autre chance avec le Baron.

Elle s'éloigna dans le bruissement de sa robe, les mains croisées sur la poitrine, suivie de ses acolytes.

Dans sa chambre, au sommet du Donjon, le Baron, comme à son habitude, admirait son reflet dans le miroir. Des miroirs, il y en avait beaucoup dans ses appartements, et la lumière y était intense, aussi pouvait-il se régaler du spectacle des formes que la Nature lui avait données. Sur ses muscles souples, sa peau était lisse, nourrie de toutes les huiles parfumées avec lesquelles ses amants le frictionnaient. Ses doigts glissèrent sur son ventre et il se pinça doucement, ravi.

Pas étonnant que les sorcières fassent appel à lui pour la deuxième fois. Avec leurs programmes génétiques, elles devaient exiger naturellement les meilleurs mâles. Le premier rejeton qu'avait dû donner cette truie de Mohiam était sans doute si parfait que les Sœurs en voulaient déjà un autre. Même si cette perspective lui répugnait, il ne la trouvait pas vraiment horrible.

Mais il voulait savoir quel rôle sa progéniture aurait à jouer dans les plans de ces créatures perfides et secrètes. Elles en avaient de nombreux, et seule une Bene Gesserit pouvait les comprendre. Est-ce qu'il pouvait en tirer avantage... ou bien les Sœurs comptaient-elles retourner sa fille contre lui plus tard ? Elles avaient toujours veillé à ne pas produire d'héritiers bâtards afin d'éviter les querelles dynastiques, quoique cela ne lui importât guère. Mais que préparaient-elles à son égard ? Piter de Vries avaient été incapable de lui proposer une explication.

– Baron, vous ne nous avez pas donné votre réponse.

Dans le miroir, il observa la Sœur Margot Rashino-Zea. Elle ne paraissait nullement gênée par sa nudité.

Elle était plutôt belle avec ses cheveux dorés. Les sorcières espéraient-elles donc qu'il se laisserait séduire par son joli minois, son corps gracile ? Elles comptaient sans doute que ce serait plus facile avec celle-ci qu'avec l'autre. Non, elle ne le captivait pas plus.

En lui présentant la nouvelle requête des Sœurs, Margot n'avait parlé que de la « nécessité » de copuler une seconde fois. Et seulement quelques mois après ! Maudites créatures ! Margot, au moins, se servait de paroles suaves et faisait preuve d'un rien de finesse, à la différence de la grossière Mohiam. Pour cette seconde rencontre, il devait admettre que les sorcières avaient trouvé un meilleur appât.

Et il avait décidé de rester nu en apprenant ce qu'elle demandait. Ainsi, il pouvait se pavaner devant elle en affectant l'indifférence.

– Mohiam était trop quelconque à mon goût, dit-il sans regarder l'émissaire des Sœurs. Dites-moi, sorcière, j'ai bien eu une fille comme premier enfant, comme promis ?

– Quelle différence cela fait-il pour vous ?

Les yeux gris-vert de Margot étaient rivés sur les siens, mais il savait bien que c'était tout son corps qu'elle voulait voir, la peau hâlée de son torse et de ses cuisses.

– Je ne vois pas la différence, idiote – mais je suis de naissance noble et je vous ai posé une question : répondez-moi ou vous mourrez...

– Les Bene Gesserit ne redoutent pas la mort, Baron. Mais... oui, votre premier enfant était une fille. Nous, les Sœurs, pouvons influer sur le cours de ces choses-là. Un fils ne nous aurait été d'aucune utilité.

— Je vois. Alors, pourquoi êtes-vous revenue ?

— Je ne suis pas autorisée à vous en révéler plus.

— Je trouve cette deuxième requête de votre Communauté profondément offensante. J'avais dit à vos Sœurs de ne plus m'importuner. Je pourrais vous faire tuer pour votre insolence. Vous êtes sur ma planète, dans mon Donjon.

— La violence n'est pas de mise.

Elle gardait un ton égal avec une trace sous-jacente de menace. Comment un corps aussi charmant pouvait-il cacher une telle monstruosité, une telle force ?

— La dernière fois, vous avez menacé de révéler au grand jour de prétendus stocks d'épice que j'aurais détournés. Avez-vous quelque chose de nouveau ou comptez-vous utiliser une fois encore ce chantage ?

— Le Bene Gesserit peut toujours brandir d'autres armes si vous le souhaitez, Baron, quoique la preuve de vos rapports de production falsifiés doive suffire à déchaîner la colère de l'Empereur.

Le Baron se contenta de hausser un sourcil et daigna enfin revêtir un peignoir de tissu fin.

— Je tiens de source qualifiée que certaines Grandes Maisons se seraient constitué leurs propres réserves de Mélange. Il en est même pour ajouter qu'Elrood lui-même se livrerait à cette pratique.

— L'Empereur a perdu son humour *et* sa santé depuis quelque temps. Il semble très préoccupé par Ix.

Le Baron réfléchit. Ses espions à la Cour de Kaitain lui avaient rapporté que le Vieil Elrood était de plus en plus instable et emporté et présentait des signes évidents de paranoïa. Il perdait l'esprit tandis que sa santé s'altérait, ce qui le rendait plus méchant encore que d'ordinaire, comme le prouvait l'allégresse qu'il avait montrée en abattant la Maison Vernius.

— Pour qui me prenez-vous ? Pour un taureau de Salusa que l'on mène à la génisse ?

Il n'avait rien à craindre, car les sorcières n'avaient plus trace de la moindre preuve matérielle contre lui. Ses stocks d'épice étaient désormais cachés sur Lankiveil et il avait ordonné d'effacer toute trace de ses agissements sur Arrakis. Ce qui avait été fait habilement par un ex-auditeur de la CHOM à sa solde.

Le Baron sourit : l'autre n'était plus à sa solde, à vrai dire, depuis que de Vries s'était occupé de lui.

La sorcière Margot le toisait toujours avec impertinence. Il avait très envie de découper doucement sa gorge délicate. Ainsi, elle ne roucoulerait plus ses menaces. Ce qui ne résoudrait pas son problème, même s'il survivait à l'affrontement avec les Sœurs. Elles lui dépêcheraient une autre envoyée, puis une autre encore. Non, il devait leur administrer une leçon qu'elles n'oublieraient pas avant longtemps.

— Puisque vous insistez, envoyez-moi votre mère porteuse. Je vais me préparer à la recevoir.

Il savait exactement ce qu'il allait faire. Piter et probablement son neveu Rabban ne seraient que trop heureux de l'aider.

— Très bien. La Révérende Mère Gaius Helen Mohiam arrivera dans quinze jours, Baron.

Sans ajouter un mot, Margot se leva. Il fut presque ému par le contraste de ses cheveux de platine et de sa peau de lait avec ses robes austères de Sœur.

Il convoqua de Vries sans tarder. Lui et son Mentat avaient du travail.

> *Sans but, la vie n'est rien. Ce but occupe parfois la vie entière d'un homme, devient une passion qui consume toute chose. Mais quand le but est atteint, qu'advient-il ? Oh, oui, malheureux homme : qu'advient-il ?*
>
> Journal intime de Dame Helena Atréides

Pour Duncan Idaho, après toute une jeunesse d'épreuves sur Giedi Prime, Caladan était un paradis fastueux. On l'avait débarqué sur un spatioport des terres-basses, à un hémisphère de distance de Castel Caladan. Le vaisseau avait déchargé sa cargaison de denrées recyclables et de déchets industriels, fait le plein de riz pundi. Renno ne lui avait pas dit un mot, ne lui avait donné aucune indication. Sans même lui souhaiter bonne chance, il avait regagné son poste et le cargo avait rallié le Long-courrier sur orbite. Seul dans une ruelle, Duncan songea qu'il ne pouvait pas se plaindre : il avait échappé aux Harkonnens et il ne lui restait plus qu'à trouver le Duc Paulus Atréides.

Il respirait un air nouveau, exotique et riche, humide, chargé de sel, d'aigres relents de poisson et du parfum épicé des fleurs sauvages. Tout était inconnu, confondant.

Sur le Continent Méridional, les collines escarpées étaient couvertes de prairies d'un vert intense et de jardins en terrasses pareils à des escaliers ondulés. Les gens qui travaillaient dans les champs sous la lumière brumeuse du soleil jaune semblaient heureux, même s'ils étaient pauvres. Habillés de vêtements fatigués, ils poussaient leurs palettes à suspenseur chargées de fruits et de légumes vers le marché.

Un vieux fermier surprit son regard avide et s'arrêta pour lui offrir un petit melon de paradan archimûr que le garçon dévora voracement. Le jus sucré coula entre ses doigts. Jamais il ne s'était autant régalé. Le fermier sentit son énergie mais aussi son désarroi et lui demanda s'il voulait travailler avec eux dans les rizières pendant quelques jours. Il ne lui offrit pas de salaire, mais lui proposa de l'héberger et de le nourrir. Duncan accepta sans hésiter.

En suivant le vieil homme, Duncan lui raconta ses combats avec les Harkonnens, l'arrestation et l'assassinat de ses parents, comment il avait été choisi pour la chasse de Rabban et avait fini par s'échapper.

– Maintenant, je dois me présenter au Duc Atréides, acheva-t-il avec candeur. Mais j'ignore où il est et comment le trouver.

Le fermier l'avait écouté en silence et opina gravement. Caladan connaissait les légendes du Duc, le peuple l'avait vu combattre un taureau avant le départ de son fils Leto. Ils respectaient tous leur chef et, à leurs yeux, il était tout à fait raisonnable que n'importe qui puisse demander audience aux Atréides.

– Je peux te dire où vit le Duc. L'époux de ma sœur a une carte de notre monde et je vais te montrer. Mais je ne sais pas comment tu peux te rendre là-bas. C'est très loin.

– J'y arriverai : je suis jeune et fort.

Le fermier hocha la tête sans un mot.

Duncan demeura quatre jours dans la famille du fermier, à travailler avec de l'eau jusqu'aux hanches. Il recreusait les fossés, repiquait les jeunes plants de riz dans la boue, tout en apprenant les chansons et les poèmes des planteurs de pundi.

Un après-midi, les guetteurs perchés dans les arbres donnèrent l'alerte en tapant dans leurs poêles. Un moment plus tard, des rides à la surface de l'eau signalèrent l'approche d'un banc de poissons-panthères. Les prédateurs des rizières pouvaient ronger leur victime jusqu'à l'os en quelques instants.

Comme tous, Duncan grimpa dans le lacis des arbres. Il se suspendit à des branches basses en déchirant la mousse et découvrit les poissons carnivores avec leurs écailles blindées, leurs faisceaux de crocs et leurs nageoires pectorales qui avaient évolué en bras rudimentaires munis de griffes. Ils sortirent de l'eau boueuse et escaladèrent les racines. Duncan entrevit leurs yeux reptiliens entre les écailles dégoulinantes et monta sur la branche supérieure. Au bout d'un moment, les poissons-panthères abandonnèrent et redescendirent en spirale vers la rizière où ils disparurent.

Le lendemain, nanti du baluchon-repas que lui avait offert la famille du fermier, il marcha jusqu'à la côte et trouva du travail comme réparateur de filets sur un bateau qui était venu pêcher dans les eaux plus chaudes des mers du Sud. À terme, Duncan savait qu'il regagnerait son port d'attache, sur le Continent Occidental où se trouvait Castel Caladan.

Des semaines durant, il noua et ravauda des filets, vida des poissons et mangea à satiété. Le maître coq utilisait beaucoup d'épices et de condiments inconnus de Duncan – des piments caladaniens et des moutardes qui lui piquaient le nez et lui arrachaient des larmes. Les marins riaient et lui disaient qu'il ne serait jamais un homme tant qu'il ne serait pas habitué à cette cuisine. À leur grande surprise, il considéra cela comme un défi et ne tarda pas à redemander un supplément de piment. Ce qui lui valut leur considération.

Ils étaient presque au terme du voyage quand un matelot qui occupait la couchette voisine de la sienne lui montra qu'il avait calculé que Duncan avait presque neuf ans.

– Je me sens bien plus vieux, tu sais, dit Duncan.

Il ne s'était pas attendu à mettre aussi longtemps à parvenir à destination, mais sa vie était tellement plus agréable, même s'il trimait dur. Il se sentait en sécurité sur ce monde. Et tout l'équipage du bateau était comme une nouvelle famille.

C'est sous un ciel nuageux qu'ils entrèrent enfin au port et que Duncan débarqua et laissa la mer derrière lui. Il ne demanda pas l'autorisation au capitaine, pas plus qu'il n'avait demandé de salaire. Cet épisode marin n'avait été qu'une étape. Pas une fois, tout au long du voyage, il ne se détourna du but qu'il s'était fixé : être reçu par le Vieux Duc Paulus.

Dans une ruelle des docks, peu après qu'il eut débarqué, il avait été attaqué par un marin et il avait retrouvé ses muscles de fer et ses réflexes. L'autre avait battu précipitamment en retraite, effaré de la force de ce gamin.

Il montait dans des camions, se cachait dans les trains qui circulaient dans le réseau des tubes de surface et dans les ornis de transport léger. Chaque jour, il s'enfonçait un peu plus vers le nord, vers Castel Caladan. Des semaines puis des mois passèrent.

Il pleuvait souvent dans cette région et il avait appris à s'abriter sous les arbres. Même quand il était trempé, affamé, il lui suffisait de se rappeler la terrible nuit de la Station Forestière pour accepter son sort. L'inconfort ne durerait pas toujours, il s'en sortirait comme sur Giedi Prime.

Parfois, il liait conversation avec d'autres voyageurs qui lui racontaient des histoires à propos du Duc, de la famille Atréides. Sur Giedi Prime, il n'avait jamais rien entendu de tel. Là-bas, les gens gardaient leurs opinions pour eux et ne livraient que sous la contrainte. Mais ici, les natifs étaient heureux de leur existence et se plaisaient à en parler. Un soir, alors qu'il se trouvait avec trois baladins, il prit vraiment conscience que le Duc était aimé de son peuple.

À l'opposé, on ne lui avait jadis rapporté que d'affreuses histoires sur les Harkonnens. Il avait appris à connaître la peur de la population, la crainte des conséquences brutales de toute forme de révolte. Ici, sur Caladan, le peuple respectait son leader, le Vieux Duc, il ne le craignait pas. Paulus, à ce qu'on lui dit, se déplaçait dans les villages avec une simple garde d'honneur et allait saluer les habitants sans armure ni bouclier.

Duncan n'imaginait pas le Baron Harkonnen ou Glossu Rabban sans armement lourd.

Je crois que je vais bien aimer ce Duc, songea-t-il une nuit, recroquevillé sous la couverture qu'un des baladins lui avait prêtée.

Enfin, après des mois de voyage, il se retrouva dans un village érigé sur un promontoire du littoral, dominé par le magnifique Castel Caladan, pareil à une sentinelle en sommeil face à la mer tranquille. Là-haut vivait le Duc Paulus Atréides qui, dans l'esprit de Duncan, jour après jour, était devenu une figure légendaire.

Dans le matin glacé, la brume se retirait du rivage et enveloppait le soleil orange. Il prit la route longue et abrupte.

Il épousseta ses vêtements et rentra son pull froissé dans son pantalon. Mais il avait confiance : le Duc l'accepterait tel qu'il était ou le ferait jeter dehors. Il était bien décidé à survivre de toute manière.

Il fut arrêté à la poterne par les gardes qui le prenaient pour un mendiant.

– Mais non, fit-il en levant haut la tête. J'ai franchi la galaxie pour venir voir le Duc car je dois lui raconter mon histoire.

Les gardes se moquèrent de lui.

– On va essayer de te trouver quelques reliefs en cuisine, mais pas plus.

Il avait l'estomac vide et gargouillant, mais répliqua :

– Ce serait d'une infinie bonté de votre part, messieurs, mais je ne suis pas ici pour ça. Veuillez prévenir le Castel que je... (Il se rappela une des phrases que les baladins lui avaient apprises.) Dites que Maître Duncan Idaho sollicite une audience auprès du Duc Paulus Atréides.

Ils rirent de plus belle, mais il devina cependant une trace d'intérêt dans leur expression. L'un d'eux s'absenta pour revenir bientôt avec des œufs frits. Duncan le remercia, engouffra les œufs, se lécha les doigts et s'assit pour attendre. Des heures passèrent.

Quand les gardes le questionnèrent, il leur répondit qu'il n'avait sur lui ni argent ni arme d'aucune sorte. D'autres solliciteurs entraient sans cesse tandis que les gardes bavardaient. Duncan les entendit parler d'une révolte sur Ix qui préoccupait fort le Duc depuis que l'Empereur avait mis à prix la tête de Dominic Vernius et de son épouse Shando. Le Castel était en grande effervescence : la nouvelle s'était répandue que Leto, le fils du Duc, était revenu de la planète ravagée par les combats avec deux réfugiés royaux.

Ce qui ne découragea pas Duncan d'attendre patiemment.

Le soleil revint au zénith et glissa une fois encore vers la mer. Duncan passa la nuit dans un coin de la cour. À la relève de la garde, au second matin, il répéta son histoire et sa requête. Cette fois, il ajouta qu'il s'était échappé du monde des Harkonnens et souhaitait entrer au service de la Maison des Atréides. Ce qui parut éveiller l'intérêt des gardes. Ils le fouillèrent, mais à fond cette fois.

Au début de l'après-midi, après avoir été sondé et soumis à un goûte-poison, il fut enfin admis dans l'enceinte du château. Il s'avança dans des couloirs anciens, traversa des salles ornées de tapisseries somptueuses. Des parquets de bois précieux craquaient sous ses pas. Tout dans ces lieux portait la patine de l'Histoire et d'une élégance fanée.

Deux gardes Atréides le soumirent à des appareils de détection complexes et il fut autorisé à entrer : il n'était qu'un adolescent qui ne cachait rien, mais il sentait leur méfiance, comme s'il constituait un élément perturbateur issu de procédures qu'ils ignoraient encore.

Duncan pénétra dans une grande salle sous des plafonds cintrés soutenus par des poutres géantes de bois noir.

Le Vieux Duc, installé dans un simple fauteuil en bois d'elacca marqué de la crête de faucon des Atréides, observait son visiteur. Duncan fut frappé par sa barbe et le regard perçant de ses yeux verts. Son fils Leto se tenait à son côté. Sa peau avait un ton olive, il était frêle et semblait encore sous le choc de ses récentes épreuves. En affrontant le regard de ses yeux gris, Duncan se dit qu'ils auraient des tas de choses à se dire.

– Leto, déclara le Duc, nous avons devant nous un garçon plutôt résistant.

– À première vue, Père, je dirais que ce qu'il demande est très différent de tout ce que nous avons entendu ce jour. Il ne me semble pas cupide.

Leto n'avait sans doute que cinq ou six ans de plus que lui, se dit Duncan – ce qui était un gouffre à leurs âges – mais tout comme lui, il paraissait être devenu brusquement adulte.

L'expression de Paulus se radoucit quelque peu.

– Depuis combien de temps attends-tu, mon garçon ?

– Oh, cela est sans importance, Mon Seigneur, répondit Duncan en espérant employer les mots qui convenaient. Je suis ici maintenant.

Le Duc lança un regard sévère au garde qui l'avait accompagné.

– Lui avez-vous donné à manger ?

– Oh, Mon Seigneur, suffisamment, je vous remercie bien. Et j'ai aussi passé une excellente nuit dans votre confortable cour.

– Dans la *cour* ? Mais qu'est-ce qui t'amène, jeune homme ? Tu viens des villages de pêcheurs ?

– Non, Mon Seigneur... J'arrive de... de Giedi Prime.

Les gardes se tendirent et le Duc et son fils échangèrent un regard incrédule.

– En ce cas, tu ferais bien de nous raconter ce qui t'est advenu, fit Paulus.

Au fur et à mesure que Duncan leur faisait le récit de ses tribulations, ils se rembrunirent et prirent à la fin une expression de dégoût. Duncan n'avait omis aucun détail.

Le Duc fixait Duncan et lisait la franchise sur son visage. Non, son récit n'avait pu être inventé. Son fils acquiesça.

– Je suis donc venu vous voir, Mon Seigneur, acheva Duncan.

– Mais dans quelle cité de Caladan as-tu donc débarqué ? Décris-la.

Duncan raconta ce qu'il avait vu et le Vieux Duc lui confirma qu'il avait sans nul doute traversé ce monde.

— On m'a dit de venir vous voir, Mon Seigneur, et de vous demander si vous auriez quelque tâche à me confier. Je hais les Harkonnens et je suis prêt à faire serment d'allégeance à la maison des Atréides.

— Père, je le crois, fit Leto d'un ton calme. À moins qu'il ne s'agisse d'une leçon que vous comptez m'enseigner ?...

Paulus se laissa aller en arrière, les mains sur la poitrine, et Duncan mit un instant à comprendre que le Duc réprimait un rire énorme. Il se donna une grande claque sur les genoux.

— Mon garçon, j'admire ce que tu as fait ! Un jeune gars avec des couilles pareilles est assurément un homme qui doit faire partie de ma maisonnée !

— Je vous remercie, Monsieur.

— Père, je suis certain que nous lui trouverons sans tarder un emploi, fit Leto avec un sourire où perçait la fatigue.

Le Vieux Duc se leva et ordonna aux serviteurs de donner un bain et des vêtements neufs à Duncan et de lui servir un repas.

— Mais non ! s'interrompit-il. Qu'on prépare la table de banquet. Mon fils et moi invitons le jeune Maître Idaho.

Quand ils entrèrent dans la salle attenante, les domestiques s'activaient déjà à disposer les couverts en donnant des ordres en cuisine. Une servante coiffa Duncan et épousseta ses vêtements avec une brosse statique. Il prit place en bout de table, entre le Duc et Leto.

— Il me vient une idée, mon garçon, dit Paulus, le menton dans la main. Étant donné que tu as fait la preuve que tu pouvais avoir le dessus sur ces monstres d'Harkonnens, crois-tu qu'un taureau de Salusa ne serait pas ta mesure ?

— Si, Monsieur, fit Duncan, qui avait entendu parler des exploits du Duc dans l'arène. Si vous voulez que j'en combatte un, je le ferai avec joie.

— Le *combattre* ? Non, je ne pensais pas exactement à ça.

— Je pense, dit Leto, que je vous ai trouvé un emploi à Castel Caladan, jeune homme. Dans les étables sous les ordres du Maître Yresk. Vous vous occuperez des taureaux de mon père, vous pourrez les nourrir et les panser si vous parvenez à les approcher. Je l'ai fait moi-même. (Leto regarda son père.) Vous

vous souvenez ? Yresk me laissait entrer dans les étables quand j'avais l'âge de Duncan.

– Oh, mais Duncan fera bien plus que soigner les bêtes.

Paulus leva un sourcil sur les plats magnifiques que l'on disposait devant eux et le regard émerveillé de Duncan ne lui échappa pas.

– Et si tu fais du bon travail dans les étables, nous te trouverons des besognes bien plus plaisantes.

> *L'Histoire a rarement été bonne pour ceux qui devaient être punis. Les punitions du Bene Gesserit ne peuvent s'oublier.*
>
> Dicton du Bene Gesserit

Gaius Helen Mohiam débarqua sur Giedi Prime avec une nouvelle délégation du Bene Gesserit. Pour la seconde fois en un an, elle se retrouvait dans le Donjon du Baron.

Elle avait choisi d'arriver de jour en dépit de la couverture de nuages gras et d'écharpes de fumée des usines qui conféraient au ciel un aspect malsain, interceptant le plus infime rayon de soleil.

Elle avait présenté la même demande de « services spéciaux » mais, cette fois-ci, le Baron avait secrètement décidé d'agir autrement.

Un régiment de soldats de la garde cerna aussitôt la navette afin d'intimider les sorcières.

Le Burseg Kryubi, ex-pilote d'ornithoptère sur Arrakis, dirigeait désormais la sécurité de la citadelle Harkonnen, et il attendait au pied de la coupée, devant ses hommes.

Tous portaient la tenue bleue d'apparat.

Mohiam apparut enfin, flanquée de ses acolytes, de ses gardes personnels et des Sœurs de sa suite. Elle eut un froncement dédaigneux en découvrant le Burseg et son escouade.

– Que signifie cette réception ? Où est le Baron ?

Kryubi leva les yeux vers elle.

– Ne cherchez pas à vous servir de la Voix contre moi, sous peine d'une... dangereuse réaction de la part de mes hommes. Mes ordres stipulent que vous et vous seule êtes autorisée à voir le Baron. Pas de gardes, pas de domestiques ni d'accompagnement. Il vous attend dans le hall de réception du Donjon. (Il montra sa suite.) Aucune de ces personnes ne doit entrer.

— Inadmissible, dit Mohiam. J'exige un accueil diplomatique courtois. Ma suite doit être accueillie avec le respect qui lui est dû.

Kryubi ne cilla pas.

« Je sais ce que veut la sorcière, lui avait dit le Baron. Mais si elle croit venir ici pour copuler de manière normale, elle se trompe lamentablement ! » Quel qu'ait été le sens caché de ses paroles.

— Votre requête est irrecevable, dit le Burseg.

Il redoutait plus les châtiments du Baron que tout ce que pouvait lui faire cette femme.

— Si vous n'êtes pas d'accord, vous êtes libre de repartir.

Avec un grognement de fureur, Mohiam descendit la rampe et se retourna pour lancer un regard à celles qui demeuraient à bord du vaisseau.

Et elle lança d'un ton moqueur, à l'intention des soldats Harkonnens :

— Pour un homme aussi pervers, le Baron Vladimir Harkonnen me paraît bien prude. Surtout quand il s'agit de sexe.

Kryubi, qui n'était pas au fait de la situation, fut intrigué par cette pique, mais décida aussitôt que mieux valait rester dans l'ignorance de certaines choses.

— Dites-moi, Burseg, reprit la sorcière, comment pourriez-vous savoir que je me sers de la Voix ?

— Un soldat ne doit pas révéler son arsenal de défense.

— Je vois...

Elle avait pris un ton apaisant, sensuel. Kryubi ne se sentait pas menacé, mais il se demanda pourtant si son coup de bluff avait marché.

Ce qu'il ignorait, c'est que Mohiam était une Diseuse de Vérité capable de reconnaître les nuances de la fausseté et de la trahison. Elle se laissa conduire par le roide Burseg jusqu'à un passage souterrain. Dès qu'ils furent à l'intérieur du Donjon, elle adopta une attitude distante et nonchalante.

Mais tous ses sens affûtés étaient prêts à repérer la moindre anomalie. L'accueil du Baron la rendait extrêmement soupçonneuse. Elle savait qu'il préparait un coup.

Le Baron arpentait le Grand Hall, le regard vif, méfiant. L'endroit était vaste et froid, et la lumière des brilleurs sans filtres placés aux quatre angles était trop crue. Sous ses bottes noires pointues, les dalles résonnaient. Le hall désert était le lieu idéal pour une embuscade.

Il avait mis en place des gardes et des yeux électroniques dans diverses alcôves. Il savait qu'il ne pourrait longtemps abuser la Bene Gesserit, mais peu importait. Même si elle devinait qu'ils étaient épiés, cela lui donnerait à réfléchir avant d'user de ses stratagèmes. Il y gagnerait peut-être quelques secondes.

Il avait décidé de contrôler la situation, cette fois, et il tenait à ce que ses gens les voient. Il allait leur donner du bon spectacle, ils en parleraient dans leurs casernements et dans leurs vaisseaux des années durant. Mieux encore, il allait remettre les sorcières à leur place. *Du chantage ? On va bien voir !*

Piter de Vries se glissa auprès de lui, tellement silencieux et rapide que le Baron, surpris, s'écria :

— Ne fais plus ça, Piter !

— J'ai apporté ce que vous m'aviez demandé, Mon Seigneur.

Le Mentat tendit la main, lui présentant deux oreillettes à émetteur de bruit blanc.

— Vous les enfoncez jusqu'au fond. Elles sont munies d'un système de distorsion si jamais elle tentait d'utiliser la Voix. Vous entendrez normalement, mais ces oreillettes brouilleront toutes les harmoniques hostiles.

Le Baron inspira profondément en faisant jouer ses muscles. Il se devait d'être parfaitement prêt.

— Piter, contente-toi de jouer *ton* rôle. Je sais ce que j'ai à faire.

Il gagna une petite alcôve, prit une carafe de cognac kirana et but longuement au goulot. Le feu de l'alcool lui brûla l'estomac et il s'essuya la bouche.

Il avait déjà bu plus que de coutume, sans doute trop, vu l'épreuve qui l'attendait. De Vries, conscient de son anxiété, le regarda sans un mot, mais le Baron devina son rire intérieur. Irrité, il prit une autre lampée de kirana.

Le Mentat repassait point par point le plan qu'ils avaient conçu, impatient de passer à l'action.

— Peut-être la sorcière revient-elle uniquement parce qu'elle a apprécié votre première rencontre. (Il gloussa de rire.) Vous pensez qu'elle vous a désormais *dans la peau* ?

Le Baron lui décocha un regard si noir que de Vries se demanda s'il n'était pas allé trop loin. Mais il était expert dans l'art d'éviter les représailles.

— C'est donc là tout ce que mon Mentat trouve à me proposer ? Essaie de penser, idiot ! Pourquoi les Bene Gesserit veulent-elles un enfant *de moi* ? Elles essaient de remuer le fer dans la plaie pour que je les haïsse encore plus ?

Elles ont peut-être besoin de deux filles pour une raison que j'ignore. Ou alors la première avait un défaut... Ses lèvres gourmandes se retroussèrent en un sourire furtif. *Cette enfant sera certainement la dernière.*

Le Bene Gesserit ne pouvait plus exercer son chantage. Abulurd, à son insu, cachait le trésor de guerre des Harkonnens. Et le pauvre innocent n'avait pas le moindre soupçon. Mais s'il avait le cœur tendre et la tête creuse, Abulurd n'en était pas moins un Harkonnen. Même s'il découvrait les manigances de sa famille, il ne dirait rien. Il révérait trop la mémoire de leur père.

Le Baron s'éloigna de la carafe de kirana avec un goût aigre dans la bouche. Son pyjama noir et brun était serré par un cordon sur son ventre plat. Le griffon bleu du blason des Harkonnens était brodé sur son revers gauche. Il avait gardé les bras nus pour montrer ses biceps parfaits et ses cheveux roux étaient soigneusement emmêlés pour rehausser son air bravache.

Il jeta un regard sévère à de Vries qui prenait une gorgée de jus de sapho.

— Nous sommes prêts, Baron ? demanda le Mentat. Elle attend au-dehors.

— Oui, Piter, nous sommes prêts.

Le Baron se laissa aller dans un fauteuil. Son pyjama soyeux et flou ne pouvait dissimuler aucune arme aux yeux de la Révérende Mère – aucune arme *prévisible*.

Il sourit.

— Fais-la entrer.

Dès que Mohiam s'avança dans le hall, le Burseg Kryubi et ses hommes refermèrent les portes sur elle et restèrent à l'extérieur. Les verrous cliquetèrent et, aussitôt en alerte, la Révérende

Mère comprit que le Baron avait orchestré cette rencontre dans les moindres détails.

Ils étaient censés être seuls dans la salle vide, froide et austère, sous les phares durs des brilleurs. Tout évoquait la brutalité cruelle des Harkonnens.

— Je vous salue une fois encore, Baron, déclara Mohiam avec une politesse qui voilait mal son mépris. Je constate que vous avez su préparer notre rencontre. Peut-être étiez-vous impatient ? (Elle détourna le regard.) Il est possible que je vous accorde un peu plus de plaisir cette fois.

— Peut-être, répliqua le Baron, affable.

Cette réponse déplut à Mohiam. *À quel jeu joue-t-il donc ?* Elle explora les alentours, sonda les courants d'air, les ombres, tenta de déceler les battements de cœur d'une autre personne. Quelqu'un guettait, quelque part... mais où ? Avaient-ils projeté de l'assassiner ? Comment pourraient-ils oser ? Elle contrôla totalement son pouls.

Le Baron, elle en était maintenant certaine, méditait plus qu'une simple coopération. Pas un instant elle n'avait espéré le vaincre facilement, surtout pas dans ce deuxième épisode. Certains chefs des Maisons Mineures pouvaient être manipulés ou renversés – le Bene Gesserit excellait à cela – mais tel ne serait pas le destin des Harkonnens.

Elle affronta les yeux d'obsidienne du Baron avec toute le pouvoir d'une Diseuse de Vérité, mais elle ne réussit pas à percer ses pensées : ses plans restaient opaques. Elle perçut pourtant une onde de peur en profondeur. Jusqu'où les Harkonnens avaient-ils décidé d'aller ? Le Baron ne pouvait se soustraire à la demande des Sœurs, sachant ce qu'elles savaient. À moins qu'il ait choisi d'affronter les lourdes pénalités impériales ?

De même, était-il vraiment prêt à encourir le châtiment du Bene Gesserit ?

En d'autres temps, elle aurait apprécié ces joutes mentales et physiques avec un adversaire de taille. Il était fuyant, on pouvait le faire ployer, le manipuler, plus difficilement le briser. En cet instant, il allait au-delà de son mépris : il n'était qu'un étalon au service des plans de la Communauté. Les Sœurs voulaient ses gènes, mais elle-même ne savait pas pourquoi, et elle ignorait aussi l'importance que sa fille aurait. Elle n'était sûre que d'une chose : si elle retournait sur Wallach IX sans avoir accompli sa mission, elle aurait droit à une réprimande particulièrement sévère.

Elle décida de ne plus perdre un instant. Elle concentra tous les pouvoirs de la Voix, colorant les mots et les intonations d'un poison vocal auquel un humain ne pouvait résister. Et dit brièvement :

– *Coopérez.*

Le Baron se contenta de sourire sans un geste. Mais son regard dériva. Mohiam était tellement surprise de son échec qu'elle comprit trop tard que le Baron lui avait préparé un piège bien différent de ce qu'elle avait soupçonné.

Le Mentat Piter de Vries venait de surgir d'une alcôve. Elle se retourna, en position de combat, mais il se déplaçait bien plus vite qu'elle.

Le Baron savourait.

De Vries brandissait une arme rudimentaire mais efficace. Le vieux brouilleur neural pouvait servir de paralyseur à haute intensité. Et le Mentat tira une salve avant même que Mohiam ait réagi. Les ondes crépitantes court-circuitèrent instantanément ses circuits neuro-musculaires.

Elle tomba en arrière, secouée de spasmes douloureux, mordue par des milliers de fourmis imaginaires qui mettaient chaque centimètre carré de sa peau à vif.

Délicieux, apprécia le Baron.

Elle tomba sur les dalles, bras et jambes écartés, comme écrasée par le pied d'un géant. Ses oreilles résonnèrent sous le choc et elle resta le regard fixe. Même en faisant appel au contrôle *prana bindu*, elle ne pouvait plus bouger.

Le visage moqueur du Baron se pencha sur elle. Elle était agitée de spasmes et comprit à une chaleur soudaine dans l'entrejambe qu'elle avait uriné sous elle. Un filet de bave coula de la commissure de ses lèvres jusqu'à son oreille.

– Écoutez bien, sorcière, ce paralyseur ne vous causera pas de dommage irréversible. En fait, vous retrouverez le contrôle de vos fonctions vitales dans vingt minutes à peu près. Ce qui nous laisse le temps de mieux nous connaître.

Il tournait autour d'elle en souriant, à la limite de son champ de vision, et ajouta à voix haute pour être entendu de chaque récepteur :

« Je sais quels faux documents vous avez forgés pour exercer un chantage sur la Maison Harkonnen, et mes avocats sont prêts à nous défendre devant toutes les cours de l'Imperium. Vous nous avez menacés pour que nous vous donnions un autre enfant, mais ce n'est qu'une arme vaine brandie par des sorcières malsaines.

Il sourit comme si une idée nouvelle lui venait.

— Pourtant, je veux bien vous donner cette autre progéniture. Sincèrement. Mais il faut que vous sachiez bien ceci, sorcière, et que vous le répétiez à vos Sœurs : vous ne pourrez faire plier le Baron Vladimir Harkonnen sans en subir les conséquences.

Mohiam se concentra sur certains muscles, certains nerfs, et put de nouveau bouger les yeux. Mais le brouilleur neural avait eu un effet radical et tout le reste de son corps demeurait inerte.

Le Baron, malgré sa répugnance, se baissa pour lui arracher ses jupons. Sous l'étoffe, il ne vit aucun des muscles mâles et généreux qu'il convoitait et désirait d'ordinaire. Mais il fronça les sourcils en découvrant la tache humide.

— Mon Dieu, on dirait que vous avez eu un petit accident !

Elle lut la folie dans les yeux du Mentat qui l'épiait, les lèvres écarlates. Le Baron venait de lui écarter les jambes et fouaillait dans ses culottes noires.

Elle ne voulait pas savoir ce qu'il faisait.

Excité par le succès de son plan, il n'avait aucune difficulté à maintenir son érection. Le visage empourpré par l'alcool, il observait cette femme sans attrait, imaginant qu'une vieille usée avait été soumise à sa loi brutale, qu'elle avait été condamnée à être jetée dans un puits d'esclaves. Elle qui se considérait comme si importante et puissante était désormais à sa totale merci !...

Il prenait un plaisir intense à la violer — c'était même la première fois qu'il jouissait avec une femme, même si celle-là n'était qu'un tas de chair.

Sous la violence de son assaut, Mohiam resta clouée, furieuse et impuissante. Elle sentait chacune de ses poussées douloureuses, mais elle ne parvenait pas à maîtriser ses muscles. Ses yeux restaient grands ouverts, elle pensa qu'elle était capable de battre des paupières avec un peu d'effort, mais elle ne devait pas gaspiller son énergie. Elle devait opérer une concentration intérieure absolue sur sa biochimie, et la transformer. Le paralyseur du Mentat n'avait pas totalement agi. Une part de son métabolisme fonctionnait encore et le Baron allait le regretter.

Elle avait contrôlé son ovulation afin d'atteindre sa pointe de fertilité à cette heure précise. Même s'il la violait, elle porterait bientôt une autre fille du Baron. C'était le but essentiel.

Techniquement, elle n'avait besoin que de son sperme, rien de plus. Mais elle comptait lui offrir quelque chose en retour, une vengeance à effet retardé qu'il ne risquait pas d'oublier durant les années qu'il lui restait à vivre.

Nul n'oubliait jamais une punition Bene Gesserit.

Même paralysée, Mohiam restait une Révérende Mère, une Diseuse de Vérité. Son organisme recelait des armes non orthodoxes dont elle pouvait se servir à tout moment, même si elle semblait impuissante.

Grâce à l'exceptionnelle maîtrise des fonctions de leur corps et à leurs perceptions, les Sœurs pouvaient créer des antidotes contre tout poison introduit dans leur organisme. Elles savaient aussi neutraliser les germes des maladies les plus abominables, détruire les virus pathogènes... ou les neutraliser en les gardant à l'état latent pour les utiliser plus tard. Mohiam en portait plusieurs en elle et, pour les activer, il lui suffisait d'agir sur sa propre biochimie.

Le Baron la chevauchait en grognant comme un animal, les mâchoires serrées, les lèvres retroussées en une grimace sarcastique, le visage empourpré et luisant de sueur. Elle rencontra son regard et il accentua la cadence avec un sourire mauvais.

C'est à cet instant qu'elle sélectionna une maladie particulière, un désordre neurologique induit qui détruirait le corps harmonieux du Baron, graduellement, en une vengeance lente, très lente. Il aimait son physique, à l'évidence il en tirait orgueil et plaisir. Mohiam aurait pu lui inoculer un grand nombre d'affections fatales, mais là, elle avait choisi de frapper en profondeur et doucement. Jour après jour, le Baron devrait affronter sa propre image, de plus en plus obèse, de plus en plus faible. Ses muscles allaient dégénérer peu à peu, son métabolisme se mettrait à dérailler et, dans quelques années, il ne pourrait plus marcher.

C'était une chose tellement simple... avec des effets tellement prolongés. Une punition qui durerait des années. Elle le voyait déjà miné par la souffrance, tellement énorme qu'il serait incapable de se tenir debout sans aide, hurlant sous la torture interne.

Ayant joui, certain qu'il avait enfin démontré à la sorcière qu'il était le plus fort, le Baron se retira et la domina de toute sa taille avec une expression de répugnance.

— Piter, donne-moi une serviette, que je puisse enlever la bave de cette putain.

Le Mentat sortit en gloussant de rire. Les portes s'ouvrirent et des soldats entrèrent tandis que Mohiam retrouvait l'usage de ses muscles, graduellement.

Le Baron lui jeta un regard cruel.

— Allez dire au Bene Gesserit de ne plus avoir à m'importuner avec ses machinations génétiques.

Elle se dressa sur un bras, rassembla ses effets et se mit enfin debout avec une coordination presque parfaite. Le menton levé, elle avait du mal à dissimuler son humiliation et le Baron la savourait.

Tu penses que tu as gagné, hein ? Nous verrons bien.

Satisfaite de sa mission et d'avoir accompli sa terrifiante vengeance, la Révérende Mère quitta le Donjon Harkonnen. Le Burseg la suivit un instant avant de la laisser continuer seule jusqu'à la navette, comme une chienne battue. Les gardes étaient figés au garde-à-vous près de la coupée.

En s'approchant, Mohiam retrouva son aplomb et se permit même un sourire léger. Peu importait ce qui venait de se passer : elle avait maintenant en elle une autre fille Harkonnen. Selon les exigences du Bene Gesserit...

> *Comme les choses étaient simples quand notre*
> *Messie n'était encore qu'un rêve*
>
> Tilgar, Naib du sietch Tabr

Maintenant qu'il avait été accepté dans le sietch, la vie de Pardot Kynes ne serait plus la même.

Le jour de son mariage avec Frieth approchait, et il devait consacrer des heures à sa préparation et à la méditation, apprendre le rituel des épousailles, plus particulièrement l'*ahal*, le cérémonial du choix d'un compagnon par une femme – et Frieth avait certainement été l'instigatrice de leur liaison. Il était fasciné par tant d'autres choses mais il ne pouvait se permettre aucune faute dans ce domaine délicat.

Pour les chefs du sietch, c'était une grande occasion, plus spectaculaire qu'un mariage Fremen normal. Jamais encore un étranger n'avait épousé une femme du sietch, quoique le Naib Heinar ait entendu dire que cela était advenu dans d'autres sietch.

Après le sacrifice d'Uliet, la rumeur avait couru (et elle avait sans doute été colportée dans d'autres communautés Fremen) qu'il aurait eu une vision véritable de Dieu qui lui aurait dicté ses actes. Le vieil Heinar, tout comme les autres anciens, Jerath, Alid et Garnah, regrettait d'avoir douté des paroles passionnées du Planétologiste.

Il avait solennellement proposé de démissionner en faveur de celui qui était désormais un prophète venu de par-delà les étoiles, mais Kynes n'avait aucun intérêt à devenir Naib du sietch. Il avait trop à faire – et les défis qu'il allait affronter dépassaient de loin la simple politique communautaire. Il était parfaitement heureux de se consacrer à son plan de terraformation et aux relevés des instruments qu'il avait disposés dans le désert. Il devait tout connaître de l'immensité de sable et de ses subtiles différences avant de décider des changements précis qui l'amélioreraient.

Les Fremen travaillaient dur pour toutes les tâches qu'il leur assignait, même si certaines leur semblaient absurdes. Maintenant, ils croyaient tout ce qu'il disait, mais Kynes était si absorbé qu'il ne se rendait pas compte de leur dévouement. Pour lui, ils partaient pour des régions perdues, relançaient les anciennes stations botaniques expérimentales depuis longtemps abandonnées par l'Imperium. Certains se risquaient même dans les territoires interdits, loin au sud. Ils utilisaient un mode de transport qu'ils gardaient secret.

Durant ces semaines fébriles, deux Fremen furent portés disparus – mais Kynes ne le sut jamais. Il exultait sous le flot d'informations qu'ils lui ramenaient. Cela dépassait tout ce qu'il avait accompli durant ses années de travail solitaire comme Planétologiste Impérial. Il était dans un paradis scientifique.

La veille de son mariage, il rédigea soigneusement son premier rapport depuis son arrivée au sietch, la somme de longues semaines d'efforts. Un messager l'emporta à Arrakeen, et de là il fut transmis à l'Empereur. Sa collaboration avec les Fremen menaçait de le placer dans une situation de conflit d'intérêts en tant que Planétologiste Impérial, mais il devait sauver les apparences. Aussi, dans son rapport, il n'avait pas fait allusion à ses relations avec le peuple du désert. Kaitain ne devait pas savoir qu'il avait « pris le parti des indigènes ».

Dans son esprit, *Arrakis* n'existait plus. Il n'y avait désormais et il n'y aurait plus que *Dune*. Et, à chaque découverte, il réalisait que ce monde aride cachait des secrets plus profonds que tout ce que l'Empereur pouvait imaginer.

Dune était un coffre au trésor qui n'attendait que d'être ouvert.

Le téméraire Stilgar s'était complètement remis de sa blessure et il tenait à aider Kynes dans toutes les besognes pénibles. Pour lui, c'était le seul moyen de diminuer la lourde dette d'eau de son clan. Ce n'était pas le sentiment de Kynes, mais il s'était plié à la volonté du sietch : pour les Fremen, une dette ne pouvait être ignorée ni oubliée.

On lui avait offert d'épouser Frieth. Il ne s'en était même pas aperçu, mais elle semblait ne se consacrer qu'à lui, elle recousait ses vêtements et lui préparait à manger avant même qu'il ait faim. Elle était vive et habile et ses yeux de l'Ibad pétillaient d'intelligence. Elle lui avait évité de nombreux faux pas et il avait enfin compris que ses attentions allaient bien au-delà de la dette d'eau pour la vie de son frère.

C'est ainsi qu'à l'heure où s'élevaient les lunes jumelles de Dune, Kynes se joignit aux autres Fremen pour la cérémonie du mariage. Avant le terme de la nuit, il serait un époux. Il se laissait pousser la barbe pour la première fois de sa vie. Frieth, qui hésitait souvent à exprimer ses préférences, semblait apprécier.

Le cortège nuptial descendit des montagnes pour entamer un long périple dans les dunes, conduit par Heinar le Naib borgne et la Sayyadina du sietch qui était, Kynes le savait maintenant, l'équivalent d'une Révérende Mère du Bene Gesserit.

En contemplant la mer de sable sous la lumière perlée des lunes, Kynes retrouva la première pensée qui lui était venue en découvrant le désert : ses ondulations étaient comme les courbes sensuelles d'un corps de femme. *Peut-être que j'avais plus envie de me marier que je ne le croyais.*

Ils allaient en file indienne, escaladant le versant de sable aggloméré exposé au vent avant de se frayer un passage dans la crête douce. Les guetteurs du sietch étaient à leurs postes, prêts à déclencher l'alarme au moindre signe d'un ver géant ou d'un engin Harkonnen. Avec les Fremen, Kynes se sentait totalement en sécurité. Il était un des leurs maintenant, et il savait qu'ils étaient prêts à donner leur vie pour lui.

Il observa l'adorable Frieth et elle répondit à son regard. Il y avait de l'espoir dans ses yeux, et peut-être aussi de l'amour. Elle portait pour la circonstance la robe noire des promises et les femmes du sietch lui avaient coiffé les cheveux en longues tresses maintenues par les anneaux d'eau de sa famille et ceux de son futur époux pour symboliser leur union. Des mois auparavant, tout l'équipement et les fournitures que Kynes avait eus à son arrivée avaient été répartis entre tous les Fremen et il avait versé ses réserves d'eau dans les cuves de la communauté. Dès qu'il avait été accepté, il avait reçu des anneaux d'eau pour ses services et il s'était ainsi retrouvé relativement riche.

Pour la première fois cette nuit, il remarquait la joliesse et la séduction de sa fiancée, et il s'en voulut de ne pas en avoir eu conscience plus tôt.

À présent, c'était l'heure des chants et des danses traditionnels et les jeunes filles Fremen qui n'avaient pas encore d'époux s'élancèrent entre les dunes, leurs cheveux dénoués fouettant leurs corps souples dans la brise de nuit.

Les Fremen expliquaient rarement leurs coutumes, l'origine des rites, leur signification. Pour eux, tout existait, simplement. Loin dans le passé, les Zensunni, dans leur longue errance entre les mondes, avaient développé de nouveaux modes de vie qui étaient depuis restés inchangés. Nul ne leur posait jamais de question, alors pourquoi Kynes le ferait-il ? Et puis, s'il était réellement le prophète qu'ils voyaient en lui, il devait comprendre intuitivement toutes ces choses.

Il lui était facile de deviner pourquoi les tresses de la mariée étaient prises dans ses anneaux d'eau, alors que les célibataires gardaient les cheveux dénoués. Celles qui dansaient pieds nus sur le sable, comme si elles volaient, étaient pour la plupart des jeunes filles, mais certaines avaient plus que l'âge de se marier. Elles glissaient et tourbillonnaient et leurs cheveux étaient des halos irisés.

Le symbole des tempêtes, se dit Kynes. *Les vents Coriolis.* Il avait étudié les tempêtes tourbillonnantes et savait que la force des vents excédait parfois huit cents kilomètres à l'heure. La poussière et les cristaux pouvaient déchirer la chair d'un homme jusqu'à l'os.

Le ciel limpide était poudré d'étoiles, sans trace de brume annonciatrice d'une éventuelle tempête. Et les guetteurs savaient détecter les signes de changement.

Pris dans les chants et les figures que dessinaient les filles, immobile dans la nuit près de sa future épouse, il leva les yeux vers les deux lunes de la planète et pensa aux effets de marée, aux infimes contraintes gravifiques qui avaient dû affecter la géologie et les climats de Dune. Il en saurait sans doute plus par les sondages en profondeur du noyau...

Dans les mois qui viendraient, il allait prélever des échantillons importants de glace au pôle Nord. La mesure des strates et l'analyse isotopique de leur contenu lui permettraient de retracer une histoire météorologique précise de Dune. Il dresserait une carte des cycles de fonte et de réchauffement et des anciens schémas de précipitation pour déterminer où avait disparu l'eau de cette planète.

Car, jusqu'à présent, l'aridité de Dune n'avait aucun sens.

Comment la masse d'eau d'une planète pouvait-elle être absorbée et bloquée par les strates rocheuses ? Un impact de météorite ? Des explosions volcaniques ? Aucune option ne semblait viable.

Quand les danses complexes s'achevèrent, le Naib s'approcha de la vieille Sayyadina. La sainte femme se tourna vers le couple et son regard se vrilla dans celui de Kynes. Elle évoquait un rapace, avec ses yeux bleus de l'Ibad presque noirs sous les lunes.

Kynes mangeait comme les Fremen depuis des mois, et chaque mets avait la saveur prenante de l'épice. Un matin, en se regardant dans le miroir, il avait constaté que le blanc de ses yeux était maintenant teinté d'un soupçon de bleu. Et ce changement l'avait troublé.

Pourtant, il se sentait plus vivant, l'esprit plus acéré, plein d'énergie. Bien sûr, il y avait l'enthousiasme qu'il éprouvait à poursuivre ses recherches, mais il pensait que l'épice y était aussi pour une part.

Car l'épice était partout : dans l'air qu'il respirait, dans la nourriture, les vêtements, les tapis et les tentures du sietch. Le Mélange autant que l'eau était essentiel à l'existence des Fremen.

Ce même jour, Turok, qui l'accompagnait régulièrement dans ses explorations, avait remarqué ses yeux et lui avait dit :

– Planétologiste, tu deviens l'un des nôtres. Tu as les yeux de l'Ibad. Tu appartiens à Dune. Notre monde t'a changé pour toujours.

Kynes avait eu un sourire un peu pâle, car au fond de lui il avait peur.

– Ça, on peut le dire.

Et voilà qu'il allait se marier – autre changement important.

La mystérieuse Sayyadina prononça des mots en Chakobsa, un langage que Kynes ne comprenait pas, mais il prononça les réponses qu'il avait mémorisées. Les anciens avaient pris un soin extrême à le préparer. Un jour peut-être, en poursuivant ses recherches, il comprendrait ces rites, ce langage ancien, ces traditions mystérieuses. Mais pour l'heure, il ne pouvait faire que des suppositions.

Pendant la cérémonie, il resta plongé dans ses réflexions, imaginant les divers tests qu'il pourrait mener pour analyser le sable et les rochers de la planète, rêvant des stations expérimentales à venir, des jardins qu'ils allaient planter. Ses plans d'amélioration étaient vastes et il disposait de toute la main-d'œuvre qu'il pouvait désirer. Réveiller ce monde allait être un travail incroyable – mais à présent, les Fremen partageaient son rêve et il savait que c'était possible.

Possible !

Il sourit et Frieth le vit et répondit, même si ses pensées suivaient un cours bien différent. Quasiment oublieux de ce qui se passait autour de lui, ne se souciant guère de l'importance du moment, Kynes le Planétologiste Impérial se retrouva marié selon la tradition Fremen presque avant de l'avoir compris.

Les arrogants édifient des murs de châteaux derrière lesquels ils cachent leurs doutes et leurs craintes.

Axiome Bene Gesserit

Les brumes de l'aube portaient la senteur d'iode de la mer jusqu'en haut des falaises noires et mouillées dominées par les spires de Castel Caladan. D'habitude, Paulus Atréides appréciait ce moment de fraîcheur et d'apaisement, mais pas ce matin.

Le Vieux Duc était sur un des balcons de la tour. Il aimait l'air piquant de sa planète à cette heure silencieuse. L'énergie qu'il y puisait valait mieux qu'une longue nuit de sommeil.

Même en des temps aussi troublés.

Il avait passé une robe de chaude laine verte de Canidar. Sa femme apparut sur le seuil de leur chambre, retenant son souffle comme après chaque querelle. C'était une question de forme. Paulus ne dit rien et elle s'avança pour contempler le monde à son côté. Elle avait les yeux las et l'air peinée, mais il ne l'avait pas convaincue. Bien sûr, il allait la serrer contre lui, elle le réchaufferait, et elle reviendrait sur le sujet. Elle prétendait que la Maison des Atréides courait un grave danger à cause de ce qu'il avait fait.

Des bruits de pas et de chocs métalliques montaient d'en bas en même temps que des rires étouffés. Le Duc se pencha vers la cour et fut heureux de voir que Leto avait déjà commencé son entraînement quotidien avec le jeune Prince Héritier d'Ix. Leurs boucliers scintillaient dans la lumière orangée, et ils s'affrontaient avec une lancette paralysante à la main gauche et une épée courte à la main droite.

Rhombur s'était remis rapidement et totalement et, avec cette nouvelle existence sous le ciel libre, dans l'air marin, ses muscles avaient retrouvé leur tonus et il avait un teint plus coloré. Mais on sentait qu'en profondeur il était encore loin d'être guéri.

Les deux jeunes gens tournaient lentement, attaquaient et feintaient pour tenter la défense de l'autre, ni trop vite ni trop lentement, dans les échos des lames et le bourdonnement sourd des boucliers.

— Quelle énergie à cette heure matinale, fit Helena en frottant ses yeux rougis. (Un commentaire prudent qui lui permit de s'avancer encore d'un pas.) Rhombur a même perdu du poids.

Le Duc se tourna vers elle. Son visage de porcelaine était un peu durci par l'âge et elle avait quelques traces de cheveux blancs.

— Mais c'est le meilleur moment pour les exercices physiques. Ça fait circuler le sang pour toute la journée. Je l'ai appris à Leto quand il était petit, savez-vous.

Loin sur la mer, une bouée claquait en rythme au large des récifs, un coracle de pêche pétaradait : une des antiques embarcations d'osier de Caladan. Au-delà, il distinguait dans la brume les feux d'un chalut qui moissonnait les champs de kelp à melons paradan.

— Oui, je sais, ils s'entraînent, fit Helena. Mais avez-vous remarqué que Kailea est avec eux ? Pourquoi se serait-elle levée aussi tôt ?

La note aiguë à la fin de sa question rendit Paulus perplexe.

Il baissa les yeux. La ravissante fille de la Maison Vernius, allongée sur un banc de corail poli, picorait des fruits d'un air dédaigneux. Elle avait posé près d'elle un exemplaire relié de la *Bible Catholique Orange* – un présent d'Helena – mais ne l'avait pas encore ouvert.

Paulus se grattait la barbe, intrigué.

— Est-ce qu'elle ne se lève pas toujours à cette heure ? Je la soupçonne de n'être pas encore réglée sur le temps de Caladan.

Helena ne répondit pas : elle observait les attaques de leur fils et les parades du Prince d'Ix. Leto, soudain, réussit à transpercer le bouclier de Rhombur qui poussa un cri aigu sous le choc électrique avant de rire en reculant. Leto leva son épée comme pour marquer le point avant de se tourner vers Kailea en s'inclinant.

— Paulus, avez-vous remarqué la façon dont il la regarde ? demanda Helena d'un ton désapprobateur.

— Non, pas vraiment.

Le Duc observa de nouveau la jolie princesse. Dans son esprit, elle n'était encore qu'une enfant. La dernière fois qu'il l'avait vue, elle n'était encore qu'un bébé. Il se dit qu'avec la vieillesse son esprit faiblissant n'avait pas su voir l'adulte qu'elle était devenue. Pas plus qu'il n'avait vu grandir Leto.

Il ajouta :

— Je crois que ce garçon nous fait une poussée hormonale. Je vais m'en entretenir avec Thufir. Nous lui trouverons bien quelques jeunes villageoises à son goût.

— Des maîtresses comme les vôtres ? demanda Helena, blessée.

— Mais il n'y a rien de mal à ça. Pour autant que ça ne devienne pas sérieux.

Paulus se surprit à prier de tout son cœur pour qu'elle ne revienne pas sur ce sujet précis.

Comme tout Seigneur de l'Imperium, Paulus avait fait des fredaines. Son mariage avec Helena, l'une des filles de la Maison de Richèse, n'avait été conclu qu'après bien des marchandages. Il avait fait de son mieux depuis, il l'avait même aimée durant un temps, et il en avait été le premier surpris. Et puis, Helena s'était éloignée de lui, repliée dans sa religiosité et ses rêves.

Discrètement, Paulus avait fini par retourner auprès de ses maîtresses. Il était gentil avec elles et elles l'appréciaient. Avant tout, elles avaient veillé à ne pas lui donner de bâtard. Il n'en parlait jamais, mais Helena savait. Comme toujours.

— Et ça ne devient jamais sérieux ? (Elle se pencha sur la rambarde pour mieux observer Kailea.) Je crains que Leto n'éprouve un vrai sentiment pour cette fille, il se pourrait qu'il soit en train d'en tomber amoureux. Je vous avais dit de ne pas l'envoyer sur Ix.

— Ça n'est pas de l'amour, fit Paulus en affectant de ne s'intéresser qu'aux duellistes.

Les deux garçons montraient plus d'énergie que d'habileté et ils devaient travailler la finesse de leurs attaques. N'importe quel garde Harkonnen les aurait massacrés en un clin d'œil.

— En êtes-vous bien certain ? L'enjeu est important. Leto est l'héritier des Atréides, le fils d'un Duc. Il doit réfléchir avant de se lancer dans des romances. Nous consulter, négocier et se doter du plus...

— Je sais tout cela, marmonna Paulus.

— Vous ne le savez que trop bien. Peut-être que votre idée

de lui présenter une villageoise n'est pas si mauvaise que cela, après tout. Du moins, ça le détournera de Kailea.

La jeune fille grignotait un fruit en observant Leto avec une admiration timide. Elle s'esclaffa en le voyant risquer une attaque plutôt fantasque que Rhombur contra. Leto se retourna pour lui sourire et elle feignit de s'intéresser à son plateau de petit déjeuner d'un air distant.

Helena savait reconnaître les passes amoureuses, aussi complexes que les parades d'escrime.

– Mais vous avez vu comment ils se regardent ?

Le Duc hocha tristement la tête.

– Il fut un temps où la fille de la Maison Vernius aurait été un excellent parti pour Leto.

Mais son ami Dominic était désormais sous le coup d'un décret impérial. Elrood, la raison égarée, l'avait déclaré non seulement renégat et exilé, mais traître à l'Imperium. Le Comte Vernius, pas plus que Dame Shando, n'était entré en contact avec Caladan, mais il espérait qu'ils sauraient échapper aux chasseurs de primes.

La Maison des Atréides avait couru un risque certain en offrant l'asile aux deux héritiers Vernius. Leur père en avait appelé à l'ultime indulgence du Landsraad qui avait confirmé leur statut d'exilé pour autant qu'ils n'aspirent pas à retrouver leur ancien titre au sein de leur Maison.

– Jamais je n'aurais donné mon accord au mariage de notre fils avec... *elle*, dit Helena. Pendant que vous paradiez dans les fêtes et les corridas, moi j'étais ancrée dans la réalité. La Maison Vernius est en disgrâce depuis des années. Je vous l'ai dit mais vous n'avez pas daigné m'écouter.

– Ah, Helena... Votre point de vue richésien est néfaste. Il vous empêche de juger équitablement Ix. Les Vernius ont toujours été les rivaux de votre famille et ils vous ont proprement étrillés dans les guerres commerciales.

– Il est clair que la colère de Dieu s'est abattue sur Ix. Vous ne pouvez le nier. Vous devriez vous débarrasser de Rhombur et Kailea. Expulsez-les, ou bien faites-les tuer – ce serait faire preuve de compassion.

Paulus éclata. Il savait bien que son épouse allait revenir sur ce sujet.

– Helena ! Je vous prie de surveiller vos paroles ! Cette suggestion est outrageante, même de votre part !

– Pourquoi ? Leur Maison s'est détruite elle-même en méprisant les règles de la Grande Révolte. Elle s'est gaussée de Dieu par orgueil. N'importe qui le sait. L'humanité n'a-t-elle donc pas suffisamment appris cette leçon ? Pensez aux horreurs qu'elle a connues, à l'esclavage, à l'extermination que nous avons frôlée. Jamais plus nous ne devrons nous écarter du droit chemin. Ix essayait de reconstruire les machines pensantes. « Tu ne feras point de machine... »

– Épargnez-moi les citations.

Dès qu'elle sombrait dans ses états d'âme de zélatrice, aucune rebuffade ne pouvait en venir à bout.

– Mais si seulement vous vouliez bien m'écouter. Je peux vous montrer les passages du Livre où...

– Helena, Dominic Vernius était mon ami. Et les Atréides soutiennent leurs amis. Rhombur et sa sœur sont *mes* invités ici, au Castel, et je ne veux plus vous entendre à ce sujet.

Elle retourna dans la chambre, mais il savait bien qu'elle reviendrait à l'assaut et il soupira.

Les doigts crispés sur la rambarde, il essaya de revenir aux exercices des jeunes princes, mais cela ressemblait plutôt à une bagarre amicale. Ils s'épuisaient plus à force de rire qu'à feinter et attaquer.

Même si elle était trop péremptoire, Helena avait marqué quelques points indéniables. Leurs ennemis héréditaires, les Harkonnens, ne manqueraient pas d'utiliser cette ouverture pour tenter de les détruire. Leurs spécialistes y travaillaient probablement déjà. Si la Maison Vernius avait violé les préceptes du Jihad Butlérien, alors les Atréides pouvaient être considérés comme complices.

Mais le sort était joué, et Paulus avait accepté le défi. Il devait pourtant s'assurer qu'il ne faisait pas courir à leur fils quelque terrible danger.

En écoutant les bruits des épées et des boucliers, le Duc songea que Rhombur devait brûler de l'envie de châtier les myriades d'adversaires sans visage qui avaient chassé sa famille du trône ancestral. C'était pour cela que ces deux jeunes gens étaient éduqués : pour manier les armes, mais aussi pour savoir diriger les hommes et jouer leur rôle dans les abstractions du gouvernement à vaste échelle.

Avec un sourire sombre, il prit sa décision : Rhombur et Kailea lui avaient été confiés. Il avait fait serment à Dominic

Vernius de les protéger. Pour cela, il devait leur donner toutes leurs chances. Il enverrait donc Rhombur et Leto à Thufir Hawat, son Maître Assassin.

Le Mentat Guerrier, droit comme un pilier de fer, observait ses deux nouveaux élèves d'un regard sévère. Ils se trouvaient en haut d'une falaise du littoral, à des kilomètres au nord de Castel Caladan. Le vent soufflait du large, arrachant des touffes d'herbe de la pampa. Des mouettes grises tournaient en piaillant dans le ciel, guettant les débris portés par le ressac. Des bosquets de cyprès tourmentés se ployaient à chaque rafale.

Leto ignorait quel âge pouvait avoir Thufir Hawat. Le Mentat était le Maître Assassin du Duc Paulus, qu'il avait formé dans sa jeunesse. Ses muscles noueux et sa force brutale masquaient l'effet des ans. Il avait été sur bien des mondes hostiles pendant les campagnes guerrières des Atréides, des enfers torrides, des déserts glacés, il avait affronté des ouragans mais aussi le froid total de l'espace. Sa peau était comme du cuir.

Il demeurait silencieux, les bras croisés sur son pourpoint de peau éraflée, les yeux durs comme des aiguilles de métal, les lèvres rougies par le jus de sapho.

Leto crispait ses doigts gelés. Il aurait tellement aimé avoir des gants. Rhombur et lui échangèrent un bref regard d'impatience. *Quand est-ce qu'on va commencer ?*

— *Regardez-moi !* aboya Hawat. J'aurais pu vous sauter dessus et vous étriper pendant que vous vous faisiez les yeux doux !

Il fit un pas menaçant dans leur direction.

Leto et Rhombur portaient des habits élégants, confortables et princiers. Leurs capes claquaient au vent du large. Celle de Leto était verte, en pure soie merh rebrodée de noir. Rhombur portait fièrement les couleurs de pourpre et de cuivre de la Maison Vernius, mais là, sous le ciel vaste et violent, il semblait peu à son aise.

— C'est... c'est tellement immense, chuchota-t-il.

Après un silence qui leur parut interminable, Hawat leva le menton.

— Et d'abord, ôtez-moi ces capes ridicules.

Leto porta la main à l'agrafe de son col, mais Rhombur, lui, hésita. Et le temps d'un battement de cœur, Hawat leva son épée et trancha la cordelette à quelques millimètres de la veine jugulaire. La cape fut happée par le vent et partit comme un cerf-volant loin au-dessus de la falaise avant d'être rabattue vers les lames écumantes.

– Hé ! s'écria Rhombur. Pourquoi avez-vous...

– Parce que vous êtes ici pour apprendre le maniement des armes. Vous pensiez que vous étiez à un bal du Landsraad ou à un banquet impérial ? (Il cracha dans la bise.) Le combat est un sale travail, et à moins que vous n'ayez eu l'intention de dissimuler des armes sous ces capes, il était stupide de les porter. Ce serait comme si vous aviez déjà votre linceul sur les épaules.

Leto serrait encore sa cape. Hawat attrapa l'étoffe et la lui arracha – dans le même geste, en un éclair, il saisit la main droite de Leto, et tira violemment en lui bloquant la cheville avec son pied. Leto roula sur le sol rocailleux.

Un tourbillon d'étincelles l'éblouit et il lutta pour retrouver le souffle. Rhombur partit d'un rire moqueur.

Hawat lança la cape verte dans le vent où elle se perdit comme celle de Rhombur.

– N'importe quoi peut constituer une arme, dit-il. Vous avez vos épées, et aussi, je le vois, des dagues à la ceinture. Ainsi que des boucliers. Des armes à l'évidence. Néanmoins, vous devriez dissimuler sur vous d'autres petites choses indispensables : des aiguilles, des foudroyeurs, des dards empoisonnés. Pendant que votre adversaire s'attarde sur les armes les plus évidentes... (il brandit une longue épée d'exercice) vous en profiterez pour l'attaquer avec des moyens plus redoutables.

Leto s'était relevé en s'époussetant.

– Mais, monsieur, ça n'est pas sportif de se servir d'armes dissimulées. Est-ce que ça ne va pas à l'encontre des règles de...

– Ne me parlez pas de l'élégance de l'assassinat. Vous avez l'intention d'épater les dames ou d'éliminer votre adversaire ? Il ne s'agit pas d'un jeu.

Il porta son regard sur Rhombur avec une telle dureté que le jeune prince fit un pas en arrière.

– Le bruit court que votre tête est mise à prix, Prince, au cas où vous quitteriez l'asile de Caladan. Vous êtes le fils exilé de la Maison Vernius. Votre vie n'a pas la même valeur que celle d'un homme du commun. Vous ne pouvez savoir à quel moment la mort frappera, vous devez donc y être constamment préparé. Les intrigues de la Cour et la politique ont leurs propres règles, mais maintes fois tous les joueurs ne les connaissent pas.

Rhombur resta la gorge nouée.

Hawat ajouta à l'intention de Leto :

— Mon garçon, en tant qu'héritier des Atréides, votre vie est tout autant en danger. Toutes les Grandes Maisons doivent constamment être sur le qui-vive car les assassins guettent.

Leto se roidit et le regarda bien en face.

— Thufir, je comprends, et je veux apprendre. (Il risqua un œil vers Rhombur.) *Nous* voulons apprendre.

Le Maître Assassin sourit.

— C'est un début. Il se peut qu'il y ait des manants balourds dans les autres familles du Landsraad, mais vous mes garçons, vous allez devenir des exemples. Non seulement vous allez apprendre le combat à l'arme blanche et au bouclier, l'art subtil de tuer, mais aussi comment utiliser l'arsenal de la politique et du pouvoir. Vous devez savoir vous défendre par la culture et la rhétorique aussi bien que par la force physique. C'est ça que je dois vous enseigner.

Il activa son bouclier corporel. Il avait son épée dans une main, une dague dans l'autre.

Instinctivement, Leto porta la main à sa ceinture et le champ Holtzman se déploya en étincelant. Rhombur l'imita à la seconde où Hawat attaquait puis reculait à l'ultime seconde pour ne pas faire couler le sang.

Il jonglait avec ses armes – main gauche, main droite.

— Regardez bien. Vos vies en dépendront un jour.

> *Un chemin qui rétrécit les possibilités peut devenir un piège mortel. Les humains ne sauraient se frayer un passage dans un labyrinthe : ils sondent un vaste horizon rempli d'occasions uniques.*
>
> Manuel de la Guilde Spatiale

Jonction était un monde austère avec des différences topographiques limitées, aux paysages mornes, soumis à un contrôle météorologique strict destiné à éliminer toute perturbation. Mais il était stratégiquement bien situé et la Guilde Spatiale avait choisi d'y installer son quartier général.

C'était là que les candidats apprenaient à devenir des Navigateurs.

Les forêts d'arbres à regain couvraient des millions d'hectares, mais on y trouvait aussi des buis rabougris et des chênes nains. Les gens de Jonction cultivaient les légumes de l'Ancienne Terre et il y avait en abondance des pommes de terre, des poivrons, des aubergines, des tomates ainsi qu'une multitude d'herbes et d'aromates – mais tous ces végétaux avaient tendance à devenir des alcaloïdes et nécessitaient un traitement poussé avant consommation.

C'est là qu'on avait conduit D'murr Pilru après son examen d'initiation mentale où son esprit s'était ouvert à des visions inouïes suscitées par le Mélange. Sans qu'on lui ait accordé la moindre chance de revoir ses parents ni son frère, ce qui l'avait bouleversé dans un premier temps, mais les cours de formation lui faisaient découvrir tant de merveilles qu'il avait fini par oublier le reste. Il découvrit très vite qu'il était capable d'affiner encore sa concentration mentale. Ce qui rendait l'oubli plus facile.

L'architecture des bâtiments de Jonction – massifs, arrondis, avec des extrusions anguleuses – était celle de la Guilde, qu'il avait découverte avec l'Ambassade d'Ix, à la fois pratique et impressionnante. Chaque façade arborait le signe de l'infini inscrit dans un cartouche. Les infrastructures mécaniques étaient à la fois ixiennes et richésiennes et fonctionnaient encore après des siècles.

La Guilde Spatiale préférait les environnements neutres où elle ne courait pas le risque d'interférences avec sa mission essentielle. Pour un Navigateur, tout facteur de distraction était potentiellement dangereux. Tous les étudiants apprenaient très vite cette leçon, comme D'murr.

Il était immergé dans son caisson personnel de gaz de Mélange, au milieu d'un champ d'herbe vinencre. Il nageait et rampait tandis que son corps poursuivait sa mutation. Son métabolisme s'altérait et s'adaptait au bombardement incessant des molécules d'épice. Des membranes s'étaient formées entre ses doigts et ses orteils, son squelette s'était allongé et ramolli, il devenait pisciforme. Personne ne lui avait expliqué quel degré ces changements inéluctables atteindraient, et il avait décidé de ne pas le demander. Il n'en éprouvait pas le besoin, d'ailleurs. L'univers s'était ouvert à lui et le prix à payer était bien modique.

Ses yeux s'étaient étrécis et il avait perdu ses cils tout en développant des cataractes. Il n'avait plus besoin d'eux pour voir avec sa vision intérieure. Le panorama de l'univers pouvait se déployer à son gré, et si dans le processus il perdait tout autre chose... peu lui importait désormais.

Parfois, il avait l'image brumeuse du champ de vinencre avec ses rangées de cuves qui, toutes, abritaient un candidat Navigateur. Il s'en dégageait des nuages de fumée orange qui dérivaient en tourbillons autour des surveillants humanoïdes masqués qui veillaient à l'écart, vigilants.

Le Chef Instructeur, un Timonier du nom de Grodin, flottait lui-même à l'intérieur d'une cuve noire, surélevée sur une plateforme, mais les élèves le voyaient surtout en esprit. Grodin était revenu récemment de l'espace plissé avec un élève dont la cuve était connectée à la sienne par un tube flexible qui alimentait leur atmosphère commune.

D'murr lui-même avait accompli trois brèves sorties et il était considéré comme l'une des meilleures recrues. Dès qu'il saurait se risquer seul dans l'espace plissé, il pourrait être Pilote, le grade le plus bas dans la hiérarchie des Navigateurs... mais tellement au-delà du simple rang d'humain.

Les pistes du Timonier Grodin dans les tréfonds de l'espace plissé étaient des itinéraires de quête légendaires au travers de nœuds dimensionnels incompréhensibles. D'murr entendit sa voix gargouillante résonner à l'intérieur de sa cuve. Le Chef Instructeur parlait le haut-langage. Il racontait un épisode où il avait transporté des créatures dinosauriennes dans un antique Long-courrier. Les monstres, mais Grodin l'ignorait au début, pouvaient allonger leur cou jusqu'à une taille incroyable. En plein voyage, l'un d'eux avait brouté une paroi jusqu'à la chambre de navigation et Grodin avait vu brusquement sa tête au regard curieux surgir dans son caisson de Navigateur. D'murr se délecta du récit et songea, sans formuler les mots : *on est si bien ici*. Avec ses nouvelles narines élargies, il inspira une longue bouffée de Mélange et se souvint vaguement que les humains, avec leurs sens émoussés, le comparaient à la cannelle... alors que le Mélange était tellement plus complexe. Infiniment plus riche.

Il était libéré des problèmes ordinaires des humains, si étriqués. Délivré des machinations politiques, des flots de population des fourmilières affolées, des vies brèves comme des étincelles mourant à la lisière d'un feu de camp. Sa vie récente mais ancienne n'était qu'un souvenir qui s'effaçait, aux couleurs floues et fades, peuplé de visages qui, peu à peu, n'avaient plus de nom. Jamais il ne redeviendrait ce qu'il avait été.

Plutôt que d'achever son anecdote à propos des dinosauriens, le Timonier Grodin partit dans une digression sur les aspects techniques du voyage interstellaire qu'il venait d'accomplir avec son élève. Ils avaient utilisé les mathématiques hyper-transcendantales et les changements dimensionnels pour scruter l'avenir – tout comme le monstre à long cou avait voulu risquer un œil dans le caisson de navigation.

– Un Navigateur doit faire plus qu'*observer*, insista Grodin d'une voix râpeuse. Il doit utiliser ce qu'il voit pour guider les vaisseaux dans le vide en toute sécurité. S'il n'applique pas certains principes de base, il risque de conduire le Long-courrier au désastre, à la perte de vies humaines et de cargaisons précieuses.

Avant que les nouveaux adeptes tels que D'murr deviennent Pilotes, ils devaient apprendre à maîtriser des situations imprévues : espace partiellement déplissé, défaillances de prescience, crise de rejet d'épice, incidents sur les générateurs Holtzman, ou encore sabotage délibéré.

D'murr essaya de voir le destin de certains de ceux qui l'avaient précédé. Contrairement à la croyance populaire, ce n'étaient pas les Navigateurs eux-mêmes qui plissaient l'espace, mais les moteurs Holtzman. Les Navigateurs se servaient de leur prescience limitée pour choisir les chemins praticables. Un vaisseau pouvait se déplacer dans le vide sans être guidé, mais c'était un pari risqué qui, invariablement, conduisait au désastre. Un Navigateur ne garantissait pas absolument un voyage à bon port – mais son rôle augmentait formidablement les chances d'y parvenir. Pourtant, restaient les problèmes d'événements inattendus.

D'murr avait appris tout ce qui existait dans la limite des connaissances de la Guilde... qui n'incluaient pas l'ensemble des éventualités. L'univers et les êtres étaient soumis au changement constant. Toutes les anciennes écoles l'avaient compris, même le Bene Gesserit et le Bene Tleilax. Les survivants apprenaient à s'adapter au changement, quel qu'il fût.

À la périphérie de sa conscience, il surprit le mouvement de sa cuve. Portée par le champ de suspension, elle fut placée derrière celles des autres étudiants. Un instructeur assistant récita des passages du *Manuel* dans le ronronnement des mécanismes de circulation du gaz. Tous les détails prenaient un relief nouveau, tellement clair et important ! Jamais D'murr n'avait ressenti un tel sentiment de *vie* !

Ses derniers doutes se dissipaient à chaque souffle, ses pensées se remettaient en ordre, doucement, suivant les tracés synaptiques de son cerveau enrichi par le Mélange.

– *D'murr... D'murr, mon frère...*

Son nom résonnait en spirale dans le gaz d'épice, c'était comme un murmure qui filtrait du fond de l'univers – ce nom, il ne l'avait plus entendu depuis son acceptation dans la Guilde. Les noms étaient associés à des individualités. Les noms imposaient des limitations et des préconceptions, des relations de famille, des histoires passées, ils étaient l'antithèse de l'identité d'un Navigateur, en fusion avec le cosmos, inclus dans le froissement de l'étoffe du destin, pris dans les visions qui lui donnaient le pouvoir de déplacer la matière comme des pions sur un échiquier cosmique.

— D'murr, tu peux m'entendre ? D'murr ?...

La voix venait du diffuseur placé dans la cuve, mais aussi de si loin... Il reconnaissait un accent familier, des inflexions. Avait-il oublié à ce point ? *D'murr*. Son nom avait presque été évacué de ses pensées.

Sa bouche flasque formula des mots :

— Oui. Je t'entends.

Poussé par les assistants sur une allée pavée, il allait vers le bulbe géant du bâtiment des Navigateurs. Personne d'autre ne semblait avoir capté la voix.

— C'est moi, C'tair. Ton frère. Tu peux m'entendre ? Mais alors, ça marche ! Comment vas-tu ?

— C'tair ?

Il sentit son esprit se replier sur lui-même, compressant les vestiges paresseux de son état préguildien. Il tenta d'être de nouveau un humain, pour un instant. Mais était-ce vraiment important ? Car c'était douloureux, frustrant. Il essayait de se mettre des œillères, mais il ingéra l'information : son frère jumeau. Un humain. C'tair. Il revit des images fugitives de leur père en habit d'ambassadeur, de sa mère en uniforme de banquière de la Guilde, de son frère (tellement semblable à lui), avec ses yeux noirs. Ils jouaient ensemble, ils exploraient, découvraient. Ces visions avaient été dérivées hors du champ de ses pensées... mais elles n'avaient pas encore irrémédiablement disparu.

— Oui. Je te connais. Je me souviens.

Dans son abri ténébreux, C'tair était penché sur l'émetteur qu'il avait enfin fini d'assembler. Dans la cité, les Tleilaxu et les suboïdes se déchaînaient toujours, oblitérant toute trace de technologie étrangère. Il courait le risque d'être repéré à chaque instant, mais il lui fallait aller jusqu'au bout.

— La Guilde nous a séparés, fit-il dans un murmure rauque. Ils t'ont emporté. Ils m'ont interdit de te revoir et de te dire adieu. Mais je réalise maintenant que c'est toi qui as eu de la chance, D'murr, avec tout ce qui s'est passé ici. Tu en aurais le cœur brisé si tu voyais notre cité. Ça s'est passé peu après ton départ et désormais c'est le Bene Tleilax qui règne ici en maître.

D'murr laissa passer un temps avant de dériver dans la communication d'humain à humain.

— Frère, tu sais, j'ai guidé un Long-courrier à travers l'espace plissé. Mon esprit enveloppe la galaxie et je vois les paramètres mathématiques. (Les mots suintaient lentement, emmêlés.) À présent, je sais pourquoi... Je sais... Oh... ton appel me fait mal. Mais comment, C'tair ?

— Tu souffres ? Je suis navré, D'murr. Peut-être que je ferais mieux de...

— Ça n'est pas important. La douleur varie, c'est comme un mal de tête... différent. Il nage dans mon esprit... et au-delà. (La voix de D'murr faiblit, éthérée, lointaine.) Mais comment es-tu connecté à moi ? Sur quel appareil ?

— D'murr, tu ne m'as pas entendu ? Ix a été détruite – notre monde n'est plus qu'un camp de prisonniers. Mère a été tuée dans une explosion ! Je n'ai pas pu la sauver. Je me cache ici, et j'ai couru le risque de t'appeler. Père est exilé quelque part... sur Kaitain, je pense. La Maison Vernius s'est déclarée renégate. Je suis pris au piège ici.

D'murr s'était arrêté sur la question qui était pour lui essentielle.

— Tu communiques avec moi directement à travers l'espace plissé ? Impossible. Explique-moi.

Bien que déconcerté par la réaction de son jumeau, C'tair n'osa pourtant pas le rabrouer. Après tout, il avait subi des modifications mentales extrêmes qu'il ne connaîtrait jamais vraiment.

C'est alors qu'il surprit un craquement au-dessus de lui, des pas, des chuchotements. Le silence revint.

— Explique-moi, insista D'murr.

C'tair lui parla du matériel qu'il avait récupéré.

— Tu te souviens de Davee Rogo ? Le vieil inventeur qui nous emmenait toujours dans son labo pour nous montrer les trucs sur lesquels il travaillait ?

— Oui... il était infirme, il avait des béquilles à suspenseur. Trop décrépit pour marcher.

— C'est ça. Il nous disait toujours qu'on pouvait communiquer sur la longueur d'onde de l'énergie des neutrinos. À partir d'un réseau de tiges enrobées de cristaux de silicate.

— Ahhh... la douleur revient.

— Tu as mal ? Je vais m'arrêter là.

Mais D'murr voulait en savoir plus.

— Non, continue. Il faut que je connaisse cet appareil.

— C'était pendant les combats. J'avais tellement envie de te parler. C'est alors que je me suis rappelé des fragments de ce qu'il m'avait raconté. Dans les ruines, je l'ai vu. C'était comme une image trouble, toute proche. Une vision. Il avait cette même vieille voix grinçante qu'avant. Il m'a dit ce que je devais faire, quelles pièces me procurer et comment les assembler. Toutes les idées dont j'avais besoin.

— Intéressant...

La voix de D'murr était neutre, sans inflexions, sans coloration.

C'tair en fut décontenancé et il tenta d'interroger son frère sur ce qu'il avait vécu dans la Guilde, mais D'murr s'en irrita, il lui dit qu'il ne devait pas divulguer les secrets de la Guilde, pas même à son frère. Il ne pouvait que lui répéter qu'il avait voyagé dans l'espace plié, que c'était une expérience indescriptible.

— Quand est-ce que nous pourrons nous reparler ? insista C'tair.

Le transmetteur était brûlant, il ne tarderait pas à cesser de fonctionner. D'murr émit un lointain geignement sans lui donner de réponse.

— Au revoir, donc, et à bientôt. Tu vas me manquer.

C'tair avait tellement désespéré de pouvoir lui dire ces simples paroles, et ce fut comme s'il soulageait en partie sa peine – ce qui était étrange, en un sens, puisqu'il n'était même pas certain que son frère le comprenait encore.

Il coupa la communication avec un sentiment de culpabilité. Et s'enferma dans le silence, submergé d'émotions contraires. Il était heureux d'avoir parlé à son jumeau, mais les réactions ambivalentes de D'murr l'attristaient. Jusqu'à quel degré avait-il changé ?...

D'murr aurait dû manifester son émotion en apprenant la mort de leur mère et les tragiques événements d'Ix. L'attitude d'un Navigateur de la Guilde affectait l'ensemble de l'humanité. En ce cas, ne devait-il pas faire preuve d'un peu plus de *compassion* ?

Mais il avait eu le sentiment que D'murr avait coupé tous les ponts, tous les liens. Il reflétait la philosophie de la Guilde ou bien était-il à ce point voué à ses nouvelles capacités qu'il en était devenu égomaniaque ?

Il lui semblait qu'il avait définitivement perdu son frère cette fois.

Il ôta les contacts bio-neutrinos de la machine qui avaient

temporairement amplifié ses ondes psychiques pour communiquer avec Jonction. L'esprit vague, il s'étendit sur sa couchette étroite. Il ferma les yeux et essaya de voir l'univers en se demandant ce qu'éprouvait son frère. Il entendait une sorte de bourdonnement résiduel étrange, comme le reflux de la déferlante mentale qui avait porté son esprit si loin.

C'était comme si D'murr lui avait parlé du fond des abysses à travers des filtres de compréhension. À présent, il devinait le sens sous-jacent des mots, les subtilités, les accentuations affinées. Durant toute cette soirée solitaire, il s'en laissa pénétrer comme sous l'effet d'une possession démoniaque. Le contact avait déclenché un effet inattendu dans son cerveau, une réaction extraordinaire.

Durant des jours, il ne sortit pas de l'abri, embrasé par ses souvenirs suractivés, et se servit du prototype de transmission pour focaliser ses pensées jusqu'à parvenir à une clarté obsédante. Heure après heure, il se repassait la conversation et les mots à double sens s'ouvraient comme les pétales d'une fleur... Il traversait son espace plissé intérieur, celui de sa mémoire, de son esprit. Les moindres nuances du dialogue qu'il avait eu avec D'murr, qui lui avaient échappé sur l'instant, étaient maintenant en relief. Il entrevoyait ce que son frère était devenu.

C'était excitant et terrifiant.

Quand enfin il reprit conscience des jours plus tard, il vit des boîtes d'aliments et de boissons éparpillées autour de lui. L'air était nauséabond et, en se regardant dans un miroir, il fut surpris de découvrir une barbe brune et drue. Sous ses cheveux hirsutes, ses yeux étaient injectés de sang. Il lui fallut un moment pour accepter son image.

Si Kailea Vernius avait été là, elle aurait reculé avec horreur et dédain et l'aurait envoyé rejoindre les suboïdes dans les profondeurs obscures de la cité. Mais, depuis la tragédie, depuis le viol de sa superbe mégapole, il s'était dit que son attirance pour la fille du Comte était absurde. Il ne devait plus y penser et, entre tous les sacrifices qu'il avait dû faire depuis quelque temps, c'était sans doute le plus mineur.

D'autres l'attendaient sans doute, plus graves.

Avant de nettoyer son abri, il devait préparer son prochain appel à son frère.

Ce sont les perceptions qui régissent l'univers.
Dicton Bene Gesserit

Une navette quitta le Long-courrier en orbite dans le système de Lajouin et plongea vers Wallach IX. Le robot transmit les codes de sécurité pour pénétrer dans le rideau de défense primaire de la Communauté. Le monde du Bene Gesserit n'était qu'une étape de l'immense circuit des étoiles de l'Imperium.

Gaius Helen Mohiam était heureuse de retrouver sa planète après tous ces longs mois de missions où elle avait ajouté encore quelques nœuds à la tapisserie des Sœurs, faite d'événements et d'êtres, incompréhensible dans sa finalité.

Ses cheveux drus étaient striés de gris et les ans commençaient à laisser leur marque sur son corps. Sa grossesse était avancée et la Communauté avait décidé de la rappeler. Elle ne devrait plus quitter l'École Mère avant d'avoir accouché de la fille tant attendue. Seule la Mère Kwisatz Anirul connaissait le but final du programme de sélection. Mohiam savait seulement que l'enfant qu'elle portait avait une importance particulière, mais les voix chuchotantes de l'Autre Mémoire, qui se mêlaient bien souvent en une cacophonie de conseils, restaient obstinément silencieuses sur ce sujet précis.

Elle était seule à bord de la navette. Les constructeurs de Richèse, obsédés par le Jihad, avaient fabriqué un tacot de ferraille criblé de rivets qui ne pouvait absolument pas être soupçonné d'imiter l'esprit humain ni même d'avoir la moindre touche de sophistication dans son dessin. Il était destiné à transporter du fret ou des passagers du vaisseau principal à la surface d'une planète, rien de plus, suivant un schéma mécanique d'aller-retour enrichi de quelques flexibilités pour affronter les difficultés de circulation orbitale ou des conditions météo contraires.

Mohiam pensait à sa vengeance. Des mois s'étaient écoulés, le Baron ne se doutait de rien, et les Bene Gesserit savaient attendre longtemps pour régler un compte. Elle se dit qu'après des années d'affaiblissement, obèse et infirme, Vladimir Harkonnen songerait peut-être au suicide.

L'acte de Mohiam avait été impulsif, mais le Baron méritait ça pour ce qu'il lui avait fait. La Mère Supérieure Harishka n'aurait pas laissé cette offense impunie. Mais cette fois, l'enfant devrait être parfaite car le Baron serait désormais inutilisable. Sinon, les Sœurs avaient toujours d'autres choix et d'autres plans de sélection génétique.

Mohiam portait les gènes optimaux pour l'objectif mystérieux que visait le Bene Gesserit. Elle connaissait les noms de quelques autres candidates, mais la Communauté ne souhaitait pas mener plusieurs grossesses de front pour éviter de brouiller l'index de croisements. Cependant elle s'interrogeait : pourquoi l'avait-on choisie encore une fois après son premier échec avec le Baron ? Ses supérieures ne lui avaient rien dit et elle savait qu'il valait mieux ne pas insister. Et, sur ce point encore, les Voix de l'Autre Mémoire taisaient leurs conseils.

Mais est-ce que les détails importaient vraiment ? *Je porte l'enfant qu'elles veulent.* Elle gagnerait en importance si la naissance était réussie, elle pourrait même être élue Mère Supérieure par les procureurs en prenant de l'âge. Surtout si l'enfant était tellement importante... Elle l'était, elle le savait.

Elle sentit alors que la navette modifiait sa course. En se penchant vers le hublot, elle vit basculer l'horizon planétaire : l'engin soudain incontrôlé plongeait vers le bas. Le champ de sécurité scintilla autour d'elle avec un éclat jaune inhabituel, inquiétant. Le ronronnement léger des machines se changea en une plainte déchirante.

Sur le module de contrôle, les lumières clignotaient et les mouvements du robot-pilote étaient devenus saccadés, imprécis. Mohiam avait été formée pour affronter des situations d'urgence et son esprit réagit aussitôt. Elle connaissait les pannes possibles de ces navettes – peu courantes, pourtant – qui s'expliquaient par l'absence de pilote humain capable de penser correctement et de réagir. Quand un problème surgissait – ce qui devait être le cas – les possibilités de désastre étaient élevées.

L'engin se mit à tournoyer et à tanguer dans une série de secousses, avalé par les premières strates de nuages qui fouettaient les hublots. Le robot-pilote, dépassé, répétait les mêmes gestes. Les moteurs crachèrent une dernière fois et se turent.

Ça ne peut pas arriver ! pensa Mohiam. *Pas maintenant, pas alors que je porte cette enfant.* Il lui vint la certitude viscérale que, si elle survivait, le bébé serait viable, en parfaite santé.

Mais elle tremblait sous l'assaut de pensées plus sombres. Les Navigateurs de la Guilde, comme celui qui manœuvrait le grand Long-courrier qu'elle avait quitté, se servaient de calculs transdimensionnels afin de voir dans l'avenir au travers des plis de l'espace. Se pouvait-il que la Guilde ait appris le programme secret du Bene Gesserit et en redoute les effets ?

Un faisceau incroyable de possibilités s'ouvrit dans son esprit. Le champ de sécurité était d'un jaune de plus en plus intense. Elle était repoussée contre lui et elle porta les mains à son ventre. Elle désirait ardemment vivre jusqu'à mettre le bébé au monde. Elle était plus qu'une mère parce qu'elle portait plus qu'un enfant.

Ses soupçons étaient-ils fondés ? Quelque force supérieure, étrangère aux Sœurs, pouvait-elle imaginer la finalité de tout cela ? Le Bene Gesserit, avec son programme, jouait à être Dieu. Se pouvait-il qu'un véritable Dieu existe dans cet univers – au-delà du cynisme et du scepticisme des Sœurs envers la religion ?

Quelle cruelle plaisanterie ce serait.

Après le premier bébé difforme, sa vie était menacée, avec celle du fœtus. Les deux faits s'additionnaient. Mais, dans ce cas, qui – ou *quoi* – se cachait derrière cette menace ?

Le Bene Gesserit n'avait jamais cru aux accidents ni aux coïncidences.

– « Je ne connaîtrai pas la peur, car la peur tue l'esprit. La peur est la petite mort qui conduit à l'oblitération totale. J'affronterai ma peur. Je lui permettrai de passer sur moi, au travers de moi. Et lorsqu'elle sera passée, je tournerai mon œil intérieur sur mon chemin. Et là où elle sera passée, il n'y aura plus rien. Rien que moi. »

C'était la Litanie Contre la Peur, rédigée en des temps anciens par une Sœur du Bene Gesserit et transmise de génération en génération.

Mohiam inspira profondément et son tremblement s'apaisa.

La navette reprit momentanément une assiette correcte et elle vit la planète à la verticale. Les moteurs reprirent vie en toussant. Le continent était proche, tout à coup, avec le complexe labyrinthique de l'École Mère, ses toits terre de Sienne et ses façades de stuc.

Quelqu'un voulait que la navette s'écrase en bas ? Y avait-il une bombe terriblement puissante à bord ? Assez pour effacer le cœur vital de la Communauté ?

Mohiam se débattit en vain pour déchirer le champ de sécurité. Le sol se déroba à l'instant où la navette roulait et Mohiam découvrit le soleil blanc-bleu au bord de l'atmosphère.

Le champ de gravité redevint transparent et elle réalisa que le vaisseau s'était stabilisé. Les moteurs ronflaient à plein régime et, dans son compartiment, le robot rudimentaire avait retrouvé des gestes efficaces, comme si rien ne s'était passé. Elle se dit qu'un programme d'urgence avait dû prendre le relais des circuits de routine.

Quand la navette se fut posée en douceur devant la grande Plaza, elle soupira et se précipita vers le sas, puis s'arrêta net et prit le temps de se calmer avant de sortir avec sérénité : une Révérende Mère devait sauver les apparences.

Les Sœurs et les acolytes se pressèrent autour d'elle et elle demanda que le vaisseau soit soumis à une inspection complète pour tenter de trouver une preuve de simple défaillance ou de sabotage. Mais un appel radio du Long-courrier le leur interdit.

Anirul Shadow Tonkin attendait Mohiam. Elle lut sur son doux visage une lumineuse fierté. Elle n'avait jamais compris l'importance d'Anirul, bien que la Mère Supérieure se fût toujours montrée pleine de déférence à son égard.

Elles se saluèrent d'une simple inclinaison de tête.

On escorta Mohiam jusqu'à un bâtiment surveillé par un important contingent de filles-gardes. Elle serait soignée et examinée en permanence jusqu'à l'heure de la parturition.

– Mohiam, vous n'aurez plus à voyager, lui dit Haishka. Ici, vous serez en sécurité jusqu'à ce que votre fille naisse.

> *Toi qui as l'effroi au cœur, sois fort et n'aie pas peur. Sache-le, ton Dieu va venir et te sauver des adorateurs des machines.*
>
> *Bible Catholique Orange*

Des machines pulsaient dans l'aile des concubines du Palais Impérial. Elles claquaient et malaxaient la peau des filles nues, massaient leurs formes voluptueuses avec des onguents parfumés. Des appareils sophistiqués aspiraient les cellules graisseuses, massaient les ventres et les mentons, injectaient des baumes régénérateurs sous le derme de velours des séductrices. Dans chaque détail, les goûts d'Elrood étaient interprétés, même s'il ne semblait plus guère s'y intéresser. La doyenne des quatre femmes, Grera Cary, à soixante-dix ans, paraissait en avoir deux fois moins, en partie grâce à l'épice.

La lumière de l'aube, filtrée par les fenêtres d'armoplass, avait une teinte ambrée. Quand le massage de Grera fut terminé, la machine l'enveloppa dans une serviette chaude d'éponge khartane et lui rafraîchit le visage avec une lingette imbibée d'essence de genièvre et d'eucalyptus. Le lit redevint un fauteuil sensiforme parfaitement adapté à son corps.

Un poste de manucure mécanique descendit du plafond et Grera retourna à ses méditations quotidiennes pendant qu'on taillait les ongles de ses doigts et de ses orteils avant de les laquer en vert vif. Dès que ce fut fini, elle rejeta la serviette et s'offrit au champ électrique épilateur.

Parfaite. Elle était parfaite et prête à se présenter devant l'Empereur.

Elle était la seule concubine à garder encore le souvenir de Shando, l'un des jouets de l'Empereur, qui était partie un jour épouser un héros de la guerre et s'installer dans une « vie normale ». Elrood, se rappelait-elle, ne lui avait jamais accordé d'attention particulière jusqu'à son départ. Depuis, il s'était montré acariâtre et avait gémi sur son absence. Et la plupart des concubines qu'il s'était choisies au fil des années ressemblaient beaucoup à Shando.

En observant les autres filles, Grera se remémora tous les changements qui étaient intervenus dans le harem. Moins d'une année auparavant, ces filles ne se rassemblaient que rarement : Elrood était toujours occupé avec l'une ou l'autre, accomplissant ce qu'il appelait son « devoir royal ». Une Elaccane lui avait donné en secret un sobriquet qui lui allait très bien : « Fornicario », une référence à ses prouesses sexuelles dans un des langages de la Vieille Terre.

– Quelqu'un a vu Fornicario ? demanda la plus grande des concubines, à l'autre bout de la pièce.

Grera répondit à son sourire et les autres gloussèrent comme des écolières.

– Je crains que notre chêne impérial ne soit plus qu'un saule ratatiné.

Le bavardage s'arrêta net et les filles se tournèrent vers la porte du gynécée. Sans avoir été annoncé, le Prince Shaddam entra, accompagné de son compagnon omniprésent, Hasimir Fenring, qu'elles appelaient souvent « le Furet ». Elles se couvrirent fébrilement en se levant avec respect.

– Je vous ai entendue rire, dit Fenring. Que se passe-t-il donc de si drôle ici ?

– Ce n'était qu'une petite plaisanterie, fit Grera d'un ton prudent.

En tant qu'aînée, elle était souvent la porte-parole du gynécée.

La rumeur voulait que ce petit homme ait poignardé à mort deux de ses maîtresses et, à son allure oblique, elle pensait que c'était vrai. Avec ses années d'expérience, elle avait appris à reconnaître les hommes capables de cruauté extrême. On disait aussi que les testicules de Fenring, même s'ils fonctionnaient, étaient stériles et difformes. Mais elle n'avait jamais couché avec lui et ne le souhaitait pas.

Un instant, Fenring affronta le regard de ses grands yeux indifférents avant de se tourner vers les deux nouvelles filles blondes. Le Prince Héritier demeura derrière lui, sur le seuil du solarium. Il était en uniforme gris de Sardaukar soutaché d'or et d'argent. Grera savait qu'il affectionnait les jeux militaires.

— Mais je vous en prie, faites-nous partager cette petite plaisanterie, le Prince Shaddam et moi nous adorons rire, dit Fenring en s'adressant à la plus jeune.

Elle avait à peine vingt ans, à peu près sa taille, et les mêmes yeux que Shando.

— C'était une conversation privée, répliqua Grera en s'interposant.

— Elle ne peut pas répondre elle-même ? lança Fenring en la foudroyant du regard. Si celle-là a été choisie pour distraire l'Empereur Padishah, je suis persuadée qu'elle peut me répéter une bonne plaisanterie, nooon ?

— Comme vient de le dire Grera, fit la blonde, il s'agit d'une histoire de fille. Elle ne vaut même pas d'être répétée.

Fenring saisit le drap dont elle se couvrait le corps, révélant un sein. La fille était surprise et apeurée.

— Cessez vos idioties, Fenring, fit Grera. Nous sommes des concubines royales. Seul l'Empereur peut porter la main sur nous.

Fenring se tourna vers Shaddam.

— Tu en as de la chance.

Le Prince se redressa.

— Elle a raison, Hasimir. Je veux bien partager une des miennes avec toi, si cela te dit.

— Mais je ne l'ai pas touchée, mon ami – je ne faisais que rajuster un peu mieux cette serviette. (Il la lâcha et la blonde se recouvrit.) Mais est-ce que l'Empereur a... mmm... utilisé vos services récemment ? Nous avons entendu dire qu'une certaine partie de son corps serait déjà... décédée.

Fenring affrontait Grera qui le dominait largement.

Du regard, elle quêta le soutien du Prince mais ne lut rien dans ses yeux froids perdus dans le vide. Un bref instant, elle se demanda comment il pouvait être au lit, s'il avait hérité des talents de son père. Elle en doutait. Même le vieillard sur son lit de mort devait être plus performant que cet homme aux yeux de glace.

— La vieille, tu viens avec moi, nous allons bien trouver d'autres plaisanteries. Nous pourrons même en échanger quelques-unes, si tu le veux bien, ordonna Fenring. Je sais être très drôle à l'occasion.

— Tout de suite, monsieur ?

Elle montra sa serviette de bain.

333

Les yeux du Furet se plissèrent dangereusement.

— Une personne de mon rang n'a pas à attendre qu'une femme s'habille. J'ai dit *tout de suite* !

Il l'entraîna en tirant sur sa serviette.

— Par ici. Par ici.

Ils gagnèrent la porte sous le regard brusquement amusé de Shaddam.

— L'Empereur le saura ! protesta Grera.

— Alors il va falloir parler fort, il a du mal à entendre, rétorqua Fenring avec un sourire féroce. Et qui pourrait lui dire ? Certains jours, il oublie même son nom – alors pourquoi se soucierait-il des racontars d'une vieille bonne femme.

Grera frissonna. Les autres concubines, affolées, impuissantes, regardèrent leur maîtresse que l'on poussait sans égard dans le couloir.

À cette heure matinale, aucun membre de la Cour n'était visible alentour, il n'y avait que les Sardaukar de la garde, rigides. Et, en présence du Prince Shaddam, ils ne voyaient rien.

La voix nerveuse, saccadée, de Grera semblait irriter Fenring et elle décida prudemment de se taire. Le Furet avait un comportement bizarre mais, en tant que concubine royale, elle n'avait rien à redouter. Ce personnage furtif ne pouvait être stupide au point de lui faire du mal.

En jetant un regard derrière elle, elle s'aperçut que Shaddam avait disparu. Il avait dû tourner dans un autre couloir et elle était maintenant seule avec le répugnant Fenring.

Ils franchirent un autre cordon de gardes et il la poussa dans une pièce. Elle trébucha sur le marbroplass noir et blanc. Elle se trouvait dans une grande chambre dominée par une cheminée en durapierre, un ancien appartement réservé aux visiteurs, à présent dépourvu de mobilier. Il y flottait une odeur d'abandon et de peinture fraîche.

Grera était campée dignement, impassible dans sa serviette, risquant de brefs regards vers Fenring. Elle s'efforçait de ne montrer ni méfiance ni irrespect. Durant des années de service, elle avait beaucoup appris.

La porte se referma et Shaddam était toujours invisible. Que lui voulait donc le Furet ?

Il sortit de sa tunique un objet ovoïde serti de gemmes vertes. Il appuya sur un bouton et il en jaillit une longue lame, verte également. Elle avait un éclat presque éblouissant sous le lustre.

— Je ne vous ai pas amenée ici pour vous poser des questions, la vieille, dit Fenring d'une voix douce en levant l'arme. En fait, je dois l'essayer sur vous. C'est nouveau, vous comprenez, et je n'ai jamais vraiment aimé les tas de chair ambulants de notre cher Empereur.

Fenring était coutumier des assassinats, elle le savait. Il avait tué de ses propres mains, provoqué des accidents ou payé des séides. Ses goûts allaient de la tuerie sanglante à des variations et subterfuges plus subtils. À dix-neuf ans, il s'était glissé nuitamment hors du Palais et avait massacré deux domestiques civils au hasard, rien que pour se prouver qu'il en était capable. Il n'avait pas perdu la main depuis.

S'il avait toujours su qu'il avait la volonté de fer nécessaire pour tuer, il avait été surpris de découvrir qu'il en éprouvait du plaisir. Son moment de triomphe absolu avait été le meurtre du Prince Héritier Fafnir. Quand Elrood succomberait enfin, il n'en serait pas peu fier. *On ne saurait viser plus haut.*

Mais il devait rester au fait des nouvelles techniques et des dernières inventions. On ne savait jamais quand on pouvait en avoir besoin. Et puis, cette neurodague l'intriguait beaucoup...

Grera avait le regard rivé sur la lame, les yeux agrandis par la peur.

— L'Empereur m'aime ! Vous ne pouvez pas...

Avant qu'elle ait pu reculer, il tomba sur elle en un éclair.

— Nul ne te pleurera, Grera Cary !

Il leva la dague pulsante avec des étincelles sombres dans le regard, et la plongea plusieurs fois dans son torse. La serviette khartane tomba et la lame pénétra encore une fois dans la peau douce et huilée de Grera.

Elle s'écroula en hurlant de souffrance, fut brièvement secouée de spasmes, gémit, puis resta enfin silencieuse... Son corps ne portait aucune blessure, aucune lacération, pas de trace de sang. Elle n'avait ressenti qu'une souffrance imaginaire. Comment imaginer un meurtre plus beau ?

Le plaisir déferla dans l'esprit de Fenring tandis qu'il se penchait sur le corps de la concubine pour l'examiner. La peau était tendue et lisse, les muscles fermes, sans trace de flacidité. Difficile de croire que cette femme était aussi âgée qu'on le disait. Pour conserver cette apparence, il fallait beaucoup d'épice et de soins. Il vérifia par deux fois son pouls. Elle n'en avait plus. C'était... décevant en un certain sens, songea-t-il.

Une arme intéressante que son inventeur richésien appelait une « ponta », dernière innovation en provenance de ce monde que Fenring considérait comme à bout de ressources. Il aimait essayer les outils de son métier dans des situations non conflictuelles : il détestait les imprévus.

La lame verte illusoire rentra dans son logement avec un *clic !* très réaliste. Non seulement Grera avait cru être poignardée à mort, mais, sous l'effet de la neurostimulation, elle avait *vraiment* succombé aux coups de Fenring. En un sens, c'était son propre esprit qui l'avait tuée, mais elle ne portait aucune trace dans sa chair.

Parfois, le sang, le sang rouge, véritable, donnait du piquant à l'expérience toujours excitante du crime, mais le nettoyage posait des problèmes.

Il entendit des échos familiers : une porte qui s'ouvrait, le froissement d'un champ de sécurité désactivé. En se retournant, il vit entrer Shaddam.

— Était-ce bien nécessaire, Hasimir ? Quel gâchis... Bien sûr, elle n'était plus très utile.

— Cette pauvre vieille chose a eu une crise cardiaque, je pense. (D'un pli de sa tunique, Fenring sortit une autre ponta, rouge rubis, celle-là, avec une longue lame rouge assortie.) Je ferais bien de l'essayer aussi. Ton père s'accroche plus que nous l'espérions et comme ça, nous en finirions avec lui proprement. Pas une marque sur le corps. Pourquoi ne pas précipiter l'effet du chaumurky ?

Shaddam secoua la tête comme s'il pensait à autre chose. Puis il regarda autour de lui, frissonna et s'efforça de prendre un air sévère.

— Nous attendrons autant qu'il le faudra. Nous avions décidé de ne pas prendre d'initiatives brusques.

Fenring se dit qu'il détestait le Prince lorsqu'il essayait de trop penser.

— Hmm ? Je pensais que tu étais tellement impatient ! Il a pris des décisions financières catastrophiques. Chaque jour, il gaspille un peu plus l'argent des Corrinos. Plus il survivra, plus il laissera le souvenir d'un Empereur lamentable.

— Je ne peux lui porter encore atteinte. Je redoute ce qui pourrait se passer.

Fenring s'inclina.

— Comme vous voudrez, Mon Prince.

Ils sortirent, abandonnant le cadavre de Grera dans la chambre. On le trouverait tôt ou tard. Ce n'était pas la première fois que Fenring laissait derrière lui une preuve aussi criante de son crime, mais les concubines savaient bien qu'elles ne pouvaient s'attaquer à lui. Elles considéreraient cela comme une mise en garde et elles s'affronteraient pour devenir la nouvelle favorite.

Et quand on rapporterait la nouvelle à l'Empereur, il aurait sans doute oublié jusqu'au nom de Grera Cary.

> *L'homme n'est qu'un caillou qu'on jette dans une mare. Mais si l'homme n'est qu'un caillou, toute son œuvre n'est rien de plus.*
>
> Maxime Zensunni

Jour après jour, Leto et Rhombur s'entraînaient durement aux arts du combat Atréides. Avec tout l'enthousiasme et la détermination dont ils étaient capables. Rhombur avait retrouvé sa vigueur et développé ses muscles tout en perdant du poids.

Ils s'entendaient bien et faisaient deux partenaires d'exercice parfaitement assortis qui savaient aller jusqu'au bout de leurs limites en toute confiance, certains qu'ils ne couraient aucun danger.

Le Duc Paulus espérait que le prince exilé deviendrait plus qu'un combattant aguerri. Il souhaitait aussi qu'il se sente chez lui à Castel Caladan, et heureux. Il ne pouvait qu'imaginer la vie de terreur de Dominic Vernius et de son épouse, renégats perdus dans les régions inconnues de la galaxie.

Quant à Thufir Hawat, il laissait les deux jeunes gens se battre sans retenue. Chaque jour, leurs réactions s'affinaient un peu plus. Leto lui-même avait pris conscience des progrès qu'ils avaient accomplis.

Rhombur, suivant les préceptes du Maître Assassin sur l'importance de la diplomatie et de la culture en tant qu'armes de gouvernement, en vint à s'intéresser à la musique. Il s'essaya à plusieurs instruments avant de se décider pour la sonorité apaisante et les accords complexes de la balisette à neuf cordes. On le trouvait désormais au hasard des couloirs, jouant des mélodies simples qu'il avait apprises à l'oreille dans son enfance, mais il lui arrivait aussi de composer des airs plaisants.

Kailea aimait qu'il joue parfois pour elle tandis qu'elle étudiait l'Histoire et la religion ainsi qu'il convenait à une jeune fille de la noblesse. Dans ces deux domaines, il arrivait à Helena de lui donner quelques cours, sur l'insistance de Paulus. Kailea apprenait de bonne grâce depuis qu'elle s'était résignée à se considérer comme une prisonnière politique de Castel Caladan, tout en essayant de s'imaginer un destin plus flamboyant.

Leto savait déchiffrer sur le visage apparemment serein de sa mère les rancunes qui la hantaient. Helena se montrait une préceptrice souvent dure, mais Kailea réagissait avec une détermination de fer.

Un soir, très tard, après que ses parents se furent retirés dans leur appartement, Leto voulut aller demander à son père de les emmener en croisière pour une journée le long de la côte, Rhombur et lui, à bord de la goélette familiale. Mais, à l'instant où il s'approchait de leur porte, il entendit les échos d'une querelle.

— Est-ce que vous avez cherché un nouvel endroit pour eux ? (Rien qu'au ton de sa mère, Leto comprit aussitôt de qui elle parlait.) Il y a sûrement une Maison Mineure de la frange qui les acceptera si vous leur versez la forte somme.

— Je n'ai nullement l'intention d'expédier ces enfants ailleurs, et vous le savez bien. Ils sont nos hôtes, et chez nous ils sont à l'abri de ces ignobles Tleilaxu. (La voix du Duc devint un grommellement.) Je ne comprends pas pourquoi Elrood n'a pas lancé ses Sardaukar pour liquider cette vermine et libérer Ix.

— En dépit de leur caractère déplaisant, les Tleilaxu ramèneront sans doute les ateliers et les usines d'Ix dans le droit chemin, celui défini par les règles du Jihad Butlérien.

Paulus eut un soupir exaspéré, mais Leto savait bien que sa mère était tout à fait sérieuse et sa crainte grandit d'autant. Son ton devint plus pressant encore.

— Est-ce que vous ne comprenez pas que ces événements étaient prévisibles ? Jamais vous n'auriez dû envoyer Leto sur Ix – il est déjà corrompu par leurs manières, leur orgueil, leur ignorance outrageante des lois de Dieu. Le soulèvement d'Ix nous l'a rendu. Ne répétez pas la même erreur.

— Une erreur ? Je suis très satisfait de tout ce qu'il a appris là-bas. Il fera un excellent Duc le temps venu. (Leto entendit le bruit d'une botte que son père venait de jeter dans un coin de la chambre.) Ne vous faites pas de souci. Vous n'avez donc pas pitié de Rhombur et de sa sœur ?

— Par leur orgueil, les gens d'Ix ont transgressé la Loi et ils ont payé pour cela. Pourquoi devrais-je avoir pitié ?

Paulus cogna de la main sur un meuble, puis Leto entendit le raclement d'une chaise sur les dalles.

— Comment puis-je croire que vous en savez assez sur la politique intérieure d'Ix pour formuler pareil jugement ? À moins que vous ne soyez déjà parvenue à une conclusion que vous seule acceptez sans la moindre preuve ? (Le Duc se mit à rire et son ton se fit moins dur.) Et puis, il me semble que vous vous en sortez plutôt bien avec notre jeune Kailea. Elle apprécie votre compagnie. Comment pouvez-vous me tenir de tels propos et faire bonne figure devant elle ?

— Les enfants ne peuvent rien contre ce qu'ils sont, Paulus, fit Helena, plus calme elle aussi. Ils n'ont pas demandé à naître là-bas, soumis à un enseignement inconvenant. Croyez-vous qu'ils aient jamais ouvert la *Bible Catholique Orange* ? Non, ce n'est pas leur faute. Ils sont ce qu'ils sont, et je ne puis les détester pour ça.

— Alors qu'est-ce qui...

Elle rétorqua avec une telle véhémence que Leto, surpris, recula dans l'ombre du couloir.

— C'est *vous* qui avez fait ce choix, Paulus ! Et vous vous êtes trompé ! Il vous en coûtera, à vous et à notre chère Maison !

Il répondit par un son grossier.

— Helena, je n'avais pas le choix ! Parole d'honneur, *je n'avais pas le choix* !

— Pourtant, c'est bien vous qui avez pris cette décision, en dépit de mes mises en garde et de mes conseils. Oui, Paulus Atréides, c'était *votre* décision. (La voix d'Helena était implacable.) Vous en supporterez les conséquences, maudit soyez-vous.

— Oh, chère Helena, calmez-vous un peu et allez dormir.

Désemparé, Leto se retira discrètement, renonçant à sa requête, sans attendre que ses parents éteignent les brilleurs de la chambre.

La matinée était limpide et ensoleillée. Côte à côte, Leto et Rhombur contemplaient les appontements au bas du promontoire. La prairie bleu-vert ocellée de blanc de l'océan s'incurvait vers l'horizon.

— Une journée idéale, dit Leto, devinant que son ami avait le mal de son pays caverneux sous le ciel déployé et lumineux. Je pense que c'est mon tour de vous faire découvrir Caladan.

Par les sentiers et les escaliers étroits, ils descendirent la falaise, sans lâcher la rampe, attentifs aux marches usées par les intempéries, envahies par la mousse et les croûtes de sel.

Quelques-uns des bateaux du Duc étaient au mouillage et Leto choisit son préféré, un grand coracle d'osier blanc à moteur de quinze mètres de long. Il était à larges baux avec une cabine coupée spacieuse à l'avant, des couchettes en entrepont auxquelles on accédait par un escalier à vis. Il y avait deux ponts, l'un au milieu, l'autre à l'arrière, au-dessus de la soute. C'était un bateau parfait pour la pêche ou la promenade. Des modules installés à quai pouvaient même modifier l'architecture du yacht : augmenter la taille de la cabine ou reconvertir la soute en quartier d'habitation.

Des domestiques leur préparèrent des rations pour leur déjeuner tandis que trois marins du port vérifiaient tous les systèmes du bord. Leto bavardait avec eux comme avec de vieux amis sous le regard attentif de Rhombur.

— Et ta femme, Jerrik, comment va sa jambe ? Dom, est-ce que tu as fini la toiture de ta cabane de fumaison ?

Finalement, Leto revint vers lui et lui donna une claque amicale sur l'épaule.

— Je n'ai pas oublié votre collection de minéraux, Rhombur ! On va aller ramasser des gemmes de corail.

Les précieux coraux abondaient sur les récifs tourmentés de Caladan, ils étaient aussi appréciés que dangereux à récolter. On disait qu'ils abritaient de minuscules organismes vivants qui leur conféraient cette apparence de joyaux de feu en ébullition. Vu les risques et leur prix, les coraux de Caladan n'avaient pas leur place sur le marché de l'exportation, surtout face à la concurrence des gemmes soo de Buzzell. Mais ils restaient un bien précieux de la planète.

Leto voulait en offrir un à Kailea. Sa famille était riche et il aurait pu acheter un corail-gemme de même que bien d'autres trésors. Mais il voulait qu'elle apprécie vraiment le cadeau et s'il venait droit de la mer, il n'en aurait que plus de valeur.

Ils appareillèrent. Une cornette aux couleurs des Atréides

monta à la poupe en claquant dans la brise. À l'instant où les marins larguaient les amarres, l'un d'eux demanda :

— Vous pourrez gouverner seul, Mon Seigneur ?

Leto rit en levant la main.

— Jerrik, tu sais que je fais ça depuis des années. La mer est calme et nous avons un communicateur. Merci de t'inquiéter de nous quand même. Ne t'en fais pas, on va seulement jusqu'aux récifs.

Rhombur, docile, obéit à ses ordres. Jamais encore il n'avait mis le pied sur un bateau. Très vite, ils cinglèrent vers le large et quittèrent le port dans les ondes de lucioles de la mer libre.

Rhombur gagna la proue pendant que Leto réglait le cap. Souriant, il se délectait de vent et de soleil.

— Je me sens à la fois si indépendant et si seul ici.

En se penchant, il découvrit des bancs d'algues de cuir qui semblaient soutenus par des gourdes semblables à de gros ballons.

— Des melons de Paradan, lui expliqua Leto. Si vous en avez envie, vous n'avez qu'à vous pencher. Ils ne sont jamais aussi délicieux que lorsqu'on les cueille sur la mer... mais je trouve leur goût un peu salé pour moi.

Loin à tribord, une bande de murmurènes passait comme une flottille de grosses bûches poilues. Ces inoffensives créatures des mers chantonnaient entre elles avec des résonances sourdes de sirène.

Durant une heure, Leto consulta les cartes satellitaires et les plans en louvoyant à la recherche d'un banc de récifs. Il tendit enfin ses jumelles à Rhombur en lui désignant une zone de ressac écumant. Des rochers noirs pointaient en surface comme la crête d'un léviathan endormi.

— Voilà les récifs. Nous allons mouiller à cinq cents mètres de distance pour ne pas risquer de déchirer la coque. Ensuite, nous plongerons.

Il ouvrit un coffre et en sortit un sac ainsi que deux petites spatulames.

— Les gemmes de corail ne poussent pas très loin de la surface. Nous n'aurons pas besoin de bouteilles d'oxygène. Il est grand temps de payer votre pension.

— J'ai déjà assez de mal comme ça à vous éviter des ennuis, riposta Rhombur.

Quand ils eurent jeté l'ancre, Leto pointa un sondeur vers les récifs pour délimiter leurs contours.

– Regardez. Vous voyez ces petites alvéoles, toutes ces niches ? C'est là qu'on les trouve. Elles sont encroûtées dans une coque, une espèce de capsule organique. À première vue, elles n'ont rien de spécial, mais il suffit d'en ouvrir une pour trouver les plus belles perles qui puissent exister dans la création, comme les gouttes d'une étoile qui aurait fondu. Il faut les maintenir constamment humides sinon elles s'oxydent dans l'air ambiant et deviennent extrêmement pyrophores.

– Oh, fit Rhombur, hésitant quant au sens exact du terme.

Il serra sa ceinture munie de la spatulame et d'une lampe d'eau pour explorer les anfractuosités.

– Je vous guiderai, ajouta Leto. Vous pouvez rester combien de temps sans respirer ?

– Aussi longtemps que vous, naturellement.

Leto se déshabillait déjà et Rhombur l'imita précipitamment. Ils se jetèrent à l'eau en même temps. Leto plongea et descendit jusqu'à ce que la pression devienne trop forte sur ses tempes.

Il découvrait le paysage sous-marin de corail convoluté, hachuré, parsemé de touffes d'herbe qui oscillaient doucement au gré des courants. Le plancton brillait à foison dans le creux des feuilles minuscules et, de toutes parts, des éventails de poissons colorés se déployaient au-dessus des strates de coraux.

Rhombur lui saisit le bras en désignant une longue anguille violine qui dérivait en laissant un sillage irisé. Leto faillit rire et relâcher son souffle en voyant ses joues gonflées.

En prenant appui sur les aspérités râpeuses du corail, il se propulsa vers les anfractuosités et les crevasses qu'il voulait explorer, la lampe braquée droit devant lui. La douleur s'insinuait déjà dans ses poumons quand il repéra une bosse décolorée. Il fit signe à Rhombur de le rejoindre. Mais à la seconde où il sortait sa spatulame pour dégager la gemme, Rhombur ouvrit les bras et remonta vers la surface aussi vite qu'il le pouvait, les poumons vides.

Leto lui aussi n'allait pas tarder à étouffer, mais il réussit quand même à extirper le nodule avant de remonter, la poitrine en feu. Il rejoignit Rhombur haletant au bord du champ de corail.

– J'en ai un !

Il tapa sur la coque et en sortit un ovoïde irrégulier à l'éclat perlé. Des particules scintillaient dans la résine transparente.

— Merveilleux ! souffla Rhombur.

Leto se hissa jusqu'au pont, non loin du canot. Il remplit un seau et y jeta le corail avant qu'il ne se dessèche entre ses doigts.

— Maintenant, à vous d'en trouver.

Ses cheveux blonds dégoulinant, le Prince d'Ix acquiesça, inspira quelques bouffées d'air et replongea, suivi de Leto.

En une heure, ils eurent rempli le seau.

— Belle pêche, commenta Leto en s'accroupissant près de son ami. (Fasciné, Rhombur avait les deux mains plongées dans le seau, le regard ravi.) Ça vous plaît ?

Rhombur grogna d'un air heureux. Il avait l'air d'un enfant qui venait de découvrir un trésor.

— J'ai rudement faim, fit Leto. Je vais déballer les vivres.

— Moi aussi je mangerais bien, dit Rhombur. Un coup de main ?

Leto se redressa avec une ostentation feinte, le nez levé.

— Monsieur, sachez que je suis l'héritier ducal résident et que je détiens un *diplôme religieux* confirmant ma compétence en ce qui concerne la préparation des rations alimentaires.

Il se dirigea vers la coquerie d'un pas altier tandis que Rhombur se penchait sur le seau et faisait rouler les gemmes entre ses doigts comme des dés à jouer.

Il y en avait de parfaitement sphériques, d'autres difformes ou grêlées. Il se demanda pourquoi certaines avaient un éclat intérieur presque aveuglant alors que d'autres semblaient presque ternes. Il choisit les trois plus grosses et les posa à côté du seau pour voir comment elles rayonnaient dans le soleil, nota les différences tout en se demandant ce que Leto et lui allaient bien pouvoir faire de leur trésor.

Il eut une pensée nostalgique pour sa collection de cristaux, de géodes et d'agates d'Ix. Il avait passé tant de mois à les récolter dans les tunnels profonds et il avait tellement appris en géologie... Il décida que si jamais il devait retrouver sa mère, il lui offrirait ce splendide présent.

Leto pointa le nez hors de la coquerie.

— Mon Seigneur est servi. S'il veut bien se donner la peine avant que je ne jette le tout aux poissons...

Rhombur se précipita pour s'installer à la petite table de la coquerie. Leto leur servit deux bols de soupe aux huîtres de Caladan cuisinée au vin du vignoble des Atréides.

— C'est une recette de ma grand-mère. Une de mes préférées.

– Pas mal. Même si c'est vous qui l'avez cuisinée. C'est... une excellente chose que ma sœur ne nous ait pas accompagnés. (Rhombur essayait de garder son sérieux.) Je suppose qu'elle serait arrivée en grande tenue et, bien sûr, elle n'aurait pas plongé avec nous.

– Bien sûr, fit Leto, sceptique. Vous avez raison.

Le flirt entre lui et Kailea n'avait échappé à personne, mais Rhombur considérait – politiquement du moins – qu'une romance entre eux serait non seulement déraisonnable mais dangereuse.

Le soleil brillait à plein feu sur le pont, les lames du parquet séchaient et les gemmes fragiles s'oxydaient dans l'air chaud. Simultanément, elles crachèrent des jets incandescents comme trois novae miniatures. Elles étaient assez brûlantes pour mettre le feu à la coque.

Leto renversa son bol en se levant brusquement. Il vit les flammes à travers un hublot. Elles se répandaient sur le pont et menaçaient déjà le canot. Une gemme éclata dans une gerbe de miettes incandescentes qui déclenchèrent instantanément d'autres foyers.

Les deux autres calcinèrent le bois du pont et tombèrent vers la soute en brûlant les caisses. L'une d'elles atteignit le réservoir de carburant de sécurité qui éclata, tandis que l'autre creusait un tunnel incandescent jusqu'à la quille avant de regagner l'eau où elle s'éteignit. La coque d'osier, même si elle avait été traitée chimiquement, ne résisterait pas longtemps à l'incendie.

Leto et Rhombur se démenaient en hurlant.

– Le feu ! Il y a le feu !

Leto chercha désespérément autour de lui.

– Les gemmes ! Elles brûlent ! Ça va être dur de s'en débarrasser.

D'autres flammes léchaient le pont et une explosion violente secoua dangereusement le coracle. Le canot se balançait sur ses bossoirs, enveloppé de flammèches.

– On risque de couler ! lança Leto. Et on est loin au large.

Il vida un extincteur puis, avec l'aide de Rhombur, il déclencha les pompes pour arroser le bateau d'eau de mer. Mais l'incendie avait envahi la soute et des nuages de fumée huileuse montaient des fissures. L'alarme tinta, signalant une voie d'eau dans la coque.

Rhombur jeta un coup d'œil sur les cadrans en toussotant dans les relents acides.

– On va faire naufrage !

Leto lui lança un gilet de sauvetage en se harnachant fébrilement.

– Il faut appeler ! Donnez notre position et lancez un signal de détresse. Vous savez vous servir du communicateur ?

Rhombur lui répondit par un cri bref et Leto arrosa à nouveau le pont avec un autre extincteur chimique qui se vida très vite. Ils allaient être pris au piège en pleine mer et se retrouveraient flottant au milieu des débris. Il fallait coûte que coûte qu'ils rallient le rivage.

Leto se souvint des leçons de son père : « Quand tu te retrouves dans une situation d'urgence apparemment sans issue, pense avant tout aux aspects susceptibles d'une solution. Ensuite seulement, aborde les plus difficiles. »

Rhombur répétait l'appel de détresse, le coracle s'enfonçait et il se porta vers le hublot bâbord : les flots bouillonnants cernaient les récifs. Il plongea dans la cabine, lança les moteurs et la rupture d'urgence de l'ancre. Le coracle partit comme une comète.

– Mais qu'est-ce que vous faites ? hurla Rhombur. Où allons-nous ?

– Vers les récifs ! Comme ça, nous ne pourrons pas couler. Et nous pourrons éteindre l'incendie.

– Vous allez nous jeter sur les récifs ? Mais c'est dément !

– Pourquoi ? Vous préférez sombrer ici ? Ce bateau coulera, de toute façon.

Comme pour confirmer sa menace, un autre réservoir explosa en secouant le pont.

Rhombur se cramponna à la table.

– Oui, on va faire comme ça.

– Quelqu'un a reçu l'appel ?

– Non, je ne sais pas... J'espère.

– Recommencez.

Dans la fumée noire, des flammèches gagnaient le compartiment des machines. Le bateau donna encore de la gîte. L'eau s'engouffrait à torrent dans la coque. Mais Leto ne diminua pas le régime, fonçant droit vers l'îlot de récifs. C'était une course contre le temps. Même s'ils se fracassaient à l'arrivée, ils pourraient s'échapper de la carcasse d'osier et de métal et attendre les secours.

Droit devant eux, les coraux écumants étaient comme une barrière infernale, mais Leto ne ralentit pas.

— On s'accroche !

À l'ultime seconde, les moteurs s'embrasèrent. Le bateau continua sur sa lancée et se fracassa sur les récifs. Rhombur se cogna le crâne et vacilla, le front ensanglanté. Le cruel épisode de leur fuite d'Ix se répétait.

— Allez ! On saute ! cria Leto en lui agrippant le bras pour le pousser hors de la cabine.

Au passage, il jeta les tuyaux des pompes dans le ressac.

— Enfoncez-les aussi profondément que possible ! Et surtout ne vous blessez pas sur le corail !

Rhombur obéit et franchit le bastingage. Leto le suivit dans le ressac et les creux écumants. Les pompes démarrèrent et l'eau jaillit des tuyaux. Rhombur essuya le sang de ses yeux en visant les flammes. Sous la douche, l'incendie perdit du terrain et, enfin, les dernières flammes moururent lentement sur le coracle.

Égaré, misérable, Rhombur se tourna vers Leto qui paraissait bizarrement amusé.

— Du nerf, Rhombur ! Sur Ix, nous avons échappé à une révolution planétaire. Ce petit incident n'a été qu'un jeu d'enfant pour nous, n'est-ce pas ?

— Euh... oui, fit Rhombur d'un air sombre. Jamais je ne me suis autant amusé.

Ils étaient assis dans l'eau jusqu'à la taille, continuant d'arroser le coracle et la fumée montait dans le ciel clair de Caladan. Leur meilleur signal de détresse.

Bientôt, ils entendirent le grondement d'une puissante unité qui approchait, un catamaran rapide apparut et s'arrêta à moins d'une encablure. Thufir Hawat, roide sur la passerelle, toisa Leto en secouant la tête.

> *La nécessité de punir fait partie des responsabilités du commandement... mais seulement quand la victime le requiert.*
>
> Prince Raphael Corrino, *Discours sur la conduite du pouvoir dans l'Imperium Galactique*, 12ᵉ édition

Échevelée, en lambeaux, Janess Milam courait sur le sable, cherchant éperdument un refuge.

Elle se retourna, le regard embué de larmes et vit l'ombre de la plate-forme. Le Baron Harkonnen et son neveu Rabban étaient sur ses traces et elle courut plus vite encore. Elle titubait et vacillait sur la piste poudreuse et s'orienta vers le sol plus stable du désert, torride et mortel.

Enfoui dans une dune proche, le marteleur fatal cognait en rythme... Et le pouls de Janess s'affolait.

Elle cherchait un abri dans les éboulis, les grottes, l'ombre d'un rocher. Elle voulait avant tout mourir à l'écart, loin de leurs rires mordants. Mais les Harkonnens l'avaient lâchée entre les dunes comme un gibier des sables.

Elle glissa et mordit la poussière.

Sur leur plate-forme à suspenseur, le Baron et son neveu se régalaient de ses efforts pitoyables, à l'aise dans leur distille dont ils avaient rabattu le masque.

Ils étaient revenus sur Arrakis depuis quelques semaines. Janess, elle, avait débarqué du vaisseau pénitentiaire la veille. Le Baron avait d'abord envisagé de la faire exécuter pour traîtrise à Baronia même, mais Rabban avait insisté pour qu'elle meure lentement sous ses yeux dans les étendues calcinées d'Arrakis pour avoir aidé Duncan Idaho à leur échapper.

— Elle est tellement insignifiante au milieu de tout cela, non ? fit le Baron d'un ton sans passion.

Parfois, son neveu avait des idées originales, même s'il manquait de la concentration mentale nécessaire pour les réaliser.

— C'est bien plus réjouissant qu'une simple décapitation, je dois dire. Et puis, un ver va en profiter.

Rabban se racla la gorge et le Baron eut le sentiment d'entendre un fauve gronder.

— Ce ne devrait plus être très long. Ces marteleurs les attirent toujours. *Toujours.*

Sous le soleil, le Baron transpirait. Et il ressentait des douleurs depuis quelques mois. Il inclina la plate-forme afin de mieux profiter du spectacle et dit d'un ton pensif :

— Ce garçon est avec les Atréides, d'après ce que l'on m'a dit. Il s'occupe des taureaux salusans du Duc.

— Si je le retrouve, il est mort. Comme n'importe quel Atréides que je pourrais coincer seul.

— Rabban, tu es un vrai bœuf. (Le Baron serra l'épaule musculeuse de son neveu.) Mais ne gaspille pas ta force pour des broutilles. C'est la Maison des Atréides qui est notre ennemi, pas seulement un malheureux palefrenier. *Mmm... un palefrenier.*

Janess tomba encore une fois et roula sur le versant d'une dune avant de se redresser avec peine.

— Jamais elle n'arrivera à s'éloigner à temps, commenta le Baron.

— La chaleur est terrible, grommela Rabban. Est-ce que nous n'aurions pas dû apporter un auvent ?

Il porta le tube de son distille à ses lèvres et aspira une gorgée avec une grimace.

— J'aime bien transpirer. C'est bon pour la santé, ça purge l'organisme de ses poisons.

Rabban s'agita, lassé du spectacle un instant. Il porta son regard sur l'immensité éblouissante, guettant le moindre signe révélateur d'un léviathan.

— À propos, qu'est devenu le Planétologiste que l'Empereur nous a collé sur les bras ? La dernière fois, je l'avais emmené à la chasse au ver.

— Kynes ? Qui peut savoir ? Il est toujours au fin fond du désert. On ne le voit à Carthag que lorsqu'il expédie ses rapports. Il y a un moment que je n'ai plus entendu parler de lui.

— Et s'il était blessé ? On ne pourrait pas nous reprocher de ne pas l'avoir mieux surveillé ?

— J'en doute. L'esprit de l'Empereur n'est plus ce qu'il fut. (Le Baron eut un rire de dérision.) Quoique, même dans sa jeunesse...

La fille courait et tombait toujours, le corps couvert de poussière ocre, zigzaguant entre les dunes avec des foulées rageuses, désespérément accrochée à la vie.

— Ça finit par être ennuyeux, dit Rabban. On reste là à regarder.

— Certaines punitions sont faciles, remarqua le Baron, mais elles ne sont pas toujours suffisantes. En supprimant cette fille, nous n'effaçons pas la marque qu'elle a laissée sur l'honneur de la Maison Harkonnen... avec la complicité des Atréides.

— Dans ce cas, allons plus loin, fit Rabban avec une moue jubilatoire. Frappons les Atréides.

Dans le rythme sourd du marteleur, sous la morsure du soleil, le Baron parvint à sourire, mais il eut l'impression que son visage se craquelait.

— Nous le devrions peut-être.

— Comment cela, mon oncle ?

— Il est peut-être temps de nous débarrasser du Vieux Duc Paulus. Ça nous fera une épine de moins dans le flanc.

Rabban était brusquement impatient.

Avec des gestes lents destinés à énerver son neveu, le Baron régla ses jumelles et explora l'horizon. Il espérait repérer le ver géant avant les ornithoptères de sécurité qui tournaient au large. C'est alors qu'il sentit la vibration sourde et puissante du monstre qui approchait. Son pouls se synchronisa sur celui du marteleur.

Des dunes ondulaient au loin. C'était comme une ride montagneuse en marche, un croissant de sable grège qui semblait cacher un long poisson. Et le Baron surprit dans l'air torride le crissement de la bête ondulante. Il saisit son neveu par le coude et pointa le doigt.

Au même instant, le communicateur of Rabban tinta dans son oreille et une voix lointaine lui parvint à travers les filtres.

— On le sait ! On l'a vu ! grinça-t-il.

Le bolide violent et furieux se forait un tunnel. Il venait droit sur le marteleur comme un phénoménal engin blindé, mais le Baron continuait à penser à haute voix.

— J'ai gardé mes contacts... *individuels* sur Caladan, vois-tu. Le Vieux Duc a ses habitudes. Et chacun sait que les habitudes sont dangereuses. (Il eut un sourire de granit en clignant des yeux dans le flamboiement du soleil.) Nous avons déjà mis en place des agents opérationnels et j'ai un plan.

Là-bas, Janess s'était retournée avant de se remettre à courir, folle de peur : elle avait vu le ver géant.

La vague de sable atteignit le marteleur, au pied du versant sous le vent d'une dune en dos de baleine. Ce fut comme un mascaret de sable et le marteleur sombra entre les crocs de verre de la gueule béante.

— Démarre la plate-forme ! ordonna le Baron. On la suit !

Rabban obéit aussitôt et ils dérivèrent au-dessus du désert pour se rapprocher de l'action.

Le ver avait surpris les foulées de la fille et changé de direction. Il replongea et la suivit comme un squale formidable dans l'océan de rouille et de safran.

Janess s'effondra sur la crête d'une dune et se figea en frissonnant, les genoux contre le menton, essayant de ne plus faire le moindre bruit. Elle retint son souffle. Une pluie de sable la gifla.

Le monstre lui aussi s'était arrêté. Janess priait.

La plate-forme se stabilisa au-dessus d'elle et elle leva des yeux haineux vers les deux Harkonnens. Elle avait peur, elle serrait les mâchoires, mais le Baron sentit son regard comme une dague ardente.

Il tendit la main vers sa bouteille de liqueur d'épice, mais il l'avait vidée durant l'attente. Il porta un toast moqueur.

Le ver géant restait figé, épiant le plus infime mouvement.

Le Baron lança la bouteille vide en direction de la fille. Elle tourbillonna dans l'air chaud et tomba dans le sable avec un bruit sourd.

Le ver réagit instantanément et se rua sur elle.

En lançant des injures, Janess s'élança vers le bas de la dune dans une avalanche de sable. Mais le désert s'ouvrit sous elle.

La gueule du ver était une caverne de dents scintillantes. Janess fut happée en même temps qu'une plage entière de poussière et le monstre replongea dans les profondeurs.

Rabban appela l'ornithoptère d'observation pour demander si les hommes avaient réussi à prendre des clichés holos à haute résolution.

— Je ne l'ai même pas vue saigner, et elle n'a pas crié, fit-il, désappointé.

— Tu pourras toujours étrangler un de mes serviteurs si ça te console, fit le Baron. Mais c'est bien parce que je suis de bonne humeur.

Il contemplait les dunes et devinait tous les dangers qui se dissimulaient sous les vagues minérales apparemment paisibles. Il aurait bien aimé que son vieux rival Paulus se soit trouvé à la place de cette fille. Il se dit qu'il aurait fait enregistrer la scène par toutes les holo-caméras de la Maison Harkonnen afin de la savourer sous tous les angles, encore et encore. À vrai dire, il aurait aimé partager le festin du ver s'il avait eu droit au Vieux Duc.

Mais ce que je réserve au vieux est tellement plus intéressant, songea-t-il.

> *Dites la vérité. C'est toujours plus facile et souvent le meilleur argument.*
>
> Axiome Bene Gesserit

À travers les barreaux énergétiques de la cage, Duncan Idaho observait le monstrueux taureau salusan. Ses yeux d'enfant étonnés s'attardaient sur les gros yeux à facettes de la bête de combat, sur ses muscles couverts de cuir écailleux, ses cornes multiples et ses deux crânes où ne tournait qu'une unique pensée : *détruire tout ce qui bouge.*

Il travaillait depuis des semaines dans les étables. C'était une basse besogne qu'il faisait de son mieux. Du matin au soir, il fallait nourrir les bêtes, les panser, nettoyer leurs cages en les repoussant derrière un champ de force pour qu'elles ne puissent attaquer.

Il aimait ça, même si d'autres trouvaient la tâche répugnante et dégradante. Pour Duncan, c'était presque un devoir honorifique, au pis une corvée facile pour laquelle il était grassement payé en liberté et en simple bonheur. Et depuis qu'il l'avait rencontré, il aimait profondément son bienfaiteur généreux, le Vieux Duc Paulus.

Désormais, il mangeait à sa faim, il n'avait plus froid et changeait de vêtements à son gré. Personne ne lui en avait donné l'ordre, mais il travaillait dur, de tout son cœur. Il avait droit à des moments de détente et retrouvait souvent les autres employés dans leur gymnase ou leur cour de récréation. Il se baignait parfois dans la mer et il avait fait la connaissance d'un pêcheur qui l'emmenait avec lui au large, de temps en temps.

Le Vieux Duc élevait cinq taureaux mutants pour la corrida. Tout d'abord, Duncan avait essayé de s'en faire des amis en leur offrant des bottes d'herbe fraîche et des fruits, mais l'irascible Yresk, le Maître taurin, l'avait surpris un jour.

– Le Vieux Duc va les combattre – penses-tu que ça lui plairait qu'ils soient *domestiqués* ?

Il y avait de la colère dans ses yeux bouffis : il n'avait accepté Duncan que parce que le Duc le lui avait ordonné, et il ne le ménageait guère.

– Il veut qu'ils attaquent. Pas qu'ils ronronnent sur la Plaza de Toros. Que penserait le public, hein ?

Duncan avait baissé les yeux sans répliquer. Et il ne recommença plus.

Il avait vu des enregistrements des derniers combats du Duc ainsi que d'autres matadors célèbres. Il avait de la peine quand un des colosses superbes mordait le sable de l'arène, mais l'audace et le courage du Duc le laissaient pantois d'admiration.

La dernière corrida du Duc avait été donnée pour le départ de son fils, une autre était proche. Cette fois, ce serait en l'honneur des invités d'Ix, exilés sur Caladan. Un peu comme lui, se dit Duncan.

Comme tous les gens du Castel, il avait une chambre dans le bâtiment commun, mais il lui arrivait fréquemment de passer la nuit dans les étables, bercé par le souffle et les ronflements des bêtes de Salusa. Il avait connu une vie bien plus dure. Et puis, il faisait bon dans les étables et il aimait rester seul avec ses taureaux.

Jusque dans ses rêves, il guettait leurs mouvements, il s'était accoutumé à leur instinct et devinait avec précision leur humeur changeante. Depuis quelques jours, ils devenaient plus agités et inquiets, il leur arrivait de piquer des crises de fureur... comme s'ils sentaient l'approche de la Némésis : le jour de la corrida n'était plus éloigné.

Duncan, un matin, releva les traces fraîches de leur affolement sur les barrières. Ils avaient tenté de fuir devant un persécuteur imaginaire.

Ce n'était pas bien, se dit-il. Il avait consacré tant d'heures à les observer qu'il croyait deviner ce qu'ils éprouvaient. Il pouvait prévoir leurs réactions, il savait comment les exciter ou les apaiser – mais ce nouveau comportement était inhabituel.

Lorsqu'il s'en ouvrit au Maître taurin, Yresk prit un air inquiet. Il gratta lentement sa dernière touffe de cheveux blancs et son expression changea. Il dévisagea Duncan d'un regard soupçonneux.

— Je vais te dire : y a rien qui cloche chez ces bêtes. Si je ne savais pas qui tu es, je penserais que tu pourrais bien être un Harkonnen infiltré qui cherche à semer la panique. Maintenant, va !

— Les Harkonnens, je les hais !

— Mais tu as vécu chez eux, sale petit rat ! Nous autres les Atréides, nous sommes constamment sur le qui-vive. (Il donna une bourrade à Duncan.) Tu n'as rien à faire ? Tu veux de quoi t'occuper ?

Duncan savait qu'Yresk était arrivé de Richèse il y avait bien des années et qu'il n'était pas un Atréides. Pourtant, il ne le contredit pas, sans céder pour autant.

— J'étais leur esclave. Ils me chassaient comme un gibier.

Yresk haussa ses sourcils broussailleux. Ainsi, il ressemblait à un vieux rapace racorni.

— Même chez les gens du peuple, la vieille inimitié entre les Maisons existe. Comment puis-je savoir si tu ne caches pas quelque chose ?

— Je voulais seulement vous parler des taureaux, Monsieur. Je suis inquiet, c'est tout. Je ne connais rien des rivalités entre les Maisons nobles.

Yresk partit d'un grand rire : visiblement, il ne le prenait pas au sérieux.

— Celle entre les Harkonnens et les Atréides remonte à des milliers d'années. Tu n'as jamais entendu parler de la Bataille de Corrin, de la grande trahison ni du Pont de Hrethgir ? Un ancêtre couard des Harkonnens a failli faire perdre les humains face aux machines pensantes abominables. Corrin était l'ultime combat et nous aurions succombé sous leurs assauts si les Atréides n'avaient pas fait basculer l'issue.

— Je n'ai guère étudié l'Histoire, avoua Duncan. C'était déjà difficile de trouver de quoi manger.

Il y avait une lueur nouvelle dans les yeux bouffis du vieux Maître, comme s'il essayait de se montrer bon.

— Eh bien, vois-tu... la Maison des Atréides et celle des Harkonnens avaient été alliées jadis, mais elles ne le furent jamais plus après cette trahison. Et leur inimitié n'a fait que s'aviver depuis — et toi, mon garçon, tu nous arrives de Giedi Prime. Le monde des Harkonnens. (Il haussa ses épaules osseuses.) Tu ne peux quand même pas t'attendre à ce qu'on te fasse complètement confiance, non ? Mais c'est le cas du Vieux Duc, pourtant, je dois dire, et tu dois lui en être reconnaissant.

— Mais je n'ai rien à voir avec cette bataille dont vous parlez ! s'insurgea Duncan. Et quel rapport avec les taureaux ? Tout cela s'est passé il y a très longtemps.

— Assez bavardé comme ça. (Yresk décrocha une pelle à fumier du râtelier.) Maintenant, tu gardes tes soupçons pour toi. Ici, chacun sait ce qu'il a à faire.

Duncan avait conscience de travailler dur et de faire de son mieux pour payer l'asile qui lui avait été offert, mais on se méfiait de lui parce qu'il venait de chez les Harkonnens, et il était consterné. D'autres palefreniers, il le savait, le considéraient comme un espion évident... Il se demandait ce que Rabban aurait pu faire d'un agent infiltré qui avait à peine neuf ans...

Jusqu'à présent, pourtant, il n'en avait pas souffert.

— Mais les taureaux ont quelque chose, Monsieur. Il faut que le Duc le sache avant le jour de la corrida.

Yresk se gaussa de nouveau.

— Si j'ai besoin qu'un gamin vienne me donner des conseils, je te le ferai savoir, jeune Idaho.

Sur ce, il quitta l'étable et Duncan retrouva ses bêtes agitées, violentes, et affronta leurs yeux à facettes qui semblaient plus ardents.

Oui, il se passait quelque chose. Il en était certain, et personne ne voulait l'écouter.

Les imperfections, si on les considère sous un éclairage approprié, peuvent être extrêmement précieuses. Les Grandes Écoles, dans leur incessante recherche de la perfection, considèrent souvent ce postulat comme difficile à comprendre, jusqu'à ce qu'on leur prouve que rien dans l'univers n'est laissé au hasard.

Extrait d'un des manuscrits des Philosophies de la Vieille Terre

Mohiam porta les mains à son ventre tendu et se redressa dans l'obscurité de sa chambre isolée, tout au fond du complexe de l'École Mère. Ses draps étaient trempés et le cauchemar était encore là, au centre de son esprit. Des flammes, du sang...

C'était un message, un présage... un avertissement criant que le Bene Gesserit ne pouvait ignorer.

Elle se demanda quelle dose de Mélange l'infirmière lui avait fait absorber et s'il n'y avait pas un risque d'interaction avec les autres médications. La saveur de cannelle et de gingembre subsistait dans sa bouche. Combien une femme sur le point d'accoucher pouvait-elle en supporter ? Même si elle pouvait rationaliser sa terreur, elle ne pouvait ignorer ce signe.

Des rêves... des cauchemars... la prescience... Ces terribles événements annoncés allaient secouer l'Imperium durant des millénaires. Un pareil avenir ne pouvait exister ! Mais si elle acceptait l'avertissement, pouvait-elle se fier à elle-même pour l'interpréter correctement ?

Elle n'était qu'un petit caillou parmi tous ceux qui précédaient l'avalanche.

Les Sœurs savaient-elles vraiment ce qu'elles faisaient ? Quel serait le rôle de l'enfant à qui elle allait donner la vie dans un mois ? La vision qu'elle avait eue dans son sommeil était centrée sur sa fille. *C'était important, terrifiant...* Les Révérendes Mères ne lui avaient pas tout dit et elle sentait à présent que même les Sœurs de l'Autre Mémoire avaient peur.

La chambre était humide, les vieux murs de plâtre visqueux.

Il pleuvait au-dehors. Même si les capteurs équilibraient la température, elle appréciait quand même la chaleur des braises au pied de son lit – un anachronisme peu efficace, mais qui lui apportait l'agrément de la fumée, des brandons dorés : un retour aux plaisirs anciens.

Les feux de la destruction, la fournaise d'un enfer qui balaie les planètes de la galaxie ! Le Jihad ! Le Jihad ! Tel serait le destin de l'humanité si les plans du Bene Gesserit tournaient mal.

Elle retrouva sa maîtrise mentale et vérifia les échanges de son organisme. Aucune alerte, tout fonctionnait normalement, sa biochimie était au degré optimal.

Elle savait qu'elle ne devait pas oublier cette prémonition. Et les esprits de l'Autre Mémoire connaissaient la vérité.

Les Sœurs l'observaient sans cesse. La petite lampe mauve dans un angle du plafond était pareille à l'œil de la Révérende Mère Anirul Shadow Tonkin, si jeune et pourtant si importante. Dans le songe de Mohiam, les Voix de l'Autre Mémoire avaient fait allusion au rôle d'Anirul dans le projet. Comme si le choc du cauchemar les avait libérées, déchirant les voiles sur des souvenirs longtemps contenus.

Le Kwisatz Haderach. « Le Court Chemin ». Le messie, le surêtre que les Sœurs cherchaient depuis si longtemps à travers leurs programmes de sélection génétique.

Entre tous les projets de la Communauté, aucun n'était plus important que celui du Kwisatz Haderach.

Par sécurité, en entamant la centième génération, les Révérendes Mères instruites dans le plan avaient fait vœu de silence, même avec l'Autre Mémoire ne transmettant leur savoir qu'à de rares Sœurs.

C'était le cas d'Anirul, Mère Kwisatz. Elle savait tout du programme. *Et même la Mère Supérieure se doit de l'écouter !* se dit Mohiam.

Mohiam elle-même avait été tenue dans l'ombre tandis que l'enfant se formait dans sa matrice. Après des milliers d'années, le plan allait aboutir et l'avenir dépendait de cet enfant, puisque la première-née avait été une erreur, un faux pas.

À la moindre faute, le terrifiant avenir qu'elle avait entrevu se réaliserait.

Se peut-il qu'Anirul connaisse mes pensées, elle aussi, le drame terrible que j'ai vu dans mon cauchemar ? Un avertissement, une annonce – ou un ordre ?

Des pensées... L'Autre Mémoire... la multitude des anciennes qui offraient leurs conseils, soufflaient leurs craintes, leurs mises en garde. Elles ne pouvaient plus taire ce qu'elles savaient du Kwisatz Haderach, comme elles l'avaient fait si longtemps. Mohiam pouvait les appeler à elle et elles se présentaient, seules ou en légions. Elle aurait pu leur demander leur assistance à toutes, mais elle s'y refusait. Elles lui en avaient déjà suffisamment révélé pour qu'elle se réveille avec un cri d'effroi sur les lèvres.

Il ne faut pas permettre aux erreurs de se produire.

Mohiam avait pris sa décision, choisi son propre chemin vers le futur et déterminé le moyen le plus efficace d'empêcher la sanglante destinée qu'elle avait entrevue.

Elle ajusta sa chemise de nuit et s'avança prudemment dans l'ombre jusqu'à la pièce voisine, la crèche qui abritait les bébés. Elle avait quelque mal à marcher à cause de son ventre et s'inquiétait des chiens de garde de la Communauté qui pouvaient l'arrêter à tout instant.

Mais ce fut la tourmente de ses pensées qui la contraignit à faire une pause. Dans la pénombre tiède de la nurserie, elle décelait le souffle irrégulier de la première fille Harkonnen. Elle avait maintenant neuf mois. Au creux de sa matrice, sa Sœur attendait de naître et elle la sentit bouger – se pouvait-il qu'elle l'incite à avancer ? Avait-elle pu déclencher cette prémonition ?

Les Sœurs avaient besoin d'une enfant parfaite, forte et en bonne santé. En d'autres circonstances, le Bene Gesserit aurait trouvé un emploi pour l'enfant infirme et mal conçue. Mais Mohiam avait maintenant vu le rôle essentiel qu'elle jouait dans le programme du Kwisatz Haderach – et ce qui se passerait si jamais il s'engageait dans la mauvaise voie.

Le rêve était là, dans son esprit, brillant comme un solido holographique. Elle n'avait qu'à le suivre, sans plus penser. *Fais-le.* Le Mélange provoquait souvent des visions de prescience et elle ne doutait pas de ce qu'elle avait vu. L'image avait eu la clarté d'un cristal de Hagal : des milliards de victimes, l'Imperium vacillant, le Bene Gesserit près d'être anéanti, un nouveau Jihad déferlant sur la galaxie, ravageant tout sur son passage.

Tout cela arriverait si le plan de sélection tournait mal. Quelle importance avait une vie non voulue face à un fléau qui ravagerait l'Histoire ?

Sa première fille infirme était l'obstacle, un risque pour le programme. Potentiellement, elle pouvait désorganiser la progression sur l'échelle génétique. C'était à Mohiam d'éviter toute possibilité d'erreur. Sinon, elle aurait les mains souillées du sang de milliards de morts.

Mais ma propre enfant ?

Elle s'efforça de se rappeler : ça n'était pas *réellement* son enfant mais le produit de l'index d'accouplement. Ainsi, elle appartenait à toutes les Sœurs qui y avaient participé, involontairement ou non. Elle avait déjà donné d'autres progénitures à la Communauté, mais deux filles seulement porteraient la dangereuse combinaison de gènes qui aboutirait au Kwisatz Haderach.

Deux. Alors qu'il ne devait y en avoir qu'une. Le risque, autrement, serait trop grand.

Cette enfant atrophiée ne servirait pas le Maître Plan. Un jour, la Communauté la prendrait peut-être comme servante ou fille de cuisine à l'École Mère. Mais elle n'irait jamais loin. Anirul ne lui accordait d'ailleurs que peu d'attention, comme les autres.

Moi, je t'aime, songea Mohiam, et elle se réprimanda aussitôt. Il y avait des décisions difficiles à prendre, des prix à payer. En une vague froide, il lui revint le souvenir de sa vision de cauchemar et sa résolution en fut renforcée.

Elle massa doucement le cou et les tempes du bébé... puis recula. Une Bene Gesserit ne devait pas avoir d'amour, encore moins le montrer – pas plus romantique que familial. Dans la Communauté, les émotions étaient malséantes et dangereuses.

Elle essaya de trouver un sens à ses sentiments, de les réconcilier avec ce qu'on lui avait enseigné toute sa vie. Elle maudit à nouveau les modifications chimiques de son corps, tenta de trier ses sentiments, de les réconcilier avec ce qu'on lui avait appris durant toute sa vie. Si elle n'aimait pas l'enfant... car l'amour était interdit... alors pourquoi ne pas... Sa gorge était nouée, elle était incapable de traduire en mots l'abominable pensée. Ou alors, si elle aimait l'enfant – envers et contre tous les diktats – cela lui donnait une raison de plus...

Élimine la tentation.

Était-ce de l'amour ou de la pitié ? Elle éprouvait de la honte pour ces pensées. Mais pas pour ce qu'elle allait accomplir.

Fais vite. Finis-en !

Le futur l'exigeait. Si elle ne réagissait pas à cet avertissement, des planètes seraient annihilées, des populations périraient. Cette nouvelle enfant qu'elle portait en elle était vouée à un prodigieux destin et, pour qu'il existe, la première devait être sacrifiée.

Mais elle hésitait encore, comme une véritable mère, luttant pour rejeter la vision.

Elle caressa doucement la gorge du bébé qui respirait à présent régulièrement. Mohiam discernait son visage déformé, son épaule voûtée, sa peau laiteuse pourtant si douce sous ses doigts. À son contact, l'enfant s'agita en gémissant.

Elle sentit son haleine chaude sur sa main. Elle serra le poing et se concentra. « Je ne connaîtrai pas la peur, car la peur tue l'esprit. » Mais elle tremblait.

Elle surprit l'éclat mauve d'un œil de surveillance dans les ténèbres de la nurserie. Elle s'interposa entre les surveillantes et l'enfant. Elle ne devait regarder que l'avenir, pas ce qu'elle faisait. Parfois, même une Révérende Mère avait une conscience...

Elle fit ce que le rêve lui avait ordonné, prit un oreiller et le pressa sur le petit visage jusqu'à ce qu'elle ne sente plus aucun geste, n'entende plus aucune plainte.

Finalement, toujours tremblante, elle rectifia le pli du drap avant de remettre l'oreiller en place. Elle se sentait vieille, très vieille soudain, comme au-delà du cours de son existence.

C'est fait. Elle porta la main à son ventre. *Maintenant, ma fille, tu ne peux plus échouer.*

> *Celui qui gouverne assume irrévocablement la responsabilité des gouvernés. Il est un berger. Ceci exige quelquefois un acte d'amour altruiste qui ne peut être divertissant qu'aux yeux des sujets.*
>
> Duc Paulus Atréides

Dans l'une des loges réservées à la Maison des Atréides, sur le dernier gradin de la Plaza de Toros, Leto s'installa sur un fauteuil vert, entre Rhombur et Kailea. Dame Helena, qui appréciait peu ces grands spectacles populaires, était en retard. Pour l'occasion, Kailea était habillée de soie, enrubannée, avec des voilettes colorées sur une robe somptueuse que les jeunes couturières des Atréides avaient créée spécialement pour elle. Leto la trouvait d'une beauté à couper le souffle.

La pluie ne menaçait pas, mais le ciel était maussade et il faisait frais et humide. Leto sentait les effluves de poussière et de sang séché de l'arène, la sueur de la foule, la pierre ancienne des colonnes.

Les crieurs avaient porté l'annonce du Duc Paulus aux quatre horizons de Caladan : cette corrida était dédiée aux enfants exilés de la Maison Vernius. Il allait tauréer en leur honneur afin de symboliser leur lutte contre l'invasion illégale d'Ix et le prix du sang offert pour la vie de ses parents, le Comte Dominic et Dame Shando.

Rhombur se pencha en avant. Même avec ses cheveux impeccablement coiffés, il gardait son apparence ébouriffée.

Aussi impatient et inquiet que Leto, il attendait le *paseo*, la parade d'ouverture de la corrida.

Les oriflammes à tête de faucon flottaient au-dessus de la loge ducale dont le seul absent, bien sûr, était le Duc lui-même.

Les appels, les cris et les rires se mêlaient à la musique des balisettes, des flûtes d'os et des cuivres.

Inquiet du retard de sa mère, Leto observa les gardes qui les encadraient et se dit que l'assistance ne tarderait plus à remarquer son absence. C'est alors qu'il la vit enfin. Elle s'avançait d'une démarche souple, la tête orgueilleusement dressée, mais il lut des ombres sur son visage. Ses dames de compagnie la quittèrent devant la loge pour rejoindre leurs places.

Sans une parole à l'adresse de son fils, sans un regard pour les deux jeunes Vernius, Helena s'assit à côté du siège vide du Duc. Elle s'était rendue à la chapelle une heure avant pour communier avec son Dieu. Traditionnellement, le matador devait aller prier lui aussi, mais le Duc Paulus se souciait plus de vérifier son équipement.

– Il fallait que je prie pour ton père afin qu'il cesse d'être stupide, murmura Helena en regardant furtivement son fils. Et pour nous tous. Quelqu'un devait le faire.

– Je suis certain qu'il apprécie.

Elle soupira et, à la même seconde, la fanfare des trompettes résonna sur la Plaza.

Des palefreniers surgirent, en habit de fête pour la circonstance, agitant pennons et fanions. L'instant d'après, le Duc fit son entrée, comme toujours avec panache, chevauchant un étalon blanc à la têtière hérissée de plumes vertes, la crinière festonnée de rubans qui venaient claquer sur les bras de son cavalier.

Le Duc avait revêtu un costume noir et magenta rutilant de sequins, avec une écharpe émeraude. Chaque écusson Atréides de son bonnet de matador correspondait à un taureau vaincu. Ses manches bouffantes et ses pantalons dissimulaient son bouclier. Sa cape violette flottait au rythme du trot de son étalon.

Leto cherchait du regard le jeune Duncan Idaho. Il aurait dû faire partie du paseo, mais il ne le voyait nulle part.

Le Duc Paulus fit le tour de l'arène en saluant ses sujets. Puis, il s'arrêta devant la loge ducale et s'inclina à l'adresse de son épouse. Ainsi que le voulait l'usage, elle agita une fleur rouge sang en lui adressant un baiser de la main. L'assistance applaudit, ravie de croire un instant à une merveilleuse romance.

Rhombur se pencha sur son siège luxueux mais inconfortable en souriant à son ami.

– Je n'ai encore jamais vu cela. Je... je suis impatient.

Dans l'étable, derrière le champ de force, le taureau qui devait entrer dans l'arène mugit sourdement en chargeant encore une fois. Des éclats de bois volèrent sous ses cornes dans le grincement des renforcements métalliques.

Duncan recula, terrifié. Il y avait une lueur nouvelle, cuivrée et folle dans les yeux à facettes de la bête. Le taureau salusan était furieux, mauvais, c'était un monstre surgi d'un cauchemar d'enfant.

Pour le paseo, Duncan portait un costume de soie merh vert et blanc, comme tous les autres palefreniers. Jamais encore il n'avait eu des habits aussi élégants et aussi peu pratiques pour pelleter le fumier. Mais il avait connu pire comme contrainte.

Le matin même, il avait eu droit à une toilette complète. On l'avait frictionné et peigné avant de le manucurer. Il se sentait différent, comme neuf, et examinait avec curiosité la dentelle de ses manchettes qui contrastait avec ses doigts calleux. Il se dit qu'il ne resterait pas longtemps impeccable.

Il redressa sa casquette tout en observant le taureau qui ronflait en piétinant les planches. Une fois encore, il donna l'assaut à la clôture de bois et Duncan, inquiet, désemparé, secoua la tête.

En se retournant, il découvrit Yresk. Le Maître taurin avait une expression presque hagarde. Il hocha la tête et déclara froidement :

— On dirait qu'il a envie d'affronter notre Duc.

— Il y a vraiment quelque chose qui ne va pas, Monsieur. Je n'ai jamais vu cette bête aussi excitée.

Yresk haussa les sourcils.

— Oh, c'est vrai ? Avec toutes ces années d'expérience ? Je croyais t'avoir dit de ne pas t'en faire.

Duncan se rebiffa sous le sarcasme.

— Mais vous ne voyez donc pas ?

— Écoute, rat d'étable : on élève les taureaux pour qu'ils soient méchants. Le Duc sait ce qu'il fait. (Yresk croisa les bras mais il n'échappa pas à Duncan qu'il ne s'approchait pas de la cage.) Et puis, plus il est en colère, meilleur il sera dans l'arène, et notre Duc va pouvoir briller. Son peuple adore ça.

Comme pour souligner ce qu'il venait de dire, le taureau chargea le champ de force avec un grondement féroce. Ses cornes et son cuir étaient marqués de balafres.

— Maître Yresk, je pense qu'on devrait en choisir un autre.

— Absurde ! Le vétérinaire des Atréides a procédé lui-même aux examens des tissus et tout a été vérifié. Tu ferais mieux de te préparer pour le paseo plutôt que de nous créer des ennuis. Ne manque pas ta chance.

— J'essaie de vous *éviter* des ennuis, Monsieur, insista Duncan avec un regard méfiant. Je crois que je vais aller en parler moi-même au Duc. Il m'écoutera sans doute.

— Je te le déconseille, vilain rat ! (Vif comme un reptile, Yresk agrippa son costume.) J'ai été assez patient comme ça avec toi, par respect pour notre Duc, mais je ne vais pas te laisser gâcher cette corrida. Tu ne vois pas tous ces gens qui attendent ?

Duncan se débattit en appelant au secours. Mais les autres s'étaient déjà mis en place près des portes et la fanfare lança une première note assourdissante dans les applaudissements du public.

Sans le brutaliser, Yresk le jeta dans une stalle vide et enclencha le champ de force. Duncan trébucha et tomba dans le foin souillé de fumier brunâtre.

— Tu vas attendre ici, fit Yresk, l'air presque chagriné. J'aurais dû savoir que tu nous causerais des ennuis, parce que tu es un sale sympathisant des Harkonnens.

— Mais je les hais ! ragea Duncan en se relevant.

Son costume de soie était souillé et il se jeta en vain contre les barreaux, comme le taureau.

Yresk rectifia tant bien que mal sa tenue et rejoignit le paseo avec un dernier regard à l'adresse de Duncan.

— C'est uniquement parce que le Duc t'aime bien que tu es ici, vilain rat. Moi, il y a vingt ans que je m'occupe des étables et je sais ce que j'ai à faire. Maintenant, j'ai un travail qui m'attend.

Le taureau, dans la stalle voisine, ronfla comme s'il était gonflé de vapeur bouillante, près d'éclater.

Au centre de l'arène, le Duc souriait à la foule en tournant lentement. Des ondes d'énergie semblaient se dégager des gradins bondés. Pris dans les ovations, il se dit avec ravissement que son peuple aimait qu'on le distraie.

Il régla son bouclier en intensité moyenne. Il devrait combattre la bête avec précaution, sans oublier une seconde le danger. Il était là pour le spectacle, pour tenir ses sujets en haleine. Il leva sa muleta. Les longues *banderillas* aux barbules empoisonnées étaient à sa portée. Une à une, il allait les planter dans le cou du taureau salusan. Le poison ferait graduellement son effet, la bête faiblirait et, à terme, il lui donnerait l'estocade.

À chaque corrida, ses ressources physiques s'amélioraient pour atteindre une pointe, à la limite précise entre le plaisir de vivre sa vie jusqu'à son terme et le risque du combat contre la brute déchaînée. Il espérait que Rhombur et Kailea apprécieraient le spectacle et se sentiraient un peu plus chez eux.

Des années auparavant, Paulus avait senti la mort le frôler sous la forme d'un jeune taureau qui s'était montré si paresseux et lent au début qu'il avait éteint son bouclier durant une séance d'entraînement. La bête indolente s'était tout à coup changée en un tourbillon mortel de cornes et de sabots. Paulus avait oublié que, derrière la violence de ces bêtes mutantes, il y avait un double cerveau plein de ruse. Sa première et sa dernière erreur, se disait-il depuis. Le taureau lui avait déchiré le flanc et il aurait été étripé à mort sans l'intervention de Thufir Hawat.

Le Mentat, voyant son seigneur en danger, avait bondi dans l'enceinte en oubliant tout protocole pour attaquer la bête. Dans la lutte qui avait suivi, il avait été grièvement touché à la jambe, et depuis sa cicatrice rappelait au Duc Paulus le dévouement absolu de son Maître Assassin.

Levant le bras vers le ciel où roulaient des nuages, Paulus donna le signal du combat.

Dans le même instant, il pensa à Leto à qui reviendrait un jour l'héritage de Caladan. Les Atréides n'étaient pas la Maison la plus riche du Landsraad ni la plus influente, mais elle possédait Caladan. Avec ses risières de pundi, ses océans regorgeant de poissons, de kelp, avec ses fruits et ses légumes, ses artisans du Sud, qui excellaient dans la confection d'instruments de musique et de sculptures en os. Depuis quelques années, il y avait une demande croissante pour les tapisseries que tissaient les Sœurs de l'Isolement, un groupe religieux des collines du continent oriental. Caladan offrait tout ce que ses habitants pouvaient souhaiter, et le Duc avait la certitude apaisante que les biens de sa famille étaient à l'abri.

Le taureau salusan chargea.

– Ho, ho ! ricana le Duc en agitant sa muleta. Il esquiva la bête qui agitait son mufle hérissé avec frénésie. Une corne pénétra le champ Holtzman et le Duc fit un écart. La pointe érafla son armure.

Un souffle d'effroi monta du public. Le Duc s'écarta à la deuxième charge, dans une vague de sable. Et le taureau s'arrêta en dérapant. Paulus leva la muleta et saisit une banderilla.

Il jeta un bref regard vers la loge ducale et leva la lance barbelée à son front en un salut solennel. Leto et Rhombur s'étaient levés, mais Helena restait figée dans son siège avec une expression obscure, les mains nouées dans son giron.

Le taureau se retourna. D'ordinaire, les brutes de Salusa restaient un instant étourdies après avoir manqué leur cible, mais celui-ci ne semblait pas vouloir faiblir. Le Duc prit conscience que ce taureau était plus vigoureux et acharné que tous ceux qu'il avait affrontés, plus malin et sournois aussi. Mais il garda son sourire. Cet adversaire était à sa taille, ce serait son heure de gloire, et un tribut de valeur à ses jeunes hôtes.

Il exécuta encore quelques passes, dansant au ras des cornes, au grand bonheur des spectateurs surexcités.

Près d'une heure était passée quand l'inquiétude s'éveilla en lui. Il décida d'en finir aussi vite que possible. Pour cela, il allait se servir de son bouclier, une astuce qu'il tenait d'un des meilleurs matadors de l'Imperium.

Il activa brusquement le champ Holtzman quand la bête chargea. Ses cornes heurtèrent le bouclier et, sous le choc, elle fut enfin désorientée.

Le Duc serra la banderilla et la planta entre les muscles noueux des épaules du taureau. Le sang visqueux dégoulina sur le sable. Paulus s'écarta : le poison devait immédiatement faire son effet et inhiber les neurotransmetteurs du double cerveau.

Dans la clameur de la foule, le taureau mugit de douleur. Ses pattes se dérobaient sous lui et il vacilla. Paulus se dit que le poison agissait très vite mais, à sa grande surprise, la bête se redressa et attaqua de nouveau. Il fit un pas de côté, mais la muleta lui fut arrachée et le taureau la lacéra en quelques coups de tête furieux.

Le combat allait être plus difficile qu'il ne s'y était attendu, songea le Duc. Le public hurlait son inquiétude et il ne put résister à l'envie de lui offrir un sourire courageux. *Oui, les plus difficiles sont les meilleurs, et le peuple de Caladan se souviendra longtemps, très longtemps de ce combat.*

Il leva une deuxième banderilla et la pointa comme une épée

d'escrime vers le monstre musculeux. Il n'avait plus de cape pour le distraire, le taureau pourrait le charger de face et son bouclier ne le protégeait que partiellement.

Du coin de l'œil, il vit que Thufir Hawat et les gardes se tenaient prêts à intervenir. Mais il leva la main. Il devait se tirer d'affaire seul. Et l'irruption d'autres combattants en ce moment trouble n'arrangerait rien.

Le taureau s'était immobilisé et raclait le sable de ses sabots avec des étincelles féroces dans les facettes de ses yeux. Comme s'il pensait, se dit le Duc. Oui, cette créature savait qui il était – et elle avait l'intention de le tuer. Mais lui aussi avait le meurtre en tête. L'exécution. La mise à mort.

Le taureau chargea. Droit sur lui, lancé à toute allure. Paulus se demanda brièvement pourquoi les neurotoxines n'avaient pas agi. La question transperça son esprit comme une banderilla de glace : *Comment est-ce possible ? J'ai moi-même trempé les pointes dans le poison. Mais était-ce vraiment du poison ?*

Il pointa son arme courte, étincelante sous le pâle soleil. *Un sabotage ?* Le taureau revenait à l'attaque, les naseaux écumants, son mufle écailleux gluant de salive.

Il feinta sur la droite. Le Duc frappa mais la bête esquiva et se porta à l'attaque sous un autre angle. Cette fois, la banderilla atteignit une bosse d'os dur et ne s'enfonça pas. Le Duc fut contraint de la lâcher et elle tomba dans le sable tandis que le taureau passait au large.

Un instant, Paulus fut désarmé. Il rampa pour aller récupérer la banderilla, pensant qu'il disposait de quelques secondes : le taureau devait s'être arrêté, puis il allait se retourner et charger une fois encore. Mais, à la seconde où il tendait la main vers la banderilla, la bête était déjà sur lui, lancée à pleine vitesse, le mufle au ras du sable de l'arène, ses cornes dardées comme autant de lances.

Le Duc tenta de rouler sur le côté, mais le monstre venait déjà de pénétrer son champ de protection et les cornes s'enfoncèrent dans le dos du Duc, lui brisèrent les côtes avant de transpercer ses poumons et son cœur.

Le taureau eut un étrange grondement de triomphe. L'assistance hurla d'horreur : la bête secouait le corps embroché du Duc, répandant son sang en myriades de gouttelettes qui allaient asperger le sable de l'arène, ralenties par le champ concave du bouclier.

Un silence de mort tomba sur les gradins.

Dans les secondes qui suivirent, Thufir Hawat et ses gardes surgirent et découpèrent le taureau en morceaux de chair fumante qui rebondirent alentour. La tête énorme resta seule intacte.

Et le corps du Duc, projeté dans les airs par les ultimes sursauts du taureau, voltigea jusqu'au centre de l'arène.

Dans la loge ducale, Rhombur hurlait, prisonnier d'un cauchemar. Kailea avait éclaté en sanglots. Et Helena pleurait doucement, le menton sur la poitrine.

Leto, lui, s'était levé lentement, blême, ouvrant parfois la bouche en silence. Il n'avait qu'une pensée : sauter dans l'arène, sauver son père. Mais il n'en avait déjà plus le temps. Il n'y avait rien à faire, rien à dire.

Le Duc Paulus, son père, était mort. Un homme magnifique était mort.

Alentour, les plaintes étaient assourdissantes. Le chagrin des gens était une vibration qui secouait tout le gradin. Il regardait le corps désarticulé et ensanglanté du Duc, là-bas, et il sut avec une certitude noire et absolue que jamais cette vision de cauchemar ne le quitterait.

Thufir Hawat était penché sur son Seigneur, mais un Mentat guerrier ne pouvait rien faire en un pareil moment.

La voix de sa mère parvint à Leto avec une netteté très étrange dans les clameurs de désespoir, comme une rafale de pics de glace.

— Leto, mon fils, c'est *toi* le Duc Atréides désormais.

Principe du vaccin de la machine : tout appareil technologique est porteur des outils de son opposé et de sa propre destruction.

Gian Kana, Tsar des Brevets Impériaux

Il ne fallut guère de temps aux envahisseurs pour apporter des changements permanents dans les cités souterraines d'Ix. D'innombrables innocents étaient morts ou diparus, et C'tair s'attendait jour après jour à être découvert et tué.

Lors d'une de ses escapades à l'extérieur, il avait appris que Vernii, la capitale, avait été rebaptisée Hilacia par les Tleilaxu. Les usurpateurs fanatiques étaient allés jusqu'à modifier les registres impériaux et la neuvième planète du système d'Alkaurops ne s'appelait plus Ix mais Xuttuh.

Il aurait aimé se battre contre tous les Tleilaxu, mais il avait développé un plan plus subtil.

Il s'habilla en travailleur des niveaux inférieurs et falsifia des documents prouvant qu'il avait été contremaître, juste un rang au-dessus des suboïdes, responsable d'une équipe de travail de douze hommes. Il avait beaucoup lu sur la soudure et l'étanchéisation, assez pour que l'on croie que tel avait été son emploi. Partout, les Tleilaxu s'activaient à éventrer la cité pour la transformer en un enfer enténébré.

Cette destruction était abominable, il haïssait le *gall* tleilaxu. Et à l'évidence les Sardaukar de l'Empire y participaient.

Dans l'immédiat, il n'y avait rien qu'il pût faire contre eux. Il était seul, son père était exilé sur Kaitain, sa mère était morte et son frère appartenait désormais à la Guilde.

Il se cachait dans son trou comme un rat dans un mur.

Mais les rats pouvaient causer des dégâts importants.

Mois après mois, il avait appris à se fondre dans le décor

ravagé, à n'être qu'un citoyen encapuchonné, insignifiant et furtif. Il gardait les yeux baissés, les mains sales, ne se changeait pas, ne se peignait plus. Nul ne devait deviner qu'il était le fils de l'ex-Ambassadeur sur Kaitain, qu'il avait fidèlement servi la Maison Vernius – et continuerait de le faire s'il en trouvait le moyen. Il avait eu ses entrées au Grand Palais, avait escorté la propre fille du Comte, et pour tout cela il serait mis à mort.

Avant tout, il ne fallait pas que les envahisseurs antitechnologues découvrent son refuge et les appareils qu'il y cachait. C'était sans doute l'ultime espoir d'Ix.

Dans ses déambulations à travers les grottes, il avait vu les panneaux des rues arrachés remplacés par d'autres, et les gnomes étrangers pullulant comme des insectes dévoreurs qui investissaient les ateliers et les laboratoires pour leurs besognes secrètes et viles. Partout, des Sardaukar impériaux à peine déguisés occupaient les points névralgiques, côte à côte avec les Danseurs-Visages tleilaxu.

Peu après leur victoire, les Maîtres du Bene Tleilax s'étaient montrés ouvertement et avaient encouragé les suboïdes rebelles à concentrer leur fureur sur quelques cibles soigneusement choisies par eux. C'tair s'était mêlé à la foule des travailleurs devant l'usine qui avait fabriqué les derniers makungs de combat.

– La Maison Vernius a conçu ces choses ! cria un agitateur suboïde qui était certainement un Danseur-Visage infiltré. Ils s'apprêtaient à recréer les machines pensantes ! Détruisez cet antre du Mal !

Sous les yeux des quelques Ixiens survivants, les suboïdes avaient fracassé les baies et lancé des bombes thermiques en hurlant leur ferveur religieuse.

Sur un podium dressé à la hâte, un Tleilaxu avait apostrophé l'assistance.

– Nous sommes vos nouveaux maîtres et nous allons nous assurer que toutes les usines de production de Xuttuh respectent les restrictions de la Grande Convention. (Dans le craquement des flammes, seuls quelques suboïdes applaudirent. Les autres ne semblaient même pas écouter.) Dès que possible, nous réparerons les dégâts et ce monde reprendra ses activités normales – dans de meilleures conditions pour tous les suboïdes, bien sûr.

« L'ensemble de la technologie ixienne sera désormais soumis à l'examen d'un bureau d'approbation, et ce afin de vérifier sa conformité. Toute forme de technologie douteuse sera éradiquée et personne n'exigera plus que vous mettiez votre âme en péril en travaillant sur des machines hérétiques.

Il y eut quelques applaudissements, mêlés à des cris et des bruits de cristoplass brisé.

Même avec le soutien de l'Empire, C'tair avait calculé que le coût de cette prise de pouvoir serait énorme pour les Tleilaxu. Ix était l'une des principales forces économiques de l'Imperium et les nouveaux gouvernants ne pouvaient se permettre de faire tourner la production au ralenti. Ils allaient faire toute une mise en scène autour de la destruction des produits douteux, comme les makungs de combat autoprogrammables, mais ils ne pouvaient stopper l'exportation des machines ixiennes les plus rentables.

En dépit des promesses des nouveaux maîtres, les suboïdes avaient dû reprendre le travail pour lequel ils avaient été élevés, seuls les ordres différaient : ils devaient appliquer strictement les normes tleilaxu. Avant peu, la planète se remettrait en marche, déverserait à nouveau ses appareils et ses vaisseaux sur le marché, et les solaris afflueraient dans les coffres du Bene Tleilax.

Les règles de sécurité et de secret maintenues depuis des générations par la Maison Vernius allaient se retourner contre elle. Ix s'était toujours voilée dans le mystère, alors qui verrait la différence ? Aussi longtemps que les clients étaient satisfaits, nul dans l'Imperium ne se soucierait guère de la politique ixienne. On ne tarderait pas à oublier ce qui s'était passé.

Les Tleilaxu ont misé là-dessus, se dit C'tair. Ix était isolée du reste de l'Imperium et demeurerait une énigme... comme la plupart des planètes du Bene Tleilax depuis des siècles.

Les nouveaux maîtres avaient restreint les voyages hors-monde et imposé le couvre-feu. Des Danseurs-Visages captureraient chaque jour des « traîtres » dans des cachettes comme celle de C'tair. Ils étaient exécutés rapidement et sans procès ni cérémonie.

Il n'avait dit son nom à personne et restait effacé, anonyme, mais aux aguets des échos, des moindres murmures et rumeurs qui couraient dans la caverne.

Il mûrissait son plan.

Il ne connaissait personne et savait que n'importe qui pouvait être un informateur, un Danseur-Visage ou un banal collaborateur. Il lui arrivait d'identifier les informateurs à leurs questions directes : *Où travailles-tu ? Où vis-tu ? Qu'est-ce que tu fais dans cette rue ?*

Mais d'autres n'étaient pas aussi faciles à repérer, comme cette vieille femme voûtée avec qui il avait de lui-même entamé la conversation. Il lui avait simplement demandé le chemin du chantier qu'on lui avait assigné.

– Vous savez bien choisir les mots, lui avait-elle dit, alors même qu'il ne se rappelait pas sa question. Et cette inflexion de voix... Vous êtes peut-être de la noblesse d'Ix, non ?

Elle avait levé les yeux d'un air entendu vers les ruines des immeubles-stalactites.

– Nn... non, avait-il balbutié. Mais j'ai été domestique toute ma vie et peut-être ai-je gardé certaines de leurs tournures maniérées. Veuillez m'excuser.

Et il s'était éloigné en hâte.

Mais sa réponse avait été hésitante, sans doute suspecte, aussi avait-il jeté ses vêtements et n'était-il jamais repassé par la ruelle. Plus tard, il avait pris un soin infini à masquer ses marques d'identité vocale. Autant que possible, il évitait totalement les contacts. Il était consterné par le nombre d'Ixiens opportunistes qui avaient choisi de collaborer avec les Tleilaxu. Après moins d'une année, ils avaient oublié la Maison Vernius.

Il avait profité des premiers jours de confusion pour récupérer toutes les pièces qui lui avaient permis de monter le communicateur transdimensionnel « Rogo ». En peu de temps, même les éléments technologiques les plus primitifs avaient été confisqués et déclarés illégaux. Il continuait de grappiller au hasard tout ce qui pouvait être de quelque utilité. Le risque en valait la peine.

Il pourrait rester ici, à poursuivre sa résistance solitaire durant des années. Dans le laboratoire secret qu'il s'était aménagé dans une veine de carbone, presque à la surface de la croûte planétaire, le vieux Davey Rogo, qui s'était pris d'amitié pour son frère et lui, leur avait montré certains prototypes auxquels il avait travaillé et qui avaient tourné court. Heureux, riant de leur étonnement, il leur avait appris à démonter quelques appareils compliqués. C'tair savait que le vieil infirme leur avait considérablement appris.

Il se souvenait peu à peu du manque d'intérêt de son frère quand il lui avait parlé de cette vision qu'il avait eue parmi les décombres. Peut-être n'était-ce pas le fantôme de Rogo qui était revenu d'entre les morts pour lui apprendre à monter le communicateur. C'était la première fois qu'il vivait pareille expérience et, message ou hallucination, elle ne s'était pas répétée. Mais il avait trouvé le moyen de rester en communication avec son frère, de renouer le lien d'amour avec D'murr, maintenant perdu dans les arcanes de la Guilde.

C'tair changeait fréquemment de refuge et vivait par procuration en balayant l'univers pour entrer en contact avec l'esprit de D'murr. Des mois passèrent et il apprit avec enthousiasme et fierté que son frère était devenu Pilote attitré de la Guilde et avait accompli ses premiers vols en solo à travers l'espace plissé. Peu après, il avait été désigné pour une première mission commerciale : il devrait guider un transporteur colonial loin au-delà des franges de l'Imperium.

S'il réussissait, l'apprenti Navigateur Pilru serait promu sur les lignes des Maisons Majeures et éventuellement affecté au réseau de Kaitain que tous convoitaient. Il serait alors un vrai Navigateur promis au destin de Timonier...

Mais le communicateur « Rogo » posait des problèmes. Il fallait constamment retailler les cristaux et rajuster les connexions. Et la durée de fonctionnement était brève. Les cristaux se désintégraient rapidement sous l'impulsion.

Les quelques groupes qui subsistaient sur le marché noir pouvaient encore l'alimenter : les cristaux de contrebande portaient le sceau du Bureau d'Approbation Religieuse gravé clandestinement au laser. Comme toujours, le marché noir avait trouvé de nouveaux moyens de contrefaçon pour s'opposer aux mesures draconiennes de l'occupant.

Mais C'tair limitait les contacts avec ses fournisseurs, même si c'était au détriment de ses contacts avec son jumeau.

Il se retrouva serré derrière une barricade au milieu d'autres ouvriers en sueur qui évitaient soigneusement d'échanger le moindre regard, face à la charpente d'un Long-courrier inachevé, au fond de la caverne des chantiers de construction. Au-dessus d'eux, le ciel était resté obscur et marqué de balafres sombres depuis les combats. Les Tleilaxu ne semblaient pas avoir l'intention de le restaurer.

Des projecteurs dérivaient au-dessus des ouvriers. Personne ne posait de question, personne n'avait envie d'entendre de réponse.

– La conception de ce Long-courrier est due aux Vernius et

par conséquent inacceptable ! lança une voix asexuée qui résonnait entre les parois rocheuses. Il n'a pas reçu l'approbation de notre Bureau Religieux. Vos maîtres tleilaxu reviennent au dessin initial et cette carcasse doit être démantelée immédiatement. (Un murmure incrédule parcourut les rangs.) Les matériaux doivent être récupérés et de nouvelles équipes vont être formées. La construction sera relancée dans cinq jours.

Les organisateurs en robe marron parcouraient déjà les groupes pour former les équipes. L'esprit de C'tair fonctionnait à toute allure : il savait que les Longs-courriers ancien modèle avaient une capacité inférieure et qu'ils étaient moins rentables. Quelle pouvait donc être l'objection des Tleilaxu ?

Il lui revint alors ce que lui avait dit une fois son père : le Vieil Empereur Elrood s'était irrité de ce nouveau modèle qui rognait sa marge de bénéfice. Oui, tout se mettait en place maintenant. Les engrenages avaient été parfaitement huilés. La Maison de Corrino avait envoyé des Sardaukar déguisés pour écraser la population ixienne et établir une domination de fer. En reprenant l'ancien modèle de Long-courrier, les Tleilaxu payaient à leur façon le soutien militaire que leur avait apporté l'Empereur...

C'tair était écœuré en pensant à toutes ces vies perdues pour des raisons vénales, aux traditions glorieuses d'Ix qui avaient été foulées au pied, à sa famille exilée, à tout leur mode d'existence annihilé, piétiné. Il éprouvait une rancune amère pour tous les acteurs de cette farce atroce, y compris le Comte Vernius, qui aurait dû prévoir les événements et se prémunir contre des ennemis aussi puissants et acharnés.

Il se retrouva assigné aux équipes de suboïdes chargées de démanteler le vaisseau pour la récupération des pièces. Il dut lutter en son for intérieur pour ne pas se servir de son laser de découpe contre les Tleilaxu. Le visage fermé, il se remémorait les jours proches encore où, avec D'murr et Kailea, il avait assisté au début des travaux, depuis le balcon, loin au-dessus du site. Cet instant d'excitation joyeuse lui semblait si lointain... Ils avaient vu ensemble le dernier-né des Longs-courriers disparaître magiquement de la cité-caverne... Il n'y en aurait peut-être plus jamais d'autre... À moins qu'il ne parvienne seul à chasser les destructeurs.

La magnifique carcasse disparaissait pièce par pièce dans un fracas infernal et des relents chimiques ignobles. Les suboïdes travaillaient-ils toujours dans ces conditions ? Il comprenait alors que, dans leur détresse, ils aient pu fomenter une rébellion. Mais il se refusait à croire qu'ils aient pu être les instigateurs de toute cette violence.

Alors, était-ce un plan monté par l'Empereur ? Pour abattre la Maison Vernius et étouffer le progrès ? Mais où et comment le Bene Tleilax se situait-il dans le jeu des influences ? Impossible d'avoir des réponses sûres, se dit C'tair. Ils étaient parmi les peuples les plus haïs de l'univers connu. Il était certain qu'Elrood aurait pu faire son choix parmi les Grandes Maisons pour s'emparer d'Ix sans bouleverser l'économie de l'Imperium. Mais quels autres projets l'Empereur Padishah avait-il donc pour ces fanatiques religieux ? Pourquoi s'était-il sali les mains avec eux ?

Il observait les gnomes qui se hâtaient sans cesse, absorbés dans des besognes mystérieuses, investissant l'une après l'autre les installations technologiques de la planète pour y installer leurs labos clandestins protégés par des champs de mines et des barrières paralysantes.

C'est ici qu'ils sont venus cacher leurs immondes petits secrets.

C'tair décida que c'était désormais sa mission que de les percer par tous les moyens, et il y mettrait le temps qu'il faudrait. Les Tleilaxu devaient être écrasés...

> *La question ultime : pourquoi la vie existe-t-elle ?*
> *Réponse : pour le seul intérêt de la vie.*
>
> Pensée anonyme considérée
> comme d'origine zensunni

Derrière les nuages, Laoujin, le soleil ténu de Wallach IX, déclinait, projetant les ombres allongées des deux Révérendes Mères qui devisaient sur un tertre dénudé. Ainsi le voulait la tradition : au fil des siècles, tant d'autres Mères s'étaient succédé en cet endroit, sous ce même soleil ténu, pour évoquer les problèmes de leur temps.

Les deux Sœurs pouvaient à leur gré retrouver ces souvenirs conservés intacts dans l'Autre Mémoire. Anirul Shadow Tonkin faisait souvent l'aller-retour car chaque circonstance n'était qu'un degré de la longue, longue route montante. Depuis quelques mois, elle avait laissé pousser ses cheveux de bronze cuivré et des mèches s'enroulaient gracieusement autour de son menton fin.

Le nouveau bâtiment était en construction au bas du tertre. Les Sœurs constructrices s'activaient comme des abeilles sombres pour dresser les modules de la toiture. Ainsi évoluait la Communauté : les écoles et les bibliothèques semblaient ne pas changer, mais les Sœurs s'adaptaient pour survivre, pour évoluer, pour se transformer sans qu'il y paraisse.

– Elles travaillent bien trop lentement. J'aimerais qu'elles aient déjà terminé, dit Anirul en se massant le front.

Depuis quelques semaines, elle souffrait de migraine. Elle était la Mère Kwisatz et, au fur et à mesure que Mohiam approchait de son accouchement, elle ressentait le poids terrible de ses responsabilités.

– Savez-vous qu'il ne nous reste que quelques jours avant la naissance ?

– Anirul, vous ne devez vous en prendre qu'à vous. Vous avez exigé une maternité spéciale, répliqua Harishka d'un ton sévère. Chacune de nos Sœurs connaît l'importance de cet événement, et elles sont nombreuses à soupçonner que le bébé ne sera pas comme tous ceux de notre programme. Certaines ont évoqué le Kwisatz Haderach.

– C'est inévitable. Toutes les Sœurs connaissent notre rêve, mais bien peu soupçonnent à quel point il est proche de se réaliser.

Anirul se drapa dans ses jupes avant de s'asseoir dans l'herbe douce. Elle montra la charpente. Les coups de marteau résonnaient dans l'air limpide.

– Mohiam devrait accoucher dans une semaine, Mère Supérieure. Et la toiture n'est même pas encore achevée.

– Tout sera prêt à temps, Anirul. Calmez-vous. Chacun fait de son mieux pour obéir à vos ordres.

Anirul eut l'impression de recevoir une gifle, mais ne réagit pas. *La Révérende Mère me considère-t-elle vraiment comme une fille impétueuse et emportée ?* Elle s'était peut-être montrée trop insistante pour la construction de cette maternité et elle avait souvent affronté le regard hostile d'Harishka. *Se peut-il qu'elle soit jalouse, que l'Autre Mémoire m'ait choisie pour diriger un programme aussi ambitieux ? Elle m'en voudrait de ma connaissance ?*

– Ne me traitez pas comme plus jeune que je ne le suis, dit-elle, sans écouter les mises en garde des voix intérieures. Je possède la connaissance et je réussirai.

La Mère Supérieure répondit par un regard sévère.

– En ce cas, ayez un peu plus foi en notre Mohiam. Elle a déjà donné neuf filles à la Communauté. Je lui fais confiance pour choisir le moment exact de donner naissance à cette enfant, et même pour interrompre le travail si nécessaire. Son rôle est plus important que l'achèvement de cette maternité spéciale.

Anirul n'appréciait pas d'être ainsi chapitrée.

– C'est vrai. Et nous ne devons pas risquer un deuxième échec.

Même une Révérende Mère ne pouvait maîtriser toutes les facettes du développement d'un embryon. Si elle était en mesure d'agir sur son métabolisme, elle ne pouvait contrôler celui de l'enfant. Choisir l'ovule et le sperme, c'était la sélection, ensuite il fallait que la mère procède au réglage de sa biochimie pour obtenir le sexe requis. Mais dès que le zygote se développait dans la matrice, le bébé à venir était livré à lui-même, le processus de croissance se poursuivait indépendamment de la mère.

– Cette enfant, reprit Anirul, sera un élément crucial du plan.

Un choc sourd la fit grimacer : un des éléments de la toiture venait de s'abattre à l'intérieur du bâtiment et les Sœurs charpentières se précipitaient déjà.

La Mère Supérieure lâcha un juron profane.

Anirul devenait de plus en plus nerveuse, mais la nouvelle maternité qu'elle avait voulue fut achevée dans les délais au prix d'efforts herculéens. Quelques heures avant le moment prévu pour la naissance, les ouvrières et les robots apportèrent les dernières touches et on monta l'équipement médical. Avant de mettre en place les lits, les brilleurs... et d'allumer un grand feu dans la véritable cheminée à l'ancienne que Mohiam avait exigée.

Anirul et Harishka firent ensemble la première inspection. Les lieux sentaient encore la pierre meulée et la sciure. Gaius Helen Mohiam fit son entrée sur un lit motorisé. Elle était aussi énorme qu'alerte et se tenait assise, attentive aux contractions, escortée par les Révérendes Mères et les infirmières qui caquetaient comme des poules excitées.

– C'était juste, commenta Anirul. Je n'apprécie pas qu'on ajoute de la tension dans une entreprise déjà suffisamment complexe.

– Je vous l'accorde, fit Harishka. Je compte bien réprimander les Sœurs pour leur mollesse. Mais si votre projet avait été un rien moins ambitieux...

Sans plus l'écouter, Anirul se perdit dans l'examen attentif de la décoration, des boiseries gravées, de la marqueterie de perle et d'ivoire. Sans doute aurait-elle dû se concentrer davantage sur la fonctionnalité que sur la préciosité extravagante...

Harishka croisa les bras, l'air dubitatif.

– La décoration ressemble à celle que nous avions déjà. Était-ce bien nécessaire ?

– Elle n'est pas du tout semblable, protesta Anirul, soudain rouge d'irritation. Et l'ancienne salle de maternité n'était absolument plus fonctionnelle.

La Mère Supérieure lui accorda un sourire condescendant. Au fond d'elle, elle comprenait très bien qu'un nouveau bâtiment était nécessaire, un endroit où l'on ne trouvait pas les souvenirs anciens, les fantômes.

— Anirul, avec notre Missionaria Protectiva, nous sommes à même de manipuler les superstitions des populations retardataires... Mais les Sœurs ne sont pas censées être superstitieuses.

Anirul accepta le commentaire de bon gré.

— Je vous l'assure, Mère Supérieure, cette conjecture est absurde.

Les yeux de son aînée pétillèrent.

— Il se trouve certaines autres Sœurs pour dire que vous pensez qu'il y avait un sort sur l'ancienne maternité, ce qui expliquerait les difformités de l'enfant... et sa mort mystérieuse.

Anirul se redressa.

— L'instant ne se prête guère à cette discussion, Mère Supérieure.

Elle observait nerveusement les préparatifs. On venait d'installer Mohiam sur son lit de couches, et des Sœurs apportaient des serviettes khartanes, des flacons, des compresses. Des voyants clignotaient dans la chambre d'incubation qui venait d'être activée. Des sages-femmes se tenaient prêtes à intervenir en cas d'urgence.

Mohiam avait une expression apaisée. Elle méditait, mais Anirul fut frappée par son apparence âgée. Durant ces derniers jours, elle avait été comme vidée de ses dernières traces de jeunesse.

Avec une tendresse surprenante, Harishka prit le bras d'Anirul dans sa main noueuse.

— Nous avons toutes nos superstitions, mais nous devons les maîtriser. Pour l'heure, ne vous souciez que de l'enfant. La Communauté a besoin d'une fille en bonne santé avec un avenir promis au pouvoir.

Mohiam se laissa aller en arrière en contrôlant sa respiration, les joues rouges. Deux des sages-femmes lui firent prendre l'antique position de parturition et elle se mit à fredonner doucement, le visage parfois marqué d'un pli de douleur.

À l'écart, vigilante, Anirul réfléchissait à ce que lui avait dit la Mère Supérieure. En secret, elle avait consulté un Maître Feng Shui pour la construction de la maternité. Le Maître était très vieux, avec des traits terrasiens. Il enseignait la philosophie ancienne des Zensunni qui considéraient que l'architecture, la disposition du mobilier, ainsi que l'utilisation optimale de la lumière et des couleurs jouaient un rôle essentiel pour le bien-être. En hochant gravement la tête, le sage lui avait déclaré que l'ancienne maternité avait été mal conçue, et il avait montré à Anirul ce qu'il convenait de prévoir. Ce qui ne lui avait laissé qu'un mois de délai.

Non, se dit-elle en admirant le flot de lumière réelle qui se déversait sur le lit de Mohiam depuis les fenêtres et les verrières, elle n'avait pas été « superstitieuse ». Le seul souci de Feng Shui avait été l'harmonie avec la Nature et la considération de l'environnement de tout être – une philosophie qui confinait au mode de pensée du Bene Gesserit.

Trop de choses dépendaient de cette naissance, et Anirul ne pouvait courir le moindre risque. Pour cela, elle s'était servie de son pouvoir pour appliquer les prescriptions de Feng Shui. Ensuite, elle l'avait éloigné en laissant croire aux Sœurs qu'il n'était qu'un vieux jardinier de passage.

Elle espérait qu'il ne s'était pas trompé.

Mohiam avait décidé du moment précis et ça se passa très vite.

Les pleurs du bébé éclatèrent et, dans l'instant, Anirul le montra à la Mère Supérieure. Elle perçut les voix exaltées de l'Autre Mémoire. Toutes saluaient le triomphe, toutes admiraient cette nouvelle enfant qui se débattait dans la lumière.

Des Sœurs épongeaient doucement la mère et le bébé. Mohiam buvait un jus de fruits et Anirul lui rendit sa fille. Mohiam avait encore le souffle court mais elle l'accepta avec un sourire de fierté.

— Cette enfant portera le nom de *Jessica*, dit-elle, ce qui veut dire « richesse ».

Puis, tandis que les autres s'écartaient, elle chuchota à l'intention d'Anirul et de Harishka :

— Je sais qu'elle appartient au programme du Kwisatz Haderach. Les voix de l'Autre Mémoire me l'ont appris. Il m'est venu une vision et je sais quel terrible avenir nous guette si nous échouons avec elle.

Anirul et Harishka échangèrent un regard inquiet. Puis Harishka répondit dans un murmure :

— Vous êtes astreinte au secret. Votre enfant sera la grand-mère du Kwisatz Haderach.

— Je le soupçonnais, souffla Mohiam en se laissant aller en arrière, terrassée par l'énormité de cette révélation. (Et elle ajouta :) Si tôt...

Des acolytes et des professeurs avaient envahi les galeries qui dominaient les enclaves de la bibliothèque et les parloirs pour célébrer l'événement. Pour la plupart, les Sœurs ignoraient encore le sens profond de cette naissance.

Mohiam confia le bébé aux sages-femmes, craignant d'amorcer un lien parental proscrit par la Communauté. Elle gardait une attitude digne, mais elle était épuisée et se sentait plus vieille de quelques années. Jessica était la dixième fille qu'elle donnait au Bene Gesserit, et elle espérait que ce serait la dernière. Elle fixait des yeux la jeune Révérende Mère Tonkin. Jessica était leur avenir...

En vérité, j'ai de la chance de participer à cet événement, se dit Anirul en répondant à son regard. Étrange, mais c'est à elle qu'il reviendrait d'éduquer cette enfant durant ses années de jeunesse jusqu'à l'union qui l'attendait afin de boucler l'avant-dernière phase du programme.

Elle se pencha sur le nouveau-né, de l'autre côté de la vitre de cristoplass du berceau, essayant d'imaginer à quoi ressemblerait Jessica en grandissant. Elle aurait le visage mince, elle serait grande et belle, avec les traits nobles du Baron Harkonnen, des lèvres pleines, la peau douce. Jamais Vladimir Harkonnen ne rencontrerait ni ne connaîtrait sa fille, car elle serait l'un des secrets les mieux gardés du Bene Gesserit.

Plus tard, on lui ordonnerait de porter une fille, qui devrait à son tour être présentée au fils d'Abulurd Harkonnen, le demi-frère du Baron. Actuellement, Abulurd et son épouse n'avaient eu qu'un fils, Rabban – mais Anirul avait suggéré qu'ils en aient d'autres. Cela augmenterait les chances de disposer d'un mâle mature et celles de la sélection génétique.

Dans l'immense puzzle du plan Bene Gesserit, il ne restait que quelques éléments à mettre en place avant que le Kwisatz Haderach ne soit une réalité, l'être tout-puissant qui serait le lien entre l'espace et le temps, l'ultime outil forgé par les Sœurs.

Comme souvent, les pensées d'Anirul dérivèrent, elle s'interrogea : un tel homme pourrait-il redonner au Bene Gesserit sa ferveur religieuse, à l'image du fanatisme des croisés de la famille Butler ? Et si d'autres le vénéraient comme un dieu ?

Imaginons, se dit-elle. Le Bene Gesserit, qui utilisait la religion pour manipuler les autres, pris au piège de son propre chef messianique... Elle doutait que cela pût arriver.

Elle rejoignit les autres Sœurs pour célébrer la naissance de l'enfant.

> *Le moyen le plus sûr de garder un secret est de faire croire aux gens qu'ils connaissent déjà la réponse.*
>
> Ancienne Sagesse Fremen

— Umma Kynes, vous avez accompli beaucoup, déclara Heinar, le Naib borgne.

Les deux hommes étaient assis au sommet d'un promontoire qui dominait le sietch. À présent, Heinar traitait Kynes d'égal à égal, avec un respect exagéré. Et le Planétologiste ne se hérissait plus lorsque les hommes du désert l'appelaient « Umma », ce qui en langage Fremen signifiait « prophète ».

Ensemble, ils regardaient le crépuscule de cuivre du soleil sur les dunes du Grand Erg. Dans le lointain, un rideau de brume restait déployé sur l'horizon, ultime trace de la tempête qui avait déferlé la veille.

Les vents furieux avaient balayé les dunes et recomposé le paysage. Adossé au rocher, Kynes dégustait à petites gorgées son café d'épice.

Frieth avait préparé en hâte un plateau et des tasses pour les deux hommes qui allaient saluer le soleil. Elle avait ajouté quelques biscuits croquants au sésame, ceux que Kynes adorait. À l'instant où il avait songé à la remercier pour cette attention, elle n'était déjà plus qu'une ombre entre les ombres des grottes.

Kynes approuva enfin.

— Oui, j'ai fait beaucoup de choses, mais il me reste encore tant à accomplir.

Il avançait dans son rêve, vers la renaissance de Dune. Mais qui dans l'Imperium connaissait cette planète sous ce nom ?

L'Imperium. Il ne pensait plus que rarement à l'Empereur. Sa vie avait changé et il avait désormais d'autres priorités.

Jamais plus il ne serait un simple Planétologiste dévoué au service du Vieil Elrood : il appartenait au peuple du désert.

Heinar lui prit le poignet.

– Mon ami, on dit que le crépuscule est le moment de la réflexion et de l'appréciation. Regardons ce que nous avons fait, plutôt que de nous laisser engloutir dans le golfe avide du futur. Vous n'êtes sur ce monde que depuis un peu plus d'une année et déjà vous vous êtes trouvé une nouvelle tribu et une femme. (Heinar esquissa un sourire.) Et bientôt, vous aurez un enfant, peut-être un fils.

Kynes lui retourna un sourire pensif. Frieth serait bientôt à terme. Il avait été surpris par sa grossesse car il était souvent loin du sietch. Il ne savait toujours pas comment il allait se comporter face à ses nouvelles responsabilités de père. Il n'avait encore jamais envisagé cette possibilité.

Mais cette naissance s'inscrirait parfaitement dans le plan d'ensemble qu'il avait pour cette extraordinaire planète. Quand il aurait disparu, l'enfant pourrait continuer à conduire les Fremen, poursuivre l'effort de terraformation de Dune. Le Maître Plan se prolongerait durant des siècles.

Il devait penser à long terme, ce qui n'était pas dans la nature des Fremen – qui, pourtant, avec leur passé tumultueux qui se perdait dans le temps, auraient dû être aguerris. Leur histoire orale rapportait des voyages, des tribulations qui auraient duré des milliers et des milliers d'années. Toute la tradition d'un peuple persécuté, chassé, réduit en esclavage qui avait abouti ici, sur ce monde où d'autres n'auraient pu survivre.

L'existence des Fremen était conservatrice et ne variait guère d'une génération à l'autre. Ils étaient peu enclins à envisager le progrès comme le vaste paysage de leur avenir. Ils en étaient les prisonniers et non les façonneurs.

L'espoir de Kynes était de tout changer. Hectare après hectare, selon son programme inflexible, la désolation serait oubliée.

Ses équipes sillonnaient sans relâche la surface, ramenant des échantillons du Grand Bled, de l'Erg Mineur et de la Plaine Funèbre. Mais bien des facteurs demeuraient encore des variables inconnues.

Pourtant, les pièces se mettaient en place chaque jour. Lorsqu'il avait exprimé son désir d'avoir de meilleures cartes, il avait appris avec stupéfaction que les Fremen disposaient déjà de relevés topographiques et même de données climatiques.

— Pourquoi n'y ai-je pas eu accès avant ? avait-il demandé. J'étais le Planétologiste Impérial, et les cartes des satellites étaient affreusement imprécises.

Le vieux Heinar avait cligné son œil unique en souriant.

— Nous payons bien assez la Guilde Spatiale pour qu'elle n'observe pas de trop près. Comme ça, nous sommes libres – et les Harkonnens demeurent dans le flou comme tout le reste de l'Imperium.

Tout d'abord, Kynes fut étonné, puis simplement satisfait : il avait maintenant à sa disposition toute l'information géographique nécessaire. Immédiatement, il avait envoyé des acheteurs pour tenter de négocier avec les contrebandiers l'achat de certaines plantes désertiques génétiquement améliorées. Il devait édifier tout un écosystème à partir de presque rien.

Durant les conseils, les Fremen demandaient à leur nouveau « prophète » quelle serait la prochaine étape du changement, dans combien d'années Dune serait verte et luxuriante. Kynes avait affiné ses estimations et leur avait répondu comme un professeur aurait répondu à une question absurde de ses élèves.

— Ça va prendre entre trois cents et cinq cents années. Peut-être un peu plus.

Certains avaient étouffé des grognements de déception, mais la plupart écoutaient stoïquement l'Umma, prêts comme toujours à lui obéir. *Entre trois cents et cinq cents années.* Une prévision lointaine, qui dépassait leur espérance de vie. Ils devraient changer leurs habitudes.

Croyant voir un Dieu, Uliet s'était sacrifié. Depuis lors, les Fremen étaient persuadés que l'inspiration de Kynes était divine. Il suffisait d'un geste pour que quiconque dans le sietch lui obéisse.

Tout autre que Kynes aurait abusé de son pouvoir. Mais il se contentait de poursuivre sa tâche, comme avant. Pour lui, le futur ne se concevait qu'en termes d'éons de temps et en centaines de mondes, non pas en individus ou en parcelles de terrain.

Tandis que le soleil s'abîmait sous l'horizon dans une symphonie chatoyante, Kynes but ses dernières gorgées de café d'épice avant d'essuyer sa barbe filasse. Malgré ce qu'Heinar avait dit, il lui était difficile de réfléchir sereinement à l'année précédente... Les exigences du travail qui l'attendait étaient tellement plus graves, et requéraient toute son attention.

— Heinar, combien sont les Fremen ? demanda-t-il sans quitter le désert des yeux.

On lui avait parlé si souvent d'autres sietch, de villages et de hameaux cachés... et parfois les Fremen lui semblaient les fantômes d'une espèce en voie de disparition.

— Je veux dire : sur tout ce monde, ajouta-t-il.

— Vous souhaitez que nous nous recensions, Umma Kynes ? demanda Heinar sans s'étonner : il voulait simplement définir clairement sa demande.

— J'ai besoin de connaître votre population si je dois appliquer mon plan de terraformation. Il faut que je sache de combien de bras nous disposons.

— Ce sera fait, promit Heinar en se levant. Nous allons dénombrer nos sietch et les gens qui y vivent. Je vais expédier des cavaliers-des-sables et des cielagos avec des distrans vers toutes les communautés et vous aurez bientôt les résultats.

— Merci.

Kynes prit sa tasse mais, avant même qu'il ait commencé à ranger les assiettes, Frieth surgit de l'ombre où elle devait avoir attendu et fit le nécessaire. Son gros ventre ne paraissait pas ralentir la vivacité de ses gestes.

Le premier recensement des Fremen, se dit-il. *Un moment historique.*

Stilgar se présenta tôt le lendemain matin, les yeux brillants, l'air déterminé.

— Umma Kynes, nous te préparons un long voyage vers le sud. Nous avons des choses importantes à te montrer.

Depuis qu'il s'était remis de sa blessure, Stilgar était devenu l'un des plus fidèles adjoints de Kynes, son beau-frère. Si son statut en était quelque peu grandi, il ne se dévouait que pour le bien de tous.

— Combien de temps prendra ce voyage ? Et où allons-nous ?

Stilgar eut un sourire rayonnant.

— C'est une surprise ! Il faut que vous voyiez ça, sinon vous ne le croirez pas. Considérez cela comme un présent de notre part.

Curieux, Kynes promena les yeux dans son alcôve de travail. Il décida d'emporter ses notes pour ce voyage.

— Mais combien de temps ça prendra ?

— Vingt marteleurs, fit Stilgar, employant les termes propres au désert avant d'ajouter par-dessus son épaule en se retirant : Loin dans le Sud.

La grossesse de Frieth était très avancée mais elle n'en passait pas moins de longues heures à tisser et à réparer les distilles.

Il finit son petit déjeuner en sa compagnie. Ils n'avaient échangé que quelques paroles. Elle l'observait et il eut le sentiment que quelque chose lui échappait.

Les femmes Fremen vivaient dans un monde à part, elles avaient un statut particulier dans la société des habitants du désert, qui ne ressemblait à rien de ce que Kynes avait pu observer ailleurs dans l'Imperium. Mais on disait qu'elles étaient des combattantes particulièrement impitoyables dans la bataille, et qu'un ennemi blessé qui tombait entre leurs mains avait intérêt à se donner la mort sans attendre.

Mais le mystère des Sayyadinas, les saintes femmes du sietch, demeurait inexpliqué. Jusqu'à présent, il n'en avait vu qu'une, vêtue d'une longue robe noire, comme une Révérende Mère du Bene Gesserit — et les Fremen n'en parlaient qu'avec réticence. *Autres mondes, autres mystères.*

Il se dit qu'un jour il pourrait être intéressant de faire une étude sociologique des réactions des diverses cultures et de leur adaptabilité face à des environnements extrêmes. Il se demandait aussi quels étaient les effets d'une vie rude sur les instincts naturels et le rôle traditionnel des sexes. En embrassant son épouse, il lui tapota doucement le ventre.

— Stilgar m'a dit que je dois l'accompagner pour un long voyage. Je reviendrai aussi vite que possible.

— Combien de temps seras-tu absent ?

Kynes se dit qu'obsédé par le programme planétaire, il avait oublié à quel point la naissance de leur enfant était proche. Et il ne l'avait pas prévue dans ses plans.

— Vingt marteleurs, dit-il, répétant la réponse de Stilgar sans savoir à quelle distance cela pouvait correspondre.

Frieth haussa doucement les sourcils, surprise, avant de baisser les yeux et de se mettre à la vaisselle.

— Le plus long des voyages passe plus vite quand le cœur est heureux, fit-elle avec une trace fugace de déception. J'attendrai ton retour, mon époux. (Elle hésita et acheva :) Choisis un bon ver.

Il ne vit pas sur l'instant ce qu'elle voulait dire.

Plus tard, accompagné de Stilgar et de dix-huit jeunes Fremen équipés pour le bled, Kynes suivit les passages tortueux qui accédaient à la barre montagneuse avant de déboucher sur l'immense océan occidental des dunes. L'inquiétude l'effleura : l'étendue brûlante paraissait brusquement menaçante, trop lointaine, trop dangereuse. Pour la première fois, il était heureux de ne pas être seul.

— Nous allons passer l'équateur, Umma Kynes, et continuer plus loin encore, là où nous avons d'autres contrées, et nos projets secrets. Tu verras.

Kynes ouvrit de grands yeux : il n'avait entendu que des récits terribles et sinistres sur les régions inhospitalières du Sud. Il ne quitta pas l'horizon des yeux tandis que Stilgar vérifiait son distille et rajustait son harnachement et ses filtres.

— Mais comment allons-nous voyager ?

Il savait que le sietch n'avait pas d'ornithoptère, rien qu'un modeste planeur incapable d'emporter pareil équipage.

Stilgar le regarda avec une expression d'exultation.

— Nous irons *à cheval*, Umma Kynes. (Stilgar désigna son ami qui l'avait ramené au sietch avec le monocar de Kynes.) Voici Ommun. C'est un grand événement pour notre peuple.

— J'en suis convaincu, fit Kynes, intrigué.

Les jeunes Fremen s'avancèrent en file indienne. Sous leur robe aux couleurs fauves, ils avaient revêtu leur distille et chaussé des *temag,* les bottes du désert.

L'un d'eux se détacha et gagna une crête éloignée de quelques centaines de mètres. Là, il enfonça dans le sable un épieu auquel il fixa divers appareils de contrôle. Kynes entendit alors les premiers coups sourds d'un marteleur.

Il se souvint de la partie de chasse de Glossu Rabban.

— Il essaie d'attirer un ver ?

Stilgar acquiesça.

— Si Dieu le veut.

Ommun s'agenouilla et sortit des outils du sac qu'il avait apporté. Il les disposa avec soin : des crocs de fer, de longs harpons et des rouleaux de filin.

— Et maintenant, qu'est-ce qu'il fait ? demanda Kynes.

Ils s'étaient immobilisés et attendaient.

— Viens. Il faut nous préparer pour l'arrivée de Shai-Hulud, fit Stilgar en l'entraînant vers le flanc d'une dune où les Fremen se regroupaient en chuchotant.

Et Kynes reconnut soudain le sifflement qu'il n'avait pas oublié, le grondement furieux, les crêtes de cristaux jaillissant dans le sillage du ver qui se ruait sur le marteleur.

Ommun serrait ses outils. Il avait enroulé le filin autour de sa taille et demeurait aussi immobile qu'un rocher.

– Là-bas ! Tu le vois ? souffla Stilgar, incapable de masquer son excitation.

Il désignait l'erg du sud : une vague se propageait, comme soulevée par un submersible d'attaque.

Kynes ignorait ce qui allait suivre. Ommun avait-il l'intention de combattre le géant des sables ? Allait-il assister à une sorte de sacrifice propitiatoire précédant leur long voyage ?

– Tiens-toi prêt, fit Stilgar en lui serrant le bras. Nous t'aiderons de notre mieux.

Avant même que Kynes ait pu répondre, un maelström hurlant se forma autour du marteleur. Ommun se cabra, prêt à bondir.

C'est alors que le gouffre de la gueule s'ouvrit et goba le marteleur. Les anneaux du ver roulaient dans le sable avec un éclat sourd de métal terni.

Ommun s'élança en courant, essayant d'atteindre la bête avant qu'elle ne replonge, mais il perdait pied dans la poussière. Dans un dernier élan, il bondit vers les segments ouverts, lança des crocs, agrippa le filin et se hissa vers le haut.

Kynes observait la scène, pétrifié, incapable de mettre de l'ordre dans son esprit affolé. Il ne croyait pas à ce que le jeune Fremen était en train de faire. *C'est impossible, ça n'existe pas !*

Ommun planta un harpon dans la crevasse de chair rosâtre pour assurer sa prise.

Le ver roula sur le côté pour essayer d'échapper à l'abrasion du sable sur la partie vulnérable de son corps gigantesque. Ommun poursuivait son escalade et enfonça un autre croc dans un deuxième segment, forçant le ver à se dresser un peu plus au-dessus de son tunnel. Quand il fut cabré au maximum, Ommun se retrouva derrière la tête. Il enfonça un épieu et lança vers le bas tous les filins qui y étaient rattachés. Il leva la main pour signaler à ses compagnons qu'ils pouvaient le rejoindre.

À grands cris, ils se précipitèrent en poussant Kynes devant eux. Il trébucha et se débattit pour retrouver l'équilibre. Trois

Fremen avaient déjà empoigné les filins et plantaient d'autres « crochets de faiseur » pour maintenir le ver en place. Le monstre tentait maladroitement d'avancer encore, déconcerté par ces créatures gênantes qui l'irritaient avec leurs aiguillons.

Les provisions suivirent. Les Fremen arrimèrent les sacs aux anneaux tandis que les premiers « cavaliers » s'activaient à monter une petite structure sur le dos culminant de la bête. Kynes sentit le souffle torride qui montait du bas et il essaya d'imaginer les étranges combinaisons chimiques qui alimentaient le brasier interne du ver.

– Allez, Umma Kynes, à toi de grimper maintenant ! cria Stilgar en l'aidant à placer ses pieds dans les boucles des filins.

Tant bien que mal, il planta ses temag dans les écailles rugueuses et s'éleva peu à peu. L'ascension semblait ne devoir jamais finir. Le flux torride d'énergie du Shai-Hulud lui coupait le souffle, mais, centimètre par centimètre, Stilgar le soutenant, ils rejoignirent enfin les autres.

Kynes vit que la structure était devenue une plate-forme rudimentaire, un palanquin. Les autres restaient debout, inclinés, tirant sur les filins comme sur les rênes d'une énorme monture indomptée. Kynes s'assit, reconnaissant, en se maintenant des deux bras. Il avait le sentiment effrayant qu'il pouvait basculer d'un instant à l'autre pour être broyé sous la cuirasse du ver. Et le mouvement de roulis lui donnait déjà la nausée.

– Normalement, ces sièges sont destinés aux Sayyadinas, expliqua Stilgar, mais nous savons bien que tu n'as pas encore appris à chevaucher Shai-Hulud et nous considérons que c'est la place d'honneur qui revient à notre prophète. Donc, n'aie point de honte.

Kynes hocha la tête, l'air absent. Les autres congratulaient Ommun qui avait accompli son rite de passage. Il était un cavalier des sables, désormais, un homme véritable.

Il se redressa de toute sa taille, tirant sur les filins et les crocs pour guider l'immense monture et cria : « Yohoooh ! »

Comme domptée, la grande créature sinuante fonçait droit vers le sud...

Dans les milliers de miroitements du soleil, dans les ondulations des dunes, sous les rafales de sable, dans le vent de silex et d'épice, ils voyagèrent tout le jour durant. Kynes avait renoncé à estimer la vitesse du ver, mais il inclinait à penser qu'elle devait être stupéfiante.

Il percevait parfois des bouffées d'oxygène plus pur, plus chaud aussi, comme si la bête ouvrait des poches de gaz sous la surface du désert, et il se dit que les vers géants devaient en fait générer une large part de l'atmosphère.

Coincé sur son palanquin, il n'avait pas accès à ses notes ni à ses appareils de mesure. Mais il savait que le rapport qu'il ferait plus tard de cette chevauchée serait fantastique – même s'il ne devait sous aucun prétexte le faire connaître à l'Empereur. Nul ne devait avoir vent du secret des Fremen. *Nous chevauchons un ver !* Il avait maintenant d'autres obligations, d'autres allégeances, des devoirs importants.

Depuis quelques mois, il avait entrepris de relancer les stations biologiques de l'Imperium, dispersées et abandonnées à la surface de Dune. La tâche avait été symboliquement confiée à quelques unités impériales pour maintenir les apparences, mais il y avait surtout mis en place ses Fremen. Il s'émerveillait du talent que montraient ses frères de sietch pour infiltrer le système, se procurer ce qui leur était nécessaire sur place et utiliser la technologie des autres. Ils étaient totalement adaptables – ce qui était la clé de la survie sur Dune.

Selon ses ordres, ils prélevaient et ramenaient au sietch les matériaux encore utilisables, puis rédigeaient des rapports sur les éléments perdus ou endommagés. L'Imperium indifférent les remplaçaient afin que les moniteurs des stations continuent à tourner...

Après des heures de traversée du Grand Erg, leur léviathan donna des signes évidents de fatigue et Ommun finit par avoir du mal à le guider. Apparemment, Shai-Hulud voulait retrouver l'abri du sable profond, même au risque de s'écorcher la chair.

Finalement, Ommun força le ver à s'arrêter et l'équipage sauta au sol tandis que Kynes se laissait glisser prudemment sur les segments rugueux. Le ver, terrassé, s'enfonça de lui-même dans le sable, libéré des crocs et des harpons des Fremen.

Ils coururent vers une barrière de rochers où Kynes découvrit des cavernes et, à sa grande surprise, un petit sietch où on les accueillit pour la nuit en leur offrant le repas et la conversation. Les enseignements du rêve de Kynes s'étaient propagés jusqu'aux refuges les plus secrets de Dune et le chef du sietch leur déclara que c'était pour lui un grand honneur de recevoir l'Umma.

Le lendemain, ils appelèrent et chevauchèrent un autre ver, puis un autre encore. Kynes ne tarda pas à comprendre ce que Stilgar avait estimé comme un long voyage de « vingt marteleurs ».

Jamais le désert ne lui avait paru plus brillant, et le vent était frais, maintenant, sous le soleil. Ce périple semblait ravir les jeunes Fremen, et Kynes, sur son palanquin, avait l'impression d'être l'empereur du monde. Les dunes qui se déroulaient aux quatre horizons ne cessaient de le fasciner comme au premier jour, même si elles se ressemblaient étrangement d'une latitude à l'autre.

Un mois auparavant, Kynes avait effectué un vol rapide à proximité du sietch avec son petit ornithoptère. Pris dans une brève tempête, il avait dû se battre pour ne pas s'écraser au sol, et il avait entrevu une étendue dégagée du sable par les vents furieux : une cuvette blanche. Du sel.

Il en avait déjà rencontré, mais sur d'autres mondes. Ici, la formation géologique ressemblait à un miroir ovale, délimitant le rivage de ce qui avait été une mer, des milliers d'années dans le passé. Son esprit était enflammé en imaginant le paysage ancien, les vagues sous le ciel.

Il avait posé son orni et était sorti en distille, courbé sous les rafales de poussière. Il avait pris une poignée de poudre blanche et avait goûté. *Oui, c'était bien du sel, un sel amer.* Tout à coup, il avait la confirmation de ce qu'il avait toujours cru : l'eau libre avait existé sur Dune, et elle avait disparu en totalité.

Ils avaient franchi l'équateur maintenant et chaque chevauchée les emmenait toujours plus loin dans le Sud. Kynes rencontra de nouvelles curiosités géologiques qui renforçaient sa première découverte : des dépressions cristallines qui devaient être d'anciens lacs asséchés. Il en fit état à ses compagnons, mais ils ne lui répondirent que par des citations de mythes et de légendes qui n'avaient aucune précision scientifique. Il remarqua qu'ils se concentraient plus intensément encore sur leur destination finale.

Au terme d'autres journées de voyage épuisantes, ils quittèrent le dernier ver. Ils s'enfoncèrent dans la solitude rocailleuse du lointain désert du Sud, à la lisière du cercle antarctique où les grands Shai-Hulud refusaient d'aller. Si certains marchands d'eau avaient exploré les calottes glaciaires du Nord, les latitudes méridionales étaient inhabitées, enveloppées de mystère, et bien peu s'y risquaient.

Les Fremen se montraient de plus en plus excités. Ils marchèrent encore durant toute une journée, traversant une étendue de gravier, et Kynes vit enfin ce qu'ils voulaient tant lui montrer. Le trésor qu'ils avaient créé et entretenu.

Ils n'étaient plus très éloignés de la grande calotte polaire, une région qu'on lui avait décrite comme trop froide et inhospitalière. Là, des Fremen venus de différents sietch avaient édifié un camp secret. Ils suivaient depuis quelque temps un lit alluvionnaire et débouchèrent dans un canyon. Le fond était couvert de cailloux polis par l'érosion. L'air était glacé mais pas autant que Kynes s'y serait attendu sous ces latitudes profondes.

Si les vents étaient froids au sommet des falaises givrées, les fonds étaient plus doux et l'eau ruisselait dans les crevasses — au fil des saisons, elle devait couler le long du sillon qu'ils avaient suivi pour arriver ici. Il constata que les Fremen avaient installé un système de miroirs et de loupes pour accélérer le dégel en réchauffant l'air du canyon. Et qu'ils avaient réussi à y faire pousser des plantes.

Il restait sans voix. Son rêve était là, sous ses yeux !

Il se demanda si toute cette eau pouvait provenir de sources chaudes. Il tendit la main : elle était glacée. Il la goûta : elle était pure, désaltérante, sans trace de sulfures. C'était la meilleure qu'il ait bue sur Dune : elle n'avait pas été recyclée à travers des milliers de distilles et de filtres.

— Umma Kynes, tu as devant toi notre secret, dit Stilgar. Nous avons fait cela en moins d'une année.

Sur le fond de l'arroyo, il vit des touffes d'herbes vivaces, des tournesols radieux, et les vrilles robustes d'une courge. Émerveillé, il découvrit des palmiers-dattiers encore tout jeunes ancrés dans les fissures humides du canyon. Et là, sous la roche poreuse, couraient des filets d'eau alimentés par une vasque souterraine.

— Des palmiers ! Vous avez déjà tout commencé !

— Oui, Umma. Ici, nous avons eu l'image de ce que serait l'avenir de Dune. Ainsi que tu l'as promis, nous pouvons le construire. Des Fremen venus de tous les coins de ce monde ont déjà entrepris ce que tu avais prescrit : ils ont rassemblé des herbes sous le vent pour ancrer les dunes.

Kynes était rayonnant. Ses paroles ne s'étaient pas perdues ! Tous ces réseaux de racines et de rhizomes allaient s'étendre, retenir l'eau tout en stabilisant les dunes. Avec l'équipement qu'ils pillaient dans les stations biologiques de l'Imperium, les Fremen pourraient aménager d'autres bassins de réserve, ériger des distilles à vent et trouver encore d'autres moyens de récupérer la moindre goutte d'eau dans les souffles qui balayaient le désert...

Ils séjournèrent dans l'oasis du canyon durant plusieurs jours. Kynes, étourdi, allait de découverte en découverte. Le refuge d'eau et de verdure était devenu un point de rendez-vous et des Fremen venus d'autres sietch leur rendirent visite. Ils s'extasièrent devant les palmiers et les fontaines.

Un soir, un cavalier-des-sables surgit, hors d'haleine, porteur d'un message pour l'Umma Kynes. Dans un premier moment, il évita farouchement son regard.

— Selon vos ordres, nous avons achevé le recensement, annonça-t-il. Tous les autres sietch nous ont fait parvenir leurs rapports et nous savons maintenant combien nous sommes.

— Bien, très bien, fit Kynes en souriant. Je n'ai besoin que d'un chiffre approximatif pour mettre au point notre programme de travail.

Le jeune Fremen le fixa de ses yeux bleus de l'Ibad.

— Le nombre de sietch excéderait cinq cents. (Kynes retint son souffle. C'était bien plus que ce qu'il avait supposé !) Et le nombre actuel des Fremen est approximativement de dix millions. Voudriez-vous que je me procure les chiffres exacts, Umma Kynes ?

Kynes recula en étouffant un cri. Incroyable ! Les estimations impériales et les rapports des Harkonnens oscillaient entre quelques centaines de milliers et un million au maximum.

— Dix millions !

Il serra le jeune messager entre ses bras. Autant de travailleurs. *Avec une pareille armée d'ouvriers, nous pouvons refaire toute cette planète !*

Le messager, heureux et fier, s'inclina devant lui.

— Il y a plus encore, Umma Kynes. On m'a dit de vous rapporter que votre épouse Frieth a donné le jour à un fils bien vaillant qui sera certainement l'orgueil du sietch un jour.

Kynes ne sut quoi dire. Père ! Il était père ! Son regard alla d'Ommun à Stilgar et aux autres. Les Fremen, d'un seul geste, levèrent la main en clamant des félicitations. Mais le fait n'avait pas encore pénétré sa conscience jusqu'à cet instant, et un sentiment de fierté lui fit oublier sa surprise initiale.

Il se tourna vers les palmiers, vers les plantes et les fleurs avec un regard nouveau, puis leva la tête vers l'étroite faucille du ciel bleu, tout en haut du canyon. Un fils ! Frieth lui avait donné un fils !

— Maintenant, les Fremen sont au nombre de dix millions *plus un* !

> *La haine est une émotion aussi dangereuse que l'amour.*
> *Avertissements à l'intention de la Communauté,*
> Archives du Bene Gesserit, Wallach IX

Les deux soleils ternes du système binaire de Kuentsing perçaient difficilement le ciel brouillé de Bela Tegeuse. Le plus proche, sang et rouille, cernait de traits mauves la fin d'après-midi tandis que son compagnon, un glaçon blanc lointain qui ne donnait ni lumière ni chaleur, dérivait dans un trou blême au centre des nuages. La surface ingrate et raboteuse de Bela Tegeuse n'attirait pas les voyageurs, la planète ne figurait pas sur les itinéraires principaux de la Guilde et seuls quelques rares Longs-courriers y faisaient parfois escale.

Dans ce séjour de solitude, la Dame se consacrait à ses jardins en terrasses tout en s'efforçant de se dire qu'elle n'était là que pour un exil temporaire. Une année s'était écoulée et elle s'y sentait toujours aussi étrangère.

Dans la pénombre froide, elle observait les champs où s'activaient les ouvriers agricoles dont elle s'était attaché les services. Usant d'un nom d'emprunt, elle avait consacré une part de ses biens à l'achat d'une petite propriété agricole avec l'espoir d'y vivre quelque temps, en attendant de retrouver les siens. Depuis leur fuite d'Ix, elle était sans nouvelles, mais elle n'avait pas baissé sa garde un instant. Elrood était toujours vivant et les chasseurs couraient encore entre les mondes.

Les rangs de légumes et de fruits exotiques qui seraient vendus à haut prix aux riches fonctionnaires de la planète étaient baignés dans le flux blanc des disques-brilleurs agronomiques.

Tout autour, au-delà des champs, la végétation de Bela Tegeuse, rustique, épineuse, hostile, poussait avec peine.

Sur son visage, la Dame sentit la caresse de givre du soir approchant. Sa peau si douce que l'Empereur lui-même avait autrefois caressée était devenue rêche et gercée. Mais elle avait décidé de résister, de s'adapter pour survivre. Pourtant, elle aurait aimé avoir la consolation de faire savoir à ceux qu'elle aimait qu'elle était encore vivante, en sécurité ici. Mais elle ne pouvait prendre le terrible risque d'entrer en contact avec eux, pour elle autant que pour les gens fidèles qui l'avaient accompagnée.

Les machines récolteuses s'activaient en cliquetant dans les carrés de légumes et les vergers. Dans la lumière blanche des disques-brilleurs, elles prenaient des allures d'araignées métalliques. Les ouvriers indigènes chantonnaient en cueillant les plants plus fragiles dont ils remplissaient les paniers à suspenseurs.

Seuls quelques domestiques de sa maisonnée l'avaient suivie jusque sur Bela Tegeuse, dans sa vie nouvelle. Elle avait tenu à ne courir aucun risque et n'avait accepté que les plus fidèles. Les espions impériaux devaient être aux aguets du moindre écho. Aussi limitait-elle au strict minimum ses rapports avec ses proches. Elle s'exprimait par phrases brèves, avec des regards rapides pour ne pas éveiller l'attention d'éventuels mouchards.

Avec des documents d'identité habilement fabriqués, elle était devenue une femme respectée du nom de Lizett, veuve d'un mari imaginaire, commerçant local et fonctionnaire mineur de la CHOM, qui lui avait laissé de quoi vivre et gérer ce modeste domaine.

Son existence avait basculé : plus de réceptions mondaines à la cour, plus de musique, plus de banquets. Elle n'avait plus de fonction au sein du Landsraad – et n'avait même plus droit à la corvée des réunions du Conseil. Les jours se succédaient et elle se souvenait du passé, se résignait en se disant que cette nouvelle vie avait été la meilleure solution.

Mais par-dessus tout, elle redoutait de ne jamais revoir les siens.

Elle s'avançait au milieu des cultures comme un chef militaire passant ses troupes en revue, et s'engagea sous des vignes garnies de fruits épineux vermillon. Elle avait mémorisé les noms de toutes les espèces exotiques et pouvait en discuter avec conviction et désinvolture pour n'éveiller aucun soupçon chez ses interlocuteurs.

Lorsqu'elle se risquait hors de son domaine, elle portait un collier ravissant qui avait été conçu sur Ix et qui abritait un hologénérateur. Un champ discret lui voilait alors le visage : le dessin de ses pommettes était adouci, son menton plus large et la couleur de ses yeux différente. Ainsi, elle se sentait un peu plus en sécurité.

En regardant l'horizon, elle surprit une gerbe d'étoiles filantes, juste au-dessus des lumières lointaines des ranches et du village. Elles ne pouvaient être qu'artificielles. Des vaisseaux ? Des navettes ?

Bela Tegeuse était un monde peu peuplé, modeste, aux ressources limitées. Dans un passé lointain, sombre et sanglant, il avait abrité des colonies où étaient élevés des esclaves destinés à la déportation vers d'autres planètes. Elle s'y sentait elle-même prisonnière mais, au moins, sa vie lui appartenait encore, et quelque part sa famille était à l'abri.

« Ne baisse jamais ta garde, jamais. » Telle était la leçon que lui avait enseignée son époux.

Elle repéra les projecteurs de trois ornithoptères qui venaient du port spatial à basse altitude. Son cœur se serra mais elle demeura immobile, sa cape bleue flottant autour d'elle. Elle avait renoncé à porter les couleurs de sa Maison.

On l'appelait du seuil.

– Madame Lizett ! Quelqu'un approche et refuse de répondre à nos appels !

En se retournant, elle découvrit la longue silhouette d'Omer, qui avait toujours été auprès d'elle et l'avait accompagnée ici, incertain de ce qu'il pouvait faire d'autre.

Elle hésita un instant : peut-être devait-elle fuir devant les intrus ? Mais elle n'avait guère de chance de leur échapper.

Les ornithoptères surgirent de l'ombre en grondant et se posèrent sans égards dans les cultures en renversant plusieurs disques-brilleurs et en écrasant des plantes.

Les portes coulissèrent, des soldats bondirent au sol, et elle sut qu'elle était perdue.

Une image de rêve la rejeta en des temps plus heureux, dans sa jeunesse, à la Cour Impériale. Sa vanité de courtisane royale commençait à tiédir et, si l'Empereur avait passé tant de jours en sa compagnie, son intérêt se portait peu à peu vers d'autres filles. Elle s'y était attendue et ne s'était pas sentie rejetée. Et puis, Elrood la maintenait sur le même pied d'existence.

Pourtant, un jour, après l'écrasement de la rébellion d'Ecaz, elle avait assisté à la parade victorieuse des soldats de l'Empire dans les rues de Kaitain. Dans le déploiement presque aveuglant des drapeaux et des oriflammes au-dessus des uniformes impeccables des héros. En tête, marchait celui qu'elle avait reconnu comme son futur époux, un rude militaire aux épaules larges, au sourire vainqueur. Elle avait été éblouie et le sang de la passion avait coulé fiévreusement devant ce chef, plus grand que les plus grands de tous ses hommes...

Mais ceux qui venaient de débarquer sur Bela Tegeuse dans cet après-midi qui était comme la pénombre du soir sur d'autres mondes étaient des Sardaukar – effrayants dans leur uniforme gris et noir.

Un Burseg s'avança en lui montrant son insigne. Il leva la main pour intimer à ses hommes l'ordre de se mettre en position.

Se raccrochant à un fil ténu d'espoir, elle redressa le menton et se présenta.

– Je suis Dame Lizett, et ceci est mon domaine. (Elle promena un regard sombre sur les cultures ravagées.) Vos employeurs ont-ils l'intention de réparer les dommages causés par vos maladresses ?

– Fermez-la ! brailla un soldat en dégainant son laser.

Quelle stupidité ! se reprocha-t-elle. *J'aurais pu mettre un bouclier, au moins.* Si le Sardaukar avait tiré, cette région de la planète aurait été oblitérée en une pseudo-explosion atomique.

Le Burseg fit taire le soldat et elle devina leur jeu : le chef raisonnable et ferme et le sous-fifre indiscipliné et menaçant pour l'impressionner.

– Nous avons des ordres de l'Empire, reprit le Burseg. Nous sommes à la recherche de traîtres appartenant à une Maison renégate. En application des règles de réquisition, nous exigeons votre coopération.

– Je ne m'y connais guère en droit, dit-elle, mais je sais que j'ignore tout de ces renégats. Je ne suis qu'une veuve qui essaie de son mieux de gérer une modeste ferme. Permettez à mes avocats d'entrer en rapport avec vous. Je serai heureuse de coopérer dans la mesure de mes moyens, mais je crains de vous décevoir.

– Non, nous ne serons pas déçus, gronda le Sardaukar bravache.

Les travailleurs des champs avaient interrompu leurs activités, figés sur place. Le Burseg s'avança vers Dame Lizett, qui ne cilla pas. Il la dévisagea, menaçant. Elle savait que son masque holo la protégeait pour l'instant et elle affronta son regard inquisiteur.

Mais avant qu'elle ait deviné son geste, il lui arracha son collier ixien.

— Oui, c'est bien ce que je pensais. Alors, vous ignorez tout de ces renégats, n'est-ce pas ? fit le Burseg avec un ricanement méprisant.

Elle le fixa d'un regard meurtrier. Les Sardaukar pénétraient dans la demeure alors que d'autres investissaient la grange et les silos. Elle se demanda avec une ironie amère s'ils comptaient affronter une force militaire privée alors qu'elle avait à peine de quoi survivre.

Un soldat la saisit par le bras, elle tenta de résister, mais il lui remonta la manche et lui enfonça une aiguille sous la peau. Elle crut qu'il lui injectait du poison et retint un cri, mais il se contenta de vérifier l'échantillon de sang qu'il venait de prélever.

— Identité confirmée, chef, dit-il en se tournant vers le Burseg. Il s'agit bien de Dame Shando Vernius d'Ix.

Les autres s'écartèrent, mais elle ne bougea pas, sachant déjà ce qui l'attendait.

Depuis plus d'une année, le Vieil Empereur délirait de plus en plus, il avait perdu l'esprit et il était désormais cloué au lit. Il avait obéi à une nouvelle montée de haine et son organisme n'avait sans doute pas résisté. Mais ses décrets étaient encore appliqués.

Shando ne se posait qu'une seule question : ces hommes allaient-ils la torturer pour qu'elle donne sur Dominic des informations qu'elle ne possédait pas ?... Ou bien allaient-ils en finir très vite ?

Omer surgit en courant, échevelé. Il brandissait une arme de chasse qu'il avait trouvée dans un placard. *Quel idiot ! Si courageux, si loyal... Mais quel idiot !*

— Ma Dame ! Laissez-la, vous autres !

Quelques Sardaukar le mirent en joue ainsi que les ouvriers toujours paralysés. Shando regarda le ciel en pensant à son époux, à ses enfants en priant pour qu'ils ne connaissent pas cette fin. Même à cet instant, elle se dit qu'elle n'aurait pas choisi une autre vie. Elle ne regrettait rien, pas plus d'avoir renoncé à la Cour que tout ce qu'elle avait dû payer par la suite. Surtout pas l'amour immense qu'elle avait vécu.

Pauvre Roody. Ça ne t'arrivera jamais. Dominic avait eu raison, comme toujours. Elle revit en un éclair le jeune soldat flamboyant qu'elle avait rencontré jadis, et leva un doigt vers son visage...

À la seconde où les Sardaukar ouvraient le feu.

> *Je dois régner par l'œil et par l'ongle – comme le faucon parmi les oiseaux inférieurs.*
>
> Duc Paulus Atréides,
> *La Revendication des Atréides*

Je suis le Duc Leto Atréides.
Seigneur de la planète Caladan, membre du Landsraad, chef d'une Grande Maison...

Ces titres ne signifiaient rien pour lui. Son père était mort.

Et Leto se sentait petit, bouleversé, désemparé. Il n'était pas préparé aux charges qui retombaient si brutalement sur lui à l'âge de quinze ans. Assis là, dans le fauteuil trop grand, à la place que le Vieux Duc avait occupée pour les cérémonies aussi bien que pour des circonstances officieuses, il avait le sentiment d'être un imposteur.

Je ne suis pas prêt !

Il avait déclaré sept jours de deuil officiel durant lesquels il avait pu éviter les devoirs les plus lourds qui lui incombaient en tant que nouveau Seigneur de la Maison. Il avait reçu les condoléances des autres Grandes Maisons et, déjà, ne s'était pas trouvé à la hauteur... surtout quand il avait pris connaissance de la missive officielle de l'Empereur Elrood IX, rédigée probablement par son Chambellan mais signée de la main tremblante du vieillard. « Un grand homme du peuple vient de nous quitter. Veuillez accepter mes sincères condoléances et tous mes souhaits pour votre avenir. »

Pour une raison inexplicable, il avait eu le sentiment d'une menace – il y avait quelque chose de sinistre dans l'inclinaison du paraphe, ou bien dans les mots choisis. Il avait brûlé le message dans la cheminée de ses appartements privés.

Ce qui lui allait droit au cœur, c'était le chagrin du peuple de Caladan qui s'exprimait dans toutes ces fleurs qu'ils avaient reçues, ces bourriches de poisson, ces bannières brodées, tous ces poèmes et ces chansons qui étaient l'œuvre de bardes amateurs, et ces peintures qui représentaient le Duc au faîte de sa gloire, triomphant dans l'arène.

Dès qu'il s'était retrouvé seul, il avait pleuré. Il savait à quel point les gens avaient aimé son père et il se souvenait de l'intensité de son émotion quand il avait vu le Duc brandir la tête du taureau dans la Plaza. À cet instant-là, il avait souhaité être Duc à son tour, pour sentir cet élan de loyauté et d'adoration. *Chef de la Maison des Atréides !*

Aujourd'hui, il aurait tellement aimé un destin différent.

Dame Helena s'était enfermée dans sa chambre et refusait d'ouvrir aux domestiques. Leto n'avait jamais remarqué beaucoup d'affection et encore moins d'amour entre ses parents et il n'aurait su dire si le chagrin de sa mère était sincère ou seulement diplomatique. Elle avait seulement accepté de recevoir ses confesseurs et conseillers religieux. Dans cette circonstance comme toujours, elle cherchait la lumière dans les interprétations subtiles des versets de la *Bible Catholique Orange*.

Leto savait qu'il devait s'arracher à sa dépression, trouver la force de se mettre au travail, d'être le nouveau Duc. Son père n'aurait eu que mépris pour son attitude lamentable et son refus d'affronter les obligations de cette nouvelle vie. « Ne libère ton chagrin qu'en privé, mon garçon, et sache bien qu'un Atréides ne doit jamais montrer de signe de faiblesse. »

Il se promit de faire de son mieux : il aurait encore bien des sacrifices à consentir pour s'adapter à son rôle.

Quand le grand hall fut vide et que Leto resta seul dans le fauteuil ducal, le Prince Rhombur vint le retrouver. Leto, l'air sombre, s'était perdu dans la contemplation du grand tableau qui, sur le mur opposé, représentait son père en habit de lumière de matador, dressé dans l'arène. Rhombur posa la main sur son épaule et la serra affectueusement.

– Leto, vous n'avez donc pas mangé ? Il faut que vous gardiez la forme.

Leto se tourna vers son ami.

– Non. Vous voulez que nous prenions le petit déjeuner ensemble ?

Il se leva, les membres roides.

Thufir Hawat les accompagna. Ils se mirent à débattre de

plans et de tactiques pour le nouveau régime et, en fait, restèrent à table des heures. Profitant d'une pause, le Mentat inclina la tête et affronta le regard des yeux gris de Leto.

— Mon Duc, je ne vous en ai pas encore fait part, mais je vous renouvelle ma loyauté et mon vœu d'allégeance à la Maison des Atréides. Je ferai tout afin de vous assister et de vous conseiller. (L'expression du Maître d'Armes se durcit.) Mais il vous faut comprendre que toutes les décisions vous appartiennent, à *vous* et à vous seul. Mon avis peut s'opposer à celui du Prince Rhombur ou de votre mère ainsi qu'à celui de tout autre conseiller par vous choisi. Dans chaque cas, il vous reviendra de trancher. Vous êtes le Duc. Vous êtes la Maison des Atréides.

Leto faillit trembler sous l'énoncé de sa charge, plus tangible que jamais.

— J'en suis conscient, Thufir, et je vais avoir besoin de tous les soutiens nécessaires.

Leto goûta encore une fois au gâteau de riz pundi à la crème que lui avait préparé un des chefs, sachant que c'était son dessert favori. Mais ce matin, il lui trouvait un goût fade, comme si ses papilles étaient émoussées.

— Où en est l'enquête sur la mort de mon père ? Était-ce vraiment un accident ? Ou bien était-ce *déguisé* en accident ?

Le Mentat plissa le front avec une expression troublée sur son visage tanné.

— J'hésite à le dire, Mon Seigneur, mais je crains que ce soit un meurtre. Toutes les preuves indiquent qu'il y avait un plan fourbe derrière cela, c'est certain.

— Quoi ? s'exclama Rhombur en cognant du poing sur la table, le visage rouge. Mais qui a pu faire ça ? Et comment ?

Il avait le sentiment tragique que quelqu'un avait voulu châtier Paulus, le Duc qu'il aimait tant, pour avoir donné asile aux réfugiés de la Maison Vernius. Et Leto, pour son affection.

— Rhombur, je suis le Duc, fit Leto en posant la main sur le bras de son ami. C'est à *moi* d'en juger.

Il avait l'impression d'entendre les rouages du cerveau complexe de Thufir Hawat.

— L'analyse des tissus musculaires du taureau de Salusa, reprit le Mentat, révèle de faibles traces de deux drogues différentes.

— Je croyais que les bêtes devaient être examinées avant

chaque combat. (Leto retrouvait la première image des énormes brutes de Salusa, le jour où le Maître taurin Yresk l'avait autorisé à les panser – à la grande terreur des palefreniers.) Notre vétérinaire aurait-il fait partie d'un complot ?

– Les tests ont été pratiqués comme d'habitude, avant le paseo. (Un mince sourire dur plissa les lèvres rouges de Thufir tandis qu'il concentrait ses pensées avant de formuler sa réponse.) Malheureusement, le taureau était sous l'influence d'un puissant stimulant qui lui avait été injecté depuis des jours à doses régulières.

– Mais ça n'aurait pas été suffisant, fit Leto, les traits rigides. Mon père était un bon torero. Le *meilleur*.

Le Mentat secoua sa tête hirsute.

– Le taureau était également sous l'effet d'un agent neutralisant, une substance chimique qui a neutralisé la neurotoxine des banderillas du Duc tout en jouant le rôle d'agent déclencheur du stimulant. La bête n'a pas été paralysée mais *excitée*. Elle est alors devenue une véritable machine à tuer, au moment où le Vieux Duc commençait à être fatigué.

Furieux, Leto s'arracha à la table et effleura du regard le goûte-poison omniprésent. Puis il s'adressa à Thufir Hawat sur le ton impérieux que son père lui avait enseigné.

– Mentat, donne-moi une première projection. Tu peux le faire ?

Thufir, immobile, se mit en mode Mentat profond. Des données déferlaient dans son cerveau humain qui avait acquis les pouvoirs des anciens ennemis abhorrés de l'humanité.

– Possibilité la plus probable : une agression personnelle d'une Maison Majeure politiquement opposée aux Atréides. Dans les circonstances présentes, il pourrait s'agir d'une punition infligée au Vieux Duc pour son soutien à la Maison Vernius.

– Exactement ce que je soupçonnais, marmonna Rhombur.

Depuis qu'il était sur Caladan, il était devenu adulte, et son caractère s'était trempé en même temps que ses muscles. Ses yeux avaient un éclat nouveau et dur.

– Mais aucune Maison n'a lancé de kanly contre nous ! protesta Leto. L'ancien rituel de vendetta a des exigences précises, des formes que l'on doit respecter, n'est-ce pas, Thufir ?

– Certes, mais nous ne pouvons nous fier aux ennemis héréditaires du Vieux Duc pour respecter les élégances de style. Il faut nous montrer très méfiants.

Rhombur pensait à l'attaque contre Ix, à la fuite de sa famille.

— Il y a aussi ceux qui déforment les règles dans leur intérêt.

— Seconde possibilité, acquiesça Thufir Hawat. La cible désignée pouvait être le Duc Paulus *lui-même* et non pas l'ensemble des Atréides — à la suite d'un grief personnel ou d'une petite vengeance. Le coupable pourrait alors être un quelconque solliciteur offensé par une décision du Duc. Si cet assassinat a des répercussions à l'échelle galactique, il pourrait bien, ironiquement, avoir une explication banale.

— Non, je ne le pense pas, fit Leto. J'ai pu mesurer à quel point le peuple aimait mon père. Aucun de ses sujets n'aurait pu lui porter atteinte, pas un seul.

Hawat demeura impassible.

— Mon Seigneur Duc, ne surestimez pas la force de l'amour et de la loyauté. Et ne sous-estimez pas la puissance de la haine personnelle.

— Quelle est... la meilleure possibilité ? risqua Rhombur.

Hawat regarda Leto droit dans les yeux.

— Une attaque destinée à affaiblir la Maison des Atréides. La mort du patriarche, Mon Seigneur, vous laisse dans une position vulnérable. Vous êtes jeune et encore mal formé. (Leto retint son souffle pour ne pas éclater.) Et vos ennemis vont faire le nécessaire pour déstabiliser la Maison des Atréides dans le but de prendre l'avantage. Vos alliés peuvent aussi vous considérer comme un risque, et en ce cas ils vous soutiendront avec un enthousiasme... limité. Oui, cette période est très dangereuse pour vous.

— Les Harkonnens ?

Hawat eut un haussement d'épaules.

— Oui, c'est possible. Ou n'importe lequel de leurs alliés.

Leto se concentra en portant les mains à ses tempes et vit le regard indécis de Rhombur.

— Continue tes recherches, Thufir. Et puisque le taureau a été drogué, je te suggère de commencer par interroger les gens des étables.

Duncan Idaho se présenta à nouveau devant le Jeune Duc avec une révérence empreinte de fierté, persuadé de n'avoir été convoqué que pour faire vœu de fidélité une fois encore. On l'avait baigné et peigné et il portait des vêtements neufs.

Au fond de lui, il bouillonnait de rage. Il savait qu'il aurait pu empêcher la mort du Duc Paulus s'il avait pu agir, parler à quelqu'un d'autre que le Maître taurin Yresk. Yresk l'avait fait taire mais, pour l'heure, il ne devait pas délier sa langue. Même sous le regard perçant du Jeune Duc.

— Duncan, je me souviens du moment où tu as rallié notre maisonnée. C'était peu après que je me fus enfui d'Ix en compagnie de Rhombur et Kailea. (Duncan avait vu que les réfugiés étaient présents, de même que Thufir Hawat et son contingent de gardes.) J'ai entendu parler de la façon dont tu as su échapper aux Harkonnens, continua Leto. Ils t'ont emprisonné et t'ont torturé. Mon père te faisait confiance. Sais-tu que ce n'était pas dans ses habitudes ?

Duncan acquiesça.

— Oui, Mon Seigneur. Je le sais.

— Mais il se trouve que quelqu'un a drogué les taureaux salusans avant son dernier combat – et tu étais l'un de ceux qui étaient chargés de les panser. Tu as donc eu l'occasion de nuire. Pourquoi donc n'étais-tu pas présent au paseo avec les autres ? Je me souviens de t'avoir recherché. Duncan Idaho, se pourrait-il, aussi innocent et révolté que tu nous aies paru, que les Harkonnens t'aient envoyé parmi nous comme assassin clandestin ?

Duncan recula, épouvanté.

— Certes non, Mon Seigneur ! J'ai tenté d'avertir tous les autres. Depuis des jours, je savais qu'il se passait quelque chose avec les taureaux. Je l'avais dit et répété au Maître Yresk, mais il n'a rien fait. Il m'a ri au nez, je dois dire. Nous nous sommes même disputés à ce propos. C'est pour ça que je n'étais pas dans le paseo. Je voulais prévenir le Duc votre père, mais le Maître m'a bouclé dans l'une des étables avant le combat. (Il avait les yeux humides.) Tous ces beaux vêtements que votre père m'avait donnés étaient souillés. Et je ne l'ai même pas vu tomber dans l'arène.

Surpris, Leto s'était redressé. Il se tourna vers Hawat.

— Je saurai bien ce qui s'est passé, dit le Mentat.

Leto ne lisait sur le visage de Duncan qu'un chagrin profond, et aussi un dévouement passionné. Le jeune réfugié semblait réellement heureux d'appartenir à la maisonnée de Castel

Caladan, en dépit des corvées ingrates qu'il accomplissait depuis le premier jour.

Leto n'avait pas encore assez d'expérience pour percer à jour les traîtres ni évaluer le cœur des hommes, mais face à Duncan, il ne pouvait que suivre son intuition. Ce garçon était dur, intelligent, décidé – mais droit.

Sois prudent, Duc Leto. Les stratagèmes et les fourberies sont nombreux dans l'Imperium. Ses pensées revinrent au vieux Maître taurin. Yresk était à Castel Caladan depuis le mariage de ses parents... *Est-ce qu'on pouvait avoir conçu un plan qui mettrait des années à germer ?* Oui, supposa-t-il, certains en étaient capables. Mais il ne pouvait s'empêcher de frémir en entrevoyant ce que cela impliquait.

Dame Helena se glissa dans le hall d'un pas furtif. Elle avait les yeux cernés, remarqua-t-il tandis qu'elle prenait place à son côté. Roide, silencieuse, elle étudia le jeune Duncan.

Quelques instant plus tard, Yresk, le Maître taurin, fut amené sans ménagement par deux gardes, les cheveux hirsutes, les yeux plus gonflés que jamais par l'inquiétude. Il écouta le résumé de Thufir Hawat, et partit d'un rire de soulagement exagéré.

— Après toutes ces années de fidèle service, vous croiriez ce rat d'étable ? Cet *Harkonnen* ? Mon Seigneur, je vous en prie !

Il en fait trop dans le drame, se dit Leto, et il lut le même sentiment sur le visage d'Hawat.

Yresk porta un doigt à ses lèvres, comme si une éventualité lui venait soudain à l'esprit.

— Mais à présent que vous en parlez, Mon Seigneur, il se pourrait bien que ce soit le garçon lui-même qui ait drogué le taureau. Je ne l'avais pas constamment à l'œil.

— C'est un mensonge ! se révolta Duncan. J'ai voulu prévenir le Duc et vous m'avez jeté dans un enclos. Pourquoi vous n'avez pas essayé d'arrêter la corrida ? Je vous avais mis en garde – et maintenant le Duc est mort.

Hawat avait écouté d'un air lointain, les lèvres serrées, et Leto comprit qu'il s'était remis en mode Mentat, qu'il recombinait toutes les données sur Duncan et Yresk.

— Eh bien ? fit Leto à l'adresse du Maître taurin en essayant d'oublier le vieil homme qui sentait la sueur et le fumier et qui lui avait fait découvrir les bêtes de combat.

— Ce rat a dû me jouer la comédie, Mon Seigneur, mais il avait peur des taureaux. Je ne pouvais quand même pas arrêter la course à cause d'un sale gamin froussard. Dire que je me suis tellement occupé de lui, que je lui ai donné toutes les chances...

— Mais tu ne l'as pas écouté quand il t'a alerté, conclut Leto, ce qui a coûté la vie à mon père. Pourquoi ?

Yresk avait maintenant réellement peur.

— Projection possible, dit Hawat. À travers Dame Helena, Yresk a travaillé toute sa vie pour la Maison de Richèse. Richèse a entretenu des relations avec les Harkonnens dans le passé, et a eu des rapports antagonistes avec Ix. Il se peut qu'il n'ait pas eu conscience de son rôle dans la machination ou bien...

— Quoi ? Mais c'est absurde ! protesta Yresk. Je n'ai rien à voir avec les Harkonnens !

Il lança un bref regard à Dame Helena, qui l'évita.

— N'interromps pas mon Mentat ! fit Leto.

Hawat affrontait les yeux froids de Dame Helena. Puis il revint à Leto et reprit.

— Résumé : le mariage de Paulus Atréides et d'Helena de la Maison de Richèse était dangereux, même alors. Le Landsraad l'avait envisagé comme un moyen d'affaiblir les liens entre les Harkonnens et Richèse, et le Comte Ilban Richèse entrevoyait une chance ultime de sauver une partie de la fortune familiale alors qu'il perdait le fief d'Arrakis. De même pour la Maison des Atréides : le Duc Paulus se vit octroyer une place au conseil d'administration de la CHOM et devint membre votant du Conseil du Landsraad – ce que sa famille n'aurait pu obtenir par d'autres moyens.

« Lors de la noce, cependant, il se peut que tous les gens de la suite de Dame Helena n'aient pas été sous serment de loyauté aux Atréides, des contacts ont pu être établis entre des agents Harkonnens et le Maître taurin Yresk... sans que Dame Helena en ait eu vent, bien sûr.

— C'est une hypothèse extravagante, même pour un Mentat, protesta Yresk.

Son regard traqué cherchait une aide quelconque, mais il évitait Helena, se dit Leto. Sa pomme d'Adam saillait sur sa gorge.

Leto observa sa mère de profil un instant, sans un mot. Une aiguille de glace s'était enfoncée dans son échine. Il se rappelait les paroles de sa mère qu'il avait surprises un soir, à propos des héritiers Vernius. *C'est* vous *qui avez fait ce choix, Paulus !* Et *vous vous êtes trompé ! Il vous en coûtera, à vous et à notre chère Maison !*

— Euh... un Maître palefrenier n'est jamais vraiment surveillé, Leto, risqua discrètement Rhombur.

Mais Leto gardait les yeux fixés sur sa mère. Yresk était arrivé sur Caladan avec toute la suite des gens de Richèse. Se pouvait-il qu'elle ait loué ses services ? et quel pouvoir avait-elle sur cet homme ?

Les pièces, l'une après l'autre, se mettaient en place dans son esprit comme dans celui d'un Mentat, tandis que sa gorge se desséchait. *Oui !* C'était elle qui avait été à l'origine de tout, elle, Dame Helena Atréides, qui avait déclenché la machinerie. À moins qu'elle n'ait bénéficié d'une aide extérieure... des Harkonnens, par exemple... Mais il était certain qu'Yresk s'était chargé de tous les détails du crime.

Pourtant, au fond de son âme, il savait que sa mère avait pris la décision finale de punir Paulus. Elle avait escompté qu'avec un fils de quinze ans, Caladan serait entre ses mains et qu'elle pourrait prendre les décisions qu'elle seule jugeait appropriées.

Leto, mon fils, c'est toi *le Duc Atréides désormais.* Telles avaient été ses paroles quelques instants seulement après que son père était mort dans l'arène. Étrange réaction pour une femme bouleversée de chagrin !

— Je vous en prie, finissez-en, supplia Yresk. Mon Seigneur, jamais je n'aurais pu trahir la Maison que je servais. (Il désigna Duncan.) Vous savez que ce rat doit être un Harkonnen. Il a débarqué de Giedi Prime il y a peu de temps.

Dame Helena, toujours aussi rigide, prit enfin la parole, d'une voix qui semblait cassée, rouillée, tout en soutenant le regard dur de son fils.

— Leto, tu connais Yresk depuis ton enfance. Tu serais prêt à accuser un membre de mon entourage ? Ne sois pas ridicule.

— Je n'ai encore porté aucune accusation, Mère. Nous n'en sommes qu'à envisager des arguments.

Il n'était chef de la Maison des Atréides que depuis peu, et il avait encore du mal à s'arracher à l'enfance : il n'avait pas oublié ce jour où il avait demandé à Yresk de lui montrer les taureaux. Yresk lui avait aussi appris à connaître tous les animaux domestiques de Castel Caladan, il l'avait aidé à se mettre en selle sur de vieilles montures, il lui avait montré comment faire des nœuds et fixer les harnais.

Et l'enfant aux yeux émerveillés était devenu maintenant le Duc Atréides. Et ses yeux étaient durs et vigilants.

– Avant de tirer des conclusions, nous devons examiner les preuves, déclara-t-il.

Il surprit sur le visage du vieil Yresk le reflet violent des émotions qu'il ressentait et, tout à coup, il redouta ce qu'il allait dire. Acculé et craignant pour sa vie, allait-il impliquer Helena ? Tous les gardes présents étaient attentifs et Kailea ne perdait pas un seul mot. Ce qui se disait ici serait sans nul doute répété. Le scandale secouerait Caladan, et peut-être le Landsraad lui-même.

Mais Leto ne pouvait prendre le risque d'entendre les aveux d'Yresk devant tous. Même si sa mère s'était arrangée pour que le combat soit truqué, même si Yresk avait agi sur ordre – ou par intérêt ou sous la pression du chantage. Il exigeait la vérité, mais en privé. Si l'on venait à savoir que Dame Helena était l'instigatrice de l'accident mortel du Vieux Duc, la Maison des Atréides en serait déchirée. Et le règne de Leto, à peine entamé, serait irrémédiablement compromis... ne lui laissant que le choix d'infliger le châtiment le plus dur qui soit à sa propre mère.

Il frémit en se souvenant d'*Agamemnon* et de la malédiction d'Atreus qui avait constamment menacé les siens depuis l'aube de l'Histoire. Il se dit qu'il devait se montrer fort.

« Fais ce que tu dois faire, lui avait enseigné son père. Nul ne pourra t'en vouloir aussi longtemps que tu prendras de justes décisions. »

Mais en cet instant, quelle était la juste décision ?

Helena se leva et s'adressa à lui sur un ton maternel.

– Il n'y a pas eu de machination derrière la mort de mon époux – c'était la punition de Dieu. (Elle pointa le doigt sur Rhombur et Kailea, pétrifiés.) Mon Duc bien-aimé a été châtié pour l'amitié qu'il portait à la Maison Vernius, pour avoir admis ces enfants dans l'enceinte de notre Château. Leur famille a violé les commandements et Paulus les a pourtant accueillis. C'est l'orgueil de mon époux qui l'a tué – et non pas un humble Maître palefrenier. C'est aussi simple que cela.

– J'en ai suffisamment entendu, Mère, trancha Leto.

Elle lui lança un regard indigné, comme s'il n'était qu'un enfant qu'elle voulait clouer sur place.

— Je n'ai pas fini. Être Duc implique tant de devoirs que tu ne pourrais encore...

Il ne bougea pas, mais il répliqua avec tout le calme et la force possibles.

— C'est *moi* le Duc à présent, Mère, et vous allez vous taire, sinon je demanderai aux gardes de vous chasser de cette salle et de vous enfermer dans une tour.

Helena était d'une pâleur extrême, tout à coup, et elle avait un regard quasi hagard. Elle ne parvenait pas à admettre que son fils pût lui parler sur ce ton, mais elle renonça à l'affronter. Comme toujours, elle réussit à sauver les apparences. Elle avait vu sur le visage du Vieux Duc l'expression qu'avait Leto en ce moment et elle savait qu'elle ne devait pas déchaîner ses foudres.

Yresk, par contre, choisit contre toute raison de protester :

— Leto, mon garçon, vous ne pouvez quand même pas accepter les dires d'un méprisable rat d'étable orphelin...

Leto observa tour à tour le vieux palefrenier gesticulant avec son allure d'oiseau de mauvais augure et le jeune Duncan, figé dans sa fierté douloureuse. Yresk, remarqua-t-il, avait des gouttes de transpiration sous les yeux.

— Je le trouve plus crédible que toi, dit lentement Leto. Et ne m'appelle plus jamais « mon garçon ».

Hawat s'approcha.

— Nous devons lui arracher d'autres informations en le questionnant à fond. Je m'en chargerai personnellement.

— Il serait préférable de le faire en privé, Thufir. Toi seul et le Maître taurin.

Leto ferma les yeux brièvement, la gorge serrée. Plus tard, il le savait, il devrait faire connaître à Hawat que le palefrenier ne devrait pas survivre à cet interrogatoire... de crainte qu'il ne puisse révéler autre chose encore. Mais la discrète inclinaison de tête du Mentat lui confirma qu'il avait compris tout ce qui n'avait pas été dit. Et toutes les informations qu'il allait extirper demeureraient un secret entre lui et son Jeune Duc.

Quand les gardes saisirent ses bras noueux, Yresk glapit. Avant qu'il prononce une parole, Hawat lui plaqua la main sur la bouche.

C'est alors, au paroxysme de la confusion, que les gardes ouvrirent les portes du hall pour laisser entrer un homme en uniforme. Il s'avança droit sur Leto. Son badge électronique le désignait comme un Messager officiel, il venait de débarquer sur Caladan. En le voyant, Leto se roidit, certain qu'il ne pouvait être porteur de bonnes nouvelles.

— Mon Seigneur Duc, j'ai là de terribles informations.

Comme sous l'effet d'un choc électrique, les gardes qui maintenaient Yresk s'arrêtèrent, paralysés, et Hawat dut leur intimer d'un geste de quitter le hall.

Le Messager s'avança jusqu'à Leto et prit son souffle avant de choisir soigneusement ses mots, connaissant la situation.

— J'ai le douloureux devoir de vous faire connaître que Dame Shando – poursuivie comme renégate et traîtresse par l'Empereur Elrood IX – a été interpellée sur Bela Tegeuse et, selon le décret impérial, exécutée par les Sardaukar. De même que tous ceux de son entourage.

Rhombur s'effondra à côté de son ami, et Kailea, qui n'avait pas prononcé un mot jusqu'alors, éclata en sanglots bruyants. Elle se mit à tambouriner du poing sur une colonnade jusqu'à ce que des taches de sang jaillissent sur la pierre.

Helena toisa son fils avec une grande tristesse en hochant la tête.

— Tu vois, Leto ? Un autre châtiment. J'avais raison. Les Ixiens et tous ceux qui les aident sont maudits.

Mais il n'eut à son adresse qu'un regard de haine et fit signe aux gardes.

— Veuillez raccompagner ma mère jusqu'à ses appartements et donner ordre à ses servantes de préparer ses bagages en vue d'un long voyage. (Il avait du mal à empêcher sa voix de trembler.) Je crois que les récentes épreuves exigent qu'elle se repose quelque part. Très, très loin d'ici.

> *Dans des circonstances adverses, chaque créature*
> *devient différente, elle évolue ou régresse. Ce qui*
> *fait de nous des humains, c'est que nous savons ce*
> *que nous étions et que nous nous rappelons –*
> *espérons-le – comment le redevenir.*
>
> Ambassadeur Cammar Pilru,
> *Dépêches de la Défense d'Ix*

Le système d'alarme résonna dans le silence du refuge et C'tair fut arraché à ses cauchemars récurrents. Il se dressa d'un bond, prêt à combattre les envahisseurs.

Mais le Bene Tleilax n'avait pas encore repéré sa cachette, même si des patrouilles étaient passées plusieurs fois à proximité avec leurs sondeurs. Il était protégé par un moniteur interne qui devait fonctionner depuis des siècles, mais les Tleilaxu fanatiques, avec leurs détecteurs de machines, finiraient bien par le repérer.

Silencieux, rapide, efficace, C'tair éteignit les brilleurs, coupa la ventilation et le chauffage, puis attendit dans l'obscurité, le souffle court. Mais nul ne se manifesta près de la porte dissimulée. Rien.

Au bout d'un long moment, il se remit en mouvement.

Les balayages aléatoires des sondeurs viendraient à bout de son bouclier. Il savait qu'il devrait dérober un de ces appareils aux Tleilaxu pour le démanteler et l'analyser avec l'espoir de trouver un contre-effet.

Le matin, la plupart du temps, les couloirs et les salles de réunion du Grand Palais (devenu depuis le siège du gouvernement tleilaxu) étaient déserts. C'tair emprunta un puits d'accès dissimulé et se glissa jusqu'à une remise, non loin du couloir principal. Il n'était qu'à quelque distance d'un tube ascensionnel relié aux autres structures de stalactites, jusqu'aux niveaux inférieurs. En se déplaçant constamment, inaperçu, il était parvenu à survivre jusque-là. Mais il augmenterait sérieusement ses chances s'il parvenait à comprendre la technologie des sondeurs.

L'enquêteur de routine devait encore se trouver dans ce secteur, sinon il avait probablement été affecté à un autre niveau. C'tair était désormais en chasse, il épiait, guettait en se glissant d'un couloir à un autre. Il avait depuis longtemps appris les secrets de la topographie des lieux.

Il était armé d'un laser et d'un paralyseur, au risque d'être détecté par les réseaux tleilaxu s'il les employait. Alors, on lancerait des équipes de tueurs sur ses traces. Dans cette éventualité, il avait pris également une arme blanche, une longue lame acérée. Elle serait silencieuse et efficace en combat rapproché. Le meilleur choix.

Il achevait de mettre son piège en place lorsqu'il repéra un Tleilaxu ascétique, à demi chauve, qui venait d'enfiler le couloir. Il tenait à deux mains un petit moniteur strié de tracés multicolores. Il était à ce point absorbé qu'il ne découvrit qu'à l'ultime seconde le jeune homme aux cheveux noirs qui se ruait sur lui en levant un couteau.

C'tair aurait voulu hurler sa haine, lancer un défi, mais il n'émit qu'un sifflement féroce. Le Tleilaxu ouvrit la bouche, révélant ses dents fines et blanches comme des perles à l'instant où C'tair lui tailladait la gorge.

Il tomba dans un flot de sang, mais C'tair récupéra au vol son détecteur. Il le serra contre lui sans se préoccuper des ultimes convulsions de son ennemi. Autour de lui, le sang formait très vite une flaque sombre sur les dalles vernissées de l'ancien Grand Palais de la Maison Vernius.

C'tair n'éprouvait aucun remords. Il avait déjà tué plusieurs fois et, si les Tleilaxu s'emparaient de lui, il serait sans nul doute exécuté. Sa conscience était nette. Combien de gens les fanatiques avaient-ils assassinés ? Et puis, ils avaient détruit des siècles d'histoire et de culture ixiennes ! Leur dette de sang ne serait jamais réglée !

Sans perdre de temps, il traîna le cadavre jusqu'au puits qui accédait à son refuge secret avant de nettoyer toute trace de sang. Épuisé, englué de sang, C'tair resta un bref instant pétrifié par une vision de sa vie passée. Il venait de regarder ses mains souillées et se demanda ce que l'adorable et délicate Kailea penserait si elle le voyait. À chacune de leurs rencontres, son frère et lui avaient fait leur toilette à fond et mis leurs plus beaux habits. Ils s'étaient même parfumés.

Un instant, il fut gagné par le chagrin en songeant à ce que les Tleilaxu l'avaient obligé à devenir... Puis se demanda si Kailea avait changé elle aussi dans les épreuves qu'elle devait endurer. Il ne savait même pas si elle avait réussi à survivre.

Le Tleilaxu était d'un poids étonnant pour sa taille : il devait avoir une ossature très dense. C'tair le jeta dans un bac non entropique : le soleil d'Ix aurait le temps de s'éteindre dans le ciel avant que la putréfaction ne commence.

Ensuite, il se lava et se changea et, très vite, posa le sondeur tleilaxu sur la table d'examen.

Il détermina rapidement comment fonctionnait l'appareil. Les contrôles étaient rudimentaires : une touche noire et un écran ambré qui indiquait la localisation des machines et des traces de technologie. Les inscriptions étaient en Tleilaxu et il réussit à les traduire dans l'instant en se servant du décrypteur qu'il avait récupéré aux premières heures de la rébellion.

Mais l'analyse des pièces essentielles du sondeur posait un tout autre problème. Il avait jusqu'alors avancé avec prudence, craignant un codage de protection qui pourrait déclencher l'autodestruction de l'appareil. Il n'osa pas se servir d'un outil pour l'ouvrir et se limita aux méthodes anciennes.

Encore une fois, il aurait bien aimé que le vieux Rogo soit là pour le conseiller. Mais il puisait de la force dans la certitude qu'il avait de remplir une mission extrêmement importante. L'avenir d'Ix pouvait dépendre de sa lutte clandestine.

Il devait survivre avant tout à cause du communicateur transstellaire. Avant peu, il réussirait à localiser les survivants de la Maison Vernius et à leur assurer des secours. Il se pouvait qu'il fût le dernier survivant de Vernii à pouvoir libérer le monde qu'il aimait.

Le sondeur tleilaxu était essentiel à la protection de son refuge...

Ce n'est qu'après des jours d'efforts qu'il essaya un générateur sonique dans l'espoir d'obtenir l'écho du schéma interne de l'appareil. À sa grande surprise, il provoqua immédiatement un déclic. Il recula dans un premier temps, puis revint à la table d'examen. Une ligne de discontinuité était apparue sur le côté. Il appuya de part et d'autre, puis tira. Le sondeur s'ouvrit sans exploser ni fondre. C'tair avait maintenant devant lui les circuits intérieurs mais, en même temps, un « Manuel d'utilisation en holo-projection » : un démonstrateur-solido lui apprit tout ce qu'il devait savoir sur le sondeur.

Le personnage en relief était enthousiaste et efficace : peu lui importait que quelqu'un ait dérobé ce trésor de technologie qu'était le « miroir richésien », que personne encore n'était parvenu à imiter. Les miroirs étaient constitués de minéraux de polymères inconnus, et on pensait qu'ils étaient faits de prismes géodomes enfermés dans d'autres prismes.

Pour la première fois, en admirant la conception du sondeur avec une certaine réticence, C'tair soupçonna que les Richésiens avaient pu participer au complot contre Ix. L'adversité entre les deux Maisons était ancienne et les Richésiens, il en était certain, devaient se réjouir de la défaite de leur principal rival.

Mais tout ce qui importait pour l'heure, c'était d'utiliser sa connaissance intuitive et les quelques composants dont il disposait pour créer, à partir de ce miroir richésien, un dispositif capable d'inhiber le sondeur. Après avoir consulté d'innombrables fois le « démonstrateur » obséquieux et agaçant, il commença à entrevoir une solution...

Son rendez-vous du soir avec les trafiquants du marché noir avait été une épreuve, comme toujours. Il n'avait cessé de jeter des regards craintifs derrière lui, mais quelle autre solution avait-il pour se procurer les quelques composants qu'il lui fallait pour son antisondeur ?

Après avoir fait ses achats, il était remonté vers les tranquilles hauteurs de l'immeuble en se servant d'une carte bioxpress : le circuit l'avait reconnu comme un technicien tleilaxu assermenté. Il était déjà absorbé par les multiples croquis qu'il avait laissés sur sa table de travail. Il était impatient de s'y remettre : avant peu, il aurait terminé.

Mais, en prenant pied dans le couloir, il s'aperçut qu'il n'était pas au bon étage. À la place des portes aveugles et des salles de stockage, il découvrait des boxes séparés par des parois de cristoplass. Les lieux étaient baignés par une lueur orangée trouble et il vit sur les portes des inscriptions géantes et sinistres en Tleilaxu.

Il s'était figé sur place : il reconnaissait cet endroit. Il n'était pas monté assez haut dans la croûte rocheuse. Jadis, songea-t-il avec colère, ces lieux avaient abrité les salles de conférences, les bureaux des ambassades et les chambres réservées à la Cour du Comte Vernius. Aujourd'hui, tout était... fonctionnel.

Avant qu'il ait pu battre en retraite, il entendit un claquement métallique sur sa gauche, un bruit de pas traînants. Il plongea vers le tube ascensionnel. Trop tard. Il avait été vu.

— Hé, vous, là-bas, l'étranger !

L'homme n'était qu'une silhouette. Il s'était exprimé en Galach avec un accent tleilaxu. Sans doute un collaborateur ixien, en fait.

— Avancez, que je puisse vous voir.

Dans le bruit lourd des bottes de l'autre, C'tair, en tremblant, chercha sa carte bioxpress et l'inséra dans la fente de lecture du tube de transport. Il entendit d'autres voix et se crispa, redoutant d'être pris pour cible à tout instant.

Après un instant interminable, la porte coulissa mais, en franchissant le seuil, C'tair lâcha malencontreusement son sac de pièces électroniques. Il n'avait plus le temps de les récupérer.

Avec un juron étouffé, il sauta dans la cabine et lança le numéro du niveau dans un chuchotement rauque. La porte se referma et les voix s'éteignirent. Une seconde, il craignit que les gardes puissent bloquer le tube ou appeler des Sardaukar à la rescousse. Il devait donc évacuer très vite son abri.

Quand la porte s'ouvrit, C'tair jeta un regard méfiant dans le couloir sans rien voir de suspect. Il reprogramma alors le tube pour qu'il monte quatre niveaux plus haut et fila vers les passerelles de cristal.

Quelques secondes après, trempé de sueur, il retrouva son refuge, furieux de ce moment d'inattention. Il avait perdu ses précieux composants dans cette affaire et les Tleilaxu ne tarderaient pas à deviner ce qu'il machinait.

Il allait être leur cible prioritaire.

> *Pour un temps, nous vivons tous dans les ombres de nos prédécesseurs. Mais nous qui déterminons le destin des planètes atteignons à terme le point où nous devenons non pas les ombres, mais la lumière même.*
>
> Prince Raphael Corrino,
> *Discours sur le Pouvoir*

En tant que membre officiel du Conseil Fédéral des Maisons Majeures et Mineures, le Duc Leto Atréides embarqua à bord d'un Long-courrier à destination de Kaitain pour la prochaine session du Landsraad. Il pensait qu'il s'était suffisamment remis de la perte de son père pour faire sa première apparition importante en public et il avait revêtu pour l'occasion sa cape de cérémonie hors-monde.

Dès qu'il avait pris la décision de se rendre sur Kaitain, Thufir Hawat et quelques autres conseillers protocolaires des Atréides s'étaient enfermés avec lui dans une salle de Castel Caladan pour lui donner quelques cours intensifs de diplomatie. Ils tournaient autour de lui comme autant de professeurs empressés et vigilants et insistaient tous en même temps pour qu'il ingurgite toutes les données sociales et politico-économiques essentielles pour un Duc. Leto avait supporté l'épreuve avec l'aide de la brise de mer qui soufflait doucement par la fenêtre, dominée par le fracas des lames sur les brisants et les cris des mouettes.

Il avait insisté pour que Rhombur reste présent.

— Un jour, ce sera son tour de connaître ces choses, quand il aura retrouvé le pouvoir sur sa Maison.

Certains conseillers avaient pris un air sceptique sans toutefois émettre le moindre commentaire.

Il s'était rendu au spatioport de Cala en compagnie du seul Thufir Hawat, mais les conseillers avaient trouvé le temps de le mettre en garde contre tout excès d'audace.

— Je comprends, leur avait-il assuré en serrant sa cape sur

ses épaules, mais je dois obéir à ce que me dicte mon sens de l'honneur.

La tradition ancienne lui donnait le droit de se porter devant le Landsraad pour sa requête en justice. En tant que nouveau Duc, il se devait de suivre le rituel d'appel. Et puis, sa colère et sa candeur l'incitaient à croire qu'il réussirait, quel que soit l'avis de ses conseillers. Pourtant, douloureusement, il se souvenait de toutes les fois où son père avait déposé une pétition ainsi qu'il allait le faire. Il était toujours revenu bouillonnant de rage et de mépris après ses affrontements avec la bureaucratie brouillonne.

Mais Leto, en ce jour, était porteur d'espérances nouvelles.

Et c'est avec décision qu'il s'avança vers le colossal Hall de l'Oratoire du Landsraad, qui dominait comme un pic la montagne des édifices gouvernementaux et des bureaux d'administration qui cernaient l'ellipsoïde des Communes. Le Hall avait été érigé grâce à la contribution de toutes les Maisons, qui avaient à cette occasion rivalisé dans la débauche de luxe grandiose. Les représentants de la CHOM avaient puisé dans toutes les ressources de l'Imperium. L'ex-Empereur Hassik Corrino III, prenant ombrage des plans exorbitants du Landsraad, avait émis un édit spécial pour les rogner afin que leur splendeur n'écrase pas celle du Palais Impérial.

À la suite de l'holocauste nucléaire de Salusa Secundus et du transfert du siège de l'Imperium, tous s'étaient dévoués à l'établissement d'un nouvel ordre optimiste. Hassik III voulait ainsi prouver que, même si la Maison de Corrino avait failli être anéantie, l'Imperium poursuivrait sa tâche à un niveau plus altier que jamais.

Les bannières des Grandes Maisons se froissaient au vent comme les écailles arc-en-ciel d'un dragon sur les murs d'enceinte. Au milieu des tours de métal, d'obsiplass et de cristal, Leto repéra le drapeau vert et noir des Atréides. Mais les couleurs de pourpre et de cuivre de la Maison Vernius étaient définitivement absentes : la bannière des renégats avait été enlevée et brûlée en public.

Thufir Hawat se tenait à côté de son Jeune Duc, mais Leto regrettait l'absence de son ami Rhombur. Le moment n'était pas encore venu pour l'héritier Vernius de reparaître aux yeux de tous. Et même après l'annonce de la mort de Dame Shando, Dominic Vernius ne s'était pas montré. Leto n'avait qu'une certitude : il pleuvait quelque part celle qu'il avait tant aimée. Et préparait sa vengeance...

Leto savait qu'il devait agir seul. Son père n'en aurait pas moins attendu de lui. Il se redressa de toute sa taille, leva les yeux vers la fournaise du soleil, pensa une fois encore à tout ce que sa famille avait connu depuis les jours sombres d'Atreus. Et s'avança dans les rues dallées : il ne pouvait tolérer de se sentir rapetissé face aux prodigieuses dimensions du Landsraad.

En pénétrant dans le Hall de l'Oratoire en compagnie des représentants d'autres familles, il vit le griffon bleu pâle des Harkonnens. Il identifia les autres bannières : Richèse, Teranos, Mutelli, Ecaz, Dyvetz et Canidar, dominées au centre par les oriflammes de la Maison de Corrino, lion sur champ écarlate et or.

La fanfare éclatante, assourdissante, jouait sans cesse à l'entrée des représentants, annoncés par un héraut. Leto n'identifia que quelques nobles authentiques : les autres étaient pour la plupart des ambassadeurs, des leaders politiques, voire des sycophantes achetés pour la circonstance.

Même paré de son titre royal, Leto n'avait pas le sentiment d'être puissant ni important en ces lieux. Après tout, il n'était que le Duc d'une famille de moyenne importance et ne pouvait guère se comparer au Premier ministre ou à n'importe quel délégué des familles fortunées. Certes, il était responsable de l'économie et de la population de Caladan et de quelques autres fiefs, alors que de nombreuses Maisons Majeures autrement plus riches étendaient leur domination sur de multiples mondes. Il se vit un instant comme un poisson vulnérable au milieu des requins, mais il effaça cette image : elle ne devait pas entamer sa confiance. Jamais son père ne lui avait permis ce luxe : se sentir amoindri.

Il parcourut le Hall du regard, cherchant instinctivement les sièges vides de la Maison Vernius. Ce n'était qu'une piètre consolation de savoir que les représentants du Bene Tleilax ne sauraient les occuper, le Landsraad ne tolérant pas leur présence dans ce club exclusif qu'était l'Oratoire.

Le Conseil débuta avec les interminables formalités préliminaires. Leto et Hawat découvrirent enfin leur loge. Marron et noir, elle était aussi confortable que celle des autres dignitaires. Dès qu'il se fut assis, Leto ne perdit pas un mot, pas une attitude.

Il avait hâte d'intervenir mais il devait attendre qu'on appelle le nom des Atréides.

Les chefs des familles ne se faisaient pas un devoir d'être présents à chaque session, et Leto ne tarda guère à en comprendre la raison. Pour une grande part, les affaires à traiter étaient banales et les interventions se succédaient et duraient plus que nécessaire. Le travail n'avançait guère au fil des argumentations et des chicanes sur des points infimes de législation impériale ou de protocole.

Mais il n'avait reçu que nouvellement son titre ducal et c'était là sa première réception officielle. Lorsque l'ordre du jour annonça que c'était son tour de prendre la parole, il se leva et s'avança, vaguement étourdi, suivi d'un assistant et de Thufir Hawat. Il monta jusqu'au lutrin central, s'efforçant de son mieux de ne pas apparaître comme un simple adolescent, d'assumer un peu de la force de son père en se rappelant les vivats de la foule dans l'arène quand il avait brandi la tête du taureau salusan.

Il leva les yeux sur la mer des visages pétrifiés par l'ennui et prit son souffle. Des amplificateurs allaient retransmettre ses paroles à tous et des bobines de shigavrille les enregistreraient. Ce discours était son premier, et il était également essentiel : ces dignes représentants ne le connaissaient pas, un grand nombre ignoraient jusqu'à son nom. L'ambiance de l'immense Hall était devenue un poids presque intolérable sur ses épaules.

Il attendit encore un peu, doutant qu'à cette heure quiconque, parmi tous ceux qu'il avait devant lui, ait encore l'énergie mentale de se concentrer sur un nouvel intervenant.

Et il se lança.

— Vous étiez nombreux à être des amis ou des alliés de mon père, le Duc Paulus Atréides, qui a été récemment assassiné lâchement, traîtreusement.

Il chercha les sièges des Harkonnens, mais il ignorait le nom et le titre des deux hommes qui représentaient la Maison ennemie.

Même sans accusation précise, sans preuve, son allusion avait été clairement comprise. Yresk n'avait pas survécu à l'interrogatoire qu'il avait exigé, mais il avait confirmé la complicité de Dame Helena sans fournir d'autres détails sur les conspirateurs. Et Leto avait réussi à retenir l'attention de son public assoupi.

Les Harkonnens chuchotaient entre eux tout en jetant des

regards irrités vers le podium. Leto les ignora pour se concentrer sur l'auditoire tout entier.

En face de lui, dans le siège de la Maison Mutelli, il reconnut le Comte Flambert, un vieux gentilhomme dont on murmurait qu'il avait perdu la mémoire depuis bien des années. Un ex-candidat de l'école Mentat trapu et blond l'accompagnait : il était la mémoire mobile et vivante du Comte, et même s'il n'avait pas achevé sa formation d'ordinateur humain, il était capable de lui fournir toutes les données dont il avait besoin.

La voix de Leto résonnait dans la salle, aussi claire et nette que le signal des bouées par un matin transparent de Caladan.

– Une inscription sur la porte de l'Empereur nous dit que « la Loi est la science ultime ». Et c'est selon cette règle que je me présente devant vous aux nom et place d'une ex-Grande Maison, qui ne peut plus venir ici s'exprimer. La Maison de Vernius, qui était une proche alliée de ma famille.

Des grognements montèrent des bancs les plus proches. Et il décela quelques signes de nervosité. Ils en avaient déjà bien trop entendu sur Vernius.

– Le Comte Dominic Vernius et sa famille ont été dans l'obligation de se déclarer renégats à la suite du coup de force du Bene Tleilax qui s'est emparé illégalement du pouvoir sur la planète Ix – le Bene Tleilax dont nous connaissons tous la nature dépravée et répugnante et qui ne saurait mériter d'être représenté devant cette auguste assemblée. Tandis que la Maison Vernius appelait au secours et demandait qu'on la soutienne face à cette invasion outrageante, vous vous êtes *tous* autant les uns que les autres cachés dans l'ombre et vous avez atermoyé jusqu'à ce que toute assistance soit inutile.

Leto prit grand soin de ne pas désigner Elrood en personne, même s'il le citait implicitement.

Un vaste murmure courut dans le Hall du Landsraad, ainsi que des interjections de colère et d'indignation. Il prit conscience qu'il était soudain à leurs yeux un jeune rebelle insolent et grossier qui n'entendait rien aux vrais usages de l'Imperium. Il s'y était pris bien malencontreusement pour présenter une question aussi désagréable en public.

Mais il demeura imperturbable.

– Tous, vous connaissiez Dominic Vernius comme un homme honorable et intègre. Vous faisiez commerce avec Ix. Combien d'entre vous ne l'ont-ils pas considéré comme un ami ?

(Il promena son regard autour de lui, fugacement, et continua avant que quelqu'un ait eu le courage de lever la main.) Bien que je n'appartienne pas à la famille Vernius, les Tleilaxu ont menacé ma propre vie, et je n'ai réussi à m'enfuir que grâce à l'aide de mon père. Le Comte Vernius et son épouse se sont échappés eux aussi, en abandonnant tous leurs biens – et récemment, Dame Shando a été assassinée après avoir été pourchassée comme un animal !

« Sachez, vous tous qui m'écoutez, que je porte les plus graves accusations vis-à-vis des Tleilaxu et de leurs récentes exactions. Ils doivent par tous les moyens, la promulgation d'un kanly ou autre, être traînés en justice. La Maison des Atréides n'est pas l'alliée du gouvernement usurpateur d'Ix – comment le Bene Tleilax a-t-il osé rebaptiser la planète Xuttuh ? L'Imperium est-il civilisé ou sommes-nous submergés par les barbares ? (Il marqua une pause, les tempes battantes.) Si le Landsraad ignore cette incroyable tragédie, ne pensez-vous donc pas que cela pourrait arriver à chacun d'entre vous ?

Un représentant des Harkonnens répliqua sans même avoir la courtoisie de se lever.

– La Maison Vernius s'est déclarée d'elle-même renégate. Selon la Loi ancestrale, les Sardaukar de l'Empereur et tous les chasseurs de primes de l'univers avaient parfaitement le droit de les pourchasser et d'éliminer l'épouse renégate. Prenez garde, petit Duc. Ce n'est que par bonté de cœur que nous vous accordons le droit de donner asile aux enfants, car aucune règle ne nous y contraint.

Leto se dit que, sur ce point de droit, l'Harkonnen avait tort, mais le moment ne se prêtait guère à en discuter, surtout qu'Hawat n'était pas là pour l'assister.

– Ainsi donc, n'importe quelle Maison peut être persécutée et ses membres assassinés par les Sardaukar sur un simple caprice sans que personne le conteste ? N'importe quelle puissance peut briser une Grande Maison du Landsraad tandis que vous fermez les yeux en espérant que ça ne sera pas votre tour la prochaine fois ?

– L'Empereur n'agit pas par caprice ! cria quelqu'un.

D'autres lui firent écho, mais ils étaient peu nombreux. Leto se dit que ce faible élan de patriotisme et de loyauté s'expliquait sans doute par la santé défaillante d'Elrood. Le vieillard n'assumait plus ses fonctions depuis quelques mois et on le disait grabataire, et même agonisant.

Il se campa fièrement, les mains sur les hanches.

— Il se peut que je sois jeune, mais je ne suis pas aveugle. Pensez-y, membres du Landsraad : avec vos fausses loyautés et vos alliances changeantes — quel gage pouvez-vous offrir les uns et les autres si vos promesses s'envolent comme poussière ? (Il répéta alors les paroles que son père avait prononcées quand il était revenu d'Ix :) « La Maison des Atréides respecte l'honneur et la loyauté bien plus que les joutes politiques. »

Il leva la main et sa voix prit un accent autoritaire, impérieux :

— Je vous exhorte à vous souvenir de la Maison Vernius. Ce qui lui est arrivé peut *vous* arriver à *tous* si vous n'y prenez pas garde. À qui accorder votre confiance si chaque Maison peut en attaquer une autre à la moindre occasion ?

Il sentit que ses paroles avaient porté auprès de certains représentants, mais, au fond de son cœur, il savait que s'il appelait à un vote pour lever la prime de sang de la Maison Vernius, bien peu le soutiendraient.

Il se détourna, comme s'il avait fini, mais lança par-dessus son épaule :

— Peut-être vaudrait-il mieux que chacun réfléchisse à sa propre situation. Et se demande : *À qui puis-je faire vraiment confiance ?*

Tandis qu'il se dirigeait à grands pas vers l'arche de la sortie, il n'y eut aucun applaudissement... ni aucun rire. Dans le silence tendu, il se dit que quelques-uns avaient dû comprendre. Mais il était probablement optimiste. Le Duc Leto Atréides avait encore beaucoup à apprendre sur l'exercice du pouvoir — il comptait sur Hawat pour commencer la leçon durant le voyage de retour — mais il émit le souhait de ne jamais devenir comme certains de ces hypocrites. Il se jura de toujours rester, jusqu'à son dernier souffle, fidèle et sincère. Il le ferait comprendre aux autres... et peut-être même à ses ennemis.

Thufir Hawat le rejoignit entre les colonnades et ils quittèrent le Hall de l'Oratoire ensemble, laissant les autres délibérer sans eux.

> *L'Histoire démontre que le progrès de la technologie ne se fait pas selon une courbe ascendante régulière. Il existe des périodes plates, des crêtes et même des régressions.*
>
> Technologie de l'Imperium, 532ᵉ édition

Le visage neutre, sous le regard attentif de deux sombres silhouettes, le docteur Yungar passait le sondeur Suk sur le vieil homme au teint cendreux. Il semblait noyé sous d'énormes couvertures, des draps brodés et des voiles diaphanes.

L'appareil à diagnostic bourdonnait doucement dans le silence de la chambre.

Il n'aura plus jamais besoin de ses concubines, songea Shaddam.

– L'Empereur est mort, annonça enfin Yungar en rejetant sa queue-de-cheval grise sur son épaule.

– Oui. Au moins, à présent, il est en paix, fit Shaddam d'une voix basse et rauque sans parvenir à réprimer un long frisson glacé de superstition.

Se pouvait-il qu'Elrood, sur la fin, ait su qui était responsable de sa disparition ? Peu de temps auparavant, ses yeux de vieux reptile s'étaient posés avec insistance sur son fils. Et le Prince Héritier, le ventre noué, se rappelait encore le jour terrible où l'Empereur avait découvert sa complicité dans le meurtre de son fils aîné Fafnir... et sa fureur quand il avait appris que Shaddam mettait une drogue contraceptive dans les aliments de sa mère, Habla, afin qu'elle n'ait plus d'autre descendant rival.

Elrood avait-il pu avoir des soupçons et maudire son fils dans ses ultimes pensées d'agonisant ?

En tout cas, il était trop tard. Et le Vieil Empereur était mort par sa main. Non, pas la sienne. Celle de *Fenring*. Il servirait de bouc émissaire, le cas échéant. Le Prince Héritier ne saurait reconnaître un pareil forfait.

Avant peu, il serait le nouvel Empereur. Enfin. L'Empereur Padishah de l'Univers Connu. Mais, impérativement, il ne devait montrer ni triomphe ni excitation. Du moins pas avant la cérémonie du couronnement.

— Ce n'est guère inattendu, fit Hasimir Fenring en inclinant son front important jusqu'à ce que son menton fuyant touche sa poitrine. Le pauvre homme se dégradait depuis quelque temps, mmm ?

Le docteur Suk éteignit son instrument et le remit dans sa tunique. Les gardes, les concubines et même le Chambellan Hesban avaient été congédiés.

— Néanmoins, ce cas a quelque chose de bizarre, fit Yungar. Depuis des jours déjà j'éprouve un malaise... nous ne nous trouvons pas simplement en présence d'une mort naturelle qu'expliquerait la vieillesse. Nous devons être excessivement prudents dans notre analyse, vu qu'il s'agit de l'Empereur...

— Qu'il *s'agissait*, laissa échapper Shaddam, et Fenring esquissa un geste de mise en garde.

— C'est exactement ce que j'entends.

Yungar passa la main sur le diamant noir tatoué sur son front. Shaddam se demanda s'il était simplement désemparé à l'idée qu'il ne toucherait plus ses honoraires extravagants.

— Mon bon docteur, l'Empereur Elrood était âgé et subissait maintes pressions.

Fenring se pencha et, en un geste de bénédiction étrange, toucha du bout des doigts le front glacé du défunt qui, pour Shaddam, évoquait un rocher couvert de parchemin.

— Ceux qui étaient les plus proches de lui avaient constaté des changements dans sa santé et ses capacités mentales depuis ces deux dernières années. Mieux vaudrait que vous évitiez les insinuations et les soupçons non fondés qui ne pourraient que porter tort à l'Imperium, surtout dans cette période difficile, mmm, nooon ?

« L'Empereur Padishah Elrood IX avait plus de cent cinquante ans et son règne a été l'un des plus longs dans l'histoire des Corrinos. Restons-en là.

Shaddam s'éclaircit la gorge avant de demander :

— Docteur, que pourrait-il y avoir d'autre ? La sécurité qui entourait mon père était impénétrable, il était cerné de gardes et de goûte-poison. Nul n'aurait pu porter atteinte à ses jours.

Le regard de Yungar alla du Prince Héritier à l'homme au visage de furet.

— L'identité, le motif, et l'occasion. Telles sont les questions qui se posent, et quoique je ne sois pas enquêteur de police, je suis convaincu qu'un Mentat pourrait y répondre. Je vais rassembler les données dont je dispose et les soumettre à un bureau d'examen. Simple formalité, mais qui doit être accomplie.

— Qui aurait-pu faire cela à mon père ? insista Shaddam en se rapprochant.

Il s'était raidi devant le ton abrupt du docteur alerte, mais le Suk avait déjà fait la preuve de sa fatuité. Le mort semblait les épier, et ses doigts crispés désignaient Shaddam.

— Il faut rassembler d'autres preuves, Sire.

— Des *preuves* ? Mais de quel genre ?

Il s'efforça au calme. La sueur perlait à son front et il passa la main dans ses cheveux roux soigneusement coiffés. Sans doute allait-il trop loin.

Fenring, quant à lui, était parfaitement serein. Il se porta de l'autre côté du lit, où l'Empereur avait reposé une dernière fois son verre de bière d'épice.

Dans un murmure que seul Shaddam perçut, Yungar répondit :

— En tant que loyal membre de l'École Suk, il est de mon devoir de vous mettre en garde, Prince Shaddam : vous aussi pourriez bien être en grand danger. Certaines forces... selon les rapports que j'ai eus sous les yeux... ne souhaitent pas que le pouvoir reste entre les mains de la Maison de Corrino.

— Depuis quand l'École Suk se procure-t-elle des rapports sur les intrigues et les alliances de l'Empire ? demanda Fenring en se glissant jusqu'à eux.

Il n'avait pas entendu précisément les paroles du docteur, mais il savait depuis des années lire sur les lèvres. Très utile pour un espion. Il avait essayé d'enseigner cet art à Shaddam, mais le Prince ne s'y mettait que lentement.

— Nous avons nos sources. Bien que ce soit regrettable, de tels contacts sont nécessaires à une école qui se voue aux soins. (En se souvenant de l'âpreté au gain du Suk avant même qu'il ait vu son patient, Shaddam eut un sourire ironique.) Nous vivons des temps périlleux.

— Soupçonnez-vous quelqu'un en particulier ?

Shaddam suivit le regard du docteur. Ils pourraient peut-être faire peser les soupçons sur le Chambellan Hesban, semer des preuves, propager des rumeurs.

— Dans votre position, Sire, il serait plus sûr de soupçonner tout un chacun. J'aimerais procéder à une autopsie de l'Empereur Elrood. Avec l'aide d'un collègue de l'École Intérieure, je serai en mesure d'analyser chaque organe, chaque tissu, chaque cellule... par pure précaution.

Shaddam plissa le front.

— Cela me paraît terriblement irrespectueux envers mon père que de le découper en petits morceaux. Il avait... horreur de la chirurgie. Oui... mieux vaut le laisser reposer en paix. Nous devons préparer sans tarder des funérailles d'État. Ainsi que ma cérémonie de couronnement.

— Bien au contraire, rétorqua Yungar, nous devons montrer quelque respect à la mémoire d'Elrood en essayant de déterminer ce qui lui est arrivé. Peut-être a-t-on implanté quelque chose dans son organisme il y a longtemps, quand son comportement a commencé à changer – une substance qui aurait provoqué une mort lente. Un docteur Suk est capable d'en retrouver les traces les plus infimes, même deux ans après.

— La seule idée de cette autopsie me rend malade. Je suis l'héritier de l'Empire et je l'interdis.

Shaddam contempla le vieillard mort et il en eut la chair de poule, comme si le spectre du défunt le frôlait. Il jeta un regard furtif et angoissé dans les recoins d'ombre de la chambre et l'âtre désormais froid.

Il avait espéré un grand soulagement en accédant au Trône du Lion d'Or – mais en cet instant, sachant que le chaumurky instillé par Fenring avait provoqué la mort de son père, il frissonnait d'effroi.

— Selon la Loi Impériale, Sire, je me dois d'insister, dit Yungar, d'une voix posée. Je dois aussi agir pour votre bien. Je comprends que vous êtes encore inexpérimenté dans le jeu des intrigues, car vous avez grandi à l'abri de la Cour. Vous pensez sans nul doute que je me montre stupide, mais je puis vous assurer que vous vous trompez. J'en ai la certitude au plus profond de moi.

— Le bon docteur a probablement raison, intervint Fenring.

— Comment pouvez-vous... (Décelant un éclat impératif dans

le regard de Fenring, Shaddam s'interrompit.) Je dois conférer avec mon conseiller.

— Certainement.

Le docteur les suivit du regard. Shaddam souffla dès qu'ils furent à l'écart :

— Es-tu fou ?

— Abondons dans son sens dans l'immédiat, jusqu'à ce que... (Fenring sourit en cherchant le mot juste) à la suite d'un malentendu, le Vieil Elrood soit incinéré avant qu'on ne puisse le découper.

— Je comprends. (Shaddam se tourna vers Yungar.) Envoyez chercher votre collègue et procédez à votre autopsie. Je vais faire conduire mon père à l'infirmerie.

— Il me faudra un jour pour convoquer un autre docteur. Pouvez-vous prendre des dispositions pour la congélation du corps ?

— Ce sera fait, dit Shaddam avec un sourire courtois.

— Sire, je me permets donc de me retirer.

Le docteur s'inclina et quitta en hâte la chambre dans un froissement d'étoffe, sa queue-de-cheval flottant dans son dos, maintenue par l'anneau d'argent de l'École Suk.

Dès qu'ils se retrouvèrent seuls, Fenring eut un sourire matois.

— C'était cela ou bien tuer ce salopard. Un risque que nous ne pouvons prendre.

Une heure plus tard, à la suite d'une série d'événements malheureux, l'Empereur Elrood IX fut réduit en cendres dans le crématorium impérial, cendres qui furent égarées. Un infirmier de la Cour et deux assistants médecins payèrent cette faute de leur vie.

> *La Mémoire et l'Histoire sont les deux faces de la même pièce. Avec le temps, cependant, l'Histoire tend à biaiser vers une impression favorable des événements, alors que la Mémoire est condamnée à en préserver les pires aspects.*
>
> Journal intime de Dame Helena Atréides

Père, je n'étais pas prêt.

La nuit, les mers de Caladan étaient violentes et des bourrasques de pluie battaient les fenêtres de la tour est du château. Une autre tempête faisait rage en Leto : l'avenir menacé de la Maison des Atréides.

Il avait repoussé cette obligation depuis trop longtemps... des mois, à vrai dire. Ce soir, il avait tenu à se retrouver devant une cheminée avec Rhombur et Kailea. Mais il s'était aussi décidé à commencer l'inventaire des quelques biens personnels de son père.

On avait aligné les coffres du Vieux Duc le long d'un mur. Les domestiques avaient chargé l'âtre de bûches et un pichet de vin chaud parfumé à l'épice et à la muscade de Terra embaumait la pièce dans la clarté discrète de quatre petits globes-brilleurs.

Kailea avait découvert une cape de fourrure qu'elle s'était appropriée pour trouver un peu de chaleur – mais elle lui allait à merveille, se disait Leto. Malgré les bouleversements dramatiques intervenus dans sa vie, ses rêves fastueux brisés, la fille du Comte Vernius se comportait en véritable survivante et, par la seule force de sa volonté, elle semblait avoir réussi à ployer la réalité et s'y était installée avec une certaine grâce.

Leto, désormais chef des Atréides, même s'il ne connaissait que trop bien les implications politiques de toute liaison avec la famille renégate, se sentait de plus en plus attiré par elle. Mais il n'avait pas oublié la mise en garde de son père : *Ne te marie jamais par amour, sinon ce sera la chute de la Maison.* Paulus

Atréides n'avait jamais cessé de marteler ça à son fils dans toutes les phases de son éducation de Prince, et jamais Leto ne pourrait oublier : ce commandement du Vieux Duc était une part de lui-même.

S'il était irrésistiblement attiré par Kailea, il n'avait pas eu le courage de lui faire part de ses sentiments. Mais il se disait qu'elle les devinait, avec son esprit acéré et logique. Et puis, il lui arrivait aussi parfois de lire dans ses yeux verts, sur ses petites lèvres douces, de surprendre un long regard contemplatif.

Avec la permission de Leto, Rhombur cherchait dans les coffres d'éventuels carnets se rapportant à l'amitié qui avait existé entre le Duc Paulus et son père, Dominic Vernius. Il ramena brusquement à la lumière une cape brodée qu'il déplia.

– Qu'est-ce donc ? Jamais je n'ai vu votre père la porter.

Leto étudia les broderies et comprit : le Faucon des Atréides entourant la lampe richésienne de la connaissance.

– Je pense que c'est la cape de noces de mon père, quand il a épousé ma mère.

– Oh... (Rhombur était soudain embarrassé.) Désolé.

Il replia la cape et la remit en place.

Leto secoua la tête. Il s'était attendu à trouver ce genre de souvenir douloureux.

– Mon père n'a pas choisi de mourir en me laissant dans cette position, Rhombur. C'est ma mère qui a fait ses choix personnels. Elle aurait pu être pour moi une conseillère précieuse, et, en d'autres circonstances, j'aurais accepté son aide. Mais... (Il soupira avec un sourire amer à l'adresse de Kailea.) Ainsi que je viens de le dire, elle a fait ses choix personnels.

Il était le seul avec Thufir Hawat à connaître la vérité quant à la complicité de sa mère, et c'était là un secret qu'il comptait emporter dans sa tombe. Depuis la mort d'Yresk au cours de l'interrogatoire, le Jeune Duc qu'il était avait du sang sur les mains – et il savait que ce ne serait pas la dernière fois. Rhombur et Kailea ne soupçonnaient pas la vérité.

Dame Helena avait quitté Castel Caladan en compagnie de deux servantes choisies par elle. « Pour son repos et son bien-être », elle avait été conduite sur le Continent Oriental où elle vivrait dans des conditions strictes avec les Sœurs de l'Isolement, une communauté religieuse vouée aux mœurs du passé. Elle avait accepté son bannissement à sa façon hautaine coutumière, sans exiger d'autre explication de son fils.

Leto montrait une assurance feinte, mais lorsqu'il se retrouvait seul, il regrettait l'éloignement de sa mère, il était accablé de s'être retrouvé orphelin en quelques semaines. Mais Helena avait commis un acte de trahison haïssable à l'égard des siens, et il savait que jamais il ne lui pardonnerait ni ne la reverrait. L'exécuter était hors de question et cette éventualité n'avait fait que l'effleurer. Elle restait sa mère, mais il n'était pas comme elle. Et puis, en l'éloignant, il avait eu à l'esprit des considérations pratiques : il avait hérité d'un vaste fief à gérer et le bien-être des habitants de Caladan était prioritaire.

Rhombur sortit d'un coffre des cartes à jouer antiques, faites à la main, ainsi que d'anciennes décorations du Duc, un couteau épointé, un drapeau maculé de sang. Leto, pour sa part, trouva des coquillages, une écharpe de couleur, un poème d'amour anonyme, une boucle de cheveux auburn (comme ceux d'Helena), et puis une autre, blonde, ainsi que des bracelets de femme en cuivre émaillé, autant de secrets.

Il savait que son père avait eu des maîtresses, même si jamais Paulus ne les avait amenées au Castel. Il avait sa vie de plaisir et avait sans doute couvert ces femmes inconnues de bibelots, d'habits et de gâteries.

Il referma le couvercle pesant. Le passé du Duc Paulus lui appartenait, avec ses secrets. Il n'y avait là rien qui pût avoir un rapport avec les malheurs de la Maison des Atréides. Dans l'immédiat, il ne devait se préoccuper que d'affaires et de politique. Ses conseillers, de même que Thufir Hawat ou Rhombur, faisaient de leur mieux, mais il se sentait encore comme un enfant, contraint à tout apprendre à partir de simples fragments de connaissance.

Dans le murmure de la pluie, Kailea leur servit du vin chaud. Leto en but quelques gorgées, perdu dans ses pensées. L'alcool épicé lui réchauffa pourtant l'âme et il sourit.

Kailea contempla le déballage de choses anciennes et mit quelques peignes d'or dans ses cheveux. Leto remarqua alors que ses lèvres tremblaient.

— Qu'y a-t-il, Kailea ?

— Jamais je n'aurai la chance de retrouver les affaires de ma mère. En tout cas, pas celles qu'elle avait au Grand Palais, pas même celles qu'elle avait emportées dans sa fuite.

Rhombur la serra entre ses bras, mais elle ne quittait pas Leto des yeux.

– Ma mère avait des présents de l'Empereur lui-même, des trésors qu'il lui avait offerts quand elle a quitté son service. Elle avait tant de souvenirs, tant d'histoires à raconter. Je n'ai pas passé assez de temps à l'écouter quand elle était encore en vie.

– Tout ira mieux, promit doucement Rhombur. Nous aussi nous nous construirons nos souvenirs.

– Et les autres se souviendront de nous, fit-elle d'un ton mordant.

Leto éprouva un malaise, une fatigue intense, et il frotta machinalement son anneau ducal. Il était tellement étrange et lourd à son doigt, mais il savait qu'il ne l'ôterait jamais, du moins pas avant longtemps, quand l'heure serait venue de transmettre la tradition des Atréides à son propre fils.

Au-dehors, dans l'obscurité, les fouets de la tempête claquaient sur les murailles de Castel Caladan, et la mer avait les échos d'une ballade de deuil au bas des falaises, loin sur les récifs cernés d'écume. Caladan avait en ce moment précis le poids et la vastitude d'un monde sauvage et Leto se sentait réduit à d'infimes dimensions. Mais quand il se tourna vers ses deux amis d'Ix et qu'il rencontra leur sourire, la nuit ne lui parut plus aussi hostile et il s'aperçut que la pièce était douce et tiède dans les flammes des bûches.

Leto s'activait à suspendre la tête du taureau salusan dans la salle à manger avec l'aide de trois serviteurs quand la nouvelle de la mort de l'Empereur lui parvint. Il s'interrompit au milieu des cordes et des poulies, sous le monstrueux trophée, pour regarder Thufir Hawat qui approchait, les mains croisées dans le dos. D'un air absent, le Mentat effleura la longue cicatrice qui marquait sa jambe, souvenir d'un épisode lointain où il avait sauvé *in extremis* la vie du jeune Duc Paulus sous les sabots d'un taureau déchaîné.

Kailea frissonna en contemplant l'affreuse tête multi-cornes.

– Il va être difficile de manger ici avec cette chose, remarqua-t-elle. Je crois qu'elle a encore du sang à la pointe de ses cornes.

Leto répliqua d'un air appréciateur :

– Moi, je la vois plutôt comme un avertissement : ne jamais me retrouver la garde basse. Si l'on ne tient pas compte des conspirateurs humains, même l'animal le plus stupide peut dominer le chef d'une Grande Maison du Landsraad. Kailea, pensez à cette leçon.

— Je crains qu'elle ne soit guère rassurante.

Les jolis yeux verts de la Princesse étaient embués et elle se hâta de retourner à ses occupations.

Penchée sur son pupitre de cristaux riduliens, elle inspectait les comptes de la maisonnée. Elle mettait à profit tout ce qu'elle avait appris dans l'Orbe de son père, au plus haut niveau de la cité de Vernii, pour analyser les revenus des Atréides et les courbes de production de tous les secteurs continentaux ou océaniques de Caladan. Elle et Leto en avaient longuement discuté : Leto avait très vite découvert avec bonheur que Kailea était excellemment douée pour la gestion.

Thufir Hawat lui avait déclaré une fois, bien avant les récentes épreuves : « Il ne suffit pas de connaître l'escrime et les taureaux pour être Duc. Savoir diriger les petites choses est souvent plus difficile que de mener une bataille. » Ce précepte était resté gravé dans l'esprit de Leto, et il en comprenait seulement à présent la sagesse.

Le Messager entra dans la salle d'une démarche altière. Il portait les habits violet et or de la Maison de Corrino.

— Je requiers audience auprès du Duc Leto Atréides.

Leto, tout comme Rhombur et Kailea, se sentit glacé au souvenir du dernier Messager porteur de la nouvelle horrible de la mort de Dame Shando. Leto pria silencieusement pour que rien ne soit arrivé au Comte Dominic. Mais le messager venait de l'Empire et il semblait avoir déjà délivré son annonce des dizaines de fois.

— Il est de mon devoir d'annoncer à tous les membres des Maisons Mineures et Majeures du Landsraad que l'Empereur Padishah Elrood Corrino IX est décédé au terme d'une longue maladie, et ce dans la cent trente-huitième année de son règne. Que l'Histoire garde pieusement la mémoire de son règne et que son âme trouve la paix éternelle.

Leto recula d'un pas, stupéfait. L'un des domestiques faillit lâcher la tête de taureau, mais Hawat le prévint d'un cri impérieux.

L'Empereur avait été le souverain inamovible de la galaxie depuis le double du temps d'une vie normale. Sur Kaitain, il avait sans cesse été protégé par sa garde et s'était gavé d'épice gériatrique. Jamais Leto n'avait envisagé sa mort même si, depuis deux ans, il avait entendu dire que le Vieil Elrood était de plus en plus bas.

Il hocha solennellement la tête.

— Veuillez transmettre toutes mes condoléances au Prince Shaddam. La cérémonie funèbre a été fixée pour quand ? La Maison des Atréides y sera présente, bien entendu.

— Ce ne sera pas nécessaire, répondit le Messager d'un ton sec. À la demande du Trône, la cérémonie aura lieu dans la plus stricte intimité.

— Je vois.

— Cependant, Shaddam Corrino, qui devrait sous peu être couronné Empereur Padishah de l'Univers Connu avec le titre de Shaddam IV, requiert gracieusement votre visite ainsi que votre serment de fidélité lors de son accession au Trône du Lion d'Or. Les détails de la cérémonie du couronnement sont en cours.

Leto risqua un regard vers Thufir Hawat avant de répondre :

— Nous y veillerons.

Le Messager acquiesça.

— Dès que le protocole aura été défini et les préparatifs en place, Caladan en sera avisée.

Il fit une révérence et se retira dans un grand mouvement de cape. Il allait regagner le port et, de là, remonter à bord du Long-courrier pour aller délivrer son annonce sur un autre monde de l'Imperium.

— Euh... bonne nouvelle, non ? fit Rhombur avec un sourire acide, pâle mais dur. Sans la jalousie mesquine de l'Empereur et son ignominieuse intervention, les miens auraient pu triompher de la crise d'Ix. Le Landsraad serait intervenu.

— Elrood ne le voulait pas, fit Kailea. Je suis seulement triste que notre mère n'ait pu entendre cela elle-même.

Leto affichait un sourire d'un optimisme farouche.

— Attendez : ceci nous fournit une occasion unique. Réfléchissez. Elrood entretenait une animosité personnelle à l'égard de la Maison Vernius. Lui et votre mère avaient un passé commun et douloureux, et nous savons que c'est pour cette raison qu'il a voulu éliminer toute votre famille. Une raison *personnelle*.

Hawat étudiait son jeune Duc en silence, attendant sa décision.

— J'ai essayé de parler aux Conseillers du Landsraad, poursuivit Leto. Mais ils ne veulent pas s'engager. Ils ne feront rien pour nous aider. Mais mon cousin du côté maternel Shaddam...

Je ne l'ai rencontré qu'à trois reprises, mais ma grand-mère était une fille d'Elrood. Je peux en appeler aux liens du sang. Quand Shaddam deviendra le nouvel Empereur, je lui adresserai une pétition pour qu'il vous amnistie en geste de pardon. Et quand je prêterai le serment de loyauté éternelle des Atréides, je lui demanderai de se souvenir de l'histoire prestigieuse de la Maison Vernius.

— Pourquoi accéderait-il à cette demande ? fit Kailea. Où serait son avantage ?

— Ce serait pourtant avisé. Et juste, dit Rhombur.

Sa sœur le dévisagea comme s'il avait perdu l'esprit.

— Il le fera pour marquer le début de son règne, dit Leto. Tout nouvel Empereur souhaite se créer une identité, montrer sa différence par rapport à son prédécesseur, ne pas se laisser enfermer dans des décisions et des systèmes anciens. Shaddam devrait être enclin au pardon. On dit que récemment il n'aurait pas été dans les meilleurs termes avec son père et, après plus d'un siècle de règne, il veut certainement hisser son pavillon.

Kailea se jeta dans ses bras et il l'étreignit maladroitement.

— Leto, ce serait tellement merveilleux si nous retrouvions notre liberté – et nos biens ! Il y a encore peut-être quelque chose à sauver sur Ix, qui sait ?...

— On peut l'imaginer, Kailea. (Rhombur montrait une bonne humeur réservée.) Il faut garder espoir.

— Et poser des questions, ajouta Leto.

— D'accord, et si quelqu'un peut le faire, c'est vous, notre ami.

Leto se sentit plus déterminé et commença à dresser des plans pour son prochain voyage sur Kaitain.

— Nous allons agir de façon inattendue. Rhombur m'accompagnera pour le couronnement.

Il rencontra le regard inquiet d'Hawat.

— Mon Seigneur, il serait dangereux de risquer la vie du fils Vernius, dit le Mentat.

— C'est très précisément ce qu'ils n'attendront pas.

> *Quels sens nous font défaut pour que nous ne puissions voir ni entendre cet autre monde qui nous entoure ?*
> *Bible Catholique Orange*

Certains trouvaient du charme à la Station Forestière, avec son paysage rocailleux, sauvage. Elle était comme un paradis naturel primitif. Mais le Baron Harkonnen détestait se retrouver loin des immeubles clos, du métal, du cristoplass et des angles acérés de l'architecture urbaine. Et l'air vif était d'une froideur rustique et déplaisante pour des narines accoutumées aux fumées industrielles, aux odeurs de machines et de lubrifiants. C'était un air pur, donc brut, hostile.

Mais le Baron connaissait l'importance de leur destination et il se consolait en observant son Mentat qui semblait souffrir bien plus que lui avec sa toge sale et ses cheveux hirsutes. Si l'esprit de Piter de Vries fonctionnait comme une machine, il était maigre, douillet et fragile.

— Baron, c'est tellement *primitif*, tellement sale et il fait si froid... (Il fixa sur lui son regard cruel.) Êtes-vous certain que nous devions aller aussi loin ? Est-ce qu'il n'existait pas d'autre solution que de nous baguenauder en pleine forêt ?

— Certaines gens paient de bon cœur pour visiter ce genre d'endroit, tu sais. Ils appellent ça des *réserves*.

— Piter, tais-toi et ne ralentis pas, lança Rabban.

Ils escaladaient une colline abrupte en direction d'une paroi de grès brillante de givre et criblée de creux.

Le Mentat, froissé, rétorqua d'un ton acerbe :

— N'est-ce pas là que le petit gamin vous a donné une leçon, à vous et à votre bande de chasseurs, Rabban ?

Rabban se retourna, le regard lourd.

— Si tu ne tiens pas ta langue, c'est *toi* qui seras le gibier la prochaine fois !

— Comment, moi ? Le précieux Mentat de votre oncle ? Mais comment pourriez-vous donc me remplacer ?

— Là, il marque un point, fit le Baron en gloussant de rire.

Rabban grinça quelques mots inintelligibles.

Les gardes du Baron et les experts-veneurs avaient passé le secteur au peigne fin afin que les trois hommes puissent s'aventurer dans la réserve sans leur escorte habituelle. Rabban avait tenu à se charger d'abattre les chiens sauvages et autres prédateurs éventuels et il portait un pistolet maula à la hanche et un fusil à dispersion thermique sur l'épaule. Le Baron restait cependant sceptique : après tout, un simple gamin s'était montré plus malin que lui. Mais au moins, avec ces armes, ils échapperaient aux curieux.

Ils soufflèrent un instant sur une saillie avant de reprendre l'ascension. Rabban les précédait, écartant les buissons coriaces. Ils parvinrent enfin à une fissure, un espace obscur entre la roche et le sol.

— Ça se trouve tout en bas, dit Rabban. Suivez-moi.

Le Baron s'agenouilla en braquant une bague-lumière dans le noir.

— Avance, Piter.

— Je ne suis pas spéléologue, protesta le Mentat. Et puis, je suis fatigué.

— Simplement, tu n'es pas en bonne forme physique, fit le Baron en faisant jouer ses muscles. Tu as besoin d'exercice.

— Mais vous ne vous êtes pas attaché mes services pour cela, Baron.

— Je t'ai engagé pour faire *tout* ce que je veux.

Le Baron se pencha en avant et le faisceau ténu mais puissant de sa bague transperça les ténèbres.

En dépit de ses exercices quotidiens, le Baron souffrait depuis un an de douleurs musculaires et d'une faiblesse croissante. Nul n'avait remarqué – ou osé mentionner – qu'il avait pris du poids malgré son régime inchangé. Et sa peau était devenue plus épaisse, gélatineuse. Il avait discuté de ces problèmes avec des spécialistes et même un docteur Suk, sans regarder à la dépense. Il commençait à penser que la vie était un enchaînement sans fin de problèmes.

— Ça pue ici, geignit de Vries en s'infiltrant dans la crevasse. On croirait de la pisse d'ours.

— Parce que tu sais ce que sent la pisse d'ours ? railla Rabban en poussant le Mentat.

— J'ai senti *votre* odeur ! Même un animal sauvage ne saurait puer autant que vous, Baron.

Ils étaient à présent tous les trois à l'intérieur et le Baron activa un petit brilleur qui flottait au fond de la petite caverne. L'endroit paraissait inhabité, et les parois rocheuses étaient couvertes de mousse, maculées de poussière.

— Pas mal, comme projection mimétique, non ? fit le Baron. C'est ce que nos gens ont fait de mieux.

Il leva la main, les doigts tendus, et l'image se fit floue.

Rabban découvrit une petite saillie dans la roche et appuya : la paroi du fond se déroba dans un grondement sourd, révélant une issue intérieure.

— C'est un abri très particulier, dit le Baron.

Des lumières jaillirent sur un passage qui semblait plonger vers les profondeurs de la falaise. À la seconde où ils y entrèrent, la projection s'éteignit et de Vries, stupéfait, demanda :

— Baron, vous avez gardé cet endroit secret... même pour moi ?

— C'est Rabban qui l'a découvert à l'occasion d'une de ses parties de chasse. Nous y avons fait... quelques modifications, je dirais, grâce à une nouvelle technologie et des techniques attirantes... Je pense que tu sauras en découvrir toutes les possibilités quand je t'aurai expliqué.

— C'est un abri plutôt sophistiqué, commenta de Vries. On ne se méfie jamais assez des espions.

Le Baron leva les mains vers la voûte et hurla :

— Qu'on envoie le Prince Héritier Shaddam dans les culs-de-basse-fosse ! Non : qu'on le foute dans une grotte perdue sous les flots de lave de l'Enfer !

De Vries resta paralysé et le Baron ricana.

— Piter... ici, sur Giedi Prime, et nulle part ailleurs, vois-tu, je n'ai à me soucier des mouchards. (Ils pénétraient dans la grotte centrale.) Nous pourrions tenir à l'aise ici pendant une éternité en résistant à une attaque d'atomiques de contrebande. Personne ne pourrait nous atteindre. Il y a des armes, et des cuves non entropiques et j'y ai fait stocker l'essentiel pour la Maison Harkonnen : les dossiers génétiques, les documents financiers, les archives de chantage – toutes les affaires les plus répugnantes, les plus excitantes des autres Maisons.

Rabban s'installa devant une table de bois poli et pressa un bouton. Brusquement, les murs devinrent transparents et, dans une lumière jaune, dans une vitrine, ils virent des corps distordus, au nombre de vingt et un, accrochés entre des feuilles de plass.

– L'équipe de construction, dit Rabban. C'est leur... mausolée privé.

– Plutôt pharaonique, commenta le Baron d'un ton léger.

La chair des cadavres était livide et gonflée, leurs visages déformés par des grimaces macabres. Ils semblaient à la fois tristes, résignés, mais aussi terrifiés par la mort qui allait les frapper. Mais ceux qui avaient accepté de construire une chambre secrète pour les Harkonnens avaient dû connaître leur destin dès le premier instant.

– Certes, ils offriront un spectacle déplaisant en pourrissant, admit le Baron, mais à terme, nous aurons de beaux squelettes bien propres et lisses.

Les autres parois de la chambre étaient décorées de fresques : le griffon bleu des Harkonnens côtoyait des images pornographiques choquantes de diverses formes de copulation entre humains et bêtes. Rabban apprécia en gloussant l'horloge mécanique qui rythmait les ébats d'un couple éternel.

De Vries fit le tour des lieux, analysant chaque détail pour en alimenter sa projection de Mentat.

– Cette pièce, reprit le Baron avec un sourire satisfait, est entourée par une projection-bouclier qui rend tout objet invisible sur l'ensemble des longueurs d'ondes. Aucun sondeur ne pourrait la détecter visuellement, acoustiquement, thermiquement ni même au contact. Nous appelons cela un *non-champ*. Réfléchissez. Nous sommes dans un lieu *qui n'existe pas* pour le reste de l'univers. L'endroit parfait pour discuter de nos plans tellement... délicieux.

– Je n'ai jamais entendu parler d'un tel champ – pas plus par la Guilde que par Ix, remarqua de Vries. Qui l'a inventé ?

– Tu te souviendras sans doute de... ce chercheur de Richèse qui nous a rendu visite.

– Chobyn ? Oui, c'était bien son nom.

– Il était venu nous entretenir en secret d'une technique de pointe développée par les Richésiens. Elle était selon lui nouvelle et risquée, mais il avait su en entrevoir les possibilités. Il était prêt à la vendre à la Maison Harkonnen pour un prix raisonnable.

— Et il a été généreusement rémunéré, ajouta Rabban.

— Jusqu'au dernier solari. (Le Baron pianotait doucement sur la table.) À l'intérieur de ce non-globe, nul ne peut nous entendre, pas même un Navigateur de la Guilde avec sa maudite prescience. Pour l'heure, Chobyn travaille sur... quelque chose de mieux encore.

Rabban s'assit d'un air impatient.

— Parlons de ce qui nous a amenés ici.

De Vries s'installa à son tour, les yeux brillants, son esprit de Mentat soudain en effervescence devant les implications d'une technologie de l'invisibilité. Et tous les avantages qu'il pourrait en tirer...

Le regard du Baron dévisagea tour à tour son neveu et le Mentat tordu. *Quel contraste ! À eux deux, ils représentent les extrêmes du spectre de l'intellect.* Et tous deux exigeaient de lui une vigilance permanente, le premier à cause de sa cervelle épaisse et de son tempérament bouillant, et l'autre simplement à cause de ses talents brillants et tout aussi dangereux.

Mais, malgré ses tares évidentes, Rabban était le seul Harkonnen capable de succéder au Baron. Car il était certain qu'Abulurd n'était pas qualifié. À l'exception des deux filles que le Bene Gesserit avait tirées de lui, il n'avait pas d'enfant. Il avait donc le devoir de former son neveu aux us et aux abus du pouvoir s'il tenait à mourir avec la certitude que la Maison Harkonnen continuerait comme par le passé.

Mais ce serait encore mieux si les Atréides étaient anéantis...

Rabban aurait peut-être besoin de deux Mentats pour le guider. À cause de sa nature belliqueuse et grossière, son règne serait sans doute marqué par la brutalité à un niveau que Giedi Prime n'avait jamais connu encore dans la longue histoire d'esclavagisme, de répressions et de torture des Harkonnens.

— Oui, revenons au travail, fit le Baron avec une expression plus sombre. Et écoutez-moi bien, tous les deux. Piter, je veux que tu utilises à fond tes capacités de Mentat.

De Vries prit sa fiole de jus de sapho, but une longue gorgée et claqua des lèvres avec un bruit que le Baron jugea répugnant.

— Mes espions m'ont rapporté des informations passablement inquiétantes, dit-il. Cela concerne Ix et certains plans que l'Empereur aurait mis sur pied avant sa mort. Ils menacent sérieusement les intérêts de notre famille. Même la CHOM et la Guilde en ignorent tout.

Rabban grommela et de Vries se redressa, avide d'autres données.

— Il semblerait que l'Empereur et les Tleilaxu aient conclu une sorte d'alliance pour des opérations inorthodoxes et hautement illicites.

— Les lochons et les tire-bouchons, fit Rabban.

Pour une fois, cela fit rire le Baron, qui poursuivit :

— J'ai appris que notre cher Empereur défunt était personnellement à l'origine du coup de force d'Ix. Il a obligé la Maison Vernius à se déclarer renégate pour installer les Tleilaxu à sa place à seule fin d'utiliser les installations industrielles sophistiquées de la planète pour commencer leurs recherches.

— Et quel est le sujet de ces recherches ? demanda de Vries.

— Une méthode biologique de synthèse du Mélange. Ils espèrent pouvoir produire artificiellement leur propre épice à bas prix, et couper ainsi Arrakis – c'est-à-dire *nous* – du réseau de distribution.

— Impossible, fit Rabban. Personne n'y arrivera.

Mais dans l'esprit du Mentat, les relations se mettaient en place.

— Pour ma part, je ne sous-estimerais pas les Tleilaxu – surtout avec l'apport de la technologie et du substrat d'Ix. Ils auront tout à leur disposition.

Rabban se hérissa.

— Mais si l'Empereur arrive à obtenir de l'épice synthétique, que deviendront nos parts ? Et tous les stocks que nous avons entassés depuis des années ?

— Si cette nouvelle épice synthétique est peu coûteuse et efficace, la fortune des Harkonnens va s'évaporer, déclara de Vries d'un ton inflexible. En l'espace d'une nuit, comme ça...

— C'est exact, Piter. (Le Baron cogna du poing sur la table dans un cliquetis de bagues.) Le moissonnage de l'épice sur Arrakis est incroyablement ruineux. Si l'Empereur venait à avoir sa propre source, et à bas prix, le marché s'effondrerait et la Maison de Corrino constituerait un monopole aux mains de l'Empereur.

— Ça ne va pas plaire aux Honnêtes Ober Marchands, susurra Rabban avec une clarté de déduction surprenante.

— Il faut mettre la Guilde Spatiale au courant, suggéra de Vries. Leur révéler ce que l'Empereur méditait afin qu'on puisse exiger de Shaddam qu'il abandonne ces recherches. La CHOM et la Guilde ne tiennent certainement pas à perdre leurs parts d'investissement dans la production d'épice.

— Mais, Piter, si l'Empereur passe d'abord un accord avec elles ? risqua le Baron. La CHOM est en partie contrôlée par la Maison de Corrino. Shaddam va poser ses marques dès le début de son règne. Que se passera-t-il si la CHOM le presse de lui donner accès au Mélange synthétique à prix cassé en échange de sa coopération ? Quant à la Guilde, elle aimerait sans doute une production régulière, fiable et moins chère. L'une comme l'autre pourraient bien abandonner Arrakis devant la difficulté.

— Ce qui nous laisserait tout seuls, grogna Rabban. Et ils nous passeraient tous dessus.

Le Mentat ferma à demi les paupières en reprenant.

— Nous ne pouvons même pas déposer une plainte officielle devant les Maisons du Landsraad. Si l'on venait à savoir qu'il existe un substitut de l'épice, cela déchaînerait une tempête de demandes chez les familles fédérées. Les alliances politiques ont fluctué récemment et la plupart des Maisons se soucieraient peu de la chute de notre monopole. Et encore moins de celle du prix du Mélange. Les seuls à perdre quelque chose dans cette affaire seraient ceux qui ont fait de lourds investissements secrets et stocké illégalement l'épice, ou qui sont parties prenantes dans les opérations de moissonnage d'Arrakis.

— En d'autres termes, il s'agit de *nous*, encore une fois, et de nos plus proches alliés, conclut le Baron.

— Le Bene Gesserit et votre petite sorcière chérie ne seraient probablement pas opposés à une ressource plus économique.

Rabban ricana et son oncle le foudroya du regard.

— Alors, que pouvons-nous faire ?

— La Maison Harkonnen devra régler seule ce problème. Nous ne pouvons attendre aucune aide extérieure.

— N'oublie pas que nous ne disposons que d'un quasi-fief sur Arrakis. Il nous a été concédé à regret par la CHOM et l'Empereur. Et voilà à présent que nous pendons au bout d'un crochet et qu'ils vont nous laisser pourrir. Il convient de nous montrer extrêmement prudents.

— Nous ne disposons pas d'une force militaire suffisante pour les combattre, dit Rabban.

— Il faudra donc être subtils, fit le Mentat.

— Subtils ? (Le Baron haussa les sourcils.) D'accord, je veux bien essayer des choses nouvelles.

— Nous devons saboter les recherches des Tleilaxu sur Ix, poursuivit de Vries, et de préférence y mettre un terme. Je suggère que la Maison Harkonnen négocie divers actifs, se constitue une réserve de liquidités et tire à fond sur la production d'épice actuelle afin de réaliser un maximum de bénéfice brut, car la ressource pourrait être supprimée à tout moment.

Le Baron observa Rabban.

— Oui, nous allons mettre la pression. Je vais faire en sorte que ton idiot de père fasse grimper le rendement de la chasse à la baleine sur Lankiveil. Nous devons remplir nos coffres. Les batailles qui nous attendent vont sérieusement taxer nos ressources.

Le Mentat lécha une goutte de sapho écarlate sur ses lèvres.

— Il faut agir dans le secret le plus absolu. La CHOM surveille nos activités financières et elle détecterait aussitôt une tactique inhabituelle. Pour le moment, mieux vaut ne pas révéler ce que nous savons des recherches du Bene Tleilax. Nous ne tenons pas à ce que la CHOM et la Guilde unissent leurs forces à celles du nouvel Empereur pour tomber sur la Maison Harkonnen.

— L'Imperium doit rester dépendant de nous ! proféra le Baron.

Rabban avait le front plissé, cherchant comme toujours une solution brutale.

— Mais si les Tleilaxu sont retranchés sur Ix, comment détruire leurs installations sans révéler la nature de leurs travaux ? Dès qu'ils comprendront nos projets, nos ennemis contre-attaqueront.

Le regard de De Vries courut rapidement sur les fresques pornographiques et les hideux cadavres jaunes qui semblaient avoir épié leur conversation.

— Il faut que quelqu'un d'autre se batte pour nous. Sans qu'ils le sachent de préférence.

— Qui ? demanda Rabban.

— C'est pour cette raison que j'ai amené Piter. Nous avons besoin de ses suggestions.

— Première projection, la Maison des Atréides, déclara de Vries.

Rabban, stupéfait, lança :

– Jamais les Atréides ne se battront pour nous !

– Le Vieux Duc est mort et leur Maison est actuellement déstabilisée. Le successeur de Paulus est un jeune chiot impétueux. Il n'a pas d'amis au sein du Landsraad et il a récemment prononcé un discours assez maladroit devant le Conseil. Il est rentré humilié.

Le Baron attendait, intrigué, de savoir où son Mentat voulait en venir.

– Deuxième point : la Maison Vernius, solide alliée, a été chassée d'Ix par les Tleilaxu. Dominic Vernius se cache quelque part, et sa tête est mise à prix. Son épouse Shando, renégate, a été récemment tuée. La Maison des Atréides a offert asile aux deux enfants Vernius. Ils sont tous des victimes des Tleilaxu. (De Vries leva l'index.) Notre jeune et impétueux Leto est l'ami du Prince d'Ix. Il blâme le Bene Tleilax pour l'invasion d'Ix, pour le meurtre de Shando et la ruine des Vernius. Il a déclaré devant le Landsraad : « La Maison des Atréides respecte l'honneur et la loyauté bien plus que les joutes politiques. » Il doit considérer comme de son devoir de rétablir Rhombur Vernius dans ses fonctions sur Ix. Qui mieux que lui pourrait frapper à notre place ?

Le Baron sourit en comprenant peu à peu les implications du plan.

– C'est cela... Déclenchons une guerre entre la Maison des Atréides et les Tleilaxu ! Qu'ils se déchirent. Ainsi, nous en aurons fini avec les Atréides *et* l'épice synthétique.

Rabban avait visiblement quelque peine à l'admettre. Le Baron vit à son expression concentrée que son neveu cherchait à réfléchir comme eux.

De Vries acquiesça.

– Si nous nous y prenons bien, nous réussirons de telle manière que la Maison Harkonnen restera complètement à l'écart des hostilités. Nous aurons ce que nous convoitons tout en gardant les mains propres.

– Très brillant, Piter ! Je suis content de ne pas t'avoir exécuté chaque fois que tu t'es montré ennuyeux.

– Moi de même.

Le Baron ouvrit une des chambres non entropiques et en sortit un flacon de précieux cognac kirana.

– Portons un toast, fit-il avec un sourire matois. Parce que je viens de saisir quand et comment tout va se passer. (Ses deux comparses étaient encore plus attentifs, soudain.) Notre nouveau Duc est accaparé par la gestion complexe de ses biens. Naturellement, il sera présent au couronnement de Shaddam IV. Une Grande Maison ne saurait prendre le risque d'offenser le nouvel Empereur Padishah en boudant ce premier jour de prestige.

De Vries comprit aussitôt.

— Oui. Quand le Duc se rendra sur Kaitain pour la cérémonie... nous aurons une chance de frapper.

— Sur Kaitain ? s'inquiéta Rabban.

— Je pense que le Baron va nous suggérer quelque chose de plus intéressant, susurra le Mentat.

Le Baron savoura sa première gorgée d'alcool.

— Ah, quelle délicieuse revanche... Et Leto ne devinera rien, il ne saura pas d'où est venu le coup.

Rabban avait une lueur d'excitation dans le regard et il gloussa.

— On va le taquiner, mon Oncle ? Il va se tortiller ?

Le Baron tendit les verres de cristal. Rabban vida le sien d'une seule lampée tandis que de Vries observait l'alcool ambré comme s'il en étudiait la structure chimique.

— Oui, Rabban, dit le Baron, ça, il va se tortiller. Jusqu'à ce qu'une grosse botte impériale l'écrabouille.

> *Seuls les Tleilaxu peuvent poser le pied dans Bandalong, la cité sainte du Bene Tleilax, car c'est un site consacré, purifié par leur Dieu.*
> **Diplomatie de l'Imperium**, publication du Landsraad

Le bâtiment ixien balafré par le feu avait abrité autrefois l'atelier de fabrication des makungs... l'un des produits sacrilèges qui avaient été un défi aux saints commandements du Jihad Butlérien. *Mais c'était désormais fini.* Hidar Fen Ajidica couvait d'un regard satisfait les alignements de cuves et les employés : l'endroit avait été nettoyé à fond et reconverti à un usage pieux. *Dieu nous approuvera.*

Après la victoire, l'usine avait été débarrassée de sa machinerie néfaste et baptisée par des Maîtres du culte. Maintenant, elle ne serait plus utilisée que pour le saint bénéfice du Bene Tleilax. Même si le défunt Empereur Elrood avait été le chef et le commanditaire de ce projet, Ajidica ne le considérait pas comme relevant de l'Imperium. Les Tleilaxu ne travaillaient que dans leur seul intérêt et pour le bien de leur Dieu. Ils avaient leurs objectifs personnels que jamais les étrangers impurs ne pourraient comprendre.

Il ne cessait de répéter son axiome favori à son peuple : « La stratégie tleilaxu s'inscrit toujours dans une trame d'autres stratégies dont chacune peut être la stratégie essentielle. La magie de notre Dieu est notre salut. »

Chaque cuve axolotl contenait les ingrédients d'une expérience différente, chacune représentait une alternative pour résoudre le problème du Mélange artificiel. Aucun étranger n'avait jamais posé les yeux sur une cuve axolotl et aucun ne saurait en comprendre la fonction véritable. S'il voulait réussir à recréer le Mélange, Ajidica savait qu'il devait se servir de moyens inquiétants. *Horrifiants pour certains, mais Dieu approuvera,* se répétait-il tout au fond de son âme singulière. Un jour, ils réussiraient et l'épice deviendrait une production de masse.

Face au défi, le Maître Chercheur avait engagé des adeptes technologistes de Tleilax Un – des hommes rodés qui avaient des points de vue divergents sur les moyens d'atteindre le but final. Dans cette phase initiale, il devait envisager toutes les options, étudier tous les résultats, les moindres indices afin de trouver des marques à inscrire dans le code ADN des molécules organiques que les Tleilaxu appelaient le Langage de Dieu.

Tous les adeptes de la technologie étaient d'accord sur un point : l'épice artificielle devait être conçue comme une substance organique dans une cuve axolotl parce que les cuves étaient les sources sanctifiées de la vie et de l'énergie. Les Maîtres Chercheurs y avaient développé d'innombrables programmes et obtenu des résultats étonnants : des clones, des gholas, des lochons... mais ils avaient connu aussi nombre d'échecs malheureux.

Les cuves exotiques des Tleilaxu étaient leur secret le mieux gardé, le plus sacré. Shaddam, de même que tout son entourage et ses Sardaukar, en ignorait l'existence. Le secret et la sécurité absolus avaient été à la base de l'accord conclu avec l'Empereur Elrood. S'il avait accepté avec un amusement méprisant, c'était sans doute parce qu'il avait eu la certitude qu'il pourrait s'emparer de ces secrets à sa guise.

Tant de gens entretenaient cette ridicule certitude quand ils négociaient avec les Tleilaxu ! Et Ajidica avait l'habitude d'être méprisé par les imbéciles.

Seul un Maître Tleilaxu ou un Chercheur de race noble pouvait avoir accès à ce savoir. Ajidica prit une longue bouffée d'air humide, putride et acide. Des odeurs naturelles. *Je sens la présence de Dieu.* Son esprit formulait les mots en Islamiyat, le langage d'arcane que l'on ne parlait jamais en dehors des *kehls,* les conseils secrets. *Dieu est miséricordieux. Lui seul peut me guider.*

Un brilleur dériva devant lui en lui délivrant son message clignotant : trait, trait rouge, point... trait, point, passage au bleu... cinq traits rapides et retour au rouge. Ainsi donc, l'émissaire du Prince Shaddam était impatient de le voir. Hidar Fen Ajidica savait qu'il ne devait pas le faire attendre. Bien qu'il n'eût aucun titre nobiliaire, Fenring était l'ami intime du futur

Empereur et il connaissait les manipulations du pouvoir mieux que la plupart des grands leaders du Landsraad. Ajidica avait même quelque respect pour le personnage.

Résigné, il franchit une zone d'identification qui eût été mortelle pour toute personne non autorisée. Le Prince Shaddam lui-même ne pourrait y passer sans y laisser la vie. Ajidica eut un sourire en songeant à la supériorité des siens. Les Ixiens avaient utilisé de la machinerie et des champs de force pour se protéger. C'est ce que les suboïdes aussi impitoyables que maladroits avaient découvert... Et les explosions aveugles avaient causé des dommages collatéraux. Les Tleilaxu, par contre, se servaient d'agents biologiques qu'ils libéraient grâce à des interactions ingénieuses, des toxines et des brumes neurotropes qui foudroyaient les infidèles *powindah* dès qu'ils se risquaient dans un territoire interdit.

En arrivant dans le secteur de sécurité, il découvrit un Hasimir Fenring souriant. Il remarqua que, selon l'angle de vision, Fenring ressemblait à une fouine ou à un lapin. Un lapin innocent en apparence mais, il le savait, mortellement redoutable. Le tueur impérial faisait au moins une tête de plus que le Maître Chercheur tleilaxu. Ils s'installèrent dans un ancien vestibule ixien relié à un réseau complexe de tubes élévateurs en cristoplass.

— Ah, très cher Fen Ajidica, ronronna Fenring. Vos recherches se passent bien, mmm ? Le Prince Héritier est impatient de recevoir un état de vos travaux car il se met à sa tâche impériale.

— Nous avançons bien, Monsieur. Notre futur Empereur a reçu mon cadeau, je présume ?

— Oui, oui, très joli, et il vous fait part de son plaisir. (Les lèvres de Fenring se plissèrent tandis qu'il pensait au présent du Tleilaxu : un hermafox argenté, autoreproductible, une babiole vivante bizarre qui ne servait à rien de précis.) Et comment avez-vous conçu une créature aussi intéressante ?

— Nous sommes des adeptes des forces de vie, Monsieur.

Les yeux, songea Ajidica tout en répondant. *Regarde ses yeux. Ils révèlent de dangereuses émotions. Mauvaises pour l'instant.*

— Ainsi, vous prenez plaisir à jouer à Dieu ? fit Fenring.

Maîtrisant son indignation, Ajidica répliqua :

— Il n'existe qu'un Dieu Très Haut. Je n'aurai pas la présomption de prendre Sa place.

– Certes non. (Les yeux de Fenring se rétrécirent un peu plus encore.) Notre nouvel Empereur vous exprime sa gratitude, mais vous fait remarquer cependant qu'il y a un présent qu'il aurait préféré entre tous : un échantillon d'épice artificielle.

– Nous y travaillons activement, Monsieur, mais nous avions dit depuis le début à l'Empereur Elrood que cela prendrait bien des années, peut-être même des décennies, avant que nous développions un produit satisfaisant. Jusqu'à présent, nous nous sommes avant tout préoccupés de renforcer notre contrôle de Xuttuh et d'adapter les installations technologiques à nos recherches.

– Vous n'avez donc fait aucun progrès tangible ?

Fenring avait du mal à dissimuler son mépris.

– Il y a quelques signes prometteurs.

– Bien, en ce cas dites-moi quand Shaddam pourrait espérer recevoir son cadeau ? Il aimerait que ce soit avant son couronnement, dans six semaines.

– Je ne pense pas que ce sera possible, Monsieur. Vous nous avez apporté un échantillon de Mélange pour servir de catalyseur il y a moins d'un mois standard.

– Je vous en ai donné suffisamment pour acheter plusieurs planètes.

– Certes, certes, et nous avançons aussi rapidement que possible. Mais la croissance des cuves axolotl doit être modifiée sur plusieurs générations. Shaddam doit se montrer patient.

Fenring scruta le petit Tleilaxu, essayant de flairer la trahison.

– Patient ? Rappelez-vous, Ajidica, un Empereur n'a pas une patience illimitée.

Le Tleilaxu se dit qu'il n'aimait vraiment pas ce prédateur impérial. Même lorsqu'il discutait d'un sujet anodin, on sentait une menace dans les harmoniques de sa voix, dans ses grands yeux sombres.

Ne commets pas d'erreur. Tu as devant toi l'homme de main de l'Empereur – celui qui te tuera si tu échoues.

Le Maître Chercheur inspira profondément, mais masqua sa peur en un bâillement et prit un ton apaisant.

– Si Dieu souhaite notre succès, nous réussirons. Nous agissons selon Son plan, pas le nôtre, ni celui du Prince Shaddam. Ainsi est fait l'univers.

Un éclair dangereux traversa le regard de Fenring.

– Vous réalisez l'importance de tout cela ? Non seulement

l'avenir de la Maison de Corrino et l'économie de l'Empire en dépendent... mais également votre survie.

— Très certainement, fit Ajidica sans réagir à la menace ouverte. Les miens ont appris les vertus de l'attente. Une pomme cueillie trop tôt peut être verte et aigre, mais si l'on sait attendre simplement, le fruit est alors sucré et juteux. Quand il sera mis au point, le Mélange synthétique modifiera toute la structure du pouvoir de l'Imperium. Il n'est pas possible de créer une telle substance en l'espace d'une nuit.

— Nous avons été patients, mais cela ne peut continuer, proféra Fenring.

Ajidica eut un sourire conciliateur.

— Si vous le souhaitez, nous pouvons convenir de nous rencontrer régulièrement pour que je vous rapporte l'état de nos travaux et de nos progrès. Mais, cependant, ces intermèdes ne feront que ralentir nos expériences, nos analyses de substances, nos essais...

— Non, continuez ainsi, grommela Fenring.

J'ai conduit ce salaud là où je voulais, se dit Ajidica. *Et il ne s'en doute pas.* Mais il avait toujours la certitude que l'assassin l'éliminerait sans la moindre arrière-pensée. Même après avoir franchi les barrières de sondage, Fenring devait encore avoir sur lui une quantité d'armes dissimulées. Dans ses vêtements, sa peau, ses cheveux...

Mais lui, Hidar Fen Ajidica avait ses propres armes secrètes. Des plans pour parer aux plus extrêmes dangers venus de l'extérieur... pour assurer le contrôle permanent des Tleilaxu.

Nos laboratoires parviendront sans doute à produire un substitut de l'épice. Mais jamais un powindah *ne saura par quel moyen.*

> *Notre programme aura l'ampleur d'un phénomène naturel. La vie d'une planète est un tissu immense à la trame dense. Les changements dans la végétation et la population animale seront déterminés au début par les forces physiques brutes que nous manipulons. En s'imposant, cependant, ces changements commenceront d'eux-mêmes à exercer des influences dominantes – et nous aurons également à les prendre en compte. Mais gardez à l'esprit, pourtant, que nous n'avons à contrôler que trois pour cent de l'énergie de surface – seulement trois pour cent – pour faire basculer l'ensemble de la structure planétaire dans le sens de notre bio-système autonome.*
>
> Pardot Kynes, *Rêves d'Arrakis*

Leur fils Liet avait un an et demi quand Pardot Kynes et son épouse partirent pour un voyage dans le désert. L'enfant portait un distille à sa taille pour le protéger de la fournaise.

Kynes était ravi à l'idée de consacrer du temps à sa famille, de montrer à Liet ce qu'il avait accompli pour la transformation de Dune. Toute sa vie reposait sur le partage de ses rêves.

Ses trois apprentis, Stilgar, Turok et Ommun, l'avaient pressé d'accepter qu'ils les escortent, mais Kynes s'était montré intraitable.

— J'ai passé plus d'années dans des déserts que vous n'en avez vécu à vous trois. Je peux très bien me débrouiller seul avec ma famille pour quelques jours. Et puis, je vous ai donné suffisamment de travail – à moins que vous ne vouliez que je rajoute encore quelques corvées ?

— Si tu en as, nous serons heureux de les exécuter, fit Stilgar.

— Eh bien... je compte sur vous pour vous occuper, fit Kynes, déconcerté, avant de quitter le sietch.

Le bébé était installé sur un des trois kulons du sietch qu'ils avaient choisis pour voyager, un âne des steppes de l'ancienne Terra qui avait été introduit sur Dune par les contrebandiers et les prospecteurs.

Même s'il avait été élevé pour l'environnement aride de la planète, le kulon coûtait cher en eau. Les Fremen avaient conçu un distille à quatre pattes pour ces animaux. Mais cet accoutrement les gênait dans leur marche tout en leur donnant une allure ridicule, et Kynes avait décidé de s'en passer. Ce qui impliquait un supplément d'eau que le kulon portait dans des jolitres harnachés sur son dos.

Dans les ombres du matin, Kynes, maintenant définitivement barbu, s'engagea avec son épouse et leur enfant dans une sente sinueuse que les Fremen auraient à peine osé appeler une piste. Il avait maintenant les yeux bleus de l'Ibad, tout comme Frieth.

L'âne du désert s'engagea sans renâcler sur la pente abrupte. Kynes ne craignait pas la marche : elle avait toujours fait partie de son existence depuis ses années d'études écologiques sur Salusa Secundus et Bela Tegeuse. Et puis, maintenant, il avait des muscles durs et tendus comme des cordes. À pied, il pouvait concentrer son regard sur les cailloux et le sable plutôt que sur la crête des montagnes lointaines sous le brasier du soleil.

Frieth, soucieuse de plaire à son époux, détournait la tête chaque fois qu'il lui désignait un détail géologique, un endroit particulier du paysage, une lézarde abritée qui pourrait devenir un petit paradis végétal. De moins en moins indécise, elle finit même par lui montrer certaines choses qui lui étaient familières.

— La force des Fremen est dans l'observation, lui dit-elle comme si elle citait un ancien proverbe. Plus nous observons, plus nous connaissons. Ce savoir nous donne du pouvoir, particulièrement quand les autres ne savent pas voir.

— Intéressant.

Kynes savait peu de chose sur la vie de sa femme. Trop absorbé, il n'avait jamais eu l'occasion de lui demander des détails sur son enfance, ses passions, mais elle ne semblait pas s'offenser de le voir constamment obsédé par la terraformation de Dune. Dans la culture Fremen, maris et épouses vivaient dans des mondes différents qui n'étaient reliés que par des passerelles étroites et fragiles.

Mais Kynes savait que les femmes Fremen avaient la réputation d'être de féroces combattantes, redoutées dans les batailles et craintes des Sardaukar eux-mêmes. Jusqu'à présent, il n'avait pas encore découvert cette facette violente chez sa douce épouse et il espérait n'avoir jamais à subir sa colère. Totalement loyale, elle devait être une adversaire mortelle autant que la plus tendre des amies.

Une plante discrète retint son regard. Il arrêta le kulon et se pencha pour examiner les quelques feuilles vert pâle qui poussaient dans une niche d'ombre entre le sable et la poussière. Il identifia un spécimen rare de plante à tubercules et en brossa doucement les petites feuilles grasses.

— Regarde, Frieth, fit-il, le regard pétillant. Elle est merveilleusement tenace.

Elle acquiesça.

— Nous en avons planté dans les périodes de besoin. On dit qu'un seul tubercule peut contenir jusqu'à un demi-litre d'eau, de quoi survivre pendant plusieurs jours.

Une fois encore, il se demanda tout ce que son épouse pouvait connaître du désert dans son esprit de Fremen. Elle ne lui en avait presque jamais fait part. Il se dit que c'était sa faute, qu'il ne lui avait pas accordé assez d'attention.

Le kulon pencha le museau vers les feuilles, les naseaux dilatés, prêt à la brouter, et Kynes le repoussa.

— Cette plante est trop importante pour que tu t'en fasses un casse-croûte.

Il explora le sol alentour dans l'espoir de trouver d'autres plantes, mais en vain. Il croyait savoir qu'elles étaient indigènes, qu'elles avaient survécu au cataclysme qui avait drainé ou détourné l'humidité de Dune.

Ils firent une pose pour nourrir l'enfant. Frieth installait un auvent d'ombrage sur une saillie et, en l'observant, Kynes se rappela les derniers mois, tous les efforts de son peuple et les progrès accomplis sur la voie de leur projet qui prendrait des siècles.

Au début, Dune n'avait été qu'une station de recherche botanique, un avant-poste isolé avec quelques cultures qui dataient de l'expansion impériale. Bien avant la découverte des pouvoirs du Mélange au niveau du vieillissement et de la prescience. Dune, alors, avait été une fournaise desséchée dont les humains n'imaginaient pas l'usage. Les stations botaniques avaient été peu à peu abandonnées, les plantations disséminées laissées à leur sort, tandis que les animaux et les insectes devaient lutter pour survivre dans un environnement redoutable.

De nombreuses variétés avaient survécu en se diversifiant grâce à leurs facultés d'endurance et d'adaptation. Des cactées, des graminées et autres plantes des régions arides. Kynes avait déjà passé des accords avec des contrebandiers pour l'importation des graines et des pousses les plus prometteuses. Et les

Fremen avaient commencé à se disperser pour ensemencer les sables. Chaque graine portait la vie éternelle, l'avenir de Dune.

C'était un marchand d'eau qui avait appris à Kynes la mort de l'Empereur Elrood IX. Ce qui avait réveillé en lui le souvenir particulièrement vif de son audience sur Kaitain, de sa rencontre avec le vieux monarque qui lui avait confié la mission d'analyser l'écologie de la planète Arrakis. Toute sa vie avait découlé de ce moment. Il en éprouvait beaucoup de gratitude pour Elrood, mais il doutait que l'Empereur décrépit se soit souvenu encore de lui cette dernière année.

Sous le coup de la surprise, il avait envisagé un instant de se rendre à Arrakeen pour prendre un Long-courrier afin d'être présent aux funérailles – puis avait décidé qu'il ne serait pas à sa place là-bas. Il appartenait maintenant aux gens du désert, il s'était endurci, et sa rudesse acquise au fil des années le coupait définitivement des mondanités de la politique impériale. Et puis, le travail qu'il avait à accomplir ici était infiniment plus important.

Dans le Sud profond, loin des regards Harkonnens, les Fremen avaient planté des variétés adaptées aux sols pauvres sur certaines dunes, sur les versants opposés au vent, afin de les ancrer. Dès qu'ils étaient stabilisés, les versants sous le vent s'élevaient, risquant de submerger les plantations. Mais les Fremen savaient comment changer la plantation pour maintenir la résistance des dunes et avaient ainsi édifié de gigantesques ifs qui couraient comme des murailles sinueuses sur des kilomètres, certains atteignant quinze cents mètres de hauteur...

Kynes entendit son épouse bouger près de lui, sous l'auvent. Le jeune Liet tétait à travers un rabat de son distille et elle lui murmurait des mots doux.

Il se mit à réfléchir à la seconde phase de transformation de Dune : ils allaient semer des graminées, ajouter des fertilisants chimiques, construire des pièges à vent et des précipitateurs de rosée. Plus tard, en prenant grand soin de ne pas surcharger la nouvelle écologie encore fragile, ils ajouteraient des plantes à racines profondes, des amarantes, des angéliques, des tamaris nains, du genêt d'Écosse, suivis des habitants familiers du désert : le saguaro et le cactus-barrique. Leur programme se déroulait au-delà de l'horizon de leur époque, à des décennies de là, des siècles...

Dans les régions plus peuplées du Nord, les Fremen avaient

dû se contenter de plantations modestes et de cultures clandestines. La population tout entière était au courant du secret de la terraformation et y consacrait sa sueur et son sang... tout en dissimulant le formidable projet et son rêve à l'écart des yeux rapaces.

Kynes avait assez de patience pour observer chaque saison de la métamorphose. Et les Fremen avaient une foi absolue en leur « Umma ». Leur croyance totale envers ses visions et leur adhésion à chacune de ses exigences lui réchauffaient le cœur, mais Kynes était décidé à leur donner plus que de grands discours et des promesses creuses. Les Fremen méritaient de voir *vraiment* briller l'espérance – et il avait tout fait pour ça.

D'autres que lui connaissaient la palmeraie du Bassin de Plâtre, bien sûr, mais il voulait être le premier à le faire découvrir à Frieth et à leur petit Liet.

– Je vais te montrer quelque chose d'incroyable, dit-il tandis que Frieth pliait leur mini-campement. Pour que tu saches exactement ce que Dune pourra devenir. Tu comprendras alors pourquoi je travaille si dur.

– Je le sais déjà, mon époux, dit Frieth avec un sourire entendu avant de fermer son sac. Tu n'as pas de secret pour moi.

Elle le fixait avec un regard étrangement confiant et il réalisa qu'il n'avait pas besoin d'expliquer la logique de ses rêves aux Fremen.

Frieth explora du regard la pente de plus en plus abrupte, les obstacles qu'ils allaient aborder, et décida de ne pas remettre leur fils sur le kulon, mais de le porter.

À nouveau absorbé dans ses pensées, Kynes se mit à discourir comme si Frieth était l'une de ses fidèles étudiantes.

– Ce que les illettrés dans notre domaine ne comprennent pas, c'est que nous avons affaire à un *système*.

Il se halait vers le haut sans même se retourner pour s'assurer que le kulon se tirait des difficultés en abordant l'étroit virage, dérapant des sabots.

Le bébé geignit un instant, mais Frieth écoutait toujours son mari.

– Un système maintient une certaine stabilité fluide qu'une simple défaillance dans une seule niche peut déséquilibrer. Une petite faute et tout s'écroule. Un système écologique s'écoule d'un point à un autre... mais s'il est arrêté par un obstacle, l'ordre est rompu. Et celui qui n'est pas éduqué ne devinera pas l'effondrement avant qu'il ne soit trop tard.

Ses pensées couraient à travers la planète : les Fremen avaient déjà introduit certaines espèces d'insectes, et des fouisseurs capables d'aérer le sol. Des souris-kangourous, des fennecs et d'autres animaux plus importants : des lièvres du désert, des terrapènes, avec leurs prédateurs appropriés : des faucons, des petits ducs, des scorpions, des araignées, des mille-pattes... Y compris des chauves-souris et des guêpes. La trame de la vie avec ses fils les plus ténus.

Il n'arrivait pas à savoir si Frieth comprenait son discours ni même si elle était intéressée. Elle gardait le silence en approuvant avec enthousiasme. Il s'était dit une fois qu'il aurait souhaité discuter avec elle. Mais elle le considérait comme un prophète parmi les Fremen. Et les convictions de Kynes étaient sans doute trop fortes pour qu'elle les mette en question.

Il continuait l'ascension sans ralentir : s'ils n'atteignaient pas l'entrée de la grotte avant l'après-midi, ils seraient grillés par le soleil. Ils devraient coûte que coûte trouver un abri et attendre le lendemain pour rejoindre le Bassin de Plâtre.

Les arêtes rocheuses qui dominaient la piste étaient les écailles d'un lézard aux aguets, avide et féroce. Dans l'ombre, ils avançaient avec des échos chuintants, et le kulon râlait parfois, affamé. Frieth s'arrêta net, soudain, le bébé dans les bras, elle inclina la tête et ses yeux méfiants fouillèrent la pénombre.

Kynes n'avait pas ralenti, irrésistiblement attiré vers son but, mais il s'arrêta cinq mètres plus loin.

— Mon époux ! venait de souffler Frieth d'une voix rauque.

Elle avait levé les yeux vers le ciel blanc-bleu, comme si elle voulait voir désespérément au-delà de la herse de rochers.

— Que se passe-t-il ? fit Kynes, écarquillant les yeux.

Un ornithoptère blindé franchit la crête, et jaillit au-dessus de l'autre versant. Kynes s'était arrêté dans la sente inondée de soleil. Il entrevit la marque éraflée du griffon bleu des Harkonnens sur le fuselage.

Frieth se précipitait déjà vers un abri, serrant le bébé contre elle.

— Mon époux ! Par ici ! (Elle glissa l'enfant dans une fissure trop petite pour contenir deux adultes avant de revenir vers Kynes.) Les Harkonnens ! Il faut nous cacher !

Elle l'agrippa frénétiquement par la manche de son distille.

459

L'orni tournait au-dessus de la falaise, avec deux hommes à son bord. Kynes prit conscience qu'ils avaient été aperçus et qu'ils étaient maintenant des cibles faciles. Les soldats Harkonnens considéraient souvent comme un simple sport d'attaquer des Fremen isolés.

Des armes pointèrent du nez de l'appareil. Le cristoplass du cockpit s'ouvrit et un soldat grimaçant se montra. Il brandit son laser en prenant sa visée.

Frieth, en dépassant leur âne, lui donna une tape violente sur la croupe en poussant un hurlement suraigu. Le kulon effrayé se mit à braire et s'élança au galop sur la sente, déclenchant une avalanche de rocaille sous ses sabots.

Frieth s'élança vers le bas de la pente, le visage tendu, le regard déterminé. Kynes fit de son mieux pour la suivre, trébuchant sur les cailloux, heurtant les blocs épars tout en essayant de rester dans les zones d'ombre. Il n'arrivait pas à croire que Frieth ait pu abandonner Liet seul. Puis il réalisa que le bébé était en sécurité dans son réduit obscur et qu'il restait instinctivement immobile et silencieux.

Kynes, lui, se sentait maladroit, vulnérable, mais son épouse avait été élevée en Fremen et elle savait se fondre dans le paysage.

L'orni les survola dans un grondement et piqua droit sur le kulon qui fuyait. Frieth avait calculé juste : les Harkonnens s'occupaient d'abord de leur animal de bât. Le mitrailleur ricanant réapparut et lança un trait orangé presque invisible qui découpa l'âne du désert en pièces sanglantes. Plusieurs roulèrent vers le bas de la falaise tandis que la tête et les antérieurs restaient sur la piste.

Les rafales de laser balayaient maintenant les rochers, soulevant des geysers de fragments. Frieth et Kynes couraient au hasard. Ils avaient du mal à garder leur équilibre et, enfin, Frieth le poussa dans le creux d'une protrusion de lave à la seconde où un nouveau tir les effleurait de quelques centimètres en crépitant. Une odeur piquante d'ozone et de silex monta des spirales de fumée.

L'orni revenait sur eux. Le mitrailleur rajustait sa visée, bien décidé à prendre son plaisir avant d'utiliser les armes lourdes de l'appareil.

À cet instant précis, les guerriers de Kynes ouvrirent le feu. Dissimulés derrière les remparts de la falaise camouflée, à proximité de la grotte, les tireurs Fremen canardaient l'appareil blindé. Les zigzags des lasers grésillaient sur la verrière. L'un des défenseurs portait sur l'épaule une ancienne pièce d'artillerie qui crachait des charges explosives achetées aux contrebandiers. L'une d'elles atteignit de plein fouet la cabine de l'orni. Déséquilibré, l'orni partit à la dérive.

Le choc arracha le mitrailleur de son siège et il fut projeté hors de l'appareil en hurlant. Il alla se fracasser bien plus bas sur les rochers dans un jaillissement écarlate. Son laser rebondit en claquant.

Frieth était accroupie sous l'éperon de lave, serrant Kynes contre elle, encore abasourdie de l'intensité de la défense Fremen. Il savait qu'elle avait été prête à se défendre seule contre les Harkonnens, mais l'autre force veillait.

Les Fremen venaient de concentrer leurs tirs sur le moteur de l'orni désemparé. L'air sentait le métal liquéfié. Le pilote luttait désespérément pour retrouver l'assiette de son engin, mais déjà ses tuyaux crachaient une lourde fumée noire. Le câblage carbonisé crachait en grésillant une pluie de lubrifiant et l'orni entama une vrille dans une longue plainte.

Il percuta la falaise, s'ouvrit et continua à dévaler la pente. Ses grandes ailes articulées continuèrent de battre spasmodiquement jusqu'à ce qu'il ne soit plus qu'un amas au fond de la gorge.

– Il n'y a aucun sietch ici ! dit Frieth, le souffle court, déconcertée. Qui sont-ils ? De quelle tribu se réclament-ils donc ?

– Ce sont mes hommes. Ils sont chargés de défendre le projet.

Il s'aperçut que le pilote Harkonnen avait survécu à l'écrasement. Une partie de la verrière bascula et le blessé s'en extirpa et se mit à ramper, apparemment privé de l'usage d'un bras. Dans l'instant suivant, les guerriers Fremen surgirent de toutes les crevasses et se précipitèrent vers les débris de l'appareil.

C'est en vain que le pilote battit en retraite dans la carcasse : deux Fremen l'en extirpèrent. L'éclair blanc-bleu d'un krys, un jet pourpre, et l'Harkonnen mourut. Les Mesureurs d'eau transportèrent son corps à l'écart pour en disposer. Kynes savait que la moindre goutte d'eau, les plus légères traces de fertilisants – nitrates et phosphates – pris à la victime iraient alimenter le Bassin de Plâtre et non une famille en particulier.

– Mais qu'y a-t-il de si important dans cette région ? demanda Frieth. Qu'y fais-tu, mon époux ?

Il la récompensa par un sourire heureux.

– Tu verras. C'est pour cela que je voulais que tu sois la première à nous rendre visite.

Frieth retourna récupérer leur enfant dans une course agile. Le jeune Liet n'avait même pas pleuré.

– C'est un vrai Fremen, fit-elle fièrement en le montrant à Kynes.

Plus bas, les Fremen démantelaient déjà l'épave en triant les pièces, les éléments des moteurs, les provisions. Les plus jeunes étaient partis en quête du fusil-laser.

Kynes et Frieth passèrent auprès des restes massacrés de leur kulon et Kynes soupira tristement.

– Au moins, nous aurons de la viande – c'est tellement rare. Je crois qu'on devrait fêter cet événement dès que nous atteindrons la caverne.

Les Fremen s'escrimaient à effacer toute trace de l'accident et emportaient les pièces les plus volumineuses jusqu'aux galeries souterraines, balayaient les cicatrices laissées dans la roche et même le sable. Même s'il commençait à connaître les Fremen, Kynes s'émerveillait encore de leur efficacité.

C'est lui qui allait en avant, à présent. Peu après midi, il franchit avant elle l'entrée dissimulée de la caverne. Le soleil était à cette heure une vague immobile de feu doré derrière les dents des montagnes. À l'intérieur, l'air était frais, humide, comme une haleine parfumée.

Kynes ôta les embouts de son distille et se tourna vers Frieth qui semblait hésiter à l'imiter, bloquée farouchement dans son instinct de survie. Mais, très vite, en regardant autour d'elle avec étonnement, elle sourit.

– Mon époux, je sens le parfum de l'eau !

Il lui prit le bras, doucement.

– Viens avec moi. Je veux te montrer quelque chose.

Ils franchirent un angle aigu destiné à retenir la lumière et l'évaporation. Et Kynes montra d'un geste majestueux l'Éden qu'était devenu le Bassin de Plâtre.

Des brilleurs flottaient près de la voûte. L'air était riche d'humidité, de fragrances de fleurs, de racines et de feuilles. Dans des rigoles étroites, l'eau courait avec de frais gargouillis. Et partout, dans un apparent désordre artistique, des lits de fleurs éclataient en bouquets magenta et orange. Sous les ventilateurs, les systèmes d'irrigation laissaient pleuvoir des gouttelettes argentines dans des cuves tapissées d'algues. Et des nuages multicolores de papillons, de moucherons et d'abeilles tournaient autour des pistils précieux chargés de nectar et de pollen.

Frieth eut une exclamation d'extase et, un bref instant, Kynes put lire derrière le masque de porcelaine fine de son visage comme jamais il ne l'avait fait auparavant.

— Mon amour, c'est le paradis !

Un colibri flotta brièvement devant elle dans le halo flou de ses ailes folles avant de piquer vers la pénombre et les jardiniers Fremen qui vaquaient à leur tâche avec une méticulosité empreinte de bonheur.

— Un jour, dit Kynes, il y aura des jardins comme celui-ci un peu partout sur Dune, à ciel ouvert. Ceci est une exposition destinée à montrer les cultures et les plantes avec l'eau libre, les arbres fruitiers, les fleurs décoratives, les pelouses. C'est un symbole destiné à tous les Fremen, afin qu'ils partagent ma vision. Comme ça, ils comprendront ce qu'ils peuvent accomplir.

La roche qui avait connu des éons d'aridité luisait à présent sous un film d'eau limpide.

— Même moi, je n'avais pas vraiment compris, dit Frieth... Jusqu'à maintenant.

— Tu vois pourquoi cela vaut la peine de se battre ? Et même de mourir ?

Kynes s'éloigna, penché vers les feuilles, se gavant d'arômes. Il s'arrêta devant un arbre d'où pendaient de gros fruits orange. Il en cueillit un sans qu'aucun des jardiniers n'intervienne.

— Un portygul, l'un de ces fruits dont je vous avais parlé à tous, au sietch de la Muraille Rouge.

Elle prit le portygul avec révérence entre ses mains calleuses comme s'il venait de lui offrir un diamant.

D'un geste large, il lui montra l'immense caverne.

— Souviens-toi de ceci, ma femme. Tous les Fremen doivent le voir. Dune, *notre* monde, pourrait être semblable à ce que tu vois dans quelques siècles à peine.

> *Même les innocents portent avec eux leur propre*
> *culpabilité, à leur façon. Nul ne s'avance dans la vie*
> *sans payer, d'une manière ou d'une autre.*
>
> Journal intime de
> Dame Helena Atréides

Dès l'annonce du premier couronnement impérial depuis un siècle et demi, la Maison des Atréides commença à se préparer pour la cérémonie. De l'aube au soir, les serviteurs de Castel Caladan allaient et venaient de la garde-robe aux magasins pour rassembler les effets, les bibelots et les présents qui seraient emportés à la Cour Impériale.

Durant ce temps, Leto ne cessait d'errer dans ses appartements en essayant de définir son plan et le meilleur moyen d'obtenir une grâce pour Rhombur et Kailea. *Shaddam est le nouvel Empereur et il doit entendre ma requête.*

Ses conseillers protocolaires s'étaient chamaillés des heures durant sur la couleur de ses capes, de ses brassards, de ses tuniques de soie merh... Est-ce que les bijoux devaient être modestes ou ostentatoires, des pierreries d'Ecaz ou quelque chose de plus simple ? Finalement, à cause de moments épiques que Rhombur et lui avaient passés sur la mer, Leto trancha pour porter une petite couronne de gemmes de corail suspendue dans une sphère remplie d'eau.

Kailea insistait pour l'accompagner. Elle avait rêvé toute sa vie de visiter le Palais où sa mère avait autrefois servi l'Empereur. Leto lisait son avidité fiévreuse dans ses yeux verts, mais il n'avait d'autre choix que de s'y opposer. Rhombur devait venir avec eux, afin de défendre la cause des siens, mais, s'ils échouaient, l'héritier des Vernius serait exécuté car il avait quitté son asile. Et l'existence de Kailea serait aussi menacée.

Par contre, si leur mission aboutissait, Leto avait promis à

Kailea de l'accompagner jusqu'à la capitale pour un séjour de charme qu'elle ne pouvait qu'imaginer.

C'était l'heure paisible qui précédait l'aurore, et Leto arpentait toujours la chambre du haut, guettant les craquements des antiques poutres. Le bruit rassurant de la demeure familiale. Combien de fois son père avait-il marché comme lui de long en large, soupesant des décisions d'État ? Parce que les indigènes primitifs du continent austral s'étaient révoltés, parce que l'Empereur l'appelait pour étouffer des jacqueries sur d'autres mondes. À cette époque, le Duc Paulus avait souillé son épée de sang pour la première fois et était devenu le compagnon d'armes de Dominic Vernius.

Au fil des années, il avait servi l'Empire avec talent et sagacité, il avait su quand se montrer dur ou magnanime. Il avait employé son honnêteté, son dévouement, son acharnement et aussi la stabilité économique pour avoir un peuple dévoué, loyal et fier de dépendre de la Maison des Atréides.

Comment Leto pouvait-il espérer faire aussi bien ?

À haute voix, il lança : « Père, tu m'as laissé un lourd héritage à porter. » Il inspira profondément, furieux contre lui-même de cet accès d'apitoiement. Il ne pouvait que faire de son mieux, pour Caladan et pour la mémoire de son Vieux Duc.

En des jours plus calmes, Rhombur et lui seraient déjà descendus jusqu'à la cour d'exercice pour s'entraîner au bouclier et au couteau sous l'œil vigilant de Thufir Hawat. Aujourd'hui, Leto avait espéré se reposer un peu plus, espoir qui s'était vite évanoui. Il avait eu le sommeil agité, hanté par les décisions à prendre, si lourdes que le Castel des Atréides semblait menacé de s'effondrer. Loin en bas, les crêtes écumantes des vagues rongeaient les récifs. Dans leur violence, elles étaient accordées sur le tumulte de l'esprit de Leto.

Il enfila un peignoir doublé de fourrure de baleine de Lankiveil, en serra le cordon et descendit pieds nus vers la grande salle. Il perçut l'arôme du café amer avec sa trace discrète de Mélange. Il sourit, entendant déjà les conseils du chef qui allait insister pour que le Jeune Duc prenne un supplément d'énergie en ce matin particulier.

Dans la cuisine, on s'activait, on sortait les couverts et les victuailles, on réactivait les cheminées. Le Vieux Duc avait toujours insisté pour avoir constamment de bons vieux feux craquants dans la plupart des salles, et Leto maintenait la tradition.

Il traversait le Hall des Épées, se dirigeant vers la salle à manger, quand il fit une rencontre inattendue.

Le jeune palefrenier, Duncan Idaho, avait décroché du râtelier l'une des grandes épées damasquinées du Duc et la tenait à deux mains, la pointe reposant sur les dalles. Elle avait presque sa taille mais le jeune Duncan semblait déterminé, les doigts crispés sur la corde gravée dans la poignée.

Il se retourna vivement, surpris. Leto était sur le point de le réprimander comme un enfant, mais les mots se bloquèrent dans sa gorge. Il venait de surprendre des traces brillantes de larmes sur le visage de Duncan Idaho.

Décontenancé mais fier, le jeune palefrenier se redressa.

— Je suis désolé, Mon Seigneur.

Il y avait dans sa voix un chagrin profond que jamais Leto n'avait ressenti chez un enfant. Ses yeux allèrent de l'épée aux grandes arcades de la salle à manger, dominées par le portrait de l'impétueux Duc Paulus, en habit de lumière de matador. Avec ses yeux verts ardents, il semblait ne rien devoir redouter de l'univers.

— Il me manque tellement, dit Duncan.

La gorge nouée, avec un poids soudain et douloureux au creux de la poitrine, Leto s'approcha de lui.

Paulus avait laissé sa marque sur tant d'êtres. Même ce simple garçon, qui s'était occupé des taureaux, qui avait réussi à échapper aux Harkonnens, à s'enfuir de Giedi Prime, ressentait la disparition de son Duc comme une terrible blessure.

Je ne suis pas seul à souffrir, réalisa enfin Leto. Il serra l'épaule de Duncan en silence et ce qui passa entre eux valait des heures de confidences.

Duncan s'écarta enfin en prenant appui sur l'épée. Son visage n'était plus empourpré.

— J'étais... j'étais venu vous poser une question, Mon Seigneur, avant que vous ne partiez pour Kaitain.

Des pots tintaient dans la cuisine. Leto songea qu'avant peu, on apporterait son plateau de petit déjeuner dans sa chambre vide.

— Pose-la, dit-il.

— C'est au sujet des taureaux, Monsieur. Maintenant qu'Yresk n'est plus là, je continue à les panser tous les jours avec les autres palefreniers – mais qu'est-ce que vous allez en faire ? Vous comptez les combattre comme votre père ?

— Non ! s'exclama Leto.

Il repoussa l'aiguillon de la peur et répéta plus calmement :
— Non. Je ne crois pas. C'est fini pour les corridas sur Caladan.

— Alors, qu'est-ce que je vais faire, Mon Seigneur ? Il faut encore que je m'occupe des bêtes ?

Leto faillit rire. À son âge, ce garçon aurait dû encore jouer, faire quelques petits travaux et s'emplir la tête des grandes aventures qui l'attendaient plus tard.

Mais en le fixant droit dans les yeux, il vit qu'il avait devant lui plus qu'un enfant. Il décelait un esprit déjà mûr.

— Tu as échappé aux Harkonnens dans leur ville-prison, exact ?

Duncan acquiesça en se mordant la lèvre.

— Tu les as affrontés dans une réserve forestière alors que tu n'avais que huit ans. Tu en as tué plusieurs, et si je me souviens bien de ton récit, tu t'es extirpé un localisateur de l'épaule et tu as tendu une chausse-trape aux chasseurs Harkonnens. Tu as humilié Glossu Rabban lui-même.

Duncan acquiesça de nouveau, non pas avec orgueil mais simplement pour confirmer le résumé de Leto.

— Et tu es parvenu à trouver ton chemin à travers l'Empire, jusqu'à Caladan parce que c'était ce que tu voulais. Et même quand tu t'es retrouvé à quelques continents de là, ça ne t'a pas empêché d'atteindre le seuil de notre Castel.

— Tout cela est vrai, Mon Seigneur.

Leto désigna la lourde épée de cérémonie.

— Mon père s'en servait pour s'entraîner. Elle est trop grande pour toi – pour le moment tout au moins, Duncan – mais si l'on te donne quelques cours, sans doute deviendras-tu un redoutable bretteur. Un Duc a toujours besoin de gardes et de bras fiables. (Il plissa les lèvres en réfléchissant.) Penses-tu que tu puisses être de leur nombre ?

Les yeux bleu-vert de Duncan étincelaient à présent, il semblait sur le point de pleurer de joie.

— Vous allez m'envoyer à l'École d'armes de Ginaz pour qu'on fasse de moi un Maître ?

— Ho, ho ! (Leto partit d'un rire libérateur qui le troubla car il rappelait celui de son père.) N'allons pas trop vite, Duncan Idaho. Nous allons d'abord te former ici jusqu'à la limite de tes capacités – avant de voir si tu es digne d'une telle récompense.

Le garçon approuva solennellement.

— J'en serai digne.

Leto entendit entrer des servantes et leva la main : il allait déjeuner avec Duncan et continuer à bavarder un peu.

— Mon Duc, vous pouvez compter sur moi.

Leto soupira : il aurait aimé partager l'assurance de ce jeune homme décidé.

— Oui, Duncan, je te crois.

> *Les innovations semblent douées d'une vie et d'une intelligence propres. Lorsque les conditions sont adéquates, une idée radicalement nouvelle – un changement de paradigme – peut provenir simultanément de plusieurs esprits. Ou bien encore rester secrète dans les pensées d'un homme des années durant, des décennies, des siècles... jusqu'à ce que quelqu'un d'autre pense à la même chose. Combien de brillantes découvertes sont ainsi mort-nées, ou encore en sommeil, que l'Imperium ne saurait adopter dans leur ensemble ?*
>
> Les Médiateurs de Richèse, Réfutation au Landsraad, Le Domaine Légitime de l'Intellect : Propriété privée ou ressource pour la galaxie ?

Le tube de transport plongea vers le fond du Donjon des Harkonnens et, suivant avec précision son programme, déposa ses deux passagers dans une capsule.

Le Baron Vladimir et son neveu Glossu Rabban filèrent vers les bourbiers et la cloque grisâtre de bâtisses enchevêtrées d'Harko Villa. À la connaissance du Baron, il n'existait aucun plan détaillé de la ville souterraine qui continuait à croître comme une moisissure. Pour l'instant, il n'était pas sûr de leur destination.

Quand ils avaient mis sur pied le plan contre les Atréides, il avait exigé que Piter de Vries leur procure un laboratoire à la fois vaste et discret situé dans le giron des Harkonnens. Le Mentat avait accepté le défi, et, depuis, le Baron n'avait plus posé de question. La capsule les conduisait tout droit à la tanière promise.

– Je veux connaître l'ensemble du plan, fit Rabban, nerveux. Dites-moi ce que nous allons faire.

Installé dans le cubicule de conduite, le pilote était sourd-muet. Le Baron n'accordait aucune attention au défilé opaque des immeubles, des nuages de gaz et des nappes de résidus huileux. Giedi Prime produisait suffisamment pour assurer son économie, et les bénéfices extérieurs provenaient du négoce de la fourrure de baleine de Lankiveil ou des exploitations minières des nombreux astéroïdes du système. La vraie richesse de la

Maison Harkonnen, en fait, celle qui écrasait toutes les autres, c'était l'épice d'Arrakis.

— Rabban, le plan est net, dit enfin le Baron, et j'entends que tu en sois un élément clé. Si tu t'en montres capable.

Son neveu haussa ses paupières lourdes avec un sourire mauvais sur ses lèvres grasses. De façon surprenante, il parut deviner que mieux valait se taire et attendre la suite.

Il finira bien par apprendre un jour..., songea le Baron.

— Rabban, si nous réussissons, notre fortune va grimper vers des sommets. Plus encore, nous aurons la satisfaction d'avoir vaincu les Atréides après tous ces siècles d'affrontement.

Rabban se frotta les mains d'un air ravi, mais le regard du Baron se durcit tandis qu'il poursuivait.

— Si nous échouons, par contre, je veillerai à ce que tu retournes sur Lankiveil, et je te confierai entièrement à l'éducation de ton père : tu chanteras dans les chorales et tu réciteras toute la journée des poèmes sur l'amour fraternel.

Rabban broncha.

— Je n'échouerai pas, mon oncle.

La capsule déboucha dans un laboratoire blindé et le sourd-muet leur fit signe de descendre. Le Baron se dit que même si sa vie en avait dépendu, il aurait été incapable de retrouver le chemin du Donjon.

— On est où ? s'inquiéta Rabban.

— Dans une unité de recherche. C'est ici que nous leur préparons une vilaine surprise.

Rabban se laissa conduire, curieux, humant les relents de soudure et de graisse, de fusibles calcinés et de sueur humaine. Piter de Vries vint à leur rencontre avec un large sourire sur ses lèvres carminées de sapho. Avec sa démarche sautillante et ses gestes sinueux et spasmodiques, il ressemblait plus que jamais à un lézard.

— Piter, tu es là depuis des semaines, le prévint le Baron. Tu as intérêt à ce que ce soit bien. Je t'ai dit de ne pas me faire perdre mon temps.

— Vous n'avez pas à vous inquiéter, Baron, susurra le Mentat en leur faisant signe de le suivre plus avant dans le hangar. Chobyn, notre chercheur favori, s'est surpassé.

— J'ai toujours cru que les Richésiens excellaient dans les imitations à bon marché plutôt que dans les innovations, dit Rabban.

— Il y a toujours des exceptions, dit le Baron. Voyons ce que Piter veut nous montrer.

Ce que de Vries avait promis tenait à peine dans le fond du hangar : un vaisseau de guerre Harkonnen modifié, de cent quarante mètres de diamètre. Avec son fuselage effilé, il s'était montré efficace lors des batailles spatiales conventionnelles car il était capable de frapper fort en se repliant très vite. Chobyn l'avait fait modifier selon des spécifications très strictes : les ailerons arrière avaient été redessinés, les moteurs changés et une partie de l'habitacle découpée pour le stockage des éléments technologiques indispensables. Toute trace de l'existence de cet engin avait été expurgée des registres des Harkonnens : l'une des spécialités de base du Mentat.

Un personnage rondouillard à la calvitie naissante, avec une barbiche grise, surgit d'un des compartiments de l'appareil, dans une combinaison maculée.

— Monsieur le Baron, je suis heureux de constater que vous êtes venu voir ce que j'ai accompli. (Chobyn pêcha un outil dans une poche de sa combinaison.) L'installation est achevée. Mon non-champ fonctionne parfaitement. Je l'ai synchronisé sur la machinerie du vaisseau.

Rabban promena doucement les doigts sur la carlingue, près du cockpit.

— Mais pourquoi est-il tellement volumineux ? On pourrait y faire tenir un blindé. C'est destiné à une mission secrète, non ?

Chobyn le dévisagea sans le reconnaître.

— Vous êtes... ?

— Rabban, mon neveu, dit le Baron. Il pose une question sensée. J'avais demandé un petit vaisseau furtif.

— C'est le plus petit que j'aie pu construire, fit Chobyn, froissé. Cent quarante mètres : c'est l'enveloppe d'invisibilité la plus réduite que le générateur de non-champ puisse produire. Les contraintes sont... incroyables et je... (Brusquement impatient, il enchaîna :) Vous devez reconsidérer vos concepts, Monsieur. Et bien comprendre ce que nous avons là. Naturellement, l'invisibilité compense largement la capacité de manœuvre. Quelle importance a la taille de l'appareil, du moment qu'on ne peut le voir ? Cette unité d'assaut tiendra sans peine dans la soute d'une frégate.

— Ça conviendra, Chobyn. Du moment que ça fonctionne.

De Vries allait du cockpit à la queue, attentif.

— Rabban, si personne ne sait comment *chercher* le vaisseau, vous ne courrez aucun danger. Et imaginez le chaos que vous allez semer ! Vous serez une sorte de tueur fantôme !

— Oh, mais oui ! s'exclama Rabban, extasié. *Moi ?*

Chobyn referma une écoutille d'accès à l'arrière des moteurs.

— Tout est simple et fonctionnel. Le vaisseau sera prêt dès demain quand vous partirez pour la cérémonie de couronnement de l'Empereur Padishah.

— Je l'ai vérifié, Baron, confirma de Vries.

— Excellent. Chobyn, vous vous êtes montré très précieux en cette affaire.

— C'est *moi* qui vais piloter ça ? demanda Rabban, qui ne paraissait pas avoir encore assimilé cette idée.

Il avait la voix éraillée par l'excitation et le Baron se contenta d'acquiescer. Malgré ses défauts, Rabban était un excellent pilote et un tireur d'élite. Et puis, il était son héritier.

L'inventeur sourit.

— Je crois que j'ai fait le bon choix en m'adressant à vous, Baron. La Maison Harkonnen a immédiatement su apprécier les possibilités de ma découverte.

— Lorsque le nouvel Empereur apprendra cela, il vous en commandera aussitôt un pour lui-même, remarqua Rabban. Il se pourrait qu'il envoie ses Sardaukar pour nous le soustraire.

— Dans ce cas, nous devons nous assurer que Shaddam ne sache rien. Du moins pas encore, intervint de Vries en se frottant les mains.

— Chobyn, avec tout ce que vous avez réalisé, vous êtes certainement un homme très brillant, reprit le Baron.

— En fait, je me suis contenté d'adapter un champ Holtzman à nos besoins. Il y a des siècles de cela, Tio Holtzman a développé ses équations qui ont abouti aux boucliers et aux moteurs de l'espace plissé. J'ai simplement développé ses principes.

— Et à présent, vous rêvez de vous enrichir au-delà de vos rêves les plus fous, n'est-ce pas ? ronronna le Baron.

— Je le mériterais, ne pensez-vous pas ? Regardez par exemple ce que je viens de faire pour vous. Si j'étais resté sur Richèse, si j'avais suivi les voies officielles, j'aurais dû demander des autorisations, puis des brevets, subir des années d'enquête, après quoi mon gouvernement aurait pris la part du lion sur tous les produits dérivés sans parler des imitateurs qui se seraient mis au travail dès qu'ils auraient eu vent de mes recherches. Une petite rectification par-ci, une autre par-là, et on décroche un autre brevet, ce qui permet à n'importe qui de faire la même chose que vous.

— Vous avez donc gardé tout ceci secret jusqu'à notre rencontre ? demanda Rabban. Personne n'a eu vent de cette technologie ?

— Je ne suis pas idiot à ce point. Vous êtes les seuls détenteurs de non-champ dans tout l'univers.

Chobyn croisa fièrement les bras sur sa combinaison graisseuse.

— Jusqu'à présent sans doute, remarqua le Baron. Mais les Ixiens étaient des malins, et les Tleilaxu le sont tout autant. Tôt ou tard, quelqu'un trouvera la même chose, si ce n'est déjà fait.

Rabban s'était rapproché du Richésien sans méfiance.

— Je vous comprends, Baron, dit l'autre en haussant les épaules. Je ne suis pas cupide mais j'aimerais profiter de mon invention.

— Vous êtes un sage, fit le Baron, avec un regard entendu à l'adresse de son neveu. Et vous allez être justement rémunéré.

— Il est bon de garder secrètes les choses importantes, chantonna Rabban.

Il était maintenant derrière Chobyn qui rayonnait, confus d'émotion.

Rabban frappa très vite. Son bras musculeux entoura le cou de l'inventeur dans une tenaille. Chobyn éructa et se tut. Rabban resserra encore son étau, le visage rougi par l'effort, et fut récompensé par le craquement sonore de l'échine qui cédait enfin.

— Nous devons tous nous montrer prudents avec nos secrets, Chobyn, marmonna le Baron avec un doux sourire. Ça n'a pas été votre cas.

L'inventeur s'écroula comme une marionnette sans fils, sans un râle, sans proférer de malédiction. Tel était l'avantage de la force de Rabban.

— Était-ce raisonnable, Baron ? s'insurgea de Vries. N'aurions-nous pas dû essayer le vaisseau auparavant pour être bien certains de pouvoir reproduire cette technologie ?

— N'as-tu pas confiance en feu notre inventeur ?

— Oui, ce vaisseau fonctionne, intervint Rabban. Et en plus, nos yeux mouchards ne l'ont pas quitté un instant, et puis nous possédons les plans détaillés et tous les solides qu'il a pu faire avant l'achèvement.

— Je me suis occupé pour ma part des ouvriers, dit le Mentat, en acquiesçant. Aucune fuite à redouter de ce côté.

— Vous m'en avez gardé ? demanda Rabban avec un sourire de convoitise.

De Vries haussa les épaules d'un air amusé.

— Disons que j'ai pris mon plaisir, mais je ne suis pas un porc. Je vous en ai laissé un ou deux. (Il montra les portes closes.) Deuxième pièce sur la droite. Il en reste en vérité cinq. Sur des brancards, drogués. Amusez-vous bien.

Il donna une tape affectueuse sur l'épaule charnue de Rabban.

Le neveu colossal hésita avant d'atteindre la porte et se tourna vers son oncle, qui ne l'avait pas encore autorisé à se retirer. Le Baron, lui, détaillait de Vries.

— Nous sommes les premiers à posséder un vaisseau à non-champ, un *non-vaisseau*, Baron, déclara le Mentat tordu. Avec l'avantage de la surprise, personne ne soupçonnera nos intentions.

— Et c'est *moi* qui vais les exécuter, fit Rabban.

De Vries s'adressa par communicateur aux quelques manœuvres qui traînaient encore dans le hangar.

— Nettoyez-moi tout ça et faites déplacer le vaisseau d'attaque jusqu'à la frégate familiale dès demain.

— Je veux qu'on confisque tous les dossiers et les notes techniques et qu'on les place sous scellés, ordonna le Baron.

— Oui, fit le Mentat, je vais y veiller personnellement.

Le Baron revint à son neveu impatient.

— Tu peux te retirer, à présent. Une ou deux heures de relaxation te feront le plus grand bien... Tu pourras mieux te concentrer sur la mission importante qui t'attend.

> *La Communauté fait preuve de talents subtils et efficaces dans les arts coïncidents de l'observation et de la récupération de données. L'information est son fonds de commerce.*
>
> Rapport impérial sur le Bene Gesserit à usage pédagogique

Sœur Margot Rashino-Zea contempla les immeubles majestueux qui encadraient l'ovale géant des Communes du Landsraad. Et elle apprécia.

– C'est impressionnant. Éblouissant pour tous les sens.

Elle avait passé tant d'années sur le monde bucolique de Wallach IX, sous la lumière tamisée des nuages, qu'elle avait les yeux agressés devant tous ces paysages différents.

Une fine brume rafraîchissante jaillissait de la fontaine, au centre du complexe, une extraordinaire composition artistique dont les volutes culminaient à plus de cent mètres. La fontaine était la reproduction scintillante d'une nébuleuse spirale remplie de planètes géantes et autres corps célestes d'où giclaient des myriades de traces colorées et parfumées. Sous les faisceaux aigus des projecteurs, des arcs-en-ciel dansaient en silence.

– Ah, mais c'est vrai, vous n'êtes jamais venue sur Kaitain, fit le Prince Shaddam qui accompagnait d'une démarche désinvolte la ravissante Sœur blonde.

Des Sardaukar de la garde veillaient à l'écart, prêts à intervenir. Margot faillit sourire : elle s'amusait toujours de voir à quel point on sous-estimait les Sœurs.

– Oh, mais si, je suis déjà venue, Sire. Mais le fait que je connaisse Kaitain n'en diminue pas pour autant mon admiration devant cette magnifique capitale de l'Imperium.

Elle portait une robe noire toute nouvelle qui bruissait à chacun de ses gestes. Shaddam et Hasimir Fenring l'encadraient et elle avait tout fait pour mettre en valeur ses cheveux dorés, son frais minois et la beauté de ses formes. Quand il était question du Bene Gesserit, les gens pensaient généralement à de vieilles choses enveloppées dans de mornes habits noirâtres. Mais certaines, telle Margot, pouvaient être follement séduisantes. En dosant avec précision ses phéromones et en négociant judicieusement ses flirts, elle savait se servir de sa sexualité comme d'une arme.

Mais là, pas encore. La Communauté avait d'autres plans pour le futur Empereur.

Margot avait presque la taille de Shaddam et elle était nettement plus grande que Fenring. Trois Révérendes Mères les suivaient hors de portée d'oreille : elles avaient été interrogées et fouillées par Fenring en personne. Le Prince ignorait la raison de leur présence à cette audience, mais Margot allait le lui dire.

– Vous devriez voir ces jardins la nuit, reprit-il. La fontaine est comme une pluie de météores.

– Oh, oui, fit Margot en esquissant un sourire, ce qui fit étinceler ses yeux gris-vert. C'est mon endroit préféré le soir. J'y suis venue deux fois depuis mon arrivée... en attendant cette entrevue privée avec vous, Sire.

Si Shaddam s'évertuait à paraître détendu face à cette représentante du Bene Gesserit, il n'en était pas moins mal à l'aise. Tout le monde voulait quelque chose, tout le monde avait son programme personnel – et tous les groupes pensaient qu'il leur devait des faveurs particulières ou qu'ils possédaient de quoi le faire chanter pour influer sur son opinion. Fenring s'était déjà débarrassé de certains parasites, mais d'autres viendraient encore, plus nombreux.

Ce n'était pas Sœur Margot qui le préoccupait, mais l'agitation et la défiance qui se répandaient au sein des Grandes Maisons. Même s'ils avaient réussi à éviter une autopsie par les Suks, certains membres influents du Landsraad avaient soulevé des questions gênantes à propos de la mort mystérieuse et encore inexpliquée de l'Empereur. Des alliances se nouaient ou se défaisaient, des impôts et des taxes importants dus par des mondes fortunés n'arrivaient plus, de manière inexplicable.

Quant aux Tleilaxu, ils prétendaient qu'il leur faudrait encore des années avant de produire l'épice de synthèse.

Shaddam n'avait pas cessé d'être en réunion depuis une semaine et, ce matin même, il allait discuter de la crise en gestation avec son conseil restreint. La longueur du règne d'Elrood avait installé une stabilité certaine (pour ne pas dire une stagnation) dans tout l'Imperium. Et nul ne se rappelait *comment* gérer la passation de pouvoir.

Sur tous les mondes de l'univers connu, on renforçait les garnisons en place et elles étaient déjà en état d'alerte. Les Sardaukar de l'Empire ne faisaient pas exception. Et les espions s'activaient plus que jamais. Shaddam se demandait parfois s'il avait été bien avisé en renvoyant Aken Hesban, le fidèle Chambellan de son père. Hesban attendait maintenant dans un petit bureau taillé dans le roc, au fond d'un astéroïde minier, prêt à revenir si les choses tournaient au pire.

Il gèlera sur Arrakis avant que ça n'arrive, se promit Shaddam.

Et l'inquiétude le rendait nerveux, peut-être même superstitieux. Son vieux rapace de père était mort – il avait été expédié dans l'enfer le plus profond décrit dans la *Bible Catholique Orange* – mais c'était comme si son sang invisible engluait encore ses mains.

Avant de quitter le Palais pour aller accueillir Sœur Margot, Shaddam avait pris une cape pour se protéger de la fraîcheur imaginaire du matin. Elle se trouvait dans sa garde-robe avec d'autres vêtements qu'il n'avait jamais portés. Comment se rappelait-il seulement maintenant que son père l'avait toujours affectionnée ?

Il ne parvint pas à réprimer un long frisson. La cape fluide semblait piquante, tout à coup, elle lui donnait la chair de poule. Et la chaîne d'or du col se resserrait comme un garrot.

Ridicule, se dit-il. Les objets inanimés ne pouvaient pas porter l'esprit des morts, ils ne pouvaient lui nuire. Il essaya de chasser son inquiétude. Une Bene Gesserit serait capable de percer ses pensées et il ne pouvait en aucun cas laisser cette femme avoir quelque pouvoir sur lui.

– J'aime beaucoup l'art de votre monde, fit Margot en désignant un échafaudage sur la façade du Hall de l'Oratoire, où des peintres travaillaient sur la fresque murale décrivant les beautés naturelles et les merveilles technologiques de l'Imperium. Je crois savoir que c'est surtout à votre arrière-grand-père Vutier Corrino II que nous devons tout cela.

– Oh, oui... Vutier était... un grand protecteur des arts, fit Shaddam avec peine. (Il résistait à l'envie de jeter la cape dorée.)

Il disait qu'un spectacle sans chaleur humaine ni créativité ne rimait à rien.

— Ma Sœur, nous devrions en venir au sujet de cette rencontre, intervint Fenring, conscient du malaise de Shaddam mais se méprenant sur sa cause. Le temps du Prince est précieux. La mort de l'Empereur a causé un certain trouble.

Shaddam et Fenring avaient assassiné Elrood IX. Ce méfait ne pourrait jamais être éludé et ils n'étaient pas à l'abri des soupçons, si l'on en croyait les rumeurs. Si le Prince ne parvenait pas très vite à consolider sa position, une guerre entre le Landsraad et la Maison de Corrino pourrait en résulter.

Margot s'était montrée si insistante à propos d'une certaine question, avec la sérénité tranquille propre au Bene Gesserit, qu'on lui avait aussitôt accordé une audience. Le seul moment libre était dans la matinée, que Shaddam réservait d'ordinaire à ses promenades de réflexion paisible. (« À pleurer son cher vieux père », comme le disait Fenring dans le langage de la Cour.)

Margot accorda un gentil sourire à l'homme-fouine tout en rejetant ses boucles blondes d'un geste exquis et en l'étudiant.

— Vous savez très bien ce dont je souhaite discuter avec votre ami, Hasimir, lui dit-elle avec une familiarité qui surprit le Prince Héritier. Vous ne l'avez donc pas préparé ?

Fenring, déconcerté, secoua la tête et Shaddam le sentit défaillir devant la jeune Sœur. Son ami assassin n'était pas dans sa meilleure forme. La délégation Bene Gesserit attendait depuis quelques jours déjà, et Margot Rashino-Zea avait passé de longs moments avec Fenring. Shaddam pencha la tête en devinant une certaine affection – ou bien était-ce un respect mutuel ? – entre eux. Mais non, impossible !

— Mmm, je me suis dit que vous pourriez exprimer cela mieux que moi, ma Sœur, dit Fenring. Sire, la charmante Margot a une proposition intéressante à nous faire. Je pense que vous devriez l'écouter.

Margot eut un regard étrange à l'adresse de Shaddam. *Aurait-elle remarqué ma détresse ?* se demanda-t-il, paniquant soudain. *Et elle en connaîtrait la raison ?*

Le murmure de la fontaine noyait leurs paroles. Margot prit les mains de Shaddam dans les siennes et il apprécia ce contact doux et tiède. Et, en se perdant dans son regard sensuel, il sentit la force qu'elle déversait en lui, son réconfort.

– Vous devez avoir une femme, Sire, dit-elle. Et le Bene Gesserit peut vous offrir l'union idéale pour vous et la Maison de Corrino.

Méfiant, il jeta un regard à son ami en retirant ses mains nerveusement. Fenring eut un faible sourire.

– Bientôt, vous serez couronné Empereur, poursuivit Margot. La Communauté peut vous aider à renforcer l'assise de votre pouvoir – plus efficacement que par une alliance avec l'une des Grandes Maisons du Landsraad. Durant le cours de sa vie, votre père a épousé des Mutelli, des Hagal, des Ecaz, de même que votre mère native d'Hassika V. Cependant, dans la période difficile que nous vivons, nous considérons que vous auriez le plus grand avantage à vous concilier le pouvoir et les moyens de la Communauté des Sœurs du Bene Gesserit.

Margot avait un ton ferme, convaincant.

Shaddam remarqua que l'escorte de Révérendes Mères s'était arrêtée à quelques pas de là et les observait. Elles restaient vigilantes, immobiles comme des statues.

Margot les désigna et le surprit en demandant :

– Vous voyez cette femme, au centre ? Celle qui a les cheveux brun cuivré ?

La femme s'avança et Shaddam l'examina, détaillant ses formes, ses traits doux de biche. Ce n'était pas une beauté classique, mais il la trouva plutôt séduisante. Pas autant que Margot, mais encore dans la fraîcheur de sa jeunesse.

– Elle se nomme Anirul. C'est une Sœur de Rang Caché.

– Ce qui veut dire ?...

– Ça n'est qu'un titre parmi d'autres pour nous, Sire, très commun. Il n'a aucun sens en dehors de notre ordre et ne saurait vous concerner en tant qu'Empereur. Il vous suffit de savoir qu'Anirul est un de nos meilleurs éléments. Nous vous l'offrons en mariage.

Shaddam sursauta.

– Comment ?

– Le Bene Gesserit est très influent, vous le savez. Nous pourrions travailler en coulisse pour aplanir toutes les difficultés que vous rencontrez avec le Landsraad. Ce qui vous donnerait du temps libre pour n'être que l'Empereur et assurer votre place dans l'Histoire. Un grand nombre de vos ancêtres l'ont déjà fait, et à bon escient. (Ses yeux gris-vert s'étrécirent.) Nous sommes au courant des ennuis que vous affrontez actuellement, Sire.

— Oui, oui, je sais.

Shaddam se tourna vers Fenring, comme s'il attendait de lui une explication. Puis il fit signe à Anirul de s'approcher. Les gardes se consultaient, décontenancés, sans savoir s'ils devaient accompagner la Sœur auprès du Prince.

— Sire, reprit Margot, vous êtes en cet instant l'homme le plus puissant de l'univers, mais votre pouvoir est divisé entre vous-même, le Conseil du Landsraad et les forces considérables que sont la Guilde et le Bene Gesserit. Votre mariage avec l'une de mes Sœurs serait... à notre bénéfice mutuel.

— De plus, Sire, ajouta Fenring, toute alliance avec une autre Grande Maison impliquerait un certain... fardeau. En vous unissant à une famille, vous risquez de vous attirer l'inimitié d'une autre. Nous ne tenons pas à déclencher une nouvelle rébellion.

Bien que surpris par cette proposition, Shaddam lui trouvait une résonance plaisante. L'un des adages de son père était qu'un homme de pouvoir devait prendre garde à ses instincts. La cape hantée lui parut encore plus écrasante sur ses épaules. Les Sœurs pourraient peut-être chasser la force malveillante qui habitait ce vêtement et le Palais.

— Cette Anirul est plutôt attirante, déclara-t-il tandis que la femme s'arrêtait à cinq pas de sa royale personne, silencieuse, le regard droit.

— En ce cas, vous prendrez notre offre en considération, Sire ? demanda Margot en s'écartant respectueusement, guettant sa décision.

— En considération ? (Shaddam sourit.) Mais j'ai déjà pris ma décision. Dans ma position, il faut faire vite et net. (Il se tourna vers Fenring.) Vous n'êtes pas d'accord, Hasimir ?

— Hmm... cela varie, selon que vous choisissez un habit ou une femme.

— Un sage conseil en apparence, mais insincère, à mon avis. Il est évident que vous êtes l'ami de Sœur Margot et que c'est *vous* qui avez préparé cette rencontre, sachant la requête qu'elle allait présenter. Je dois donc en conclure que vous vous rangez à la position du Bene Gesserit.

Fenring s'inclina.

— La décision vous revient, Sire, quels que soient mon opinion personnelle ou mes sentiments envers cette jolie femme.

— Très bien... alors, ma réponse est oui. Croyez-vous que je fasse le bon choix, Hasimir ?

La Révérende Mère Anirul n'avait pas daigné sourire.

Peu habitué à être pris à contrepied, Fenring marqua un temps avant de répondre.

— Sire, c'est une excellente dame, et elle sera sans nul doute une épouse magnifique. Et puis, les Sœurs feront d'excellentes alliées, surtout en cette difficile période de transition.

Shaddam s'esclaffa.

— On dirait un de nos diplomates ! Allons, dites-moi oui ou non.

— Oui, Majesté. Je vous dis oui, sans hésitation. Anirul est une femme agréable et de bon tempérament... un peu jeune, mais douée d'une grande sagesse. (Jetant un bref regard à Margot, Fenring ajouta :) Vous m'avez bien dit qu'elle peut porter un enfant ?

— Ses entrailles déborderont d'héritiers royaux ! fit Margot, pétillante.

— Quelle image ! s'exclama Shaddam en répondant à son rire. Présentez-la-moi.

Sur un signe de Margot, Anirul vint au côté du Prince Héritier tandis que les autres Sœurs conversaient dans un bourdonnement.

Shaddam regarda plus attentivement sa future épouse. Elle avait des traits délicats, même si ses yeux de jeune biche étaient marqués de fines rides. Elle gardait une attitude modeste, la tête inclinée, ses boucles cuivrées en désordre. Elle décocha un regard furtif à Shaddam, comme si elle était la plus timide des jouvencelles.

— Sire, vous avez pris l'une des meilleures décisions de votre vie, déclara Margot. Votre règne aura une puissante assise.

— Cela mérite d'être célébré, fit Shaddam, avec toute la splendeur et les pompes qui conviennent à l'Imperium. En fait, j'ai l'intention d'annoncer que nos noces auront lieu le jour de mon couronnement.

Fenring était rayonnant.

— Mon ami, ce sera le spectacle le plus grandiose de l'histoire impériale.

Shaddam et Anirul se sourirent et leurs mains se touchèrent pour la première fois.

> *Quand le centre de la tempête ne bouge plus, c'est que vous êtes sur son parcours.*
>
> L'Ancienne Sagesse Fremen

La frégate des Atréides décolla de l'astroport de Calaville pour Kaitain chargée de drapeaux, d'effets, de bijoux et de présents pour le couronnement de l'Empereur Padishah. Leto avait décidé d'apporter une contribution opulente à la somptueuse cérémonie.

— C'est une bonne stratégie, avait approuvé Thufir Hawat, l'air grave. Shaddam s'est toujours délecté de l'apparat propre à son rang. Plus vous serez élégant, plus vous apporterez de cadeaux, plus il sera impressionné... et donc plus enclin à accéder à votre requête.

— Il semble privilégier la forme par rapport à l'essence, réfléchit Leto. Mais les apparences peuvent être trompeuses et je ne dois pas le sous-estimer.

Kailea avait choisi une robe ravissante, bleu ciel et lilas, pour les accompagner jusqu'à Cala. Elle resterait au Castel, pourtant, et personne ne profiterait de ses jolies tenues.

Rhombur se présenta en pantalon et chemise de soie merh avec sa cape aux couleurs de la Maison Vernius. Il se campa fièrement devant sa sœur qui ne pouvait qu'admirer la témérité qu'il montrait en portant le pourpre et le cuivre de leur famille. Rhombur était presque un homme maintenant, musclé, hâlé, et son visage avait perdu les rondeurs douces de l'enfance.

— Cela pourrait passer pour de l'arrogance, commenta Hawat en le détaillant.

— C'est un pari, Thufir, dit Leto. Nous avons besoin de restituer la grandeur que les traîtres tleilaxu ont dérobée à cette noble famille en la forçant à devenir renégate. Il nous faut montrer à quel point l'Empereur Elrood a manqué de perspicacité en prenant cette décision malveillante. Et faire comprendre à Shaddam quel précieux allié aurait été la Maison Vernius pour le trône. (Il désigna Rhombur, silencieux et digne.) Après tout, préférerais-tu avoir ce jeune homme de ton côté, ou bien les ignobles Tleilaxu ?

Le Maître Assassin lui accorda un sourire mitigé.

– Je ne dirais pas cela ouvertement à Shaddam.

– Nous le dirons en silence.

– Vous ferez un Duc prestigieux, Mon Seigneur.

Ensemble, ils se dirigèrent vers le terrain où les troupes Atréides, deux fois plus nombreuses que pour une escorte normale, avaient déjà embarqué.

Kailea serra brièvement Leto dans ses bras. Sa robe délicate bruissait à chacun de ses mouvements et il posa la joue sur les peignes d'or qui maintenaient ses cheveux. Il sentit sa tension et son envie d'une étreinte moins timide.

Elle se blottit ensuite contre son frère avec des larmes dans les yeux.

– Sois prudent, Rhombur. Tu vas vivre des moments dangereux.

– C'est sans doute le seul moyen de réhabiliter le nom de notre famille, dit-il. Nous devons nous mettre à la merci de Shaddam. Peut-être se montrera-t-il différent de son père. Il n'a rien à gagner en maintenant cette sentence à notre égard, et beaucoup à perdre – surtout dans l'agitation que l'Imperium connaît actuellement. Il a besoin de tous ses amis et de tous les appuis.

En souriant, il fit tourbillonner sa cape.

– Ix sera la ruine du Bene Tleilax, dit Kailea. Ils ne connaissent rien aux affaires galactiques.

En tant que Duc, Leto savait qu'il n'était pas raisonnable de s'immiscer dans les affaires politiques de la Cour. Mais il écoutait son cœur qui lui soufflait de se risquer dans cette partie, car les enjeux étaient importants et le bon droit était pour lui. Il tenait cela du Vieux Duc.

Il lui avait prouvé qu'un gambit exécuté avec bravoure était souvent plus profitable qu'un plan classique et sans imagination... alors pourquoi pas maintenant ? Son père aurait-il agi ainsi dans ces circonstances, ou bien se serait-il laissé tempérer par son épouse ? Leto n'avait pas de réponse, mais il ne regrettait pas de ne pas avoir quelqu'un comme la sévère et inflexible Dame Helena en travers de son chemin. Et il se jura que lorsqu'il se marierait, ce ne serait pas avec une femme comme elle.

Il avait envoyé un Messager auprès des Sœurs de l'Isolement, sur le Continent Oriental, pour prévenir sa mère que Rhombur et lui se rendaient sur Kaitain. Il ne précisait pas son plan ni les risques qu'il comportait, mais il voulait qu'elle soit prête au pire. Sans autre héritier, Dame Helena deviendrait la souveraine si jamais Leto venait à être exécuté ou était victime d'un « accident ». Même sachant qu'elle avait été l'instigatrice de la mort de son père, il n'avait pas le choix. C'était une question de forme.

Les derniers bagages furent chargés avec les malles et, quelques secondes plus tard, la frégate fila entre les nuages gris de Caladan. Ce voyage ne ressemblerait pas aux précédents : l'avenir de Rhombur en dépendait... et peut-être celui de Leto.

À quatre jours du Couronnement, le nouvel Empereur Padishah prendrait-il le risque de jeter un voile sombre sur les festivités en réaffirmant une sentence de mort ? Bien des Maisons lisaient des présages dans chaque acte et la rumeur disait que Shaddam, comme tant d'autres, était superstitieux. Un pareil présage serait évident. De par sa propre décision, Shaddam donnerait le ton de son règne. L'Empereur souhaitait-il vraiment débuter en refusant la justice ? Leto espérait que non.

La frégate vint à l'ancrage dans le berceau qui lui avait été assigné, au fond de la soute encombrée du Long-courrier. À proximité, des navettes se rangeaient avec des manœuvres délicates entre des transporteurs et des cargos chargés des produits les plus renommés de Caladan : riz pundi, extraits d'algues médicinales, tapisseries, conserves de poisson. Des chalands privés continuaient encore d'apporter des marchandises de toutes les régions de la planète. Vaste comme une province, la soute du Long-courrier qui faisait le circuit de Kaitain abritait des vaisseaux venus de tous les mondes de l'Imperium, avec leurs délégations en route pour le Couronnement.

Tandis qu'ils attendaient, Thufir Hawat consulta l'horloge de la frégate.

— Il nous reste trois heures avant le départ. Je suggère que nous en profitions pour faire un peu d'exercice, Mon Seigneur.

— Si je ne t'ai pas entendu proposer cela mille fois, dit Leto.

— Vous êtes jeune et vous avez grand besoin d'être éduqué.

La frégate était si luxueuse et confortable qu'ils auraient pu facilement oublier qu'ils étaient loin de leur planète. Mais Leto en avait assez du repos, et les événements qui l'attendaient lui conféraient une énergie qu'il souhaitait dépenser.

— Thufir, tu as une suggestion ? Qu'est-ce que nous pourrions essayer ici ?

Une étincelle taquine apparut dans les yeux du Maître Assassin.

— Dans l'espace, il y a bien des choses qu'un Duc... ainsi qu'un Prince peuvent apprendre.

Une capsule de combat sans aile de la taille d'un ornithoptère fut larguée de la frégate et s'éloigna du Long-courrier, en plein espace. Leto et Rhombur étaient aux commandes. Un instant, Leto se souvint de leur fuite dramatique d'Ix à bord du spatioptère.

Hawat était installé derrière eux en combinaison antichoc, solennel, vigilant. Un panneau de subrogation flottait devant lui, en cas d'urgence.

— Jeunes gens, ceci n'est pas un coracle maritime. À la différence des vaisseaux plus importants, ici, nous sommes sous gravité zéro, avec toute la flexibilité et les contraintes que cela suppose. Vous connaissez les simulations, mais maintenant vous allez découvrir le combat en espace réel.

— Je me charge de l'armement, dit Rhombur, répétant les règles qu'ils avaient acceptées.

— Et moi je pilote, fit Leto. Mais nous intervertirons les postes dans une demi-heure.

Hawat déclara d'un ton uni :

— Mon Seigneur, il est peu probable que vous vous retrouviez en situation de combat spatial, mais...

— Oui, oui, je sais, je dois constamment y être préparé. Thufir, je dois dire que tu m'as tout appris.

— Avant tout, il faut que vous sachiez manœuvrer.

Hawat guida Leto dans une série de courbes et de virages serrés en maintenant la capsule à distance prudente du gigantesque Long-courrier, assez près cependant pour qu'il constitue un obstacle véritable à pleine vitesse. Leto réagit trop vivement et le vaisseau partit à la dérive en spirale, ce qui l'obligea à déclencher les tuyères pour freiner sans virer dans la direction opposée.

– Réaction et contre-réaction, approuva Hawat. (Sa combinaison avait réagi et se remettait en place.) Quand vous avez fait naufrage, vous et Rhombur, vous avez réussi à regagner les récifs. Mais ici, pas question de filet de sécurité. Si vous perdez le contrôle de l'appareil, vous continuerez sur votre trajectoire jusqu'à ce que vous preniez des contre-mesures. Vous pourriez basculer vers la planète et brûler dans l'atmosphère, ou être précipités dans le vide.

– Bon, on ne fait ni l'un ni l'autre aujourd'hui, dit Rhombur en regardant son ami. Leto, j'aimerais bien faire un peu de tir, si vous arrivez à stabiliser ce truc pendant quelques minutes.

– Pas de problème.

Hawat se pencha vers le poste d'armement entre les deux garçons.

– J'ai chargé des drones-cibles. Rhombur, vous allez essayer d'en détruire autant que possible. Vous avez le champ libre pour le choix de l'armement. Lasers, explosifs conventionnels, ou encore projectiles multiphases. Mais auparavant, Mon Seigneur... (Hawat serra affectueusement l'épaule de Leto.) Conduisez-nous donc jusqu'à l'autre face de cette planète pour que nous n'ayons plus à nous soucier du Long-courrier quand notre ami Rhombur commencera à mitrailler.

En riant, Leto dirigea la capsule vers la nuit de Caladan où des archipels de nuages masquaient çà et là les feux des ports semés au long du littoral. Delta Pavonis, le soleil éclipsé par la planète, était maintenant un halo.

Hawat largua une dizaine de sphères brillantes sur des trajectoires aléatoires. Rhombur était crispé sur la stylbarre de contrôle avec ses voyants chatoyants. Il déclencha un tir dispersé en effleurant la cible avec les projectiles multiphases. Par accident, ils le savaient tous trois, et Rhombur ne fit aucun commentaire.

– De la patience et de la concentration, Prince, dit Hawat. Vous devez tirer comme s'il ne vous restait qu'un seul et dernier projectile. Faites qu'il aboutisse. Dès que vous aurez appris à atteindre la cible, vous pourrez vous montrer plus généreux avec vos munitions.

Leto suivait à la trace les drones et Rhombur finit enfin par tous les détruire. Ils purent alors revenir à leurs manœuvres de pilotage après avoir échangé leurs postes.

Deux heures passèrent rapidement et Thufir leur ordonna de

regagner le Long-courrier et de s'installer à leurs places : le Navigateur de la Guilde allait reprendre sa transe, et les lancer dans l'espace plissé jusqu'à Kaitain.

Dans le siège douillet marqué du Faucon des Atréides, Leto observait les vaisseaux empilés dans le hangar. Il buvait du vin chaud tout en se rappelant Kailea et la nuit de la tempête, lorsqu'ils avaient ouvert les coffres personnels du Vieux Duc. Ces interludes paisibles, cette amitié pleine de douceur lui manquaient, même s'il savait qu'il lui faudrait attendre longtemps avant que sa vie retrouve un certain équilibre.

— Tous ces vaisseaux sont beaucoup trop serrés, remarqua-t-il. Ça m'inquiète.

Il venait de remarquer en particulier deux unités de transport tleilaxu qui se rangeaient à proximité de leur frégate. Plus loin, une frégate Harkonnen était suspendue dans son berceau.

— N'ayez aucune crainte, Mon Duc, dit Hawat. Les règles de conflit édictées par la Grande Convention interdisent à quiconque de faire usage d'une arme à bord d'un Long-courrier. Toute Maison qui les violerait se verrait interdire à jamais l'accès aux vaisseaux de la Guilde et nul ne veut courir ce risque.

— Mais nos boucliers sont activés, au moins ?

— Par les enfers vermillon, certes pas, Leto ! s'écria Rhombur, atterré. (Puis il rit.) Vous auriez dû vous intéresser un peu plus aux Longs-courriers quand nous étions sur Ix. Ou bien avez-vous passé tout ce temps à regarder ma sœur ?

Leto se sentit rougir, mais Rhombur ajouta vivement :

— À bord d'un Long-courrier, les boucliers créent une interférence avec les moteurs Holtzman. Ils perturbent la transe du Navigateur, ce qui veut dire la mort en plein espace.

— Ils sont également proscrits au terme de notre contrat avec la Guilde, ajouta Hawat pour ajouter un impératif juridique dans la balance.

— Donc, nous sommes sans protection, tout nus et nous devons être confiants, grommela Leto.

Rhombur, avec un triste sourire, lui dit :

— Vous me rappelez tous ces gens qui souhaiteraient me voir mort.

— Prince, protesta Hawat, tous les vaisseaux sont vulnérables au même degré à bord d'un Long-courrier. Mais vous ne devriez pas vous inquiéter : c'est sur Kaitain que le danger vous guettera. Pour l'heure, je crois que je vais me reposer. Ici, dans notre frégate, nous sommes en sécurité.

Leto leva les yeux vers la voûte lointaine en songeant au Navigateur isolé dans sa chambre saturée d'épice, qui contrôlait à lui seul le titanesque vaisseau.

Malgré les assurances d'Hawat, il n'était pas tranquille. À son côté, Rhombur, il le savait, faisait des efforts pour dissimuler son anxiété. Avec un soupir trémulant, Leto se laissa aller dans son fauteuil en essayant d'évacuer sa tension afin de mieux se préparer à la crise politique qu'il allait sous peu déclencher sur Kaitain.

> *Les tempêtes engendrent les tempêtes. La rage engendrent la rage. La vengeance engendre la vengeance. Les guerres engendrent les guerres.*
>
> Énigme Bene Gesserit

Les écoutilles du Long-courrier avaient été fermées et, avant peu, le Navigateur entrerait en transe et le vaisseau repartirait vers Kaitain où, déjà, les représentants des Maisons du Landsraad commençaient à affluer pour le couronnement du nouvel Empereur Padishah.

Le bâtiment s'arracha au puits gravifique de Caladan et regagna l'espace libre avant le lancement des moteurs Holtzman.

Les passagers des frégates familiales ne ressentirent aucun mouvement, aucune modification de leur position et n'entendirent rien. Les vaisseaux de toutes classes étaient suspendus dans la soute comme des blocs de données dans une bibliothèque complexe et inattaquable. En cet instant particulier, toutes les Maisons devaient obéir aux règles et avoir foi aveuglément en un être solitaire, un mutant qui déchiffrait les chemins de l'espace plissé.

Des bœufs à l'abattoir, songea Rabban en montant à bord de son vaisseau d'attaque invisible.

Il aurait pu dès maintenant annihiler une dizaine de frégates sans que quiconque s'en aperçoive dans l'immédiat. S'il avait eu carte blanche, il l'aurait fait : il adorait l'extase que lui apportait la violence la plus insensée...

Mais tel n'était pas le plan, dans l'immédiat du moins...

Son oncle avait mis au point un stratagème d'une admirable subtilité.

« Regarde bien et apprends », lui avait-il dit. *Bon conseil,* il le reconnaissait. Il découvrait seulement les avantages de la finesse et le plaisir d'une vengeance longuement mûrie.

Ce qui ne signifiait pas que Rabban renonçait aux formes plus grossières de la violence, dans lesquelles il excellait, bien au contraire. Il ajouterait simplement les méthodes du Baron à son répertoire du crime. Et quand la Maison Harkonnen lui reviendrait, il serait parfaitement rodé.

Dans un mouvement furtif, l'écoutille de la frégate s'ouvrit juste assez pour laisser passer l'unité d'attaque de Rabban. Elle descendit dans la soute du Long-courrier. Lentement, souplement. Et sans attendre qu'on entrevoie le vaisseau, Rabban activa le non-champ, répétant les gestes qu'il avait appris de Piter de Vries. Il ne perçut aucune différence, ne constata aucun changement dans l'image des moniteurs. Mais à présent, il était un fantôme, un fantôme assassin *et invisible*.

Les moteurs étaient silencieux comme un soupir, il ne détectait pas la plus légère vibration.

On ne pouvait rien soupçonner. Nul n'était capable d'imaginer un vaisseau invisible.

Il lança les propulseurs d'attitude, s'éloignant de la frégate Harkonnen en direction du vaisseau des Atréides. Cette unité d'attaque était encore trop importante à son goût, peu manœuvrable et bien lourde pour un chasseur rapide, mais son invisibilité et ses moteurs silencieux faisaient toute la différence.

Tandis que ses gros doigts pianotaient sur le panneau de commande, il sentit venir la jouissance, la saveur de la puissance, de la gloire. Avant peu, il allait anéantir un vaisseau bourré de sales brutes tleilaxu. Il allait en massacrer des centaines.

Constamment, Rabban s'était servi de sa posititon dans la Maison Harkonnen pour obtenir ce qu'il voulait sans la moindre question, pour manipuler les autres et tuer ceux qui avaient le malheur de se trouver en travers de son chemin. Mais pour lui, ça n'avait été qu'un amusement. Là, il avait un rôle vital à jouer, dont l'avenir de la Maison Harkonnen dépendait. Le Baron l'avait personnellement choisi pour cette mission et il avait juré de la conduire à bien. Il ne tenait pas à être renvoyé sur sa planète natale, comme son père.

Il pilotait sans hâte, doucement, avec précision. Il avait tout le temps du voyage transpatial pour déclencher une guerre.

Cette fois, le gibier ne pouvait voir le chasseur. Et c'était une chasse bien différente de celle qu'il pratiquait d'ordinaire.

C'était plus sophistiqué que de créer des tempêtes de sable sur Arrakis, que de traquer des enfants dans la Station Forestière. L'enjeu était une réorientation de la politique impériale. À terme, il vaudrait aux Harkonnens les trophées suprêmes : le pouvoir et la fortune. Très élégants, une fois empaillés et accrochés aux murs du Donjon.

Le chasseur invisible frôlait maintenant la frégate des Atréides.

Rabban s'assura que tous les postes de tir étaient armés. Pour cette opération délicate, il devait utiliser le déclencheur manuel.

À bout portant, il ne risquait pas de manquer sa cible.

Les Harkonnens avaient grassement soudoyé la Guilde pour que les transports tleilaxu soient parqués près de la frégate Atréides.

Les deux vaisseaux venaient de Tleilax Sept et ils étaient sans nul doute chargés de produits génétiques. Ils devaient l'un et l'autre être sous le commandement d'un Maître tleilaxu, avec un équipage de Danseurs-Visages. Quant à la cargaison génétique, elle pouvait être constituée de viande de lochon, de greffons d'animaux ou encore de quelques gholas, les clones abominables élevés dans des cuves axolotl à partir de la chair des morts, qui étaient pour les familles endeuillées la copie des chers disparus. Des produits coûteux qui avaient enrichi les Tleilaxu.

C'était parfait ! Devant le Landsraad tout entier, le jeune Duc Leto Atréides avait fait vœu de vengeance à l'encontre des Tleilaxu, il avait juré qu'il leur ferait payer ce qu'ils avaient fait à la Maison Vernius. Il avait été bien imprudent, car chacun savait désormais la haine qu'il vouait aux Tleilaxu. Et, en prime, le jeune renégat Rhombur Vernius était en cet instant précis à bord de la frégate, avec les Atréides. Lui aussi allait être pris au filet, ce serait une nouvelle victime dans la guerre sanglante qui se déchaînerait bientôt entre les Atréides et les Tleilaxu.

Le Landsraad accuserait le Duc Leto d'avoir eu un coup de sang, de s'être montré téméraire, impétueux, violent, sous l'influence maléfique de ses amis ixiens et de son chagrin. Pauvre, pauvre Leto, si peu adapté aux pressions qu'il subissait !

Rabban savait très bien quelles seraient les conclusions du Landsraad et de l'Imperium : son oncle et son Mentat tordu les lui avaient expliquées par le menu.

Rabban fit avancer le chasseur juste au-devant de la frégate Atréides. Sous son voile d'invisibilité, il braqua ses armes avec une précision minutieuse sur les vaisseaux tleilaxu. Avec un large sourire, il posa les doigts sur les touches de contrôle.

Et ouvrit le feu.

> *Tio Holtzman fut l'un des inventeurs ixiens les plus productifs. Il lui advenait fréquemment de s'enfermer durant des mois pour travailler sans interruption. Quand il en émergeait, il demandait souvent à être hospitalisé et on s'inquiétait constamment de sa santé et de son équilibre mental. Holtzman mourut jeune – il avait à peine trente ans standard – mais ses recherches ont changé à jamais la galaxie.*
>
> Capsules biographiques, livre-film impérial

Rabban quitta la frégate Harkonnen plein de l'importance de sa mission, et le Baron se plongea dans l'observation de l'immense soute du Long-courrier. Le Navigateur avait déjà lancé les moteurs et le vaisseau géant pénétrait dans les plis de l'espace.

Même sachant où il devait regarder, le Baron ne parvenait pas à discerner le vaisseau d'attaque, bien sûr. Pourtant, il consulta son chronomètre : l'instant approchait. Il épia la frégate Atréides, silencieuse, arrogante, puis les vaisseaux tleilaxu. Il se mit à pianoter nerveusement sur l'appuie-bras de son siège.

Les minutes s'écoulaient, interminables.

Le Baron avait prévu initialement que Rabban frapperait les vaisseaux tleilaxu au laser – mais Chobyn, le concepteur richésien, avait laissé une mise en garde griffonnée dans ses notes. Le non-champ qu'il avait conçu n'était pas sans rapport avec l'Effet Holtzman qui était la clé des boucliers de défense. N'importe quel enfant savait que la déflagration d'un faisceau laser sur un bouclier produisait une détonation quasi nucléaire.

Le Baron n'avait pas osé courir le risque : ils avaient éliminé l'inventeur et il ne pouvait plus répondre à leurs questions. Le Baron s'était dit qu'il aurait dû y penser avant qu'il ne soit trop tard.

Peu importait. Pour détruire les Tleilaxu, pas besoin de laser, puisque les vaisseaux transportés par le Long-courrier devaient avoir leurs boucliers désactivés. Des projectiles multiphases – l'artillerie à haute énergie recommandée par la Grande Convention pour restreindre les dommages collatéraux – feraient amplement l'affaire. Ce type de projectile pénétrait le blindage d'un vaisseau et détruisait l'intérieur avec effet de retardement, avant de passer en phase secondaire puis tertiaire pour étouffer les foyers d'incendie et préserver ce qui restait du fuselage. On ne s'était pas donné la peine d'expliquer les détails techniques à Rabban : il devait seulement viser et tirer. Il n'avait rien à savoir de plus.

Enfin, le Baron discerna un éclat incandescent jaune vif, et deux projectiles multiphases parurent jaillir de la frégate Atréides. Ils percèrent le flanc des vaisseaux tleilaxu et explosèrent. Les deux vaisseaux frémirent et une lueur rougeâtre apparut derrière les baies.

Le Baron espérait que certains avaient admiré le spectacle en même temps que lui.

Le premier vaisseau ne fut plus qu'une coque vide, carbonisée de l'intérieur, en quelques instants. Le second projectile toucha simplement les ailerons de queue du vaisseau Tleilaxu sans faire de victime. Ce qui donnerait aux survivants l'occasion de riposter contre leurs agresseurs Atréides. Ensuite, l'escalade se poursuivrait pour le mieux.

– Bien, ronronna le Baron avec un sourire, comme s'il s'adressait aux Tleilaxu. Maintenant, vous savez quoi faire. Fiez-vous à vos instincts.

Dès que les projectiles eurent atteint leur cible, Rabban fit pivoter le non-vaisseau et passa entre deux frégates garées au niveau supérieur.

Sur la fréquence d'urgence, il capta l'appel de détresse du transport tleilaxu endommagé :

« Des transports pacifiques du Bene Tleilax ont été attaqués par une frégate Atréides ! Violation de la Loi de la Guilde ! Assistance requise de toute urgence ! »

Le Long-courrier, à cette heure, se trouvait *nulle part* – en transit entre les dimensions. Il n'y aurait ni renforts ni représailles jusqu'à ce qu'ils émergent de l'espace plissé au large de Kaitain. Et il serait trop tard.

Rabban espérait mieux qu'une simple bagarre de taverne : avec ses amis, ils s'aventuraient souvent dans ce genre d'établissement dans les villages isolés de Giedi Prime, semaient la panique, et cassaient quelques crânes histoire de se donner du bon temps.

Un moniteur lui donnait le graphique de la soute : chaque point de couleur correspondait à un vaisseau. Un à un, ces points viraient à l'orange : les unités des Maisons Majeures activaient leurs armements, prêtes à se défendre dans ce qui allait devenir une guerre d'extermination.

Avec le sentiment agréable d'être une souris invisible sur le parquet d'une salle de danse, Rabban se rangea derrière un transport Harkonnen. À l'abri des regards étrangers, il put regagner la frégate.

Dès qu'il fut à l'intérieur, il coupa le non-champ et le vaisseau de guérilla redevint visible aux yeux de l'équipage. Il descendit sur la plate-forme en essuyant la sueur de son front, le regard excité.

– Est-ce que les autres vaisseaux ont déjà ouvert le feu ?

Il entendait la clameur des klaxons et les conversations crépitantes sur le circuit, comme des rafales de pistolet maula. Des voix impérieuses s'interpellaient en Galach ou dans des langages de bataille codés de tous les points du Long-courrier : « Les Atréides ont déclaré la guerre aux Tleilaxu ! Soyez parés à tirer ! »

Pétri d'orgueil après son exploit, Rabban lança aux hommes d'équipage :

– Activez les armements de la frégate ! Assurez-vous que personne n'ouvre le feu sur nous – les Atréides sont sans vergogne, vous le savez tous !

Il ricana.

Des grappins enlevèrent le petit vaisseau à non-champ pour le déposer entre deux fausses cloisons et des panneaux masquèrent l'orifice. Même des sondeurs de la Guilde ne pouvaient le détecter. Et puis, personne n'allait chercher un vaisseau invisible, donc inexistant.

– Défendez-vous ! lança un pilote sur le com-système.

Un Tleilaxu répliqua d'un ton plaintif :

– Nous vous avertissons que nous riposterons. Nous sommes dans notre bon droit. Il n'y a pas eu provocation... C'est un manquement flagrant aux règles de la Guilde.

– Mais la frégate des Atréides n'a aucun armement, protesta une voix rauque et profonde. Ce ne sont peut-être pas eux les agresseurs.

495

— C'est un stratagème ! couina le Tleilaxu. Un de nos vaisseaux vient d'être détruit et un autre gravement endommagé. Vous ne le voyez donc pas ? La Maison des Atréides doit payer pour ça !

Parfait, se dit Rabban, émerveillé par la justesse du plan de son oncle. À partir de ce point crucial, d'autres événements allaient suivre, et le plan se développerait. Le Duc Leto était connu pour être impétueux et, à présent, tous savaient qu'il venait de commettre un acte aussi lâche que haineux. Avec un peu de chance sa frégate serait détruite durant l'attaque de représailles et le nom des Atréides serait à jamais entaché d'infamie.

Ou alors, ce serait le début de longues et sanglantes hostilités entre les Tleilaxu et la Maison des Atréides.

Dans un cas comme dans l'autre, le jeune Leto ne s'en sortirait jamais.

Sur la passerelle de commandement de la frégate des Atréides, Leto luttait pour garder son calme. Le vaisseau n'avait pas ouvert le feu, il le savait, aussi lui fallut-il quelques secondes pour comprendre les accusations qu'on vociférait sur le circuit.

— Les tirs venaient de tout près, l'assura Hawat, exactement de sous notre proue.

— Ainsi ça n'était pas un accident ? demanda Leto, gagné par un sentiment de désespoir.

Un vaisseau tleilaxu rougeoyait encore tandis que le pilote de l'autre continuait de les insulter.

— Par tous les enfers vermillon ! Quelqu'un a vraiment tiré sur ces Tleilaxu ! s'exclama Rhombur, penché sur le hublot de cristoplass. Et il était grand temps, si vous voulez mon avis.

Dans la cacophonie, Leto perçut les appels de détresse des Tleilaxu. Il se demanda d'abord s'il devait leur proposer de l'aide. Mais c'est alors que le pilote du vaisseau indemne se mit à hurler le nom des *Atréides* en réclamant le sang de la vengeance.

Et les tourelles de tir pivotèrent pour se braquer sur eux.

— Thufir ! Qu'est-ce qu'il fait ?

Le circuit était occupé par les Tleilaxu déchaînés et ceux qui refusaient encore de croire à la culpabilité des Atréides. Mais ils étaient de moins en moins nombreux. Certains prétendaient avoir vu ce qui s'était passé et juraient que le vaisseau Atréides avait délibérément tiré sur les Tleilaxu. La pression devenait menaçante.

– Enfers vermillon ! fit Rhombur. Ils croient que c'est *vous* le coupable !

Hawat venait de plonger sur le panneau défensif.

– Les Tleilaxu viennent d'activer leur armement et vont riposter, Mon Duc !

Leto ouvrit le communicateur et prit une fréquence. En quelques secondes, ses pensées s'étaient accélérées avec une force étonnante car il savait qu'il n'était pas un Mentat. L'effet de vitesse était comme celui d'un rêve... toutes ces visions qui fusaient dans son cerveau venaient de sa conscience menacée de mort imminente. *Quelle sinistre pensée !* Il devait se tirer de cette situation.

– Écoutez-moi ! lança-t-il. Ici le Duc Leto Atréides. Je nie toute accusation. Nous n'avons pas ouvert le feu sur les vaisseaux tleilaxu.

Il savait qu'on ne le croirait pas, qu'il ne les calmerait pas avant que les hostilités soient entamées, prélude à une guerre totale. En un éclair, il sut ce qu'il fallait faire.

Des visages affluaient dans ses souvenirs. Il se focalisa sur celui de son grand-père paternel, Kean Atréides. Il semblait le fixer, ridé par toute une vie d'expériences. Il attendait quelque chose de lui. Il y avait dans ses doux yeux gris une force désarmante qui abusait souvent ses ennemis. Pour leur plus grand malheur.

Si seulement je pouvais être aussi fort que mes ancêtres...

– Ne tirez pas ! cria-t-il en s'adressant au pilote tleilaxu avec l'espoir que d'autres Commandants étaient à l'écoute.

Une autre image s'imposa à son esprit : le visage de son père, le Vieux Duc, avec ses yeux verts et l'expression qu'il connaissait si bien, mais à un âge proche du sien : le Vieux Duc adolescent. D'autres suivirent : ses oncles et ses tantes richésiens, ses cousins, ses fidèles serviteurs, des domestiques, des fonctionnaires, des militaires. Tous avaient la même expression neutre, comme s'ils ne formaient qu'un seul organisme multiplexe. Ils l'étudiaient selon différentes perspectives, ils attendaient de le juger. Il ne lisait aucun amour, aucune approbation, aucun reproche sur ces visages – rien que le vide, comme s'il avait réellement commis un acte de haine et n'existait plus à leurs yeux.

Le visage méprisant de sa mère se superposa aux autres, s'effaça.

Ne fais confiance à personne, pensa-t-il.

Le découragement le submergea, suivi d'un sentiment amer de solitude. Tout au fond de lui, dans un lieu désolé et sans vie, il rencontra ses propres yeux gris, sans émotion. Il faisait très froid et il frissonna.

« *Le pouvoir est une tâche solitaire.* »

La lignée des Atréides allait-elle s'arrêter là, dans cet instant nexus ? Ou aurait-il des enfants dont les voix viendraient rejoindre tous les Atréides qui s'étaient succédé depuis les anciens Grecs ? Il essaya de les entendre dans la cacophonie mais ne sentit pas leur présence.

Les yeux accusateurs le fixaient toujours.

Le gouvernement est un partenariat protecteur : les gens sont en ton pouvoir, pour prospérer ou mourir selon tes décisions.

Les images et les sons avaient disparu et son esprit était devenu un lieu paisible et sombre.

Une seconde à peine s'était écoulée pendant ce voyage mental sous tension et Leto savait exactement ce qu'il devait faire, sans se soucier des conséquences.

– Activez les boucliers ! lança-t-il.

Devant son écran d'observation, au fond de la coque de la frégate apparemment inoffensive des Harkonnens, Rabban fut surpris de ce qu'il vit. Il se rua de pont en pont jusqu'à retrouver son oncle. Il était rouge et haletant. Avant que le Tleilaxu indigné mais hésitant ait pu ouvrir le feu, un bouclier scintillant s'était formé autour du vaisseau des Atréides !

Les boucliers étaient proscrits par le contrat avec la Guilde car ils pouvaient briser la transe du Navigateur et déranger le champ de l'espace plissé. Ils créaient une interférence qui pouvait bloquer les générateurs Holtzman du Long-courrier. Le Baron jura en même temps que son neveu.

Et le gigantesque Long-courrier frémit en plongeant hors de l'espace plissé.

Dans la chambre, tout en haut du vaisseau, le Navigateur vétéran sentit sa transe s'effriter. Ses ondes cérébrales divergèrent et se mirent en spirale, échappant à son contrôle.

Les moteurs Holtzman grondèrent et les plis de l'espace

ondoyèrent autour tandis qu'ils devenaient instables. Le vaisseau était en péril et le Navigateur roulait dans sa cuve de Mélange en agitant ses mains et ses pieds palmés. Il sentit les ténèbres qui allaient l'emporter.

Le vaisseau géant, dévié de son cap dans les plis de l'espace, fut rejeté dans l'univers réel.

Tandis que Rhombur roulait sur la moquette de la passerelle, Leto agrippa une rambarde pour garder l'équilibre et émit une prière silencieuse. Il ne pouvait qu'espérer survivre avec son vaillant équipage si le Long-courrier n'émergeait pas à l'intérieur d'un soleil.

Thufir Hawat, à ses côtés, se maintenait comme un arbre inébranlable par sa seule volonté, plongé dans sa transe de Mentat, perdu dans des régions voilées de la logique et de l'analyse. Leto n'était pas certain qu'en pareille situation ses projections puissent leur être utiles. La question – les risques de désastre consécutifs à l'activation d'un bouclier à bord d'un Long-courrier – était si complexe qu'elle exigeait de multiples niveaux mentaux.

– Première projection, annonça enfin Hawat en passant la langue sur ses lèvres carminées, en cas d'éjection aléatoire de l'espace plissé, les chances de rencontrer un corps céleste sont de un contre...

La frégate fut secouée par un choc violent au niveau du pont inférieur. La phrase d'Hawat fut coupée net et il se renferma dans l'abri secret de sa transe.

Rhombur parvint à se relever en rajustant son casque d'écoute sur ses cheveux blonds ébouriffés.

– Activer des boucliers sur un Long-courrier en déplacement ? C'est complètement dingue et... euh... d'abord, ce sont les Tleilaxu qui sont dingues. (Il tourna un regard effaré vers son ami.) Ça doit être la journée des événements dingues.

Leto effectuait quelques réglages fins, penché sur une console.

– Je n'avais pas le choix, dit-il. Je comprends tout. Quelqu'un essaie de faire croire que c'est *nous* qui avons attaqué – un incident qui pourrait déclencher une guerre féroce entre les factions du Landsraad. Je vois déjà toutes les vieilles haines qui se réveillent et les camps qui se forment ici même, sur le Long-courrier.

Il essuya la sueur de son visage. L'intuition était venue du tréfonds de son être, comme s'il avait réfléchi en Mentat.

– Il fallait que j'arrête tout immédiatement, Rhombur, avant l'escalade.

Les secousses cessèrent enfin tandis que le bruit de fond s'éteignait.

Hawat sortit de sa transe dans le même instant.

– Vous avez raison, Mon Seigneur. Chaque Maison a un représentant à bord. Tous sont en route pour le mariage et la noce. Chacun choisirait son camp et cela s'étendrait à tout l'Imperium, avec des conseils de guerre, le rassemblement des armées sur toutes les planètes. D'autres factions se formeraient inéluctablement, comme les branches d'un jacaranda. Depuis la mort d'Elrood, les Maisons espèrent de nouvelles chances et les alliances se font et se défont.

Leto sentit son cœur battre plus fort et son visage devint brûlant.

– Il y a des barils de poudre dans tout l'Imperium et il y en a un ici, dans la soute. Je préférerais encore que tous ceux qui sont à bord y trouvent la mort, car ce ne serait rien comparé à l'éventualité de la guerre. Des conflits aux quatre coins de l'univers. Des milliards de morts.

– On nous a tendu un piège ? demanda Rhombur.

– Si la guerre éclate, personne ne s'inquiétera de savoir si c'est nous qui avons tiré sur les Tleilaxu ou quelqu'un d'autre. Il faut geler ça tout de suite et ensuite seulement chercher la réponse.

Leto ouvrit le communicateur et déclara d'un ton autoritaire :

– Ici le Duc Leto Atréides. J'appelle le Navigateur de la Guilde. Répondez, je vous prie.

Ils entendirent d'abord un crachotis, puis une voix ondulante, pâteuse, distordue, comme si le Navigateur se souvenait à peine comment converser avec de simples humains.

– Nous aurions tous pu mourir, *Atréides*.

Il avait prononcé le nom de leur Maison : *A-tré-i-des* comme s'il disait *traître*.

– Nous sommes dans un secteur inconnu. L'espace plissé a disparu. Les boucliers annihilent la transe de navigation. Fermez vos boucliers Atréides immédiatement.

– Très respectueusement, je me dois de refuser, rétorqua Leto.

Il entendait d'autres messages qui affluaient dans la chambre de navigation : des plaintes, des accusations. Des voix étouffées mais furieuses.

Le Navigateur reprit.

— Les Atréides doivent couper leurs boucliers. Obéir aux lois et règles de la Guilde.

— Refusé.

Leto restait ferme, mais il était pâle, il se sentait glacé et savait qu'on pouvait lire la terreur sur son visage.

— Je ne pense pas que vous puissiez nous faire sortir de là aussi longtemps que je garderai mes boucliers activés, donc nous y restons, où que nous soyons, jusqu'à ce que vous accédiez à ma... requête.

— Après la destruction d'un vaisseau du Bene Tleilax et avec vos boucliers, vous n'avez pas droit à la moindre *requête* ! brailla une voix à l'accent tleilaxu.

— Impertinent Atréides, grommela le Navigateur comme s'il se trouvait dans des profondeurs océanes.

D'autres voix étouffées intervinrent et le Navigateur les fit taire en ajoutant :

— Atréides... exposez votre... requête.

Leto, une seconde, rencontra les regards respectueux des siens et répondit.

— Premièrement, nous vous certifions que nous n'avons pas ouvert le feu sur les Tleilaxu, et nous entendons le prouver. Si nous abaissons nos écrans, la Guilde doit garantir la sécurité de mon vaisseau et de son équipage et transférer toute juridiction dans cette affaire au Landsraad.

— Le Landsraad ? Ce vaisseau est sous la seule juridiction de la Guilde Spatiale.

— Vous êtes tenu par l'honneur, de même que le sont les membres du Landsraad et moi-même. Il existe dans le Landsraad une procédure appelée le Jugement par Forfaiture.

— Mon Seigneur ! s'exclama Hawat. Vous n'avez pas l'intention de sacrifier la Maison des Atréides, tous ces siècles de noble tradition...

Leto coupa la communication. Puis posa la main sur l'épaule du vieux guerrier Mentat.

— Si des milliards d'êtres doivent mourir pour que nous gardions notre fief, alors Caladan ne vaut pas un tel prix. (Hawat baissa les yeux.) De plus, nous savons que nous n'avons pas fait ce dont on nous accuse – un Mentat de ton rang ne devrait guère avoir de difficulté à le prouver.

Il rouvrit le communicateur et déclara :

– Je vais me soumettre au Jugement par Forfaiture, mais toutes les hostilités doivent immédiatement cesser. Il n'y aura pas de représailles, ou alors je refuse de désactiver nos boucliers et ce Long-courrier restera à jamais ici, nulle part.

Il avait songé un instant à bluffer, à menacer d'utiliser les lasers de la frégate contre leurs boucliers, provoquant ainsi une interaction nucléaire épouvantable qui ne laisserait du Long-courrier qu'un amas de fragments fondus. Mais il devait tenter de faire appel à la raison.

– À quoi bon discuter plus avant ? Je me rends et je me soumettrai au Jugement par Forfaiture du Landsraad sur Kaitain. Je veux simplement empêcher une guerre totale provoquée par une accusation injuste. Nous n'avons pas commis ce crime. Nous sommes prêts à affronter les accusations *et* les conséquences si l'on nous considère comme coupables.

Le grésillement revint, puis le Navigateur répondit :

– La Guilde Spatiale accepte ces conditions. Elle vous garantit la sécurité de votre vaisseau et de son équipage.

– Alors, sachez ceci. Selon les règles du Jugement par Forfaiture, moi, Duc Leto Atréides, j'entends abandonner tout droit légal sur mon fief et me mettre à la merci du tribunal. Nul autre membre de ma Maison ne doit être arrêté ni soumis à des mesures de justice. Reconnaissez-vous la juridiction du Landsraad en cette affaire ?

– Je la reconnais, dit le Navigateur d'un ton plus assuré.

Nerveusement, Leto coupa alors les boucliers et se laissa tomber dans un siège en tremblant. Tous les autres vaisseaux du hangar désarmèrent leur artillerie, même si les protestations véhémentes des équipages continuaient à résonner de toutes parts.

La véritable bataille était engagée.

> *Dans la longue histoire de notre Maison, nous avons constamment été poursuivis par l'Infortune, comme si nous étions sa proie. On pourrait presque croire à la malédiction d'Atreus dans la Grèce antique de la Vieille Terre.*
>
> Le Duc Paulus Atréides, extrait d'un discours à ses généraux

Sur la promenade bordée de prismes du Palais Impérial, Anirul, la nouvelle fiancée du Prince Héritier, et sa consœur Margot Rashino-Zea croisèrent trois jeunes femmes de la Cour. La capitale prodigieuse se déployait jusqu'à l'horizon et les rues étaient encombrées de vastes chantiers bigarrés et bruyants en vue de la double cérémonie du couronnement et du mariage.

Les trois jeunes femmes bavardaient avec excitation mais se déplaçaient avec peine dans leurs lourdes robes couvertes de plumes et de bijoux voyants. Mais elles se turent en voyant approcher les deux Sœurs en robe noire.

— Un instant, Margot, dit Anirul.

Elle se campa devant les femmes empanachées et se servit subtilement de la Voix pour dire :

— Ne perdez pas votre temps à jacasser. Faites quelque chose d'utile pour une fois. Il y a encore beaucoup de préparatifs avant l'arrivée des représentants des Maisons.

L'une des courtisanes, une beauté brune, la foudroya de ses grands yeux noisette, puis parut se raviser et prit une expression conciliatrice pour répondre docilement :

— Vous avez raison, Ma Dame.

Et, d'un pas décidé, elle entraîna ses compagnes vers l'arcade de lave salusane qui accédait aux appartements des Ambassadeurs.

— Mais la Cour Impériale n'est-elle pas faite pour les bavardages, Anirul ? remarqua Margot. N'est-ce pas le premier devoir de ces demoiselles ? Je dois même dire qu'elles s'en sortent admirablement.

Anirul était triomphante et semblait brusquement plus âgée.
— J'aurais dû leur donner des instructions plus explicites. Après tout, elles ne sont que des décorations, comme les fontaines de gemmes. Elles n'ont pas la moindre idée de ce que peut être une *activité productrice*.

Après toutes ces années sur Wallach IX, sachant par l'Autre Mémoire ce que le Bene Gesserit avait accompli dans le paysage de l'histoire humaine, elle considérait toute vie comme précieuse, pareille à une étincelle dans le feu de l'éternité. Mais ces courtisanes aspiraient à n'être guère plus que... des bouchées gourmandes pour l'appétit des hommes au pouvoir.

En réalité, Anirul n'avait aucun droit sur ces femmes, même en tant que future épouse du Prince Héritier. Margot posa la main sur son bras en un geste très doux.
— Anirul, essayez de vous montrer moins impulsive. La Mère Supérieure reconnaît votre talent et votre habileté, mais elle dit qu'il faut vous modérer. Toutes les formes de vie qui aboutissent s'adaptent à leur environnement. Vous appartenez désormais à la Cour Impériale, donc vous devez vous y adapter. Nous autres, les Bene Gesserit, devons travailler *invisiblement*.

Anirul eut un sourire forcé.
— J'ai toujours considéré mon franc-parler comme un pouvoir essentiel. La Mère Supérieure Harishka le sait. Cela me permet de discuter de sujets intéressants et d'apprendre des choses que j'aurais ignorées autrement.
— *Si* les autres sont capables d'écouter, remarqua Margot en haussant ses sourcils pâles sur son front parfait.

Anirul avançait la tête haute, comme une Impératrice. Dans ses cheveux brun cuivré son diadème était comme une toile d'araignée brillante de rosée. Elle savait que les courtisans bavardaient à son propos, en s'interrogeant sur les desseins secrets de ces sorcières admises à la Cour, inquiets des sorts qu'elle avait pu lancer pour séduire Shaddam. *Ah, si seulement ils savaient*... Leurs pépiements et leurs spéculations ne servaient qu'à rehausser encore la présence mystique d'Anirul.
— Il semblerait que nous ayons nous aussi à chuchoter, dit-elle.

Margot rejeta une mèche blonde de ses yeux.
— Bien sûr. L'enfant de Mohiam ?

– Et aussi les Atréides.

Anirul se pencha vers un buisson de roses saphir pour en humer le parfum. Elles entraient dans un patio fleuri et s'assirent sur un banc d'où elles pouvaient voir s'approcher des intrus, même si elles s'exprimaient au seuil du soupir, à l'abri de tout espion.

– Quel rapport les Atréides ont-ils avec la fille de Mohiam ? demanda Margot.

Sœur Margot était une Sœur essentielle à la Communauté, elle connaissait des détails confidentiels sur la prochaine phase du programme Kwisatz Haderach. Mohiam elle-même avait été mise au courant.

– Margot, pensez à long terme, à l'échelle des générations que nous avons agencée, tenez compte des schémas génétiques. Le Duc Leto Atréides est emprisonné, son titre et sa vie sont en péril. Il semble *en apparence* un noble insignifiant issu d'une Grande Maison sans grande influence. Mais avez-vous envisagé à quel point cette situation pourrait être désastreuse pour nous ?

Les pièces du puzzle se mirent en place dans l'esprit de Margot.

– Le Duc Leto ? Vous ne voulez pas dire qu'il nous est nécessaire pour...

Elle ne parvint pas à formuler le plus secret des noms : *Kwisatz Haderach.*

– Nous devons disposer de gènes Atréides pour la prochaine génération ! fit Anirul, en écho aux voix fiévreuses qui résonnaient dans sa tête. Les autres ont peur de soutenir Leto dans cette affaire, et nous savons toutes pourquoi. Certains des magistrats influents pourraient se rallier à sa cause pour des motifs politiques, mais personne ne croit vraiment à son innocence. Pourquoi ce jeune fou aurait-il commis un acte aussi déraisonnable ? Cela dépasse la compréhension.

Margot secoua tristement la tête.

– Même si Shaddam a clamé publiquement sa neutralité, reprit Anirul, il se montre en privé hostile aux Atréides. Il ne croit certainement pas à l'innocence de Leto. Pourtant, il y a plus que cela. Le Prince Héritier pourrait être en rapport avec les Tleilaxu, ce qu'il n'a jamais avoué à quiconque. Pensez-vous que ce soit possible ?

– Hasimir ne m'en a rien dit, fit Margot. (Réalisant qu'elle avait utilisé le prénom de Fenring, elle eut un sourire.) Pourtant, il me fait partager quelques secrets. Avec le temps, votre homme en partagera aussi avec vous.

Anirul fronça les sourcils en songeant à Shaddam et Fenring, à leurs manigances incessantes, leurs jeux politiques.

— Donc, ils préparent quelque chose. Ensemble. Se pourrait-il que le destin de Leto fasse partie de leur plan ?

— Peut-être.

Anirul se pencha en avant, un peu plus près des roses saphir.

— Margot, nos hommes veulent la chute de la Maison des Atréides, pour on ne sait quelle raison... mais la Communauté doit se servir de la lignée de Leto pour l'achèvement de notre programme. C'est notre plus sûr espoir, et des siècles de travail en dépendent.

Sans vraiment tout comprendre, Margot la fixa de ses yeux gris-vert.

— Nous avons besoin d'une progéniture des Atréides, ce qui est sans rapport avec leur statut de Maison Majeure.

— Vraiment ? (Anirul lui fit part de ses craintes profondes.) Le Duc Leto n'a ni frère ni sœur. S'il échoue dans ce gambit – le Jugement par Forfaiture – il pourrait très bien se suicider. C'est un jeune homme terriblement fier et ce serait pour lui un coup insupportable après la mort de son père.

Margot semblait sceptique.

— Ce Leto est exceptionnellement fort. Avec un tel caractère, il se battra, quoi qu'il advienne.

Un vol de planètes passa au-dessus du jardin dans une bouffée cristalline de gazouillis. Anirul les regarda disparaître dans le ciel sans nuage.

— Et si un Tleilaxu vengeur l'assassine ? Même en supposant que l'Empereur lui accorde son pardon ? Ce serait une occasion pour les Harkonnens de créer un « incident », non ? Leto Atréides ne peut se permettre de perdre la protection de son statut de noblesse. Notre intérêt est qu'il demeure en vie, et même en position de pouvoir.

— Je comprends, Anirul.

— Il nous faut même le protéger coûte que coûte – et d'abord sa Maison. Il ne faut pas que le jugement lui soit contraire.

— Hmm, j'entrevois sans doute un moyen, fit Margot d'un ton rêveur. Il se pourrait même qu'Hasimir adore cette idée, si jamais il vient à l'apprendre et en dépit de son opposition instinctive. Bien entendu, pas question de lui en souffler mot, encore moins à Shaddam. Mais toutes les parties seront jetées dans la plus totale confusion.

Anirul attendit en silence, intriguée, les yeux pétillants. Et Margot se rapprocha un peu plus pour lui confier :

– Nous avons nos soupçons à propos de cette... connexion tleilaxu. Nous pouvons nous en servir pour ajouter un bluff à un bluff. Mais comment le faire sans mettre en péril Shaddam ou la Maison de Corrino ?

Anirul se roidit.

– Mon futur époux et même le Trône du Lion d'Or passent après notre programme de sélection.

– Vous avez raison, bien entendu, acquiesça Margot, résignée, et choquée de sa bévue. Mais comment agir ?

– Nous allons envoyer un message à Leto.

La vérité est un caméléon.
Aphorisme zensunni

Le matin qui suivit son incarcération à la Prison du Landsraad, un officiel rendit visite à Leto. Il apportait d'importants documents à signer : sa demande de Jugement par Forfaiture et sa reconnaissance de renoncement à tous les biens de la Maison des Atréides. Pour lui, c'était le moment de vérité, le point déterminant à partir duquel il devrait justifier la dangereuse option qu'il avait demandée.

Il était en prison, mais il disposait de deux pièces, avec une couchette confortable, un bureau en jacaranda d'Ecaz, un lecteur de livres-films et autres agréments. Ce petit luxe lui avait été accordé en vertu de son statut dans le Landsraad. Aucun chef de Grande Maison ne pouvait être traité comme un criminel de droit commun – du moins, pas avant qu'il n'ait été dépouillé de son titre ou qu'il soit devenu renégat comme les membres de la Maison Vernius. À moins qu'il ne prouve son innocence, Leto savait qu'il ne retrouverait jamais autant d'apparat et d'élégance.

La prison était bien chauffée, la cuisine généreuse et bonne. S'il appréciait la couchette, il ne dormait guère, préoccupé par son jugement. Il n'espérait guère que ce serait rapide, et le Messager qui se présentait devait être porteur d'autres problèmes encore.

L'officiel qui venait de passer les contrôles de sécurité, un courtier, portait l'uniforme brun et bleu-vert à épaulettes argentées du Landsraad. Il s'adressa à « Monsieur Atréides », sans se référer à son titre ducal comme si les documents de forfaiture avaient déjà été attestés.

Leto décida de ne pas créer d'incident, même s'il restait officiellement Duc jusqu'à ce que la sentence ait été prononcée et les documents dûment paraphés et scellés par les magistrats. Depuis des siècles que durait l'Imperium, le Jugement par Forfaiture n'avait été requis que trois fois. Et dans deux des procès, le défendeur avait perdu et les Maisons en accusation avaient été ruinées.

Leto espérait inverser les chances. Il ne pouvait permettre que la Maison des Atréides s'effondre et retourne à la poussière moins d'un an après la mort de son père. Il resterait dans les annales du Landsraad comme le chef le plus incompétent de toute l'histoire de l'univers.

Revêtu de son uniforme rouge et noir, Leto prit place devant la table de plass bleu. Thufir Hawat, au titre de Mentat conseiller, s'installa à côté de lui. Ensemble, ils prirent connaissance de la liasse de documents juridiques. Conformément aux règles strictes de l'Imperium, les attendus de jugement et les preuves étaient inscrits sur des micro-feuilles de cristal ridulien qui pouvaient résister à l'épreuve du temps durant des milliers d'années.

Les feuilles s'illuminaient au moindre effleurement. Hawat inscrivait chaque ligne dans sa mémoire de vieux Mentat : plus tard, il relirait le tout en détail. Les documents spécifiaient avec précision ce qui allait se passer durant les prolégomènes et avant le jugement. Chaque feuillet portait les sceaux d'identification des magistrats, y compris ceux des avocats de Leto.

Dans le cadre de cette procédure inhabituelle, l'équipage de la frégate Atréides avait été libéré et autorisé à regagner Caladan. Mais un grand nombre de fidèles de Leto étaient demeurés sur Kaitain afin de le soutenir. Toute participation ou culpabilité collective était assumée entièrement par le commandant, le Duc Leto Atréides. De plus, l'asile continuerait d'être légalement accordé aux enfants Vernius, quel que soit le statut de la Maison. Même s'il venait à être condamné, Leto pourrait au moins se consoler de cette petite victoire. Ses amis seraient en sécurité.

Il était stipulé dans l'acte de forfaiture – auquel la mère de Leto, retirée auprès des Sœurs de l'Isolement, ne pouvait s'opposer – que le Duc Leto abandonnerait tous les biens de la famille (y compris les atomiques et l'administration de la planète Caladan) à la supervision générale du Conseil du Landsraad dans l'attente du jugement de ses pairs.

Un jugement qui pouvait le condamner.

Qu'il gagne ou non, Leto avait la certitude d'avoir évité une guerre effroyable et sauvé ainsi des milliards de vies. Il avait pris la bonne décision sans se préoccuper des conséquences qu'il aurait à subir. Le Vieux Duc Paulus aurait fait de même face à cette situation, il en était certain.

— Oui, Thufir tout cela est correct, fit-il en tournant le dernier feuillet de cristal.

Il ôta son anneau ducal, dégrafa le faucon rouge de son uniforme et les tendit au courtier en même temps que les documents. Il eut le sentiment fugace de s'être amputé.

S'il perdait ce gambit désespéré, les terres de Caladan deviendraient le gros lot d'une foire pour le Landsraad, et les citoyens, pêcheurs, marchands, paysans, artisans, ne seraient plus que de pauvres hères. Il était pour l'heure dépouillé, sa fortune et son avenir étaient dans les limbes. *Peut-être céderont-ils Caladan aux Harkonnens. Rien que par mépris.*

Le courtier lui présenta un électrostyle. Leto appuya sur la partie molle et inscrivit son paraphe dans le cristal ridulien. Il crut entendre un léger crépitement d'électricité statique et se demanda si ce n'était pas le fait de son imagination inquiète. Le courtier ajouta son sceau personnel pour l'attestation d'authenticité et Hawat l'imita avec une visible répugnance.

L'officiel se retira dans un effet de cape hautain et Leto déclara :

— Maintenant, je suis un homme du commun, sans titre ni fief.

— Jusqu'à notre victoire, le corrigea Hawat, en ajoutant d'une voix frémissante : Quelle que soit l'issue, vous serez toujours mon Très Révéré Duc.

Le Mentat se mit à arpenter la pièce comme une panthère des marécages, puis s'arrêta enfin, tournant le dos à une étroite fenêtre qui dominait la vaste plaine noire qui séparait la prison du Palais Impérial. Sa silhouette se détachait à contre-jour dans la lumière du matin.

— J'ai étudié les preuves officielles, les données enregistrées par les sondeurs du hangar du Long-courrier, ainsi que tous les témoignages visuels. Mon Seigneur, permettez-moi de vous dire, comme vos avocats, que tout cela n'est guère en votre faveur. Nous devons partir du postulat selon lequel vous n'êtes pas l'instigateur de cette agression et extrapoler.

Leto soupira.

– Thufir, si tu ne me crois pas *moi*, nous n'avons pas la moindre chance face au Landsraad.

– Votre innocence est un fait. Maintenant, il y a plusieurs possibilités, que je vais vous énumérer en commençant par la moins probable. Premièrement, quoique ce soit peu probable, il se pourrait que la destruction des vaisseaux tleilaxu ait été *vraiment* accidentelle.

– Thufir, il nous faut mieux que cela. Personne ne le croira.

– Plus probable : les Tleilaxu ont fait exploser leur vaisseau à seule fin de vous impliquer. Nous savons tous le peu de considération qu'ils ont pour la vie d'autrui. Les passagers et l'équipage étaient sans doute de simples gholas. Il leur suffira d'en élever d'autres dans leurs cuves axolotl. (Le Mentat claqua des doigts.) Malheureusement, le problème est le manque de mobile. Les Tleilaxu auraient-ils pu concocter un plan aussi compliqué et extravagant uniquement pour se venger parce que vous avez donné asile aux enfants Vernius ? Qu'auraient-ils à y gagner ?

– Rappelle-toi, Thufir : je leur ai fait part de mon hostilité dans l'Oratoire du Landsraad. Ils me considèrent comme un ennemi.

– Je ne crois pas pour autant que ce soit une provocation suffisante. Non, il y a derrière tout cela quelque chose de plus grave, qui justifie que le coupable ait pris le risque de déclencher une guerre d'extermination. (Il ménagea une pause avant d'ajouter :) Je ne suis pas en mesure de déterminer quel intérêt pourrait avoir le Bene Tleilax à persécuter ou à éliminer les Atréides. Pour eux, vous n'êtes au pire qu'un ennemi périphérique.

Leto retournait le problème en tous sens, tout en se disant que si un Mentat ne pouvait lui donner de réponse, un simple Duc n'était pas à même de démêler cette trame subtile.

– D'accord, et quelle est l'autre possibilité ?

– Eh bien... disons un sabotage ixien. Un renégat qui aurait voulu se venger des Tleilaxu. Une tentative maladroite de soutenir le Comte Vernius. Il est également possible que Dominic en personne soit impliqué, même si on ne l'a plus revu depuis qu'il s'est déclaré renégat.

– Un sabotage ? s'exclama Leto. Mais par quel moyen ?

– Difficile à dire. Pour éventrer ainsi un vaisseau tleilaxu, il a fallu un projectile multiphase. L'analyse des résidus chimiques devrait nous le confirmer.

Leto se carra dans son siège.

— Mais comment ? Qui aurait pu lancer ce type de projectile ? N'oublions pas que les témoins prétendent avoir vu des traces de tirs venant de *notre* frégate. La soute était vide alentour. Et toi et moi nous regardions. Notre vaisseau était le seul assez proche des Tleilaxu.

— Les quelques réponses que j'ai, Mon Duc, sont extrêmement improbables. Une petite unité d'attaque aurait pu lancer ce genre de projectile, mais il était impossible de la cacher. Nous n'avons rien vu. Même un individu en combinaison spatiale aurait été remarqué, ce qui élimine l'hypothèse d'un lance-missile portable. Et puis, personne n'est autorisé à quitter les vaisseaux durant le transit dans l'espace plissé.

— Thufir, je ne suis pas Mentat... mais je sens que les Harkonnens sont là-dessous, fit Leto d'un ton songeur en traçant des cercles invisibles sur la surface lisse de la table.

Oui, se dit-il, il devait se montrer très fort.

Hawat esquissa une analyse.

— Lorsqu'un tel méfait est commis, trois pistes essentielles conduisent invariablement au mobile : l'argent, le pouvoir ou la vengeance. Cet incident était un coup monté destiné à éliminer la Maison des Atréides – sans doute en rapport avec le complot dont votre père a été victime.

Leto eut un lourd soupir.

— Notre famille a connu quelques années de répit, avec Dimitri Harkonnen et son fils Abulurd, quand les Harkonnens semblaient en paix avec nous. Mais je crains que les vieilles haines ne se soient réveillées. À ce que je sais, le Baron s'en délecte.

Hawat eut un sourire sombre.

— C'est tout à fait ce que j'envisageais, Mon Seigneur. Mais je dois dire que je suis perplexe : comment a-t-il pu nous tendre une pareille embuscade sous le regard de tous ? Et prouver cela devant le Landsraad va s'avérer encore plus difficile.

Un gardien se présenta à cet instant avec un petit paquet. Sans un mot ni même un regard, il le posa sur la table et repartit.

Hawat passa un sondeur sur le paquet.

— Un cube-message.

Il fit signe à Leto de reculer, ouvrit le paquet et en sortit un objet sombre, sans marques, sans indication d'expéditeur. Un objet qui semblait cependant important.

Leto le prit et il se mit à briller en déchiffrant ses empreintes. Des mots défilèrent, synchronisés à son regard. Deux phrases d'une importance essentielle.

« Le Prince Héritier Shaddam, tout comme son père, entretient une alliance secrète et illégale avec le Bene Tleilax. Cette information devrait être précieuse pour votre défense – si vous osez en faire usage. »

– Thufir ! Lis ça !

Mais les mots se dissipèrent avant même qu'il ait pu brandir le cube sous les yeux du Mentat. Le cube s'effondra en miettes dans sa paume sans qu'il ait pu deviner qui avait pu le lui envoyer. *Une vraie bombe. Est-il possible que j'aie des alliés secrets sur Kaitain ?*

Troublé, au seuil de la paranoïa, Leto s'adressa à Thufir Hawat dans le langage des signes que lui avait appris son père. Il résuma ce qu'il venait d'apprendre et demanda qui pouvait l'avoir prévenu.

Le Mentat réfléchit un instant et répondit dans le même langage secret :

– Les Tleilaxu ne sont guère réputés pour leurs prouesses militaires, mais une telle alliance pourrait expliquer la facilité avec laquelle ils ont écrasé les Ixiens en dépit de leur technologie défensive. Il est probable que les Sardaukar contrôlent la population coincée dans le sous-sol. Et Shaddam est mêlé à tout ça, d'une façon ou d'une autre. Et il ne tient pas à ce que ça éclate au grand jour.

Leto leva les doigts en un éclair.

– Mais quel rapport cela avait-il avec l'attentat du Long-courrier ?

Hawat plissa ses lèvres rouges et répondit d'une voix rauque :

– Il y en a sans doute un. Mais peu importe si nous pouvons utiliser cette information quand nous serons acculés. Mon Duc, je vous propose un bluff. Un bluff spectaculaire, en dernier recours.

> *Les règles normales de témoignage ne sont pas applicables dans un Jugement par Forfaiture. Il n'existe aucune obligation de divulgation des preuves à la partie adverse ou aux magistrats préalablement à la session de la cour. Cela place la personne détentrice de secrets dans une position de pouvoir privilégiée – proportionnée aux risques extrêmes qu'elle prend.*
>
> Règles de Probation de Rogan, 3ᵉ édition

Le Prince Shaddam prit connaissance du cube-message que venait de lui faire parvenir Leto Atréides et son visage s'empourpra de rage.

« *Sire, mon dossier de défense comporte la divulgation complète de vos relations avec les Tleilaxu.* »

– Impossible ! Comment peut-il savoir ?

Hurlant une obscénité, Shaddam fracassa le cube contre le mur de marbre indigo. Fenring se précipita pour en récupérer les débris, avide de lire le message et de préserver cette preuve. Shaddam le foudroya du regard comme s'il était coupable de ce méfait.

On était en début de soirée et ils avaient quitté le Palace pour l'appartement particulier de Fenring afin de se détendre un peu. Shaddam se mit à arpenter la pièce spacieuse, Fenring collé à lui comme une ombre. Shaddam s'affala dans un fauteuil massif, sur le balcon, et toisa son ami.

– Alors, Hasimir, comment crois-tu que mon cousin soit au courant au sujet des Tleilaxu ? Quelle preuve aurait-il ?

– Hmm... Ça pourrait très bien être un bluff...

– Allons, ça ne peut pas être une coïncidence. Je n'oserais pas parler de bluff. Nous ne pouvons courir le risque que la vérité éclate devant la cour du Landsraad. Je n'étais pas du tout d'accord pour cette histoire de Jugement par Forfaiture. Absolument pas. Le trône impérial y perd le contrôle des biens d'une Grande Maison, c'est *moi* qui y perds. Je considère cette procédure comme néfaste.

— Mais nous ne pouvons rien y faire, gentil Sire. C'est une loi établie qui remonte à la période Butlérienne, quand la Maison de Corrino a été désignée pour régner sur l'humanité civilisée. Rassure-toi : au cours des milliers d'années qui ont suivi, ce n'est que le troisième cas de forfaiture qui ait été invoqué... mmm ? Il semble que le gambit du tout ou rien ne soit pas très en faveur.

Mais Shaddam restait tendu et pensif, le regard perdu dans les dômes prismatiques du Palais.

— Mais *comment* saurait-il ? Qui lui a parlé ? Qu'est-ce qui nous a échappé ? C'est un désastre !

Fenring était à l'autre extrémité du balcon, observant les étoiles, et il répondit dans un chuchotement menaçant :

— Peut-être devrais-je rendre une petite visite à Leto Atréides dans sa prison, nooon, mmm ?... Juste pour savoir ce qu'il sait et comment il le sait. C'est la solution la plus évidente à notre petit dilemme.

— Le Duc ne te dira rien. Il a trop à perdre. Il se peut qu'il se raccroche à un rien, mais je ne doute pas qu'il mette sa menace à exécution.

Les grands yeux de Fenring s'assombrirent encore.

— Shaddam, quand je pose des questions, j'obtiens des réponses. Tu devrais le savoir, après tout ce que j'ai fait pour toi.

— Son Mentat, Thufir Hawat, ne le quitte jamais, et c'est un adversaire redoutable. On le dit Maître Assassin.

— Moi aussi, j'ai du talent à ce jeu, Shaddam. Nous pouvons trouver un moyen de les séparer. Vous ordonnez et j'exécute.

Il savourait d'avance le meurtre et son plaisir s'augmentait encore de ce défi particulier. Mais Shaddam l'interrompit.

— Hasimir, s'il est aussi malin qu'il le paraît, il se sera assuré quelques garanties. Oui, certainement. Dès que Leto soupçonne une menace, il est capable de révéler ce qu'il sait – et il est impossible de savoir les assurances qu'il a pu prendre, surtout s'il a mûri ce plan de lui-même.

... la divulgation complète de vos relations avec les Tleilaxu...

Une brise plus fraîche passait sur le balcon, mais Shaddam n'avait pas envie de retourner à l'intérieur.

— Si quiconque a vent de notre... projet... les Grandes Maisons pourraient bien me bloquer l'accès au trône et le Landsraad enverrait une force d'intervention sur Ix.

— Ils l'ont rebaptisée Xuttuh, marmonna Fenring.
— Peu importe son nom.

Shaddam passa la main dans ses cheveux roux pommadés. Le message de Leto l'avait plus secoué que n'aurait fait l'annonce de l'annihilation d'une centaines de mondes. Il se demanda comment le Vieil Elrood aurait réagi. Plus violemment que face à la grande révolte du secteur d'Ecaz durant son long règne ?

Regarde et apprends.
Oh, tais-toi, vieux vautour !

— Hasimir, réfléchis : cela paraît par trop évident, dit-il en fronçant les sourcils. Est-il possible que le Duc Leto n'ait pas détruit les vaisseaux tleilaxu ?

Fenring caressa son menton pointu.

— J'en doute beaucoup. Les témoins ont confirmé la présence de la frégate des Atréides. On a fait usage d'armes et Leto n'a pas caché sa colère à l'égard du Bene Tleilax. Rappelle-toi son discours devant le Landsraad ! *Il est coupable.* Nul ne saurait penser différemment.

— Pourtant, moi je pense que même un gamin de seize ans pourrait être plus malin. Et pourquoi aurait-il demandé un Jugement par Forfaiture ? C'est un risque ridicule.

Shaddam avait horreur de ne pas comprendre les actes des autres.

Fenring resta un long moment silencieux avant de lancer :

— Parce qu'il a constamment tenu compte de ce *message* qu'il vous a fait envoyer ! (Il montra les débris du cube et continua très vite :) Tu penses peut-être à l'envers, Sire. Il se pourrait que Leto ait à dessein attaqué les Tleilaxu, sachant qu'il pourrait se servir de l'incident pour demander un Jugement par Forfaiture – c'est-à-dire un forum public dans l'enceinte du Landsraad qui lui permettrait de révéler ce qu'il connaît sur nous, nooon ? Tout l'Imperium l'écouterait.

— Mais pourquoi ? *Pourquoi ?* (Shaddam étudia ses ongles manucurés, troublé.) Qu'a-t-il contre moi ? Je suis son cousin !

Fenring soupira.

— Leto Atréides a des liens étroits avec le Prince d'Ix. S'il a appris notre rôle dans l'invasion de la planète et les travaux des Tleilaxu sur l'épice de synthèse, est-ce que cela ne suffit pas à le motiver ? Son père lui a légué un sens profond et exagéré de l'honneur. Alors, penses-y : Leto s'est juré de punir le Bene

Tleilax. Mais si nous le laissons comparaître devant le Landsraad, il compte bien dénoncer notre rôle pour nous faire basculer avec lui. C'est aussi simple que ça, mmm ? Il a commis ce crime en sachant que nous devions le protéger... et nous protéger *nous-mêmes*. D'une façon ou d'une autre, il nous punit. Du moins, il a laissé une issue.

— Oui, mais alors c'est...
— Du chantage, gentil Sire ?

Glacé, Shaddam jura.

— Maudit soit-il ! (Il se redressa enfin dans une attitude tout à fait impériale.) Maudit soit-il ! Si tu as raison, Hasimir, nous n'avons pas d'autre solution que l'aider.

> *La loi écrite de l'Imperium ne peut être modifiée,*
> *quelle que soit la Grande Maison qui détient le*
> *dominion ou quel que soit l'Empereur assis sur le*
> *Trône du Lion d'Or. Les documents de la*
> *Constitution Impériale ont été établis pour des*
> *milliers d'années. Ce qui ne veut pas dire que*
> *chaque régime soit légalement identique : les*
> *variations résultent de subtilités d'interprétation et*
> *de vides juridiques parfois assez vastes pour laisser*
> *passer un Long-courrier.*
> La Loi de l'Imperium : Commentaires et Réfutations

Leto, allongé sur sa couchette, s'était abandonné au massage mécanique, aux mains invisibles qui soulageaient sa nuque et son dos. Il était encore dans le doute sur ce qu'il ferait.

Jusque-là, il n'avait reçu aucune réponse du Prince Shaddam et il avait l'amère certitude que son bluff avait échoué. Il avait pris un risque certain en se reposant sur le message secret qu'il avait reçu et dont il ne comprenait même pas le sens véritable. Depuis des heures, il discutait de leurs chances avec Thufir Hawat. Ils devaient se fier à leur seule intelligence.

Dans ces heures d'attente et d'ennui, il disposait d'une garde-robe complète, de livres-films, il avait de quoi écrire et des Messagers étaient en permanence à sa disposition. Chacun connaissait l'importance de ce procès et, sur Kaitain, tous ne voulaient pas qu'il gagne.

Techniquement, la procédure légale exigeait qu'il n'ait plus de possessions personnelles, mais il appréciait celles qu'il avait encore, le sentiment de stabilité qu'elles lui apportaient, comme s'il était encore dans son « existence précédente ». Depuis le mystérieux attentat du Long-courrier, le chaos avait envahi son esprit.

Tout ou rien : son avenir, le destin des Atréides, le fief de Caladan dépendaient du Jugement par Forfaiture. S'il échouait, la Grande Maison serait dans une situation pire que celle des Vernius. Elle n'aurait plus d'existence du tout.

Au moins, songea-t-il, amer, *je n'aurai pas à me soucier de négocier un mariage pour garder les faveurs du Landsraad.* Il soupira en pensant à Kailea, à ses cheveux cuivrés, à ses rêves d'avenir qui jamais ne se réaliseraient. S'il perdait son titre et ses possessions, il choisirait de l'épouser sans plus se préoccuper de politique ou de dynasties... Mais l'accepterait-elle encore s'il n'était plus Duc ?

Je me débrouille toujours pour savoir où est mon avantage, lui avait dit Rhombur, et il aurait tant voulu partager l'optimisme de son ami en ce moment.

Thufir Hawat était resté devant le bureau, plongé dans la lecture des holo-pages du procès, les preuves et les charges retenues contre Leto, les analyses des légistes du Landsraad, les rapports des avocats des Atréides. Auxquels s'ajoutaient ses projections de Mentat.

L'affaire reposait entièrement sur des constats de circonstance, mais elle était astreignante à cause de la déclaration irritée que Leto avait faite devant le Conseil. Oralement, cela équivalait à une déclaration de guerre au Bene Tleilax.

— Tout me désigne comme le coupable parfait, non ? fit Leto en se redressant, interrompant net le massage automatique.

Hawat acquiesça.

— Et trop bien, je dirais, Mon Seigneur. Les preuves s'accumulent. Les lanceurs de projectiles multiphases de nos capsules de combat ont été vérifiés au cours de l'enquête et il serait prouvé qu'ils ont tiré. Fâcheuse conclusion qui ne fait que s'ajouter aux autres.

— Thufir, toi et moi nous *savons* que ces projectiles ont été tirés. Nous l'avons déclaré depuis le début. Rhombur et moi avons participé à des tirs d'exercice avant que le Long-courrier prenne le large. Il n'y a pas un membre de notre équipage qui ne puisse l'attester.

— Il est à craindre que les magistrats ne nous croient pas. Nos explications ressemblent trop à un alibi fabriqué. Ils doivent considérer que nous avons fait ces exercices de tir parce que nous *savions* qu'il allait y avoir enquête après notre attentat contre les Tleilaxu. Une astuce assez primaire, non ?

— Tu as toujours excellé dans les détails compliqués, fit Leto avec un sourire indulgent. C'est le résultat de ta formation de protection. À tous les niveaux tu projettes, tu calcules.

— Mais, Mon Duc, c'est très exactement ce qu'il faut faire en ce moment.

— Thufir, n'oublie pas que la *vérité* est de notre côté, et que c'est une puissante alliée. Nous garderons la tête haute devant nos pairs et leur dirons très précisément ce qui s'est passé, ainsi qu'une bonne part de ce qui ne s'est *pas* passé. Ils devront nous croire, sinon des siècles d'honneur et d'honnêteté ne signifieront plus rien pour les Atréides.

— J'aimerais partager votre conviction... votre optimisme, répliqua Hawat avec une expression douce-amère. Vous me semblez si paisible et décidé. Votre père a su vous éduquer, nul doute. Il serait fier de vous. (Il éteignit le projecteur et les pages s'évanouirent dans l'air lourd.) Jusqu'à présent, nous n'avons que peu de magistrats et de jurés du Landsraad favorables à notre cause suite aux allégeances passées.

Leto sourit tout en remarquant le malaise d'Hawat. Il revêtit une robe bleue avec un frisson et augmenta la température de la pièce.

— Nous aurons plus de partisans après qu'ils m'auront entendu et auront vu nos preuves.

Le Mentat le regarda comme l'enfant qu'il avait été.

— Nous avons un avantage : la majorité de nos alliés voteront pour votre acquittement parce qu'ils méprisent les Tleilaxu. Quoi qu'ils puissent penser de vos agissements, vous êtes de sang noble, vous appartenez à une famille respectée du Landsraad. Vous êtes du même rang et ils n'entendent certainement pas vous destituer au profit du Bene Tleilax. Plusieurs maisons nous soutiennent par respect pour votre père. Au moins, il ne se trouvera aucun magistrat pour se laisser impressionner par l'insolence de votre déposition devant le Conseil il y a quelques mois.

— Mais ils pensent encore tous que je suis coupable d'une chose aussi affreuse ? proféra Leto.

— Pour eux, vous êtes un inconnu, à peine plus qu'un enfant réputé pour être impulsif, téméraire. Dans l'immédiat, nous devons plus nous inquiéter du verdict que des motifs. Si vous gagnez votre cause, il vous faudra des années pour rétablir votre réputation.

— Et si je perds, cela n'aura aucune importance.

Hawat acquiesça avec solennité, droit comme un monolithe.

— Il n'existe pas de règle établie pour un Jugement par Forfaiture. Il consiste en un forum libre sans règles de procédure ni de charges, un réceptacle juridique sans contenu. Nous ne sommes pas tenus à la divulgation de nos preuves — mais ni plus ni moins que les autres. Nous ignorons les mensonges que peuvent proférer nos adversaires, encore moins les pièces à conviction qu'ils ont pu fabriquer. Nous ne connaîtrons pas à l'avance les preuves supposées que les Tleilaxu pourraient détenir, ni les déclarations de leurs témoins. Bien des choses abominables vont être dites à propos de la Maison des Atréides. Vous devez vous y préparer.

Dérangé par un bruit soudain, Leto vit un garde s'écarter du rideau de sécurité ronronnant pour laisser entrer Rhombur, qui venait lui rendre visite, comme chaque matin. Le Prince portait une simple chemise blanche, avec l'hélice de Vernius brodée sur le col. Il avait encore le visage rouge après ses exercices.

Leto eut une brève pensée pour la similitude de leur sort : ils appartenaient à deux Maisons menacées.

– Comment se sont passés les exercices ? demanda Leto en s'efforçant de prendre un ton léger.

– J'ai cassé la machine, fit Rhombur avec un sourire espiègle. Elle avait certainement été fabriquée par l'une de ces Maisons Mineures sans garantie. Nous sommes loin de la qualité ixienne.

Leto rit en réponse tandis qu'ils se croisaient les doigts dans la tradition de l'Imperium.

Rhombur passa la main dans ses cheveux ébouriffés.

– Je profite des exercices pour réfléchir, surtout quand ils sont difficiles. Ça me permet de me concentrer sur n'importe quel sujet. Oh, à propos, ma sœur nous souhaite bon courage : je viens d'avoir un message de Caladan. Je me suis dit que ça vous ferait plaisir.

Il avait repris son air grave qui révélait les épreuves qu'il avait subies, la maturité qu'il avait acquise brutalement à seize ans. Leto savait qu'il s'inquiétait de son sort et de celui de Kailea si jamais la Maison des Atréides perdait le procès... Deux familles nobles périraient en même temps. Rhombur et Kailea avaient peut-être envisagé de partir en quête de leur père disparu...

– Thufir et moi, nous discutions du fond de notre cause, dit-il. Ou plutôt, ainsi qu'il le dit, de notre *manque de fond*.

– Mon Seigneur, je ne dirais pas cela, protesta Hawat.

– En ce cas, j'apporte de bonnes nouvelles, annonça Rhombur. Le Bene Gesserit souhaite produire des Diseuses de Vérité lors du procès. Ces Révérendes Mères sont capables de déceler le mensonge chez n'importe qui.

– Excellent, dit Leto. Elles régleront tout le problème en un instant. Dès que je prendrai la parole, elles pourront attester que je dis la vérité. C'est aussi simple que cela ?

– Normalement, le témoignage d'une Diseuse de Vérité n'est pas recevable, fit Hawat. Une exception pourrait être concédée dans le cas présent, mais j'en doute. Les sorcières ont leurs propres intérêts et les légistes estiment qu'elles peuvent donc être achetées.

Leto cligna des yeux, surpris.

– Achetées ? Alors ils ne doivent pas connaître beaucoup de Révérendes Mères. (Il réfléchit aux diverses possibilités offertes.) Mais auraient-elles des intérêts *secrets* ? Pourquoi le Bene Gesserit ferait-il une telle proposition ? Que gagneraient les Sœurs en aidant à prouver mon innocence – ou ma culpabilité ?

– Soyez méfiant, Mon Duc, dit Hawat.

– Pourtant, cela mérite d'être essayé, dit Rhombur. Même s'il n'est pas probant juridiquement, le témoignage d'une Diseuse de Vérité donnerait du poids à la version de Leto. Tout le monde pourrait se soumettre aux Diseuses de Vérité : vous, Leto, ainsi que tous les vôtres, Thufir, l'équipage de la frégate et même vos domestiques. Et nous savons que leur récit est sincère. Votre innocence sera prouvée sans l'ombre d'un doute. (Il sourit.) Et nous retournerons sur Caladan comme ça, en un éclair.

Hawat restait sceptique.

– Mais qui précisément vous a contacté, jeune Prince ? Qui, dans le Bene Gesserit, a pu vous faire une proposition aussi *généreuse* ? Et que vous demande-t-on en retour ?

– Elle... euh... elle n'a rien demandé, fit Rhombur, décontenancé.

– Rien encore, mais ces sorcières pensent à long terme, jeune Prince.

– Elle s'appelle Margot. Elle appartient à l'entourage de Dame Anirul, elle l'accompagne pour le mariage, je suppose.

Leto retint son souffle : il lui était venu une idée subite.

– C'est une Bene Gesserit qui va épouser l'Empereur. Alors Shaddam pourrait-il être l'auteur de cette offre ? Il répondrait ainsi à notre message ?

– Les Sœurs ne travaillent pour personne, remarqua Hawat. Elles sont notoirement indépendantes. Elles n'offrent leurs services que lorsqu'elles le veulent et généralement dans leur intérêt.

— Je n'ai cessé de me demander pourquoi elle était venue me voir, admit Rhombur. Mais réfléchissez : son offre ne nous bénéficiera que si Leto est réellement innocent.

— Mais je le suis !

Hawat eut un sourire admiratif à l'adresse de Rhombur.

— Bien sûr. Mais nous avons maintenant la preuve que le Bene Gesserit sait que Leto dit la vérité, également. Sinon les Sœurs n'auraient pas fait cette proposition.

Le Mentat se demandait pourtant si elles savaient vraiment et ce qu'elles comptaient gagner.

— Ou alors, elles me mettent à l'épreuve, suggéra Leto. Si j'accepte leurs Diseuses de Vérité, c'est que je ne mens pas. Si je les repousse, par contre, c'est que j'ai quelque chose à cacher.

Hawat se tourna vers une fenêtre.

— Ne perdez pas de vue que ce jugement n'est qu'une simple apparence. Il existe des préjugés à l'égard du Bene Gesserit et de ses manœuvres secrètes de sorcellerie. Les Diseuses de Vérité pourraient trahir leur serment et mentir pour un motif plus vaste. Magie, sorcellerie... Peut-être convient-il de ne pas nous précipiter pour accepter leur aide.

— Tu penses à un piège ? demanda Leto.

— Je soupçonne souvent la tromperie. C'est dans ma nature. (Hawat passa au langage gestuel atréides et acheva à l'intention de Leto :) Ces sorcières pourraient bien être à la solde de l'Empereur, après tout. Quelles alliances nous cache-t-on ?

> *La pire espèce d'alliance est celle qui nous affaiblit.*
> *Plus grave encore est celle que l'Empereur manque*
> *de reconnaître comme telle.*
>
> Prince Raphael Corrino, *Discours sur le Pouvoir*

Le Prince Shaddam avait fait son possible pour que le représentant du Bene Tleilax ne se sente pas à l'aise et encore moins le bienvenu dans le Palais. Il trouvait détestable la seule idée de se retrouver dans la même pièce que lui, mais il ne pouvait éviter cette rencontre. Encadré par des Sardaukar bardés d'armes, Hidar Fen Ajidica enfila un long corridor, puis des couloirs de maintenance, descendit des escaliers perdus dans le fond du Palais et franchit enfin une série de portes à barreaux.

Shaddam avait choisi un lieu particulièrement isolé, une chambre si discrète qu'elle n'était pas mentionnée sur les plans officiels. Quelques années après la mort du Prince Fafnir, Hasimir Fenring avait fait cette découverte en rôdant comme à l'accoutumée. Apparemment, la chambre cachée avait été à l'usage d'Elrood au début de son règne interminable : il y avait amené des concubines non officielles aussi bien que celles de son gynécée.

Il y avait une table unique dans la pièce glaciale, dans la clarté blême des brilleurs qu'on avait disposés pour l'occasion. Une odeur de poussière imprégnait le sol et les murs. Les draps et les couvertures du lit, dans un angle, n'étaient plus que des fibres rongées. Avec les ans, un bouquet antique jeté dans un coin était devenu un fagot de tiges et de feuilles noires. Shaddam avait voulu cette impression de désolation, bien qu'il sût que les Tleilaxu n'étaient pas réputés pour leur sensibilité.

Hidar Fen Ajidica, enveloppé dans sa toge marron, posa ses

mains grisâtres sur la table et cligna des yeux en observant Shaddam.

— Vous m'avez convoqué, Sire ? J'ai quitté mes travaux de recherche à votre sollicitation.

Shaddam n'avait pas eu le temps de prévoir un dîner officiel et il se servit une tranche de lochon braisé. Il goûta d'abord la sauce crémeuse aux champignons avant de pousser le plat vers son hôte, comme à regret.

Le chétif personnage recula en refusant et Shaddam fronça les sourcils.

— La viande de lochon est un de vos produits. Les Tleilaxu se réserveraient-ils des mets particuliers ?

Ajidica secoua la tête.

— Bien que nous élevions ces créatures, nous n'en consommons pas nous-mêmes. Pardonnez-moi, Sire. Vous n'avez pas à me traiter sur un grand pied. Discutons de notre affaire. Je dois regagner très rapidement Xuttuh pour reprendre mes recherches.

Shaddam renifla, soulagé de ne pas devoir insister sur la politesse. Il n'avait aucun intérêt à respecter l'étiquette avec ce personnage. Il se massa les tempes un instant : sa migraine quotidienne semblait empirer.

— Je veux vous présenter une requête – ou plutôt, non, je dois vous intimer un ordre en tant qu'Empereur.

— Pardonnez-moi, Mon Seigneur, mais vous n'avez pas encore été couronné.

Les gardes se roidirent et Shaddam prit un air étonné.

— Y aurait-il un homme dont les ordres aient plus de poids que les miens dans tout l'Imperium ?

— Non, Mon Seigneur. C'était une simple rectification sémantique.

Shaddam repoussa le plateau et se pencha comme un rapace jusqu'à sentir le relent fétide de l'autre.

— Écoutez-moi bien, Hidar Fen Ajidica : vos gens doivent abandonner leurs accusations dans le procès de Leto Atréides. Je ne veux pas que cette affaire soit portée devant un tribunal. (Il se rassit, se servit une autre tranche de viande et continua en mâchonnant.) Donc, vous abandonnez toute charge, je vous expédie une fortune et nous en restons là.

La fermeté de son ton soulignait la simplicité évidente de la solution. Constatant que le Tleilaxu ne réagissait pas immédiatement, il ajouta :

— Après m'en être entretenu avec mes conseillers, j'ai décidé que les Tleilaxu avaient droit à un dédommagement pour les vies perdues. (Ses sourcils roux se plissèrent en une expression implacable.) Je parle de vies *authentiques,* bien entendu. Les gholas ne comptent pas.

— Je comprends, Sire, mais je suis navré d'avoir à vous dire que ce que vous me demandez est impossible. (Il gardait un ton lisse et discret.) Nous ne pouvons ignorer pareil crime contre le peuple tleilaxu. Il en va de notre honneur.

Shaddam faillit recracher la bouchée qu'il venait de prendre.

— Tleilaxu et « honneur » sont deux termes qui ne sauraient voisiner.

Ajidica balaya l'insulte d'un geste.

— Néanmoins, tout le Landsraad est au courant de cet horrible forfait. Si nous retirons notre plainte, la Maison des Atréides nous attaquera alors ouvertement – elle anéantira nos vaisseaux et massacrera notre peuple – en toute impunité. Sire, vous êtes suffisamment formé à votre devoir de monarque pour comprendre que nous ne pouvons faire marche arrière.

Shaddam fulminait. Et son mal de tête empirait.

— Je ne vous le demande pas. Je vous le *dis*.

Le petit Tleilaxu au nez pointu resta pensif un instant, ses yeux sombres et perçants étaient ceux d'un rongeur.

— Pourrais-je m'enquérir de savoir pourquoi le destin de Leto Atréides a une telle importance pour vous, Sire ? Le duc représente une Maison relativement peu importante. Pourquoi ne pas le jeter en pâture aux lions et nous donner satisfaction ?

— Parce que, gronda Shaddam, il a réussi d'une façon ou d'une autre à avoir vent de vos recherches concernant l'épice artificielle.

Enfin, Ajidica montra une trace d'inquiétude.

— Impossible ! Notre sécurité est à toute épreuve !

— Alors pourquoi m'a-t-il envoyé un message ? demanda Shaddam en s'agitant. Il se sert de ce qu'il sait comme d'une monnaie d'échange. Pour me faire chanter. S'il est déclaré coupable lors du procès, il révélera vos travaux et ma collusion. Je serai menacé d'une rébellion de tout le Landsraad. Pensez-y : mon père, avec mon aide, a permis qu'une Grande Maison du Landsraad soit *renversée* ! Un fait sans précédent ! Et non pas par une Maison rivale, mais par vous... les *Tleilaxu* !

Ajidica semblait vexé, brusquement, mais il ne répondit pas.

Shaddam geignit, puis, se rappelant d'avoir à sauver les apparences, il proféra :

— Si l'on vient à savoir que j'ai fait tout ça pour disposer d'une source privée d'épice, lésant ainsi le Landsraad, le Bene Gesserit et la Guilde de leurs bénéfices, mon règne ne durera pas plus d'une semaine.

— En ce cas, Mon Seigneur, nous sommes dans une impasse.

— Non, certes non ! gronda Shaddam. Le pilote de ce vaisseau tleilaxu est votre premier témoin à charge. Dites-lui de modifier son témoignage. Peut-être qu'il n'a pas vu la scène aussi bien qu'il l'a prétendu dans un premier temps. Vous en serez généreusement récompensés, je puiserai dans mes coffres et les Atréides dans les leurs.

— Ce n'est pas suffisant, Sire, rétorqua Ajidica avec une impassibilité insupportable. Les Atréides doivent être humiliés pour ce qu'ils ont fait. Il faut les châtier. Leto devra payer.

L'Empereur le toisa avec dédain et prit un ton froid.

— Vous aimeriez que j'envoie un renfort de Sardaukar sur Ix ? Je suis persuadé que quelques légions de plus dans les rues seraient à même de mieux surveiller vos activités.

Ajidica ne cilla même pas. Et le visage de Shaddam devint de granit.

— Depuis des mois, j'attends. Et vous n'avez toujours pas produit ce que nous voulons. Vous dites maintenant que cela pourrait prendre des décennies encore. Mais nous ne vivrons pas assez longtemps, vous et moi, si Leto fait éclater notre accord au grand jour.

Il finit le plateau de viande en regrettant de ne pas l'avoir vraiment apprécié : la sauce était parfaite, mais son esprit était ailleurs, et la douleur pulsait dans ses tempes. Pourquoi était-il si difficile d'être Empereur ?

— Faites selon votre bon jugement, Sire, dit Ajidica d'une voix stridente que Shaddam ne lui connaissait pas. Mais nous ne pouvons pardonner à Leto Atréides et il doit être puni.

Le nez plissé, Shaddam congédia le Tleilaxu en faisant signe à ses Sardaukar. Avant peu, il serait l'Empereur Padishah de l'Univers Connu et il avait d'autres devoirs, tout aussi importants.

Dès qu'il se serait débarrassé de cette maudite migraine.

> *La pire des protections est la confiance. La meilleure des défenses est la suspicion.*
>
> Hasimir Fenring

Si Thufir Hawat et Rhombur Vernius pouvaient aller et venir à leur gré, Leto était tenu sur l'honneur de demeurer dans sa geôle, en partie par mesure de sécurité. Le Mentat et le Prince d'Ix discutaient souvent avec les membres de l'équipage de la frégate Atréides et tous ceux qui étaient susceptibles d'aider leur cause.

Leto, alors, demeurait seul à son bureau. Hawat lui avait fréquemment répété de ne jamais tourner le dos à une porte, mais il était convaincu d'être parfaitement en sécurité dans la prison impériale.

Même avec les Sardaukar de la garde, il ne se serait pas risqué dans le Palais Impérial alors qu'il était encore accusé. Sous peu, il affronterait ses pairs et proclamerait son innocence.

Penché sur les multiples projections de preuves qu'Hawat lui avait préparées, il ne se retourna que lentement en entendant un bruit derrière le rideau de sécurité. Sans lâcher son stylbarre bourdonnant, il acheva un autre rapport sur la destruction du vaisseau tleilaxu en notant un détail technique qui lui avait échappé jusque-là.

— Thufir ? demanda-t-il. Tu as oublié quelque chose ?

Il jeta un coup d'œil par-dessus son épaule.

Et vit un garde du Landsraad en uniforme ample et chamarré. Il y avait une expression bizarre sur les traits épais de l'homme et dans ses yeux noirs. Sa peau semblait laquée et Leto remarqua ses mouvements maladroits, spasmodiques. Si ses mains étaient grisâtres, répugnantes, son visage, par contre...

Leto glissa la main sous le bureau et saisi le manche du couteau qu'Hawat lui avait procuré clandestinement. Il le serra sans changer d'expression.

Ses muscles réagirent instantanément, ainsi que le vieux Mentat le lui avait enseigné. Tendu comme un ressort létal, il ne dit pas un mot, ne provoqua pas l'intrus. Mais il savait qu'il était menacé, que sa vie était en jeu en cet instant.

En un battement de cœur, le visiteur s'extirpa de son vêtement-ballon en libérant les champs statiques – et du même coup, son expression fut gommée. Son *masque* disparut, de même que ses mains et ses avant-bras. Il ne resta plus qu'une pile de tissus froissés sur le sol.

Troublé par le choc, Leto se jeta de côté en faisant basculer son siège et se blottit sous l'abri fragile du bureau. Il pointa son couteau et calcula ses chances en un éclair.

Le garde se partagea en deux – et deux Tleilaxu apparurent, deux gnomes aux traits tannés, grimpés l'un sur l'autre. Ils se séparèrent dans une pirouette. Ils étaient aussi musculeux l'un que l'autre, vêtus d'un collant noir. Deux assassins qui encerclèrent très vite Leto, avec un regard de jais, brandissant chacun deux armes.

Le premier bondit vers Leto en glapissant :

– Meurs, diable *powindah* !

Leto décida d'égaliser les chances en tuant l'un de ses assaillants. Pour les empêcher de coordonner leur attaque. Il lança le couteau d'Hawat qui trancha net la jugulaire du premier gnôme.

Une fléchette d'argent siffla tout près de l'oreille de Leto qui roula sous le projecteur de solidos qui continuait à faire défiler ses images. Une deuxième fléchette écailla le mur en tintant.

C'est alors que Leto entendit bourdonner un laser et qu'un arc mauve jaillit dans la pièce.

Le deuxième Tleilaxu bascula sur le projecteur et le renversa. Son visage se liquéfiait en grésillant.

Thufir Hawat et le capitaine de la garde du Landsraad se précipitèrent auprès de Leto. Derrière eux, les gardes se penchaient sur les deux Tleilaxu. Une odeur de viande grillée se répandait.

– On dirait qu'ils sont parvenus à tromper notre sécurité, dit le capitaine.

– Moi, je ne parlerais pas de *sécurité* ! grinça Hawat.

— Hé, celui-là a un couteau planté dans la gorge ! s'exclama l'un des gardes.

Le capitaine aidait Leto à se relever.

— D'où vient ce couteau ? C'est vous qui l'avez lancé, Monsieur ?

Leto regarda Hawat, le laissant répondre.

— Mais capitaine, avec un pareil rideau de sécurité, comment pourrait-on introduire une arme en fraude ?

— Je l'ai prise à l'un des agresseurs, fit Leto, l'air sincère. Et je l'ai tué. Je pense que le Bene Tleilax devrait attendre que le verdict soit prononcé.

— Enfers vermillon ! s'exclama Rhombur. Je ne jurerais pas que ça fasse bon effet pour les Tleilaxu. S'ils sont aussi sûrs de gagner, pourquoi feraient-ils donc justice par eux-mêmes ?

Le capitaine de la garde, rouge de confusion, ordonna à ses hommes d'enlever les corps et de nettoyer les lieux.

— Les assassins ont tiré deux fléchettes, dit Leto en montrant les impacts.

— Faites attention en les manipulant, ajouta Hawat. La pointe est sans doute empoisonnée.

Quand ils se retrouvèrent seuls, le Mentat sortit un pistolet maula qu'il posa dans le tiroir inférieur du bureau.

— Juste au cas où une dague ne serait pas suffisante.

> *Lorsqu'on l'observe sur orbite, le monde d'Ix est primitif et paisible. Mais, sous la surface, d'immenses projets sont en cours et de grands travaux sont réalisés. À sa façon, notre planète est la métaphore de l'Imperium.*
>
> Dominic Vernius,
> *Les Accomplissements Secrets d'Ix*

Avec une expression satisfaite et hautaine, Hasimir Fenring tendit à Shaddam une liasse de documents clandestins rédigés dans le langage secret qu'ils avaient forgé, le Prince et lui, pendant leur enfance. Dans la vaste salle d'audience, tous les murmures résonnaient en écho, mais ils avaient confiance en leurs secrets intimes. Sur le trône géant, Shaddam semblait las. Le dais de cristal de Hagal luisait d'un éclat intérieur, comme une aigue-marine.

Fenring manifestait suffisamment d'énergie pour deux.

– Ce sont les dossiers des Maisons Majeures qui seront représentées au Jugement par Forfaiture des Atréides. (Ses grands yeux étaient deux puits noirs dans le labyrinthe de son esprit étrange.) Je crois avoir trouvé un détail embarrassant, voire illégal, pour chacune des plus importantes. L'un dans l'autre, je crois que nous avons les moyens de persuasion nécessaires.

Shaddam semblait avoir été pris par surprise. Il avait le regard inquiet, les yeux rouges, et semblait au bord de la colère.

Fenring l'avait déjà vu ainsi quand ils avaient comploté la mort de son frère aîné Fafnir, et il ajouta :

– Calme-toi. J'ai veillé à tout.

– Du diable, Hasimir ! Si l'on vient à apprendre que j'ai tenté de soudoyer quelqu'un, ce sera la fin de la Maison de Corrino. Nous ne pouvons nous permettre d'être mêlés à ça ! (Shaddam secoua la tête comme si l'Imperium s'effondrait déjà autour de lui alors qu'il n'avait même pas encore coiffé la couronne.) Ils vont finir par se demander pourquoi nous consacrons tout ce temps à un Duc insignifiant.

Fenring eut un sourire confiant.

– Le Landsraad est composé de Grandes Maisons dont la plupart sont déjà acquises à notre cause. Quelques phrases judicieusement choisies pour les nobles, un peu de Mélange, d'argent, de menaces...

– Oui, oui, je t'ai toujours suivi, sans doute trop souvent d'ailleurs, comme si j'étais décervelé. Je vais être l'Empereur d'un million de Mondes et il faut que je pense par moi-même. Dès maintenant.

– Les Empereurs ont des conseillers, Shaddam. *Toujours.*

Fenring se dit qu'il devait se montrer plus prudent. Quelque chose avait dérangé Shaddam. Récemment. *Que sait-il donc que j'ignore ?*

– Pour une fois, nous n'utiliserons pas tes méthodes, Hasimir. (Il était pressant, ferme.) Je l'interdis. Nous allons trouver un autre moyen.

Fenring, déterminé, monta jusqu'au niveau du Prince Héritier, comme un égal. Mais il sentait que, subtilement, l'atmosphère avait changé. Que s'était-il passé ? Ils avaient été élevés au même sein. La mère d'Hasimir n'avait-elle pas allaité Shaddam ? Est-ce qu'ils n'avaient pas grandi ensemble ? Et partagé plus tard les mêmes complots, les mêmes méfaits ?

En prenant un air aussi contrit que possible, Fenring murmura à ses oreilles :

– Mes excuses, Sire mais... c'est déjà fait, mmm... J'étais certain de ton accord et la même note a été habilement remise aux représentants concernés. Elle leur demande de soutenir l'Empereur quand le vote de jugement interviendra.

– Tu as osé ? Sans me consulter ? (Shaddam était brusquement violet de rage et resta sans voix un instant.) Tu t'es dit que je te suivrais ? Quels que soient les plans que tu veux m'imposer ?

Non, décidément, se dit Fenring en reculant d'un pas, Shaddam était trop courroucé, *beaucoup trop*. Quelque chose le tourmentait en particulier.

– Je t'en prie, tu réagis trop violemment, tu perds de vue la réalité.

– Bien au contraire, je pense que je la discerne mieux. Tu penses que je ne suis pas très brillant, n'est-ce pas, Hasimir ?

Depuis notre enfance, tu as toujours eu cette façon insidieuse de m'expliquer ce que je devais apprendre en cours, de m'aider pour les examens. Tu pensais plus vite, tu étais plus intelligent, plus impitoyable – du moins, tu t'es efforcé de me le faire croire. Mais à présent, que tu l'admettes ou non, je peux m'en sortir seul.

– Mon ami, jamais je n'ai mis en doute ton intelligence. (Fenring inclina tristement sa tête volumineuse sur son cou frêle.) Tu appartiens à la Maison de Corrino, et ton avenir a toujours été garanti, alors que moi j'ai dû me battre pied à pied. Je souhaite seulement être ton confident.

Shaddam se redressa.

– Oui. Tu t'es dit que tu allais être le vrai pouvoir, que je ne serais qu'une marionnette entre tes doigts ?

– Une marionnette ? Certes non. (Fenring recula encore d'un pas. Shaddam était terriblement instable et Fenring ne voyait pas comment il avait pu en arriver là. Que savait-il ? Jamais Shaddam n'avait mis en question les initiatives de son ami, jamais il n'avait cherché à en savoir plus sur la violence ou la corruption.) Mmm... mon unique souci a été de savoir comment je pouvais être encore plus utile pour que tu sois un grand monarque.

Shaddam se dressa, lentement, majestueusement, dominant de toute sa taille l'homme-fouine. Fenring décida de ne plus reculer. Il voulait savoir.

– Mon vieil ami, jamais je n'ai rien fait qui ait pu te nuire. Nous, mmm... nous nous connaissons depuis si lontemps. Certes, nous avons trop de sang sur les mains. (Ce disant, il porta une main à son cœur en un salut impérial.) Je sais ce que tu penses, et je connais tes... limitations, nooon ? À vrai dire, tu es exceptionnellement brillant. Le problème, c'est que tu as souvent du mal à prendre des décisions difficiles mais nécessaires.

Shaddam semblait prêt à descendre les degrés de pierre taillés sur un million de Mondes.

– Pour l'heure, Hasimir, il y a une difficile décision à prendre, et elle concerne tes rapports avec moi dans l'avenir immédiat.

Fenring attendit, redoutant d'entendre les idées malencontreuses qui avaient pu germer dans l'esprit du Prince Héritier, n'osant pas dire un mot.

– Sache bien ceci : je ne te pardonnerai pas l'écart de

conduite que tu viens de commettre. Si nous sommes accusés de corruption, c'est ta tête qui ira rouler sur le sol. Je n'aurai aucun scrupule à signer ton acte d'exécution pour trahison.

Fenring blêmit et Shaddam eut un frisson de plaisir en surprenant son regard aux abois. Vu l'attitude nouvelle de son ami, l'homme-fouine ne doutait pas qu'il pût tenir parole.

Il serra les mâchoires et décida de mettre aussitôt un terme à cette absurdité.

— Shaddam, ce que j'ai dit à propos de notre amitié est la vérité. (Il pesa soigneusement ses mots.) Mais j'aurais été stupide de ne pas prendre certaines précautions dans le cas où tu viendrais à révéler notre... implication dans certaines... mmm, disons : aventures ? Si quoi que ce soit m'arrive, tout éclatera : comment ton père est mort, les recherches illégales sur l'épice, et même l'assassinat de Fafnir alors que tu n'étais qu'un adolescent. Si je n'avais pas empoisonné ton frère, c'est *lui* qui monterait sur le trône. Toi et moi, nous sommes liés. Pour le meilleur ou le pire, pour le pouvoir ou la déchéance...

Shaddam ne parut pas le moins du monde surpris.

— Oui, tu es très prévisible, Hasimir. Tu m'as toujours répété de ne pas l'être.

Fenring eut la bonne grâce de paraître embarrassé et garda le silence.

— C'est toi qui m'as mêlé à ce complot risqué, et qui peut dire quand nous toucherons les bénéfices de ce dangereux investissement que nous avons fait sur Ix... (Les yeux de Shaddam étaient deux brandons.) Une épice synthétique, parlons-en ! J'aimerais que jamais nous ne nous soyons alliés aux Tleilaxu. Maintenant, j'en subis les pénibles conséquences. Vois où nous ont conduits tes machinations.

— Mmm, ahh... Shaddam, je refuse de me quereller avec toi. Cela ne mènerait à rien. Mais tu connaissais les risques dès le commencement autant que les gains énormes que nous pouvons en retirer. Sois patient, je t'en prie.

— Patient ? Alors que nous nous trouvons confrontés à deux possibilités opposées ? (Shaddam se rassit, penché vers Fenring.) Ainsi que tu le dis, ou je suis couronné et toi et moi accéderons au pouvoir ensemble – ou nous sommes condamnés à l'exil, ou à la mort. (Sa voix devint un sifflement sourd.) Nous courons ce terrible danger à cause de ce plan infernal que tu as monté pour l'épice.

Fenring exprima sa dernière idée en roulant les yeux comme s'il cherchait une issue.

— Tu as reçu de mauvaises nouvelles. Dis-moi ce qui s'est passé.

Il y avait si peu de choses qui pouvaient arriver sans qu'il le sût dans le Palais ou la capitale.

Shaddam joignit les mains et Fenring se pencha pour l'écouter avec un intérêt fiévreux. Le Prince soupira.

— Les Tleilaxu ont dépêché deux assassins pour tuer Leto Atréides dans sa geôle protégée.

Le cœur de Fenring fit un bond et il se demanda si c'était là une bonne ou une mauvaise nouvelle.

— Et ils ont réussi ?

— Non, non. Il semble que notre Jeune Duc ait réussi à introduire une arme en fraude afin de se protéger. Ce dont je ne me soucie guère.

Fenring s'accroupit pour réfléchir, étonné.

— C'est impossible. Je croyais que tu avais déjà parlé à notre contact tleilaxu et que tu lui avais dit en termes précis que...

— Je l'ai fait. Mais apparemment, tu n'es pas le seul à rester sourd à mes ordres. Ou bien Ajidica les ignore ou il n'a plus de pouvoir sur ses gens.

Fenring grommela, heureux de détourner la colère du Prince.

— Nous devons riposter de la même façon : faire savoir à Fen Ajidica qu'il doit tenir compte des ordres de l'Empereur sous peine de payer un prix bien plus lourd.

Shaddam le dévisagea, mais son regard était à présent méfiant, sans chaleur.

— Tu sais exactement quoi faire, Hasimir ?

— Comme toujours, Sire, fit Fenring en descendant vers la salle d'audience.

Shaddam esquissa quelques pas nerveux devant le trône et lança, à l'instant où Fenring franchissait l'arcade :

— Nous n'en avons pas fini, Hasimir. Il faut que tout cela change quand je serai couronné.

— Oui, mmm... fais selon ton gré.

Fenring s'inclina et se retira, soulagé d'être encore en vie.

Lorsqu'on se trouve confronté à des actions impératives, il existe toujours des choix. Pour autant que le résultat soit atteint.

Comte Hasimir Fenring, *Dépêches d'Arrakis*

Le pilote tleilaxu survivant de l'agression des Atréides à bord du Long-courrier était un témoin essentiel et avait donc été contraint de demeurer sur Kaitain. Il n'était cependant pas prisonnier et l'on prenait soin de lui, même si personne ne cherchait sa compagnie. Le Bene Tleilax s'était gardé de divulguer son nom et il ne pensait qu'à regagner son vaisseau, à retrouver son poste.

Cependant, à cause du flux incessant d'invités qui déferlait pour la cérémonie du couronnement et le mariage impérial, l'hébergement devenait difficile. Les fonctionnaires du protocole de Shaddam s'étaient fait un plaisir d'attribuer au Tleilaxu une chambre aussi austère qu'inconfortable.

Mais, à leur grand dépit, le pilote tleilaxu ne sembla pas s'en apercevoir. Il ne se plaignit pas : il attendait, sombre, bouillant de haine, l'instant où il allait pouvoir demander le châtiment de l'ignoble Leto Atréides.

Les nuits de Kaitain étaient douces et limpides, remplies d'étoiles, et jamais les lunes n'avaient été plus brillantes. Entre deux fastueuses aurores, l'obscurité ne réussissait jamais à s'installer vraiment. Mais la capitale arrivait à trouver le sommeil durant quelques heures.

Hasimir Fenring franchit aisément la porte scellée de la chambre du Tleilaxu. Comme un spectre, il glissait sur un champ de suspension, silencieux, obscur. La nuit était son domaine.

Jamais encore il n'avait vu de Tleilaxu endormi mais, comme il s'approchait du lit, il trouva le pilote assis, complètement éveillé. Le gnome grisâtre l'observait dans l'ombre et semblait voir encore mieux que l'assassin.

— Je tiens un pistolet à fléchettes braqué sur votre corps, déclara-t-il. Qui êtes-vous ? Vous êtes venu me tuer ?

— Mmm... nooon, à vrai dire, mmm..., fit Fenring avant de se présenter de sa voix la plus mielleuse : Je suis Hasimir Fenring, compagnon d'enfance du Prince Héritier Shaddam, et je suis porteur d'un message ainsi que d'une requête.

— Quels sont-ils ?

— Le Prince Shaddam vous prie de reconsidérer les détails de votre témoignage. Il souhaite la paix au sein des Maisons du Landsraad et ne voudrait pas jeter une ombre sur la Maison des Atréides, dont les membres ont servi les Empereurs Padishah depuis la Grande Révolte.

— Absurde ! aboya le Tleilaxu. Leto Atréides a ouvert le feu sur nos vaisseaux souverains, il en a détruit un, et a endommagé le mien. Des centaines de Tleilaxu ont trouvé la mort. Il est coupable de l'incident politique le plus grave qu'ait connu l'Imperium depuis des dizaines d'années.

— Oui, oui, certes. Mais vous pouvez éviter l'escalade, nooon ? Shaddam souhaite que son règne soit pacifique et prospère. Vous ne voulez pas voir plus grand ?

— Je ne pense qu'aux miens, et au tort que nous a causé cet homme. Tout le monde sait que l'Atréides est coupable et qu'il doit payer. Il n'y a que comme ça que nous serons satisfaits. (Le pistolet n'avait pas dévié d'un millimètre. Le Tleilaxu était calme et souriant. Fenring comprenait pourquoi il était pilote.) Ensuite, Shaddam pourra avoir un règne aussi pacifique qu'il le voudra.

— Vous m'attristez, dit Fenring en y mettant le ton. Je m'en vais rapporter votre réponse au Prince Héritier.

Il croisa les bras en s'inclinant, la paume ouverte. Et déclencha ainsi les deux pistolets à aiguilles empoisonnées insérés dans ses poignets. Dans un silence total, elles se plantèrent dans la gorge du Tleilaxu.

Il crispa le doigt sur son pistolet en un réflexe spasmodique. Fenring esquiva sans peine et les dards se plantèrent en vibrant dans la paroi. Dans la seconde qui suivit, l'occupant de la chambre voisine protesta en cognant.

Dans l'ombre, Fenring examina le résultat. Il était évident et le Bene Tleilax comprendrait aussitôt ce qui s'était passé. Après la scandaleuse tentative d'assassinat contre la personne de Leto Atréides à l'encontre de la volonté de Shaddam, Hidar Fen Ajidica devrait se montrer discret.

Les Tleilaxu se vantaient de savoir garder les secrets. Ils effaceraient promptement le nom du pilote de la liste des témoins et il n'en serait plus question. Sans son témoignage, leur partie serait affaiblie.

Fenring espérait cependant que ce meurtre aviverait encore la soif de vengeance des répugnants petits hommes. Comment Ajidica réagirait-il ?

Fenring quitta la chambre et repartit entre les ombres, abandonnant le cadavre au cas où le Bene Tleilax compterait le réutiliser comme ghola. En dépit de ses faiblesses, le Tleilaxu qu'il venait d'éliminer avait dû être un excellent pilote.

> *En élaborant une vengeance, on doit savourer*
> *la phase d'anticipation dans chacun*
> *de ses instants, car l'exécution, souvent, diffère*
> *grandement du plan original.*
>
> Hasimir Fenring, *Dépêches d'Arrakis*

Le Baron n'aurait pu être plus ravi par le cours qu'avaient pris les événements. Mais son plaisir aurait été plus grand si l'Imperium avait été à même d'*apprécier* les complications délicieuses de ce qu'il avait réussi – que, bien sûr, il ne devrait jamais révéler.

Les Harkonnens étaient une Maison importante du Landsraad et Vladimir était Siridar-Baron d'Arrakis, gestionnaire de l'épice. Ils s'étaient vu attribuer des appartements luxueux dans l'aile la plus écartée du Palais Impérial. On leur avait déjà fait parvenir les cartons d'invitation du couronnement et des noces.

Bien sûr, avant tous ces fastes et ces réjouissances, le Baron aurait le pénible devoir d'assister au procès de Leto Atréides. Il pianota sur sa cuisse en retroussant ses lèvres gourmandes. Ah, les fardeaux de la noblesse !

Il se relaxa dans son fauteuil et regarda brièvement dans la sphère de cristal posée entre ses genoux le ballet crépitant des feux d'artifice et des fontaines lumineuses qui préludait au vrai spectacle qui se déploierait dans tout Kaitain dans quelques jours. Dans un coin de la chambre, un âtre musical chuchotait des accords doux et le Baron bâilla. Récemment, sa fatigue s'était encore accrue, son corps était affaibli, tremblotant.

Sans quitter la sphère visuelle du regard, il dit à son neveu Glossu Rabban :

– Je veux que tu quittes la planète. Je ne souhaite pas que tu sois présent au procès et au couronnement.

Rabban avait maintenant les cheveux courts, coiffés sans élégance, et portait un gilet de cuir dra qui lui donnait plus que jamais l'air d'un tonneau vivant et méchant.

– Pourquoi ? J'ai fait tout ce que vous m'avez demandé, et nos plans ont magnifiquement réussi. Pourquoi me renvoyer ?

– Parce que je ne tiens pas à ce que tu sois ici, dit le Baron en portant la main à son front pour lisser son bec d'oiseau. Je ne veux pas qu'en te regardant, comme ça, simplement, on puisse se dire que tu es pour quelque chose dans la détresse de ce pauvre Leto. Tu comprends... avec ton air féroce...

Glossu Rabban plissa le front, vexé et méfiant.

– Mais je veux le voir quand il entendra la sentence.

– C'est justement pour ça que tu vas disparaître. Tu ne me comprends pas ? Tu vas attirer les soupçons.

En grognant, Rabban céda enfin.

– Au moins, est-ce que je pourrai revenir pour son exécution ?

Le Baron se dit qu'il allait bouder comme une fille.

– Tout dépend du jour. En tout cas, je demanderai à ce qu'on te l'enregistre.

Il se leva avec un peu de peine et serra la ceinture de sa longue robe dans laquelle il se sentait de moins en moins à son aise. En soupirant, il fit le tour de la chambre, pieds nus, et gagna la baignoire ornementée, aux contrôles sophistiqués, avec son unité de massage. Il souffrait de douleurs multiples et mystérieuses et il avait envie de prendre un bon bain prolongé – s'il arrivait à dénicher ici, sur Kaitain, un compagnon satisfaisant.

Rabban, toujours maussade, s'était arrêté sur le seuil de l'appartement.

– Alors, mon Oncle, que dois-je faire ?

– Trouve-toi un chaland de liaison et prends le premier Long-courrier disponible. Je veux que tu te rendes sur Arrakis et que tu inspectes les sites de moissonnage. Essaie d'augmenter encore nos stocks. (Il eut un sourire secret et congédia Rabban d'un geste sec.) Oh, ne fais pas cette mine ! Va donc chasser quelques Fremen, si ça te distrait. Tu as déjà joué ton rôle, et bien, je dois dire. Mais il faut que tu saches être prudent. Surtout maintenant. Contente-toi d'observer ce que je fais et d'en tirer parti.

Rabban cueillit quelques douceurs dans un panier et prit congé. Enfin seul, le Baron réfléchit au moyen de se trouver un garçon à la peau douce pour partager son bain. Il avait envie d'être parfaitement détendu pour la journée du lendemain.

Car il n'aurait plus qu'à observer et savourer quand le jeune Leto se retrouverait pris dans des pièges qu'il ne saurait comprendre.

Bientôt, la Maison des Atréides aurait cessé d'exister.

> *Qu'est-ce qui importe le plus ? La forme de la justice ou le véritable résultat ? Quelle que soit la manière dont une cour dissèque les preuves, le fondement de la vérité demeure intact. Malheureusement, pour la plupart des accusés, cette vérité absolue n'est souvent connue que de la victime et du coupable. Tous les autres ne font que suivre leur conviction.*
>
> La Loi du Landsraad, Avenants et analyses

Le matin de son procès, Leto choisit sa tenue avec le plus grand soin. Dans sa situation, certains auraient opté pour l'élégance la plus raffinée, la plus coûteuse, des chemises de soie merh, des colliers, des anneaux, des capes doublées de fourrure de baleine, des casquettes à plumes, des fanfreluches.

Mais Leto se décida pour une combinaison de travail, une chemise à rayures blanches et bleues et une casquette bleue de marin – la tenue qu'il porterait s'il n'était plus Duc. Dans la trousse de sa ceinture, il glissa quelques leurres et un étui à couteau vide. Il n'avait aucun insigne Atréides et avait abandonné son anneau ducal. Il se montrerait ainsi devant le Landsraad : l'homme du peuple, le simple pêcheur qu'il deviendrait si jamais il devait survivre.

À l'exemple de son père, il avait traité justement ses fidèles sujets, à tel point que soldats et domestiques le considéraient comme un compagnon d'armes. Mais, en s'habillant, il commençait à penser en homme simple... et il en éprouvait un sentiment agréable. Tout en réalisant quel poids formidable avait pesé sur ses épaules depuis la mort de son père.

La vie d'un modeste pêcheur devait être apaisante, par bien des côtés. Il n'aurait plus à s'inquiéter des complots, des alliances changeantes, des trahisons de l'Imperium. Malheureusement, il doutait que Kailea accepte d'être l'humble épouse qui attend au port.

Et je ne peux abandonner mon peuple.

Dans une courte lettre, sa mère lui avait fait part de son désaccord avec le Jugement par Forfaiture qu'il avait choisi. Elle envisageait mal la destitution des Atréides, même si (temporairement, pensait-elle), elle vivait une existence austère parmi les Sœurs de l'Isolement. En dot, à la suite du mariage de raison et de fortune d'Helena et du Vieux Duc, la Maison des Atréides avait accédé au conseil d'administration de la CHOM avec droit de veto. Mais le Duc Paulus n'avait jamais su apporter à sa femme les trésors qu'elle avait espérés et Leto savait qu'elle entretenait encore l'espoir de retrouver la gloire disparue de sa famille. Ce qui serait impossible s'il perdait son gambit.

Après ses premiers devoirs matinaux, Leto rencontra ses défenseurs : deux brillantes avocates d'Elacca, Clere Ruitt et Bruda Viola, réputées en affaires criminelles. Elles étaient venues à la diligence aimable de Cammar Pilru, ambassadeur ixien en exil, et avaient eu droit à une entrevue approfondie avec Thufor Hawat.

Elles portaient l'une et l'autre la tenue sombre de leur profession et devraient suivre les formes légales, quoique, dans ce procès inhabituel, Leto dût avant tout se fier à lui-même. Il n'avait pas d'argument consistant en sa faveur.

Clere Ruitt lui tendit une mince liasse de feuillets riduliens qui contenait une brève prononciation juridique.

— Je suis navrée, Seigneur Leto. Ceci nous est parvenu il y a seulement quelques instants.

Avec crainte, il déchiffra le texte et Hawat baissa la tête comme s'il en avait déjà deviné la teneur. Rhombur essayait de lire en même temps que son ami.

— Qu'est-ce donc, Leto ? Laissez-moi voir.

— Le tribunal de magistrature a décidé qu'aucune Diseuse de Vérité ne s'exprimera pour ma partie. Il n'en sera pas même tenu compte comme témoignage.

— Par tous les enfers vermillon ! Mais tout est admissible dans un Jugement par Forfaiture ! Ils ne peuvent édicter une pareille règle !

Bruda Viola secoua la tête avec une expression indéchiffrable.

— Ils estiment que toute la Loi Impériale s'y oppose. De nombreux édits et règlements interdisent explicitement le témoignage d'une Diseuse de Vérité. Les exigences de l'instruction peuvent être assouplies dans une procédure de forfaiture comme celle-ci, mais les magistrats ont décidé que cela ne devait pas aller trop loin.

– Donc... plus de Diseuses de Vérité, acheva Rhombur, l'air sombre. C'était notre meilleur atout.

Leto gardait la tête haute.

– En ce cas, nous nous débrouillerons seuls. (Il regarda son ami.) Allons, d'ordinaire, ce n'est pas *moi* qui vous redonne confiance.

– Dans un registre moins sombre, dit Bruda Viola, les Tleilaxu ont rayé le pilote de leur frégate de la liste des témoins. Sans donner d'explication.

Leto eut un soupir de soulagement, mais Hawat remarqua :

– Mais nous avons encore beaucoup de témoins à charge, Mon Seigneur.

En silence, il suivit les avocates vers la cour bondée. Il prit place au banc des accusés, sous celui des magistrats qui allaient juger l'affaire. Ruitt lui glissa quelques mots à l'oreille, qu'il n'entendit pas. Il se concentrait sur les noms des magistrats : sept Ducs, Barons, Comtes et Seigneurs choisis au hasard dans les Maisons Majeures et Mineures du Landsraad.

Sept hommes qui allaient décider de son destin.

Les Tleilaxu, n'appartenant à aucune maison royale et ayant été écartés même après la prise d'Ix, n'étaient pas représentés. Durant les derniers jours, leurs dignitaires outragés avaient clamé leur courroux dans tout le Palais, exigeant justice – mais après l'attentat tleilaxu contre Leto, les Sardaukar avaient su rapidement les faire taire.

Dans un bruissement de robes et le cliquetis des uniformes, les magistrats entrèrent solennellement dans la salle d'audience et gagnèrent leurs places. Leurs Maisons étaient représentées par des blasons et des fanions placés derrière chaque fauteuil.

Leto avait appris leurs noms par Thufir Hawat et ses avocates et il les reconnut tous. Le Baron Terkillian Sor de IV Anbus et le Seigneur Bain O'Garee de Hagal avaient été de solides partenaires économiques des Atréides. Le Duc Prad Vidal d'Ecaz aux cheveux noirs était un ennemi avoué du Vieux Duc, allié des Harkonnens. Quant au Comte Anton Michi, il se laissait facilement corrompre et ne résisterait pas aux offres des Harkonnens dès lors que Rhombur pas plus qu'Hawat ne l'avaient approché.

Deux contre deux. Les trois restant feraient la décision. Mais il reniflait l'odeur de la trahison, il la lisait dans leurs expressions glacées, leurs regards fuyants. *Auraient-ils déjà décidé de ma culpabilité ?*

– Une autre mauvaise nouvelle... Duc, fit Bruda Viola en hésitant à prononcer son titre. Nous venons juste de découvrir que l'un des trois magistrats en balance, Rincon, de la Maison Fazeel, a perdu une immense fortune en se lançant dans une guerre commerciale secrète contre Ix. À propos d'un astéroïde minier de la ceinture du système de Klytemn. Il y a cinq ans, les conseillers de Rincon ont eu du mal à l'empêcher de mettre à prix la tête de Dominic Vernius.

Clere Ruitt ajouta à voix basse :

– Monsieur Atréides, la rumeur dit que Rincon considère que votre chute serait sa seule chance de régler ses comptes avec Ix puisque la Maison Vernius est renégate.

Leto eut un soupir écœuré. Une sueur glacée perlait sur son front.

– Est-il seulement question de ce qui s'est vraiment passé sur le Long-courrier dans ce procès ?

Les deux avocates le fixèrent comme s'il venait de proférer un commentaire inimaginable, ridicule.

– Trois contre deux, résuma Hawat. Nous devons gagner les autres à notre cause et ne perdre aucun des soutiens que nous espérons.

– Tout ira bien, affirma Rhombur.

La salle du tribunal avait été jadis une chancellerie ducale pendant l'édification de Kaitain. La voûte du plafond était décorée de fresques militaires et des blasons des Grandes Maisons. Leto repéra très vite le Faucon des Atréides et il lutta pour rester stoïque sous la vague terrible de tristesse et le sentiment de perte qui le submergeaient. En peu de temps, il avait ruiné tout ce que son père lui avait légué et la Maison des Atréides courait à la ruine.

Il sentit les larmes brûler ses yeux et se maudit pour cet instant de faiblesse. Tout n'était pas perdu. Il pouvait encore gagner. *Il gagnerait !* Tout le Landsraad l'observait et il devait lui faire face avec courage. Il ne pouvait se permettre d'être terrassé par le désespoir.

Derrière lui, les observateurs conversaient discrètement sur un ton surexcité. Le banc de la défense était encadré par deux grandes tables, celle de ses ennemis à gauche – des représentants tleilaxu soutenus par les Harkonnens et autres adversaires des Atréides. L'abject Baron et sa suite avaient pris place au fond, mêlés à l'assistance, comme s'ils n'avaient rien à voir dans cette affaire. Quant aux alliés et amis des Atréides, ils occupaient la table de droite, et Leto fit à chacun un sourire confiant.

Mais il était loin d'être rassuré et il savait que le procès se présentait mal, même à présent. Les accusateurs allaient produire comme pièces à conviction les armes utilisées dans la capsule d'exercice de la frégate, le témoignage de première main des dizaines de parties neutres qui soutenaient que les tirs de projectiles multiphases n'avaient pu venir que du petit vaisseau embarqué sur la frégate Atréides. Le témoignage du pilote tleilaxu serait dès lors inutile. Et le rapport de l'équipage de Leto et de ses compagnons ne suffirait pas à contrebalancer l'accusation, non plus que les attestations des nombreux amis des Atréides.

— La récusation des Diseuses de Vérité pourrait nous donner matière à appel, suggéra Ruitt, sans convaincre Leto.

Le groupe d'accusation tleilaxu surgit alors d'un passage dérobé, conduit par ses avocats et ses Mentats tordus. Ils arrivaient sans fanfare mais à grand fracas et en suscitant une vive agitation car ils apportaient une machine à l'aspect diabolique. Ses roues grinçaient dans un ferraillement de barres et de gonds. Le silence s'installa tandis que le public se penchait pour mieux voir l'effrayant appareil.

Tout cela a été orchestré, songea Leto. *Pour accroître mon malaise.*

Lentement, lourdement, les Tleilaxu poussèrent la machine menaçante au-delà du banc où se trouvait Leto. Les gnomes gris lui décochèrent des regards haineux tandis que des murmures couraient dans l'assistance. Ils abandonnèrent leur bizarre appareil au centre de la salle, sous le regard des juges.

Le Baron Terkillian Sor se dressa et demanda :
— Qu'est ceci ?

Le leader des Tleilaxu, un personnage particulièrement noueux qui n'avait pas décliné son nom, lança un autre regard meurtrier à Leto avant de se tourner vers le magistrat.

— Mes Seigneurs, dans toutes les annales de la Loi Impériale, les paragraphes se rapportant spécifiquement au Jugement par Forfaiture ne sont guère nombreux mais clairs. « Si l'accusé vient à échouer dans sa soumission, il perd tout ce qu'il possède, sans exception. » *Tout.*

— Je sais lire, fit Terkillian Sor. Mais quel est le rapport avec cet engin ?

Le Tleilaxu ménagea un silence avant de répliquer :

— Nous entendons revendiquer non seulement les biens de la Maison Atréides, mais aussi la personne du détestable criminel qu'est le Duc Leto Atréides, jusques et y compris ses cellules et son matériel génétique.

Des exclamations scandalisées montèrent de l'assemblée, mais les Tleilaxu s'activaient déjà sur leur machine. Des lames dissimulées apparurent, des arcs électriques grésillèrent entre de longues aiguilles. Toute la machine n'était qu'une menace mécanique et magnétique invraisemblable, exagérée à dessein.

— Avec cet appareil, nous viderons Leto Atréides de son sang devant cette cour, et jusqu'à la dernière goutte. Nous arracherons sa peau et ses yeux afin de les examiner et de les tester. Chacune de ses cellules nous appartiendra pour l'usage particulier dont décideront les Maîtres du Bene Tleilax. (Le gnome renifla d'un air méprisant.) Tel est notre droit.

Il se tourna vers Leto avec un sourire.

Leto resta impassible, luttant pour ne pas montrer son trouble. Mais un filet de sueur courut sur son échine. Il haïssait le silence de ses deux avocates.

— Il se pourrait que l'accusé comprenne l'avantage de ce destin, enchaîna le Tleilaxu avec une expression triomphante et mauvaise, puisqu'il n'a pas d'héritier. S'il perd, il n'y aura plus de Maison des Atréides. Mais avec ses cellules, nous avons la possibilité de le ressusciter en tant que ghola.

Pour leur servir de jouet, pensa Leto, horrifié.

— Finissez-en avec cette comédie ! tonna le Seigneur Bain O'Garee. Nous déciderons de cela plus tard. Que le procès soit entamé. Je souhaite entendre la déclaration de l'Atréides.

Leto eut le sentiment soudain de sa défaite. Chaque membre de l'assistance connaissait sa haine des Tleilaxu et son soutien à la famille Vernius. Il pouvait invoquer des attestations de moralité, mais personne ne le *connaissait* vraiment. Il était jeune, sans expérience, et il était devenu Duc dans des circonstances tragiques. Les membres du Landsraad l'avaient découvert devant le Conseil. Et il leur avait donné un aperçu éloquent de son caractère emporté.

Des étincelles jaillirent en crépitant de l'appareil de vivisection tleilaxu, semblable à un monstre goulu aux aguets, et Leto sut qu'il n'y aurait pas d'appel.

Mais avant qu'on ait appelé le premier témoin, les portes énormes incrustées de cuivre claquèrent sur les murs de pierre et le silence revint. Leto entendit des bottes de métal claquer sur les dalles de marbre.

En se retournant, il découvrit le Prince Héritier Shaddam. Il avait abandonné son uniforme de Sardaukar pour une tenue impériale de fourrure satinée or et écarlate. Une escorte d'élite le suivait. Le futur Empereur s'avança et appela l'attention générale d'un geste. Quatre militaires lourdement armés mirent le public en joue, les muscles tendus, le regard aux aguets.

Le Jugement par Forfaiture était tout à fait inusité pour le Landsraad – mais l'irruption du futur Empereur Padishah était sans précédent.

Shaddam descendit l'allée et passa devant Leto sans même un regard. Les Sardaukar se postèrent alors derrière le banc de la défense et l'inquiétude de Leto grandit.

Shaddam avait un visage de pierre.

Mon message l'a-t-il offensé ? se demanda Leto. *Il va contrer mon bluff et m'anéantir ici devant le Landsraad ? Qui pourrait s'y opposer ?*

Dès qu'il atteignit le dernier degré, Shaddam annonça :

– Avant que ce procès ne commence, j'ai une déclaration à faire. La cour m'y autorise-t-elle ?

Même si Leto se méfiait de son cousin, il devait reconnaître qu'il le trouvait élégant et majestueux. Pour la première fois, il découvrait un personnage authentique, et non pas l'ombre de son vieux père Elrood. Son couronnement et ses noces auraient lieu dans deux jours, et Leto ne les verrait peut-être pas. Le Bene Gesserit le soutenait, de même que toutes les Maisons.

Se pourrait-il qu'il se sente menacé par moi ?

Le premier juge s'inclina.

– Sire, nous sommes honorés de votre présence. Bien sûr, le tribunal va vous entendre. Veuillez vous exprimer.

Leto réfléchissait, mais il ne disposait que de quelques connaissances élémentaires à propos de ce magistrat, le Baron Lar Olin de la planète Risp VII, aux précieuses ressources de titanium.

Shaddam désigna Leto.

— Plaise à la cour, je souhaiterais que mon cousin Leto Atréides se tienne à mon côté. J'ai l'intention de réfuter les accusations malveillantes dont il est l'objet et, je l'espère, d'éviter aux membres de cette cour de gaspiller un temps précieux.

Les pensées de Leto s'accéléraient et il consulta Hawat du regard. *Que fait-il ? « Mon cousin » ? À la façon dont il l'a dit, on dirait que nous sommes amis. Mais lui et moi n'avons jamais été proches.* Après tout, Leto n'était que le petit-fils de l'une des sœurs de la famille Elrood, la seconde épouse de l'ex-Empereur. L'arbre généalogique des Corrinos s'étendant à travers toutes les Maisons du Landsraad, aucun lien de sang ne devait avoir de sens pour Shaddam.

Le Baron Lar Olin acquiesça. Les avocates de Leto étaient stupéfaites, muettes. Lentement, prudemment, Leto se leva. Les genoux mal assurés, il monta les marches et se rangea à la gauche du Prince Héritier. L'un et l'autre avaient la même taille, la même expression grave, mais leurs tenues étaient socialement dissemblables. Dans sa tenue de pauvre pêcheur, Leto avait l'impression d'être un fétu de paille porté par le vent. Il esquissa une révérence, mais au même instant Shaddam se rapprocha et lui posa la main sur l'épaule.

— Je parle au nom de la Maison de Corrino, par le sang des Empereurs Padishah, commença Shaddam. Et appuyé par toutes les voix de mes ancêtres qui ont été associés à la Maison des Atréides. Le père de cet homme, le Duc Paulus Atréides, s'est battu bravement contre les rebelles d'Ecaz. À travers les combats et les dangers, jamais à ma connaissance sa famille ne s'est rendue coupable d'un acte traître ou déshonorant. Elle est allée jusqu'au sacrifice héroïque lors de la Bataille du Point de Hrethgir pendant le Jihad Butlérien. Jamais elle n'a été accusée de meurtre ou de lâcheté. Je défie quiconque de prouver le contraire !

Le Prince balaya la salle d'un regard adamantin et les magistrats s'agitèrent, décontenancés.

— Qui d'entre vous, connaissez l'histoire de nos Maisons, saurait en revendiquer autant ? Qui a su prouver une telle loyauté, le même honneur sans faille ? Bien peu, si j'en crois la vérité, peuvent se comparer à la Maison des Atréides.

Shaddam s'interrompit et, dans le lourd silence, la machine de vivisection cracha une salve électrique menaçante.

— Oui, messieurs, c'est pour cela que nous sommes ici, n'est-ce pas ? Pour la vérité et l'honneur.

Leto entrevit l'acquiescement de certains magistrats, mais devina aussi leur perplexité. Jamais les grands de l'Empire ne s'adressaient de leur plein droit à la cour du Landsraad. Pourquoi Shaddam se compromettait-il dans une affaire relativement mineure ?

Il a reçu mon message ! Et il y répond ! se dit Leto.

Mais il guettait encore le piège. Il ne savait toujours pas ce qui lui était arrivé, mais Shaddam n'avait certainement pas l'intention de le tirer d'affaire comme ça, tout simplement. Entre toutes les Maisons du Landsraad, celle de Corrino était la plus fourbe.

— La Maison des Atréides a constamment su maintenir ses valeurs, reprit Shaddam d'un ton royal et plus ample encore. Toujours ! Et le jeune Leto ici présent a été éduqué dans l'éthique de sa famille, bien qu'il ait été hissé prématurément à son rang royal par la mort foudroyante de son noble père.

Shaddam ôta sa main de l'épaule de Leto et fit un pas en avant.

— À mon sens, il aurait été impossible à cet homme, issu de cette Maison, d'ouvrir intentionnellement le feu sur les vaisseaux tleilaxu comme on voudrait l'en accuser. Un tel acte serait aberrant au regard de toutes les convictions des Atréides. Toute contestation serait fausse. Mes Diseuses de Vérité l'ont confirmé après s'être entretenues avec Leto et ses témoins.

Mensonge ! se dit Leto. *Je n'ai jamais parlé à aucune Diseuse de Vérité !*

— Mais, Altesse Royale, demanda Prad Vidal avec une expression concentrée, toutes les preuves démontrent qu'on s'est servi de l'armement de la frégate. Voulez-vous insinuer que les vaisseaux tleilaxu auraient été atteints accidentellement ? Que nous aurions affaire à une malheureuse coïncidence ?

Shaddam haussa les épaules.

— En ce qui me concerne, je me satisfais des explications du Duc Leto. J'ai personnellement fait des exercices à bord d'une capsule de tir à la cible et je considère que l'enquête ne mène à rien. Il peut s'agir d'un accident, mais il ne saurait être le fait des Atréides. Sans doute s'agit-il d'une panne technique...

— Mais sur *deux* vaisseaux tleilaxu ? insista Vidal d'un ton incrédule.

Leto regarda autour de lui, sans voix. Shaddam allait entamer son règne. Si l'Empereur en personne pesait dans la balance de ce procès, comment les représentants du Landsraad pourraient-ils se déclarer des ennemis de la Couronne ? Les conséquences, pour eux, seraient aussi sévères que durables.

Ce n'est que de la politique, des jeux d'influence du Landsraad, des échanges de services, songea Leto en s'efforçant de garder une expression sereine. *La vérité n'a rien à voir avec tout ça.* Maintenant que le Prince s'était exprimé, tout magistrat qui voterait pour la condamnation de Leto défierait ouvertement le futur Empereur. Même les ennemis jurés des Atréides ne prendraient pas ce risque.

– Qui peut le dire ? répliqua enfin Shaddam avec une inclinaison de tête qui indiquait clairement qu'il considérait la question comme absurde. Des débris de l'explosion du premier vaisseau ont peut-être atteint l'autre et l'ont moins sévèrement endommagé.

Pas une seule des personnes présentes ne croyait à cette explication, mais le Prince venait de leur offrir une issue, une fragile plate-forme de papier.

Les magistrats conversaient à voix basse. Certains acceptaient la plausibilité de l'explication du futur Empereur – mais pas Vidal. Il s'entêtait, le front luisant de sueur.

En regardant derrière lui, Leto vit le porte-parole tleilaxu hocher la tête, désapprobateur. Sur la chaise haute qu'on lui avait procurée au banc de l'accusation, il avait l'air d'un enfant colérique.

Shaddam reprit.

– En tant que Commandant Suprême, il est de mon droit et de mon devoir de soutenir personnellement mon éminent cousin. Je requiers de toute urgence la dissolution de ce tribunal et la restitution de ses titres et propriétés au Duc Leto. Si vous honorez cette... requête, je promets d'envoyer un contingent de diplomates de l'Empire aux Tleilaxu afin de les persuader d'abandonner les poursuites et de ne pas exercer de représailles à l'encontre des Atréides.

Shaddam fixa longuement les Tleilaxu et Leto eut l'impression très nette qu'il les tenait au bout de son fusil. En découvrant que Shaddam adhérait à la cause des Atréides, ils avaient perdu leur superbe.

– Et si les plaignants ne sont pas d'accord ? demanda Vidal.

Shaddam sourit.

— Oh, mais ils sont certainement d'accord. Je suis même prêt à leur offrir une généreuse compensation impériale à titre de... dommages et intérêts pour ce désastreux et malheureux accident. Ma tâche, en tant que nouveau souverain, m'impose de maintenir la paix et l'équilibre dans l'Imperium. Je ne peux permettre qu'un tel antagonisme détruise ce que mon père a édifié durant son long règne.

Leto rencontra le regard de Shaddam et devina une trace de peur derrière l'insolence du monarque. Sans un mot, Shaddam lui disait de se taire, et Leto se sentit plus curieux encore à propos des craintes que son bluff avait suscitées.

Il se tut. Mais Shaddam pourrait-il lui permettre de survivre en ignorant exactement quelles preuves Leto pouvait détenir ?

À la suite des délibérations, le Baron Lar Olin annonça :

— Les juges assermentés de ce Conseil du Landsraad déclarent que toutes les charges retenues contre Leto Atréides relèvent de la présomption et sont sans fondement. Le doute étant extrême, les considérants sont insuffisants pour un procès aux conséquences gravissimes, plus particulièrement à la lumière du témoignage extraordinaire du Prince Héritier Shaddam Corrino. Nous déclarons donc ici Leto Atréides comme pleinement disculpé et rétabli dans ses titres et biens.

Abasourdi, Leto reçut sans rien dire les félicitations du futur Empereur avant d'être submergé par ses amis et partisans. La plupart étaient sincèrement heureux de le voir gagner sa cause, mais, en dépit de son jeune âge, Leto n'était pas naïf et comprenait que la majorité exultait surtout de voir les Tleilaxu *perdre*.

Les ovations et les bravos éclataient dans toute la salle. Mais quelques individus gardaient un silence soupçonneux. Leto inscrivit leurs noms dans sa mémoire pour y revenir plus tard, et il savait que Thufir Hawat faisait de même.

— Leto, il y a encore une chose que je dois faire, dit Shaddam, couvrant le brouhaha.

Du coin de l'œil, Leto vit quelque chose briller dans sa main : Shaddam avait tiré de sa manche un couteau serti de quartz bleu-vert de Hagal pareil à celui du trône impérial. Il le pointa d'un geste vif.

Thufir Hawat s'était dressé d'un bond, mais trop tard. La foule se tut.

Et, en souriant, Shaddam glissa le couteau dans l'étui vide à la ceinture de Leto en disant d'un ton plaisant :

– Mon cadeau avec mes félicitations, Cousin. Portez cette arme, qu'elle vous rappelle votre obligation.

*Nous faisons ce que nous devons faire. Au diable l'amitié
et la loyauté. Nous faisons ce que nous devons faire.*

Journal intime de Dame Helena Atréides

Hasimir Fenring ruminait dans ses appartements. *Comment Shaddam peut-il me faire ça à moi ?*

La capsule-message frappée du Lion d'Or de Corrino était ouverte sur le lit. Il avait déchiré le décret de Shaddam en lambeaux, non sans en avoir mémorisé tous les termes.

Une nouvelle mission : un bannissement ? Une promotion ?

« Hasimir Fenring, en témoignage de reconnaissance pour votre dévouement au service de l'Imperium et au Trône des Empereurs Padishah, vous êtes par le présent décret affecté au poste récemment créé d'Observateur Impérial sur Arrakis.

« Eu égard à l'importance vitale de cette planète dans l'économie impériale, vous disposerez de toutes les ressources nécessaires... »

Comment Shaddam avait-il osé ? Quel gaspillage de talent. Quelle revanche mesquine que d'envoyer Fenring dans ce trou désertique infesté de gens sales et de vers. Fenring fulminait et se dit qu'il lui fallait en discuter avec la fascinante Margot Rashino-Zea, à laquelle il se fiait plus qu'il n'aurait dû. Après tout, c'était une sorcière Bene Gesserit...

« Eu égard à l'importance vitale de cette planète » ! Il eut un reniflement de dégoût et se mit à casser tout ce qui lui tombait sous la main. Il connaissait Shaddam et savait qu'il l'avait banni pour le blesser dans son orgueil. Pour un homme du talent de Fenring, ce nouveau poste était une insulte, il l'éloignait du cœur du pouvoir. Il devait demeurer ici, sur Kaitain, dans l'œil du cyclone politique. Pas question d'aller pourrir dans un recoin perdu de l'univers.

Mais on ne pouvait mettre en question le décret de Shaddam, ni le nier. Fenring disposait de trente jours pour se présenter sur la planète aride et il se demandait s'il en reviendrait un jour.

> *Tout individu porte en lui tous les autres, tout comme le Temps réside dans un moment, l'univers tout entier dans un grain de sable.*
>
> Dicton Fremen

Le jour du couronnement et du mariage de Shaddam IV, une ambiance de carnaval s'installa sur tous les mondes de l'Imperium. Des foules en liesse dansaient, s'enivraient, se déchaînaient dans des jeux et des milliers de cieux crépitaient de millions de feux d'artifice. Le Vieil Empereur Elrood avait occupé si longtemps le trône que peu de gens se souvenaient encore d'avoir connu son couronnement.

Dans Kaitain, la foule avait envahi les immenses boulevards sur le parcours du cortège royal. C'était une journée ensoleillée, comme toujours, et les vendeurs faisaient fortune avec des souvenirs, des bibelots et des rafraîchissements.

Les bannières de la Maison de Corrino flottaient dans la brise douce. Chaque citoyen arborait pour l'occasion l'or et l'écarlate. Les Sardaukar de la garde s'étaient déployés dans toute la cité, revêtus de brocart d'or par-dessus leur uniforme gris et noir. Au milieu de la mer chamarrée de la population joyeuse, ils étaient comme des soldats de pierre, impassibles, le laser sur l'épaule, sourds aux fanfares et aux cris, prêts à riposter à la première menace.

Des hourras jaillirent de milliers de gorges à l'apparition du Prince Shaddam et de sa fiancée, Dame Anirul, dans le carrosse tapissé de velours, tiré par six lions dorés d'Harmonthep, la crinière ornée de joyaux. Les valets de pied et les piqueurs trottaient de part et d'autre de l'attelage protégé par la trame ténue d'un bouclier.

Anirul, royale, souriait en agitant la main avec grâce. Elle portait la robe noire des Sœurs sous une cascade de dentelles, de plumes et de perles. Sa tiare de pierres précieuses étincelait sous le ciel limpide et lumineux. À son côté, Shaddam était superbe avec ses cheveux roux calamistrés, en grand uniforme soutaché, avec ses épaulettes et toutes ses décorations.

Le choix du Prince n'ayant suscité aucun favoritisme dans les Maisons Majeures ou Mineures, Anirul avait été parfaitement acceptée par le Landsraad au titre de Princesse, même si certains s'interrogeaient sur son origine mystérieuse et son « rang caché » dans le Bene Gesserit. Mais après le décès d'Elrood et avec cette double cérémonie, une vague de changements passait sur l'Imperium. Et Shaddam comptait bien l'utiliser à son avantage.

Avec un sourire paternel, il jetait des solaris et des sachets de pierreries à la foule, suivant la tradition de largesse impériale qui devait amener des bénédictions sur son règne. Les gens l'aimaient, ils aimaient sa fortune, le pouvoir qu'il avait d'anéantir des mondes d'un claquement de doigts. C'était exactement le rôle qu'il s'était imaginé.

Des trompettes éclatèrent en notes exultantes.

Ils étaient à la réception précédant le couronnement et la blonde Margot Rashino-Zea demanda à Fenring, avec un sourire coquin :

— Hasimir, vous ne vous asseyez pas près de moi ?

Il n'aurait su dire si elle avait pris cette voix aguichante à dessein. Il tenait un plat de hors-d'œuvre exotiques. Des goûte-poisons voletaient comme des colibris au-dessus des invités. Les cérémonies allaient se prolonger des heures durant et des buffets opulents étaient ouverts à tous.

Sœur Margot était plus grande que Fenring et elle se penchait sur lui dans une attitude intime pour lui parler. Ses formes exquises étaient prises dans une robe collante corail et noir de jais. Elle portait un collier de perles de Caladan à son cou ravissant et une broche de pierres précieuses et d'or entre les seins. Elle avait comme toujours un teint chaud de miel.

Tout autour d'eux, sur la mezzanine du Grand Théâtre, les nobles gentilshommes et dames bavardaient en dégustant des vins de *grand cru* dans des verres à pied qui tintaient au rythme des toasts.

Fenring s'inclina brièvement.

— Je serais très honoré de m'asseoir près de vous, adorable Margot.

Il posa d'abord le plat et Margot, sans rien demander, choisit un canapé.

Fenring devait reconnaître que le moment était aussi animé que joyeux, enfin libéré des murmures de mécontentement qui empoisonnaient le Palais depuis quelques mois. Il ne pouvait que se féliciter de ses efforts personnels. Les alliances de base avaient été resserrées et les Maisons Fédérées ne parlaient plus sérieusement d'une éventuelle révolte contre Shaddam. Le Bene Gesserit avait apporté son soutien au règne des Corrinos mais, assurément, les sorcières avaient poursuivi leurs machinations ignorées des Grandes Maisons. Fenring trouvait curieux que la plupart des nobles qui s'étaient montrés les plus vindicatifs et insolents aient disparu du monde des vivants – et plus intrigué encore qu'il n'ait joué aucun rôle en la matière.

Le procès de Leto Atréides s'était conclu par sanction royale, et les seuls à ne pas s'être satisfaits du verdict étaient les Tleilaxu. Avec Shaddam, il devait s'occuper de les calmer rapidement. Mais le grand, le vrai mystère pour Fenring était ce qui s'était passé *réellement* à bord du Long-courrier de la Guilde.

Plus il réfléchissait à l'étrange enchaînement des faits, plus il commençait à penser qu'il était possible que le jeune Leto Atréides soit tombé dans un piège – *mais comment et à cause de qui ?* Aucune Maison n'était venue s'en vanter, et comme virtuellement tous avaient cru à la culpabilité de l'Atréides, même les plus imaginatifs, les plus bavards avaient préféré ne pas ajouter aux rumeurs.

Fenring aurait tant aimé savoir. La technique manquait à son répertoire. Mais s'il allait se perdre sur Arrakis, il doutait qu'il pût jamais avoir la moindre chance de percer ce secret.

Avant même qu'il ait pu entamer une conversation avec la séduisante Margot, un tonnerre d'applaudissements éclata audehors tandis que pulsait la fanfare.

— Shaddam et son entourage royal arrivent, fit Margot en portant la main à ses boucles blondes. Nous ferions bien de trouver nos places.

Fenring essaya de masquer sa déception.

— Mais vous allez être dans la section Bene Gesserit, ma chère. (Il l'interrogea du regard tout en trempant une bouchée de faisan dans une coupe de sauce à la prune.) Voulez-vous que je passe une robe noire pour me faire passer pour une Sœur ? Oh, je le ferais, rien que pour rester près de vous.

Il savoura la douceur épicée du gibier.

Margot lui tapota la poitrine d'un air amusé.

– Hasimir, vous n'êtes pas celui que vous semblez être, c'est sûr.

– Ce qui veut dire ?

– Ce qui veut dire... que nous avons quelque chose en commun, vous et moi. (L'un de ses petits seins délicieux effleura le bras de Fenring.) Peut-être conviendrait-il de sceller – de manière formelle – cette alliance qui se dessine entre nous.

Fenring guetta une éventuelle oreille indiscrète et se pencha pour répondre d'une voix sans passion :

– Je n'ai jamais eu l'intention d'avoir une femme. Je suis un eunuque génétique et je ne puis engendrer d'enfant.

– En ce cas, nous serons amenés à faire des sacrifices réciproques, chacun à notre manière. N'y voyez rien de personnel. (Elle arqua ses sourcils.) De plus, j'imagine que vous avez les moyens de donner du plaisir à une femme ? Pour ma part, j'ai été longuement... éduquée.

Il eut un sourire cruel.

– Ah... mmm ? Vraiment ? Ma chère Margot, on dirait bien que vous me proposez un plan professionnel.

– Et vous, Hasimir, vous me semblez préférer le pratique au romantique. Je crois que nous irons bien ensemble. Vous et moi, nous excellons à reconnaître les plans sous-jacents, les itinéraires labyrinthiques où des actions apparemment sans rapport se rejoignent.

– Et les résultats sont souvent mortels, non ? fit-il.

Il avait un peu de sauce aux commissures des lèvres et elle l'essuya doucement avec sa serviette.

– Oui, vous avez besoin de quelqu'un qui prenne soin de vous.

Il l'étudia, appréciant la façon dont elle gardait le menton haut, la perfection sereine de ses paroles, tellement en contraste avec ses hésitations et ses ronronnements à lui. Elle soutenait son regard avec une stupéfiante sincérité dans ses yeux gris-vert. Mais, derrière ses pupilles, très loin... il devinait tant de secrets.

Il se dit qu'il pourrait passer des années à les découvrir avec délice.

559

Puis il se rappela ce qu'étaient les sorcières. Elles n'agissaient jamais individuellement. Rien de ce qui était apparent n'était vrai.

– Vous et votre Communauté, vous visez autre chose. Plus grand. Margot, ma chère, je connais quelques-uns des talents du Bene Gesserit. Vous êtes un seul et unique organisme.

– Disons que j'ai informé l'organisme de ce que je souhaite faire.

– Vous l'avez informé ou vous avez demandé l'autorisation ? À moins que ce ne soit l'organisme qui vous ait dépêchée auprès de moi ?

La Dame de la Maison Venette passa non loin d'eux, traînant un couple de petits chiens pomponnés. Sa robe brodée de gemmes était si ample que les invités devaient s'écarter de son chemin. À chaque pas, elle semblait se concentrer pour ne pas tomber.

Margot revint à Fenring.

– Il y a des avantages mutuels, et la Mère Supérieure Harishka m'a déjà donné sa bénédiction. Le lien que vous pourriez nouer avec la Communauté vous serait précieux, même si je ne dois pas *nécessairement* vous révéler tous nos secrets.

Elle le toucha du bout de l'index et il faillit lâcher le plateau de hors-d'œuvre.

– Mmm... Et je suis la clé du pouvoir de Shaddam. Il ne fait confiance à personne en dehors de moi.

Surprise, elle le dévisagea.

– Oh, vraiment ? C'est pour cela qu'il vous envoie sur Arrakis ? Parce que vous êtes si proche de lui ? Je me suis laissé dire que cette nouvelle affectation ne vous plaît guère.

– Comment savez-vous ? (Il était déstabilisé.) Je ne l'ai appris qu'il y a deux jours.

Cette adorable sorcière allait lui en dire davantage. Il attendait.

– Hasimir Fenring, vous devez apprendre à tourner toute circonstance à votre avantage. Arrakis est la source du Mélange, l'épice qui ouvre les portes de l'univers. Notre nouvel Empereur pense peut-être qu'il vous a simplement nommé à un nouveau poste, mais, en réalité, il vient de vous investir dans des fonctions essentielles. Réfléchissez : Observateur Impérial sur Arrakis.

– Oui, et ça ne va pas plaire au Baron Harkonnen. Je le soupçonne d'avoir caché de menus détails depuis toujours.

Elle le gratifia d'un sourire rayonnant, chargé d'invite.

– Personne ne saurait vous dissimuler de pareilles choses, mon cher. À moi non plus.

Il répondit à son sourire.

– Alors nous pourrions passer les jours d'ennui à lui extirper ses secrets.

Elle caressa sa manche.

– Arrakis est un lieu où il ne fait pas bon vivre, mais... peut-être vous y sentiriez-vous mieux en ma compagnie ?

Il sentit croître sa méfiance, car telle était sa nature. Mais il devait reconnaître qu'au milieu de toutes ces femmes en tenues extravagantes avec leurs plumes exotiques, Margot était la plus belle.

– Cela se pourrait. Mais pourquoi accepterais-je d'aller là-bas ? Chacun sait que c'est une planète infecte.

– Mes Sœurs la décrivent comme un monde de mystères anciens et ce séjour serait pour le plus grand bénéfice de mon statut dans la Communauté. Ce serait une étape importante dans mon éducation de future Révérende Mère. Imaginez : les vers des sables, les Fremen, l'épice... Ce serait très intéressant si vous et moi parvenions à résoudre ces mystères ensemble. Votre compagnie me stimule, Hasimir.

– Je vais accorder... réflexion à votre proposition, très chère.

Il était attiré à la fois physiquement et émotionnellement par cette femme. Deux sensations gênantes. Quand il avait éprouvé cela avec autant d'intensité dans le passé, il avait dû s'y soustraire, s'en débarrasser d'une manière ou d'une autre. Mais cette Sœur Margot était différente – du moins elle le semblait. Ce n'était qu'avec le temps qu'il saurait.

Il avait entendu ce que l'on disait des programmes génétiques du Bene Gesserit, mais les Sœurs ne s'intéressaient certainement pas à sa lignée, avec sa difformité congénitale. Elle devait avoir un autre motif. À l'évidence, il se situait bien au-delà des sentiments personnels de Margot – à supposer qu'elle en eût. Elle devait avoir discerné des *possibilités* chez lui, des utilisations potentielles, pour elle comme pour toutes les Sœurs.

Mais elle lui offrait également autre chose : une nouvelle voie vers le pouvoir, une voie dont il n'avait jamais rêvé. Jusqu'à présent, son seul avantage dépendait de Shaddam, de leur amitié d'enfance. Mais, récemment, par son comportement étrange, le Prince avait commencé à jeter une ombre sur cette amitié. Il avait dépassé ses capacités, il avait essayé de penser et d'agir par lui-même. C'était aussi aventureux que dangereux, mais il ne semblait pas en avoir conscience.

Face à cette situation, Fenring avait besoin de nouveaux contacts avec des entités puissantes. Telles que le Bene Gesserit.

L'attelage impérial arrivait et la foule des invités du Grand Théâtre semblait sous l'effet d'un mouvement de marée. Fenring abandonna son plateau sur une table et Margot passa son bras sous le sien en demandant :

– Alors, vous allez vous asseoir à côté de moi, Hasimir ?

Il lui fit un clin d'œil.

– Oui, et j'irai peut-être un peu plus loin.

Elle eut un sourire enjôleur et il se dit qu'il serait bien difficile de tuer une si belle femme. Si jamais il devait le faire.

Chaque Maison Majeure de l'Imperium avait reçu une dizaine d'invitations pour le Grand Théâtre à l'occasion du double événement. Quant à la population, elle suivait toute la cérémonie par les relais planétaires. On parlerait de la magnificence de cette journée pendant dix années – telle avait été l'intention de Shaddam.

Au titre de représentant de la Maison des Atréides, le Duc Leto avait pris place sur un siège d'obsiplass du second rang, au niveau principal. Le « cousin bien-aimé » de l'Empereur s'était prêté à la comédie depuis la fin du procès, mais Leto ne croyait pas qu'elle se prolongerait au-delà de son retour sur Caladan – à moins, bien sûr, que Shaddam ne cherche à tirer parti de son impériale intervention. *Fais attention à ce que tu achètes*, lui avait répété bien des fois le Vieux Duc, *car le prix véritable peut t'être caché*.

Leto était encadré de Thufir Hawat et de Rhombur, ravi, excité. Car sa sœur Kailea avait rejoint la délégation de Caladan dès la libération de Leto. Ses yeux d'émeraude brillaient de mille feux : elle n'avait rêvé que de cela, se retrouver près de son frère à Kaitain. Depuis son arrivée, il ne se passait pas un instant sans qu'elle s'exclame devant les merveilles qu'elle découvrait. Leto était heureux de son bonheur : il ne l'avait pas vue ainsi depuis leur fuite dramatique d'Ix.

Rhombur portait les couleurs de la famille Vernius, alors que

Kailea avait opté pour une cape décorée du Faucon rouge des Atréides, pareille à celle de Leto. Tandis qu'il la conduisait par le bras jusqu'à leurs fauteuils, elle lui avait soufflé avec un doux sourire :

— J'ai choisi ces couleurs par respect pour l'hôte qui nous a accordé l'asile et afin de commémorer le retour des biens de la Maison des Atréides.

Puis, elle lui avait donné un baiser sur la joue.

Depuis la sentence de mort prononcée à l'encontre de la Maison Vernius, les enfants de Dominic couraient un risque en participant aux festivités. Mais Thufir Hawat considérait que, dans la liesse générale, ils étaient sans doute en sécurité, à condition de ne pas prolonger leur séjour. En l'entendant, Leto s'était esclaffé.

— Thufir, est-ce que les Mentats ont jamais donné des garanties ?

Ce qui n'avait pas du tout amusé Hawat.

Le Grand Théâtre, durant la cérémonie, était probablement l'un des lieux les plus sûrs de l'univers, mais Leto doutait que Dominic Vernius s'y montre. Même après la mort d'Elrood, il ne s'était pas risqué à découvert et n'avait fait parvenir aucun message.

Toutes les Maisons et les puissances de l'Imperium étaient rassemblées dans le théâtre : la CHOM, la Guilde Spatiale, les Mentats, les docteurs de l'École Suk et bien d'autres fractions disséminées sur un million de Mondes. Les Harkonnens s'étaient regroupés à l'écart, sur un balcon du haut. Le Baron, en compagnie de son neveu Rabban, n'avait pas accordé un regard à Leto.

— Toutes ces couleurs, ces sons, ces parfums..., fit Kailea en se serrant contre Leto, ça me fait tourner la tête. Je n'ai jamais rien connu de tel – que ce soit sur Ix ou sur Caladan.

— Mais personne n'a connu ça depuis cent quarante ans.

Au premier rang, devant les Atréides, les Sœurs du Bene Gesserit entouraient leur vieille Mère Supérieure, Harishka. Dans toutes les travées, les Sardaukar en uniforme d'apparat veillaient, farouches.

Les Sœurs se levèrent pour saluer la Révérende Mère Anirul, future Impératrice, escortée de sa garde et de ses demoiselles d'honneur. Rhombur chercha du regard la superbe femme blonde qui lui avait donné le mystérieux cube-message et la découvrit assise au côté d'Hasimir Fenring, à l'écart des Sœurs.

Une atmosphère d'attente respectueuse s'installa. Enfin, dans un souffle de chuchotements, tous se levèrent en ôtant chapeau ou casquette.

Et le Prince Shaddam s'avança sur le tapis de velours et de damas. Il portait la tenue de Commandant des Sardaukar, avec des épaulettes d'argent et le Lion d'Or de la Maison de Corrino. Des membres de la Cour le suivaient, rutilants d'écarlate et d'or.

Le Grand Prêtre de Dur fermait la marche. Par tradition, il avait couronné tous les Empereurs depuis la chute des machines pensantes. En dépit des aléas de l'ancienne religion, le Grand Prêtre répandait aujourd'hui la sainte poussière couleur de rouille à droite comme à gauche.

En admirant la démarche altière et l'élégance de Shaddam, Leto se souvint de l'intervention de son cousin devant le tribunal, quand il avait descendu une autre allée pour venir attester de son innocence. D'une certaine manière, il avait eu alors une attitude impériale. Mais là, il était un militaire, le Commandant en chef de toutes les forces de l'Imperium.

– Effet politique, souffla Hawat. Vous avez remarqué ? Shaddam tient à faire savoir aux Sardaukar que leur nouvel Empereur se considère comme un des leurs, qu'ils sont essentiels à son règne.

Leto acquiesça : tout comme son père avant lui, le Jeune Duc fraternisait avec ses soldats, il partageait souvent leur repas et leur vie de tous les jours pour qu'ils sachent bien que jamais il n'exigerait d'eux ce qu'il ne pouvait pas faire lui-même.

– C'est plus spectaculaire que constructif, critiqua Rhombur.

– Quand on dirige un empire aussi vaste, il faut ménager une place au spectacle, fit Kailea.

Et Leto, ému, se souvint du penchant de son père pour les corridas et autres démonstrations.

Shaddam se délectait de ce moment de grandeur, il s'imprégnait de sa gloire et s'inclina au passage devant sa future épouse et les Sœurs en noir. Il devait d'abord être couronné. À l'endroit prévu par le protocole, il s'arrêta et se tourna vers le Grand Prêtre de Dur qui lui présentait la coiffe de joyaux sur un coussin ornementé.

Un rideau s'ouvrit derrière Shaddam, révélant le dais impérial. Le trône massif de quartz de Hagal était vide. Il datait du règne de l'Empereur Hassik II et les traits fins des lasers jouaient dans les reflets du cristal, créant une nova d'arcs-en-ciel. L'assistance frémit devant cette beauté translucide.

Oui, songea Leto, *le cérémonial est nécessaire à la vie de l'Imperium. Il a un effet unificateur, le peuple sent qu'il appartient à une entité signifiante...*

Ainsi l'on renforçait l'impression que c'était l'Humanité, et non le Chaos, qui régnait sur l'univers. Même un Empereur égoïste comme Shaddam pouvait apporter quelque bien aux humains, espéra Leto avec ferveur.

Shaddam monta solennellement les degrés et prit place sur le trône, le regard fixé droit devant lui. Suivant la coutume ancestrale, le Grand Prêtre se rapprocha alors et souleva bien haut la couronne.

– Prince Héritier Shaddam Raphael Corrino IV ; jurez-vous fidélité au Saint Empire ?

La voix puissante du prêtre résonnait dans tout le théâtre avec une pureté naturelle, comme dans tout Kaitain, sur toute la planète et jusqu'aux marches de l'Imperium.

– Je le jure, clama Shaddam.

Le Grand Prêtre posa alors la couronne sur sa tête et déclara aux dignitaires :

– Je vous donne le nouvel Empereur Padishah Shaddam IV, puisse son règne briller aussi longtemps que les étoiles !

– Puisse son règne briller aussi longtemps que les étoiles ! répondit l'assistance.

Shaddam se redressa alors. Il portait désormais la couronne d'Empereur de l'Univers Connu. Des milliers de personnes applaudissaient et lançaient des vivats. Il les regarda toutes comme autant de microcosmes avant de s'arrêter sur Anirul qui venait de s'avancer jusqu'au pied du dais avec ses gardes et ses demoiselles d'honneur. L'Empereur lui tendit la main.

Harishka, la Mère Supérieure, conduisit Anirul jusqu'au trône d'une démarche glissante avant de regagner sa place dans le rang des Sœurs.

Le prêtre dit quelques mots au couple pendant que Shaddam passait deux anneaux de diamant au doigt de son épouse, puis la bague de gemmes soo qui avait appartenu à sa grand-mère paternelle.

Quand ils eurent été déclarés Empereur et Dame, le Grand

Prêtre les présenta. Hasimir Fenring, alors, se pencha vers Margot et lui murmura au creux de l'oreille :

– Pourrions-nous nous avancer pour demander au Grand Prêtre s'il peut nous marier dans l'instant ?

Elle gloussa de rire en le repoussant du doigt.

Ce même soir, le plaisir déferla sur la capitale comme une fièvre musicale chargée d'adrénaline et de phéromones. Le couple impérial présida un banquet somptueux suivi par un grand bal et une orgie qui donna à tout ce qui avait précédé des allures de buffet champêtre. Lorsque les nouveaux mariés partirent pour le Palais, ce fut sous une pluie de roses en soie merh.

Quand ils se furent retirés dans leur lit nuptial, longtemps les seigneurs et leurs dames continuèrent à agiter leurs brilleurs aux fenêtres en faisant tinter leurs cloches de cristal dans le charivari propice à la fertilité.

Ces réjouissances avaient cours depuis des millénaires, elles remontaient aux âges prébutlériens, aux racines de l'Imperium. Plus d'un millier de présents somptueux avaient été déposés sur les pelouses. Plus tard, les domestiques impériaux les récolteraient pour les distribuer à la population. Suivrait une semaine de festivités sur tout Kaitain.

Plus tard, Shaddam IV se mettrait à sa tâche de souverain de l'Empire d'un Million de Mondes.

> *En dernière analyse, l'événement légendaire qu'on appela le gambit de Leto devint la fondation de l'immense popularité du Duc Atréides. Il devint le phare de l'honneur dans l'océan des ténèbres galactiques. Pour bien des membres du Landsraad, son honnêteté et sa naïveté éclairèrent la honte des Grandes Maisons qui avaient failli l'une à l'autre... pendant un temps, au moins, jusqu'à ce que les vieux schémas familiers s'imposent de nouveau.*
>
> Bronso d'Ix,
> *Des origines de la Maison des Atréides : graines de l'avenir dans l'Imperium galactique*

Le Baron Vladimir Harkonnen avait laissé éclater sa rage en arpentant les couloirs du Donjon de Giedi Prime. Son complot avait échoué. Il exigeait en hurlant que ses gens lui trouvent un nain à torturer, à dominer, quelqu'un qu'il pût briser entièrement.

Quand Yh'imm, l'un de ses moniteurs de distraction, osa lui faire remarquer qu'il n'était pas très sportif de persécuter un homme à cause de sa petite taille, le Baron ordonna qu'on l'ampute des deux jambes au niveau des genoux. Ainsi raccourci, le moniteur ferait très bien l'affaire pour le plaisir de Procuste.

Tandis que les chirurgiens entraînaient Yh'imm hurlant et suppliant, le Baron convoqua dans son bureau son neveu Glossu Rabban et le Mentat Piter de Vries pour une discussion d'intérêt vital.

Seul derrière la table encombrée de paperasses et de feuillets de cristaux, il tonna :

— Maudits soient les Atréides ! De ce petit Duc à ses salopards d'ancêtres ! J'aurais tellement aimé qu'ils crèvent tous à la Bataille de Corrin !

Il pivota brusquement à l'instant où de Vries entrait et perdit presque l'équilibre. Il ne se rattrapa que de justesse au bord de la table.

— Comment Leto a-t-il pu se sortir d'affaire ? Il n'avait pas de preuves, pas de défense ! Il n'avait même pas l'ombre d'un indice sur ce qui avait pu se passer réellement. (Rabban surgit du couloir.) Et que le diable emporte Shaddam pour s'être mêlé de tout ça ! Ce n'est pas parce qu'il est devenu l'Empereur qu'il doit choisir son camp ! Où est son intérêt ?

Rabban et de Vries hésitaient sur le seuil, peu pressés de plonger dans le maelström. Le Baron ferma les yeux et se massa les sourcils en essayant de maîtriser ses pensées et ses instincts. Rabban en profita pour se glisser jusqu'à une alcôve et se remplir un verre de cognac kirana qu'il but goulûment et à grand bruit.

Le Baron se leva et arpenta la pièce avec de curieux gestes spasmodiques. Il semblait trop serré dans ses vêtements.

— Nous étions censés déclencher une guerre et ramasser les restes après le carnage, c'est bien ça ? Mais cette saleté d'Atréides les a tous empêchés de s'entre-tuer. Il a pris le risque d'un Jugement par Forfaiture – au diable ces anciens rites ! – rien que pour protéger ses chers amis et son équipage. Le Landsraad a apprécié son esprit de sacrifice et il est plus populaire que jamais !

Piter de Vries s'éclaircit la gorge et risqua :

— Mon Seigneur, c'était peut-être une mauvaise idée de leur mettre les Tleilaxu à dos. Qui se soucie des Tleilaxu ? Difficile de semer l'indignation générale parmi les Maisons. Et nous n'avions pas prévu ce procès.

— Non, nous n'avons commis aucune erreur ! gronda Rabban, volant au secours de son oncle. Piter, tu tiens à la vie ?

Le Mentat ne répondit pas et aucune trace de peur n'apparut sur son visage. C'était un redoutable adversaire, rusé et expérimenté, qui aurait sans nul doute raison de Rabban en combat rapproché.

Le Baron observa son neveu, déçu. *Il suffit d'un mince vernis de subtilité pour que tu ne comprennes plus rien, Rabban.*

Mais Rabban, furibond, semblait hypnotisé par le Mentat.

— Le Duc Leto n'est guère plus que le jeune chef impétueux d'une famille ordinaire. La réputation de la Maison des Atréides est fondée sur... la vente du riz pundi !

Il avait craché ses derniers mots.

De Vries prit un ton onctueux et une attitude reptilienne.

— Rabban, il faut bien admettre que les membres du Conseil du Landsraad semblent *vraiment* l'apprécier. En fait, ils admirent l'exploit de ce Jeune Duc. Nous avons fait de lui un héros.

Rabban vida son verre, s'en servit un autre, et l'engloutit.

— Le Conseil du Landsraad serait donc devenu *altruiste* ? grinça le Baron. Voilà qui est aussi invraisemblable que la victoire de Leto.

Des cris de souffrance atroces venaient des couloirs lointains et ténébreux qui conduisaient à la salle de chirurgie. Les brilleurs à l'éclat feutré vacillèrent.

Le Baron lança un regard perçant à de Vries.

— Piter, tu devrais peut-être aller voir. Je tiens à ce que ce crétin de moniteur survive à cette opération... du moins jusqu'à ce qu'il m'ait donné satisfaction.

— Oui, Baron.

De Vries se rua vers l'aile médicale du Donjon. Les plaintes du moniteur se faisaient plus aiguës et le Baron décela le grésillement des scies laser et des rayons de découpe.

Son imagination s'aventura vers les instants de plaisir qui l'attendaient dès que l'effet des antidouleurs aurait cessé. Ou bien était-il possible que les chirurgiens n'en aient pas utilisé ? Si ça se trouvait...

Rabban ferma les paupières sous l'effet intense du plaisir : il se contentait d'écouter et de rêver : le moniteur non raccourci aurait fait sans doute un excellent gibier dans la réserve naturelle de Giedi Prime. Mais le Baron n'avait pas apprécié l'idée. Il avait à l'esprit des projets plus délicieux. Et puis, ses membres, ses articulations devenaient de plus en plus douloureux, ses muscles s'affaiblissaient et son organisme était défaillant depuis quelque temps...

Non, le Baron se contenterait d'imaginer, dès que les plaies de Yh'imm seraient cautérisées, que son moniteur était devenu le Duc Atréides. Tout petit et désormais à sa totale merci.

Un instant, il s'interrogea : est-ce que ça n'était pas pure folie de sa part que de se laisser abattre par l'échec d'un simple plan ? Depuis des générations les Harkonnens avaient tendu des chausse-trapes subtiles à leurs plus mortels ennemis. Mais les Atréides se défendaient bien, surtout lorsqu'ils se retrouvaient le dos au mur.

— Il nous reste encore Arrakis, dit le Baron. Et le contrôle de l'épice, même si la CHOM et l'Empereur Padishah nous ont à l'œil.

Il sourit à Rabban qui lui répondit mécaniquement.

Le Baron leva le poing et lança aux quatre coins du Donjon obscur des Harkonnens :

— Aussi longtemps que nous contrôlerons Arrakis, nous maîtriserons notre fortune. (Il donna une claque forcenée sur l'épaule rembourrée de son neveu.) Nous allons vider Arrakis, jusqu'à ce que ça ne soit plus qu'un crâne desséché dans le désert !

> *L'univers recèle des sources d'énergie encore vierges et inimaginables. Elles sont là, devant vos yeux, mais vous ne pouvez les voir. Elles sont dans votre esprit, mais échappent à vos pensées. Pas aux miennes !*
>
> Tio Holtzman, *Recueil de conférences*

Sur Jonction, le monde de la Guilde Spatiale, celui qui s'était appelé D'murr Pilru fut conduit devant un tribunal de Navigateurs. On ne lui avait pas dit pour quelle raison et, même avec son intuition et sa compréhension conceptuelle de l'univers, il ne parvenait pas à deviner ce qu'on attendait de lui.

Aucun élève ne l'avait accompagné, non plus qu'aucun des Pilotes qui avaient appris à franchir l'espace plissé avec lui. Sur l'étendue de vinencre, les cuves de gaz d'épice étaient disposées en demi-cercle. Alentour, on pouvait lire les milliers d'empreintes d'autres convocations.

La cuve de D'murr, plus petite que les autres, paraissait encore plus solitaire au centre. Sa vie de Navigateur avait à peine débuté et il conservait une part essentielle de sa forme humaine. Il ne pouvait qu'entrevoir la tête gonflée et les yeux monstrueux des Timoniers du tribunal à travers la brume orange et cannelle du Mélange.

Un jour, je serai comme eux, se dit-il. Autrefois, il aurait été pétrifié d'horreur, mais à présent il acceptait avec sérénité ce sort inéluctable. Il n'attendait que de nouvelles révélations.

Le tribunal s'adressa à lui en langage mathématique, fait de concepts et de pensées qui circulaient dans la trame même de l'espace, plus efficace que tous les dialectes que l'humanité avait pu forger. Grodin, le Chef Instructeur, était le porte-parole.

– Vous étiez sur écoute, déclara-t-il d'emblée.

Selon une procédure antique, les Instructeurs de la Guilde plaçaient des enregistreurs holographiques dans les chambres de navigation des Longs-courriers de même que dans les cuves des Pilotes en formation. Et les enregistrements étaient régulièrement prélevés entre deux voyages et retransmis jusqu'à Jonction.

– Nous avons étudié en détail tous les éléments selon la routine.

D'murr savait que les officiels de la Guilde et leurs partenaires de la CHOM devaient s'assurer en permanence que les règles essentielles de navigation et de sécurité étaient respectées.

– La Guilde s'interroge au sujet d'émissions illicites et focalisées provenant de votre chambre de navigation, ajouta Grodin.

Mais oui : il parlait de l'appareil transstellaire de son frère ! D'murr s'agita dans sa cuve, entrevoyant déjà des contremesures insensées, des représailles... des châtiments. Il risquait de se retrouver comme ces Navigateurs inhumains, handicapés, qui avaient payé le prix physique de leur épreuve sans en retirer les bénéfices. Mais il mesurait la valeur de ses dons ! Sa force ! Sans doute les Timoniers lui pardonneraient-ils...

– Nous sommes intrigués, dit Grodin.

Alors, D'murr leur raconta tout, leur expliqua tout ce qu'il savait en détail. Il se souvenait de ce que son frère lui avait dit et décrivit les conditions qui régnaient sur Ix, étouffée, enfermée. La décision prise par les Tleilaxu de revenir à l'ancien concept des Longs-courriers. Ce qui les troubla particulièrement, mais le tribunal était avant tout intéressé par le fonctionnement du « transpondeur Rogo ».

– Nous ne sommes jamais parvenus à communiquer à travers l'espace plissé, souligna Grodin. Pourrions-nous exploiter cette innovation ?

D'murr avait mesuré le potentiel économique et militaire d'une telle invention, à supposer qu'on parvienne à la reproduire. Il n'en connaissait pas tous les détails techniques, mais il savait que son frère avait réussi à monter un appareil qui intriguait fort la Guilde. Et qu'elle convoitait à l'évidence.

Un doyen suggéra d'utiliser un Navigateur mentalement dopé pour la liaison, plutôt qu'un simple humain comme C'tair Pilru. L'autre question qui se posait était plutôt psychologique : la connexion était peut-être optimisée à cause de leur gémellité, de la similitude de leurs schémas mentaux.

Et dans le pool immense de ses Pilotes, Navigateurs et Timoniers, la Guilde trouverait sans doute d'autres connexions psychiques similaires... même si elles devaient être exceptionnelles. Néanmoins, en dépit du coût et des difficultés, ce mode de communication méritait d'être essayé et pourrait être proposé à l'Empereur moyennant un prix élevé.

– Vous pouvez conserver votre statut de Pilote, déclara Grodin en guise de sentence.

Durant de longues semaines, après leur retour triomphal de Kaitain, Leto et Rhombur avaient guetté une réponse du nouvel Empereur à leur requête d'audience. Leto était prêt à se rendre au Palais Impérial dès qu'un Messager se présenterait pour lui annoncer une date. Il s'était juré de ne pas faire la moindre allusion à son bluff et de ne pas revenir sur la collusion entre les Corrinos et les Tleilaxu... mais Shaddam IV devait quand même s'interroger.

Leto se dit que si une semaine passait encore sans réponse, il irait sur Kaitain sans rendez-vous.

Il devait profiter de son nouveau statut et de sa popularité pour négocier l'amnistie et l'indemnisation de la Maison Vernius. C'était sa meilleure chance de parvenir à une conclusion fortuite mais, comme les jours passaient, il la sentit s'évanouir. Même Rhombur, avec son optimisme, finit par se montrer agité, inquiet, tandis que Kailea semblait se résigner à son retour à une existence humble.

Pourtant, enfin, un Messager se présenta avec un cylindre de communication ordinaire. L'Empereur suggérait – vu le peu de temps libre dont il disposait – qu'ils conversent en utilisant une méthode toute nouvelle que lui avait proposée la Guilde Spatiale : le Lien Guildéen. Deux Navigateurs de la Guilde allaient se positionner dans deux systèmes stellaires, ceux de Kaitain et Caladan, et, théoriquement, ils pourraient permettre à Leto Atréides et à l'Empereur Shaddam de converser en temps réel.

– Enfin, je vais pouvoir m'exprimer de vive voix, commenta Leto, bien qu'il n'eût jamais entendu parler de cette technique.

Shaddam semblait impatient de l'essayer et elle lui permettrait de ne pas avoir de témoin.

Kailea en parut tout excitée et se choisit une nouvelle tenue aux couleurs de la Maison Vernius, même s'il était peu probable qu'elle pût se montrer dans la transmission. Rhombur, lui, arriva à l'heure prévue en compagnie de Thufir Hawat. Leto avait renvoyé tous les gardes et les domestiques.

Le Long-courrier d'où avait débarqué le Messager était resté en orbite géostationnaire. Le Timonier de Caladan allait lancer ses ondes mentales dans le gouffre de vide, de poussière et d'étoiles vers son homonyme de Kaitain pour établir la connexion. La Guilde avait testé des centaines de Navigateurs avant de sélectionner un couple en particulier – sans pouvoir déterminer la part de télépathie, de prescience, d'empathie ou autre...

Leto était tendu : même s'il avait déjà attendu trop longtemps, il aurait souhaité un nouveau délai pour mieux affiner ses paroles, mais il ne pouvait se permettre de le demander...

Shaddam s'adressa alors à lui depuis le magnifique arboretum du Palais.

– Leto Atréides, pouvez-vous m'entendre ? C'est le matin ici, et le soleil brille. Je viens juste de revenir de ma promenade.

Il but une gorgée de jus de fruits.

Les mots atteignirent le Timonier du Long-courrier de Caladan comme un écho, et il les répéta dans le globe de cristal qui flottait dans sa chambre saturée d'épice. Ils résonnèrent dans la salle à manger du Castel Caladan, vaguement distordus et ralentis, sans aucune nuance d'émotion. Mais intacts cependant.

– J'ai toujours préféré le soleil du matin sur Caladan, Cousin, répondit Leto, en s'efforçant d'être amical. Vous devriez rendre visite à notre modeste planète, un de ces jours.

– Ce nouveau moyen de communication est merveilleux, dit Shaddam comme s'il n'avait pas entendu. Plus rapide que nos Messagers je dois dire, même s'il est sans nul doute ruineux. Mais oui, voilà un autre monopole pour la Guilde. J'espère qu'ils ne vont pas nous imposer des suppléments pour les communications urgentes.

Leto se demanda si cette réflexion n'était pas destinée aux opérateurs de la Guilde qui pouvaient être sur écoute.

Shaddam, tendu, toussota mais rien ne filtra dans le processus de communication.

– Des événements clés sont en cours sur tant de planètes impériales et le temps nous est tellement compté... J'aimerais vous entendre plus souvent, Cousin. Que désiriez-vous porter à ma connaissance ?

Leto prit son souffle.

– Très Puissant Empereur, nous vous implorons d'accorder votre amnistie à la Maison Vernius et de lui redonner la place qui lui revient au sein du Landsraad. Le monde d'Ix est une ressource économique essentielle qui ne doit pas rester entre les mains des Tleilaxu. Ils ont déjà détruit les installations les plus importantes et ont diminué d'autant les ressources nécessaires à la sécurité de l'Imperium. (Et Leto ajouta, avec une trace de bluff :) Nous savons vous comme moi ce qui se passe là-bas en ce moment.

La connexion tleilaxu. Voyons si j'arrive à le persuader que j'en sais plus que ce qu'il pense. Rhombur le fixa, vigilant et méfiant.

— Je ne saurais discuter de tels sujets par le biais d'intermédiaires, riposta vivement Shaddam.

Une faute ! se dit Leto.

— Insinuez-vous qu'on ne peut faire confiance à la Guilde, Sire ? Elle transporte les armées de l'Imperium et des Grandes Maisons, elle connaît ou soupçonne les plans de bataille avant même qu'ils soient appliqués. Ce lien est sans nul doute plus sûr qu'une discussion dans une chambre d'audience du Palais.

— Mais nous n'en avons pas encore étudié les avantages, protesta Shaddam qui cherchait à gagner du temps.

Il avait été témoin de l'ascension de Leto dans la faveur populaire. Cela pouvait-il avoir des répercussions au niveau de la Guilde Spatiale ? Shaddam promena son regard sur les jardins déserts : il aurait tant aimé que Fenring soit auprès de lui, mais il se préparait à partir pour Arrakis.

J'ai peut-être commis une erreur en sauvant Leto.

Avec précision et clarté, Leto exposa le cas très noble des Ixiens, son assertion que jamais ils n'avaient conçu des produits technologiques interdits. Les Tleilaxu n'avaient produit aucune preuve au Landsraad à l'appui de leurs accusations, ils s'étaient simplement et crûment emparés de toutes les richesses d'Ix, mus par leur cupidité bien connue. En se fondant sur ses conversations avec Rhombur, Leto avança un dédommagement pour le fief et les dommages causés par les Tleilaxu.

— Cela me paraît excessif, dit Shaddam, trop vivement. Les rapports du Bene Tleilax mettent en évidence des chiffres plus modestes.

Il est allé sur place, se dit Leto. *Et il s'en cache.*

— Bien entendu, Sire, les Tleilaxu vont avancer une estimation inférieure s'ils doivent payer l'indemnité.

Leto poursuivit par le nombre de pertes en vies humaines et

575

alla même jusqu'à évoquer la prime qu'Elrood avait offerte pour la mort de Dame Shando. D'une voix chargée d'émotion, il invoqua le cas du Comte Vernius, toujours en fuite, traqué quelque part entre les mondes perdus de la galaxie.

Shaddam était exaspéré. Il se demandait désespérément comment cet insolent petit Duc avait pu être mis au courant de l'affaire tleilaxu. Il lançait tant d'insinuations et d'allusions... Se pouvait-il qu'il bluffe ? Il était le nouvel Empereur et devait agir rapidement pour garder le contrôle de la situation – mais jamais il n'autoriserait la Famille Vernius à retrouver son monde ancestral. Les recherches des Tleilaxu étaient vitales et il était hors de question de les chasser. Il devait considérer les Vernius comme de malheureuses victimes. Peu importaient les motifs de la vengeance mesquine de son père : ces gens étaient au-delà de tout secours, on ne pouvait plus rien pour eux. Rien ne s'était passé, en fait.

Il déclara enfin :

– Le mieux que nous puissions leur accorder est une amnistie limitée. Étant donné que Rhombur et Kailea Vernius sont vos hôtes, Duc Leto, notre protection et notre pardon leur sont acquis. À compter de ce jour, leurs têtes ne seront plus mises à prix et ils sont lavés de toute accusation. Je m'en porte garant.

Le frère et la sœur exultaient, incrédules, mais Leto ajouta aussitôt :

– Je vous en remercie, Sire, mais qu'en est-il des réparations et dédommagements ?

– Pas question de réparations ! répliqua Shaddam avec une fermeté que le Timonier retransmetteur ne parvint pas à traduire mentalement. Et la Maison Vernius ne saurait retrouver sa position sur la planète Xuttuh, anciennement Ix. Et... oui, le Bene Tleilax m'a présenté un dossier complet et concluant dont j'atteste la véracité. Pour des raisons de sécurité impériale, je ne peux en divulguer les détails. Et vous avez abusé de ma patience, Duc Leto.

Irrité, Leto lança :

– Une preuve à laquelle on ne peut avoir accès n'est pas une preuve, Sire. Elle doit être produite devant une cour.

– Et en ce qui concerne mon père et les membres survivants de ma famille ? lança Rhombur dans le micro de Leto. Sont-ils amnistiés, eux aussi ? Ils n'ont causé de tort à personne.

La réponse de Shaddam fut comme la morsure d'un serpent.

— Cousin, j'ai été indulgent avec vous – mais je vous conjure de ne pas abuser de votre chance. Si je n'avais pas eu ces sentiments amicaux à votre égard, je n'aurais pas personnellement témoigné en votre faveur pas plus que je ne vous aurais accordé cette audience exceptionnelle – ni écouté vos amis. Eux seuls sont amnistiés. C'est tout.

Leto reçut ces mots de plein fouet, impassible. Il était clair qu'il ne pouvait insister.

— Nous vous suggérons d'accepter cet accommodement pendant que nous sommes d'humeur à le consentir, ajouta Shaddam. À tout moment je peux recevoir de nouvelles charges contre la famille Vernius, ce qui m'amènerait à me montrer moins clément.

Leto s'écarta pour conférer rapidement avec ses amis qui acceptèrent.

— Au moins, c'est une petite victoire, dit Kailea à voix basse. Nous restons en vie et libres – même si nous n'avons pas notre héritage. Et puis, ce n'est pas si pénible que ça de vivre auprès de vous. Comme le dit Rhombur, nous nous en tirons plutôt bien.

Son frère lui posa doucement la main sur l'épaule.

— Si c'est bon pour Kailea, ça l'est pour moi.

— Marché conclu, fit Shaddam en entendant la réponse. Nous allons faire préparer les documents officiels. (Sa voix redevint tranchante.) Mais je souhaite ne plus vous entendre à ce propos.

Il coupa brusquement la transmission et les deux Timoniers brisèrent leur lien mental. Leto prit ses amis dans ses bras.

> *Seuls les idiots laissent des témoins.*
>
> Hasimir Fenring

– Kaitain va me manquer, dit Fenring d'un ton étrange et sombre.

Il devait se présenter dans la journée sur Arrakis.

Exilé sur un monde désert !

Mais Margot lui avait dit de réfléchir aux nouvelles occasions qui allaient se présenter à lui... Et il excellait dans cet exercice. Shaddam avait-il envisagé autre chose qu'une simple punition ? Fenring se retrouverait-il en position de force ?

Au fil des ans, au côté de Shaddam, Fenring s'était imposé comme un « éliminateur », prêt à se charger des corvées nécessaires les plus déplaisantes – y compris le meurtre de Fafnir, le frère aîné de Shaddam, le Prince Héritier en titre. Fenring et Shaddam partageaient de noirs secrets et ils ne pourraient se séparer sans de graves répercussions... Ils le savaient l'un et l'autre.

J'appartiens à Shaddam, maudit soit-il !

Avec du temps et de la réflexion, le nouvel Empereur comprendrait qu'il ne pouvait se faire un ennemi de Fenring. Même pas un serviteur impérial rancunier. Tôt ou tard, il le rappellerait.

Entre-temps, il devrait tourner les circonstances à son avantage.

Il avait épousé Dame Margot trois jours auparavant, en toute simplicité. Depuis, elle régnait sur les chambellans et les serviteurs qui se démenaient pour faire leurs bagages. En tant que Sœur du Bene Gesserit, elle avait peu de besoins et ses goûts n'étaient pas extravagants. Mais elle connaissait l'importance de l'apparat et des réceptions mondaines et avait prévu une cargaison complète de garde-robes, de meubles, de vaisselle, de tapisseries, de draps et nappes. Tout cela améliorerait le confort de leur séjour : ils allaient s'installer dans une résidence privée, à des kilomètres de Carthag, le bastion des Harkonnens. Cet étalage d'indépendance et de luxe ne ferait que renforcer le pouvoir de Shaddam face aux gouverneurs et aux fonctionnaires de la planète-désert, et ils sentiraient mieux le poids de son regard, désormais.

C'est en souriant que Fenring suivait la danse gracieuse, légère et impérieuse de sa blonde épouse. Elle riait parfois, lançait des mots d'encouragement ou encore des reproches pour les traînards. *Quelle femme magnifique !* Ils avaient l'un et l'autre tant de secrets fascinants à découvrir, à partager.

Avant la nuit, ils seraient en route pour la planète des sables que les Fremen appelaient Dune.

Plus tard, pendant une heure de répit, il fit une partie de boule-bouclier avec son ami de toujours. Shaddam ne le reçut pas avec les excuses que Fenring aurait pu attendre. Ils étaient seuls dans une pièce isolée aux murs de cristoplass, tout en haut d'une tourelle du Palais. Dans le ciel, très loin, des ornis-voltigeurs bourdonnaient, au-delà des cerfs-volants festonnés et des bulles miroitantes de la cité.

Fenring fredonnait, au risque d'irriter Shaddam. Enfin, le nouvel Empereur réussit à pénétrer le Bouclier à la vitesse correcte, un disque se mit à tourner dans la machine et la boule noire flotta au centre. En se concentrant, Shaddam libéra la tige et la boule tomba sur la case « 9 ».

– Tu t'es entraîné, mmm ? demanda Fenring. Un Empereur n'a-t-il pas des devoirs plus pressants ? Mais il va falloir faire mieux pour me battre.

Shaddam, sans répondre, observait la tige qu'il venait d'utiliser, comme si elle l'avait trahi.

– Votre Majesté veut échanger ? fit Fenring, à peine railleur. Quelque chose ne va pas ?

Shaddam secoua la tête.

– Non, Hasimir, je garde celle-ci – nous ne rejouerons plus avant quelque temps. Je croyais t'avoir dit que je me chargeais moi-même de mes intérêts. Ce qui ne veut pas dire que je ne tiens plus compte de tes conseils.

– Naturellement, Sire. C'est pour ça que tu m'expédies dans un trou poussiéreux peuplé de vers et de barbares crasseux. (Il posa sur Shaddam un regard sans passion.) Votre Altesse, je pense que c'est une grave erreur. Durant les premiers jours de ton règne, tu vas avoir besoin de conseils justes et objectifs plus que jamais. Tu ne t'en sortiras pas seul dans l'immédiat et à qui te fier sinon à moi ?

– Ma foi, je pense que j'ai assez bien résolu cette crise à propos du Duc Leto Atréides, non ? C'est moi et moi seul qui ai évité le désastre.

Sans se hâter de jouer, Fenring insista.

– Je reconnais que le résultat est favorable – mais nous n'avons toujours pas appris ce qu'il sait sur nous et les Tleilaxu.

– Je ne voulais pas paraître trop préoccupé par cette question.

– Hmm... Peut-être as-tu raison, mais si tu as résolu le problème, dis-moi : si ce n'est pas Leto qui a tiré sur les vaisseaux tleilaxu, qui est-ce donc ?

– Je considère plusieurs possibilités.

Fenring lui décocha un regard brûlant.

– La popularité de Leto est incroyable, et il pourrait même menacer le trône un jour. Qu'il ait suscité ou non cette crise, le Duc Atréides l'a transformée en une victoire indéniable pour lui-même et l'honneur de sa Maison. Il a surmonté un obstacle énorme et avec une grâce indéniable. Les membres du Landsraad apprécient ce genre de chose.

– Oui, c'est exact... mais il n'y a pas lieu de s'inquiéter.

– Je n'en suis pas si certain. Le mécontentement des Maisons, je suis fondé à le croire, est loin d'être dissipé.

– Nous avons le Bene Gesserit de notre côté, grâce à ma femme.

Fenring prit un air pincé.

– Que tu as épousée sur ma suggestion. Mais ce que disent les sorcières n'est pas nécessairement la vérité. Et si cette alliance était insuffisante ?

– Que veux-tu dire ?

Shaddam, d'un geste impatient, lui fit signe de jouer.

– Réfléchis au Duc Leto. Il a un côté imprévisible. Il prépare peut-être des alliances secrètes pour attaquer Kaitain. Il est devenu célèbre et il n'en a que plus d'influence. À l'évidence, il est ambitieux. Les chefs des Grandes Maisons sont tous avides de discuter avec lui. Et toi, par contre, tu n'es pas vraiment populaire.

— J'ai mes Sardaukar, protesta Shaddam.

Mais Fenring devina le doute qui s'insinuait en lui.

— Surveille bien tes légions pour t'assurer qu'elles n'ont pas déjà été infiltrées. Sur Arrakis, je serai loin, et ce genre de choses me tourmente. Tu as dit que tu pouvais les assumer seul, et je te crois. Mais je te donne seulement mon avis sincère, comme toujours.

— J'apprécie, Hasimir, j'apprécie... Mais je ne peux croire que mon cousin Leto ait monté cette affaire de l'attentat du Long-courrier à des fins personnelles. C'était trop maladroit et risqué. Et il ne pouvait compter sur mon appui.

— Il savait que tu ferais quelque chose dès que tu apprendrais qu'il détenait des informations secrètes.

— Non. Les risques de forfaiture étaient extrêmes. Il a frôlé la déchéance totale et bien failli perdre toutes les possessions de sa famille.

Fenring pointa l'index.

— Considère la gloire qu'il en a tirée, mmm ? Regarde seulement ce qui s'est passé entre-temps. Je ne pense pas qu'il l'ait prévu, mais il est maintenant un héros. Ses gens l'adorent et les nobles l'admirent – quant aux Tleilaxu, il les fait passer pour des crétins lamentables. Sire, mon gentil Prince, puisque tu insistes pour agir seul, je te conseille de surveiller de près les ambitions de la Maison des Atréides.

— Je te remercie de ton conseil, Hasimir, fit Shaddam en revenant à la console de jeu. Oh, à propos, t'ai-je dit que tu avais une promotion ?

Fenring eut un reniflement dédaigneux mais paisible.

— Je ne qualifierais pas ma nomination au poste d'« Observateur Impérial sur Arrakis » de *promotion,* non ?

Avec un sourire, Shaddam redressa la tête. Il avait longuement attendu cet instant.

— Certes, mais *Comte Fenring* te semble-t-il plus flatteur ?

Fenring fut totalement pris au dépourvu.

— Tu me nommes... *Comte ?*

Shaddam acquiesça.

— Comte Hasimir Fenring, Observateur mandaté sur Arrakis. Voilà qui va grossir la fortune de ta famille, mon ami. Eventuellement, tu finiras au Landsraad.

– Avec un poste au conseil de la CHOM ?

Shaddam eut un rire indulgent.

– Chaque chose en son temps, Hasimir !

– Cela fait de Margot une Comtesse, je présume ?

Fenring essayait de cacher son plaisir, mais Shaddam n'avait aucun mal à le lire.

– À présent, je vais te dire pourquoi cette affectation est si importante, pour toi et l'Imperium. Te souviens-tu d'un homme du nom de Pardot Kynes ? Le Planétologiste que mon père a expédié sur Arrakis il y a plusieurs années ?

– Bien sûr.

– Eh bien, il ne nous a pas été d'un grand secours récemment. Il a adressé quelques rapports incomplets et apparemment censurés. L'un de mes espions m'a même fait savoir qu'il s'était trop rapproché des Fremen et qu'il avait franchi la ligne au point de devenir un des leurs. Il a épousé la cause des indigènes.

– Un serviteur impérial se mêlant à ces primitifs cruels ?

– J'espère que non, mais j'aimerais que tu saches la vérité. En essence, je fais de toi mon Tsar de l'Épice, chargé de superviser la récolte du Mélange sur Arrakis aussi bien que les recherches expérimentales qui se poursuivent sur Xuttuh. Tu feras l'aller-retour entre ces planètes et le Palais. Nous correspondrons en langage codé, uniquement toi et moi.

L'importance de la mission et ses implications pénétrèrent lentement Fenring et il en ressentit une ferveur nouvelle qui chassa toute sa rancœur. Oui, il entrevoyait maintenant les possibilités qui lui étaient offertes. Il devait le rapporter sans tarder à Margot : avec son esprit de Bene Gesserit, elle saurait voir bien au-delà.

– C'est un défi alléchant, digne de mes talents, et... mmm... je crois que je pourrai en tirer du plaisir.

Il revint au jeu, engagea le disque intérieur et guida la boule. Elle tomba dans la case « 8 » et, mécontent, il secoua la tête.

– Dommage, commenta Shaddam.

D'un geste habile, il plaça la sienne dans le « 10 » et gagna la partie.

> *Le progrès et le profit requièrent un investissement*
> *substantiel en personnel, équipement et capitaux.*
> *Cependant, la ressource que l'on ignore le plus*
> *souvent et qui est le plus susceptible de rapporter,*
> *c'est l'investissement de temps.*
>
> Dominic Vernius, *Les Fonctions Secrètes d'Ix*

Il n'avait plus rien à perdre. Il ne lui restait rien.

Le Comte renégat, le héros de la guerre que l'on avait connu jadis sous le nom de Dominic Vernius, était mort, il avait disparu des registres de l'Imperium. Mais l'homme vivait encore sous différentes identités. Cet homme n'abandonnerait jamais.

Dominic s'était battu pour la plus grande gloire de l'Empereur. Au combat, il avait tué des milliers d'ennemis avec ses blindés, ses lasers. Il avait aussi versé leur sang à l'arme blanche, ou avec ses mains nues. Il se battait durement. Comme il travaillait, comme il aimait.

Il avait reçu en salaire le déshonneur, le bannissement. Il avait perdu sa femme, et ses enfants lui avaient été arrachés.

En dépit de tout, Dominic était un survivant, un être avec un but précis. Et il savait prendre son temps.

Même si Elrood le vieux vautour était maintenant mort, Dominic n'avait pas envie de lui pardonner. Le pouvoir impérial avait suscité trop d'abus et de souffrance. Même Shaddam, son héritier, ne ferait pas mieux...

Il avait surveillé de loin la planète Caladan. Rhombur et Kailea semblaient en sécurité. Même après la mort de son ami le Vieux Duc, ils étaient restés dans l'asile offert. Il avait tellement pleuré la mort de Paulus, mais il n'avait pu se risquer à ses obsèques et n'avait pas même tenté d'adresser des messages codés au jeune Leto.

Pourtant, il avait failli débarquer sur Kaitain pour le Jugement par Forfaiture. Rhombur avait commis la folie de quitter Caladan pour accompagner son ami devant la Cour Impériale pour le soutenir, au risque d'être capturé et exécuté sommairement. Dominic avait été prêt à se sacrifier pour lui.

Mais cela n'avait pas été nécessaire. Leto avait été libéré, amnistié, pardonné. De même que Rhombur et Kailea. Comment ? L'esprit de Dominic était dans le plus grand trouble. Shaddam lui-même avait volé au secours du jeune Leto. Shaddam Corrino IV, fils de l'impitoyable Empereur Elrood. Dominic soupçonnait que des sommes énormes avaient été dépensées pour soudoyer des nobles, mais il ne parvenait pas à imaginer comment un Duc de seize ans avait pu exercer un chantage contre l'Empereur de l'Univers Connu.

Dominic avait décidé de prendre un risque. Aveuglé par le chagrin, contre toute logique, il avait revêtu des guenilles, avait teint ses cheveux en roux et était parti seul pour Bela Tegeuse. Avant tout, il devait visiter le monde où son épouse avait été assassinée par les Sardaukar d'Elrood.

Il traversait le ciel, empruntait des routes, toujours discret et silencieux, ne se fiant qu'aux quelques rapports sur la mort de Shando. Finalement, il découvrit une région qui ne figurait pas sur les cartes, où les cultures avaient été rasées, labourées puis parsemées de sel pour ne plus jamais repousser. Un manoir y avait été abattu et recouvert de béton synthétique. Shando n'avait pas de sépulture, mais il perçut sa présence.

Mon amour était ici.

Sous la clarté pâle des soleils jumeaux, Dominic s'agenouilla alors sur la terre flétrie et pleura jusqu'à perdre la conscience du temps. Et quand ses larmes se tarirent, il ne lui resta dans le cœur qu'un vide immense et dur.

Il était maintenant prêt pour la phase suivante.

C'est ainsi que Dominic Vernius traversa les mondes des marches de l'Imperium, rassemblant tous les hommes réchappés d'Ix, ceux qui préféraient l'accompagner, quelles que soient ses intentions, plutôt que de végéter sur des planètes rurales.

Il rassembla d'anciens officiers qui s'étaient battus à ses côtés sur Ecaz, des gens qui lui devaient dix fois leur vie. Il courait un grave danger en les retrouvant, mais il avait totalement confiance en ses ex-camarades. Malgré la prime que l'on offrait pour sa tête, il savait qu'aucun d'eux ne voudrait payer une telle somme avec sa conscience.

Il espérait seulement que le nouvel Empereur Shaddam IV

ne se soucierait pas des mouvements subtils, voire des disparitions, de certains hommes qui avaient combattu avec Vernius durant son adolescence... au temps où le Prince Fafnir était l'héritier direct du trône.

Bien des années avaient passé, assez pour que les vétérans qui avaient entouré Dominic dans les batailles soient convaincus que les bains de sang avaient été glorieux et excitants. Un tiers seulement d'entre eux avaient refusé de se joindre à lui, mais les autres étaient décidés et n'attendaient que ses ordres...

Lorsque Shando s'était réfugiée sur Bela Tegeuse, elle avait effacé son nom des archives et avait payé l'achat de son petit domaine en crédits anonymes. Elle n'avait commis qu'une erreur : sous-estimer l'opiniâtreté des Sardaukar.

Il ne ferait pas la même chose : pour ce qu'il préparait, il lui fallait un lieu où nul ne pourrait le voir... tout en frappant le Landsraad. Il allait devenir une épine dans le flanc de l'Empereur.

C'était son arme ultime.

Il était prêt. Le moment venu, il s'installa aux commandes d'un vaisseau de contrebande anonyme avec une dizaine de ses plus fidèles partisans. Ils avaient mis en commun tous leurs biens et leur argent afin de l'aider dans sa croisade de gloire et d'honneur – et de vengeance, au passage.

Ils rallièrent la face obscure d'une petite lune qui orbitait autour de la cinquième planète du système d'Alkaurops, ignorée de la vermine tleilaxu qui grouillait sur Ix.

Là se trouvait la réserve d'atomiques de la Famille Vernius. Ni plus ni moins importante que toutes celles que les Grandes Maisons détenaient illégalement depuis leur interdiction par la Grande Convention.

Il y avait maintenant dans la soute du vaisseau de quoi déclencher l'apocalypse sur un monde.

« La vengeance n'appartient qu'au Seigneur », disait la *Bible Catholique Orange*. Mais, après ce qu'il avait vécu, Dominic ne se considérait plus comme très religieux ni vraiment concerné par la loi. Il était un renégat, un vrai : il avait échappé au système. Mais il n'était plus sous sa protection légale.

Il s'imagina comme le plus grand des contrebandiers, se cachant là où on ne le trouverait jamais, lançant des offensives destructrices vers les Maisons qui l'avaient trahi en lui refusant leur aide.

Avec ses atomiques, il allait laisser sa marque dans l'Histoire.

Échappant au vieux satellite météorologique que la Guilde avait autrefois mis en orbite au large de la planète Arrakis, Dominic, aux commandes de son vaisseau chargé d'atomiques, descendit vers la région polaire inhabitée. Quand il débarqua avec ses hommes, il sentit le vent frais et mordant de ce monde désolé qui serait désormais leur base opérationnelle. *Arrakis*.

Il se passerait un certain temps avant que quiconque entende à nouveau parler de Dominic Vernius. Mais quand il serait prêt... alors, l'Imperium ne l'oublierait plus.

> *Quatre choses soutiennent un monde :*
> *l'enseignement des sages, la justice des grands,*
> *les prières des justes et la valeur des braves.*
> *Mais rien n'existe sans le souverain qui connaît*
> *l'art de régner.*
>
> Prince Raphael Corrino, *Discours sur le gouvernement galactique*

Solitaire, Leto descendait vers le rivage, suivant le lacis de sentiers de la falaise qui accédait aux quais antiques, tout en bas du Castel Caladan.

Le soleil perçait les nuages tranquilles et des étincelles couraient jusqu'à l'horizon de la mer apaisée. Leto s'arrêta un instant pour observer la forêt aquatique du kelp, les flottilles de pêche et les incrustations en camaïeu des récifs.

Caladan. Son monde si riche, avec ses jungles et ses océans, ses champs et ses jardins, ses fermes et ses ports sous les vents de printemps, le ressac d'automne, les marées et les orages. Et son peuple qui avait toujours travaillé dur, parce que ses Ducs s'étaient succédé pour son plus grand bien. Il songea à ce qui leur serait advenu s'il avait perdu le Jugement, si la déchéance avait été prononcée. Auraient-ils supporté d'autres souverains de la Maison Mutelli ou autre membre du Landsraad ? Peut-être que oui, peut-être que non...

Mais il ne pouvait imaginer d'autre demeure. Les Atréides appartenaient à ce monde. Même si on l'avait dépouillé de tout, il serait revenu sur Caladan finir ses jours au bord de la mer.

Il savait qu'il était innocent, mais il ne comprenait toujours pas ce qui s'était passé à bord du Long-courrier. Il n'avait pas eu la possibilité de prouver à qui que ce fût qu'il n'avait pas ouvert le feu au risque de déclencher une guerre totale. Mais il avait eu des motifs et, à cause de cela, les autres Maisons ne l'avaient pas soutenu. Alliées ou pas. Elles avaient reculé devant le risque de perdre leur part dans le partage des biens Atréides.

Mais, dans le même temps, il avait lu une certaine approbation sur divers visages. Pour la façon dont il avait su protéger ses amis et son équipage.

Ensuite, miraculeusement, Shaddam était venu à son aide.

En regagnant Kaitain, Leto et Thufir Hawat s'en étaient longuement entretenus, mais sans trouver d'explication à l'intervention du nouvel Empereur. Non plus qu'à la peur qu'il avait montrée face au bluff de Leto. Une chose était certaine : Shaddam cachait un secret. Et ce secret concernait les Tleilaxu.

Sur les instructions de Leto, Hawat avait lancé des espions Atréides sur divers mondes dans l'espoir de grappiller des informations. Mais l'Empereur, sans doute sur ses gardes depuis le message mystérieux de Leto, devait être plus méfiant que jamais.

Dans tout le vaste spectre des Maisons de l'Imperium, les Atréides étaient loin d'être les plus puissants et n'avaient aucune prise sur la Maison de Corrino. Les liens du sang ne suffisaient pas. Même si Leto était le cousin de Shaddam, les lignées des autres Maisons remontaient jusqu'aux Corrinos, aux jours de la Grande Révolte.

Où se situait le Bene Gesserit ? Les Sœurs étaient-elles les alliées de Leto ou ses ennemies ? Pourquoi lui avaient-elles proposé leur aide ? Qui les avait mises au courant des manigances de Shaddam ? Le cube-message s'était désintégré. Leto s'était attendu à des ennemis cachés et il avait trouvé des *amis* trop secrets.

Restait l'énigme principale : qui avait *réellement* détruit les vaisseaux tleilaxu ?

Leto, perplexe, s'engagea dans une sente en pente douce qui conduisait aux embarcadères paisibles. Tous les bateaux étaient rentrés dans les hangars, à l'exception d'un petit coracle et d'un yacht qui, tous deux, arboraient le pennon terni du Faucon des Atréides.

Un oiseau qui avait bien failli périr.

Dans le soleil, Leto écoutait le murmure du ressac et les cris des mouettes grises. Il goûtait le sel sur ses lèvres, le vent frais dans ses narines, et se souvenait des jours pas si lointains où lui et Rhombur étaient allés pêcher les gemmes de corail. De l'incendie à bord du bateau, du désastre qu'ils avaient frôlé... qui n'était rien comparé à la mort qui avait plané sur lui quelque temps plus tard, sur Kaitain.

Il surprit un crabe qui contournait le ponton pour se perdre dans les flots verts.

— Alors, ça vous fait plaisir d'être un Duc ou est-ce que vous voulez encore n'être qu'un simple pêcheur ?

Le Prince Rhombur était accompagné de Thufir Hawat. Leto savait que le Maître Assassin allait le tancer parce qu'il s'était risqué seul sur le rivage, là où ses oreilles pouvaient le trahir, le laissant à la merci d'un meurtrier silencieux.

— Je pourrais être l'un et l'autre, fit-il en se redressant. Du moment que je comprends mieux mon peuple.

— Oui, approuva Hawat, citant une maxime Atréides ancienne, « La compréhension du peuple est le pavé de la route qui conduit au pouvoir ». J'espère que vous méditiez à ce propos, car tout revient à la normale et nous avons beaucoup à faire.

Leto soupira.

— La normale ? Je ne pense pas. Quelqu'un a tenté de déclencher une guerre avec les Tleilaxu et de compromettre ma famille. L'Empereur redoute ce que je peux savoir. La Maison Vernius reste renégate, Rhombur et Kailea sont toujours des exilés, même s'ils bénéficient d'un pardon et que leurs têtes ne sont plus mises à prix. Mais, plus grave encore, mon nom reste entaché – nombreux sont ceux qui continuent à penser que j'ai attaqué les vaisseaux tleilaxu.

Il lança un galet dans la mer, aussi loin que possible.

— Thufir, laisse-moi te le dire, pour les Atréides cette victoire a un goût amer.

— Peut-être, fit Rhombur, mais c'est mieux qu'une défaite.

Le vieux Mentat soupesa l'argument.

— Vous avez mené tout cela avec noblesse et en tout honneur, mon Duc. Et la Maison des Atréides y a beaucoup gagné en respect. C'est une victoire acquise que vous ne pouvez mépriser.

Leto leva les yeux vers Castel Caladan, tout en haut de la falaise. Désormais, c'était *son* château, son foyer.

Il pensa aux traditions anciennes de la vieille Maison. Il était maintenant le pivot dont dépendaient des millions d'existences. Les pêcheurs pouvaient vivre en paix, mais pas lui. Il serait toujours le Duc Leto Atréides. Et il aimait la vie.

— Venez, jeunes maîtres, dit Thufir Hawat. Il est temps de passer à une autre leçon.

Soudain éveillés et heureux, Leto et Rhombur suivirent le Maître Assassin sur le sentier qui menait au Castel.

Postface

Depuis plus de dix ans, des rumeurs ont couru concernant une éventuelle suite que j'aurais pu donner au sixième volume de la série de *Dune : La maison des mères*. J'avais déjà publié quelques romans de science-fiction avec un certain succès, mais je n'étais pas vraiment certain de pouvoir affronter l'univers immense et inimitable de mon père. *Dune* est une œuvre complexe qui se lit à plusieurs niveaux, l'un des romans les plus absolus de ce temps. *Dune*, c'est le mythe du trésor protégé par le dragon avec les vers géants qui veillent sur l'épice gériatrique. *Dune* a été construit comme une perle superbe dont toutes les couches de nacre se superposent jusqu'au cœur.

Quand mon père est mort, en 1986, il envisageait un roman qui aurait été *Dune VII*, projet qui avait été accepté par Berkeley mais sans qu'il ait laissé de notes ni d'indications. Lui et moi, nous avions parlé d'une éventuelle collaboration sur une suite de *Dune*, mais sans date précise, sans aborder les détails. Elle aurait dû s'enchaîner sur *Dune VII* et différents projets.

Dans les années suivantes, je suis revenu sur les œuvres inachevées de mon père. J'avais en particulier déposé un projet intitulé *Dreamer of Dune* qui était une biographie de cet homme énigmatique et complexe qu'était mon père, avec des analyses des thèmes de *Dune* ainsi que de leurs origines. À la suite d'une longue réflexion, il m'apparut que le projet le plus fascinant était une suite à partir des événements qu'il avait décrits dans son *Appendice* à *Dune*. Je tenais là un nouveau roman qui nous renvoyait dix mille ans plus tôt, au temps du Jihad Butlérien, la

Grande Révolte légendaire contre les machines pensantes. Une période mythique dans un univers mythique. La formation des Grandes Écoles : le Bene Gesserit, les Mentats, les Maîtres d'armes...

Des écrivains qui avaient fait leurs preuves m'approchèrent alors pour collaborer à ce projet dont ils avaient entendu parler. Mais au fur et à mesure que je projetais des idées, je n'arrivais pas à visualiser où nous allions. Ils étaient tous d'excellents écrivains, mais je ne sentais pas la synergie qui nous était nécessaire pour un travail aussi monumental. Je me suis alors tourné vers d'autres projets. Et puis, je dois le dire, mon père avait laissé le champ libre à la fin des volumes cinq et six de la série, et il avait écrit une merveilleuse dédicace à ma mère Beverly en postface au sixième volume. Ils étaient ensemble depuis près de quarante ans. Ils avaient fait équipe et elle a été durant toutes ces années à l'écoute de son inspiration... Après leur disparition j'ai pensé qu'il valait mieux laisser mes projets en sommeil.

Mais, pour mon malheur, un certain Ed Kramer m'est tombé dessus. C'était un directeur littéraire mûri dans la science-fiction et la *fantasy* et il souhaitait rassembler une anthologie de nouvelles situées dans l'univers de *Dune*, avec des auteurs célèbres. Nous avons évoqué la possibilité de l'éditer ensemble. Mais ce projet a échoué pour des raisons de droits littéraires. C'est alors qu'Ed m'a appris qu'il avait reçu une lettre d'un écrivain qui commençait à se faire une certaine réputation : Kevin J. Anderson, qui devait participer à cette anthologie. Anderson proposait de travailler sur un roman qui pourrait être une suite à *La maison des mères*.

Dans chaque ligne, on lisait son enthousiasme. Mais je ne lui ai pas répondu avant un mois, ne sachant quoi lui dire. J'hésitais, même devant son talent. C'était une décision importante. Mais je sais maintenant que je voulais participer à son projet : tout comme la suite du *Seigneur des anneaux* de Tolkien, nous allions prolonger une fresque. *Dune* est l'une des œuvres les plus accomplies de la littérature, le plus flamboyant exemple d'un univers de science-fiction. Par respect pour mon père, je ne pouvais pas choisir un écrivain indigne. J'ai lu tout ce que Kevin avait écrit jusqu'à ce que je sois convaincu de son talent. Il méritait sa réputation et j'ai fini par lui téléphoner.

Nous nous sommes tout de suite entendus. Une sorte de synergie s'est établie entre nous, et nous avons échangé un flot d'idées. C'est alors que nous avons décidé de cette préquelle – mais non pas d'une action située dans les temps les plus anciens, bien avant *Dune*. Nous allions au contraire remonter trente ou quarante ans avant *Dune*, à l'histoire d'amour des parents de Paul, au Planétologiste Pardot Kynes, dépêché sur Arrakis, à l'antagonisme destructeur des Atréides et des Harkonnens...

Avant de rédiger une continuité détaillée, nous nous sommes mis au travail sur les six volumes de *Dune* et j'ai commencé à mettre sur pied un *Dictionnaire de Dune*, une encyclopédie de tous les personnages, de tous les lieux et autres merveilles de l'univers de mon père. Avant tout, nous devions déterminer où il avait situé la conclusion. Il était évident qu'il avait laissé planer un mystère à la fin de *Dune* VII. Nous n'avions ni notes ni indices, sinon les marques jaunes au surligneur qu'il avait laissées sur des exemplaires des *Hérétiques de Dune* et de *La maison des mères*, peu avant sa mort. Mais nous n'avons pu les retrouver.

Au début de mai 1997, quand j'ai rencontré Kevin J. Anderson et son épouse, Rebecca Moesta, d'autres idées nous sont venues. Et nous avons commencé à les transcrire fébrilement. Et c'est à partir de ces notes que certaines scènes se sont mises en place.

Dans les deux derniers volumes, *Les hérétiques de Dune* et *La maison des mères*, mon père avait introduit une nouvelle menace, les redoutables Maîtres Honorés, qui avaient entrepris de ravager la galaxie. À la fin de *La maison des mères*, les personnages étaient acculés, totalement défaits... avant que le lecteur n'apprenne que les Maîtres Honorés eux-mêmes étaient menacés par un péril encore plus grand, qui les ramenait aux protagonistes de l'histoire, les Révérendes Mères du Bene Gesserit.

Deux semaines après cette réunion, j'ai reçu un appel d'un avocat de la famille qui me disait que l'on avait découvert dans une banque de la banlieue de Seattle des coffres appartenant à mon père et dont nous ignorions tous l'existence. Nous y avons trouvé des documents ainsi qu'une vieille disquette des premiers âges de l'informatique qui contenait des notes concernant un projet pour *Dune VII*, la suite tant attendue de *La maison des mères* ! C'est alors que Kevin et moi nous avons été confirmés dans la certitude que Frank Herbert savait où il allait et que nous pouvions nous mettre au travail.

C'est avec enthousiasme que nous avons proposé notre projet aux éditeurs. Ce même été, je devais me rendre en Europe pour un anniversaire avec ma femme Jan. J'ai fait l'achat d'un ordinateur portable et d'une imprimante légère comme une plume et Kevin et moi n'avons cessé de correspondre durant tout cet été. À notre retour, nous avions cent quarante et une pages d'une trilogie. Auxquelles on pouvait ajouter mon dictionnaire de *Dune*, à demi achevé.

C'est en attendant la réponse de notre éditeur que me sont revenus en mémoire tous les moments d'écriture que j'ai partagés avec mon père, et mes premiers romans dans les années 80 pour lesquels il s'était montré si attentif, si prodigue de suggestions. Tout ce qu'il a pu m'apprendre me sera utile pour mener à bien ce projet ambitieux.

Brian Herbert

Je n'ai jamais rencontré Frank Herbert, mais je le connais par chaque mot qu'il a écrit. J'avais dix ans quand j'ai lu *Dune* pour la première fois avant de me plonger avec tant de bonheur dans la suite. Je me suis en fait rué sur *L'Empereur-Dieu de Dune* dès sa parution : c'était le premier bouquin relié que j'aie acheté quand j'étais encore au collège. Ensuite, j'ai suivi la liste des « déjà parus ». *Le Cerveau vert, La Ruche d'Hellstrom, La Barrière de Santaroga, Les Yeux d'Heisenberg*... et tous les autres.

Pour moi, Frank Herbert représente un sommet du roman de science-fiction : épique, intellectuellement excitant, documenté, distrayant... C'est le fait de beaucoup d'œuvres dans ce domaine, mais il est rare de trouver tout cela rassemblé dans une saga. J'avais cinq ans quand j'ai décidé que je serais un écrivain. Et, à douze ans, je me suis dit que je devrais faire comme Frank Herbert.

J'étais encore au collège quand j'ai publié mes premières nouvelles et commencé mon tout premier roman. Il était plein de commentaires sociaux, de religions, de personnages et, oui, il avait une trame compliquée. C'est alors que j'ai eu l'honneur d'être accepté au sein des Science Fiction Writers of America... et de découvrir l'adresse personnelle de Frank Herbert. Je me suis juré de lui envoyer mon premier livre dédicacé. Mais ce fut trop tard.

J'ai lu avec avidité *Les hérétiques de Dune* et *La maison des mères* dans lesquels il construit une nouvelle fresque, un scénario qui mène l'humanité au seuil de l'extinction. Je savais que son fils était un écrivain professionnel avec plusieurs romans à son palmarès, alors j'ai attendu, j'ai espéré que Brian me fasse une esquisse, ou un résumé de ce que son père avait pu laisser. Car il fallait bien que les lecteurs de *Dune* connaissent la fin du suspense.

Entre-temps, j'ai reçu des prix, dont le Nebula et le Bram Stoker Award. J'ai appris les règles et les personnages, je les ai habillés avec mon imagination, j'ai inventé mes propres histoires pour mes propres lecteurs.

En 1996, je suis allé passer une semaine dans la vallée de la Mort, en Californie, un lieu où j'aime écrire. Un certain après-midi, je me suis aventuré dans un canyon pour m'apercevoir au bout d'une heure que je m'étais trompé de piste et que j'avais pas mal de kilomètres à parcourir pour retrouver ma voiture. Et c'est en traversant ce merveilleux désert, dans ce paysage dénudé, que mes pensées sont revenues à *Dune*.

Il y avait dix ans que Frank était mort, et je m'étais fait à l'idée que *Dune* s'achèverait toujours sur un suspens. Mais il fallait que je sache la suite... quitte à l'écrire moi-même.

Je n'avais encore jamais rencontré Brian Herbert quand je lui ai fait ma proposition. Et je n'avais aucune raison d'espérer qu'il l'accepterait. Mais je me suis dit que je ne courais aucun risque à *demander*...

J'espère que vous aurez pris plaisir à retrouver *Dune*. Pour moi, ce fut un immense plaisir de feuilleter toutes les notes laissées par Frank Herbert pour que nous puissions recréer ces mondes si réels et palpitants issus de son imagination, de ses connaissances, de sa vie.

Kevin J. Anderson

La créativité exige la contribution au changement.
Elle maintient le créateur en vie.
Frank Herbert, notes inédites

Remerciements

Ed Kramer, pour avoir été le lien qui nous a réunis au départ.

Rebecca Moesta Anderson, pour son imagination inépuisable, son inspiration et le travail accompli afin que ce roman soit le meilleur possible.

Jan Herbert, qui nous a permis d'avancer sur ce projet au cours d'un voyage d'anniversaire de mariage en Europe, et pour tant d'autres choses encore.

Pat LoBrutto, notre directeur littéraire de Bantam Books, qui nous a aidés à parfaire les détails et la clarté du livre.

Robert Gottlieb et Matt Bialer, de l'agence William Morris, Mary Alice Kier et Anna Cottle de Cine/Lit Representation, qui ont su comprendre l'importance de ce projet, pour leur dévouement et leur confiance.

Irwin Applebaum et Nita Taublib, de Bantam Books, pour leur soutien enthousiaste dans une entreprise aussi colossale.

Penny et Ron Merritt, dont l'aide chaleureuse a permis à ce projet d'aboutir.

Beverly Herbert, pour ses suggestions et sa contribution rédactionnelle sur l'œuvre de Frank Herbert.

Marie Landis-Edwards, pour ses encouragements.

Le Herbert Limited Partnership, en la personne de David Merritt, Byron Merritt, Julie Herbert, Robert Merritt, Kimberly Herbert, Margaux Herbert et Theresa Shackelford.

Wordfire, Inc., en remerciant tout particulièrement Catherine Sidor, qui a consacré de longues heures à la préparation et à la révision du manuscrit, et Sarah Jones, qui nous a aidés à transcrire de nombreux livres et documents anciens sous une forme utilisable.

Et aux millions de fans de *Dune*, qui maintiennent la célébrité de *Dune* depuis trente-cinq années.

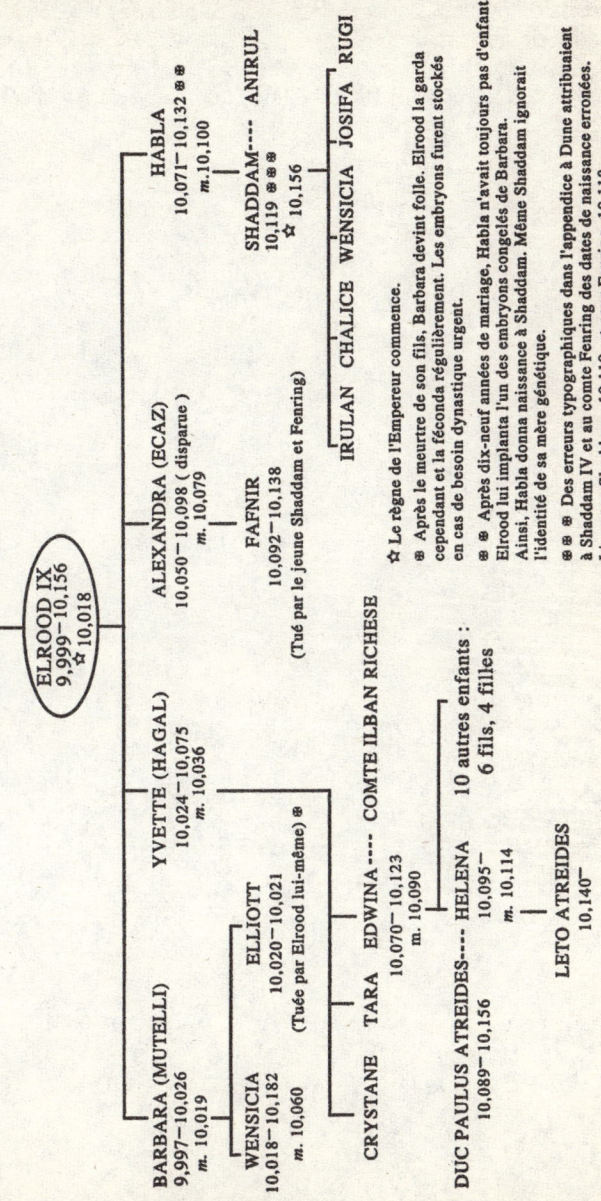

Lexique de l'Imperium

A

Aba : robe de forme vague portée par les femmes fremen. Généralement noire.
Ach : virage à gauche. Ordre lancé par l'homme de guide du ver.
Adab : la mémoire qui exige et qui s'impose à vous.
A. G. : avant la Guilde.
Akarso : plante originaire de Sikun (70 Ophiuchi A) et caractérisée par ses feuilles presque rectangulaire. Ses rayures blanches et vertes correspondent aux zones de chlorophylle active et dormante.
Alam al-Mithal : le monde mystique des similitudes où cessent toutes limitations.
Al-Lat : le soleil originel de l'humanité. Par extension : tout soleil d'un système.
Ampoliros : le légendaire « Hollandais Volant » de l'espace.
Amtal ou règle de l'Amtal : règle en usage sur les mondes primitifs et destinée à déterminer les défauts et les aptitudes d'un homme. Communément : l'épreuve de la destruction.
Aql : l'épreuve de la raison. À l'origine, les « Sept Questions Mystiques » qui commencent par « Qui est-ce qui pense ? »
Arbitre du Changement : désigné par le Haut Conseil du Landsraad et l'Empereur pour surveiller un changement de fief, une rétribution, ou une bataille dans une Guerre des Assassins. L'autorité de l'Arbitre ne peut être contestée que devant le Haut Conseil et en présence de l'Empereur.
Arrakeen : la première base d'Arrakis qui fut longtemps le siège du gouvernement planétaire.
Arrakis : troisième planète du système de Canopus. Plus connue sous le nom de Dune.
Assemblée : différente du Conseil, l'Assemblée est la convocation des chefs fremen afin d'assister à un combat pour le pouvoir tribal. (Un Conseil est une assemblée qui tranche des problèmes intéressant toutes les tribus.)

Auliya : dans la religion des Vagabonds Zensunni, la femelle à la main gauche de Dieu.
Aumas : poison administré avec la nourriture. (Plus particulièrement : avec la nourriture solide.) Chaumas dans certains dialectes.
Ayat : les signes de vie. (*Voir* Burhan.)

B

Bakka : dans la légende fremen, celui qui pleure pour toute l'humanité.
Baklawa : pâtisserie à base de sirop de datte.
Balisette : instrument de musique à neuf cordes, descendant de la zithra, accordé selon la gamme de Chusuk et dont on pince les cordes. Instrument favori des troubadours impériaux.
Baramark (pistolet) : pistolet à poudre et à électricité statique conçu sur Arrakis pour tracer de vastes signes sur le sable.
Baraka : homme saint aux pouvoirs magiques.
Bashar (souvent Colonel Bashar) : officier sardaukar qui, selon la hiérarchie militaire classique, est à un degré au-dessus d'un colonel. Désigne également le responsable militaire d'un sous-district planétaire.
Bataille (langage de) : tout langage spécial à l'étymologie restreinte et destiné aux communications en temps de guerre.
Bedwine : voir Ichwan Bedwine.
Bela Tegeuse : cinquième planète de Kuentsing. Troisième station du Zensunni, la migration forcée des Fremen.
Bene Gesserit : ancienne école d'éducation et d'entraînement physique et mental réservé à l'origine aux étudiants de sexe féminin après que le Jihad Butlérien eut détruit les prétendues « machines pensantes » et les robots.
B. G. : sigle pour « Bene Gesserit ».
Bhotani jib : voir Chakobsa.
Bible Catholique Orange : le « Livre des Accumulations ». Texte religieux produit par la Commission des Interprètes Œcuméniques, contenant des éléments empruntés aux religions anciennes, du Saari de Mahomet, de la Chrétienté Mahayana, du Catholicisme Zensunni et des traditions Bouddislamiques. Son commandement suprême est : « Point ne déformeras ton âme. »
Bi-lal kaifa : Amen. (Littéralement : « Toute autre explication est inutile. »)
Bindu : en rapport avec le système nerveux humain et, plus particulièrement, avec l'entraînement nerveux. (*Voir* Prana.)
Bindu (suspension) : forme particulière de catalepsie volontaire.
Bled : désert plat.
Bobine : désigne toute impression sur shigavrille utilisée pour l'éducation et chargée d'une impulsion mnémonique.
Bordure : second niveau de la grande falaise du Bouclier d'Arrakis. (*Voir* Bouclier.)
Bouclier : champ de protection produit par un générateur Holtzman. Résulte de la Phase Un de l'effet d'annulation gravifique. Un bouclier ne peut être pénétré que par des mobiles à faible vitesse (cette vitesse allant de

six à neuf centimètres par seconde) et ne peut être détruit que par un champ électrique de vastes dimensions.

Désigne également une formation montagneuse du nord d'Arrakis qui protège un territoire de faible étendue des tempêtes Coriolis.

Bourka : manteau isolant porté par les Fremen dans le désert.

Brilleur : dispositif d'éclairage autonome (généralement équipé de piles organiques) et muni de suspenseurs.

Burhan : les preuves de vie. (Communément : l'ayat et le burhan de vie. *Voir* Ayat.)

Burseg : général des Sardaukar.

Butlérien (Jihad) : voir Jihad (*également* Grande Révolte).

C

Caid : officier sardaukar plus particulièrement chargé des rapports avec les civils. Gouverneur militaire d'un district planétaire. Supérieur au Bashar sans être toutefois égal au Burseg.

Caladan : troisième planète de Delta Pavonis. Monde natal de Paul-Muad'Dib.

Canto et respondu : rite d'invocation de la panoplia propheticus de la Missionaria Protectiva.

Carte des creux : carte de la surface d'Arrakis faisait apparaître les routes de paracompas les plus sûres entre les refuges. (*Voir* Paracompas.)

Cavalier des sables : terme fremen désignant celui qui est capable de capturer et de chevaucher un ver des sables.

Chakobsa : le « langage magnétique » dérivé en partie de l'ancien Bhotani (Bhotani-Jib, jib signifiant dialecte). Formé de plusieurs dialectes modifiés pour les besoins du secret, et surtout du langage de chasse des Bhotani, les mercenaires de la première Guerre des Assassins.

Chaumas X (Aumas des certains dialectes) : poison administré dans la nourriture solide par distinction avec tout poison administré sous une autre forme.

Chaumurky (Musky ou Murky dans certains dialectes) : poison administré dans une boisson.

Chenille : désigne tout engin destiné à opérer à la surface d'Arrakis et à participer à la récolte de l'épice.

Cheops : jeu des pyramides. Forme de jeu d'échecs à neuf niveaux dont le but est de placer la reine en apex et le roi adverse en échec.

Chercheur-tueur : petite aiguille de métal munie de suspenseurs et dirigée à distance. Moyen d'assassinat courant.

Choses sombres : expression idiomatique désignant les superstitions implantées par la Missionaria Protectiva au sein des civilisations instables.

Cherem : fraternité de la haine.

Chom : sigle pour Combinat des Honnêtes Ober Marchands. Compagnie universelle contrôlée par l'Empereur et les Grandes Maisons avec la Guilde et le Bene Gesserit comme associés sans droit de vote.

Chusuk : quatrième planète de Têta Shalish, appelée encore « Planète des Musiciens » et renommée pour la qualité des instruments qui y sont fabriqués. (*Voir* Varota.)

Cielago : Chiroptère d'Arrakis génétiquement modifié dans le but d'acheminer les messages distrans.

Collecteurs de rosée ou précipitateurs : à ne pas confondre avec Récolteurs de rosée. Les collecteurs et précipitateurs sont des appareils de forme ovoïde longs d'environ quatre centimètres. Ils sont faits d'un chromoplastique qui, soumis à la lumière, devient blanc et la reflète pour retrouver sa transparence dans l'obscurité. Les collecteurs constituent une surface froide sur laquelle la rosée de l'aube se condense. Les Fremen les utilisent surtout dans les plantations des bassins afin de recueillir un petit appoint d'eau.

Cône de silence : champ de distorsion qui limite la portée d'une voix ou de toute autre forme de vibration par la projection d'une vibration-parasite déphasée à 180°.

Coriolis (tempête) : désigne toute tempête d'ordre majeur sur Arrakis où les vents, soufflant sur les plaines, voient leur force accrue par la révolution de la planète pour atteindre parfois 700 kilomètres/heure.

Corrin (bataille de) : la bataille qui donna son nom à la Maison de Corrino. Elle eut lieu près de Sigma Dragonis en l'an 88 A. G. et établit le pouvoir de la Maison régnante sur Salusa Secundus.

Creux : dépression formée à la suite des mouvements des couches métamorphiques sous-jacentes.

Cristacier : acier stabilisé par des fibres de stravidium insérées dans sa structure cristalline.

Cuvette : sur Arrakis, désigne toute dépression ou région de basse altitude formée par l'effondrement des couches souterraines. (Sur les planètes pourvues d'eau, une cuvette indique une région autrefois occupée par un plan d'eau. On a relevé une seule trace de ce genre sur Arrakis mais la question est loin d'être résolue.)

D

Dar al-hikman : école religieuse de traduction et d'interprétation.

Derch : virage à gauche. Ordre lancé par l'homme de guide du ver.

Demi-frères : fils de concubines d'une même demeure et ayant le même père.

Dictum familia : règle de la Grande Convention qui interdit le meurtre d'une personne royale ou d'un membre d'une Grande Maison par une traîtrise illégale. La règle définit la forme et les limitations de l'assassinat.

Discipline de l'eau : inflexible, elle permet aux habitants d'Arrakis de survivre sans gaspiller l'humidité.

Diseuse de vérité : Révérende Mère qualifiée pour entrer en transe et distinguer la vérité du mensonge.

Distille : vêtement mis au point sur Arrakis et fait d'un tissu dont la fonction est de récupérer l'eau d'évaporation du corps et des déjections organiques. L'eau ainsi recyclée est recueillie dans des poches et peut être à nouveau absorbée à l'aide d'un tube.

Distrans : appareil utilisé pour pratiquer une impression neurale sur le système nerveux des oiseaux ou chiroptères. Le message s'intègre au cri normal de la créature et peut être lu par un autre distrans.

Dunes (hommes des) : désigne tous ceux qui travaillent dans le sable (chasseurs d'épice et autres), sur Arrakis.

E

Eau de Vie : poison d'« illumination ». (*Voir* Révérende Mère). Liquide produit par un ver des sables (*voir* Shai-hulud) lorsqu'il meurt noyé et qui, transformé par l'organisme de la Révérende Mère, devient un narcotique provoquant l'orgie du tau.

Ecaz : quatrième planète d'Alpha Centauri B. Paradis des sculpteurs à cause du *bois-brouillard*, substance végétale que la seule pensée humaine parvient à façonner.

Ego-simule : portrait exécuté à l'aide d'un projecteur à shigavrille. Il reproduit les mouvements les plus subtils et l'on dit qu'il recèle l'essence de l'ego.

Elacca : narcotique obtenu par la torréfaction de bois d'elacca d'Ecaz. A pour effet d'atténuer dans des proportions majeures l'instinct de conservation. Confère à la peau une coloration carotte caractéristique. Généralement utilisé pour préparer les esclaves-gladiateurs pour l'arène.

El-sayal : la « pluie de sable ». Masse de poussière soulevée à une altitude moyenne (environ 2 000 mètres) par une tempête Coriolis et qui, en retombant au sol, ramène fréquemment de l'humidité.

Éperonneur : vaisseau spatial de combat formé de la réunion de plusieurs petits vaisseaux et destiné à détruire les positions ennemies en les écrasant sous son poids.

Entraînement : associé au Bene Gesserit, désigne tout un système d'éducation, de conditionnement nerveux et musculaire (*voir* Bindu *et* Prana) poussé aux limites des fonctions naturelles.

Épice : voir mélange.

   Conducteur d'épice : tout homme de Dune qui commande et pilote un engin à la surface d'Arrakis.

   Usine à épice (ou épiçage) : voir Chenille.

Erg : mer de sable, zone de dunes.

Étrange (art) : méthode de combat qui participe de la sorcellerie et la magie.

F

Fai : le tribut d'eau. Le principal impôt d'Arrakis.

Faiseur : voir Shai-hulud.

Fanemétal : métal formé par l'addition de cristaux de jasmium dans du duraluminium. Apprécié pour son rapport poids/résistance particulièrement élevé.

Fardeau de l'eau : pour les Fremen : une obligation mortelle.

Faufreluches : système de classes rigide mis en place par l'Imperium. « Une place pour chaque homme et chaque homme à sa place. »

Fedaykin : commandos de la mort fremen. À l'origine formés pour redresser les torts.

Feu (pilier de) : pyrofusée de signalisation dans le désert.

605

Filtre : dispositif dont est muni un distille et qui permet de récupérer l'humidité de la respiration.

Fiqh : connaissance, loi religieuse. L'une des origines semi-légendaires de la religion des Vagabonds Zensunni.

Frégate : grand astronef qui peut se poser sur une planète.

Fremen : libres tribus d'Arrakis, habitants du désert, survivants des Vagabonds Zensunni. (« Pirates des sables », selon le Dictionnaire Impérial.)

Fremkit : trousse de survie fabriquée par les Fremen.

G

Galach : langage officiel de l'Imperium. Hybride Inglo-Slave fortement marqué par les différents langages spécialisés nés des migrations humaines.

Gamont : troisième planète de Niushe, renommée pour sa culture hédoniste et ses étranges pratiques sexuelles.

Gare : butte.

Geyrat : tout droit. Ordre lancé par l'homme de guide du ver.

Ghafla : s'abandonner à la distraction. Se dit d'une personne à laquelle on ne peut se fier.

Ghanima : ce que l'on acquiert durant le combat. Plus communément : souvenir de combat destiné à éveiller la mémoire.

Giedi prime : planète d'Ophiuchi B (36), monde natal de la Maison Harkonnen. Planète moyennement habitable à l'activité photosynthétique réduite.

Ginaz (maison du) : alliés temporaires du duc Leto Atréides. Défaits par Grumman pendant la Guerre des Assassins.

Giudichar : sainte vérité. (*Voir* Mantène.)

Grande Convention : désigne la trêve universelle établie par la Guilde, les Grandes Maisons et l'Imperium. Elle interdit l'usage des armes atomiques contre des êtres humains. Chacun de ses édits commence par la phrase : « Les formes doivent être obéies... »

Grande Mère : la déesse à cornes, le principe féminin de l'espace (Mère-Espace), visage féminin de la trinité mâle-femelle-neutre reconnue comme l'Être Suprême par de nombreuses religions de l'Imperium.

Grande Révolte : terme courant pour désigner le Jihad Butlérien. (*Voir* Jihad Butlérien.)

Gridex (plan) : séparateur à charge différentielle utilisé pour dégager l'épice du sable.

Grumman : seconde planète de Niushe. Surtout connue pour les démêlés de sa Maison régnante (Moritani) avec la Maison du Ginaz.

Gom jabbar : Le haut-ennemi. Aiguille enduite de méta-cyanure et utilisée par les Rectrices du Bene Gesserit pour l'épreuve d'humanité.

Goûte-poison : analyseur à rayons destiné à détecter les substances toxiques.

Guerre des Assassins : forme de conflit limité autorisée par la Grande Convention et la Guilde de Paix dans le but d'épargner les populations innocentes en réglementant l'usage des armes et en instituant la déclaration préalable des objectifs.

Guetteurs : ornithoptères chargés de la surveillance d'un groupe d'épiçage.

Guilde : Guilde Spatiale. Un des trois éléments du tripode sur lequel repose la Grande Convention. La Guilde constitue la seconde école d'éducation psycho-physique (*voir* Bene Gesserit) fondée après le Jihad Butlérien. La Guilde a le monopole du voyage spatial et de la banque. Le Calendrier Impérial est daté de sa création.

H

Hagal : la « planète des joyaux » (II Têta Shaowei). Mise en exploitation sous Shaddam Ier.

Haiiii-yoh ! : en avant ! Ordre lancé par l'homme de guide du ver.

Hajj : saint voyage.

Hajr : voyage dans le désert, migration.

Hajra : voyage de recherche.

Hal yawm : Enfin ! (Exclamation fremen.)

Hameçons à faiseur : crochets de métal utilisés pour la capture, la monte et le guidage d'un ver des sables.

Harmonthep : Ingsley avance le nom de cette planète comme sixième station de la migration des Zensunni. On suppose qu'il s'agissait d'un satellite de Delta Pavonis disparu depuis.

Haut Conseil : cercle intérieur du Landsraad habilité à agir comme tribunal suprême dans les conflits entre Maisons.

Hiereg : camp volant fremen dans le désert.

Holtzman (effet) : effet de répulsion négative d'un générateur de bouclier.

Hors freyn : terme galache pour « étranger proche ». C'est-à-dire : qui n'appartient pas à la communauté.

I

Ibad (yeux de l') : effet caractéristique de l'épice qui fond le blanc de l'œil et l'iris en un bleu foncé.

Ibn qirtaiba : « Ainsi vont les saints mots... » Début rituel de toute incantation religieuse fremen (issue de la panoplia propheticus).

Ichwan bedwine : fraternité des Fremen sur Arrakis.

Ijaz : prophétie qui, par sa nature même, ne peut être niée.

Ikhut-eigh ! : cri du porteur d'eau sur Arrakis. (Étymologie incertaine.) (*Voir* également Soo-Soo Sook !)

Ilm : théologie. Science de la tradition religieuse. L'une des origines semi-légendaires de la foi des Vagabonds Zensunni.

Imperial (conditionnement) : le plus puissant des conditionnements pouvant affecter un être humain. Mis au point par l'École Suk. Les initiés ont sur le front un tatouage en forme de diamant et sont autorisés à porter les cheveux longs, maintenus par un anneau d'argent.

Istislah : règle établie pour le bien général. Annonce généralement une mesure brutale.

Ix : voir Richèse.

J

Jihad : croisade religieuse.
Jihad Butlérien (*voir aussi* Grande Révolte) *:* croisade lancée contre les ordinateurs, les machines pensantes et les robots conscients en 201 avant la Guilde et qui prit fin en 108. Son principal commandement figure dans la Bible C.O. : « Tu ne feras point de machine à l'esprit de l'homme semblable. »
Jolitre : récipient d'un litre destiné à recevoir l'eau, sur Arrakis. Fait de plastique à haute densité et muni d'un sceau à charge positive.
Jubba : cape portée en toute occasion par-dessus le distille. Peut admettre ou réverbérer la chaleur, se transformer en hamac ou même en abri.

K

Kanly : Déclaration d'hostilité préludant à une guerre ou une vendetta.
Karama : miracle. Action du monde spirituel.
Khala : invocation traditionnelle destinée à calmer les esprits courroucés que l'on mentionne.
Kindjal : épée courte à double tranchant, légèrement courbe, longue d'environ 20 centimètres.
Kiswa : tout dessin appartenant à la mythologie fremen.
Kitab al-Ibar : manuel religieux et pratique rédigé par les Fremen.
Krimskell (*fibre ou corde de*) *:* la « fibre croc » provenant des plants d'*huluf* d'Ecaz. Les nœuds d'une corde de krimskell se serrent d'eux-mêmes à la moindre traction. (Pour une étude détaillée, voir l'ouvrage de Holjance Vohnbrook : « Les vignes étrangleuses d'Ecaz. »)
Krys : couteau sacré des Fremen. Il est en fait en deux versions, fixe et instable, à partir de la dent du ver des sables. Un couteau instable se désintègre à distance du champ électrique d'un organisme humain. Les couteaux fixes sont traités pour être stockés. Les uns comme les autres ne dépassent pas 20 centimètres de longueur.
Kull Wahad ! : « Je suis bouleversé ! » Exclamation de totale surprise répandue dans l'Imperium. Son sens exact dépend du contexte. (On prétend que Muad'Dib, voyant un faucon du désert s'extraire de sa coquille, se serait écrié : « Kull Wahad ! ».)
Kulon : âne sauvage des steppes asiatiques de Terra, acclimaté sur Arrakis.
Kwisatz Haderach : « Le court chemin. » Ainsi les Bene Gesserit désignaient-elles l'*inconnu* pour lequel elles cherchaient une solution génétique, le mâle B.G. dont les pouvoirs psychiques couvriraient l'espace et le temps.

L

La, la, la : exclamation de chagrin chez les Fremen. Ultime dénégation.
Lancette : désigne toute lame courte, fine, souvent enduite de poison et utilisée de la main gauche lors d'un combat au bouclier.

Lecteur de temps : personne formée aux diverses méthodes de prédiction du temps sur Arrakis. (Sondage du sable, examen des vents...)
Légion (impériale) : dix brigades (environ 30 000 hommes).
Liban : infusion de farine de yucca. À l'origine, boisson à base de lait aigre.
Libres commerçants : contrebandiers.
Lisan al-Gaib : « La voix d'ailleurs. » Dans les légendes messianiques fremen, le prophète étranger. Parfois traduit par « Donneur d'eau ». (*Voir* Mahdi.)
Long-courrier : principal vaisseau de transport de la Guilde.

M

Mahdi : dans les légendes messianiques fremen : « Celui Qui Nous Conduira Au Paradis. »
Maison : désigne le Clan Régnant d'une planète ou d'un ensemble de planètes.
Maison majeure : maison qui détient des fiefs planétaires. Entrepreneur interplanétaire. (*Voir* Maison.)
Maison mineure : entrepreneur planétaire. (En galach : « Richece ».)
Maître de sable : désigne celui qui dirige les opérations d'épiçage.
Manière : associé à Bene Gesserit : observation attentive et minutieuse.
Mantène : sagesse secrète, principe premier. (*Voir* Giudichar.)
Manuel des Assassins : résultat de trois siècles de compilation sur les poisons, ce manuel était d'usage courant durant les Guerres des Assassins. Il fut plus tard augmenté d'une étude sur tous les engins autorisés par la Grande Convention et la Guilde de Paix.
Marcheur des sables : désigne tout Fremen entraîné à survivre dans le désert.
Marée de sable : effet de marée produit par le soleil et les lunes dans certaines importantes dépressions d'Arrakis où la poussière s'est accumulée au fil des siècles.
Marteleur : tige munie d'un ressort et destinée à produire un bruit sourd et rythmé dans le sable afin d'attirer le shai-hulud. (*Voir* hameçons à faiseur.)
Mashad : toute épreuve dont dépend l'honneur.
Masse d'épice : masse de végétation fongoïde produite par le mélange de l'eau et des excrétions du Petit Faiseur. À ce stade, l'épice d'Arrakis produit une « explosion » caractéristique qui permet l'échange entre les matières souterraines et celles de la surface. Cette masse, après avoir été exposée au soleil et à l'air, devient le véritable épice, le Mélange. (*Voir également* Mélange *et* Eau de Vie.)
Maula : esclave.
Maula (pistolet) : arme à ressort lançant des aiguilles empoisonnées. Portée approximative : 40 mètres.
Mélange : l'« épice des épices » dont Arrakis constitue l'unique source. L'épice, utilisé surtout pour ses qualités gériatriques, provoque une légère accoutumance et devient très dangereuse dans le cas d'une absorption supérieure à deux grammes par jour pour un organisme de soixante-dix kilos. (*Voir* Ibad, Eau de Vie *et* Masse d'épice.) L'épice serait la clé des pouvoirs prophétiques de Muad'Dib et, également, des

navigateurs de la Guilde. Son prix, sur le marché impérial, a parfois dépassé 620 000 solaris le décigramme.

Mentat : classe de citoyens de l'Imperium formés à la logique la plus poussée. Appelés « ordinateurs humains ».

Mesures d'eau : anneaux de métal de différents diamètres destinés à servir de monnaie d'échange pour l'eau. Les mesures d'eau ont une signification symbolique profonde dans le rituel de naissance, de mort et de mariage.

Métaglass : verre formé à haute température entre des feuilles de quartz de jasmium. Particulièrement apprécié pour sa résistance (environ 450 tonnes au centimètre carré pour deux centimètres d'épaisseur) et ses capacités de filtre sélectif.

Mihna : la saison de l'épreuve pour les jeunes Fremen destinés à devenir des adultes.

Minimic (film) : shigavrille d'un micron de diamètre utilisée pour la transmission d'information dans le domaine de l'espionnage.

Mish-mish : abricots.

Misr : « Le peuple. » Ainsi se désignaient eux-mêmes les Zensunni (Fremen).

Missionaria protectiva : le bras du Bene Gesserit chargé de semer la superstition sur les mondes primitifs et de les préparer ainsi à l'exploitation du Bene Gesserit. (*Voir* Panoplia propheticus.)

Moissonneuse : machine de grandes dimensions (en général 120 mètres sur 40) destinée à récolter l'épice sur les gisements riches. Souvent appelée simplement *chenille* en raison de son aspect.

Monitor : engin spatial de combat formé de dix sections, lourdement blindé et muni de boucliers. Les sections se séparent pour regagner l'espace à partir d'une planète.

Muad'Dib : souris-kangourou adaptée à Arrakis. Associée à la mythologie fremen, sa silhouette étant visible sur la seconde lune de la planète. Ce petit animal est admiré par les Fremen pour sa capacité d'adaptation au désert.

Mudir Nahya : nom fremen pour Rabban (Rabban la Bête, Comte de Lankiveil), cousin des Harkonnens qui fut siridar-gouverneur d'Arrakis pendant quelques années. Appelé quelquefois « Maître Démon ».

Mushtamal : petit jardin annexe.

Musky : poison administré dans une boisson. (*Voir* Chaumurky.)

Mu zein wallah ! : Mu zein signifie littéralement : « rien de bon », et wallah est une exclamation terminale. Précède généralement une malédiction fremen à l'encontre d'un ennemi.

N

Na : préfixe signifiant « nommément » ou « le prochain ». Ainsi, na-Baron désigne l'héritier apparent d'une baronnie.

Naib : celui qui a juré de n'être jamais pris vivant par l'ennemi. Serment traditionnel d'un chef fremen.

Nezhoni (mouchoir) : carré d'étoffe porté sous le distille par les épouses ou les compagnes fremen après la naissance d'un fils.

Noukkers : officiers du corps impérial qui sont liés par le sang à l'Empereur. Titre traditionnel des fils des concubines royales.

O

Objectifs à huile : huile d'huluf maintenue sous tension par deux champs de force à l'intérieur d'un tube. Chaque objectif à huile peut être réglé séparément avec une précision de l'ordre du micron. Les objectifs à huile sont considérés comme l'achèvement ultime de l'optique.

Opaflamme : opaline très rare de Hagal.

Ornithoptère (plus communément appelé orni) : engin aérien à ailes mobiles dont le principe de sustentation est analogue à celui des oiseaux.

P

Panoplia propheticus : ce terme recouvre toutes les superstitions utilisées par le Bene Gesserit pour l'exploitation des régions primitives. (*Voir* Missionaria Protectiva.)

Paracompas : désigne tout compas indiquant les anomalies magnétiques locales. Utilisé lorsque des cartes sont disponibles et lorsque le champ magnétique d'une planète est particulièrement instable.

Pentabouclier : générateur de champ de force portatif, utilisé pour protéger les couloirs et les portes. (Les boucliers d'appoint deviennent de plus en plus instables avec l'augmentation des différents champs.) Le pentabouclier est virtuellement infranchissable pour quiconque ne possède pas un désactivateur réglé sur le code. (*Voir* Porte de prudence.)

Petit Faiseur : semi-plante, semi-animal qui est à l'origine de la naissance du ver des sables d'Arrakis et dont les excrétions forment la masse d'épice.

Piège à vent : appareil placé sur le parcours des vents dominants et qui condense l'humidité par l'effet d'un brusque abaissement de température.

Pleniscenta : plante verte d'Ecaz renommée pour son parfum.

Poritrin : troisième planète d'Epsilon Alangue, considérée par de nombreux Zensunni comme leur monde natal, quoique leur langage et leur mythologie indiquent des origines plus lointaines.

Porteur d'eau : Fremen chargé des devoirs rituels de l'eau et de l'Eau de Vie.

Portyguls : oranges.

Prana (Musculature – Prana) *:* les muscles du corps considérés comme autant d'unités pour l'ultime entraînement. (*Voir* Bindu.)

Première lune : satellite naturel principal d'Arrakis et le premier à apparaître. La forme d'un poing humain est visible à sa surface.

Procès-verbal : rapport semi-officiel sur un crime commis contre l'Imperium.

Prudence (porte de) : pentabouclier destiné à empêcher la fuite de certaines personnes. (*Voir* Pentabouclier.)

Pundi (riz) : variété de riz mutante dont les grains, riches en sucre naturel, atteignent parfois quatre centimètres de long. Principale exportation de Caladan.

Pyons : paysans ou travailleurs locaux d'une planète. Formaient l'une des classes inférieures sous le système des Faufreluches. Légalement : gardiens de la planète.

Pyrétique (conscience) : « Conscience du feu. » Niveau d'inhibition du conditionnement impérial. (*Voir* Conditionnement impérial.)

Q

Qanat : canal d'irrigation à ciel ouvert acheminant l'eau à travers le désert, sur Arrakis.

Qirtaiba : Voir Ibn Qirtaiba.

Quizara tafwid : prêtres fremen (après Muad'Dib).

R

Rachag : stimulant à base de caféine extrait des baies jaunes de l'akarso. (*Voir* Akarso.)

Ramadhan : ancienne période religieuse marquée par le jeûne et la prière. Traditionnellement, neuvième mois du calendrier lunaire et solaire. Les Fremen le mesurent au passage de la première lune à la verticale du neuvième méridien.

Ramasseurs de rosée : ceux qui prélèvent la rosée sur les plantes d'Arrakis à l'aide d'une sorte de serpe.

Rectrice : désigne une Révérende Mère du Bene Gesserit qui dirige également une école régionale B. G. (Appelée communément : Bene Gesserit avec le Regard.)

Rétribution : forme féodale de vengeance, strictement limitée par la Grande Convention. (*Voir* Arbitre du Changement.)

Razzia : raid de guérilla.

Recycles : tubes reliant le dispositif de traitement des déjections du distille aux filtres de recyclage.

Repkit : nécessaire de réparation du distille.

Révérende Mère : à l'origine, une rectrice du Bene Gesserit qui a transformé le « poison d'illumination » dans son corps pour atteindre le plus haut degré de perception. Titre adopté par les Fremen pour leurs propres chefs religieux qui connaissent une épreuve similaire. (*Voir également* Bene Gesserit *et* Eau de Vie.)

Richèse : quatrième planète d'Eridani A, renommée, avec Ix, pour sa civilisation technique. Spécialisée dans la miniaturisation. (Pour de plus amples détails quant à la façon dont Richèse et Ix ont échappé aux effets principaux du Jihad Butlérien, voir *Le dernier Jihad*, par Sumer et Kautman.

Rush (esprit) : dans la croyance fremen, cette part de l'individu qui est en contact permanent avec le monde métaphysique. (*Voir* Alam al-Mithal.)

Résiduel (poison) : innovation dans le domaine des poisons attribuée au Mentat Piter de Vries et qui consiste à injecter dans l'organisme une substance toxique dont les effets doivent être annulés par des doses répétées d'antidote. La suppression de l'antidote provoque la mort.

S

Sables-tambours : couche de sable dont la densité est telle qu'un coup frappé en surface produit le son caractéristique d'un tambour.

Sadus : juges. Pour les Fremen : juges saints.

Salusa Secundus : troisième planète de Gamma Waiping. Choisie comme Planète-prison impériale après que la Cour se fut retirée sur Kaitain. Salusa Secundus est le monde originel de la Maison de Corrino et la seconde station des Vagabonds Zensunni. La tradition fremen rapporte qu'ils furent maintenus en esclavage sur Salusa Secundus durant neuf générations.

Sapho : liquide hautement énergétique extrait de racines d'Ecaz. Communément en usage chez les Mentats dont il augmenterait les pouvoirs. Provoque l'apparition de taches rubis sur les lèvres.

Sardaukar : soldats fanatiques de l'Empereur Padishah. Ces hommes étaient formés dans un milieu hostile au sein duquel six personnes sur treize trouvaient la mort avant d'atteindre l'âge de onze ans. Leur entraînement militaire impitoyable développait leur férocité tout en éliminant presque l'instinct de conservation. Dès l'enfance, on leur enseignait l'utilisation de la cruauté et de la terreur. Ils furent au combat les égaux des soldats du dixième niveau du Ginaz et leur habileté en combat singulier était comparable à celle d'un adepte du Bene Gesserit. Chaque Sardaukar équivalait à dix combattants ordinaires du Landsraad. Sous le règne de Shaddam IV, leur puissance subit l'effet de leur trop grande confiance et leur mystique guerrière fut sapée par le cynisme.

Sarfa : l'acte de se détourner de Dieu.

Sayyadina : acolyte féminine dans la hiérarchie religieuse fremen.

Sceau de porte : dispositif portatif d'obturation en plastique destiné à retenir l'humidité à l'intérieur des grottes fremen, durant le jour.

Schlag : animal originaire de Tupile, renommé pour son cuir mince et dur et qui fut chassé jusqu'à ce que l'espèce soit en voie de disparition.

Seconde lune : le plus petit des deux satellites naturels d'Arrakis. Certains détails de sa surface semblent former l'image d'une souris-kangourou.

Selamlik : Salle d'Audience Impériale.

Sélection (index de) : index où le Bene Gesserit enregistrait le développement de son programme de sélection génétique destiné à produire le Kwisatz Haderach.

Sémuta : narcotique. Dérivé secondaire de la torréfaction du bois d'elacca. Ses effets (suspension du temps, extase) sont accrus par certaines vibrations atonales appelées « musique de la sémuta ».

Serrure à main : désigne tout dispositif de fermeture qui peut être ouvert par le simple contact d'une main humaine pour laquelle il a été programmé.

Servok : mécanisme automatique destiné à des tâches simples. L'un des rares appareils de ce type autorisés après le Jihad Butlérien.

Shadout : Qui creuse les puits. Titre honorifique.

Shah-Nama : Le Premier Livre semi-légendaire des Vagabonds Zensunni.

Shai-Hulud : ver des sables d'Arrakis, « vieil homme du désert », « le vieux père éternité », « le grand-père du désert ». Il est significatif que ces noms, prononcés d'une certaine façon ou écrits avec des majuscules, désignent la déité terrestre des superstitions fremen. Les vers des sables atteignent des dimensions colossales (on a observé dans le désert profond des vers de 400 mètres de long) et vivent très longtemps quand ils ne se tuent pas entre eux ou ne se noient pas dans l'eau qui, pour eux, est toxique. On pense qu'une grande partie du sable qui recouvre Arrakis est produit par l'action des vers. (*Voir* Petit Faiseur.)

Shaitan : Satan.

Shari-a : partie de la panoplia propheticus qui concerne les rites superstitieux. (*Voir* Missionaria Protectiva.)

Shigavrille : produit métallique d'une plante (la *Narvi narviium*) qui ne pousse que sur Salusa Secundus et III Delta Kaising. Réputé pour son extrême résistance à la traction.

Sietch : terme fremen pour « lieu de réunion en période de danger ». Les Fremen vécurent si longtemps dans le danger que le terme finit par désigner toute grotte habitée par une communauté tribale.

Sihaya : terme fremen désignant le printemps du désert avec des implications religieuses sur la fécondité et « le paradis à venir ».

Sillon : dépression entourée de terrains élevés, sur Arrakis, et protégée des tempêtes. Zone habitable.

Sirat : passage de la Bible C. O. qui décrit la vie humaine comme le passage sur un pont étroit (le Sirat) avec « le Paradis sur ma droite, l'Enfer sur ma gauche, et l'Ange de la Mort derrière moi ».

Solari : unité monétaire de l'Imperium dont la valeur était fixée par la Guilde, le Landsraat et l'Empereur.

Solido : image tridimensionnelle issue d'un projecteur solido utilisant les signaux à 360° inscrits sur une bobine de shigavrille. Les solido ixiens sont les plus réputés.

Sondagi : tulipe-fougère du Tupali.

Sonder le sable : art qui consiste à planter des tiges fibro-plastiques dans les étendues désertiques d'Arrakis et à interpréter les traces laissées par les tempêtes de sable pour essayer de prédire le temps.

Soo-Soo Sook ! : cri du marchand d'eau sur Arrakis. Sook désigne la place du marché. (*Voir* Ikhut-eigh !)

Subakh ul kuhar : « Comment allez-vous ? » Formule de politesse fremen.

Subakh un nar : « Ça va. Et vous ? » Réponse traditionnelle à la formule précédente.

Suspenseur : application de l'effet de phase d'un générateur de champ Holtzman. Le suspenseur annule la gravité dans certaines limites relatives à la masse et à l'énergie consommée.

T

Tahaddi al-Burhan : épreuve ultime pour laquelle il ne saurait y avoir d'appel (en général parce que son issue est la mort).

Tahaddi (défi du) : défi fremen annonçant un combat à mort.

Taillerays : laser à faible portée, modifié pour être utilisé comme outil de taille ou scalpel chirurgical.

Taqwa : littéralement : « le prix de la liberté ». Quelque chose de grande valeur. Ce qu'un dieu exige d'un mortel. La peur suscitée par cette demande.

Tau : en terme fremen, l'*unité* d'une communauté sietch induite par l'épice et plus spécialement à la suite de l'orgie tau au cours de laquelle on absorbe l'Eau de Vie.

Tleilax : unique planète de Thalim, centre de formation « clandestin » de Mentats « tordus ».

Transe de vérité : transe semi-hypnotique provoquée par certains narcotiques de perception et au cours de laquelle on décèle le mensonge par les plus infimes détails. (Note : les narcotiques de perception sont fréquemment fatals, sauf pour les individus capables de modifier la structure du poison dans leur organisme.)

Tupile : « planète-sanctuaire » (il y en eut probablement plusieurs) des Maisons de l'Imperium défaites et dont la situation n'est connue que de la Guilde. Cet asile est demeuré inviolé pendant toute la durée de la Paix de la Guilde.

U

Ulema : docteur en théologie des Zensunnis.

Umma : membre de l'une des fraternités de prophètes. Terme de mépris dans l'Imperium pour toute personne « bizarre ».

Uroshnor : l'un des mots dépourvus de sens particulier et que les Bene Gesserit implantent dans l'esprit de leurs victimes pour les contrôler. Celles-ci, lorsque le mot est prononcé, sont immobilisées.

Usul : terme fremen signifiant : « La base du pilier ».

V

Varota : luthier fameux pour ses balisettes. Natif de Chusuk.

Vérité : narcotique d'Ecaz qui annihile la volonté. Interdit tout mensonge à celui qui l'absorbe.

Ver des sables : Voir Shai-Hulud.

Vidangeur : terme général désignant les astronefs-cargos de forme irrégulière chargés de déverser des matériaux depuis l'espace vers la surface d'une planète.

Vinencre : plante rampante originaire de Giedi Prime et dont les maîtres d'esclaves se servent fréquemment comme d'un fouet. Laisse dans la chair une cicatrice de couleur rouge sombre et une douleur résiduelle qui subsiste durant des années.

Voix (la) : effet de l'éducation Bene Gesserit. Permet aux adeptes de sélectionner certaines harmoniques de leur voix afin de contrôler les individus.

W

Wali : jeune Fremen inexpérimenté.
Wallach IX : neuvième planète de Laoujin qui abrite l'École Mère du Bene Gesserit.
Ya hya chouhada : « Longue vie aux combattants ! » Cri de bataille des Fedaykin. *Ya* (maintenant) est ici augmenté de la forme *hya* (maintenant prolongé éternellement). *Chouhada* (combattants) a ici le sens précis de combattants *contre* l'injustice.
Yali : appartement personnel d'un Fremen à l'intérieur d'un sietch.
Ya ! Ya ! Yawm ! : chant rythmé fremen pour les rites les plus importants. *Ya* a le sens de : « Maintenant, faites bien attention ! » La forme *yawm* accentue l'urgence. Ce chant est en général traduit par : « Maintenant, écoutez bien ! »

Z

Zensunni : adeptes de la secte schismatique qui rompit vers 1381 A. G. avec les enseignements de Maometh (le soi-disant « Troisième Mahomet »). La religion des Zensunni se caractérise par l'importance accordée au mysticisme et le retour aux « voies de nos pères ». Certaines études indiquent que Ali Ben Ohashi aurait été à l'origine du schisme mais diverses preuves tendent à le faire apparaître comme un simple porte-parole de sa seconde épouse, Nisai.

www.pocket.fr
Le site qui se lit comme un bon livre

Informer
Toute l'actualité de Pocket, les dernières parutions collection par collection, les auteurs, des articles, des interviews, des exclusivités.

Découvrir
Des 1ers chapitres et extraits à lire.

Choisissez vos livres selon vos envies :
thriller, policier, roman, terroir, science-fiction...

POCKET

Il y a toujours un Pocket à découvrir sur www.pocket.fr

Achevé d'imprimer sur les presses de

BUSSIÈRE
GROUPE CPI

à Saint-Amand-Montrond (Cher)
en octobre 2004

POCKET - 12, avenue d'Italie - 75627 Paris Cedex 13
Tél. : 01-44-16-05-00

— N° d'imp. : 44857. —
Dépôt légal : novembre 2002.
Suite du premier tirage : octobre 2004.

Imprimé en France